Über den Autor:

Marc Ritter, geboren 1967, wuchs in den Bergen der Wintersportmetropole Garmisch-Partenkirchen auf. Nachdem der leidenschaftliche Bergsteiger und Skitourengeher in den französischen Alpen einen Lawinenabgang unverletzt überlebte, beschloss er, sein Managerleben zu ändern und fortan Bücher zu schreiben. Heute lebt er mit seiner Familie in München, zieht sich aber immer wieder zum Schreiben in die Abgeschiedenheit einer Berghütte zurück.

Weiteres zum Autor: www.marcritter.de

MARC RITTER

Kreuzzug

THRILLER

KNAUR

Besuchen Sie uns im Internet:
www.knaur.de

Vollständige Taschenbuchausgabe März 2014
Knaur Taschenbuch
© 2012 Droemer Verlag
Ein Unternehmen der Droemerschen Verlagsanstalt
Th. Knaur Nachf. GmbH & Co. KG, München
Alle Rechte vorbehalten. Das Werk darf – auch teilweise –
nur mit Genehmigung des Verlags wiedergegeben werden.
Redaktion: Peter Thannisch
Umschlaggestaltung: ZERO Werbeagentur, München
Umschlagabbildung: Ian Lawrence / Gettyimages;
Ingmar Wesemann / Gettyimages;
© MairDumont – Studio Berann / Vielkind
Druck und Bindung: CPI books GmbH, Leck
ISBN 978-3-426-51165-7

2 4 5 3 1

*Für meine Kinder
Michelle, Finn, Marcel, Henri und Mila.*

*Wenn ich die Verrückten alle in Bücher hineinschreibe,
ob sie aus eurer Welt dann endgültig verschwinden?*

Es kommt nicht darauf an, die Zukunft vorherzusagen,
sondern auf die Zukunft vorbereitet zu sein.

Perikles (490–429 v. Chr.)

Selbst wenn man eine rosarote Brille aufsetzt,
werden Eisbären nicht zu Himbeeren.

Franz Josef Strauß (1915–1988 n. Chr.)

Steckbrief Zugspitze

Name: Zugspitze – Wettersteingebirge
Wohnort: Nördliche Kalkalpen
Größe: 2962 Meter
Alter: 30 Millionen Jahre
Gewicht: 198 Milliarden Tonnen
Geologie: Muschelkalk, Wettersteinkalk
Merkmale: Hufeisenförmiger Bergkamm
Prädikat: Am besten erschlossener Gipfel der Welt
mit drei Seilbahnen, einer Zahnradbahn in
einem viereinhalb Kilometer langen Tunnel,
vier Großrestaurants, einer Kirche
Rekorde: Höchster Berg Deutschlands,
bis zu 5800 Menschen an einem Wintertag,
10 000 Menschen an einem Sommertag,
schlimmstes Lawinenunglück Deutschlands
im Mai 1965

Prolog

Salzsee von Uyuni, September 2011

Pedro schaltete in den Vierten, drückte das Gaspedal bis zum Boden durch und beschleunigte den Land Cruiser auf einhundertdreißig Stundenkilometer. Um Pedro herum war nichts als die gleißende Weiße des Salzes.
Der See war trocken und die Piste eben wie ein Brett. Er hätte an diesem Tag auch mit einem Sportwagen und doppelt so schnell fahren können. Noch einmal richtig Gas geben auf seinem See, danach war ihm seit dem frühen Morgen gewesen. Das Schicksal hier, zu Hause, herausfordern. Gott versuchen. Einen Porsche 911 oder einen Mercedes SL hätte er gebraucht. Eines der schnellen Autos aus dem Land, in das er am Abend reisen würde mit zwölf der Seinen. Ein Sportwagen hätte für ein Gottesurteil getaugt. Wenn es ihn zerrissen hätte bei zweihundertsechzig, wäre es eben so gewesen. Wenn er aber ohne Unfall ans andere Ufer des Sees gekommen wäre, hätte er einen göttlichen Auftrag von Pachamama, die in allem steckte. In der Luft. Im Wasser. Im Salz.
Aber so musste er sich selbst entscheiden. Der Land Cruiser von Onkel Pepe schaffte auch auf dem brettebenen Salzsee nur hundertvierzig. Zu wenig für einen Gottesbeweis, der ihm zei-

gen würde, dass er im Begriff war, das Richtige, das Rechte, das Gerechte zu tun.
Er nahm die Sonnenbrille ab und warf sie auf den Beifahrersitz. Er wollte die Helligkeit, die Weite, seinen See noch einmal mit allen Sinnen erfassen. Mit den Augen in sich aufnehmen. Aufsaugen. Er wusste nicht, ob er den See und das Salz je wiedersehen würde.
Diesmal würden sie nicht lange reden. Zuhören würde sowieso niemand. Diesmal war die Zeit gekommen zu handeln.

Grainau, Eibsee, 6. Januar 2012

Winzig klein waren die Sprengsätze. Hamids Tochter Khaleda hatte sie als süß bezeichnet. »Wie Twix«, hatte sie gesagt.
Ein paar hundert Gramm C4 pro Strang. Jeder Strang nicht länger oder schwerer als ein Twix. Auch die Farbe stimmte: mitteldunkles Braun. Khaleda hatte recht und Hamid mit ihrem Vergleich inspiriert. So hatte er seine kleinen Bomben in die Umhüllungen des Schokoriegels verpackt. Er hatte deutsche Verpackungen am Flughafen aus dem Müll der ankommenden Flugzeuge gesammelt. Hamid war Perfektionist. Ganz gleich, ob es um das Bauen oder um den Schmuggel seiner explosiven Kunstwerke ging.
Das C4, das er verwendete, war rein, ohne Metallstaub oder andere Marker. So waren die vier süßen Bomben mit Yemenia Air von Sanaa nach Hamburg im Gepäck einer deutschen Touristin gelangt. Von dort reisten sie mit dem Auto nach Kirchheim/Teck, wo im Frühjahr die Übergabe stattgefunden hatte. Seit dem späten Sommer klebten sie an den Innenseiten der vier Stahlstreben und harrten ihres Einsatzes. Der Tag, an dem die süßen Päckchen ihre todbringende Kraft entfalten durften, war gekommen.
Der Mann, der sich Abdallah nannte, nahm das Präzisionsglas

an die Augen und fixierte die Stütze, die weit über ihm aus dem Fels zu wachsen schien. Die Fernbedienung hatte er bereitgelegt. Abdallah atmete tief durch. Nein, es musste sein. Es gab kein Zurück. Und danach erst recht nicht mehr.
Er drückte den Knopf. Es dauerte eine endlose Sekunde, bis er die vier kleinen Blitze und die zugehörigen Rauchwölkchen sah. Die Stütze erbebte. Sie blieb zunächst für einige Momente stehen, als wäre nichts weiter geschehen. Der Schall der Detonationen erreichte Abdallah. Dann, als ob die Stahlkonstruktion erst gewahr werden musste, dass sie die feste Verbindung mit ihrem Betonsockel verloren hatte, neigte sie sich unter dem Druck des Tragseiles und dem Gewicht der heranfahrenden Gondel langsam nach links. Sie fiel in einem Stück zur Seite, bevor die Tragseile ihr oberes Ende zurückhielten und sie in der Mitte abknickte. Ihre Spitze kam auf dem Betonsockel auf. Stütze II war exakt in der Mitte zusammengefaltet.
Zuerst hatte die fallende Stütze die voll besetzte Gondel nach links mitgerissen, sodass die gut hundert Frauen und Kinder in ihrem Innern zu Boden gegangen waren. Dann riss das mit der Stütze niedergehende Tragseil die Gondel nach unten. Sie fiel fünfzig Meter in die Tiefe und schlug mit der vorderen linken Ecke auf dem Fels auf. Wegen der leichten Aluminiumkonstruktion wurde die Ecke zu einer kleinen Platte verformt. Darauf kam die Gondel zum Stehen, stabilisiert von dem Seil, das sich über ihr abgelegt hatte. Alle Insassen rutschten in die untere Ecke, und die Knochen, die nach dem Aufschlag noch ganz waren, brachen in der Masse der Leiber. Die ganz unten liegenden Mädchen, Jungen und Frauen wurden zerquetscht. Einige Plexiglasfenster hielten dem Druck stand, andere platzten nach außen. Ein paar Körper, kleine, große, wurden auf den Fels und in die Schlucht gespuckt.
Der artistisch anmutende Stand der Gondel währte nicht lange, sie kippte in den steilen Hang und überschlug sich. Das Tragseil riss unter der Gewalt ihrer Abwärtsbewegung. Obwohl die

Gondel aus seinem Blickfeld verschwunden war, starrte Abdallah weiter durch das Fernglas. Er wusste, dass sie sich auf der Rückseite des Berges immer weiter überschlagen würde. Und dabei immer schneller wurde. Fast tausend Meter die Wand hinunter. Er zählte. 21–22–23 … 39–40. Zwanzig Sekunden. Jetzt würde der Klumpen aus Metall und Fleisch dort drüben im Tal zum Liegen kommen. Hamid hatte alle Daten aus dem Internet geholt und alles genau berechnet. Wer den Aufprall oben überlebt hatte, war jetzt tot.
Abdallah nahm das Glas von den Augen. Er ging zum Terminal und legte die Finger auf die Tastatur. Anders, als er es sich ausgemalt hatte, zitterten sie nicht. Seine Hände waren ganz ruhig. Er schrieb:

»100 + 1. DER ANFANG«.

TEIL EINS

Der Zug

KAPITEL EINS

Garmisch-Partenkirchen, 6. Januar 2012, 10 Uhr 52

Verdammt, wie kann man so verblödet sein!
   Thien hatte vor zwei Minuten die Augen geöffnet. Er sah hinauf zum Dachfenster. Er sah Schnee. Viel Schnee. Wie in jeder Nacht seit Weihnachten hatte es auch in der vergangenen zwanzig Zentimeter geschneit. Der Neuschnee war auf der steilen Glasscheibe ein Stück hinuntergerutscht, weil er unten leicht getaut war wegen der Wärme seines Zimmers, die durch das schlecht isolierte Fenster nach außen strahlte. Auch die Wintersonne mochte ihren Beitrag dazu geleistet haben. Durch die Lücke am oberen Ende des Fensters schien sie Thien direkt ins Gesicht. Davon war er aufgewacht. Es musste etwa elf Uhr vormittags sein. Was für ein Winter. Wie seit seinen Kindertagen nicht mehr. Neuschnee nachts und Sonne tags. Der großartigste Winter seit fünfundzwanzig Jahren.
Der Schnee, die Wintersonne. Thien träumte sich durch die großartigen Motive, die er für den *American Mountaineer* in den

vergangenen zwei Wochen geschossen hatte. Es war sein größter Auftrag seit langem. Sehr gut dotiert. In *dem* amerikanischen Alpinisten-Magazin schlechthin. Er war der Fotograf, den sie aus Hunderten ausgewählt hatten, um die Berge des Beinahe-Olympia-Orts zu fotografieren. Und das Beste: Er sollte es jedes Jahr tun. Die Idee der Magazin-Macher war es, die Bergwelt eines der bekanntesten Wintersportorte jährlich zu dokumentieren. Bis Garmisch-Partenkirchen vielleicht irgendwann endlich Olympische Spiele ausrichten dürfte. Da bis dahin mindestens zehn Jahre vergehen würden, hätte man ein einmaliges Archiv der Veränderungen eines solchen Orts in Erwartung der Spiele geschaffen. Thien verstand den kulturhistorischen Hintergrund dieses Auftrags. Er würde jedes Jahr die Gipfel, die Bergbahnen, die Landschaft, die Menschen, die Veränderungen, die ein herannahendes Olympia-Spektakel dem Werdenfelser Land und seinen Bergen bringen würde, im Bild festhalten. Mit diesem Auftrag war er in die *top ten* der internationalen Bergfotografen aufgestiegen. Er konnte berühmt werden. *Move over, Ansel Adams!* Außer dem Ruhm spielte auch noch eine weitere wichtige Begleitmusik: Jedes Jahr – fünf Jahre lang! – würde es einen fetten Scheck geben, immer gleich im Januar. Die Amis zahlten gut. Und schnell. Der erste Scheck würde ihn bis in das Frühjahr hinein versorgen. Die Reise nach Kamtschatka im April war damit finanziert. Dort Heliskiing mit den dicken alten MI-8-Maschinen der Russen. Was für ein Leben. Was. Für. Ein. Spaß.
Das neue Jahr 2012, das erst sechs Tage alt war, fing gut an. Nein, es lief besser als gut. Für morgen waren die finale Abgabe der Bilder und die Schlussbesprechung mit Sue, der Art-Direktorin des Magazins, vereinbart. Über Skype würden sie seine Bilder noch einmal durchsprechen. Was sie bisher per Mail auf seine ersten Lieferungen kundgetan hatte, konnte man unter der Rubrik frenetischer Jubel einordnen. Die Art-Direktorin des *American Mountaineer* war von seiner Arbeit begeistert. Nach ihrem morgigen Gespräch würde Sue den Scheck anweisen.

Natürlich hatte er vom Kramer, der Garmisch-Partenkirchen wie ein riesiger Riegel nach Westen zu den Ammergauer Alpen hin abschloss, herrliche Schwarzweißaufnahmen geschossen, die sich auch für großformatige Abdrucke eigneten. Niemand sonst stieg im Winter auf den karstigen Gipfel, der sich zum Skifahren nicht eignete. Das war sein Ehrgeiz: nicht nur das Naheliegende abliefern, sondern Aufnahmen von Bergen machen, die man nicht ganz selbstverständlich auf der Liste hatte. Natürlich hatte er sich auf Tourenski zur Partenkirchner Dreitorspitze aufgemacht und das Jagdschloss des Märchenkönigs Ludwig II. am Schachen besucht. Unter den knapp drei Metern Schnee, die dort oben lagen, war das untere Stockwerk des Holzchalets verschwunden. So ein Bild hatte er noch nirgends gesehen. Natürlich hatte er das Karwendel im Osten des Werdenfelser Landes fotografiert. Natürlich hatte er auch die neuen umstrittenen Anlagen abgelichtet, die in den letzten Jahren auf die Gipfel betoniert worden waren, um für ein paar Euros auch Flachlandtirolern den Kick der Höhe und des Ausgesetztseins zu bieten: das nutzlose Riesenfernrohr im Karwendelgebirge und den Metallbalkon des »AlpspiX« auf den Osterfeldern.
Und natürlich hatte er die Alpspitze, eine wahre Schönheit von einem Berg, von allen Seiten im Bild festgehalten. Zu jeder Tages- und Nachtzeit. Zur Alpspitze hatte er beinahe ein erotisches Verhältnis entwickelt. Für sie nahm er sich die weich gezeichneten Mädchenmotive von David Hamilton zum Vorbild. Einen Berg, einen Fels von Millionen Tonnen, wie eine fünfzehnjährige halb nackte Balletttänzerin zu fotografieren, das hatte vor ihm noch niemand versucht. Er hatte sie sogar im Hochwinter bei diesem vielen Schnee bestiegen und war mit Ski an ihr abgefahren. Ein lebensgefährliches Unterfangen bei den Verhältnissen der letzten Wochen. Es waren schon genug Skibergsteiger bei wesentlich weniger Schnee die steile Nordflanke von Lawinen hinuntergespült worden. Er hatte es gewagt. Für ein atemberaubendes Bild seiner neuen Geliebten hatte Thien sein Leben riskiert.

Das tat er für spektakuläre Bilder oft. Eigentlich verdiente er seinen spärlichen Lebensunterhalt damit, sich in Todesgefahr zu begeben. Nicht umsonst war er einer der bekanntesten Steilwandfotografen der Welt. Er hatte in den letzten fünfzehn Jahren alle Verrückten, die auf immer kürzeren Ski immer steilere Hänge und Couloirs abgefahren waren, fotografiert. Dafür hatte er oft Positionen suchen müssen, die noch gefährlicher waren als die direkten Falllinien seiner Freunde, die er für die Webseiten und Magazine der kleinen Gemeinde der Extremskifahrer knipste. Oft hatten sie sich darüber unterhalten, dass er, der wahrscheinlich der Verrückteste von allen war, weil er sich mit zehn Kilo Fotoausrüstung auf Steigeisen in die Wand krallte und als Erster in lawinenträchtige Hänge einfuhr, um die irren Fahrten der anderen schießen zu können, dass ausgerechnet er nie auf den Bildern zu sehen war. Ihm genügte der kleine Fotovermerk »© Thien Hung Baumgartner, GaP«. Und ein Leben voller Spaß, Risiko und Abenteuer.

Und nun der Riesenauftrag aus den USA. Nicht mehr mit dem von den Spezialausrüstern zusammengeschnorrten Sponsoring-Geld an die hintersten Winkel der Erde fliegen, vier Wochen im Zelt bei zwanzig Grad unter null auf gutes Wetter warten und dann sein Leben für Bilder riskieren, die gerade einmal ein paar tausend Menschen auf der Welt interessierten. Jetzt hieß es: für ein Millionenpublikum die Berge seiner Heimat porträtieren. Der *American Mountaineer* würde nicht nur ganz Amerika seine Heimat Garmisch-Partenkirchen zeigen, sondern Thien Hung Baumgartners persönliche Sicht auf die Berge seines Heimatorts. Und man würde seine Bilder in die ganze Welt weiterverkaufen. Für Bücher. Für Webseiten. Wer wusste, welche Anschlussaufträge sich ergeben würden? Industrie. Werbung. Models. Warum sollte er nicht einmal das Genre wechseln? Warum nicht die Swimsuit Issue von *Sports Illustrated* schießen? Topmodels in der Karibik halb nackt? Für irre Kohle. Alles war möglich. Auch dass Sandra zu ihm zurückkäme.

Er erstarrte. Alles war möglich – oder nichts. Verdammt. So verblödet konnte nur er sein. Thien Hung Baumgartner, Riesentrottel aus Garmisch-Partenkirchen, vergisst *den* Berg. *Diesen* Berg! Der Gipfel der Unprofessionalität. Er hatte ihn nicht einmal auf die Liste geschrieben, die er Mitte Dezember an Sue in die Redaktion des *American Mountaineer* geschickt hatte. Er hatte die Zugspitze schlicht und ergreifend vergessen. Den höchsten Berg Deutschlands, den Berg, der wie kein zweiter in den Alpen für die Geschichte des Alpinismus sprach. Der alles erzählen konnte. Von den Anfängen der Kletterei im 19. Jahrhundert. Von der Erschließung der Gipfel als Bergsteigerziel. Von seiner Verkabelung mit drei Seilbahnen und Penetration durch einen Zahnradbahntunnel. Von zehntausend Menschen, die sich an einem Tag auf seinem Gipfel und seinem Platt, der großen Gletscherfläche, tummelten. Von Lawinenunglücken, Wetterstationen und Forschungsinstituten. Von Gipfelkreuzen und Bergkapellen. Von Hüttenromantik und Fast-Food-Fraß. Das alles gab es auf 2962 Metern über Normalnull. Und das alles musste noch in seine Fotoreportage über Garmisch-Partenkirchen hinein. Ohne aktuelle Bilder von der Zugspitze konnte er seine restlichen Bilder in die Tonne treten, mochte die Alpspitze noch so verführerisch fotografiert sein.
Thien tastete nach dem Mobiltelefon, das irgendwo neben dem Bett liegen musste. 10 Uhr 56. Er riss sich die Decke vom Körper und sprang in seine Skisachen. Er musste es bis Mittag auf den Gipfel schaffen. Die Tage waren kurz. Anfang Januar ging die Sonne um halb fünf nachmittags unter. Sein Fotorucksack stand neben dem Bett, die Ski standen draußen in der Garage. Er fuhr den Laptop hoch und checkte im Internet Staubericht und Wartezeiten der Zugspitzbahn. Alles voll. Klar, es war Freitag. 6. Januar. Dreikönigstag. Jeder, der irgendeinen Sinn für Winter und Sport hatte, war nach Garmisch-Partenkirchen unterwegs. Es war der letzte Ferientag. Und zudem bot sich ein verlängertes Wochenende. Das mussten die Münchner, Nürn-

berger und Augsburger noch einmal für einen Trip in die Skigebiete nutzen. Auf der Autobahn A95 München–Garmisch ging schon lange nichts mehr. Das bedeutete, dass auch die Wege zu den Bergbahnen voll waren und die Parkplätze dort ebenso.
Also hieß es: mit der Zahnradbahn direkt vom Zugspitzbahnhof im Tal in Garmisch-Partenkirchen. Thien vertraute darauf, dass er schon irgendjemanden vom Personal kennen würde, der ihn an der Warteschlange vorbeilotste.
Er hatte es nicht weit zu Fuß von der Dachgeschosswohnung seiner Eltern zum Zugspitzbahnhof. Das Zimmer in dem alten Haus am Ufer der Partnach war seine Basisstation. Mit zweiunddreißig gehörte es sich ja eigentlich nicht mehr, dass man zu Hause wohnte. Aber er wohnte ja nicht wirklich hier. Er wohnte zehn von zwölf Monaten irgendwo auf der Welt zu Füßen der großen Wände. Hier war er immer nur kurz auf Zwischenstation. Und in diesem Winter sogar an Weihnachten und Silvester, was nicht immer klappte. Seine Mutter war überglücklich darüber. Aber allmählich ging ihm die Nähe auch auf die Nerven. Und er sicher seinen Eltern auch. Er war froh gewesen, den Garmisch-Job abschließen und sich auf Kamtschatka vorbereiten zu können. Thien liebte seine Eltern über alles, ohne sie hätte er nichts, das wusste er. Und bei Licht betrachtet, hatte er außer seinen Eltern auch kaum mehr als sein Talent für spektakuläre Bergfotos, die Fotoausrüstung mitsamt MacBook und seine verrückten steilwandskifahrenden Freunde, die zwischen Patagonien und Zermatt überall dort auf der Welt lebten, wo die Hänge am gefährlichsten waren.
Sieben Minuten nachdem er die Tür seiner Dachkammer hinter sich zugeworfen hatte, erreichte Thien den Zugspitzbahnhof. In einer langen Schlange warteten dort Hunderte von Wintersportlern und Tagesausflüglern geduldig auf den Erwerb eines Tickets für eine Berg-und-Tal-Fahrt. Thien drückte sich an den Wartenden vorbei in die Halle. Hinter der Kasse erblickte er einen ehemaligen Schulkameraden. Mit einem Anheben seines Fotorucksacks und einer Augenbewegung in Richtung des

nächsten abfahrenden Zuges, der bereits hinter dem Bahnhofsgebäude wartete, bedeutete er seinem Spezl die Dringlichkeit, mit der er zum Gipfel musste. Die beiden Einheimischen verstanden sich ohne weitere Erklärungen. Hans Ostler ließ das japanische Paar, das gerade seine Tickets kaufen wollte, warten und lotste Thien durch den Seiteneingang zum wartenden Zug. Es war 11 Uhr 16 auf der Standuhr neben den beiden Gleisen. Der Zug hätte laut Fahrplan um 11 Uhr 15 abfahren sollen. Er setzte sich in Bewegung, kaum dass Thien sich im hinteren der zwei Waggons auf den Sitzplatz quetschte, den er drei jugendlichen Snowboardern durch die Ermahnung, sie sollten ihre Rucksäcke gefälligst in den Gepäckablagen und nicht auf den Bänken deponieren, abgetrotzt hatte. Die einheimischen Burschen staunten nicht schlecht, als sie der vermeintliche Vietnamese im breitesten Partenkirchnerisch an die Verhaltensregeln in engen Zügen erinnerte: »Schaugts, dass enka Zuig gscheid varrammts und lassts mi eini.«
So weit hatte alles geklappt. Er saß im Zug. Um 12 Uhr 28 sollte er laut Fahrplan auf dem Zugspitzplatt ankommen. Fünf bis zehn Minuten später würde es wohl werden bei dem Andrang an diesem Tag. An jeder Talhaltestelle, am Hausberg und am Kreuzeck sowie später in Hammersbach und in Grainau, würden sicher weitere Touristen in den bereits vollen Zug einsteigen wollen. Das Gedränge würde dafür sorgen, dass man den Fahrplan nicht würde einhalten können. Aber das spielte keine Rolle mehr. Thien saß und würde diesen Platz erst knapp zweitausend Höhenmeter weiter oben wieder aufgeben.
Er ging in Gedanken schon die Motive durch, die er bei dem strahlenden Wetter fotografieren würde. Er kannte dort oben jeden Felsen und jede Bergdohle mit Vornamen. Thien konnte sein Glück kaum fassen, dass er diesen Zug erwischt hatte.
Eine gute Stunde später würde Thien aufgehen, welches Pech er gehabt hatte, dass dieser Zug *ihn* erwischt hatte.

KAPITEL ZWEI

Salzsee von Uyuni, 1995

Pedro war als älterer der beiden Brüder nach San Miguel in die Jesuiten-Mission geschickt worden. Onkel Pepe, bei dem José und Pedro mit ihrer Mutter Maria aufwuchsen, nachdem sein Bruder Carlos, der Vater der beiden, bei einem Minenunglück ums Leben gekommen war, hatte früh erkannt, dass seine beiden Neffen schlauer waren als die anderen Buben in Uyuni. Pedro machte ihm dabei einen noch gewitzteren Eindruck als José. Wenigstes dem sollte das Schicksal seines Vaters erspart bleiben. Viele der Mineros, die immer noch tagtäglich auf eigene Faust in die weitgehend ausgebeutete Pulacayo-Mine einfuhren, um die Reste des Silbers aus ihr herauszukratzen, das die Spanier übrig gelassen hatten, wurden keine vierzig Jahre alt. Das war normal. Carlos war nur zweiunddreißig geworden. Dann hatte ihn die schlecht abgestützte Decke eines zwei Jahrhunderte alten Stollens unter sich begraben. Und sechs Kumpel mit ihm. Sieben Väter weniger. Das bedeutete sieben Familien ohne Ernährer mehr in Uyuni und den Dörfern ringsumher.
Pedro wurde der Anführer der ein Dutzend Söhne, die das Grubenunglück zu Halbwaisen machte. Er war zwölf, als es passierte. Obwohl die einzelnen Familien um die Mine verstreut wohnten und er über sechzig Kilometer zurücklegen musste, um sie alle zu besuchen, klapperte er sie an den Wochenenden ab, wann immer es die Pisten zuließen. Mit dem Fahrrad. Mit dem Bus, wenn er denn fuhr. Als Anhalter auf einem Salzlaster. Als ortskundiger Beifahrer auf dem Jeep eines Touristen.
Unter der Woche lernte er in San Miguel von den Jesuiten Spanisch, Mathematik, Physik, Klavierspielen und die Lehre von

Jesus Christus. In ihren alten Büchern fand er noch viel mehr. Die Geschichte der Aymara, des uralten Volks, dem er und seine Freunde angehörten. Es hatte das Hochland eintausend Jahre vor der Geburt des Heilands der Christen auf der anderen Seite der Welt beherrscht. Und an den Abenden am Feuer erzählte ihm Maria alles, was sie von ihrer Mutter gelernt hatte und die zuvor von ihrer Mutter: über die Pachamama, die in allem steckte, über den guten Iqiqu und den bösen Awqa. Und wie Iqiqu von Awqa zerstückelt und weit über das Hochland verstreut worden war. Und dass die Aymara ihr altes Reich wiederbekämen, wenn der Iqiqu seine Einzelteile wiederfände und sich aus ihnen wieder zum guten Gott vereinigte.

KAPITEL DREI

Zugspitzgipfel, Kammhotel, 11 Uhr 45

John McFarland hatte den Anruf aus Langley gegen acht Uhr erhalten. »Operation Peak Performance angelaufen. Beobachtungsposten einnehmen.«
John McFarland wusste, was zu tun war. Er hatte sich seit sechs Uhr früh im Gym des »Edelweiss Lodge and Resort« die Zeit vertrieben. Er ging in sein Zimmer, duschte und zog die Bergsachen an. Dann schnappte er seinen Hartschalenkoffer mit dem restlichen Equipment und setzte sich in den geliehenen Ford. Er steuerte das Auto aus dem Edelweiss-Komplex und bog an der nächsten Ampel nach links ab. Auf der Bundesstraße fuhr er gemächlich ein paar Kilometer nach Süden am Fluss entlang. An der Abfahrt in Richtung Eibsee/Zugspitze fuhr er vorbei. Am nächsten Parkplatz hielt er an. Diese Stelle war wie geschaffen dafür, die Nummernschilder zu tauschen. Der Parkplatz lag nicht direkt an der Straße, sondern war durch eine Fichtenschonung vor Blicken Vorbeifahrender geschützt. Er holte die Dubletten aus dem Koffer. Die Originale der kopierten Nummernschilder hingen an einem silberfarbenen Ford im Westen der Republik. Er tauschte sie mit wenigen Handgriffen und steckte die abmontierten Nummernschilder in seinen großen Rucksack.
Anschließend fuhr er den Ford zurück auf die Bundesstraße und passierte keine fünf Minuten später die aufgelassene Grenzstation in Griesen. Damit befand er sich auf österreichischem Hoheitsgebiet. Sollte der Wagen von einer Kamera an der Staatsgrenze, an der seit Jahren keine Grenzkontrollen mehr stattfanden, aufgenommen und anschließend automatisch gescannt worden sein, würde für einen österreichischen Polizei-

computer der Ford eines Rentners aus Gummersbach über die Grenze gefahren sein. Etwas Normaleres konnte es an einem 6. Januar nicht geben. Er parkte das Auto am Ortseingang Ehrwald, wo sich die aus Garmisch kommende Straße gabelte. Der Gewerbebau dort stellte seine Freifläche an Feiertagen als Parkplatz zur Verfügung. Von dort aus würde er in vier Richtungen den Rückzug antreten können: zurück nach Garmisch oder über den Fernpass in Richtung Italien, die Schweiz und an den Bodensee. Er würde, wenn alles glattginge, das Mietauto unversehrt am Montag oder Dienstag wieder abgeben. Und sollte nicht alles glattgehen, würde der Wagen frühestens am Mittwoch in Deutschland als gestohlen gemeldet werden. In Österreich würde man erst nach Tagen, vielleicht Wochen bemerken, dass der Ford mit dem Gummersbacher Kennzeichen jener war, der in Deutschland von Avis vermisst wurde. Die Nachhut würde das Auto rückstandsfrei verschwinden lassen. Das wäre dann allerdings sein kleinstes Problem.

Er packte seinen Ausrüstungskoffer in den geräumigen Rucksack zu den Nummernschildern und ging zu Fuß die wenigen hundert Meter zur Talstation der Tiroler Zugspitzbahn. Auf dieser Seite des Berges warteten weit weniger Skifahrer auf die Auffahrt als auf der deutschen. Die Kapazität der modernen Bahn mit einhundert Plätzen und einer Fahrzeit von achteinhalb Minuten brachte die Masse der Bergfahrer zügig nach oben.

Gerade einmal fünfundzwanzig Minuten nachdem er sein Fahrticket gelöst hatte, stand er auf der österreichischen Seite des Gipfels. Er schritt durch die österreichische Gipfelstation und ging ins Freie. Der Skibetrieb auf dem Platt unter ihm lief wie immer. Er wusste, dass sich das sehr bald ändern würde. Er ging hinüber auf die deutsche Seite des Gipfels. Rechts neben dem Kiosk und dem Münchner Haus, der in der Hightech-Umgebung fremd wirkenden Alpenvereinshütte, stand das gelbe Grenzschild mit dem schwarzen Adler. In einer Plastikschachtel mit den Abmessungen zwei mal zwei mal zwei Meter hatte dort früher ein Grenzer gesessen, der auch bei den Skifahrern und Touristen Passkontrollen hatte durchführen müssen. Seit dem Schengener Abkommen gab es den Job nicht mehr. Die unverrottbare Plastikhütte hatte man stehen lassen, man wusste ja nicht, wie lange eine solche innereuropäische Vereinbarung hielt.

An der Seite der betonierten Gipfelplattform führte die Stahltreppe hinunter auf den Gipfelgrat. Im Winter war der Weg natürlich gesperrt, aber nur eine rot-weiße Plastikkette hielt die Besucher davon ab, die Treppe zu benutzen. John McFarland schwang ein Bein nach dem anderen darüber und ging unbehelligt die Stahltreppe nach unten. Nach wenigen Stufen musste er sich durch tiefen Schnee kämpfen. Auf der letzten angekommen, schnallte er die Steigeisen an die Stiefel. Er war von oben kaum noch zu sehen. Und die, die dort standen und gingen, hatten auch etwas anderes zu tun, als einem Bergsteiger dabei zuzusehen, wie er am Gipfelgrat herumkraxelte. Die einen wollten möglichst schnell gewalzten Schnee unter die Ski bekommen, die anderen ihre Blicke über die Hunderte von Alpengipfel schweifen lassen, die sich bei der hervorragenden Fernsicht, die an diesem Tag herrschte, zeigten. Über die verschneiten Felsen, die den Bergsteigern im Sommer einen stahlseilgesicherten Weg boten, stieg McFarland weiter nach rechts ab.

Am Grat war der Schnee vom Wind verblasen. Es lag hier so wenig, dass er sich nicht allzu sehr quälen musste. Schließlich stieg er durch die Scharte, die ihn auf die Rückseite des Bergs führte. Danach musste er rund fünfzig Meter die steile Flanke hinabsteigen. Das war der brenzligste Teil des Unterfangens, denn der windverpresste Schnee konnte sich jederzeit lösen und ihn eintausend Meter tief die senkrechte Wand hinunterreißen. Er erreichte die Ruine des ehemaligen Kammhotels, das vor über fünfzig Jahren nach einem Großbrand aufgegeben worden war, verschaffte sich Zugang durch eines der vernagelten Fenster und schlüpfte in den kastenförmigen Bau, der wie ein Schwalbennest am Fels zu kleben schien. John McFarland hatte in den letzten Wochen bereits den Großteil seiner Ausrüstung hergeschafft. Und er trug auch die Schlüssel bei sich, um von hier aus in den alten Tunnel hinüber ins Schneefernerhaus gelangen zu können. Von dort wiederum könnte er in das Tunnelsystem der Zahnradbahn gelangen.

Seit dem missglückten Anschlag auf die Londoner U-Bahn war es für CIA und MI6 zur Regel geworden, bei Terroranschlägen, die von ihnen in die Wege geleitet wurden, mindestens einen ihrer kampferprobten Männer in der Nähe des Geschehens zu haben. Weniger, um im Fall der Fälle eingreifen zu können; die Gefahr einer Verwicklung war zu groß. Sinn und Zweck war die Übertragung und Aufzeichnung von Videomaterial, damit man in Echtzeit sah, was geschah, und die Aktionen später ausgewertet werden konnten. Natürlich nicht in der Öffentlichkeit, sondern nur innerhalb der an das US-Heimatschutzministerium und an das britische Verteidigungsministerium angeschlossenen Dienste. Gegebenenfalls bekamen der US-Präsident und der britische Premier ein Best-of einer Aktion zu sehen. Ziviles Livepublikum wie bei der Bin-Laden-Erschießung 2011 ließen die Entscheider nicht mehr zu. Dafür hatte es damals zu viel Geschwätz aus dem Kreis der im Situation Room anwesenden Politiker gegeben.
John McFarland wusste nicht, ob weitere Männer seines oder eines befreundeten Dienstes außer ihm im Einsatzgebiet unterwegs waren. Bis die Skifahrer aus dem verschütteten Zug befreit wären, musste McFarland die Sache allein unter Kontrolle halten. Bisher lief alles nach Plan. Um 11 Uhr 30 Ortszeit fuhr er die Systeme seiner Überwachungszentrale im verfallenen Kammhotel hoch. Auf vier Bildschirmen hatte er einen Überblick über die Schlüsselstellen des Einsatzes. Eine Hochleis-

tungskamera übertrug aus dem Gipfelkreuz der Zugspitze ein Panoramabild, das von der Gipfelstation über das gesamte Zugspitzplatt reichte. Schwenkte er sie in nördlicher Richtung, sah er Garmisch-Partenkirchen und die Dunstglocke Münchens in einhundert Kilometern Entfernung. Eine weitere Kamera war unten auf der ersten Stütze der Bayerischen Seilbahn angebracht. Sie funkte über den Satelliten Bilder, die den Bahnhof Eibsee zeigten, die Seilbahnstation und den Parkplatz samt Hotel und See. Eine dritte Kamera auf der untersten Stütze der Tiroler Zugspitzbahn diente der Überwachung der österreichischen Talstation und des Geländes um sie herum. Die vierte und fünfte – und auf ihre Installation war John McFarland besonders stolz – befanden sich direkt in dem bald entführten Zug.

Alle Kameras waren von seinem Arbeitsplatz aus schwenk- und zoombar. Er konnte sogar einzelne Gesichter von Skifahrern auf dem Platt oder von Menschen auf dem Parkplatz am Eibsee auf dem Bildschirm betrachten. Das galt natürlich ganz besonders für die Passagiere in dem Zug. Zudem konnte er deren Gesichter innerhalb von Sekunden über einen weiteren Satelliten an das Personenregister der NSA senden und bekam in den meisten Fällen umgehend Auskunft, welcher Name dazugehörte, welcher Nationalität und Ethnie die entsprechende Person war und ob es »nachrichtendienstlich interessante Top-Level-Informationen« über sie gab, also ob diese Person einem Geheimdienst angehörte, einer militärischen Einheit oder einer Nicht-Regierungsorganisation oder ob sie in ihrem Leben etwas Schlimmeres ausgefressen hatte, als bei Rot über die Ampel zu fahren.

Seit Anfang Dezember hatte McFarland diese Zentrale im Kammhotel Stück für Stück eingerichtet und die Kameras installiert. Er war sich sicher, dass ihn dabei niemand beobachtet hatte. An insgesamt zwanzig Tagen hatte er sich, als Tourist verkleidet, mit einer der drei Bahnen auf den Gipfel bringen lassen, war ein bisschen Ski gefahren oder hatte sich in einen Liegestuhl gelegt, je nach Art seiner Tarnung. Jeden Abend hatte er sich im kleinen Museum auf der österreichischen Seite der Gipfelstation hinter einer der wandfüllenden Schautafeln versteckt und einsperren lassen, und als die Station leer war, hatte er seinen Weg in die alten Fußgängertunnel erforscht, die den Gipfel durchzogen, hatte seine Route zum Kammhotel festgelegt und alle Strecken Schritt für Schritt vermessen, sodass er sie auch im Dunkeln würde gehen können. Er war hinüber zum vergoldeten Gipfelkreuz geklettert, um die Kamera und das winzige Sonnenpaneel, das deren Stromversorgung diente, auf einem der metallenen Strahlenkränze zu installieren. In den Nächten, in denen er nicht auf dem Gipfel war, hatte er die Kameras auf den Stützen der beiden Seilbahnen angebracht. Beide konnten mit einem Einhundertachtzig-Grad-Schwenk auch den Gipfel von den beiden Tälern aus zeigen. Somit konnte er das ganze riesige Massiv überwachen, live und in Farbe.

Die Kameras in der Zahnradbahn waren die eigentliche Herausforderung gewesen. Denn er konnte nicht wissen, welcher der Züge für die entsprechende Fahrt zum Einsatz kam. Also brach er in das Depot der Zugspitzbahn in Grainau ein und installierte in allen Bahnen seine elektronischen Augen. Bei den modernsten Wagen kam ihm entgegen, dass diese mit Sicherheitskameras an den Waggondecken ausgestattet waren. Diese musste er nur gegen seine Spezialkameras austauschen und mit einem Transponder versehen. An Weihnachten waren seine Vorbereitungen erledigt, und er konnte sich daranmachen, sich für den Einsatztag ein unauffälliges Fluchtauto zu beschaffen. Er mietete einen simplen Ford bei Avis.

An diesem Tag würde die Aktion genauso glatt verlaufen. Wenn die Ermittler der Deutschen in drei oder vier Tagen das Feld geräumt hatten, musste er nur noch seine Gerätschaften spurlos entsorgen. Das würde eine Woche dauern – danach hätte er sich den Tauchurlaub auf den Philippinen redlich verdient.

Die Jungs an der Front, in diesem Fall im Tunnel, hatten hoffentlich gut gearbeitet. Die Ausbilder im Jemen verstanden ihren Job, aber es blieb immer ein gewisses Restrisiko bei einem Trupp junger und williger Guerilleros, die eine Aktion im Ausland durchführen sollten. Besonders bei diesem Einsatz mit dem Codenamen »Peak Performance« betraten die Leute in Langley Neuland. Nachdem arabische Terrorkommandos mittlerweile auch von den europäischen Diensten, allen voran den deutschen BKA und BND, praktisch lückenlos überwacht wurden und es über jeden Menschen eine Akte gab, der in den letzten zehn Jahren in ein Land östlich der Türkei und südlich von Spanien ein- oder daraus ausgereist war, mussten neue Hilfstruppen angeheuert werden. John McFarland wusste nicht, wer darauf gekommen war, die Bolivianer zu benutzen, aber es musste ein gewiefter Stratege seines Dienstes gewesen sein. Das hier war ganz oben entwickelt worden. Sehr viele Fliegen wurden bei dieser Aktion mit einer Klappe erschlagen. Fast zu viele für seinen Geschmack. Doch das zu übersehen war nicht seine Aufgabe. Die beschränkte sich darauf, die Aktion zu dokumentieren. Deshalb hatte er überall die Kameras im und um den Berg angebracht.
John McFarland zählte die Minuten. Auf dem Bildschirm, der den Zugspitzbahnhof Eibsee zeigte, fuhr gerade der Zug ab. Sein Zug. Er ging die Strecke im Kopf durch. Gut zwanzig Minuten später würden die Sprengsätze gezündet. Bald darauf würde die Welt auf die Zugspitze schauen.
Er sah auf dem Bildschirm der Zugkamera die arglosen Fahrgäste. Er checkte die Kamera auf dem Gipfel und die auf der Ehrwalder Seite des Berges und sah die alte verfallene Hotelruine, in der er selbst saß. Alle Kameras funktionierten tadellos. Dann konzentrierte er sich wieder auf das Geschehen im Zug und scannte zum Zeitvertreib die Gesichter der gelangweilt dasitzenden Skifahrer. Ein Mann kam ihm bekannt vor. Er zoomte sich an das Gesicht heran. Ja, er kannte diesen Mann. Und die

Frau, die ihn begleitete, auch. Er hatte nur keine Namen dazu. Hatte er diese Gesichter schon einmal im Dienst gesehen? Es war ihm, als seien sie wie er Angehörige der Firma. Er kratzte sich irritiert am Kopf. Was machten die in *seinem* Zug? Ein unglaublicher Zufall? Er klickte auf »Scan Face« und schickte die Konterfeis an den Zentralrechner.
Der Rechner meldete dreißig Sekunden später »Access denied«. Wenn der Zentralrechner nichts herausgab, bedeutete das meist, dass die betreffende Person einen herausragenden Status innerhalb der weitverzweigten amerikanischen Geheimdiensthierarchie hatte.
John McFarland ahnte, dass das Ärger geben würde.

KAPITEL VIER

Waggon der Zugspitzbahn, 11 Uhr 52

Im Waggon stank es, und die Scheiben waren angelaufen. Um dem Ansturm der Wintersportler und Ausflügler auf Deutschlands Gipfel Herr zu werden, war die Zahnradbahn an diesem Tag mit allen verfügbaren Zügen unterwegs. Thien Baumgartner hatte einen der älteren Wagen erwischt. Er saß an der hinteren Rückwand des zweiten Triebwagens. Neben ihn war der dickleibige Snowboarder gequetscht, der schon zwei Tafeln Schokolade am Bahnhof in Hammersbach vertilgt hatte. Thien verfluchte sich, dass er in der Eile seinen iPod zu Hause gelassen hatte. Zwar hatte er die gleichen Titel auch auf seinem iPhone, nur hingen die Kopfhörer leider am anderen Gerät, das irgendwo zu Hause unter einem Stapel Wäsche lag. Er hätte die Musik als Schutz gegen das pubertäre Gelaber der ihn umgebenden pickeligen und rülpsenden Snowboarder-Gang dringend gebraucht. Durch Meditation versuchte er dem muffigen engen Wagen wenigstens geistig so lange zu entkommen, bis er mitsamt den rund zweihundert Mitreisenden eine Stunde später das Zugspitzplatt erreichen würde.

Der Zug hatte mittlerweile die Talhaltestelle Grainau-Badersee passiert und fuhr die Strecke zum Eibsee hinauf. Der dicke Snowboarder machte sich über eine Packung Kekse her. Thien fühlte ihn seitlich förmlich wachsen. Oben am See war der letzte Halt, an dem noch weitere Gäste zusteigen würden. Allmählich kam sich Thien vor wie in der Tokioter U-Bahn. Es hatte aber auch keinen Sinn, den Platz im engen und stickigen Zug aufzugeben und vom Bahnhof Eibsee aus mit der dort startenden Eibsee-Seilbahn weiterzufahren. Zwar würde die ihn in nicht einmal zehn Minuten reiner Fahrzeit auf den Zugspitzgipfel bringen, während der Zug von Eibsee aufs Platt durch den vier Kilometer langen steilen Tunnel immer noch eine Dreiviertelstunde brauchte, um die sechzehnhundert Höhenmeter zu überwinden. Aber um die Seilbahn zu nutzen, hätte er sich erneut anstellen müssen – und wer wusste, ob er hier das gleiche Glück haben würde wie zuvor in Garmisch mit der Zahnradbahn. Hier oben arbeiteten eher Grainauer, die er als Partenkirchner nicht so gut kannte. So vertiefte er sich in seine Meditation und gab seinem Körper die Möglichkeit, noch eine halbe Stunde länger den Restalkoholspiegel abzubauen. Die vorangegangene Nacht in der Boarder-Kneipe am Hausberg war lang gewesen. Oben musste er wieder fit sein.

Am Eibsee begann die eigentliche Bergfahrt des Zuges. Ab dort musste sich der Zug mit seinem Zahnrad in die in der Mitte zwischen den Gleisen montierte Zahnstange verhaken und sich daran nach oben ziehen, sonst konnte er die Steigung nicht bewältigen. Das galt für die modernen Wagen schweizerischer Herkunft ebenso wie für die AEG-Triebwagen, die in den dreißiger Jahren des vergangenen Jahrhunderts als technische Wunder den höchsten Berg Deutschlands bezwangen und die heute in Museen auf dem Altenteil stehen.

Es ging zunächst steil die Westflanke des Bergs hinauf, die ersten fünfzehn Minuten noch im Freien bis zur Haltestelle Riffelriss. Dann verschwand der Zug für eine halbe Stunde im viereinhalb Kilometer langen Tunnel. In den späten 1920ern war der Stollen von Tausenden von Arbeitern in den Muschelkalk des Wettersteinblocks getrieben worden. Bis zu vierzig Prozent Steigung gab es im Tunnel. An das Geratter des Zahnrads in der Zahnstange hatten sich die Insassen bald gewöhnt. Einige nickten wegen des monotonen Geräuschs und der schlechten Luft im Innern der Waggons sogar ein. Vor den beschlagenen Fenstern war nur die Schwärze der Röhre zu sehen. Alle paar Sekunden wischte draußen ein Notlicht vorbei. So ging es Meter um Meter vorwärts und bergauf.

Thien kannte die Strecke im Tunnel so gut wie den Weg durch das elterliche Haus, in dem er sich auch nachts um drei nach einer Sauftour bei vollkommener Dunkelheit bewegen konnte, ohne einen Laut zu erzeugen. Er spürte das Aussetzen des Zahngestänges, als die Bahn auf den flacheren Streckenabschnitt fuhr, der von den Schildern draußen an der Tunnelwand als »Ausweiche 4« ausgewiesen wurde. Dort hatten die Tunnelbauer Platz für Gegenverkehr geschaffen, denn der Tunnel war 1928 eingleisig gebaut worden. Ausweiche 4 war die einzige Stelle in der Felsröhre, an der zwei Züge aneinander vorbeifahren konnten. Die anderen Ausweichen befanden sich weiter unten im Freien.

Der nach oben fahrende Zug hatte Vorfahrt und fuhr an dieser nicht allzu steilen Stelle an dem auf dem anderen Gleis wartenden Zug vorbei. Thien wusste, dass er nur noch eine knappe Viertelstunde in diesem die letzte Nacht und das Frühstück ausdünstenden Menschenhaufen verbringen musste. Er musterte die Mitfahrer. Oben würde er sehr schnell seine Ausrüstung packen und losrennen müssen, um vor der Menge ins Freie zu gelangen. Sie würden wie eine Herde Schafe über den Bahnsteig des Bahnhofs Zugspitzplatt schlurfen und ihn weitere wertvolle Minuten kosten. Thien fasste an seinen Beinen hinab zu seinen Skistiefeln und schnallte sie schon einmal ein wenig fester, damit sich seine Füße an die Enge gewöhnen könnten. Nach ein paar Metern auf Ski würde er diesen Vorgang wiederholen, so lange, bis seine Füße wie in zwei Schraubstöcke gezwängt waren.

Thien bückte sich im Sitzen nach vorn, um auch die vordersten Schnallen seiner Stiefel zu erreichen. In diesem Moment hielt der Zug abrupt an. Ein kurzes lautes Quietschen begleitete die Vollbremsung.

Thiens Kopf bohrte sich in den Schoß des Snowboarders auf der Bank gegenüber. Sofort stieß er sich wieder ab und murmelte: »Sorry.« Er blickte sich im Zug um und sah, dass fast überall die mit dem Rücken zum Tal Sitzenden auf ihre Mitreisenden auf die gegenüberliegenden Bänke geworfen worden waren. Es beruhigte ihn, dass er nicht der Einzige im Zug war, der in eine solche Situation geraten war. Einige Frauen hatten unmittelbar bei der Bremsung losgekreischt und zwei oder drei damit noch nicht aufgehört. Ihre Sitznachbarn redeten auf sie ein. Einem Mann im vorderen Teil des Waggons hatte die Stahlkante eines umfallenden Snowboards einen tiefen Längsschnitt mitten auf der Stirn verpasst, aus dem ihm wie einem Boxer das Blut übers Gesicht lief. Andere fluchten; sie hatten ihre Getränke über die eigenen Klamotten oder die der ihnen Gegenübersitzenden gekippt.

Der plötzliche Halt an der Ausweiche 4 war nicht im Fahrplan vorgesehen, das war Thien sofort klar. Der bergab fahrende Zug wartete ja ordnungsgemäß auf dem Nebengleis. Wieso also diese Vollbremsung? Hatte der Zugführer einen falschen Knopf gedrückt? Lag etwas auf den Schienen? Oder hatte jemand die Notbremse gezogen? Nach und nach wurde es wieder ruhiger im Wagen. Der blutende Skifahrer lehnte jedes Hilfsangebot ab, dennoch kramten ein paar wild Entschlossene Verbandszeug aus ihren Rucksäcken hervor. Über den Lautsprecher meldete sich der Zugführer: »Sehr geehrte Fahrgäste, Ladies and Gentleman, es tut uns sehr leid, dass wir anhalten mussten, aber es wurde offenbar eine Notbremsung ausgelöst, we are very sorry ssatt we had to stop, batt someone ...«

Die Durchsage wurde von einem trommelfellzerreißenden Knall hinter dem Zug unterbrochen.

Die Geistesgegenwärtigen unter den Fahrgästen warfen sich auf den Boden der Waggons oder zogen zumindest die Köpfe ein. Andere blieben wie versteinert und mit weit aufgerissenen Augen sitzen. Dem Knall folgte ein Prasseln und Poltern, als würde ein Baustellenlaster eine Ladung Findlinge in den Tunnel kippen. Das Kreischen der Frauen füllte die Schallleere nach dem Knall und dem Prasseln. Als das Kreischen zu einem Wimmern erstarb, zerriss ein zweiter Knall – wieder gefolgt von Felsprasseln – den Tunnel. Diesmal kam der Lärm von vorn. Wieder kreischten Frauen. Und diesmal auch fast alle Männer. In den Augen der meisten Fahrgäste stand Panik.

Dann wurde es dunkel. Rauch und Felsstaub bedeckten die Fenster, die Waggonbeleuchtung fiel aus. Im Zug hörte Thien nur noch vereinzeltes Wimmern.

KAPITEL FÜNF

Zugspitzbahnhof Eibsee, 12 Uhr 08

Franz Hellweger stand an der Schalttafel in seinem Führungsstand am Bahnhof Eibsee und blickte den Berg hinauf. Das elektronische Notfallsystem hatte gemeldet, dass der aufwärtsfahrende Zug plötzlich mitten im Tunnel stehen geblieben war, auf Höhe der Ausweiche 4. Das war auf dem Fahrstandsanzeiger in der Mitte der großen grauen Schalttafel abzulesen. Eine rote Alarmleuchte meldete eine Notbremsung. Der abwärtsfahrende Zug stand ebenfalls, er hatte in Ausweiche 4 gewartet, um den von unten kommenden Zug durchzulassen.
Franz Hellweger griff zum Funkgerät. Über ein Schlitzkabel im Tunnel war der Betriebsfunk zwischen dem Zug und den Bahnhöfen auf der gesamten Strecke sichergestellt. Doch keiner der beiden Zugführer meldete sich zurück. Es gab auch noch das alte AEG-Telefon, dessen Signale über die Oberleitungen übertragen wurde. Achtzig Jahre lang hatte das funktioniert. Das Telefon war tot. Franz Hellweger nahm sein Handy vom Schaltpult und rief die Bergstation auf dem Platt an. Der diensthabende Betriebsleiter im Bahnhof Zugspitzplatt sah auf seinen Instrumenten die gleichen Informationen wie Hellweger unten am Eibsee. Auch er stand der Situation ratlos gegenüber.
Die beiden Männer beschlossen, von oben und von unten je einen Trupp in den Tunnel zu schicken. Für Franz Hellweger bedeutete dies, dass er die nächste aus dem Tal heraufahrende Bahn räumen lassen musste, um sie mit seinen Leuten zu besetzen. Das würde ein Spaß werden. Er wartete, bis der Zug den Bahnhof Eibsee erreicht hatte, und dann forderte er die Fahrgäste über die Lautsprecheranlage dazu auf, die Wagen zu verlassen. Als Begründung gab er an, eine Betriebsstörung liege

vor. Anschließend ließ er den vorderen der beiden Triebwagen abkoppeln und schickte fünf seiner Mitarbeiter damit nach oben. Sein Kollege im Bahnhof Zugspitzplatt schickte drei Männer zu Fuß zum Tunnel, da ja kein weiterer Zug oben zur Verfügung stand.

Franz Hellweger wartete zehn Minuten, ohne eine Nachricht zu erhalten. Er blickte hinüber zum Bahnsteig, wo sich immer mehr Fahrgäste drängten. Zu den gut zweihundert Passagieren, die er hatte aussteigen lassen, kamen die, die mit dem Auto oder Bus zum Eibsee gefahren waren und von hier aus auf die Zugspitze wollten. Weitere zehn Minuten vergingen. Endlich meldete sich sein Trupp. »Leitstelle von Triebwagen fünf – kommen.«

»Hier Leitstelle – kommen.«

»Hier Triebwagen fünf – Meldung: Franz, da ist kein Durchkommen.«

»Was soll das heißen?«

»Felssturz. Tunnel vollkommen verschüttet. Riesige Brocken vom Boden bis zur Decke. Keine Ahnung, wie tief und ob das hält, wenn wir hier ein paar der Felsen entfernen.«

»Wo genau beginnt der Felssturz?«

»Ungefähr zwanzig Meter vor Ausweiche vier. Der Tunnel ist dort noch eng und eingleisig. Wir wissen natürlich nicht, wie weit der Sturz reicht.«

»Und wo steht euer Wagen?«, fragte Hellweger. Er wollte wissen, wie weit die Oberleitung, deren Stromkreis nach Streckenabschnitten unterteilt war, funktionierte. Bei einem Felssturz musste die Stromversorgung schon irgendwo weiter oben unterbrochen sein.

»Wir sind mit dem Zug bis auf dreihundert Meter an den Felssturz heran, danach gibt's keinen Strom mehr.«

»Sicht- oder Hörkontakt mit dem Zug? Klopfzeichen?«

»Nichts. Wir sehen die Hand vor den Augen nicht. Der Staub hängt in der Luft.«

»Befehl von Leitstelle: Lasst alles liegen, fangt nicht an zu graben! Wiederhole: Graben negativ! Wartets oben und schauts, obs was hörts.«
»Hier Triebwagen fünf – verstanden und over.«
»Leitstelle – over.« Franz Hellweger schob seine ölverschmierte Basecap in den Nacken und rieb sich über die Stirn. »Um Himmels willen. Felssturz. Tunnel eingebrochen. Das ist eigentlich vollkommen ausgeschlossen«, murmelte er vor sich hin. »Ich hoffe nur, dass da nicht die Bahn verschüttet ist. Ob wir da einen rausbekommen? Ich meine lebend?«
Franz Hellweger erwartete keine Antwort von seinem Mitarbeiter Matthias Meier, der schweigend neben ihm stand und zum Gipfel hinaufblickte. Er wagte sich in Gedanken nur langsam an ein Bild des Zugs, der von Gesteinsmassen verschüttet sein musste. Die Züge waren so konstruiert, dass sie bei optimaler Gewichtsersparnis möglichst stabil waren. Die Aluminiumkarossen waren robust genug für den täglichen harten Einsatz. Sie konnten Tausende von Ausflüglern über zweitausend Höhenmeter nach oben und wieder nach unten bringen, Tag für Tag. Jahr für Jahr. Aber dem Druck von Tausenden Tonnen Gestein würden sie nicht standhalten. Sie würden zusammengequetscht wie leere Zigarettenschachteln, die man in der Faust zerdrückte. Die Menschen darin wären nicht zu retten. Zum überwiegenden Teil zumindest. Wunder gab es immer wieder bei solchen Unglücken. Selbst beim Brand der Standseilbahn am Kitzsteinhorn vor einigen Jahren hatten einige wenige Menschen überlebt. Und auch bei Erdbeben fand man nach Tagen noch Lebende unter den Trümmern. Aber an die musste man erst einmal herankommen.
In dem Moment meldete sich der Betriebsleiter vom Bahnhof Zugspitzplatt per Handy. Sein Trupp, der von oben zu Fuß in den Tunnel eingedrungen war, gab einen praktisch gleichlautenden Bericht ab wie die Kollegen, die die Unglücksstelle von unten her begutachteten: kein Durchkommen zum Zug, Fels-

sturz kurz hinter Ausweiche 4. Nichts zu sehen und nichts zu hören. Alles meterhoch voll Felsbrocken und ansonsten: Staub. Hellwegers böse Vorahnung bewahrheitete sich. Der Tunnel musste über die komplette Länge der Ausweiche 4, knapp über zweihundert Meter lang, eingestürzt sein. Der vollbesetzte aufwärts- und der um diese Zeit fast leere abwärtsfahrende Zug waren verschüttet. Über zweihundert Menschen mussten das sein. Franz Hellweger musste eine Rettungsaktion einleiten, die so nicht in den Notfallplänen stand. Jegliches verfügbare technische Gerät und jede Menge Helfer mussten dorthin, sei es von unten aus per Schiene mit den verfügbaren Zügen oder von oben vom Platt, wohin die Gerätschaften und Helfer erst einmal per Hubschrauber oder mit der Seilbahn hingeschafft werden mussten.

Franz Hellweger wählte die Notrufnummer 112. Der Disponent der ILS Oberland, der »Integrierten Leitstelle Oberland«, im siebzig Kilometer entfernten Weilheim, stellte seine Standardfragen: was, wo, wann, wie viele Verletzte?

»Ich habe keine Ahnung, was da los ist! Die Züge scheinen verschüttet. Da sind über zweihundert Personen drin. Macht euch auf einen schwierigen Einsatz gefasst.«

Viel mehr Informationen konnte Hellweger dem Mann nicht geben. Der gab sie in seinen PC ein. Die im System hinterlegten Alarmierungspläne setzten automatisch die Feuerwehren der gesamten Umgebung, das Rote Kreuz und das Technische Hilfswerk in Bewegung. Keine dreißig Minuten später standen die ersten Feuerwehr- und Rettungsdienstfahrzeuge und rund zwanzig Retter der Bergwacht auf dem völlig überfüllten Zugspitzparkplatz am Eibsee. Weitere Einsatzfahrzeuge der Feuerwehren, der Sanitätsdienste und des THW steckten auf der verstopften Eibseestraße fest. Die Polizei sperrte den Parkplatz der Zugspitzbahn ab und versuchte den nach oben strömenden Verkehr am Wendehammer am Ende der Straße wieder nach unten zu leiten.

KAPITEL SECHS

Mittenwald, Dammkar, 6. Januar 2012, 12 Uhr 38

Lass dir doch ein bisschen Zeit, um die Aussicht zu genießen, Sandra!« Markus Denninger wollte nicht zugeben, dass seine neue Freundin im Begriff stand, ihn beim Aufstieg abzuhängen.
Und Sandra Thaler dachte überhaupt nicht daran, langsamer zu werden. Sie war in einer grandiosen körperlichen Verfassung. Den ganzen Sommer lang hatte sie – sofern sie nicht auf einer Expedition war – fast täglich einen Berglauf im Karwendel absolviert und an den Wochenenden mit Markus, wann immer er dienstfrei hatte, eine lange und anstrengende Mountainbiketour unternommen. Sie hatte im Herbst nicht wie sonst zwei Wochen erkältet zu Hause gelegen und konnte daher die ersten Schneefälle Anfang Dezember nutzen, um an ihrer Kondition – nun endlich auch auf Ski – weiterzuarbeiten. Jetzt, Anfang Januar, stand die Wettkampfsaison der Skibergsteiger unmittelbar bevor. Das erste Saisonrennen war der Dammkarwurm Mitte Januar, ihr Heimrennen in Mittenwald, dann folgten an jedem Wochenende bis in den April hinein die nationalen und internationalen Wettbewerbe und Meisterschaften. In diesem Jahr wollte sie in die Weltspitze dieser noch jungen Sportart laufen, um im nächsten Jahr bei den Weltmeisterschaften vorne mit dabei zu sein.
Für die Schönheit der Gegend hatte Sandra an diesem Feiertag keine Zeit. Obwohl sie einen Teil ihres Lebensunterhaltes damit bestritt, Fotos von steilen Bergen zu schießen. Aber das Karwendelgebirge betrachtete sie als totgeknipst. Sie würde sich nach der Skisaison wieder einer Himalaja-Expedition als Fotografin anschließen. Ihr Sponsor aus der Bekleidungsindustrie

hatte ihr geholfen, aus dem Hobby einen Beruf zu machen. Er unterstützte auch professionelle Expeditionen und wollte von ihnen gute Fotos für seine Marketingaktionen. Sandra wurde fast jeden Sommer für einige Wochen auf eine Tour nach Asien oder Südamerika geschickt. Dass sie beides konnte – im Winter mit den Klamotten des Sponsors den Berg hinaufhetzen und im Sommer eindrucksvolle Fotos mit Menschen in diesen Klamotten aus eisigen Höhen nach Hause bringen –, war ein Glücksfall für beide Seiten.

An diesem Tag ging es nicht um Fotos. Es galt, ihre persönliche Bestzeit durch das Dammkar zu verbessern. Wenn ihr Markus, immerhin als Heeresbergführer des in Mittenwald stationierten Hochzugs der Gebirgsjäger, nicht folgen konnte oder wollte, würde sie im Karwendelhaus auf ihn warten. Das Dammkar war genauso Markus' Hausstrecke wie ihre. Vielleicht musste er erst noch richtig wach werden. Der Tag hatte jedenfalls ganz anders angefangen, als sie geplant hatten. Sie hatten um sieben Uhr aufbrechen wollen, um unter den Ersten zu sein, die die Felle unter die Ski klebten und durch den frischen Schnee ihre Spur nach oben zogen. Doch wieder einmal hatten sie vergessen, den Wecker zu stellen. Als sie um zehn aufwachten, war ihnen klar, dass sich im Dammkar bereits Horden von Skitourengehern tummeln würden. Und bis sie in gut zwei Stunden oben im Karwendelhaus wären, hätte die Seilbahn jede Menge Freerider dorthin befördert, die die jungfräulichen Hänge zusammenfahren würden. Also hatten sie sich Zeit für ein ausgiebiges Spaß-Frühstück im Bett genommen. Um elf Uhr waren sie dann aufgestanden. Eine Stunde später hatten sie am Ausgangspunkt der Tour neben der Bundesstraße endlich die Felle auf die Ski gespannt und waren in die Bindung gestiegen, um den sieben Kilometer langen Aufstieg anzugehen.

Die Strecke hatte den Vorteil, dass sie seit einigen Jahren als sogenannte Freeride-Piste betrieben wurde. Das bedeutete, dass sie nicht wie normale Skipisten durch Pistenraupen präpariert wurde, sondern lediglich bei Lawinengefahr die Schneemassen gesprengt wurden. Man konnte hier also in einiger Sicherheit vor Lawinen Skitouren unternehmen und Tiefschnee fahren. Der Nachteil war, dass diese relative Sicherheit zusammen mit der Tradition der Strecke an einem sonnigen Hochwintertag wie diesem Hunderte von Skitourengehern und Freeridern anzog. Ein einsames Bergerlebnis würde das nicht werden.

Bereits nach den ersten paar hundert Metern stellte Sandra erfreut fest, dass sie im Sommer und Herbst tatsächlich so viel Kondition aufgebaut hatte, dass sie ihrem superfitten Elitesoldaten davonlaufen konnte. Das spornte sie noch mehr an. Sie legte Zahn um Zahn zu, und bald hatte sie zwei Minuten Abstand zwischen sich und ihren Freund gebracht, obwohl sie oft aus der Aufstiegsspur in den hohen Tiefschnee steigen musste, um langsamere Tourengeher zu überholen.

Markus Denninger lief ebenfalls in der eigenen Spur. Ihre Spur zu nehmen wäre unter seiner Würde gewesen. Es wäre doch gelacht, würde Sandra nicht spätestens in einer halben Stunde die Puste ausgehen und er sie einholen. Natürlich hatte sie neben ihrem Trainingsvorsprung deutliche Gewichtsvorteile; er wog mit seinen achtundsiebzig Kilo fast das Doppelte seiner zierlichen Freundin.

Es gelang ihm immerhin, sich bis auf Hörweite an sie heranzukämpfen, und er schrie ihr mit berstenden Lungen nach: »Wenn ich dich erwische, musst du mich heiraten!«

Er verstand Sandras Antwort nicht. Das Handy klingelte in der Deckeltasche seines Rucksacks. Es war der Klingelton, den er für die Nummer des Bataillonsstabes einprogrammiert hatte. Das Handy spielte »Hell's Bells«.

KAPITEL SIEBEN

Salzsee von Uyuni, Regenzeit, 2002

Pedro hatte begonnen, sich mit der Geschichte seines Volkes zu beschäftigen, mit den Fakten, aber auch mit seinen Legenden und Mythen. Er hatte beides in Zusammenhang gebracht und wusste nun auch all das, was sie ihm in der staatlichen Schule nicht beigebracht und die Jesuiten ihm verschwiegen hatten.
Vor allem wusste er eines: Der Salar de Uyuni gehörte seinem Volk. Seit Jahrhunderten. Sie hatten hier am Rande des größten Salzsees der Erde ein Leben gefristet, wie es niemand leben wollte. In dieser Höhe. Bei ständiger Wasserknappheit. Umgeben nur von Salz. Hier hatte sich sein Volk angesiedelt. Lange bevor die Inkas es unterworfen hatten und auf der Arbeit seines Volkes ihr Reich errichteten, das schließlich größer gewesen war als das der alten Römer. Lange bevor die Spanier kamen und die Inkas niedermetzelten. Lange bevor der Hirte Silber im Berg Potosí gefunden hatte und die Spanier den Berg durchlöcherten und ausweideten, um eine Brücke aus Silber zu bauen, die bis nach Madrid reichte, wie die Legende behauptete. Lange bevor Bolivar und Sucre die Spanier vertrieben, deren acht Millionen Sklaven sich zu Tode geschuftet hatten, um all das Silber aus dem Berg zu holen. Lange, bevor das Silber ausgebeutet war und die Minen aufgelassen wurden. Lange bevor aus einer Bergbaumetropole ein Zugfriedhof wurde. Lange bevor Che in Bolivien beenden wollte, was er auf Kuba angefangen hatte. Lange bevor sie ihn zwischen Feigenbäumen verhaftet und erschossen hatten. Lange bevor die Touristen kamen, um im Salzhotel auf dem See zu wohnen. Lange bevor sie das Lithium entdeckt hatten, das sie alle haben wollten: die Amerikaner, die Franzosen, die Koreaner, die Chinesen.

KAPITEL ACHT

Zugspitzbahnhof Eibsee, 12 Uhr 58

In Franz Hellwegers Steuerstand ging es mittlerweile zu wie in einem Bienenstock. Ständig schwirrten Einsatzleiter von Polizei, Rotem Kreuz, Bergwacht und THW ein und aus. Das Telefon klingelte ohne Unterbrechung. Er musste erst einmal für Ruhe sorgen.
»Jetzt ist aber Schluss hier. *Sie* bleiben da!«, wies er den Einsatzleiter der Polizei an. »Alle anderen: raus! Es gibt noch nichts zu retten. Wir haben keine Ahnung, was dort oben los ist. Schaut alle erst mal zu, dass ihr eure Gerätschaften irgendwo verräumt. Und du, Hias, machst mir den Telefonisten. Nur unser Chef und die Leute vom Gipfel stellst du durch, alle anderen wimmelst du ab, und zwar innerhalb von zwei Sekunden, damit die Leitung frei ist. Alles klar?«
Matthias Meier hatte verstanden. Er war zwar Maschinist bei der Bayerischen Zugspitzbahn, aber unangenehme Bittsteller unfreundlich abzubürsten hatte er am Fahrkartenschalter üben dürfen, wo jeder Kollege einspringen musste, wenn Not am Mann war. Der nächste Anrufer bekam ein »Naa, jetzat ned!« zu hören, dann legte Hias Meier sofort auf. Das tat er nun im Fünf-Sekunden-Takt.
»Und was machen wir mit den Leuten auf dem Platt und auf dem Gipfel?« Hauptkommissar Ronny Vierstetter von der Polizeiinspektion Garmisch-Partenkirchen war der ranghöchste Polizist, der am Eibsee aufgetaucht war. Er vertrat den PI-Chef, der auf dem Weg ins Zillertal zum Skifahren war. Jetzt stand Vierstetter neben Hellweger im Leitstand. »Es sind jetzt mittags über fünftausend Menschen auf dem Gipfel. Die müssen wir evakuieren. Aber wie soll das gehen?« Vierstetter war noch

nicht lange in Garmisch-Partenkirchen. Die Berge und alles, was damit zusammenhing, waren ihm immer noch ein Rätsel.
»Die Zahnradbahn ist weg. Die hätte die größte Kapazität. Wir bekommen die Leute jetzt nur noch mit den beiden Seilbahnen hierher zum Eibsee und nach Ehrwald herunter«, schaltete sich Hias Meier zwischen zwei Telefonaten ein.
Dagegen protestierte Hellweger energisch. »Hier kann ich die nicht brauchen. Ich will unsere Seilbahn für Materialtransport und für Verletzte aus dem Zug freihalten. Die Leute oben sollen mit der Tiroler Seilbahn nach Ehrwald.«
»Mit nur einer Seilbahn alle Leute runterbringen?«, regte sich Hauptkommissar Vierstetter auf. »Die schafft doch nicht mehr als drei- oder vierhundert Mann die Stunde. Das dauert ja über zehn Stunden, bis alle in Ehrwald sind.«
Wenigstens die Grundrechenarten beherrscht der Ossi, dachte Hellweger und schaute dem Polizisten in die Augen. »Ihr müsst die halt auch zum Teil oben verpflegen. Dazu haben wir das THW und das Rote Kreuz. Eines ist klar: Hier brauchen wir den ganzen Platz für die Rettung. Wir müssen schweres Gerät nach oben bringen. Kümmerts ihr euch um die Leute da draußen und machts die Straße frei. Schauts, wie viele oben in Schlafsäcken und unter Decken von der Bundeswehr in der Gipfelstation und im Schneefernerhaus übernachten können. Das Rote Kreuz soll direkt neben dem Gleis hier unten und oben im Restaurant SonnAlpin auf dem Platt je einen Not-OP aufbauen. Oder was weiß ich, was jetzt wer macht. Katastropheneinsätze regelt doch das Landratsamt. Ihr müssts wirklich nicht da herin umanandastehen. Machts ihr da draußen alles klar. Wir kümmern uns um den Zug im Tunnel.«
Vierstetter verstand, dass er hier am wenigsten gebraucht wurde, und verzog sich aus dem Leitstand.
Wenige Minuten später legte der als Aushilfstelefonist bestellte Hias Meier nicht sofort wieder auf, nachdem er einen weiteren Anruf entgegengenommen hatte, sondern nahm Haltung an.

Dann deckte er die Sprechrillen mit der Hand ab und rief: »Du, Franz, das ist jetzt nicht unser direkter Chef, aber vielleicht gehst du trotzdem ...«

Franz Hellweger hing mit der linken Hand am Funk und versuchte, seine Einsatzteams am Berg zu erreichen. Widerwillig nahm er den Hörer mit der Rechten entgegen. »Hellweger, Zugspitzbahn.«

»Bayerische Staatskanzlei. Ich verbinde.« Mehr sagte die Frauenstimme am anderen Ende nicht. Dann ertönte für Sekunden die Bayernhymne, während das Gespräch offenbar auf ein Mobiltelefon weitergeleitet wurde, denn als die Verbindung stand, hörte Hellweger das Rauschen eines schnell fahrenden Autos und dann eine blechern klingende Männerstimme, die ihm bekannt vorkam. »Lackner hier. Haben Sie die Situation unter Kontrolle, Herr Hellweger?«

»Herr Ministerpräsident ...« Hellweger glaubte seinen Ohren nicht zu trauen. »Was heißt das schon, unter Kontrolle. Wir versuchen uns erst einmal einen Überblick zu verschaffen, was da oben im Tunnel passiert ist. Wir versammeln hier am Eibsee-Bahnhof die Einsatzleiter der Hilfskräfte, und dann sehen wir weiter und ...«

»Herr Hellweger, wir stehen bald am Autobahnende im Stau, doch der Helikopter muss jede Minute bei uns eintreffen. Ich fliege dann direkt zum Eibsee hinauf und wünsche über jeden Ihrer Schritte persönlich informiert zu werden.«

Damit war das Gespräch beendet, und Hellweger war wieder mit der Dame in der Staatskanzlei verbunden, die sagte: »Ich gebe Ihnen jetzt mal eine Nummer, die sie später wieder vergessen. Auf der erreichen Sie den Herrn Ministerpräsidenten direkt im Auto oder im Hubschrauber.«

Franz Hellweger hatte eigentlich Wichtigeres zu tun, als für den Landeschef den Büroboten zu spielen. Dennoch notierte er die Nummer auf einem Post-it-Zettel und klebte ihn an die Frontscheibe seiner Station.

KAPITEL NEUN

Mittenwald, Edelweiß-Kaserne, 13 Uhr 05

Markus Denninger erreichte eine gute halbe Stunde nach dem Anruf die Edelweiß-Kaserne. Er hatte in Windeseile die Felle von den Ski gezogen und war die Dammkar-Abfahrt in direkter Linie nach unten gerast. In Skistiefeln und mit geschulterten Ski war er die zwei Kilometer zur Kaserne gerannt. Dort herrschte für einen Feiertag ungewöhnlich viel Betrieb. Die Mannschaften und Unteroffiziere, die das Wochenende Dienst hatten, waren in den Unterkünften und machten sich marschbereit. Vor dem Haupttor bildete sich bereits ein kleiner Stau, denn die meisten Soldaten waren zu Hause gewesen und mit dem Auto zurück zur Kaserne gefahren. Seit sich in Afghanistan immer häufiger Anschläge auf Bundeswehr-Soldaten ereigneten, wurde kein Privatfahrzeug mehr auf ein Kasernengelände gelassen, ohne dass es nicht mit Spiegeln auf eventuell am Unterboden haftende Sprengladungen untersucht worden war. Die afghanische Front war in Mittenwald angekommen.
Ziemlich verschwitzt und immer noch mit ziviler Skibekleidung am Leib, kam Markus Denninger in der Standortverwaltung an. Er rannte sofort in den großen Besprechungsraum.
»Ah ja, Herr Hauptfeldwebel Denninger«, grüßte ihn Oberstleutnant Walter Bernrieder. »Wie schön, dass Sie ein wenig Zeit für uns erübrigen können.«
Den Spott seines Bataillonschefs musste Denninger wohl oder übel über sich ergehen lassen.
Der Kommandeur kam allerdings gleich darauf zur Sache. Er baute sich vor seinen Offizieren und Denninger auf und gab den Grund der allgemeinen Alarmierung bekannt: »Herrschaften, wir haben eine außergewöhnliche Mission vor uns. Nein, Sie

müssen sich nicht für ein paar Monate von Ihren Liebsten verabschieden. Unser Einsatzgebiet liegt nicht am Horn von Afrika oder am Hindukusch, sondern direkt vor der Haustür. Wir werden aller Wahrscheinlichkeit nach in den nächsten Stunden oder vielleicht schon Minuten mit zwei oder drei Kompanien auf die Zugspitze ausrücken.«
Die anderen anwesenden Offiziere und Denninger schauten sich fragend an. Hatten die Österreicher Deutschlands höchstgelegenes Skigebiet überfallen und erobert? Markus Denninger musste innerlich grinsen.
Das verging ihm, als Bernrieder fortfuhr: »Ein Zug der Bayerischen Zugspitzbahn wurde im Tunnel kurz unter dem Zugspitzplatt unter einem Felssturz verschüttet.«
Ein Raunen ging durch die Reihen seiner Untergebenen. Sie alle hatten in den vergangenen zehn Jahren Auslandserfahrung in Ex-Jugoslawien, Somalia oder Afghanistan gesammelt. Sie hatten als erste Truppe in der Geschichte der Bundeswehr mit der Waffe in der Hand gekämpft und dabei Kameraden verloren. Sie waren einiges gewohnt. Aber einen groß angelegten Katastropheneinsatz im Innern hatten sie – mit Ausnahme der Lawinen- und Hochwassereinsätze – noch nicht erlebt. Wenn man sie zusätzlich zu den zivilen Katastrophenschutzorganisationen in Stärke von drei Kompanien anforderte, musste etwas Verheerendes passiert sein.
»Drei Rettungshubschrauber sind aus Penzing zu uns unterwegs«, erklärte Bernrieder. »Sie werden sich bei uns für den Einsatz bereithalten. Wir gehen von mehreren, wenn nicht über hundert Toten aus. Noch ist vollkommen unklar, wie die Lage im Innern des Berges ist, wie man an den verschütteten Zug herankommen will und wie es dann weitergeht. Darum habe ich Sie einberufen. Wir müssen uns auf eine umfangreiche Rettungsaktion vorbereiten. Fragen?«
»Felssturz im Tunnel?«, meldete sich einer der anderen Offiziere zu Wort. »Wie ist das möglich?«

»Da fragen Sie mich zu viel. Ich habe alle Informationen, die ich von der Katastrophenleitstelle des Landratsamtes Garmisch-Partenkirchen erhalten habe, an Sie weitergegeben. Mehr weiß ich nicht. Mehr wissen die selbst noch nicht, wie ich vermute.«
Es wurde still im Besprechungsraum.
»An die Arbeit!«, gab Oberstleutnant Bernrieder die Parole aus. »Wir müssen einen Plan aufstellen, wie wir schweres Räumgerät mit Transporthubschraubern auf das Zugspitzplatt bekommen. Dazu brauchen wir sie allerdings erst einmal, die Transporthubschrauber. Müssen wir uns wahrscheinlich bei Spezialfirmen leihen. Bei Zivilisten. Österreichern vielleicht sogar. Unsere CH-53 sind ja alle in Afghanistan, und mit den alten UH-1 bringen wir pro Flug gerade mal zehn, höchstens zwölf Leute rauf, und schweres Gerät trägt die Huey nicht. Erst recht nicht bis auf dreitausend Meter Meereshöhe. Und wie wir mit Räumgerät von unten an die Unglücksstelle kommen wollen – ich weiß es nicht. Muss alles mit der Zahnradbahn hinein in den Tunnel. Ganz ehrlich, einen schlechteren Ort für eine Bergung gibt es nicht. Nach allen Seiten massiver Fels und nur eine steile Zahnradstrecke als Zufahrt. Sei's drum. Wir stehen unseren Mann, wenn wir gebraucht werden. Mitterer, Habersetzer, Mainhardt – Sie kommen mit mir in den Kartenraum. Denninger, Sie auch. Die anderen: Machen Sie Ihre Abteilungen fertig. Abtreten!«
Der Kommandant blickte in die Runde. Seine Untergebenen wussten, was zu tun war.

KAPITEL ZEHN

Kitzbühel, Wellness-Hotel »Zum Kaiser«, 13 Uhr 14

Philipp von Brunnstein schwitzte. Das Display des Fitnessgeräts zeigte eine Laufzeit von dreiundvierzig Minuten, eine Steigung von drei Komma fünf Prozent, eine Geschwindigkeit von elf Komma acht Stundenkilometern und den Verbrauch von sechshundertvierundsechzig Kilokalorien pro Stunde an. In dem kleinen TV-Fenster in der Mitte der Anzeige lief CNN, und über die weißen Kopfhörer, die eigentlich zur Ausstattung eines iPhones gehörten und die in der Konsole des Laufbandes steckten, lauschte von Brunnstein dem Kommentar. Endlich kam er dazu, seinen Körper wieder auf Vordermann zu bringen. Seine auf Figur geschnittenen italienischen Maßanzüge, die – mehr als in der Öffentlichkeit diskutiert wurde – mitgeholfen hatten, ihn zu einer Lichtgestalt in der deutschen Politik zu machen, hatten immer mehr gespannt, je näher Weihnachten herangerückt war. Zu viele Empfänge und Einladungen zum Essen. Der Winter in Berlin mit seinen im November einsetzenden eisigen Ostwinden war eben nur zu überstehen, wenn man sich eine Schutzschicht anfraß.
In jedem Jahr arbeitete er die Wochen nach Weihnachten hart daran, die Schutzschicht wieder vom Leib zu schmelzen. Das ging zu Hause auf Burg Brunnstein besser als in den Büros seines Ministeriums, wo sich die Sekretärinnen darin übertrafen, die besseren Plätzchen von zu Hause mitzubringen. In seinen eigenen vier Wänden konnte er dem Personal befehlen, keine Süßigkeiten herumstehen zu lassen. Und wenn er sich mit Carolin dann am zweiten Januar für ein paar Tage nach Kitzbühel ins Wellness-Hotel zurückzog, hatten die überschüssigen Pfunde keine große Chance mehr. Morgens, mittags und abends

stieg er für jeweils eine Stunde auf das Laufband, den Fahrrad-Ergometer oder quälte sich an den Gewichten.
Er fuhr nur selten Ski, denn dabei verbrauchte er zu wenige Kalorien, wie er meinte. Außerdem musste er in den Liften rund um den Hahnenkamm ständig Autogramme geben. Lieber warf er sich in die Loipe, saunierte sich einmal täglich die Haut wund und hielt sich beim Wein und Bier während des Abendessens zurück. Er war auf dem besten Weg, am kommenden Montag gestählt und strahlend in seinem Ministerium das neue Jahr anzugehen.
Unter seinen Sicherheitsleuten galt es als Höchststrafe, das Ministerehepaar bei diesen als Ferien getarnten Trainingslageraufenthalten begleiten zu müssen. Philipp von Brunnstein legte Wert darauf, dass seine Leibwächter ebenso fit waren wie er. Darum schwitzten auf den Maschinen rechts und links neben ihm zwei Personenschützer des Bundeskriminalamts. Sie und vier weitere Kollegen, von denen im Moment zwei weibliche vor dem Spa auf Carolin von Brunnstein warteten, hatten in diesem Jahr die A-Karte gezogen. Seit ihrer Grundausbildung waren sie nicht mehr so viel gerannt wie mit ihrem Chef im Urlaub.
Wegen der Ohrstöpsel hörte Philipp von Brunnstein nicht, wie das iPhone im Getränkehalter des Fitnessgerätes summte. Der rechts neben ihm laufende Beamte nahm sich die Dreistigkeit heraus, den Minister anzutippen und dann auf das Smartphone zu deuten. Von Brunnstein sprang geschickt mit den Füßen auf die Ränder der Trainingsmaschine und ließ das Laufband mit unverminderter Geschwindigkeit unter sich weitersausen.
Berlin war dran.
»Von Brunnstein«, meldete sich der Minister knapp. Er gab sich Mühe, nicht außer Atem zu klingen.
»Schultheiß. Guten Morgen, Herr Minister. Schon gehört?«
»Schon was gehört? Mann, reden Sie! Ich bin beschäftigt!«
»Die Sache in Garmisch. Auf der Zugspitze, nicht wahr?«

»Schultheiß, geht's eine Spur detaillierter?«
»Sie haben es also noch nicht erfahren, Herr Minister. Also – da ist ein Zug verschüttet im Zugspitztunnel. Felssturz oder so etwas.«
»Interessant. Aber was soll ich da machen. Ich bin der Verteidigungsminister, nicht der Innenminister. Der ist für die Sicherheit im Innern zuständig. Wie der Name schon sagt. Auch im Innern eines Berges.«
»Der Innenminister befindet sich wie Sie im Urlaub, allerdings außer Landes, in Thailand«, erinnerte der Adjutant des Ministers, dann fügte er spitz hinzu: »Ich dachte, es würde Sie interessieren, dass ein Bundeswehreinsatz bevorsteht. Kommt ja im Innern des Landes nicht alle Tage vor, nicht wahr?«
»Was? Und davon erfahre ich erst jetzt?« Von Brunnstein drückte auf den Not-Aus-Knopf des Laufbandes, um mehr Ruhe zu haben. Seine Begleiter wies er mit einem Handzeichen an, das Gleiche zu tun. Die Bänder kamen zum Stillstand. Die BKA-Beamten waren dankbar für die Pause.
»Darum rufe ich Sie ja an, Herr Minister. Bisher läuft alles streng nach Notfallplan«, berichtete Schultheiß unaufgeregt. »Man hat unsere Rettungshubschrauber angefordert, was bei alpinen Notfällen ja fast täglich passiert. Aber die Gebirgsjäger haben ein halbes Bataillon einberufen. Drei Kompanien. Vorsichtshalber. Sitzen jetzt in der Kaserne in Mittenwald und warten, wie schlimm es dort oben wird. Kann mehrere hundert Tote gegeben haben.«
Der Minister nahm ein weißes Handtuch vom Stapel und wischte sich die Stirn. »Gut, dass Sie mich informieren, Oberst Schultheiß. Ich muss mich auf Interviewanfragen gefasst machen. Liegen Ihnen bereits welche vor?«
»Bis jetzt noch nicht, Herr Minister. Die Lage vor Ort ist unübersichtlich. Die Medien sind noch nicht auf das Thema angesprungen. Ich schätze aber, da bewegen sich gerade die ersten Kamerateams von München nach Garmisch. Ist jedoch nicht so

leicht, heute dort hinzukommen, komplett verstopft alles. Na ja, die TV-Jungs werden Hubschrauber nehmen. Ist also eine Frage von Minuten, bis das Ganze auch *issue on air* ist.«

»In Ordnung. Schicken Sie mir ständig Berichte per E-Mail. Bei einem großen Einsatz der Bundeswehr muss ich informiert sein, um der Presse Rede und Antwort zu stehen. Und ich muss ihn erst einmal genehmigen, vergessen Sie das nicht, Herr Oberst. Machen Sie das den Leuten auf der Hardthöhe unmissverständlich klar.« Philipp von Brunnstein hatte keine Lust, dass ihm die nicht wirklich selbsterklärende Kommandostruktur der Bundeswehr irgendwann in irgendeinem Untersuchungsausschuss das Genick brach.

Sein Adjutant wusste, dass er dafür zu sorgen hatte, dass die Generäle stets im Zaum gehalten wurden.

»Zu Befehl, Herr Minister. Aber noch etwas dürfte Sie interessieren: Nicht nur die Medien sind nach Garmisch unterwegs, nicht wahr? Auch der Bayerische Ministerpräsident hat einen Hubschrauber über die Flugbereitschaft angefordert. Der soll in diesen Minuten neben der Garmischer Autobahn landen und Lackner dann zur Zugspitze fliegen.«

»Zum Teufel, wer hat das genehmigt?«, schnaubte von Brunnstein.

»Nun, er ist der Bayerische Ministerpräsident, nicht wahr, Herr Minister? Der weiß, wo er anrufen muss, damit sich die Rotoren in Bewegung setzen. Die Gebirgsjäger ...«

»Meine Gebirgsjäger? Womöglich die Zwodreiunddreißig in Mittenwald? Ja, natürlich. Wer denn sonst? Mensch, Schultheiß, ich kenne meine Pappenheimer. Ich habe da meinen Wehrdienst geleistet. Die machen, worauf sie Lust haben. Aber ein Bataillon einberufen und was weiß ich wen durch die Gegend fliegen, da brauchen auch die Herren Gebirgsjäger meine Genehmigung. Es reicht!«

»Herr Minister, wenn ich einwerfen darf: Immerhin zeigt die Bundeswehr hier Einsatzbereitschaft. Und Ihre Partei zeigt

Präsenz. Ministerpräsident Lackner ist ja auch Ihr Parteivorsitzender, nicht wahr?«
Von Brunnstein hatte keine Lust, mit seinem Adjutanten darüber zu diskutieren, wie sich die Bundeswehr in der Öffentlichkeit darstellen sollte. Und wer was in seiner Partei zu sagen hatte, ging Oberst Schultheiß schon gar nichts an.
»Schluss jetzt, Schultheiß! Sie informieren mich im Viertelstundentakt persönlich darüber, was da vor sich geht. Sie. Persönlich. Verstanden? Auf dem anderen Telefon. Dem sicheren. Und lassen Sie einen Hubschrauber für mich bereitstellen. Besorgen Sie die Überfluggenehmigung für Österreich. Rufen Sie mich an, wenn das geklärt ist. Ende.«
Mitten ins »Zu Befehl, Herr Minister« des Obersts drückte von Brunnstein den roten Button auf dem iPhone-Display und beendete das Gespräch. Er sah seine Personenschützer an und schnarrte: »Männer, Abmarsch! In einer Viertelstunde geduscht im Kommunikationsraum! Lassen Sie meine Frau aus dem Schokoladenbad holen. Sie soll sich was Warmes anziehen. Aber keinen Pelz! Vielleicht eher so Sportsachen.«

KAPITEL ELF

Waggon der Zugspitzbahn, 12 Uhr 20

Im Zug herrschte Chaos. Nur wenige Augenblicke nach der zweiten Detonation waren die ersten Fahrgäste aus der Lethargie erwacht und aktiv geworden. Allerdings war diese Aktivität weder koordiniert noch bedacht. Sie wollten nichts wie raus aus den Waggons. Raus aus der Röhre. Wer konnte schon sagen, was als Nächstes geschah. Der Tunnel war vor und hinter ihnen eingestürzt, ob auf natürliche Weise oder durch gezielt verursachte Explosionen, darüber machte sich niemand Gedanken.
An jeder Waggontür machten sich Männer zu schaffen, rüttelten daran und versuchten, den Notöffnungsmechanismus in Gang zu bringen. Dabei behinderten sie sich allerdings gegenseitig.
Im hinteren Triebwagen, in dem Thien Hung Baumgartner saß, griff sich ein Fahrgast den roten Nothammer aus der Halterung zwischen zwei Fenstern und schlug damit eine Scheibe ein. Wieder schrien einige Frauen.
Der Tumult im Waggon wurde durch ein weiteres Horrorgeräusch unterbrochen, das alle Insassen aus ungezählten Filmen kannten. Das »Ratatata« einer automatischen Waffe schnitt den Lärm im Wagen jäh ab. Ein Mann, der weiter vorne gesessen war, hatte aus seinem Rucksack eine kleine Maschinenpistole gezogen und war aufgesprungen. Er feuerte eine zweite Salve in die Waggondecke. Thien hörte auch im vorderen Wagen Schüsse, und er sah das Flackern des Mündungsfeuers.
Es war vollkommen still. Die Männer an den Türen waren in die Knie gegangen oder hatten sich zwischen die anderen Passagiere geworfen. In Thiens Nase mischte sich der Geruch des

Schießpulvers mit dem von Urin. Der dickliche Snowboarder neben ihm hatte nicht mehr an sich halten können. Thien war sicher, dass er damit nicht allein war.

Der Mann mit der Maschinenpistole trug die zur Situation in zweifacher Hinsicht passende Skimaske, die nur die Augen freiließ. Wahrscheinlich hatte er sie die ganze Zeit schon aufgehabt, war Thiens erster Gedanke. Klar, denn an welchem anderen Ort der Welt würde diese Maskerade weniger auffallen?

Jetzt stellt sich der Maskierte mit gespreizten Beinen in den Mittelgang des Wagens.

»Keep quiet! This is an operation of the Afghan Liberation Army. You are prisoners of war. You will be shot, if you will not obey our orders.«

Die Passagiere kauerten sich auf ihre Plätze und versuchten nach besten Kräften, nichts zu tun, was die Aufmerksamkeit des bewaffneten Mannes auf sie lenken könnte. Für einige waren die Erlebnisse der letzten Minuten einfach zu viel. Sie schluchzten haltlos vor sich hin. In den Köpfen der älteren Insassen mischten sich die Bilder von diversen Grubenunglücken, dem Brand der Standseilbahn in Kaprun und die Bilder der Landshut, der 1977 von palästinensischen Luftpiraten entführten Lufthansa-Maschine, zu einem Horrorszenario der in den nächsten Stunden bevorstehenden Ereignisse. Oder würden es Tage werden? Wer wusste, was diese Irren vorhatten.

Plötzlich stand ein zweiter Mann direkt neben Thien und dem Snowboarder. Auch er hielt eine MPi in den Händen. Thien hatte ihn die ganze Fahrt über nicht bemerkt, obwohl er direkt neben ihm auf der anderen Seite des Mittelganges gesessen hatte. Er trug wie der Mann im vorderen Teil des Waggons eine Tarnhose mit Winter-Camouflage-Muster und einen schmutzig weißen Anorak. Auch dieser Aufzug war niemandem aufgefallen, denn die aktuelle Snowboarder-Mode nahm sehr gern Anleihen aus der Welt des Militärs.

KAPITEL ZWÖLF

Zugspitzbahnhof Eibsee, 13 Uhr 25

Franz Hellweger stand breitbeinig in seinem Führerstand und blickte abwechselnd den Berg hinauf und hinüber zu den Hallen des Depots, wo die Männer mittlerweile eine alte Rangierlok mit einem Gerätewagen für den Einsatz fertig machten. Sie hatten auf dem flachen Transportwagen alles verstaut, was man einsetzen konnte, um Felsen aus dem Weg zu schaffen: Presslufthämmer mitsamt Kompressoren, Seilzüge und auch eine erste kleine Ladung Dynamit; an größere Mengen war nur über den Sprengmeister des Landkreises zu kommen, und der war seit einer halben Stunde weder zu Hause noch auf seinem Mobiltelefon zu erreichen.

Der Transportwaggon wurde an die Rangierlok gekuppelt. Und an ihn kuppelte man wiederum einen Waggon mit einem festgezurrten mittelgroßen Bagger. Normalerweise war der nur bei Arbeiten am Gleisbett im Einsatz, das letzte Mal im Sommer bei den Instandsetzungsarbeiten. Es dauerte eine Weile, bis sie ihn aus der hintersten Ecke der Wagenhalle ins Freie gezogen hatten. Zunächst mussten die Wagen, die vor ihm standen, einzeln herausgezogen und auf dem Abstellgleis neben dem Bahnhof geparkt werden.

»Warum dauert das alles so lange?« Der Einsatzleiter des Roten Kreuzes hatte sich einen Platz in Hellwegers Leitstand erkämpft. Er stand neben dem Einsatzleiter der Polizei, Hellweger und dessen Kollegen Matthias Meier und zündete sich die dritte Zigarette innerhalb von fünf Minuten an.

»Wir machen ja schon mit Volldampf«, gab Franz Hellweger zurück, »aber ganz ehrlich, schneller geht's auch nicht, wenn du hier herinnen die Luft verpestest.«

»Ah, der Herr Hellweger, haben wir zum neuen Jahr wieder einmal das Rauchen aufgegeben?«, fragte der Rotkreuzler verächtlich und traf damit den wunden Punkt des sonst so besonnenen Betriebsleiters.
»Ja, genau. Und deshalb Kippe aus und Schnauze halten oder raus aus meinem Führerstand. Verstanden?«
Sepp Gmeinwalder zog noch einmal an seiner Zigarette und schnippte sie dann zum Seitenfenster hinaus. Der Hellweger Franz hatte gerade mal wieder das Rauchen aufgegeben, dachte er, da mochte das ein lustiger Einsatz werden. Seit Jahrzehnten kannten sie sich aus Fußballverein und diversen Schafkopfrunden. Die drei Wochen nach der letzten Zigarette war Hellweger immer ungenießbar. Dann zündete er sich bei irgendeinem Stammtisch wieder eine an und verwandelte sich zurück in ein respektiertes Mitglied der Grainauer Gesellschaft.
Der Zug war nun fertig. Hellweger hatte Anweisung gegeben, dass die Lok von hinten schieben sollte. In der Mitte des Gespanns stand der Materialwaggon und an der Spitze der Wagen mit dem Bagger. Die Männer kletterten auf den Materialwagen. Hellweger verließ seinen Leitstand und ging zum Gleis hinüber und auf den Vorarbeiter Luigi Pedrosa zu.
»Luigi, ihr fahrt jetzt da rauf und führt zuerst die Sonde mit der Kamera ein. Oder versucht es zumindest. Fangt ja nicht an zu graben, bevor ihr die eindeutige Ansage von mir bekommt. Ist das klar?«
»Alles klar, Chef.« Der italienischstämmige Vorarbeiter stand seit knapp zwanzig Jahren und damit beinahe so lange wie Franz Hellweger im Dienst der Bayerischen Zugspitzbahn. Hellweger wusste, was für ein Arbeitstier er in Pedrosa hatte. Darum hatte er ihn bereits zweimal vor dem Rauswurf bewahrt, als er sich in jüngeren Jahren nicht immer an das absolute Alkoholverbot während der Arbeit mit schwerem Gerät gehalten hatte. Luigi Pedrosa wusste, dass er Hellweger etwas schuldete. Sein Boss würde sich auf ihn verlassen können.

Während die beiden Zugspitzbahner noch einmal die Ausrüstung überprüften und Hellweger entschied, dass noch mehr Schaufeln und Hacken mitgenommen werden mussten, knatterte ein dunkelolivfarbener Hubschrauber der Bundeswehr nur wenige Meter über den Wipfeln des umstehenden Bergwaldes hinweg. Die betagte Bell UH-1 senkte sich mit ihrem typischen Teppichklopfergeräusch drüben neben dem Hotel ab und landete auf dem zugefrorenen See.

Hellweger schickte den Zug los und ging hinüber zum Leitstand.

»Kommt die Bundeswehr schon zur Verstärkung?«, fragte der Polizist Ronny Vierstetter, der sich nach einem Rundgang über den Parkplatz kurz im Leitstand aufwärmte.

»Ich schätze, dass das die ganz besonders hilfreiche Verstärkung ist«, seufzte Hellweger und deutete auf den gelben Post-it-Zettel mit der Aufschrift »Ministerpräsident« und der geheimen Telefonnummer, der an der großen Scheibe vor ihm klebte.

Ein zweiter Helikopter surrte über ihre Köpfe hinweg, diesmal ein ziviler und modernerer, der bei weitem nicht so viel Lärm machte wie die alte Bundeswehrmühle. Als der Hubschrauber eine langsame Runde über dem Bahnhof und dem Hotel drehte, sah Hellweger das bunte Logo auf dessen Seite.

»RTL. Jesusmaria, jetzt geht das los. Der Ministerpräsident mit Pressebegleitung im Schlepp. Wieso hab ausgerechnet ich heute Dienst?«

Auch der Hubschrauber des TV-Senders ging drüben beim Eibsee-Hotel runter. Natürlich erst, nachdem im Tiefflug der Bahnhof, die Seilbahn daneben und die Flanke des Berges gefilmt worden waren, als Footage-Material, das man für eine spannende Katastrophenberichterstattung brauchte. Die routinierten Piloten und Kameraleute erledigten den Job in weniger als fünf Minuten. Zeit genug für den Ministerpräsidenten Hans-Peter Lackner, aus dem Militärhubschrauber zu steigen und zusammen mit seinem Tross die kurze Entfernung vom See zum Leitstand zu Fuß zurückzulegen.

Franz Hellweger und die drei Männer im Führerstand sahen, wie der Politiker auf den glatten Sohlen seiner schwarzen Schuhe über den vereisten Parkplatz schlitterte. Einer seiner Sicherheitsleute hielt ihn ständig am Arm, damit er sich nicht der Länge nach hinlegte und überhaupt vorwärtskam. Hätte Hans-Peter Lackner gewusst, dass er an diesem Tag einen solchen Einsatz am Fuß der Zugspitze würde absolvieren müssen, hätte er sich am Morgen seine lammfellgefütterten Schuhe mit Gummiprofil angezogen. Hätte er gewusst, wo und wie er an diesem Tag nächtigen würde, wäre er gleich im Bett geblieben.

KAPITEL DREIZEHN

Salzsee von Uyuni, 2003

Pedro war sechs Jahre bei den Jesuiten in die Schule gegangen. Es gab nicht mehr viel, was sie ihm beibringen konnten. Er spielte Beethoven auf dem Piano, kannte sich in Analysis wie in Geometrie aus und rechnete auf dem Papier die Gleichungen nach, die die NASA auf ihren Supercomputern anstellte, um ihre Erdüberwachungssatelliten über dem Salar zu kalibrieren. Er hatte in einer Zeitschrift, die ein deutscher Tourist in einem der Jeeps liegen gelassen hatte, gelesen, dass man dafür den Salzsee von Uyuni nutzte, weil er die größte beinahe komplett flache Stelle der Erde war. Über fast elftausend Quadratkilometer gab es nur einen Höhenunterschied von gut einem Meter. Zudem sorgte die Lage auf dreitausendsechshundert Höhenmetern und die Abwesenheit von größeren Siedlungen und Fabriken in der Umgebung des Sees für klarste Luft, besonders in den trockenen Sommermonaten. Aus dem All betrachtet, war der Salar der größte Spiegel des Sonnensystems.

Die Überlegung, dass die Supermacht Amerika seinen See benötigte, um ihre Abermillionen Dollar teuren Satelliten scharf zu stellen, erfüllte Pedro mit Stolz. Doch dieser Stolz wich bald dem Bewusstsein, dass da ständig Satelliten über ihm kreisten, die Bilder von seinem See machten. Auch wenn dies nur zur Feinjustierung der Kameras und Entfernungsmesser geschah, war der Salar de Uyuni mit Sicherheit einer der am besten aus dem All dokumentierten Plätze der Welt.

Nach und nach wollte Pedro auch nicht mehr glauben, dass die Amerikaner nur ihre Forschungssatelliten über der ewigen Salzfläche kalibrierten, um das Schmelzen der Eiskappen an

den Polen millimetergenau messen zu können. Je mehr er nach dem 11. September 2001 über die Abwehr- und Spionagesatelliten las, die rund um die Uhr allen Funkverkehr auf der Erde überwachten und jeden Zentimeter fotografierten, desto mehr war ihm die Rolle seines Salars de Uyuni sogar peinlich.
Schließlich gipfelte das ungute Gefühl, das er bei dem Gedanken empfand, dass seine einzigartige Heimat an der Spionageindustrie der USA ungefragt mitzuwirken hatte, in heißem Zorn auf die Amerikaner. Oder hatten sie irgendjemanden gefragt, ob sie ihre Satelliten über bolivianischem Grund feinjustieren durften, damit sie später Daten lieferten, mit denen amerikanische Marschflugkörper irakische Ziele punktgenau treffen konnten?
Über dem Grund des jahrtausendealten Volkes der Aymara?
Seines Volkes?

KAPITEL VIERZEHN

Mittenwald, Edelweiß-Kaserne, 13 Uhr 22

Im Kartenraum der Edelweiß-Kaserne versammelte Oberstleutnant Walter Bernrieder die drei Chefs der einberufenen Gebirgsjäger-Kompanien sowie den Zugführer des Hochgebirgszugs, namentlich Markus Denninger. Der Hochgebirgszug war eine Spezialeinheit der Gebirgsjäger und gehörte zur ersten Kompanie, die mit Major Mitterer und Hauptfeldwebel Denninger damit doppelt vertreten war. Die beiden anderen Kompaniechefs, Major Habersetzer von der 233/2 und Major Mainhardt von der 233/3, waren darüber ein wenig erstaunt und warfen sich vielsagende Blicke zu. Besonders Peter Mainhardt, dem man Ambitionen auf die Nachfolge des Bataillonschefs nachsagte, passte es nicht, dass Denninger bei der Lagebesprechung im engeren Kreis zugegen war, immerhin war der Mann nur Hauptfeldwebel, kein Offizier. Natürlich hätte er es zu diesem frühen Zeitpunkt eines Einsatzes – wenn es denn überhaupt einer würde – nie gewagt, seinen Vorgesetzten darauf anzusprechen. Doch er würde ein ganz besonderes Auge auf diesen Denninger haben. Oberstleutnant Bernrieder beugte sich über das Reliefmodell des Wettersteingebirges vor ihm. Ihr Standort Mittenwald befand sich am Fuße des nordöstlichen Ausläufers der Gebirgskette, deren südwestliches Ende die Zugspitze darstellte.
»Falls wir den Marschbefehl erhalten, müssen wir zur Bergung des Zuges von unten und von oben in den Tunnel. Das heißt für uns: Die eine Hälfte unserer Kräfte muss auf der Straße über Garmisch zum Eibsee und die andere aufs Zugspitzplatt geflogen werden. Wenn wir pro Schicht vierzig Männer graben lassen – und mehr machen keinen Sinn, denn sonst wird es zu eng im Tunnel –, müssen wir pro Schicht nur zwei Truppentrans-

porter zum Eibsee schicken und auch nur dreimal mit dem Hubschrauber aufs Platt fliegen.« Bernrieder blickte in die Runde und sah wie erwartet allgemeines Nicken. »Eine Schicht gräbt vier Stunden, dann werden die zweimal vierzig Mann abgelöst. Teilen Sie Ihre Mannschaften und den Nachschub entsprechend ein. Sie, Hauptfeldwebel Denninger, kümmern sich um Ihre Genossen auf dem Gipfel.«
»Herr Oberstleutnant, ich verstehe nicht ...«
»Na ja, die ganzen Skifahrer dort oben. Ich höre von der Zugspitzbahn, dass über fünftausend Menschen über die österreichische Seilbahn nach unten geschafft werden müssen. Ich habe vorgeschlagen, dass die Skisportfreunde unseres Hochzugs den geordneten Abzug der Skihaserl oben regeln und sie unten mit den Truppentransportern einsammeln und über Ehrwald und Leutasch zu uns in die Kaserne karren, wo sie erst einmal eine gute Suppe aus unserer Gulaschkanone erhalten, bevor wir sie dann zu ihren Autos chauffieren, die ja oben am Eibsee stehen. Da wir nicht wissen, wann die Leute zu ihren Autos dürfen, kann es sein, dass einige bei uns übernachten müssen. Idealer Job für eine Versorgungskompanie wie die Zwodreiunddreißig-eins, müssen Sie zugeben.« Bernrieder blickte Denningers Kompaniechef Hans Mitterer an.
Der ließ die Sticheleien seines Bataillonschefs von sich abperlen und antwortete nur mit einem knappen: »Zu Befehl.«
»Also, Männer. Bereiten Sie sich entsprechend vor. Ich erwarte jede Minute den Einsatzbefehl aus Bad Reichenhall. Und – bevor ich es vergesse – Major Mitterer, schicken Sie mir doch den Presse-StUffz gleich mal in mein Büro. Den briefe ich heute persönlich. Wir haben die einmalige Chance, der Öffentlichkeit zu zeigen, wozu man eine Bundeswehr, wozu man die Gebirgsjäger und wozu man den Standort Mittenwald braucht. Denken Sie in jeder Minute daran! Horrido!«
Mit einem zackigen »Joho!« erwiderten die vier Männer den traditionellen Schlachtruf der Gebirgsjäger. Sie salutierten und traten ab, um den Einsatz ihrer Kompanien vorzubereiten.

KAPITEL FÜNFZEHN

Waggon der Zugspitzbahn, 13 Uhr 17

Es herrschte eine gespenstische Atmosphäre. In den Waggons war es ruhig. Nur ab und zu jammerte ein Kind. Dann wirbelte einer der Bewaffneten jedes Mal herum und warf der Mutter einen drohenden Blick zu, die daraufhin versuchte, ihr Kind zum Schweigen zu bringen.
Neben der batteriebetriebenen Notbeleuchtung der Waggons, die sich bei der Notbremsung des Zugs automatisch eingeschaltet hatte, schien Halogenlicht von der Spitze des Zuges her durch die Scheiben. Thien wusste nicht genau, was dort vorn vor sich ging. Er hörte durch das zerschlagene Fenster eine Sitzreihe vor ihm nur, dass wohl einige Männer aus dem vorderen Waggon ausgestiegen waren und vor dem Zug herumliefen. Dabei unterhielten sie sich in kurzen Sätzen und einer Sprache, die Thien nicht kannte. Sie bastelten wohl an etwas herum, denn ab und an hörte man ein Klacken, als würden Metallteile miteinander verbunden und Metallkisten gestapelt.
Schließlich bewegte sich das Gemurmel der Männer auf Thien zu. Er hörte das Knirschen ihrer Schritte im Schotter, dann sah er drei Maskierte auf seiner Seite des Zuges vorbeigehen. Sie trugen große Rucksäcke, und zwei von ihnen schleppten eine mittelgroße Metallkiste. Sie verschwanden hinter dem Zug, und kurze Zeit später flammte auch dort hinten helles Licht auf, und wieder war das Klacken von Metall zu vernehmen.
Irgendetwas bauten sie dort hinten zusammen, aber Thien konnte sich keinen Reim darauf machen, was es sein könnte. Er fragte sich auch, wo der Strom für die hellen Strahler herkam. Hatte die Stromversorgung des Tunnels die Sprengungen und Felsstürze überstanden? Er konzentrierte sich weiter auf jedes

Geräusch, das er vernahm, und auf alles, was er sah. Er hatte in den letzten Minuten den Fotorucksack, der unter seiner Bank stand, zunächst mit den Füßen und dann, als er ihn mit den Fingerspitzen erreichen konnte, mit einer Hand nach vorn gezogen. Er ertastete den Reißverschluss und zog ihn Zahn um Zahn auf. Vielleicht bot sich an diesem Tag *in* der Zugspitze statt *auf* ihr die Chance seines Lebens, Bilder zu schießen, die ihn weltberühmt machen würden.

KAPITEL SECHZEHN

Zugspitzbahnhof Eibsee, 13 Uhr 38

Der Ministerpräsident erklomm die Stufen zum ersten Stock des kleinen Gebäudes, in dem sich der Steuerstand der Zugspitzbahn befand. Er trat in den engen Raum und begrüßte Franz Hellweger und den Rotkreuzler Sepp Gmeinwalder. Matthias Meier und Ronny Vierstetter hatten es vorgezogen, dem Landeschef aus dem Weg zu gehen. Der eine, weil er vor dem hohen Herrn kein Wort herausbekommen hätte, der andere, weil er sich als aufstrebender Polizist der Bayerischen Polizei nicht von seinem obersten Dienstherrn beim Nichtstun zusehen lassen wollte.
»Grüß Gott, die Herren.« Ministerpräsident Lackner gab beiden Männern die Hand, die sich jeweils kurz mit der Nennung ihres Nachnamens vorstellten.
»Na, wie ist die Lage?«
Franz Hellweger ergriff nach kurzem Schweigen das Wort. »Mei, jetzt haben wir da die zweite Lok hingeschickt, diesmal mit Bagger und Gerät zum Schaufeln. Der erste Trupp hat nichts feststellen können. Irgendwann müssen wir anfangen zu graben.«
»Ich meinte, was ist mit den Menschen in dem Zug? Haben Sie irgendetwas gehört, gesehen?«
»Nichts, rein gar nichts«, mischte sich Sepp Gmeinwalder ein. Für Menschen fühlte er sich zuständig. Sollte Hellweger sich um die Technik kümmern.
»Und das Worst-Case-Szenario?«, fragte der Ministerpräsident. Er erntete nur verständnislose Blicke.
»Ich meine: Was kann schlimmstenfalls passiert sein?«
»Schlimmstenfalls? Ja mei, schlimmstenfalls sind sie alle tot.«

Franz Hellweger erschrak vor sich selbst, wie gelassen er über den möglichen Tod von zweihundert Menschen sprach.
»Aber das darf doch nicht sein. Das ist ja ein GAU. Ein Super-GAU!« Lackner wurde laut. Lauter, als ihn seine beiden Gesprächspartner je im Fernsehen erlebt hatten.
»Kann sein, muss aber nicht«, beschwichtigte Gmeinwalder. »Solange wir nicht wissen, wie es in dem Tunnel aussieht, muss auch keiner tot sein.«
»Aber eins ist klar«, ergänzte Hellweger. »Wir haben keine Zeit zu verlieren. Drum wäre es gut, wenn wir die Bundeswehr zum Graben bekommen könnten, und zwar schnell.«
»Kriegen Sie, kriegen Sie. Sie bekommen jede Hilfe, die Sie brauchen, verlassen Sie sich auf mich. Ich habe die entsprechenden Stellen bereits wachgerüttelt. So. Und ab jetzt sind Sie, mein lieber Herr Hellweger, und Sie auch, Herr Thaler, im erweiterten Krisenstab, den ich hiermit ins Leben gerufen habe. Wir richten uns drüben im Eibsee-Hotel ein. Hier ist ja kein Platz für eine solche Runde. Sie haben Funk und Handy hier?« Der Ministerpräsident wies seinen Bürochef, der die ganze Zeit wie ein Schatten hinter seiner massigen Figur gestanden hatte, an, die Kommunikation mit Hellwegers Leitstand zu klären, und verschwand mit einem: »Bis später, meine Herren.«
Draußen lief er der Reporterin von RTL direkt in die Arme. Sie hatte bereits ihren Kameramann so postiert, dass der Zugspitzgipfel einen schönen Hintergrund abgab.
»Herr Ministerpräsident, eine erste Stellungnahme bitte!«
Lackner mäßigte seine Schritte und versuchte trotz des rutschigen Untergrundes einen souveränen Auftritt hinzubekommen. Seine beiden Sicherheitsmänner hielten sich auffangbereit einen halben Schritt hinter ihm, wagten aber nicht, den Ministerpräsidenten vorauseilend zu stützen. Sie wussten, dass dieses Bild in der Öffentlichkeit nicht gut ankommen würde.
Lackner war Medienprofi genug, um spontan die richtigen

Worte zu finden. »Wir haben eine schwierige Situation, aber die gute Nachricht: Wir haben bisher alles unter Kontrolle.«
»Was ist dort oben passiert, Herr Ministerpräsident?«
Mit ernster, aber nicht zu ernster oder gar alarmierter Miene blickte er die Reporterin fest an. »Nach dem derzeitigen Stand der Dinge ist ein Zug verunglückt. Es gab wohl einen Felssturz im Tunnel. Wir wissen noch nichts über die Lage der Menschen im Zug. Aber das ist nur noch eine Frage von Minuten. Die professionellen Helfer der Bayerischen Polizei, des Bayerischen Roten Kreuzes und des Technischen Hilfswerks sind vor Ort.«
»Und wodurch bedingt sich Ihre Anwesenheit?«
»Ein Landesvater hat dort zu sein, wo Not in seinem Land herrscht. Ich war auf dem Weg nach Garmisch, um das traditionelle Hornschlittenrennen zu besuchen. Aber dieses Ereignis hier hat natürlich Vorrang. Ich leite ab sofort den Krisenstab persönlich und werde Sie umgehend informieren, sobald sich etwas ereignet. Danke schön.«

Ronny Vierstetter schlenderte über den Parkplatz und drehte seine Runde. Seine Leute befanden sich an den Zu- und Abfahrten, um die immer noch anrückenden Rettungsfahrzeuge sinnvoll zu positionieren und Touristenautos zurück ins Tal zu schicken. Unter den vor der Zahnradbahn und der Seilbahn wartenden Ausflüglern hatte sich mittlerweile herumgesprochen, dass dort oben etwas passiert sein musste und die Auffahrt auf Deutschlands höchsten Berg an diesem Tag nicht mehr möglich war. Nun galt es, mit sanftem Druck dafür zu sorgen, dass die Leute nicht als Schaulustige die Rettungsaktion behinderten. Nicht in allen Fällen herrschte sofort Einsicht. Viele glaubten, der Ausfall des Gipfelbesuchs gäbe ihnen ein Sonderrecht für exklusives Gaffen. Überhaupt, so belehrte ein russischer Besucher gerade eine junge Polizistin, der Ronny Vierstetter zu Hilfe eilte, sei dies ein freies Land, und er könne machen, was er wollte. Vierstetter mit seinem rudimentären Schulrussisch klärte den Mann darüber auf, dass es auch in einem freien Land Benimmregeln und den Tatbestand der Behinderung von Einsatzkräften gab. Darauf schwang sich der Tourist mitsamt seiner mit Glitzerschmuck behangenen Ehefrau in den gemieteten S-Klasse-Mercedes und rauschte davon. Für die Flüche, die er dabei ausstieß, reichte Vierstetters Russisch nicht, und das war wohl gut so.

Die schwierigeren Fälle waren die, die angaben, in dem Zug, der als letzter nach oben gefahren war, befänden sich Angehörige oder Freunde. Vierstetter richtete in einem Polizei-Bus, den er vor dem Zahnradbahnhof abstellen ließ, eine provisorische Vermisstenstelle ein. Schon nach kurzer Zeit standen rund zwanzig Menschen an, um ihre Personalien und die der Vermissten aufnehmen zu lassen.

Als eine in der Schlange stehende Frau in zweihundert Meter Entfernung den Ministerpräsidenten sah, lief sie in ihren Skistiefeln auf die Gruppe mit dem Fernsehteam zu.

»Herr Ministerpräsident, Sie müssen mir helfen! Was ist da los? Mein Bub ist in dem Zug!«

Der Kameramann hatte nach den Statements des Politikers die Kamera bereits ausgeschaltet und von der Schulter genommen. Er bekam sie gerade rechtzeitig wieder zurück in die Aufnahmeposition, um die dramatische Szene zu filmen. Die Frau war um die vierzig und stand nun direkt vor Lackner, der seine Bodyguards mit einer beschwichtigenden Geste angewiesen hatte, vorerst nichts zu unternehmen.

Die Frau brach in Tränen aus.

»Helfen Sie uns, wir müssen da rauf und unsere Kinder retten. Er ist zwölf, verstehen Sie? Zwölf. Warum tut denn keiner was?«

»Gnädige Frau, seien Sie versichert, dass wir alles in unserer Macht ...«

»Ja ja, die Sprüche kenn ich schon, das sagt ihr immer. Warum

fährt denn da niemand hinauf? Was ist mit der Bergwacht? Feuerwehr? Die stehen alle nur hier unten rum!«
»Die Rettungsaktion läuft bereits an, und alle geben ihr Bestes. Jetzt beruhigen Sie sich bitte.«
Lackner konnte sich diese Szene vor der TV-Kamera nicht länger leisten. Bisher machte er eine gute Figur, wie er fand, aber die Situation konnte jeden Moment eskalieren. Besonders, wenn noch mehr Angehörige ihn entdeckten. Er musste weg. Lackner machte ein ungewöhnliches Angebot.
»Kommen Sie mit mir in unser Lagezentrum drüben im Hotel. Dann können Sie sich selbst davon überzeugen, dass mit Hochdruck an der Rettung der Zugpassagiere gearbeitet wird.«
Die Frau hängte sich an den Arm eines Personenschützers, und Lackner verschwand mit seinem Gefolge in Richtung Eibsee-Hotel. Der Kameramann filmte der Gruppe ein paar Meter hinterher. Dann bewegte sich das TV-Team hinüber zu den vor dem Polizei-Bus wartenden verzweifelten Angehörigen. Weitere Storys mit reichlich *human touch* warteten darauf, festgehalten und hinaus in die Welt gesendet zu werden.

KAPITEL SIEBZEHN

Kitzbühel, Wellness-Hotel »Zum Kaiser«, 13 Uhr 45

»MP Lackner ist jetzt am Schauplatz des Geschehens eingetroffen«, meldete Oberst Schultheiß dem Verteidigungsminister.
Der saß mit seinen beiden Leibwächtern und seiner Entourage aus BND- und MAD-Beamten im Comm-Room, wie sie die Hotelsuite nannten, in der die Nachrichtenstränge zusammenliefen. Auf mehreren Monitoren war zu sehen, was sich vor und in dem Wellness-Hotel »Zum Kaiser« tat, denn der MAD hatte die hoteleigenen Überwachungskameras angezapft, um einen Überblick über das Geschehen vor Ort zu haben. In sechs Fernsehern liefen Tag und Nacht CNN, BBC, Al-Dschasira, CCTV, NHK und n-tv. An drei Rechnern saßen BND-Männer und scannten Google News, Twitter und Facebook nach verdächtigen Schlagworten. An einer Wand stand ein Bloomberg-Terminal mit den aktuellen Aktienkursen; über einen Krypto-PC gingen geheime Meldungen aus den USA, Russland und China ein, über einen anderen war der Comm-Room mit den wichtigsten Behörden und Ministerien in Berlin verbunden.
Ein Bildschirm, der aussah wie ein normaler Mac, zeigte auf acht offenen Fenstern sieben leere Videokonferenzräume. Diese befanden sich im Kanzleramt und dem Verteidigungsministerium in Berlin, beim Generalinspekteur der Bundeswehr auf der Hardthöhe in Bonn, bei den dort ansässigen Führungsstäben der drei Teilstreitkräfte, des Sanitätsdienstes sowie des Militärischen Abschirmdienstes in Köln. Vor diesem Rechner saß ein Mitarbeiter, dessen Aufgabe es war, die wichtigsten internen Kommunikationskanäle herzustellen und nach außen abzuschirmen.

Im achten Fenster auf dem Bildschirm war gerade Oberst Schultheiß aus Berlin zu sehen, dessen Bild mit einem äußerst handlichen Projektor auch an die Wand über das King-Size-Bett der Suite geworfen wurde.
»Was macht der Lackner dort oben?«, fragte Verteidigungsminister von Brunnstein seinen Adjutanten.
»Er hat vor einer Viertelstunde ein Fernseh-Interview gegeben, das aber noch nicht gesendet wurde. RTL. Sie können ja mal einschalten, dann sehen Sie, wenn's kommt. Und er richtet einen Krisenstab in dem Hotel ein, das dort oben am See liegt.«
»Macht sich wieder so richtig wichtig, ohne dass er wirklich weiß, was er tut, ja?« Philipp von Brunnstein schäumte innerlich vor Wut auf seinen Parteivorsitzenden. »Und schwebt auch noch ganz bequem mit einer unserer guten alten Hueys ein.« Der Verteidigungsminister, der bei den Gebirgsjägern in Mittenwald seinen Wehrdienst abgeleistet hatte, gefiel sich in der Rolle des alten Kämpfers und ließ den Jargon der Truppe an den richtigen Stellen immer wieder in seine Reden einfließen. Dabei war ein großer Teil der »guten alten Hueys«, wie die Bell-UH-1-Hubschrauber genannt wurden, schon vor seiner Geburt im Einsatz gewesen. Manche waren sogar noch von der U.S. Army in Korea und Vietnam geflogen worden, bevor sie in den Siebzigern von den Amerikanern ausgemustert wurden und zu den Gebirgsjägern nach Bayern kamen.
Oberst Alexander Schultheiß ließ den Ausbruch seines Ministers gegen den Bayerischen Ministerpräsidenten unkommentiert.
»Wir haben auf alle Fälle einen Cougar-Hubschrauber in Berchtesgaden für Sie bereitstehen, und die Genehmigung der Österreicher, Sie abzuholen, liegt auch vor, nicht wahr? Die Maschine kann in einer halben Stunde bei Ihnen in Kitzbühel landen, kein Problem. Von dort nach Mittenwald oder an den Eibsee bräuchten Sie dann knapp eine halbe Stunde.«
»Oder direkt auf den Zugspitzgipfel.« Der Minister schaute in die Runde seiner Begleiter, die beflissen nickten.

»Oder direkt auf den Gipfel, das ist natürlich auch kein Problem«, bestätigte Schultheiß. »Wenn ich mir nur die Frage erlauben dürfte, Herr Minister, wie sollen wir Ihre Anwesenheit vor Ort – also, gesetzt den Fall, dass Sie wirklich hinfliegen sollten – der Presse erläutern?«
»Schultheiß, Schultheiß. Das wird doch sogar die geschätzte Hauptstadtpresse verstehen, dass ein Bundesverteidigungsminister bei einem Einsatz seiner Truppe im eigenen Land an der Seite seiner Männer und Frauen steht. Wissen Sie was, ich nehme sogar meine Frau mit, denn Deutschland soll wissen, dass die ganze Familie von Brunnstein ihren Dienst für das Land an vorderster Front leistet.«
Schultheiß schnaufte laut. Noch ein Auftritt Carolin von Brunnsteins mit Hubschrauber, UGG-Boots und Splitterweste. Die Bilder ließen sich mittlerweile nur noch den billigsten Regenbogenblättern verkaufen. Die sogenannte Qualitätspresse hatte die Selbstinszenierungen des Ministerehepaares allmählich satt.
Schultheiß versuchte das Schlimmste zu verhindern, indem er sagte: »Ah, Ihre Frau Gemahlin, das ist ja großartig. Dieses Mal wird sie ja die unbequeme Weste nicht brauchen, nicht wahr? Ich denke, dass sie auch in einem Winterparka der Gebirgsjäger eine ausgezeichnete Figur machen wird. Das wird schöne Bilder geben, wenn sie in der Kaserne den erschöpften Männern Gulaschsuppe ausgibt. Ich lass einen Parka Größe Medium in den Helikopter legen.«
»Gute Idee, Schultheiß. Dresscode Winterparka. Für mich auch, bitte. Für Carolin legen Sie auch einen in Small dazu. Und ein Feldkoppel, damit sie das Ding hüftbetont tragen kann. Sie wissen ja, wie die Frauen sind. Aber jetzt mal Butter bei die Fische: erschöpfte Männer? Planen wir denn schon einen Einsatz?«
»Die Führung der zehnten Panzerdivision, zu der die Gebirgsjägerbrigade dreiundzwanzig gehört, ist fest entschlossen, aus

diesem Einsatz eine große Imagesause zu machen. Der Chef der Dreiundzwanzig in Bad Reichenhall und der Kommandeur Ihres alten Bataillons zwodreiunddreißig in Mittenwald stehen ebenfalls voll hinter der Sache. In Mittenwald sind drei Kompanien marschbereit, inklusive des Hochgebirgszugs, der ja immer für spektakuläre Bilder gut ist, Abseilen vom Hubschrauber und so weiter. Die Jungs sollen im Schichtdienst an dem Felssturz graben und außerdem bei der Evakuierung der Skifahrer vom Gipfel mithelfen. Es geht nämlich nur mehr eine Bergbahn nach unten, die nach Österreich, nicht wahr? Da wird es Engpässe geben. Leute müssen oben ewig warten. Mit Kind und Kegel. Übernachten vielleicht. Dazwischen unsere Jungs im humanitären Einsatz. Schöne Bilder!«

»Die haben auch ein Riesenloch auf dem Imagekonto. Gerade die Zwodreiunddreißig. Knietief im Renommee-Dispo, könnte man sagen.« Den Minister erfreute sein Wortwitz selbst am meisten, und mit einem Grinsen sah er in die Runde. In der Tat bot ein beherztes Eingreifen eine gute Chance, das ramponierte Ansehen seiner Gebirgsjäger aufzupolieren. Die Bilder von auf Totenschädel pinkelnden Mittenwalder Jägern in Afghanistan und die Berichte über ekelerregende Initiationsriten junger Gefreiter waren immer noch im öffentlichen Bewusstsein präsent. »Aber mal ganz ehrlich, Schultheiß, dann ist es doch ein weiteres PR-Highlight, wenn ich mich persönlich mit Carolin an den Einsatzort begebe. Ich meine jetzt: PR für die Truppe. Der Minister lässt seine Einheit, bei der er vor zwanzig Jahren gedient hat, nicht im Stich und so weiter und so fort.«

Oberst Schultheiß rang sichtlich um die richtigen Worte. »Äh ... Ja, Herr Minister. Grundsätzlich natürlich schon, nicht wahr? Sie beide machen sich im Fernsehen immer gut. Und Ihre alte Einheit: großartig. Wirklich großartig. Vielleicht sollten wir die Entwicklungen aber noch ein paar Stunden abwarten. Bisher, ganz offen gestanden, haben wir noch keine belastbare Information, was in diesem Tunnel überhaupt passiert ist. Es kann

eine Riesenkatastrophe mit zweihundert Toten gegeben haben, oder die ganze Sache ist nur ein Strohfeuer. Im ersten Falle wären Sie der Hauptakteur einer Negativstory voller Blut, Tränen und heulender Witwen, was es zu vermeiden gilt, und im letzteren wäre die Anwesenheit unseres beliebtesten deutschen Politikers reine Verschwendung. Wir sollten mit Ihren Auftritten allmählich ein wenig geiziger werden, wenn Sie mich fragen, nicht wahr? Und da doch schon der Ministerpräsident ...«
»Ja, Mann, Schultheiß, das ist es doch! Wir haben es vielleicht mit einer Tragödie von nationaler Bedeutung zu tun. Und – bei allem Respekt vor dem Amt des Bayerischen Ministerpräsidenten sowie den persönlichen Leistungen eines Hans-Peter Lackner – die Zugspitze ist nun einmal Deutschlands höchster Berg, da sollte schon ein Mitglied des Bundeskabinetts Flagge zeigen.«
»Vielleicht wollen Sie zunächst mit der Kanzlerin ...«
»Mein lieber Schultheiß. Der Verteidigungsminister der Bundesrepublik Deutschland weiß, wann er seine Kanzlerin informieren muss. Wir sprechen hier von einem möglichen Bundeswehreinsatz, aber es ist noch kein Krieg ausgebrochen. In dem Moment, da wir einigermaßen gesicherte Informationen haben, wie es den Leuten in dem Zug geht, werden wir die Kanzlerin natürlich umgehend in Kenntnis setzen. Aber bis dahin lassen wir die Kirche mal im Dorf.«
Minister von Brunnstein legte seinen lehrerhaften Ton ab und schob das Kinn voll Tatendrang vor. »Nein, warten, das ist nicht Brunnsteinsche Art. Ich fliege rüber nach Mittenwald zu meinen Gebirgsjägern. Lassen Sie die Cougar starten, Oberst Schultheiß. Meine Frau und ich und unser ganzes Team hier stehen in einer halben Stunde abmarschbereit vor dem Hotel. Ob Kitzbühel oder Garmisch – da hängen wir halt noch ein paar Tage auf eigenen Bergen dran.«
Die Männer im Comm-Room warfen einander verstohlene Blicke zu. Sie hatten sich schon lange daran gewöhnt, dass der Ver-

teidigungsminister einen Hubschrauber bestellte wie andere Leute ein Taxi. Das störte sie längst nicht mehr. Was störte, war, dass sie innerhalb einer halben Stunde das Equipment in diesem Raum abbauen und verpacken mussten. Ihre eigenen Sachen in den Zimmern rechts und links der Ministersuite und des Comm-Rooms würden sie wieder einmal liegen und stehen lassen müssen; man würde sie ihnen nachschicken.
Der Minister warf einen Blick auf seine Worldtimer. »Abmarsch um vierzehn zwanzig Alfa-Zeit. Alles klar?«
»Zu Befehl«, schallte es synchron über den Videokanal aus Berlin und aus der Runde der Männer im Comm-Room.

KAPITEL ACHTZEHN

Salzsee von Uyuni, 2006

Pedro hatte keine Ahnung, wie er es anstellen sollte. Gegen den Rest der Welt kämpfen. Er, der Halbwaise, der nichts besaß außer ein paar Kleidungsstücken und seiner Familie. Wie sollte er es anstellen, die Notlösung vorzubereiten. Für den Fall, dass sie den Präsidenten killen oder absägen würden. Darauf wartete ja die ganze Erste Welt nur. Und auch halb Bolivien. Die Großgrundbesitzer aus dem Tiefland hatten ihn sicher nicht gewählt. Und sie hatten Verbündete in den Multis dieser Welt. Das hatte sich schon bei der Wassergeschichte gezeigt. Und gegen die sollte er kämpfen? Lächerlich.
Doch wenn er es nicht tat, wer tat es dann? Und hatte sein Volk nicht schon vor dreieinhalbtausend Jahren wahre Wunder vollbracht? Städte gebaut, so riesig, dass die Archäologen sie bisher nur ansatzweise hatten freilegen können? Und bei den wenigen Bauten, die sie bisher erforscht hatten, fragten sie sich staunend, wie es möglich gewesen war, so etwas zu errichten, fünfzehnhundert Jahre vor Christi Geburt.
Das steckte in ihm, er wusste es. Diese Kraft, Großes zu vollbringen. Sie war Teil des Erbes seines Volkes. Was er brauchte, waren Verbündete. Die einzigen, die er hatte, waren seine Freunde, die sein Schicksal teilten. Die ihre Väter bei dem Grubenunglück verloren hatten. Burschen, die rund um Uyuni lebten und denen es nicht besser ging als ihm.
Die versammelte er anfangs einmal die Woche in der kleinen Bruchbude auf dem Salzsee. Bald gaben sie sich einen Namen: »Mi Pueblo«, was genauso »Mein Dorf« heißen konnte wie »Mein Volk«.

KAPITEL NEUNZEHN

Im Zugspitztunnel, 14 Uhr 03

Luigi Pedrosa war mit seinem Zug zweihundert Meter vor dem unteren Felssturz im Tunnel angekommen. Bis dorthin war Strom in der Oberleitung gewesen, aber danach musste die Ausrüstung getragen werden. Der Bagger konnte zwar dieselgetrieben in den Tunnel einfahren, aber seine Abgase würden den Männern die Arbeit noch schwerer machen.
Schließlich standen knapp zwanzig Mann von der Bayerischen Zugspitzbahn vor dem riesigen Felshaufen. Der Staub hatte sich mittlerweile, eine knappe Stunde nach dem Unglück, gelegt. Sie versuchten, die Kamerasonde durch die Felsen zu schieben. Die Hochleistungskamera am vorderen Ende des langen Gummischlauchs war mit einem Ring von LED-Leuchten umgeben. Der Schlauch enthielt das Kamerakabel und die Stromversorgung und zudem vier dünne Stahlzüge, mittels deren die Sonde vom Steuergerät am hinteren Ende des Schlauchs mit einem Joystick bewegt werden konnte. Dort befand sich auch der Monitor, der Bilder der grauen Kalksteinbrocken lieferte, durch die sich die Sonde schlängelte.
Die Männer versuchten zum fünften Mal an einer anderen Stelle einen Weg durch den Trümmerhaufen zu finden. Die vier Male zuvor war nach ein paar Metern kein Durchkommen mehr gewesen, weil die Felsen zu dicht aufeinanderlagen. Nun aber sah es so aus, als hätten sie Glück. Bereits zehn Meter Schlauch waren zwischen die Felsen vorgedrungen. Die Kamera zeigte zunächst nach wie vor nur grauen Stein, doch nachdem sie per Joystick um einen weiteren Block herummanövriert worden war, meinte Luigi Pedrosa, er habe für einen kurzen Moment einen größeren Raum auf dem Monitor ge-

sehen. Auf einmal wurde die Kamera von einem grellen weißen Licht geblendet. Es dauerte nur Sekundenbruchteile, dann schrumpfte das Bild schlagartig zusammen, und der Monitor war schwarz.

Die Männer überprüften zunächst die Stromversorgung der LEDs. Das Steuergerät zeigte deren volle Funktion an. Die Kamera musste ausgefallen sein. Sie beschlossen, die ganze computergesteuerte Apparatur neu zu starten. Als der Monitor aber auch danach dunkel blieb, mussten sie wohl oder übel die Sonde, die sich einen so schönen Weg gebahnt hatte, aus dem Schutthaufen ziehen. Einer der Männer rollte die elektrische Kabeltrommel Meter um Meter vorsichtig auf, um das Gerät und den Schlauch nicht an den scharfen Kanten der Felsbrocken zu beschädigen.

Nach wenigen Minuten hielt Luigi Pedrosa das vordere Ende der Sonde in der Hand. Der Kamerakopf fehlte. Sie hatten ihn wohl doch beim Herausziehen abgerissen. Aber als Pedrosa das Ende des Schlauches im Schein seiner Stirnlampe genauer betrachtete, erschrak er.

Das Auge der Sonde war mit einem sauberen Schnitt abgetrennt worden.

KAPITEL ZWANZIG

Eibsee-Hotel, 14 Uhr

Dr. Raphael Kleinkirchner, der persönliche Referent des Bayerischen Ministerpräsidenten, hatte im Eibsee-Hotel ganze Arbeit geleistet. Hans-Peter Lackner hatte ihm noch im Auto auf der Garmischer Autobahn und auf dem kurzen Flug von der Autobahn zum Fuß der Zugspitze die wichtigsten Anweisungen gegeben. Größten Konferenzraum des Hotels blockieren. Eine Suite für Lackner, eine benachbarte für seine Sicherheitsleute und eine weitere, die er, Kleinkirchner, sich mit dem Pressereferenten Dr. Martin Schwablechner teilen sollte, anmieten.

Das mit dem Konferenzraum war kein Problem gewesen, denn an einem Feiertag, zudem in den Weihnachtsferien, fanden im Hotel keine Firmenveranstaltungen statt. Die drei Suiten zu beschaffen erforderte das ganze Verhandlungsgeschick Dr. Kleinkirchners. Das Hotel war seit Weihnachten restlos ausgebucht. Die drei einzigen nebeneinanderliegenden Suiten bewohnte seit dem zweiten Weihnachtsfeiertag eine wohlhabende Großfamilie aus Weißrussland. Dr. Kleinkirchner hielt sich nicht lange mit dem Empfangschef auf. Er ließ sich zum Besitzer des Hotels bringen und versprach für Spätherbst eine einwöchige Klausurtagung der Parteispitze am Eibsee, und da das Eibsee-Hotel der einzige Beherbergungsbetrieb vor Ort war, bedeutete dies eine Woche volles Haus in einer sonst toten Zeit. Nebenbei brachte eine solche Tagung landesweite Pressebegleitung mit sich, und die konnte ein Hotel jederzeit gebrauchen.

Der Inhaber überlegte nicht lange und ließ die Koffer der Weißrussen, die sich mit Kindern und Großeltern oben auf der Zugspitze beim Skifahren befanden, von der Hausdame des Hotels

packen und vom Bellboy in ein befreundetes Haus im Talort Grainau bringen. Dort gab es zwar keine Fünf-Sterne-Suiten, aber er würde sicher eine Ausgleichsregelung finden, um seine Gäste zu beruhigen. Die mussten jedoch zunächst einmal vom Berg herunterkommen.
Als die Raumsituation geklärt war, setzte sich Dr. Kleinkirchner in den leeren Konferenzraum und stellte seinen Laptop vor sich auf den Tisch, griff zum Telefon und bestellte an der Rezeption einen doppelten Espresso. Dann telefonierte er die Liste der Personen ab, die ihm Lackner als Mitglieder des Krisenstabs genannt hatte. Sie sollten sich für die Nacht von zu Hause verabschieden, sich umgehend im Eibsee-Hotel einfinden und sich dort direkt in den Konferenzraum begeben.
Bereits fünf Minuten später traf der erste Benachrichtigte, Anton Hinterstocker, der Leiter der Polizeiinspektion Garmisch-Partenkirchen, ein und meldete sich bei Kleinkirchner. Er hatte seinen Skitag im Zillertal sofort abgebrochen und sich auf den Weg zum Eibsee gemacht, da er die Einsatzleitung nicht seinem frisch in Bayern angekommenen Stellvertreter Ronnie Vierstetter überlassen wollte.
Er wurde angewiesen, für die Sicherheit des Herrn Ministerpräsidenten im Basement des Hotels und in seiner Suite im obersten Geschoss zu sorgen und dafür Wachen aufzustellen. Danach überließ ihm Kleinkirchner die Einberufung jener Personen, die er selbst telefonisch nicht hatte erreichen können. Der Polizeichef setzte sich daraufhin über Funk mit der Rettungsleitstelle in Weilheim sowie dem Katastrophenstab im Landratsamt Garmisch-Partenkirchen in Verbindung. Dort saßen die Amtsträger im Krisenraum. Hinterstocker bestellte alle persönlich an den Eibsee; sie sollten sich im Landratsamt von Mitarbeitern ihrer Organisationen vertreten lassen.
Nachdem der Ministerpräsident die Mutter des vermissten Jungen im Restaurant des Hotels bei einer Tasse Kaffee abgesetzt hatte, ließ er sich von seinem Referenten die Suiten und den

Konferenzraum zeigen. Sein Pressereferent sorgte dafür, dass die Frau nicht von Reportern behelligt wurde, und forderte einen Betreuer des Kriseninterventionsteams an, der sich um sie kümmern sollte. Damit war diese Situation entschärft.
Lackner betrat den Konferenzraum. Mittlerweile waren bereits sieben weitere Verantwortungsträger eingetroffen. Der Krisenstab war so gut wie komplett. Der Haustechniker brachte weitere Telefonapparate, die in die an den Wänden verteilten Buchsen eingesteckt wurden.
»Setzen Sie sich doch bitte. Meine Leute haben Namensschilder für Sie vorbereitet«, grüßte der Ministerpräsident die Anwesenden. »Wer ich bin, wissen Sie. Wir werden hier unsere Kommunikationszentrale einrichten. Die Techniker werden alle nötigen Verbindungen herstellen. Ich leite ab sofort den Krisenstab.«
Die Leiter von Zugspitzbahn, Polizei, Feuerwehr, Rotem Kreuz, THW und die beiden Katastrophenkoordinatoren des Landratsamts waren alles andere als begeistert, ihre Arbeit nicht, wie in solchen Fällen vorgesehen, vom Landratsamt aus vornehmen zu können. Dort wäre im Katastrophenschutzraum alles bereit gewesen, im Hotel aber musste erst einmal die entsprechende Infrastruktur hergestellt werden, um überhaupt mit der Arbeit beginnen zu können. Die Mienen, die sie zur Schau trugen, machten keinen Hehl aus ihrer Meinung, doch der Ministerpräsident war entschlossen, auf derlei Befindlichkeiten keine Rücksicht zu nehmen.
»Wir brauchen zuerst einen Lageüberblick. Herr Falk, könnten Sie bitte an der Karte die örtlichen Gegebenheiten erläutern, damit wir alle auf dem gleichen Kenntnisstand sind.« Lackner war zwar der Einzige, dessen Wissen diesbezüglich dem der anderen hinterherhinkte, aber das musste er ja nicht offen zugeben.
August Falk, Technikvorstand der Bayerischen Zugspitzbahn, erhob sich von seinem Stuhl und ging zu der Leinwand, auf die der Beamer von Dr. Kleinkirchners Laptop eine topografische Karte des Zugspitzmassivs projizierte. Der graumelierte und

durchtrainierte Mann war Anfang fünfzig und sprach Klartext, um nicht noch mehr Zeit als unbedingt nötig mit dieser überflüssigen Veranstaltung zu verlieren.

»Wir sind hier am Eibsee, am Fuß des Berges, auf genau eintausend Meter Höhe. Der Gipfel liegt auf 2962 Metern, der Bahnhof Zugspitzplatt, wo die Zahnradbahn endet, auf 2588. Der Tunnel teilt sich hier«, er leuchtete mit seinem roten Laserpointer auf eine bestimmte Stelle im Fels, »und hier, auf 2525 Metern, geht der Rosi-Tunnel ab, der die letzten neunhundert Meter der Strecke bildet. Die alte Strecke führt hier weiter, hinauf zum Schneefernerhaus auf 2650 Metern. Aber seitdem das kein Hotel mehr ist, sondern eine Klimaforschungsstation, fahren die Skifahrer alle direkt aufs Platt.«

»Kenne ich, da hatten wir ja unseren Klimaschutzgipfel«, warf der Ministerpräsident ein.

»Richtig. Da sind Sie aber mit der Seilbahn rauf zum Gipfel und dann mit der Gletscherbahn aufs Platt und mit der Kabinenbahn zum Schneefernerhaus, wie Sie sich erinnern. Egal, unser Zug ist hier in der Ausweiche vier verschüttet. Das ist vor dem Abzweig des Rosi-Tunnels. Und es ist der denkbar schlechteste Platz überhaupt, denn damit ist der komplette Tunnel blockiert. Wäre das Unglück im Rosi-Tunnel passiert, könnten wir wenigstens mit der Bahn zwischen dem Schneefernerhaus und dem Eibsee hin- und herfahren und Leute runterbringen. So aber bleiben nur die beiden Seilbahnen. Die unsrige haben wir gesperrt, weil wir sie für die Rettungsaktion brauchen. Deshalb müssen die Menschen jetzt alle über die Tiroler Seilbahn runter. Und alle Kräfte, die wir von oben her zum Retten und Bergen einsetzen, müssen mit unserer alten kleinen Seilbahn oder mit dem Hubschrauber rauf. Oben haben wir kaum Gerätschaften für eine Bergung. So viel zur Lage.«

»Bevor wir darüber sprechen, ob wir die Bundeswehr einsetzen oder nicht«, sagte der Ministerpräsident, »wie konnte das passieren, Herr Falk?«

»Das kann eigentlich nicht passieren. Nach menschlichem Ermessen ist es ausgeschlossen, dass der Tunnel einstürzt. Der ganze Berg wird regelmäßig mit auf Georisiken untersucht. Erst im November ist das zuletzt durch das Geologische Landesamt geschehen. Dabei wurde nicht das geringste Anzeichen für einen Wassereinbruch oder sonstige Verkarstung festgestellt. Die Tunnelröhre ist mit Beton verstärkt. Heute gab es kein nennenswertes Erdbeben zur fraglichen Zeit im gesamten Alpenraum, das hat mir das Umweltministerium bestätigt. Sie können die Daten übrigens live im Internet abrufen. Allerdings hat die Messstation, die sich im Schneefernerhaus befindet, zwei vollkommen ungewöhnliche Ausschläge gemessen. Sehen Sie selbst.«

August Falk ging zum Laptop des persönlichen Referenten, öffnete ein neues Browserfenster und rief die Seite des Erdbebendienstes Bayern auf. Die Kurve der Messstelle Schneefernerhaus zeigte im Gegensatz zu denen der anderen sechsundzwanzig bayerischen Messstellen zwei kleine Zacken, die kurz hintereinander gegen 12 Uhr 20 notiert worden waren.

Der Zugspitzbahnchef stellte sich wieder vor die Leinwand, sodass die projizierten Seismogramme ein dramatisch aussehendes Muster quer über sein Gesicht warfen – wie von bunten Narben entstellt.

Falk machte eine bedeutungsvolle Pause. Dann sagte er: »Herr Ministerpräsident, wir müssen davon ausgehen, dass eine oder mehrere Explosionen den Felssturz oder die Felsstürze verursacht haben.«

Hans-Peter Lackner verkniff die Augen zu schmalen Schlitzen. Die Assoziationskette »Explosionen – Sprengungen – Anschlag – Terrorismus« schoss ihm durch den Kopf. Doch er wollte keine vorschnellen Schlüsse ziehen.

»Was meinen Sie mit Explosionen, Herr Falk?«

»Ganz einfach, der Tunnel wurde gesprengt. Und da wir es nicht waren, muss es jemand anders gewesen sein.«

»Das ist doch Wahnsinn, was Sie da sagen!«, rief der Ministerpräsident erregt. »Das können Sie hier nicht bringen!« Er hatte in vierzig Jahren Parteizugehörigkeit gelernt, dass man den Überbringer einer schlechten Nachricht immer zunächst als Schuldigen dastehen ließ.
»Es ist die einzige Möglichkeit, denn – ich wiederhole mich – einfach so stürzt der Tunnel nicht ein.«
»Würde ich auch behaupten, wenn ich ihn gebaut hätte und für seine Stabilität verantwortlich wäre.« Mit diesem eigentlich gegen Falk gerichteten Vorwurf enttarnte Lackner einen guten Teil seiner eigenen Kommunikationsphilosophie.
»Ja, das glaube ich, dass Sie das dann behaupten würden, Herr Ministerpräsident«, entgegnete Falk spitz. »Aber in diesem Fall entspricht es auch der Wahrheit. Und – mit Verlaub – gebaut wurde der Tunnel vor achtzig Jahren.«
August Falk setzte sich wieder an seinen Platz. Die Männer rings um den Konferenztisch schwiegen mit versteinerten Mienen.
Feuerwehrkommandant Martin Bierpriegl ergriff schließlich das Wort: »Wie dem auch sei, Explosion oder Einsturz. Da sind über zweihundert Menschen eingeschlossen. Wir müssen die da rausholen.«
Die anderen stimmten ihm sofort zu, nur Katastrophenschützer Hans Rothier widersprach: »Moment, meine Herren, so schnell geht das nicht. Wenn das wirklich eine Explosion war, ist das ein Anschlag gewesen, dann kann es weitere Explosionen geben.«
Die Männer wurden blass. Dann griffen sie zu ihren Mobiltelefonen und Funkgeräten.
Doch noch bevor einer von ihnen Kontakt mit jemand anderem aufnehmen konnte, schlug Lackner mit der flachen Hand auf den Tisch.
»Stopp! Legen Sie die Handys auf den Tisch, nehmen Sie die Finger von Ihren Funkgeräten! Hiermit verhänge ich eine abso-

lute Nachrichtensperre! Niemand von Ihnen wird den Raum ohne meine Genehmigung verlassen oder Nachrichten absetzen, die diese Spekulation zum Inhalt haben. Und das betone ich ausdrücklich: Noch ist es *reine* Spekulation! Ist Ihnen klar, was die Konsequenzen eines solchen Szenarios sind?«
Es wurde wieder ganz still am Tisch.
»Kleinkirchner, geben Sie mir Berlin, das Verteidigungsministerium«, gebot Lackner. »Unser Verteidigungsminister weilt zwar auch beim Skifahren, aber das muss er jetzt wissen. Und danach die Kanzlerin. Los, los – und zwar auf sicheren Leitungen!«

KAPITEL EINUNDZWANZIG

Im Zugspitztunnel, 14 Uhr 17

»Vollkommen ausgeschlossen, Franz. Nicht abgerissen. Die Kamera wurde abgeschnitten. Wenn ich's dir sage.«
Luigi Pedrosa sprach ins Funkgerät und versuchte verzweifelt, seinen Chef zu überzeugen, dass er weder eine Schraube locker hatte noch sturzbetrunken war.
»Du kannst hier jeden fragen, Franz. Werden alle bestätigen.«
»Dann ist dort drinnen jemand am Leben. Das ist doch schon mal eine gute Nachricht. Aber warum schneidet der die Kamera ab? Vielleicht steht er unter Schock?«
»Oder um sich bemerkbar zu machen.«
»Dann könnte er sich davorstellen und mit den Händen herumfuchteln, das wäre einfacher. Gut. Egal. Ihr müsst jetzt mit Hochdruck anfangen zu graben. Aber bitte vorsichtig. Ich will weder, dass ihr auch noch verschüttet werdet, noch, dass ihr einen Überlebenden killt. Ich hole Verstärkung. Der Ministerpräsident hat Unterstützung durch den Barras zugesagt. Und ich schicke dir noch eine weitere Lok mit einem leeren Transportwagen, Luigi. Ihr müsst den Schutt ja irgendwie aus dem Tunnel schaffen. An Ausweichstelle drei wartet in zwanzig Minuten die Lok darauf, dass ihr euren vollen Wagen nach unten bringt und gegen den leeren austauscht. Alles klar?«
»Verstanden – over.«
Luigi Pedrosas Männer und der Trupp, der vor ihnen nach oben gefahren war, standen, mit Schaufeln und Spitzhacken bewaffnet, bereit. Der Baggerführer saß an seinem Platz auf dem vordersten Waggon, und der Lokführer fuhr den Zug so weit wie möglich an den Felssturz heran. Den Transportwagen in der

Mitte hatten sie komplett leer geräumt, damit der Bagger den Abraum darauf ablegen konnte.

Sie gingen daran, die großen Brocken mit dem Hydraulikgerät, das kleinere Geröll mit den Schaufeln und den Händen wegzuschaffen. Dort drinnen waren Überlebende. Einer wenigstens. In den mitgebrachten Schotterkörben trugen sie das Material einige Meter im Tunnel nach unten und schütteten es seitlich an die Tunnelwand. Die Männer mussten verdammt aufpassen, dass sie der Bagger beim Arbeiten nicht erwischte.

KAPITEL ZWEIUNDZWANZIG

Im Zugspitztunnel, 14 Uhr 19

Auf der anderen Seite des Felssturzes hielt Thien seine Nikon mittlerweile hinter seinen Kniekehlen verborgen. Mit einem Griff hätte er sie in der Hand, wobei der Zeigefinger das große Einstellrad noch im Herausziehen auf »On« stellen würde. Was immer auch geschehen würde, Thien würde sensationelle Bilder schießen. Sonst taten die Insassen des Wagens seit dem Überfall, was in der Situation am vernünftigsten war: nichts.
Thien hoffte, dass dies in seinem und den anderen Waggons so bleiben würde. Und wusste, dass es anders kommen würde. Zu viele Kinder waren unter den Fahrgästen. Kinder, die sicherlich sehr bald quengelig würden. Die weinen würden und damit ihre Mütter ansteckten und hysterisch machten. All das würde geschehen.
Er überlegte, ob er Nutzen aus einer solchen Eskalation ziehen konnte. Nicht nur, ob er Bilder schießen, sondern ob er einen der Männer mit den Maschinenpistolen überwältigen, ihm die Waffe entreißen und den anderen ausschalten könnte. Ob es andere Männer und Frauen in dem Wagen gäbe, die ihm dabei helfen würden. Und er überlegte, was dann in dem vorderen Wagen geschehen würde.
Nein, derzeit war an eine solche Aktion nicht zu denken. Sie wäre reiner Selbstmord gewesen. Zu schockgefroren waren die Geiseln und noch lange nicht verzweifelt genug, um sich gegen die Geiselnehmer aufzulehnen. Und die waren noch zu wach, zu alert. An jedem Ende des Wagens stand einer von ihnen und hielt seine MPi auf die Passagiere gerichtet. Alle fünf Minuten tauschten sie die Positionen. Wahrscheinlich, um nicht durch

den immer gleichen Anblick müde zu werden. Das bedeutete, dass die Männer ihre Aktion minutiös geplant hatten. Es bedeutete aber auch, dass es alle fünf Minuten einen Moment gab, in dem sie verwundbar waren. Das war der Augenblick, in dem sie im engen Mittelgang des Wagens aneinander vorbeimussten. Würde man die Kerle in diesem Moment von zwei oder drei Seiten gleichzeitig angreifen, hätte man gute Chancen, beide unter Kontrolle zu bekommen. Zumindest würde man das eigene Risiko minimieren. Salven in die Menge konnten sie nicht abgeben, wenn drei Männer sie zugleich ansprangen und zu Fall brachten. Vielleicht würden sie einen oder zwei der Angreifer töten. Thien war bereit, dieses Risiko auf sich zu nehmen.

Wenn er nur die Möglichkeit hätte, sich mit einer der anderen Geiseln abzusprechen. Mit seinen Blicken scannte er die Leute im Wagen nach ihrer Tauglichkeit für einen solchen Einsatz. Viele brauchbare Mitkämpfer konnte er nicht ausmachen. Zwar saß die Hälfte mit dem Rücken zu ihm, aber er schloss aus Körperhaltung und Kleidung auf ihre Brauchbarkeit. Die meisten waren zu alt oder zu jung, zu unsportlich oder schlicht zu paralysiert, um an seiner Seite den Kampf gegen die Geiselnehmer aufzunehmen.

Wer im gut gefiel, war dieses ältere Ehepaar, beide Mitte fünfzig. Der Mann mit der perfekt geschminkten und hellblond gefärbten Frau, die ihm zwei Bänke weiter vorn auf der anderen Waggonseite gegenübersaßen. Er trug einen militärisch anmutenden Bürstenhaarschnitt und sah unter seinem Anorak, den er offen trug, einigermaßen trainiert aus. Ganz sicher Amerikaner. Touristen aus dem Edelweiss-Resort, das die US-Streitkräfte in Garmisch unterhielten. Ein Ex-Soldat oder vielleicht ein höheres Tier. Vielleicht auch einer aus dem George Marshall Institute oder der NATO-Schule in Oberammergau.

Thien musterte die Kleidung der beiden. Das, was er zwischen den Sitzreihen hindurch erkannte, bestärkte seinen Eindruck. Land's End, Schuhe von Merell und Jacken von Columbia. Der

Mann hatte hellwache Augen, saß kerzengerade da, nicht zusammengesunken wie die meisten der Passagiere. Seine Frau hielt seine Hand. Dazwischen blitzte etwas. Thien sah genau hin. Ein Kreuz. Sie gaben sich gegenseitig Stärke, und das war eine gute Voraussetzung.

Thien konzentrierte sich auf die beiden, versuchte mit ihnen Augenkontakt aufzunehmen, mal bei der Frau, mal bei dem Mann. Irgendwann müssten sie sein Interesse bemerken, dann galt es eine lautlose Kommunikation aufzubauen. Aus den Augenwinkeln überprüfte er ständig, ob nicht einer ihrer Bewacher auf sein Starren aufmerksam wurde.

Er war fest entschlossen, sich nicht kampflos aufzugeben. Er hatte so viel überlebt. Er würde auch hier herauskommen. Lebend. Das schwor er sich.

KAPITEL DREIUNDZWANZIG

Eibsee-Hotel, 14 Uhr 25

Es war aller Wahrscheinlichkeit nach ein Anschlag, Teddy. Du solltest deinen Urlaub abbrechen. Übrigens: Laut ist es bei dir.« Ministerpräsident Lackner wusste, dass die nächsten Stunden und Tage nicht gemütlich werden würden. Philipp von Brunnstein aus seinem geliebten Abspeckurlaub zu holen war für ihn jedoch eine kleine Entschädigung für die ansonsten schreckliche Situation. Er stellte sich vor, wie der junge Kollege im winterlichen Berlin der Kanzlerin Rapport erstattete.

»Laut ist es deshalb, weil es unsere Finanzlage nicht zulässt, moderne Hubschrauber zu kaufen. Die Mühle hier ist zwanzig Jahre alt. Aber wem sage ich das, du hast dich heute ja schon meiner Luftlandeeinheit bedient.« Philipp von Brunnstein warf einen Blick durch das kleine ovale Fenster des Hubschraubers und lächelte zufrieden. Es war ein großartiges Panorama, das sich ihm aus dreitausend Meter Flughöhe bot.

Hans-Peter Lackner hatte ihn mit seinem Spitznamen »Teddy« angesprochen, was eigentlich nur engste Freunde und adlige Vettern durften. Also war es nötig gewesen, ihn darauf hinzuweisen, dass sein ehemaliger Schützling Philipp von Brunnstein mittlerweile an Hebeln saß, die auch das Leben eines Bayerischen Ministerpräsidenten mitbestimmen konnten.

»Ah, du bist schon unterwegs?« Lackner überhörte von Brunnsteins Forderung nach moderneren Hubschraubern und tat überrascht.

»Allerdings, mein Lieber. Hast du gedacht, dass ich meine Truppe und mein Volk im Stich lasse?« Gemeint hatte von Brunnstein: Glaubst du, dass ich dir die ganze Show überlasse?

»Das ist großartig, Teddy, ganz großartig. So können wir den

Menschen in diesem unseren Lande zeigen, dass wir in Krisensituationen zusammenstehen wie ein Mann.«
»Ja ja, HP, schon in Ordnung. So, und jetzt mach es bitte nicht so spannend. Du hast eben das hässliche Wort ›Anschlag‹ im Mund geführt.«
Hans-Peter Lackner wurde daraufhin amtlich und schilderte dem Verteidigungsminister kurz die Erkenntnisse, die er vor wenigen Minuten gewonnen hatte.
Philipp von Brunnstein hörte sich den Bericht an und warf seiner Frau, die neben ihm saß, einen Blick zu. Sie hörte das Gespräch über den Intercom-Kopfhörer der Maschine mit.
Der Minister machte ein besorgtes Gesicht.
»Mir fehlen die Worte, HP. Und du bist sicher?«
»Sicher bin ich natürlich nicht. Aber ich werde die Lage nicht sehr viel länger vor der Öffentlichkeit vertuschen können. Mein Krisenstab – *unser* Krisenstab, natürlich – weiß ja Bescheid. Ich habe eine Informationssperre erlassen, aber die hält sicher nicht ewig. Wann bist du hier?«
»In fünfzehn Minuten.«
»Gut. Ich berufe eine Pressekonferenz für fünfzehn Uhr ein und warte, bis du gelandet bist. Sollte in der Zwischenzeit etwas passieren, erfährst du es zuerst. Over.«
»Verstanden. Over«
Beide Männer hatten im Hinblick auf die Katastrophe, von der sie ausgehen mussten, ihre parteiinternen Nickligkeiten eingestellt. Sie wussten unendlich viel mehr über die Bedrohungslage, als sie der Öffentlichkeit preisgeben würden. Nicht umsonst wurde das Münchner Oktoberfest seit einigen Jahren mit einem aufwendigen Sicherheitsgürtel abgeriegelt. Natürlich hatte man im Sommer 2010 die Kuppel des Reichstagsgebäudes in Berlin nicht ohne Grund für Besucher sperren lassen. Und hätten die Amerikaner nicht die entscheidenden Hinweise auf die Sauerland-Gruppe gegeben, hätten die Terroristen ihre monströse Wasserstoffperoxid-Bombe irgendwo in Deutschland gezündet.

Zusammen mit den Fachabteilungen der Ministerien und den Spezialisten des GTAZ, des »Gemeinsamen Terrorismuseinsatzzentrums«, hatten sie schon oft über konkrete und abstrakte Terrorgefahren für Deutschland getagt. Sie hatten mit Innenministern und Ministerpräsidenten stunden-, tage-, nächtelang in den unterschiedlichsten Stäben diskutiert. Nach allem, was sie wussten, mussten sie jetzt vom Schlimmsten ausgehen.
Ein gesprengter Tunnel. Ein verschütteter Zug. Der Tag des großen Anschlags war für Deutschland gekommen.

KAPITEL VIERUNDZWANZIG

Zugspitzgipfel, 14 Uhr 45

Auf dem Zugspitzgipfel und im Skigebiet auf dem Zugspitzplatt herrschte bis 14 Uhr weitgehende Ahnungslosigkeit darüber, dass sich eine Dreiviertelstunde zuvor im Berg unter den Tausenden von Wintersportlern eine Katastrophe ereignet hatte. Nur einige der Skifahrer, die mit der letzten Zahnradbahn vor der entführten heraufgekommen waren, vermissten Freunde und Familienangehörige, die sie im Zug hinter sich wähnten. Sie standen vor dem Bahnhof und bekamen etwas von einer Betriebsstörung zu hören. Ihr Ärger verwandelte sich zusehends in Wut und Angst, weil ihnen kein Bahnbediensteter weitere Informationen geben konnte oder wollte. Auch die Ausflügler, die mittags schon wieder die Talfahrt antreten wollten, wurden mit der Ausrede einer angeblichen Betriebsstörung abgespeist. Gleiches erzählte man denjenigen, die daraufhin mit der Seilbahn hinab zum Eibsee fahren wollten, denn die war für die Rettungsarbeiten ebenfalls unter dem Vorwand einer Panne gesperrt worden. Die Ausflügler wurden auf die Tiroler Seilbahn verwiesen, die von Ehrwald aus den Gipfel erklomm. Vor ihr bildeten sich erste längere Schlangen, die normalerweise erst zwischen 15 und 16 Uhr zu erwarten waren, wenn sich alle Tagesgäste wieder auf den Weg nach unten machten.
Um 14 Uhr sendete RTL den ersten Bericht über ein Zahnradbahnunglück im Zugspitztunnel. Die mittlerweile ebenfalls am Eibsee eingetroffenen TV-Teams, Zeitungsreporter und alle mit einem Fotohandy ausgestatteten »Leser-Reporter« der Boulevardzeitungen zogen nach. Twitter und Facebook verbreiteten die Meldung in Sekunden über den Globus. Die Anrufe besorgter Verwandter und Bekannter brachten die erschreckende

Nachricht über Mobiltelefone zurück an den Ort des Geschehens zu den im Sessellift sitzenden oder die Hänge hinabfahrenden Wintersportlern. Wer um Viertel nach zwei immer noch nichts wusste, wurde spätestens in der nächsten Warteschlange vor dem Skilift über die Ereignisse aufgeklärt. Daraufhin wussten alle Bescheid.

Viele Menschen versuchten nun möglichst frühzeitig die Tiroler Zugspitzbahn zu erreichen, um nicht ewig dort anstehen zu müssen. Einige Skifahrer genossen weiterhin den Tag, und nur eine Handvoll nutzte eine der Abstiegsmöglichkeiten von der Zugspitze, denn die waren nur für äußerst geübte Alpinisten geeignet und mit Abseilerei und erheblicher Lawinengefahr verbunden. Das »Münchner Haus«, die Alpenvereinshütte auf dem Gipfel, war innerhalb weniger Minuten bis auf das letzte Bettenlager ausgebucht.

Der Evakuierungsplan für die Touristen auf dem Gipfel und die Rettung der Verschütteten im Zug lief auf vollen Touren. Der Krisenstab forderte über die Katastrophenkoordinationsstelle des Landkreises den Einsatz der Gebirgsjäger aus Mittenwald an. Wie Kommandant Bernrieder eine Stunde zuvor geplant hatte, fuhren Truppentransporter mit Soldaten und Lkws, beladen mit Räumgerät und Verpflegung, zum Eibsee. Eine schnell bereitgestellte Zahnradbahn brachte die jungen Frauen und Männer zum Einsatz in den Tunnel.

Zwei Bell UH-1 der Gebirgsjäger starteten und brachten die ersten zwanzig Soldaten zum Gipfelbahnhof auf dem Platt. Von dort aus begaben sie sich zu Fuß in den Tunnel, um mit dem Graben am oberen Ende des Felssturzes zu beginnen. Da die Flugzeit von der Edelweiß-Kaserne auf das Zugspitzplatt keine fünf Minuten betrug, standen bald darauf weitere zwanzig Mann für den Rettungseinsatz bereit.

Daraufhin flogen die Männer des Hochgebirgszugs ein. Ein Hubschrauber setzte acht Mann auf dem Platt ab, ein anderer

flog zehn der Elitesoldaten auf den Gipfel, unter ihnen Zugführer Markus Denninger, der sich dort einen Überblick verschaffen wollte. Er hatte den Befehl, für Ruhe und Ordnung sowie für Suppe und Decken zu sorgen, und meldete sich beim Chef der Bergwachtstation auf dem Gipfel und beim Betriebsleiter der Gipfelstation der Bayerischen Zugspitzbahn. Beide waren über seine bevorstehende Ankunft bereits unterrichtet worden. Maximilian Demmel, der Betriebsleiter, nannte ihm Zahlen und Fakten. Die drei Männer standen auf der Aussichtsplattform der Gipfelstation auf der deutschen Seite des Berges.
»5248 Menschen sind heute hier oben. Die Kollegen der Tiroler Zugspitzbahn schaffen es, in einer Stunde höchstens vierhundert nach unten zu bringen. Die Rechnung ist ganz einfach. Wir sind vor zwei Uhr morgens niemals fertig.« Maximilian Demmel zeigte hinüber auf die österreichische Seite, wo die Tiroler Zugspitzbahn endet. »Problem: Wir müssen alle Leute vor sechzehn Uhr dreißig irgendwo unterbringen, denn dann wird es dunkel, und die Gefahr steigt, dass uns dort draußen jemand verlustig geht. Nachts hat es hier oben zurzeit minus zwanzig Grad. Außerdem wird heute Abend das Wetter schlecht. In die Tiroler Bergstation passen die beim besten Willen nicht alle rein.«
»Stationen gibt es ja hier oben genug«, meinte Denninger. »Euer SonnAlpin-Restaurant dort unten, die Gletscherbahn hier herauf, die Gipfelstation hier und die von den Tirolern dort drüben.«
»Eng wird es trotzdem. Und ihr dürft nicht vergessen: Mindestens ein Drittel der Skifahrer sind Kinder. Keine ganz kleinen, aber doch ab sechs Jahren aufwärts. Und wir müssen die alle über diese Gletscherbahn erst einmal hier herauf auf den Gipfel bekommen. Das ist das eigentliche Nadelöhr.«
Denninger wandte sich an den Bergwachtmann Hannes Gramminger. »Dann verteilt ihr euch doch auf den Pisten und seht zu, dass die Leute jetzt alle mit den Liften kommen und dass

niemand draußen herumsteht. Unsere Männer regeln den Verkehr unten an der Gletscherbahn und hier oben auf dem Gipfel. Neben der Gletscherbahn steht das SonnAlpin, da können sich die Leute aufwärmen, Tee trinken, Kinder wickeln. Wir passen auf, dass sich da niemand festsetzt. Wir müssen die Leute in Bewegung halten. Was ist eigentlich mit der deutschen Seilbahn hier, warum wird die nicht zum Abtransport genutzt?«
»Wird freigehalten für Notfälle und für die Rettung«, antwortete ihm Bahnmann Maximilian Demmel. »Da kommen jetzt die Bergwachtkollegen, das Rote Kreuz mit einem Notfall-OP und das THW mit Ausrüstung rauf.«
»Und die Kabine fährt leer nach unten?«
»Ja, denn sie wollen unten keinen Menschenauflauf haben, drum ist die Evakuierung der vom Unglück nicht betroffenen Skifahrer nach Ehrwald beschlossen. Und irgendwann sollen die Rettungskräfte auch über diesen Weg ausgetauscht werden.«
»Und die Verschütteten abtransportiert, wie wir alle hoffen«, ergänzte Bergwachtler Gramminger.
Markus Denninger schaute resigniert hinunter auf das Zugspitzplatt und den Schneeferner. Nein, es würde nichts helfen, er und seine Leute würden wohl bis tief in die Nacht Verkehrspolizei und Ordnungsdienst für genervte und erschöpfte Skifahrer spielen müssen.

KAPITEL FÜNFUNDZWANZIG

Eibsee-Hotel, 14 Uhr 35

Der Hubschrauber mit dem Verteidigungsminister, seiner Frau und seinem Team an Bord ging beim Eibsee-Hotel auf den See nieder und landete mit ausreichendem Sicherheitsabstand neben seinem noch älteren Artgenossen, der den Ministerpräsidenten gebracht hatte, sowie seinen modernen Verwandten, mit denen die Reporter von RTL, SAT.1 und BILD zum Katastrophenort geflogen waren.

Die Journalisten und Kameraleute warteten im Hotel bereits nervös auf das, was sich ihnen hier bieten würde. Dennoch versuchten sie einen möglichst gelangweilten und abgeklärten Eindruck zu machen. Immerhin: Tunnelunglück, das gab es nicht alle Tage.

Das Kamerateam des Bayerischen Rundfunks, der für Deutschlands öffentlich rechtliche Stationen die Berichterstattung übernehmen sollte, steckte im VW-Bus im Stau vor Garmisch. Der Vertreter der Lokalzeitung und der junge Reporter des Lokalradios waren zu Fuß zum Eibsee gelangt, da die Straße gesperrt war. Beide waren sich bei den wenigen hundert Metern Höhenunterschied zwischen dem Talort Grainau und dem See wie bei einer Himalaja-Expedition vorgekommen. Oben brauchten sie erst einmal eine Belohnungszigarette und einen doppelten Espresso mit Schuss.

Nach und nach versammelten sich die Presseleute in einem dafür bereitgestellten Konferenzraum des Hotels in der Nähe des Krisenstab-Raumes.

Die Referenten des Ministerpräsidenten hielten die Pressemeute, so gut es ging, in Schach, bis die beiden Spitzenpolitiker von Brunnstein und Lackner ihren Auftritt hatten. Durch das Fenster des Konferenzraums, das zum See hinausging, sah man, wie der Verteidigungsminister mitsamt seiner Frau und einer Entourage von vier Begleitern auf das Hotel zulief. Die Fernsehleute liebten solche Auftritte des jugendlich wirkenden Ministers, der in seinen hellen Chinos, den Timberland-Stiefeln und dem Funktionsblouson wie der Held eines amerikanischen Actionstreifens wirkte. Die Kameramänner hatten ihr Arbeitsgerät an den Fenstern in Stellung gebracht und zoomten die Szene ganz nah heran.

Carolin von Brunnstein lief die ersten Schritte unter dem laufenden Rotor geduckt mit, dann fiel sie in einen gemesseneren Schritt. Erstens konnte sie auf den glatten Sohlen der UGG-Boots bei dem Tempo ihres Mannes auf Eis und Schnee nicht mithalten, zweitens war sie die Frau eines deutschen Bundesministers, drittens vertrat sie durch Geburt wie auch durch Heirat deutschen Hochadel. Öffentlich über einen zugefrorenen See zu laufen und dabei vielleicht auszugleiten geziemte sich nicht, wie sie fand.

Ein Beamter der örtlichen Polizei erwartete den Minister am Seeufer und führte ihn durch einen Seiteneingang ins Hotel. Von Brunnstein traf in einem ansonsten leeren Nebenraum auf Hans-Peter Lackner.

»Was Neues, HP?«, begrüßte von Brunnstein den Ministerpräsidenten.

»Dass das klar ist, Teddy: Ich war zuerst hier und eröffne die PK.«

»Gern, rede du ruhig zuerst. Ich weiß ja noch nichts über die Sache. Im Gegensatz zu manch anderem pflege ich mir erst ein Bild vom Sachverhalt zu machen, bevor ich etwas sage.«

»Dann ist ja alles klar. Also, die Leute warten. RTL geht live drauf, sagt mein Pressemann.«

»Ganz großartig, HP. Los, geh raus. Ist der Körber von SAT.1 auch schon da? Na ja, der kommt schon noch und kriegt was Exklusives. Also los. Worauf wartest du noch?«

Ministerpräsident Hans-Peter Lackner setzte seine Staatstrauermiene auf und öffnete die Verbindungstür ins Nebenzimmer, wo die Journalisten warteten. Zugspitzbahn-Chef August Falk saß an der Stirnseite des Raums an einem längs gestellten Tisch hinter einem Mikrofon. Daneben zwei leere Plätze, ebenfalls mit Mikrofonen. Vor jedem Mikrofon wies ein improvisiertes Namensschild die Plätze an: Lackner, Falk, von Brunnstein. In der Mitte des Raums stand ein Projektor, der mit dem Laptop des Pressereferenten Dr. Martin Schwablechner verbunden war. Er projizierte wieder die topografische Karte des Zugspitzmassivs an die hinter den drei Männern herabgelassene Leinwand.
Auf der anderen Seite des Raums hatten sich die beiden Kameraleute postiert. Der Reporter des Lokalblattes knipste mit einer kleinen Digitalkamera, als ginge es um sein Leben. Der örtliche Radiomann legte sein Aufnahmegerät vorn auf den Tisch mit den Mikrofonen.
Die Politiker durchmaßen den Konferenzraum und setzten sich rechts und links neben Falk.

KAPITEL SECHSUNDZWANZIG

Salzsee von Uyuni, 2006

Zwei Jahre lang hatten sie nur geredet. Jeden Mittwochabend in der Hütte auf dem Salzsee. Dann hatten sie recherchiert. Und schließlich einen Plan gefasst. Der Plan war monströs. Er verlangte jahrelange Vorbereitung.
Der erste Indigene, ein Aymara, wurde Präsident. Damit sah auf einmal alles anders aus. Die Herrschaft der Weißen und der Mestizen schien gebrochen. Er wollte die Bodenschätze schützen. Sie für die Aymara und Quechua bewahren und nicht den ausländischen Multis schenken. Doch Pedro traute der Sache nicht. Was, wenn sie den Präsidenten killen würden. Damit wieder die Weißen und Mestizen alles für sich haben könnten. Dem Präsidenten würde die volksnahe Chompa nichts nutzen, die er trug. Sie war nicht kugelsicher. Er würde erschossen, vergiftet werden, mit dem Flugzeug abstürzen. Oder klein beigeben. Wie bisher alle Machthaber Boliviens. Am Ende musste er das Land noch an die Ausländer verscherbeln.
Doch dieses Mal sollte aus ihren Bodenschätzen keine Brücke nach irgendwo gebaut werden. Diesmal würden sie sich wehren. Pedro würde sein Volk verteidigen, sollte sich der Präsident als zu schwach dafür erweisen. Das schwor er sich. Und seine zwölf Freunde schworen es ihm.
Sie nahmen sich Zeit für ihren Plan. Sie mussten zuerst eine fremde Sprache lernen. Eine Sprache, die mit den Sprachen ihrer Stämme, den Aymara- und den Quechua-Dialekten, nicht im Entferntesten verwandt war. Auch mit der Amtssprache ihres Heimatlandes, dem Spanischen, hatte sie nichts gemein. Sie war so fremd, dass sie sogar in einer anderen Schrift geschrieben wurde.

Zwei Jahre lang lernten sie die Schrift und die Sprache. Nicht alle dreizehn Kameraden waren gleich begabt darin. Pedro konnte bald einen unbekannten Text lesen und übersetzen. Andere waren froh, dass sie die Dinge des täglichen Lebens benennen konnten. Doch das würde für die weitere Ausbildung reichen.

Dann knüpften sie Kontakte. Pedro kannte bald alle Webseiten der Islamisten aus aller Welt. Er konnte sie lesen, konnte die Schwätzer von denen unterscheiden, die wirklich eine Rolle spielten.

Dann schrieb er die E-Mail.

KAPITEL SIEBENUNDZWANZIG

Zugspitzbahn, 14 Uhr 55

Wem im Zug noch nicht klar gewesen war, dass er sich in der Gewalt von Schwerverbrechern befand, wusste es jetzt. Ein Maskierter stieg durch eine der Seitentüren ein und ging, die Fahrgäste musternd, durch die Reihen. Vor einer blonden Snowboarderin blieb er stehen. Obwohl er fast zehn Meter entfernt saß, sah Thien die Angst in den Augen des Mädchens, das er auf siebzehn, achtzehn Jahre schätzte. Der Maskierte musterte sein Opfer von oben bis unten. Dann packte er wortlos den langen blonden Pferdeschwanz, riss daran, dass das Mädchen laut aufschrie, und zog sie hinter sich her zur nächsten Tür. Er drängte sie durch die Öffnung. Sie wimmerte vor Schmerz und Entsetzen. Als sie starr vor Angst neben dem Zug auf dem Gleisbett stehen blieb, sprang er hinterher. Er packte sie am Arm und führte sie an Thiens Fenster vorbei hinter den Zug. Niemand im Zug protestierte.
Nach wenigen Minuten brachte der Mann das Mädchen zurück. Er ließ sie in den Wagen einsteigen und kletterte hinterher. Dann führte er sie zu ihrem Sitzplatz und stieß sie auf das Polster. Er sah ihr noch einmal in die Augen. Dann drehte er sich um, verließ den Zug wieder und ging nach vorn, wo wohl mehrere seiner Kumpane auf ihn warteten. Das Mädchen saß wie erstarrt auf seinem Platz.

Das Mädchen erinnerte Thien an Sandra. Nicht dass da eine allzu große Ähnlichkeit gewesen wäre, und außerdem hatte Sandra dunkelbraunes und kein blondes Haar. Aber die Augen waren von einem ganz ähnlichen Hellbraun; Rehkitzbraun hatte Thien es bei Sandra immer genannt. Das hatte ihr gefallen.

Ihr hatte alles an ihm gefallen, damals, als sie sich in Whistler kennengelernt hatten. Zu kitschig, um wahr zu sein, dachte Thien.

Die beiden Ski-Cracks, die räumlich so nahe beieinander aufgewachsen waren, er in Partenkirchen, sie in Mittenwald, keine zwanzig Kilometer, aber ein Gebirge voneinander entfernt. Und in Kanada, an der Pazifikküste, auf der anderen Seite der Erde, liefen sie an diesem Tag einander in die Arme. Sie hatten nebeneinander vor dem Lift angestanden. Allein das war schon ein unglaublicher Zufall, denn das Blackcomb-Mountain-Skigebiet war das größte Nordamerikas, und Schlangen vor dem Lift waren dort eigentlich unbekannt. Doch der Sessellift hatte eine Panne, und so standen sie fünfzehn Minuten Seite an Seite. An ihrem Outfit und den Ski erkannten sie sich sofort als Tiefschneeprofis.

Sandra sprach ihn auf Englisch an, aus dem er einen bayerischen Einschlag hörte. Sie staunte nicht schlecht, als ein Asiat ihr in bayerischer Mundart antwortete, und das nicht in einem Bayerisch, das irgendwo im Norden oder Osten des Freistaats gesprochen wurde, sondern in einem, das sie sehr gut kannte. Die Welt war klein, stellten sie fest, während sie einander von ihren Hobbys erzählten, und sie waren verblüfft, dass sie beide vorhatten, vom Skifahren und Fotografieren zu leben.

Beide hatten erst kurz zuvor die Schule beendet. Sandra hatte die Sankt-Irmengard-Mädchen-Realschule in Garmisch besucht und Thien das Werdenfels-Gymnasium. Er war drei Jahre älter als sie, daher waren sie sich nie begegnet. So klein die Welt für Globetrotter war, die sie sich zu werden anschickten, so groß und unübersichtlich konnte das Werdenfelser Land sein. Den Nachmittag hatten sie mit ein paar steilen Powder-Abfahrten verbracht und sich dabei gegenseitig im Gegenlicht der Nachmittagssonne fotografiert. Am Abend trafen sie sich im »Whistler Youth Hostel«, in dem Thien als Langzeitgast – er wollte über einen Monat in Kanada bleiben – eines der raren

Einzelzimmer ergattert hatte. Sie zeigten sich auf Thiens Mac die Bilder, die sie an diesem Tag geschossen hatten. Es dauerte nicht lange, und sie zeigten sich mehr.
Sechs Jahre hatte ihre Beziehung gehalten, sie waren sich gegenseitig hinterhergereist, hatten sich heiß geliebt, um dann wieder an weit entfernten Orten zu verschwinden. Sandra war es wohl irgendwann zu viel der Trennungen geworden. Sie wollte sich niederlassen, sesshaft werden. In Garmisch, Mittenwald, vielleicht in Murnau. Sprach von Kindern. Thien wollte weiterhin die steilen Hänge befahren und fotografieren. Und so landete Sandra bei einem Soldaten in Mittenwald.
Thien musste wie jedes Mal, wenn er daran dachte, den Kopf schütteln. Sandra, seine Sandra, mit einem Soldaten. Sandra, die sich von niemandem etwas sagen ließ. Der Freiheit immer das Wichtigste war. Die immer ihren Kopf durchsetzen wollte. Und diese Frau war jetzt mit einem Kommisskopf fest zusammen? Seit drei Jahren waren die beiden nun schon ein Paar. Auch der Soldat war des Öfteren unterwegs. In weit gefährlicheren Gebieten als den Whistler und das Jackson Hole. Etwa in Afghanistan.
Der würde bestens hier reinpassen, dachte Thien. In diesem gottverdammten Zug könnte dieser Markus den Helden spielen. Warum war er es, der hier saß? Hätte er einen Zug früher genommen, wäre er schon oben gewesen, als sich die Explosionen ereigneten. Einen Zug später, und er wäre unten geblieben. Und wäre ihm einen Tag früher eingefallen, dass ihm in seiner Fotoserie ausgerechnet die Zugspitze fehlte, wäre ihm die ganze Sache komplett erspart geblieben.
Thien wurde sauer. Weniger auf diese Geiselnehmer als auf Sandra und auf ihren Bergsoldaten Markus. Und sauer auf sich selbst. Er musste hier raus. Er würde sein Leben nicht in die Hände anderer geben. Er hatte so viel überlebt. Er würde auch diese Gefahr unbeschadet überstehen. Er würde seinen Job machen. Er würde Sandra zurückgewinnen, weg von ihrem Solda-

tenfreund. Und sich dann mit ihr irgendwo niederlassen. Irgendwo auf der Welt, wo es steile Berge und viel Schnee gab. Es musste ja nicht Garmisch sein.
Nein, nach den Ereignissen dieses Tages musste es Garmisch ganz sicher nicht mehr sein.

KAPITEL ACHTUNDZWANZIG

Eibsee-Hotel, 15 Uhr 05

Gleich nachdem die Politiker den Raum betreten hatten, riefen die Reporter aufgeregt durcheinander.
»Meine Damen und Herren, bitte ein wenig mehr Nervenstärke.« Ministerpräsident Lackner sagte so lange keine weitere Silbe mehr, bis es im Raum ruhig wurde.
»Danke, meine sehr verehrten Damen und Herren. Vor knapp drei Stunden kam es über uns auf der Zugspitze zu einem Ereignis, das wir zunächst einmal einordnen müssen, daher habe ich Bundesverteidigungsminister Philipp von Brunnstein zu mir gebeten. Wir wollen nichts verharmlosen, aber auch keine übertriebenen Reaktionen hervorrufen. Dankenswerterweise hilft uns Herr August Falk von der Bayerischen Zugspitzbahn, die Lage zu verstehen. Herr Falk, bitte.«
Falk nestelte an seinem Mikrofon herum, um es einzuschalten, ging mit dem Mund ganz nah an die Schaumstoffhülle und sagte: »Test, Test.«
Als einer der Kameramänner ihm zunickte, begann er endlich mit seinen Ausführungen.
»Gegen zwölf Uhr zwanzig kam es heute Mittag im Tunnel der Bayerischen Zugspitzbahn, also unserer Zahnradbahn, zu einem Teileinsturz. Zwei Züge wurden verschüttet. Ein Zug, der nach oben fuhr, war voll besetzt, der andere bis auf den Fahrer leer. Bisher gibt es kein Lebenszeichen von einem der Insassen oder unserem Personal.«
Die Reporter überschlugen sich mit Fragen, sodass keine einzige davon zu verstehen war.
»Bitte, meine Damen und Herren, bitte. Ich muss sehr bitten«, rief Lackner, »lassen Sie Herrn Falk doch aussprechen.«

»Nun ja, wir haben keine Anhaltspunkte, warum der Tunnel eingestürzt ist und ob die Züge in Gänze verschüttet sind. Mehr kann ich Ihnen im Moment nicht sagen.« Falk hatte sich während dieser Worte zur Leinwand gedreht und zeigte mit dem roten Punkt eines Laserpointers auf die Stelle im Fels, wo sich Ausweiche 4 befand und wo die Züge steckten.
Wieder wollten die Reporter ihre Fragen loswerden, doch diesmal riefen drei von den fünf zufällig die gleiche Frage.
»Wie viele Menschen?«
»Nun ja, die Bahn hat einhundertzwei Sitzplätze, vier Klappsitze und vierundsiebzig Stehplätze. Hinzu kommen zwei Mann Fahrdienst. 182 Personen befinden sich wohl mindestens darin, denn an einem Tag wie heute ...«
Der Ministerpräsident übernahm das Wort, bevor der Zugspitzbahner noch seine Theorie von der Sprengung äußerte.
»Wir haben sämtliche Vorkehrungen getroffen, dass die Menschen so schnell wie möglich gerettet werden können. Zu besonderem Dank verpflichtet sind wir dem Bundesverteidigungsminister von Brunnstein und seiner Bundeswehr, die die Rettungsarbeiten tatkräftig unterstützt. Philipp von Brunnstein, bitte.«
»Sehr verehrte Damen und Herren. In einer solchen Situation zeigt sich wieder einmal – und ich sage das mit aller Aus- wie Nachdrücklichkeit –, wie überaus wertvoll eine gut ausgebildete und ausgerüstete Armee ist. Ich bin froh und von ganzem Herzen dankbar, dass die tapferen Männer und Frauen der Bayerischen Gebirgsjäger sofort ihren Einsatzwillen und ihre Professionalität unter Beweis zu stellen bereit waren. Wir sind mit ausreichender Personalstärke und entsprechendem Gerät ausgerückt, um die Arbeiten im Tunnel dramatisch – ich wiederhole: dramatisch – zu beschleunigen. Sie sehen, von Sicherheit nach Kassenlage kann keine Rede sein.«
»Danke, Philipp von Brunnstein, für diese erhellenden Worte. Haben Sie noch Fragen?«, wandte sich Hans-Peter Lackner

wieder an die Journalisten. »Wenn ja, dann bitte einzeln. Fünf Minuten haben wir noch.«
»Aber natürlich haben wir Fragen.« Der Mann von der BILD war am schnellsten. »Wie lange, glauben Sie, dauert die Rettung? Glauben Sie, dass es Überlebende gibt? Und wie kann so etwas passieren?«
»Alles Fragen, auf die wir derzeit noch keine gesicherten Antworten haben. Aber seien Sie zu einhundert Prozent versichert, dass wir …«
Der Ministerpräsident unterbrach seine Rede. Er bemerkte, dass sein Publikum ihm nicht mehr folgte. Die Augen der Journalisten und die Kameras im Hintergrund richteten sich auf die Leinwand hinter ihm. Er bewegte ein paarmal still den Mund, dann drehte er sich um, um zu sehen, was dort hinter ihm geschah.
Die Kartenansicht war plötzlich verschwunden. Das Bild wurde kurz schwarz, dann wieder strahlend weiß. Ein Satz bildete sich Buchstabe für Buchstabe, so als würde der Pressereferent auf seinem Laptop schreiben:

SIE LEBEN. NOCH. <u>KLICK HIER.</u>

»Schwablechner, was machen Sie da?«, herrschte der Ministerpräsident seinen Pressesprecher an.
»Ich mache nichts. Ich habe das Gerät nicht einmal berührt!« Zur Verdeutlichung hob Dr. Schwablechner beide Hände in die Luft und zeigte seinem Dienstherrn und den Journalisten die offenen Handflächen.
»Los, klicken Sie!«, rief die RTL-Frau Schwablechner zu. Der sah seinen Chef hilflos an. Lackner nickte und drehte sich wieder zur Leinwand um.
Schwablechner klickte auf den Link. Ein neues Fenster wurde geöffnet, die Sanduhr des Betriebssystems drehte sich. Dann war ein verwaschenes Fernsehbild zu sehen. Es zeigte eine Szenerie wie aus einem Bergwerk. Ein Stollen, in bräunlich graues

Licht getaucht. Eine starke Lichtquelle erhellte von der Seite den Stollen. Ein Mann in Camouflage und Skimaske stand vor der Kamera. Er hielt einer blonden Frau, die vor ihm mit dem Rücken zur Kamera kniete, seine kurzläufige Maschinenpistole von oben an den Kopf. Im Hintergrund war einer der vermeintlich verschütteten Züge der Zahnradbahn zu erkennen. Über das Bild wurde eine Schrift eingeblendet:

DER ZUG IST IN UNSERER GEWALT
200 – TOT ODER LEBEND
IHR HABT DIE WAHL
www.2962amsl.com

Dann wurde das Bild dunkel. Die Internetadresse »www.2962amsl.com« blieb in weißer Schrift stehen.
Für Sekunden wurde es totenstill im Konferenzraum. Dann brach Hektik aus. Die Reporter warteten nicht länger auf nichtssagende Sätze der Politiker. Sie hatten soeben selbst live miterlebt, was dort oben geschah.
Die Fernsehleute stürmten ins Freie. Sofort mussten die Kameramänner die in der Pressekonferenz gefilmten Bilder komprimieren, um sie zu ihren Sendezentralen zu schicken. In diesem Moment war *schnell* wichtiger als *hochauflösend*. Der junge BILD-Mann schrie in sein Mobiltelefon und versuchte den Chefredakteur in Berlin an den Apparat zu bekommen. Der musste die Titelseite, ach was, die drei ersten Seiten der Gesamtausgabe für diese Story frei räumen lassen.
Die TV-Reporter versuchten Sondersendungen in das laufende Programm einzuschieben.

Die beiden Politiker und der Zugspitzbahn-Chef saßen konsterniert an ihrem Tisch.
Der Verteidigungsminister nahm die Brille ab, rieb sich die Augen und zischte: »Das hast du ja großartig hinbekommen,

Hans-Peter. Terroristen wenden sich an die Öffentlichkeit. Live auf deiner PK.«
»Was soll das heißen, *meine* PK?«, entgegnete der Ministerpräsident zornig. »Du hast doch auch dazu gedrängt.«
»Gedrängt? Ich? Du leidest ja an Realitätsverlust. So, jetzt nehme ich die Sache in die Hand. Das ist ein Angriff auf die Freiheit der Bundesrepublik Deutschland. Direkt in unmittelbarer Nähe unserer Staatsgrenze. Schwablechner, Sie gehören jetzt zu meiner Truppe. *Alle* gehören jetzt zu meiner Truppe, ist das klar? Informieren Sie sofort Oberst Schultheiß in Berlin, meinen Adjutanten. Ich telefoniere mit der Kanzlerin.«
Verteidigungsminister von Brunnstein ließ Lackner, dessen Leute und seine eigenen Spezialisten zurück und stürmte in einen leeren Konferenzraum auf der anderen Seite des Flurs. Die beiden Bereitschaftspolizisten, die zusammen mit den Sicherheitsleuten des Ministerpräsidenten auf dem Gang Wache hielten und sich über den schnellen Abmarsch der Presseleute gewundert hatten, wies er an, niemand ins Zimmer zu lassen. Lackners Personenschützer rief er zu: »Gehen Sie rein zu Ihrem Chef und lassen Sie ihn nicht aus den Augen. Gefahrenstufe eins!«
Dann zog er das abhörsichere Satellitentelefon aus der kleinen Reisetasche und ebenso seinen Krypto-Laptop, den er vor sich aufklappte. Mit diesem Gerät konnte er mit dem Generalstab der Bundeswehr, dem MAD, dem BKA, der Bundespolizei sowie dem Gemeinsamen Terrorismusabwehrzentrum (GTAZ) hoch verschlüsselt und daher – laut BKA und MAD – sogar sicher vor den amerikanischen Abhörern von NSA und CIA per Mail konferieren, wo immer er sich befand.
Die Kanzlerin meldete sich, während der Laptop hochfuhr, auf dem Satellitentelefon, und von Brunnstein erstattete Bericht.
»Das ist der V-Fall nach 115 a Grundgesetz«, schloss die Kanzlerin aus dem Gehörten.
»Ich widerspreche ungern«, gab der Verteidigungsminister zurück. »Wir wissen noch nicht, ob das alles wahr ist. Es könnte

auch inszeniert sein, und dann vorschnell den Verteidigungsfall ausgerufen zu haben sieht im Nachhinein sicher nicht gut aus.«
»Besonders für Sie, lieber Philipp, weil im V-Fall die Befehlsgewalt über die Bundeswehr vom Verteidigungsminister auf den Bundeskanzler übergeht.« Die Kanzlerin wurde nicht zu Unrecht als messerscharfe Analytikerin gefürchtet. »Aber machen Sie sich keine Sorgen. Natürlich treffe ich bei dieser dürftigen Faktenlage nicht eine so weit reichende Entscheidung. Dennoch ist das eine schwierige Situation. Denn Sie, mein lieber Philipp, sind ja als Verteidigungsminister vor Ort und ein paar Ihrer Männer auch. Die Bundeswehr hat also schon auf diesen Angriff reagiert, auch wenn die Mission noch als Katastropheneinsatz läuft. Sollte sich aber bewahrheiten, dass es ein Angriff ist und auch noch ein Angriff von außen, tritt der V-Fall ein, das ist Ihnen ja wohl klar. Ich informiere schon einmal den Gemeinsamen Ausschuss und den Bundespräsidenten. Noch sind Sie Herr im Ring, lieber Philipp. Sehen Sie zu, dass Sie die Lage schnell in den Griff bekommen. Dann sind Sie der Held, das lasse ich Ihnen dann gern.«
In den Griff bekommen ... Das liebte Philipp von Brunnstein an seiner Kanzlerin: Manche Dinge drückte sie herrlich nebulös aus. Er konnte diese Ansage auslegen, wie er wollte. Wichtig war, dass er möglichst lange den Eindruck aufrechterhielt – und im Nachhinein belegen konnte, dass er diesen Eindruck auch gehabt hatte –, die Entführung des Zuges sei inszeniert. Dann wäre der Tunnel zwar immer noch mutwillig gesprengt worden, aber die akute Bedrohung bereits vorbei. Also war das Ganze mehr ein Katastrophenschutz- als ein Verteidigungseinsatz seiner Truppe.
Doch der Zugriff musste möglichst schnell erfolgen. Natürlich hatte er gar nicht die dafür geeigneten Einheiten vor Ort. Sein Kommando Spezialkräfte (KSK) war in geheimen Missionen an allen möglichen Ecken dieser Welt beschäftigt. Das müssten schon die Leute von der GSG 9 machen, die ja zur Bundespoli-

zei gehörten, also eigentlich dem Innenminister unterstanden. Aber da der über Weihnachten im fernen Thailand weilte, würde er sich nicht so schnell zwischen von Brunnstein und die Kameras der Weltpresse drängen können, wenn die Sache vorbei war.

Nachdem die Bundeskanzlerin das Gespräch beendet hatte, koordinierte von Brunnstein über seinen Krypto-Laptop die nächsten Schritte. Er sandte Befehle an die entsprechenden Führungsstäbe seines Ministeriums und gab im Innenministerium bekannt, dass er in Absprache mit der Kanzlerin die nötigen Einsätze leiten würde. Der dortige Staatssekretär dankte seinem Schöpfer, dass er in dieser heiklen Sache nicht den Innenminister vertreten musste.

Das GTAZ sollte nachforschen, ob sich in den Daten des BKA oder der Amerikaner in den letzten Monaten Hinweise auf terroristische Aktivitäten finden ließen. Entsprechende Spezialisten von BKA und Bundespolizei sollten sich umgehend auf den Weg nach Garmisch-Partenkirchen machen.

Anschließend ging er zu dem Raum, wo der von Ministerpräsident Lackner einberufene Krisenstab der örtlichen Einsatzleiter versammelt war. Lackner hatte die Männer bereits auf den neuesten Stand gebracht. Im Hintergrund lief ein Fernseher: die ersten Eilmeldungen wurden bereits per Nachrichtenticker eingeblendet.

»Meine Herren, Sie haben mitbekommen, um was es hier geht«, ergriff von Brunnstein das Wort. »Wir haben es nicht mit einem natürlichen Felssturz zu tun, sondern mit einer ... nein, falsch: mit zwei Sprengungen. Aber es ist noch schlimmer: Der Zug wurde, falls wir nicht einer medialen Inszenierung aufgesessen sind, entführt. Wir müssen zunächst klären, ob das wirklich der Fall ist. Jetzt müssen Sie mir aber erklären: Wie ist es Angreifern möglich, derart gezielt einen Zug in einem Berg festzusprengen?«

Die Frage ging eindeutig an August Falk. »Gute Sprengtechniker können so etwas natürlich«, antwortete der. »Aber keine

Amateure, niemals. Müssen absolute Profis am Werk sein, dort oben.«
»Aber die müssen doch auch ihre Sprengladungen in den Fels bohren. Oder wie muss ich mir das vorstellen.«
»Das müssen sie. Mit Haftladungen ist da nichts zu machen. Die Sprengladungen müssten einige Meter tief in den Fels gebracht werden.«
»Und das fällt keinem auf?«, mischte sich Ministerpräsident Lackner ein.
»Wenn die das irgendwann nachts machen, dann nicht. Unsere Tunnel werden nachts nicht bewacht. Kein Eisenbahntunnel in Deutschland wird überwacht. Warum also unsere?«
»Sie brauchen sich nicht zu rechtfertigen, Herr Falk. Wir müssen nur verstehen, wer und was hinter der Sache steckt, damit die Leute vom BKA ihre Computer mit den richtigen Daten füttern können.« Verteidigungsminister von Brunnstein wusste, dass es in Deutschland unzählige ungeschützte Ziele gab. Dem Zugspitzbahner war wirklich kein Vorwurf zu machen. Wenn, dann den Leuten in BKA, LKA und GTAZ, die dieses Ziel nicht als hochgefährdet in ihre Listen eingetragen hatten.
»Und da kann jeder rein- und rausmarschieren, wie es ihm beliebt?«, setzte der Ministerpräsident nach. »Haben die Tunnelportale keine Türen?«
»Doch, haben sie seit ein paar Jahren. Nach dem Brand in der Gletscherbahn Kaprun wurden automatische Schiebetore eingebaut. Um den Kamineffekt bei Feuer und Rauch zu verhindern, nicht gegen unbefugtes Eindringen. Die öffnen sich automatisch, wenn ein Zug durchfährt, sodass sich bei jeder Ein- und Ausfahrt ein paar Leute reinschmuggeln können. Natürlich lassen sich die Tore auch von Hand entriegeln, aus Sicherheitsgründen.«
»Der Weg auf die Zugspitze und in die Tunnel steht also so gut wie jedem offen, wenn ich Sie richtig verstehe«, sagte von Brunnstein.

»Nicht mehr ganz so unbeschwert wie Ende der Siebziger, als einmal ein betrunkener Garmischer Lada-Händler nachts ohne Unterbrechung mit dem Geländewagen auf der Gleisstrecke nach oben gefahren ist. Aber im Prinzip schon.«

»Mitten im Kalten Krieg mit einem russischen Jeep auf Deutschlands höchsten Berg? Ist ja hollywoodreif.« Philipp von Brunnstein hatte ein besonderes Gespür für spektakuläre Inszenierungen. Nicht umsonst hatte er damals als Student der Rechte und der Kommunikationswissenschaft gern Praktika bei Boulevardzeitungen gemacht.

August von Falk fuhr unbeirrt fort. »Außerdem haben wir in jedem Sommer eine Menge Arbeiten an den Gleisen und in den Tunneln zu erledigen. Da sind nicht nur unsere eigenen Leute, sondern auch eine ganze Reihe von Fremdfirmen im Einsatz.«

»Ich stelle fest: Die Anlagen kann jeder betreten, der sich einigermaßen geschickt anstellt«, sagte von Brunnstein. »Ein Kommando kann entsprechende Sprengladungen den ganzen Sommer über in den Fels gebohrt haben.« Dann befahl er: »Wir brauchen eine Liste aller Arbeiter der Bayerischen Zugspitzbahn und der Fremdfirmen, die im letzten Jahr an der Strecke zu tun hatten. Die Liste muss sofort ans BKA!«

Im Fernsehen wurde das aktuelle Programm unterbrochen. Dr. Schwablechner, der die Fernbedienung in der Hand hielt, stellte den Ton lauter.

Die RTL-Reporterin, die vor zehn Minuten noch in der Pressekonferenz gesessen hatte, erschien auf dem Bildschirm.

»Ich melde mich vom Fuß des höchsten Berges Deutschlands, der Zugspitze. Wir wurden vor wenigen Minuten Augenzeugen, wie ein Terrorkommando bekannt gab, einen Zug der Bayerischen Zugspitzbahn mit wahrscheinlich über zweihundert Menschen im Tunnel auf über zweitausend Metern Höhe festzuhalten. Der Zug wurde durch Sprengung der Tunnelröhre vorne und hinten im Tunnel eingesperrt und ist von außen nicht erreichbar. Die Geiselnehmer haben bislang keine Forderungen gestellt. Sie haben sich aber mit einer Botschaft an die Öffentlichkeit gewandt.«

Während dieses Satzes wechselte das Fernsehbild auf die Aufnahmen, die der RTL-Kameramann während der Pressekonferenz gemacht hatte. Man bekam noch mit, dass der Ministerpräsident sprach, dann übernahmen die Geiselnehmer das Bild auf der Leinwand, auf der die Szene im Tunnel erschien und die Schrift mitsamt der Internetadresse.

Die Reporterin wurde wieder eingeblendet. »Noch wissen die Verantwortlichen nicht, um wen es sich bei den Geiselnehmern handelt. Vor Ort sind der deutsche Verteidigungsminister und der Bayerische Ministerpräsident. Ich gebe zurück nach Köln ins Studio.«

»Machen Sie das aus, das ist ja furchtbar!«, stöhnte Lackner.

»Jetzt hat die ganze Welt diese Webadresse. Ist denn auf dieser Webseite schon etwas zu sehen oder zu lesen, Schwablechner?«

»Nein, Herr Ministerpräsident. Nur ein Postkartenbild von der Zugspitze. Sollen wir die Adresse sperren lassen?«

»Um Gottes willen, sind Sie wahnsinnig?«, herrschte ihn der Verteidigungsminister an. »Den einzigen Kommunikationskanal wollen Sie unterbrechen?«

KAPITEL NEUNUNDZWANZIG

Zugspitzgipfel, 15 Uhr 10

Bitte drängen Sie nicht so. Lassen Sie Frauen und Kinder vor.« Gebetsmühlenartig wiederholten Markus Denninger und seine Leute diese Worte immer wieder. Sie befanden sich an den Ein- und Ausstiegsstellen der Tiroler Zugspitzbahn. Dabei standen noch längst nicht alle Wintersportler in den Schlangen. Aus den Lautsprechern an den Liftstützen hallten Durchsagen über das Zugspitzplatt. »Aufgrund eines technischen Defekts« sei die Rückkehr ins Tal ausschließlich über die Tiroler Zugspitzbahn möglich, und man solle sich anstellen und auf lange Wartezeiten einstellen. Doch viele der Skifahrer und Snowboarder dachten gar nicht daran. Sie hatten einen Tagesskipass gekauft, und der Preis dafür musste wieder reingefahren werden. Es war erst kurz nach halb drei Uhr nachmittags, und laut Ausschilderung sollten die Skilifte bis 16 Uhr laufen, also noch über anderthalb Stunden! Wenn nur eine Bahn nach unten ging, würde die eben so lange fahren müssen, bis auch der letzte Wintersportler vom Gipfel gekarrt war.
Nicht nur Denningers Gebirgsjäger, auch die Bergwachtmänner an den Talstationen der Lifte redeten auf die Sportler ein und appellierten an ihre Vernunft. Sie trösteten sich damit, dass diejenigen, die dennoch die Pisten hinabfuhren, wenigstens das Chaos auf dem Gipfel nicht noch verschlimmerten. Natürlich hatten die meisten Skifahrer schon längst über ihre Mobiltelefone erfahren, dass im Tunnel ein Unglück geschehen war. Sich von dem Leid anderer Menschen von den Freuden eines perfekten Wintertages abhalten zu lassen kam ihnen nicht in den Sinn. Die Helfer vom Roten Kreuz und von anderen Sanitätsdiensten waren mit der Seilbahn vom Eibsee angekommen und lu-

den die ersten Kisten mit Decken in der Gipfelstation ab. Anschließend richteten sie in einem Raum, der sonst für Kunstausstellungen genutzt wurde, eine Sanitätsstation ein. Bedingt durch die Höhe und den Stress war mit einigen Schwächeanfällen zu rechnen.
Die Kollegen vom Sanitätsdienst der Bundeswehr hatten mit einem Helikopter ein Feldlazarett mitsamt OP auf das Platt geflogen, das sie neben dem Zahnradbahnhof im Schnellrestaurant SonnAlpin errichteten. Wo auch immer zuerst die Verschütteten ausgegraben wurden, ob an der Bergseite des Tunnels oder an der Talseite, den am schwersten Verletzten würde sofort vor Ort geholfen werden können, denn ein Pendant dieses Notfall-OPs stand bereits unten neben den Gleisen am Bahnhof Eibsee, so wie es Franz Hellweger drei Stunden zuvor angefordert hatte.
Offiziell wurden die Helfer von Rotem Kreuz, Bundeswehr und THW nicht darüber informiert, dass die Insassen der Zugspitzbahn als Geiseln gefangen gehalten wurden. Ihre Einsatzleitungen hielten es vorerst für unerheblich, ihnen mitzuteilen, dass sie sich in einem Anti-Terror-Einsatz befanden und nicht mehr nur Verschüttete zu bergen und zu retten hatten. Da aber auch sie Handys mit sich führten, wurde ihnen nach und nach klar, was wirklich geschehen war. Auch die Fahrgäste in den Warteschlangen bekamen natürlich Wind davon, und bald wusste der ganze Berg über die Lage Bescheid.
Denninger wunderte sich, dass keine Panik ausbrach. Aber das lag wohl daran, dass sich die Situation nur nach und nach als bedrohlich herausstellte. Eine spontane Fluchtreaktion wurde auf diese Weise nicht ausgelöst. Und da es nur einen Weg nach unten gab, mussten sich die über fünftausend Gipfelbesucher wohl oder übel diesem Zwang unterwerfen.
So blieb es in den Gipfelstationen auffallend ruhig. Das Scharren der Skistiefel auf Granitböden und Stahltreppen war das vorherrschende Geräusch in den Bergbahngebäuden.

TEIL ZWEI

Das Kreuz

KAPITEL DREISSIG

Jemenitisches Hochland, 2010

Sie mussten das Land, ihre Heimat, verlassen. Sie erzählten ihren Familien, sie alle wären in Europa als Arbeiter für Höhenbaustellen in den Alpen angeheuert worden, und versprachen, Geld zu schicken. Viel mehr Geld, als die Familien durch die Salzernte und das gefährliche Graben in den aufgelassenen Silberminen verdienen konnten. Dann gingen sie. Aber nicht nach Europa. Nicht auf Höhenbaustellen.
Zwei Jahre waren sie schon weg. Sie hatten tatsächlich Geld geschickt. Die, bei denen sie zwei Jahre lang gewesen waren, hatten es ihnen gegeben. Für die waren das Almosen. Sie hatten unbegrenzte Mittel. Obwohl sie in Zelten wohnten, hatten sie die neuesten Waffen. Hubschrauber. Auch an der Verpflegung wurde nicht gespart.
»Glaubst du, sie lassen uns jemals kämpfen?«
José hätte mehrfach die Geduld verloren, hätte ihn nicht sein Bruder Pedro immer wieder daran erinnert, dass es keine Alter-

native dazu gab, sich der Kampfausbildung in einem Al-Qaida-Lager zu unterziehen. Einmal, als ihn der Ausbilder seines Teams zehn Sekunden länger, als er es eigentlich aushalten konnte, mit dem Kopf unter Wasser gedrückt hatte, um ihn an die beliebteste amerikanische Verhörmethode zu gewöhnen, hatten sie ihn an seine Grenzen gebracht. Um ein Haar hätte er seinen Rucksack gepackt und wäre wieder abgereist. Nur Pedros langes Zureden bewegte ihn zum Bleiben.
Er war schon immer der Ungeduldigere von beiden gewesen, der unruhige Geist. Am meisten machte ihm zu schaffen, dass es in diesem Ausbildungslager alles gab, nur keine Frauen. Die waren den Gotteskriegern für ihre Zeit nach dem Märtyrertod versprochen. In Hülle und Fülle und als Jungfrauen. Da keiner der Pseudo-Islamisten daran glaubte, war diese Abstinenz die eigentliche Prüfung für sie. Besonders für José, der zu Hause einen recht lockeren Umgang mit dem anderen Geschlecht pflegte.
»Klar lassen sie uns kämpfen. Sie haben jetzt zwei Jahre in unsere Ausbildung investiert. Das machen die nicht zum Spaß.«
Sie standen in einiger Entfernung von den Zelten unter einer der Krüppelkiefern. Es war höchst gefährlich, sich im Lager zu zweit abseits der anderen zu unterhalten, und dann auch noch auf Spanisch. Arabisch war hier Vorschrift. Die Ausbilder wollten immer über alles informiert sein, wollten alles mitkriegen. Jederzeit konnte einer der bärtigen Männer wie aus dem Nichts hinter einem auftauchen. Die Brüder wussten auch nicht, ob man sie nicht mit Richtmikrofonen belauschte. Hier im Lager war alles Hightech. Obwohl es auf den ersten Blick wirklich nicht danach aussah.
»Ich hoffe nur, dass der Auftrag zu unseren Zielen passt.«
»Du wiederholst dich, José. Wir beide sind die Führer unserer Gruppe. Wir sind Mi Pueblo. Ohne uns fallen die anderen auseinander wie eine Handvoll Sand.«
»Na gut, ich vertraue dir, Bruder. Du hast den Plan geschmiedet. Du hast uns das Kreuz auf die Stirn gemalt. Du hast uns zu

Kriegern gemacht. Und du hast recht, ohne dich sind wir ein Haufen Campesinos vom Salar de Uyuni. Ohne dich dürfen wir wieder Salz kratzen oder müssen den Rest unseres Daseins in einer Mine schuften.«

Es tat Pedro gut, seinen kleinen Bruder bei sich zu haben, weil der ihn immer wieder an ihre Mission und seine Rolle dabei erinnerte. Genauso wenig, wie die anderen es ohne Pedro geschafft hätten, hätte Pedro es ohne José geschafft. Das wussten aber nur die beiden. Für die anderen elf war Pedro der unantastbare Führer und José einer von ihnen.

»Wenn wir hier nur wieder rauskommen, Pedro. Ich will nicht auf dieser scheiß Arabischen Halbinsel verrecken. Dass ich draufgehe, ist klar. Aber im Kampf für meine Heimat und nicht hier. Versprich mir, dass wir hier rauskommen.«

Pedro wusste, dass José recht hatte. Es war höchst unwahrscheinlich, dass die Al-Qaida-Kämpfer ihn und Mi Pueblo einfach so abhauen ließen, wenn sie es sich anders überlegten. Eher würden die Islamisten ihre Kadaver hier in den Bergen verscharren. Niemand auf der Welt, nicht einmal Maria, wusste, wo sie waren. Sie waren einfach aus ihrem Dorf weg und untergetaucht. Arbeiten in Europa – das war ihre Geschichte gewesen. Ob sie ihnen geglaubt hatten, hatte sie nicht interessiert. Sie waren erst einmal fort.

Fast zwei Jahre befanden sie sich nun schon in diesem Camp. Die neue Sprache, die sie bereits zu Hause mit Videokassetten geübt hatten, war ihnen bereits nach einem Jahr in Fleisch und Blut übergegangen, genauso wie fünfmal am Tag Allah zu loben. Zu ihren eigenen Göttern, zu Pachamama, beteten sie nachts mit dem Kopf im Schlafsack. Das war auszuhalten. Schwieriger waren die täglichen Hetztiraden der Mullahs zu ertragen, die für die ideologische Ausbildung der Gotteskrieger zuständig waren.

Die militärischen Ausbilder hingegen waren mittlerweile so etwas wie Kumpel geworden. Pedro und die anderen Männer von

Mi Pueblo hatten es auch bei dem harten Auswahltraining der ersten Monate nicht übermäßig schwer gehabt. Ein paar andere, vor allem die Europäer, mussten sich erst an die körperlichen Strapazen, die eine paramilitärische Ausbildung mit sich brachte, gewöhnen.
Einer war tatsächlich nach Hause geschickt worden. Oder anderswohin. Jedenfalls war Christian aus Neckarsulm, der sich hier Mohammad nannte, eines Tages nicht mehr da gewesen. Es hatte ihn auch niemand vermisst. Der Kerl hatte davon geträumt, ein berühmtes Konzerthaus auf einem Hügel in die Luft zu sprengen, in das ihn seine Eltern als Kind immer mitgeschleift hatten. Er hatte behauptet, am richtigen Tag könnte er dort mit einer Bombe genau die richtigen Menschen erledigen, die Spitze der deutschen Gesellschaft. Auch die Ausbilder hatten sich das lange und immer wieder anhören müssen. Leider stand es um Mohammads körperliche Konstitution nicht zum Besten, das war seinen Kameraden wie seinen Trainern recht bald klargeworden.
Pedro und seine Gefährten von Mi Pueblo hatten weder mit der körperlichen Anstrengung noch mit der Höhe ein Problem. Sie stammten aus Uyuni, einem Gebiet, das noch viel höher gelegen war als das Al-Qaida-Trainingscamp auf dem jemenitischen Hochland rund um den Dschabal an-Nabi Schu'aib.
Nach den ersten Monaten des Drills, den sich Pedro in dieser Art und Weise auch in einem Bootcamp der U.S. Marines hätte vorstellen können, waren die waffentechnische und endlich auch die sprengstofftechnische Ausbildung an der Reihe. Das mit den Waffen war bald erledigt. Pedro hatte damit gerechnet, dass man sie an der altertümlichen AK-47, der Kalaschnikow, ausbilden würde. Oder dass man ihnen die Funktionsweise einer Uzi nahebrächte, wobei die natürlich vom jüdischen Erzfeind stammte. Stattdessen führten die Ausbilder die Nachwuchs-Terroristen in die Welt der deutschen Waffenschmiede Heckler & Koch ein.

Pedro und die anderen jungen Männer von Mi Pueblo waren am Salzsee mit Schrotflinten aufgewachsen, mit denen schon ihre Großväter auf Geier und Kormorane geschossen hatten. Von diesen tödlichen Preziosen, die sie hier fürs Schießtraining zur Verfügung hatten, waren sie natürlich fasziniert. Besonders José mussten sie die Waffe nach jeder Trainingseinheit nahezu aus den Fingern reißen; er hätte sich am liebsten mit einer H&K MP5 in den Armen schlafen gelegt, wenn er schon keine Frau neben sich haben durfte. Doch auch die hochmoderne MP7, die für Nahbereichsgefechte entwickelt worden war, hatte es José angetan. Sie war so klein und leicht wie eine normale großkalibrige Pistole, hatte aber die Durchschlagskraft eines Sturmgewehrs. Er konnte es nicht erwarten, mit einem solchen »Corazón«, wie er das handliche Teil jedes Mal begrüßte, wenn er es aus den Waffenkisten erhielt, in den Einsatz geschickt zu werden.

Pedro und Carlos, einer der beiden Cousins von Pedro und José, interessierten sich für Sprengstoffe mehr als für kaltes Metall. Sie sogen alle Informationen über explosive Stoffe, die ihnen die Ausbilder boten, wissbegierig in sich auf. Sie wussten, dass, wenn sie in einen Einsatz geschickt würden, es mit hoher Wahrscheinlichkeit um ein Sprengstoffattentat ging. Und sie hofften das auch sehr. Denn es würde in ihre eigenen Pläne viel besser passen als ein Flugzeugabsturz auf einen Atommeiler oder eine Giftgasattacke auf ein Volksfest oder eines der anderen Szenarien, die sie tagein, tagaus übten.

Dann kehrten sie in die Heimat zurück. Mit einem Auftrag. Bald sollten sie ihn ausführen. Sie würden ihn zu ihrem eigenen machen. Fast zehn Jahre waren ins Land gezogen, seitdem Pedro sie zum ersten Mal in der alten Hütte auf dem Salzsee versammelt hatte.

Sie waren andere geworden.

Keine Jungs mehr. Und weit mehr als nur Männer.

Sie waren Krieger geworden.

KAPITEL EINUNDDREISSIG

Waggon der Zugspitzbahn, 15 Uhr 14

Thien musste mal. Es half alles nichts, das war schon immer so gewesen. In der Volksschule in Partenkirchen, später auf dem Werdenfels-Gymnasium. Immer, wenn es brenzlig wurde, sei es, dass eine Mathematik-Prüfung anstand oder er beim Sportfest zum Hochsprungstechen über 1,80 Meter gegen den fast drei Köpfe größeren blonden Lokalmatador der Leichtathletik-Gemeinschaft Garmisch antreten musste, Thien Hung Baumgartner musste erst einmal pinkeln.
Einmal hätte er dadurch beinah den ersten großen Fernsehauftritt seiner Nachwuchs-Schuhplattler-Gruppe im Trachtenverein Partenkirchen geschmissen: Der Regisseur hatte ihn in die erste Reihe gestellt, denn ein Asiat in Partenkirchner Tracht war seiner Meinung nach – und nicht nur seiner – etwas Besonderes. Als die Live-Sendung der »Klingenden Trachtenalm« aus dem ausverkauften und auf Jodlerambiente getrimmten Garmisch-Partenkirchner Eisstadion beim Programmpunkt »Jugendliches Schuhplatteln« angekommen war, stand seine gesamte Gruppe auf der Bühne. Nur dort, wo der asiatische Trachtlerbub stehen sollte, klaffte eine Lücke: Thien Hung Baumgartner war in den Katakomben des Stadions verschwunden und kämpfte mit den Hirschhornknöpfen der extra zu diesem Anlass neu angefertigten Lederhose. In letzter Sekunde brachte er die noch streng durch die engen Knopflöcher zu zwängenden Knöpfe auf, erledigte sein Geschäft, machte die Knöpfe wieder zu und rannte durch die Gänge des Eisstadions auf die Bühne. Just als bei der Kamera, die mittlerweile auf seinen Nachbarn Simon Hinterstocker, genannt Simmerl, gerichtet war, das Rotlicht für die erste Einstellung aufleuchtete, zwängte er sich auf seinen vorgesehenen Platz. Der

dickliche österreichische Moderator der »Klingenden Trachtenalm« hatte zwei Minuten Gespräch mit dem asiatischen Kind in Tracht vor dem Auftritt der Plattlergruppe vorgehabt.
Ein großer Teil des Erfolges seiner Sendung beruhte auf dem Vorzeigen und Abbusseln von unschuldigen Kindern. Bei den Proben hatte er Thien eine Reihe dämlicher Fragen wie etwa der nach der Herkunft des »kleinen Chinesen« gestellt, die darin gipfelten, dass der schwitzende Mann grinsend hatte wissen wollen, ob der Kleine auch die Spitzen der hohen Berge seiner Umgebung mit seinen Augen sehen könne, denn die seien ja so schmal geschnitten, »eher etwas fürs Breitbildformat«.
Thien war während dieser Proben immer einsilbiger geworden, denn auch als Zwölfjähriger hatte er den volkstümlich daherkommenden Rassismus durchschaut und sich geweigert, gute Miene zum bösen Spiel zu machen.
Nun aber war es dem österreichischen Moderator und ihm erspart geblieben, das Trauerspiel live vor Millionen Zuschauern des deutschen öffentlich-rechtlichen Fernsehens aufzuführen. In Ermangelung des »kleinen Chinesen« hatte der Österreicher Thiens Freund Simmerl Hinterstocker aus dem Stegreif interviewt. Der antwortete in einem derartig originalen Partenkirchnerisch, dass nicht einmal der für Brauchtumsfragen als papstgleich angesehene Moderator ein Wort verstand. Der sonst nicht gerade auf den Mund gefallene Österreicher kam ins Stottern wie noch nie in seiner Karriere, was dem Interview zu ungewollter Komik verhalf. Das Gespräch zwischen Simmerl und ihm wurde später etliche Male in den Pannen-Sendungen und den großen TV-Jahresrückblicken wiederholt. Simmerl wurde damit zu einer Ikone des echten Bairischen Dialekts und durfte als »lebendiges Sprachfossil« in den Ferien sämtliche Goethe-Insitute der Welt besuchen.
Vier Jahre später, ab seinem sechzehnten Lebensjahr, nachdem er auch passabel die Diatonische zu spielen gelernt hatte, wurde Simmerl Dauergast in den Fernsehsendungen und auf den

Tourneen des dicken schwitzenden Österreichers. Seine Platten erreichten die höchsten Plazierungen der Volksmusik-Charts, und in drei Vorabendserien erhielt er Nebenrollen. Seine Ehe mit einer Brasilianerin, die sich drei Wochen nach der Hochzeit in der Regenbogenpresse als transsexuell outete, wurde in Rom offiziell annulliert, da Simmerl durch Haarwurzelproben nachweisen konnte, im Zeitraum der Verehelichung ständig im Kokainrausch und daher unzurechnungsfähig gewesen zu sein. Nach dieser Geschichte zelebrierte Simmerl in denselben bunten Illustrierten seine Läuterung und verkaufte seinen kalten Drogenentzug als Homestory.
Danach ließ er die Welt wissen, dass er statt Simmerl nun wieder Simon heiße. Als Zeichen seines Erwachsenwerdens verkaufte er an seinem zweiundzwanzigsten Geburtstag seinen gaggerlgelben Porsche Carrera zugunsten eines dunkelblauen Maserati mit vier Türen, in dem er im Sommer darauf an einer Felswand oberhalb von Riva am Gardasee zerschellte.
Thien fand es befremdlich, dass ihm diese Geschichte ausgerechnet jetzt durch den Kopf ging, da er selbst in Lebensgefahr schwebte. Seit bestimmt fünf Jahren hatte er nicht mehr an den armen Simmerl gedacht. Welches psychische Phänomen, welche Assoziationskette war daran schuld, dass er es jetzt tat? Oder sollte er einfach den Schluss daraus ziehen, dass ihm sein unbezwingbarer Harndrang im Eisstadion vor über fünfzehn Jahren ein Trachtenmusiker-Schicksal mit Kokain, brasilianischer Frau und Maserati erspart hatte? Simmerl war sozusagen an dessen Spätfolgen gestorben. Er hatte diesen Auftritt mit dem Österreicher überlebt. Vielleicht war sein Harndrang eine gute Überlebensstrategie. Dann sollte er ihm nachgeben.
Wenn er aber nicht den Uringestank verstärken wollte, der sich im Wagen schon seit zwei Stunden ausbreitete, musste er raus und in den Tunnel pinkeln. Er fragte sich, warum noch niemand vor ihm gemusst hatte. Und was wohl passieren würde, wenn er als Erster gehen würde. Wie viele ihm nachfolgen würden.

Er löste die Hand von seinem Kamerarucksack unter der Bank und schob ihn mit den Fersen vorsichtig wieder nach hinten unter den Sitz bis ganz an die Wand. Dann wartete er, bis einer der beiden Aufpasser zu ihm sah. Er fixierte ihn kurz und hob dann langsam die Hand. Der Mann erkannte, dass Thien etwas von ihm wollte. Er stellte sich vor Thiens Sitzbank und reckte auffordernd das Kinn vor. Thien nahm die erhobene Hand wieder nach unten und deutete mit dem Zeigefinger auf seine Körpermitte. Dazu machte er einen hilfesuchenden Gesichtsausdruck.
Der Maskierte nickte. Dann wies er mit dem Lauf seiner Kurzwaffe auf die nächste Seitentür. Thien erhob sich, drückte sich an seinen Sitznachbarn vorbei und durch den Gang in Richtung Tür. Der Bewacher blieb ganz knapp hinter ihm und drückte ihm die Mündung in den Rücken. Sollte der Mann jetzt stolpern oder einfach nur aus Lust am Töten den Zeigefinger krümmen, wäre Thien tot, bevor er den Schuss hören konnte.
An der Tür blieb Thien stehen. Der Mann stellte sich neben ihn und blickte in Richtung des vorderen Zugendes, wo die Mehrzahl seiner Mittäter stand. Thien zeigte seine Überraschung mit keiner Miene, als der Geiselnehmer nach vorne rief: »Vengo con un invitado!« Thien hätte nie damit gerechnet, dass die Terroristen Spanisch sprachen. Seine Vermutung – wie wahrscheinlich die der meisten »Gäste« im Zug – ging dahin, in die Hände eines arabischen, auf alle Fälle islamistischen Terrorkommandos geraten zu sein. Wobei: Schloss die Verwendung der spanischen Sprache einen islamistischen Hintergrund aus?
Zumindest wäre Thien in der Lage, sich mit einfachen Sätzen verständlich zu machen. So viel Spanisch hatte er auf seinen Reisen in die Anden gelernt.
Als das entsprechende Kommando von vorn kam, stieß ihn sein Begleiter aufs Gleisbett und deutete dann mit der Maschinenpistole zum hinteren Ende des Zugs, das nur einige Meter entfernt war. Thien ging dem hellen Licht entgegen, das er die gan-

ze Zeit von seinem Platz aus hinter sich hatte leuchten sehen. Es waren zwei Baustrahler, die die Höhle hinter dem Zug in taghelles Licht tauchten. In zwanzig oder fünfundzwanzig Metern Entfernung häuften sich die herabgefallenen Felsbrocken bis an die Decke des Tunnels.
Zwischen dieser unüberwindlich scheinenden Barriere und dem Zug hatten die Entführer aus weiteren Brocken eine halbrunde Mauer von rund fünfzig Zentimetern Höhe errichtet, in der ein Kämpfer hinter einem Maschinengewehr auf der Lauer lag. Die Waffe war in Richtung Felssturz gerichtet. Sollte sich jemand von außen durchwühlen, hätte er nicht den Hauch einer Chance, die Feuerstöße aus dem MG-Nest zu überleben. Thien ging davon aus, dass an der Vorderseite des Zuges die gleiche Vorkehrung getroffen worden war.
Der MG-Schütze hielt den Blick starr auf die Felsen gerichtet, während Thien in wenigen Metern Abstand zu ihm an die Wand des Tunnels pinkelte. Er prägte sich die Abmessungen des Stollens und den Standort der Halogenstrahler sowie die Lage des Maschinengewehrs genau ein. Er wusste, dass diese Festung von außen uneinnehmbar war. Eine Erstürmung des Zugs durch eine Eliteeinheit war unter diesen Umständen zum Scheitern verurteilt.
Als er die Hose wieder schloss und sich von der Tunnelwand zu seinem Entführer wandte, um von ihm zurück in den Zug begleitet zu werden, maß er die Strecke genau mit seinen Schritten ab. Er wünschte, sich mit jemandem über die Lage austauschen zu können. Vielleicht sogar mit jemandem, der sich mit solchen Situationen auskannte. Er hoffte inständig, dass der Mann, mit dem er vorhin Augenkontakt aufgenommen hatte, in irgendeiner Weise kampferprobt war. Der sah mit ein bisschen gutem Willen nach altem Soldaten aus.
Bevor Thien allerdings einen Angriffsplan gemeinsam mit diesem Mann würde schmieden können, war eine fundamentale Frage zu klären: Wie sollte er sich mit ihm über mehrere Sitzreihen hinweg verständigen?

Dazu kam ihm aber beim Betreten des Zuges eine Idee. Als er den Einstieg erklomm, sah er die Werbetafeln, die über den Fenstern des Zugs angebracht waren. Örtliche Sportgeschäfte, Hotels und Restaurants sowie Ski- und Automarken priesen darauf ihre Produkte und Dienstleistungen den in der Zahnradbahn sitzenden Touristen an. Thien suchte mit seinen Blicken die Reklameaufkleber ab und fand einen, der seinen Zwecken dienlich erschien. Er hatte viel Text, und die Buchstaben waren klar und deutlich gedruckt, so dass ihn, wie er hoffte, auch der Amerikaner von seinem Platz aus gut würde lesen können.
»Toyota Autohaus Krasnitzer – Ihr freundlicher Partner vom Fach«, stand auf der Werbetafel. In diesem Satz waren nicht alle Buchstaben des Alphabets enthalten, aber besser ging es eben nicht. Thien dachte in diesem Moment nicht daran, welchen Ruf als übler Schrauber der Krasnitzer im Tal hatte. Wenn er schon Hunderte von Garmischern mit verbastelten Gebrauchtwagen über den Tisch gezogen hatte, konnte er mit seiner Zugspitzbahnwerbung an diesem Tag vielleicht zur Rettung von ein paar von ihnen beitragen.
Thien wusste die Blicke aller im Waggon auf sich gerichtet, als er durch den Gang zurück auf seinen Platz ging, wieder eng gefolgt von dem Mann mit der Maschinenpistole. Er verzog keine Miene. Im Vorbeigehen sah er dem Amerikaner in die Augen und wandte dann schnell den Blick auf die Werbung der Firma Krasnitzer. Als der Mann beide Augenlider demonstrativ nach unten schlug, war klar, dass er verstanden hatte.

KAPITEL ZWEIUNDDREISSIG

Eibsee-Hotel, 15 Uhr 30

»Sie schreiben etwas auf ihre Homepage!« Dr. Schwablechner starrte seit zehn Minuten auf den Bildschirm seines Laptops und klickte im Fünfsekundenrhythmus auf den Refresh-Button. Bisher war bei jedem Neuaufbau der Seite nur die stets gleiche Zugspitz-Postkarte erschienen.
Mit einem Mal war sie verschwunden. Dafür war in roten Buchstaben auf weißem Grund zu lesen:

VERKEHR VON UND AUF ZUGSPITZE SOFORT EINSTELLEN.
GRABUNGEN IM TUNNEL EINSTELLEN.
DAS IST EINE WARNUNG.
WIR WIEDERHOLEN UNS NICHT.

»Was soll das jetzt?«, fragte Verteidigungsminister von Brunnstein in die Runde des Krisenstabs.
»Kommt noch etwas, Schwablechner?«, wollte der Ministerpräsident wissen.
Dr. Schwablechner klickte auf Refresh. Er schaute ratlos. »Nein, so viel fürs Erste. Also, wenn Sie mich fragen: Fake, das Ganze.«
»Wie weit sind die denn dort drüben mit der Buddelei? Ich habe die Bundeswehr auf beiden Seiten in diesem Tunnel im Einsatz«, sagte von Brunnstein. »Ich möchte jetzt mal Ergebnisse sehen. Stellen Sie mich mal zu Ihrem Mann im Leitstand dort drüben durch, Herr Falk.«
Der Chef der Zugspitzbahn tat, wie ihm geheißen, und verband den Verteidigungsminister mit dem Betriebsleiter Franz Hellweger.

»Herr Hellweger, hier von Brunnstein. – Ja, der von Brunnstein. Sparen Sie sich den Freiherrn. Das heißt in der direkten Anrede übrigens Baron. Den Doktor können Sie auch weglassen. Hören Sie: Ich will Ergebnisse!«
Endlich hörte der Minister dem Mann im Führerstand eine Minute lang zu. »Wie, was meinen Sie, Kabel abgeschnitten? Von innen? – Und das sagen Sie jetzt erst? Passen Sie auf: Zu keinem Menschen außer uns hier im Krisenstab ein Wort, haben Sie verstanden? Sie sprechen ab sofort nur noch mit Herrn Falk oder mit mir. – Ja, oder mit dem Ministerpräsidenten, meinetwegen. – Gut, Hellweger, weitermachen! Und wenn Sie Verstärkung der Gebirgsjäger brauchen, zögern Sie nicht, mit mir in Kontakt zu treten. Und nun: Graben Sie!«
Von Brunnstein wandte sich an die Runde. »Eine Kamerasonde, die sie von außen durch die Felsen eingeführt haben, wurde abgeschnitten, sagen sie. Vorher haben sie Licht gesehen. Ich hasse es zu sagen, aber da ist vielleicht tatsächlich jemand drin.«
»Dann wären die Leute wirklich nicht verschüttet«, sagte der Einsatzleiter des Roten Kreuzes.
»Also, neue Lage«, sagte von Brunnstein. »Wir gehen jetzt davon aus, dass es tatsächlich eine Geiselnahme ist. Wo bleibt das BKA?«
Draußen auf dem See sah es mittlerweile aus wie auf einer internationalen Hubschraubermesse. Zu den Helikoptern der beiden Politiker und der TV-Teams hatten sich die Maschinen der Bundespolizei gesellt, die Terrorspezialisten des Bundeskriminalamtes eingeflogen hatten. Die hatten zunächst damit zu tun, ihr Equipment in das Eibsee-Hotel zu schleppen. Immer mehr Suiten und Zimmer wurden in Beschlag genommen und mussten geräumt werden. Mittlerweile konnte von einem freundlichen Hinauskomplimentieren der Gäste wie bei den ersten Räumungen nicht mehr die Rede sein. Der Hoteldirektor tat sein Möglichstes, den Flurschaden so gering wie möglich zu halten. Aber er war sicher, dass er einige seiner internationalen Gäste für immer verlieren würde.

Nachdem BKA und GTAZ sowie BND und MAD ihre Kommunikationszentralen im Hotel installiert und sich gegenseitig vernetzt hatten, tröpfelten deren Spitzenbeamte ebenfalls beim Krisenstab im großen Konferenzraum ein.

»Kann mir einmal irgendjemand erklären, wie das geht? Wie bekommen die das Bild aus dem Tunnel heraus? Und wie kommt es auf die Leinwand. Genau in dem Moment, in dem Sie der Presse die Situation erläutern?« Hans-Dieter Schnur vom Bundeskriminalamt, Außenstelle München, ließ keinen Zweifel daran, wer der oberste Polizist im Krisenstab am Eibsee war.

»Ich war wahrscheinlich die ganze Zeit auf deren Website«, gestand Dr. Schwablechner ein. »Ich habe gleich zu Beginn meiner Arbeit hier die beste topografische Karte des Zugspitzgebiets gesucht und bin über Google auf die gestoßen, die Sie vorhin gesehen haben. Beim genauen Hinsehen bemerke ich jetzt, dass die Internetadresse dieser Karte www.map.zugspitze.2962amsl.com ist, also wahrscheinlich von den Terroristen betrieben wird. Ob es Zufall oder Absicht war, dass sie die Übertragung aus dem Tunnel genau während der Pressekonferenz auf diese Webadresse geschaltet haben, weiß ich nicht. Ich glaube aber eher, dass es Zufall war.«

»Terroristen, die so etwas planen, verlassen sich auf den Zufall?«, fragte Lackner ungläubig.

»Ich sage nicht, dass sie sich darauf verlassen haben. Sie konnten nicht wissen, dass wir die Webadresse während einer Pressekonferenz verwenden würden. Wie können die dort oben in einem verschütteten Tunnel wissen, was hier unten im Hotel vor sich geht? Sie konnten sich aber darauf verlassen, dass sich alle möglichen Menschen und vor allem Medienmenschen die beste Karte des Gebiets aus dem Netz holen würden, sobald irgendeine Meldung über ein Unglück im Zugspitztunnel die Runde macht. Und die haben sie geliefert. Gehen wir also davon aus, dass nicht nur ich diese Website aufgerufen hatte, sondern sie in einigen Nachrichtenredaktionen ebenfalls offen war.

Die Einblendung der Szene aus dem Tunnel und die Schrift haben also andere Menschen auch ohne unsere Mithilfe gesehen.« Schwablechner war froh, dass er als einer der Jüngeren im Raum die Funktionalitäten des Internets und als Pressereferent die Verhaltensweisen der Journalisten am besten kannte. Die Geschichte, die er sich da eben zusammengereimt hatte, war weit weniger beunruhigend als der Gedanke, die Angreifer könnten auf eine Pressekonferenz des Bayerischen Ministerpräsidenten und des deutschen Verteidigungsministers spekuliert haben, in die sie sich eingeklinkt hatten. Sein Fauxpas, irgendeine Karte aus dem Internet gezogen und an die Wand geworfen zu haben, wurde zudem durch den Hinweis ein wenig gemildert, dass dies wahrscheinlich auch andere an seiner Stelle getan hätten.
»Dennoch. Wenn das kein Filmchen aus der Konserve war, wie kommt das TV-Bild aus dem Tunnel heraus?«, beharrte BKA-Mann Schnur. Er wusste über Funkwellen so viel, dass sie niemals durch zig Meter Fels ein TV-Bild übertragen konnten.
»Das ist wirklich eine interessante Frage«, meinte Schwablechner. »Ich gehe stark von Konserve aus. Wir dürfen nicht der psychologischen Kriegsführung von Internetgangstern auf den Leim gehen.«
Verteidigungsminister von Brunnstein wollte sich nicht mit technischen Debatten aufhalten.
»Das werden alles die Spezialisten untersuchen. Herr Schnur, das ist jetzt erst mal Ihr Thema. Finden Sie's heraus. Und zwar schnell. Wir haben jetzt zunächst andere Aufgaben. Wir müssen den Menschen beistehen, die sich in der Gewalt der Terroristen befinden. Ich betone: *falls* sie sich in den Händen von Terroristen befinden. Ich erwarte Ihre Lösungsvorschläge, meine Herren. Sie sind ortskundig. Gibt es Wege zum Zug? Von der Seite? Kann man sich dort hineingraben? Wie bekommen wir die GSG9 an Ort und Stelle, damit sie das Terrorkommando ausschaltet? Noch mal: *falls* es ein Terrorkommando dort oben gibt.«

»Und vergessen wir bitte die Menschen auf dem Gipfel nicht«, warf Ministerpräsident Lackner ein. »Die haben die Geiselnehmer ja auch festgesetzt, wenn man es genau nimmt.«
»Na, na, Hans-Peter, das ist ein wenig weit hergeholt. Immerhin haben die noch die beiden Seilbahnen. Und die Terroristen haben sich im Tunnel mit eingesperrt.« Der Verteidigungsminister konnte sich ein süffisantes Lächeln nicht verkneifen, während er in die Krisenrunde blickte. Tatsächlich hatten sich die Geiselnehmer selbst im Berg festgesetzt. Wie wollten sie da jemals lebend wieder herauskommen? Wenn es sie gab?
Als hätte der Ministerpräsident die Gedanken seines jungen Parteifreundes gelesen, sagte er: »Wir wissen doch, dass solche Anschläge von Selbstmordattentätern durchgeführt werden, Philipp.«
»HP, lass uns da jetzt und hier nicht drüber streiten. Nur so viel: Keiner der großen Anschläge, ob London oder Madrid, war ein Selbstmordattentat. Selbst die Londoner Rucksackbomber hatten Rückfahrkarten und Ausweise dabei, und die Sprengsätze haben von unten die U-Bahn-Züge durchschlagen. Wenn sie sich selbst in die Luft gesprengt haben, dann aus Blödheit. Und einer der 9/11-Piloten hat brav ein Parkticket hinter die Windschutzscheibe seines Autos gelegt, bevor er losgeflogen ist. Ich bitte dich: Warum sollte jemand, der vorhat, mit einem Passagierflieger in ein Hochhaus zu donnern, Angst vor einem Strafzettel haben? Ich verrate hier keine Geheimnisse. Das ist alles bestens dokumentiert. Nein, meine Herren, diese Männer haben ein politisches Ziel. Und sie haben darüber hinaus auch noch andere Ziele. Die werden sie uns verraten. Eine ihrer Forderungen wird aber sein: körperliche Unversehrtheit und freies Geleit. Darauf wette ich.«
Der Verteidigungsminister blickte noch zufriedener in die Runde. Selbstverständlich war niemand hier im Raum mit auch nur annähernd so guten Informationen ausgestattet wie er. Dass in Europa eine Terroraktion drohte, wussten die eingeweihten

Kreise seit Weihnachten. Er war darauf vorbereitet gewesen, dass es auch sein Heimatland treffen könnte. Nur dass es an diesem Dreikönigstag und in Bayern auf der Zugspitze passieren sollte, das hatte er freilich nicht gewusst. Aber niemand in den gesamten Sicherheitsorganen hatte das geahnt.
Draußen landete gerade wieder ein Hubschrauber. Dieser war im Gegensatz zu den Polizei- und Bundeswehrvögeln knallbunt. Wohl das nächste TV-Team.
Philipp von Brunnstein erhielt zeitgleich einen Anruf auf der sicheren Leitung aus Berlin. Oberst Schultheiß meldete sich aus der Pressestelle des Ministeriums, wohin er den Kommunikationschef bestellt hatte. Der Minister stellte sich mit dem Handy am Ohr in eine Ecke des Raums und sah durchs Fenster auf den See hinaus. Er lauschte dem Bericht seines Adjutanten.
»Pressetechnisch alles klar, nicht wahr, Herr Minister? Wir haben die Presse wie üblich in Prioritätsklassen unterteilt. Prio eins wie immer TV und in dieser Gattung SAT.1 als Erstes. Der Körber will das selbst machen, der müsste gleich bei Ihnen sein.«
»Ich glaub, er landet gerade.«
»Gut. Dann die von RTL. Die haben ja leider schon vorgesendet, das ließ sich nicht vermeiden. Mit Verlaub, Herr Minister, diese PK, musste das sein?«
»Schultheiß, gehen Sie mir bitte nicht auf den Zeiger. Das hat der trottelige Lackner eingestielt, nicht ich.«
»Ja ja, schon gut, aber das nächste Mal ... Nicht wahr, Herr Minister?«
»Schultheiß, bitte! Weiter im Text.«
»Gut. Also BILD ist ja auch schon vor Ort, nicht wahr? Dieser Junge, den sie dort draußen haben, ist ein Rookie, aber Diez meint, der hat sein Vertrauen, aus dem wird noch was. Also den nach dem Körber Prio zwei. Und dann vergessen Sie mal die ganze Lokalpresse, Süddeutsche und Merkur und so, die schreiben sowieso nur von den Agenturen ab. Die Maus von der Lo-

kalzeitung habe ich nicht auf dem Schirm, aber die macht das seit x Jahren, da ist wohl nichts Schlimmes zu erwarten. Vorsichtshalber habe ich den Verleger angerufen, aber der ist auf Linie, nicht wahr? Aber jetzt, Herr Minister, wichtig: Gleich nach Körber und dem BILD-Jungen müssen wir uns diesmal mehr und besser um die Kerle von den Öffentlich-Rechtlichen kümmern. Sie wissen, seit Japan null-elf läuft deren Krisenschaltzentrum richtig gut, und das werden sie auch dieses Mal wieder beweisen wollen. Kostet ja Unsummen. Die werden über den BR eine halbe Hundertschaft da raufkarren, müssten eigentlich schon da sein. Klar, ich habe dem Dr. Bernhard gesagt: Sie waren lange genug Kanzlersprecher, Sie wissen, worauf es ankommt. Aber sie kennen ihn, nicht wahr? Will alles hundertfünfzigprozentig richtig machen. Und der BR-Intendant kann sich auch nicht über die Maßen ins Tagesgeschäft sämtlicher ARD-Chefredakteure einmischen. Da könnte sich so etwas wie Lust an der Investigation eingeschlichen haben. Also bitte ich um Vorsicht. Und – wir haben auf der anderen Seite den ORF, das dürfen wir nicht vergessen. Die freuen sich ein Loch ins Schnitzel, nicht wahr, wenn sie uns irgendein Versagen nachweisen können. Also, Herr Minister, bitte aufpassen. Ich wünschte, ich könnte Sie vor Ort unterstützen, nicht wahr?«
»Nicht nötig, Schultheiß. Dank Ihres wie immer großartigen Briefings und Ihrer Vorbereitung wird das klappen wie geschmiert. Muss an so einem Tag auch mal gesagt werden: danke. Übrigens, da kommt er schon über die Terrasse gerannt, der Körber. Ich schnapp ihn mir gleich und besprech mit ihm die besten Einstellungen und alles andere.«

KAPITEL DREIUNDDREISSIG

Waggon der Zugspitzbahn, 15 Uhr 28

Thien Hung Baumgartner aus Partenkirchen und Craig Hargraves aus Lake Mills, Wisconsin, kannten schon ihre Vornamen, ohne jemals ein Wort miteinander gewechselt zu haben. Thiens Geheimsprache war schnell erklärt, dazu musste er aber zunächst einmal Augen und Finger benutzen. Er bedeutete seinem Gesprächspartner, dass er mit seinem linken Auge die Nummer des Worts auf der Werbetafel des Autohauses Krasnitzer aussuchen und mit dem rechten Auge den Buchstaben bestimmen würde. Es dauerte eine Weile, bis Craig verstand. Sie konnten diese Augen- und Handzeichen auch nur dann geben, wenn die beiden Bewacher gerade in andere Richtungen sahen. Und es blieb ein gefährliches Unterfangen.
Nach einigen Anfangsschwierigkeiten war der Code klar. Thien zeigte mit der Spitze seines rechten Daumens auf sich, dann schloss er das linke Auge einmal. Das Wort »Krasnitzer« war ausgewählt. Dann blinzelte er mit dem rechten Auge siebenmal und nach kurzer Pause sechsmal. »T-I«. Er blinkte weiter mit rechts, neunmal: E. Und dann fünfmal rechts: N. Er traute sich nicht, seinen Namen »T-I-E-N«, bei dem er absichtlich das H ausgelassen hatte, da es aussprachetechnisch nichts zur Sache tat, pantomimisch mit den Lippen zu wiederholen – und er freute sich umso mehr, als sein Gegenüber es tat.
Craig hatte verstanden und begann seinerseits. Achtmal links, dreimal rechts: C. Dreimal links, zweimal rechts: R. Dreimal rechts: A. Sechsmal rechts: I. Pause. Er konnte kein G in dem deutschen Buchstabensalat über ihm finden, zuckte beinahe unmerklich mit den Schultern und machte ein ratloses Gesicht, dann zwickte er beide Augen gleichzeitig schnell hintereinan-

der zusammen: Das sollte »Platzhalter« heißen. Diesmal wiederholte Thien das Wort lautlos: »CRAIG«.
Zwischen den beiden war Kommunikation hergestellt. Keine einfache Art der Kommunikation, aber sie hatten wahrscheinlich eine Menge Zeit, sich darin zu üben.
Ihr Spielchen wurde jäh unterbrochen. Ein kleines Mädchen im vorderen Teil des Wagens begann laut loszuheulen, und die Mutter konnte es nicht mehr beruhigen. Sofort sprangen von außen zwei weitere Entführer in den Zug. Die beiden Stammbewacher sollten also nicht abgelenkt werden, dachte Thien. Gut ausgebildet. Nervenstark. Mal sehen, wie lange die das durchhielten.
Die beiden Vermummten, die von draußen in den Wagen gekommen waren, zerrten die Kleine und ihre Mutter von den Sitzen und wollten sie durch die offene Tür aus dem Waggon stoßen. Ein Passagier nahm sich ein Herz, stand auf und rief laut: »Muss das sein? Was wollen Sie eigentlich von uns?«
Der Mann sah aus wie ein Bär. Er bewegte sich auf einen der Entführer zu und streckte die Hände nach ihm aus.
Bevor sich andere Geiseln mit dem aufbegehrenden Mann solidarisieren konnten, drehte sich einer der neu hinzugekommenen Maskierten um und streckte ihn mit einem Einzelschuss aus der Maschinenpistole nieder. Er traf ihm genau ins Herz, die Kugel trat in seinem Rücken wieder aus und durchschlug die Aluminiumwand des Waggons.
Der Mann wurde durch die Trefferwucht drei Meter nach hinten geworfen und schlug gegen die Wand. Doch davon bekam er nichts mehr mit. Bereits beim Eintritt der Kugel in seinen Körper war er durch den Schock getötet worden, den die hohe Geschwindigkeit des Projektils verursachte.
Den anderen Geiseln stand das Entsetzen in die Gesichter geschrieben. Niemand hatte den Mut, aufzustehen und sich um den angeschossenen Mann zu kümmern. Sein Anblick verriet zudem, dass es vergebens gewesen wäre.

Thien und Craig sahen sich schockiert an. Beiden war klar, dass sie ein gefährliches Spiel trieben. Dass diese Entführer keinen Spaß verstanden. Dass sie nicht zögern würden, weitere Menschen umzubringen, wenn sich ihnen jemand in den Weg stellte. Und dass sie wahrscheinlich am Schluss sowieso alle töten würden.

Dies bedeutete aber auch, dass die einzige Möglichkeit zu überleben darin bestand, die Geiselnehmer auszuschalten. Denn sonst würden sie alle sterben, so oder so.

»Be quiet and nothing will happen to you!«, rief der Mann, der geschossen hatte. Dann befahl er der Mutter mit einem Wink der MPi-Mündung, dass sich beide wieder auf ihre Plätze setzen sollten, wo sie sich leise wimmernd aneinanderschmiegten.

KAPITEL VIERUNDDREISSIG

Eibsee-Hotel, 15 Uhr 50

Das ist hier aber nicht wirklich fernsehwirksam.« Jens Körber war mit der Gesamtsituation unzufrieden. Und er ließ dies auch den Verteidigungsminister wissen. Der wich nicht von der Seite seines wichtigsten Journalisten.
»Jetzt flieg ich direkt von der Skipiste in Obertauern an die zweihundert Kilometer her mit dem SAT.1-Hubschrauber, dann sollte das auch tolle Bilder geben!«, beschwerte sich Körber weiter.
Die beiden Assistenten des Moderators liefen wie Mondsüchtige immer wieder um das Eibsee-Hotel und knipsten mit ihren Digitalkameras mögliche Kameraperspektiven, die eindrucksvolle Hintergründe für ihren Chef und den Minister abgaben. Immer wieder rannten sie zu Jens Körber und zeigten ihm ihre Schnappschüsse. Er fand sie alle »beschissen«, wie er seine Mitarbeiter unverblümt wissen ließ.
»Die einzige richtig gute Perspektive bietet sich direkt aus der Talstation der Seilbahn. Von dort ziehen sich die Tragseile steil nach oben. Aber da werden wir nicht in Ruhe drehen können bei dem Aufmarsch dort drüben«, berichtete einer der Assistenten nach der Begehung des Geländes. »Auch auf dem Parkplatz geht es überall zu wie in einer Kesselschlacht. Das sieht zwar dramatisch aus mit all dem Blaulicht und den Einsatzfahrzeugen, aber es rennt ständig irgendwer durchs Bild.«
»Toll wäre natürlich oben«, mischte sich Carolin von Brunnstein ein.
»Oben?«, riefen die beiden Männer verblüfft und wie aus einem Mund.
»Klar, oben. Dort sind die armen Leute, die deine Männer gerade evakuieren. Dort ist das Gipfelkreuz, dort ist Schnee. Dort

ist einfach was los.« Die Ministergattin begeisterte sich immer mehr für ihre eigene Idee.
»Caro, du hast wie immer recht«, pflichtete ihr von Brunnstein bei. »Oder haben Sie eine bessere Idee, Körbi?«
»Denn aber man tau. Es ist jetzt kurz vor vier, wir haben nur noch wenig Licht. Wo können wir dort oben sicher landen?« Der Fernsehmann eilte mit dynamisch federnden Schritten zurück in den Konferenzraum, wo der Krisenstab tagte. »Sie, von der Zugspitzbahn, wo können wir dort oben sicher landen und haben tolle Sicht auf den Gipfel? Aber so, dass nicht jeder uns niederrennt?«
»Schneefernerhaus. Ist für die Öffentlichkeit geschlossen. Platz genug ist da, und Sie haben das ganze Panorama übers Platt und auf den Gipfel«, warf Zugspitzbahner August Falk dem Moderator zu, bevor er sich wieder der Diskussion mit dem Katastrophenschützer des Landratsamts widmete.
»Sehr gut«, stimmte der Ministerpräsident zu. »Das ist eine Klimaforschungsstation, da können wir zeigen, wie fortschrittlich wir Bayern sind!«
»Vergiss bitte nicht, Hans-Peter, es geht hier nicht um deine Wiederwahl im Herbst, sondern um das dramatische Schicksal der im Tunnel eingeschlossenen und der fünftausend Leute dort oben«, wies ihn Philipp von Brunnstein mit einem Blick über den Rand seiner Brille zurecht.
»Sattelt die Hühner!« Jens Körber war nicht mehr zu bremsen. Schon schwang er seinen Körper aus der Terrassentür des Konferenzraums und flankte über die niedrige Balustrade, die das Hotel zum See hin abgrenzte. Er landete sicher auf dem schneebedeckten Eis des Sees und marschierte stracks zu seinem Helikopter. Dem Piloten gab er mit seinem über dem Kopf rotierenden rechten Zeigefinger das Zeichen, die Maschine zu starten. Dann drehte er sich zum Hotel um und befahl seine Leute und das Ministerehepaar mit »Los, weiter, auf geht's!« und einem weiteren »Denn man tau!« in die Maschine.

Mit wehendem Lodenmantel stolperte der Ministerpräsident hinterdrein. Sein Pressereferent Dr. Schwablechner wollte auch mit, aber im mit allerhand Kamera- und Lichtausrüstung beladenen Hubschrauber war kein Platz mehr. Lackner vertröstete ihn, man sei ja in spätestens einer Stunde wieder unten. Er wies ihn an, für Körber, die von Brunnsteins und ihn in einer der requirierten Suiten ein Abendessen für 19 Uhr 30 vorbereiten zu lassen. Und Carolin von Brunnstein sollte direkt nach ihrer Rückkehr vom Gipfel anderthalb Stunden lang das Spa des Hotels allein gehören.

KAPITEL FÜNFUNDDREISSIG

Waggon der Zugspitzbahn, 15 Uhr 55

Die Geiseln saßen in Schockstarre auf ihren Plätzen. Seit der Mann kaltblütig erschossen worden war, hatte niemand auch nur einen Ton von sich gegeben. Nun zog einer der Maskierten das Mikrofon am langen Spiralkabel aus dem Führerstand der Zahnradbahn und stellte sich in den Gang, dann schepperte seine Stimme aus den in der Deckenverkleidung des Zuges eingelassenen Lautsprechern. Er sprach Deutsch mit einem harten arabischen Akzent.
»Allah ist groß. Sie alle sind Teil seines göttlichen Plans. Wir sind Teil seines göttlichen Plans. Gott wird jeden Widerstand gegen diesen Plan brechen. Jeder von Ihnen ist zwei Menschenleben wert, das eigene und das eines unserer Brüder. Für jeden von Ihnen wird einer unserer Brüder aus amerikanischer Haft entlassen werden. Wie lange das dauert, liegt in der Hand der Amerikaner. Wir sind machtlos. Darum möchten wir, dass Sie alle überleben. Wir haben heute bereits einen unserer Brüder durch einen der Ihren verloren. Wir werden daher bei weiteren Problemen Sie alle fesseln und festbinden müssen, um Sie selbst und unsere Brüder zu schützen.« Anschließend wiederholte er seine Ansprache auf Englisch.
Thien Hung Baumgartner wunderte sich nicht darüber, dass die Terroristen Gesinnungsgenossen freipressen wollten. Damit hatte er sogar gerechnet. Er wunderte sich allerdings darüber, wie viele inhaftierte Mitkämpfer sie freipressen wollten. In diesem Zug saßen über zweihundert Menschen. So viele in amerikanischen Gefängnissen einsitzende Terroristen konnte die US-Regierung niemals auf freien Fuß setzen.
Die Taktik, ein Leben für ein Leben zu tauschen, war jedoch klug. Auf diese Weise würde es für die Gegenseite leichter sein,

die Forderungen zu erfüllen, das ging sozusagen häppchenweise. Schon wenn nur wenige der geforderten Freilassungen erfolgten, konnte die Organisation, die für diese Aktion verantwortlich war, einen Erfolg verbuchen. Selbst wenn es letztendlich zu einer Katastrophe kam. Nur würde das alles elend lange dauern. Es würden sicherlich mehr als weitere zwölf Stunden vergehen, bis ein islamistischer Topterrorist aus einem US-Militärgefängnis irgendwo am Ende der Welt freigelassen werden konnte und dies den Geiselnehmern im Zug von ihrer Organisation bestätigt wurde.

Das alles würde die Hölle werden. Eine lang anhaltende Hölle.

KAPITEL SECHSUNDDREISSIG

Auf der Zugspitze, 15 Uhr 57

Markus Denninger wunderte sich wie all die anderen Menschen, die zurzeit auf Deutschlands höchstem Berg weilten, dass sein Handy seit mehreren Minuten keinen Empfang mehr hatte. Er ging hinüber zum Funker seines Zugs, der seine Apparatur auf den Schultern getragen und auf der Gipfelterrasse aufgebaut hatte, ließ sich eine Verbindung nach Mittenwald zum Stab herstellen und fragte nach, was mit dem Handynetz los war.
»Hier auf dem Gipfel gibt es mehr Telekommunikationseinrichtungen als in Cape Canaveral. Funktionieren die etwa alle nicht mehr?«, fragte er den Mann in Mittenwald.
Der musste sich wiederum beim Bundeswehr-Verbindungsmann schlau machen, der in den Krisenstab des Landratsamts beordert worden war. Nach ein paar Minuten kam die Meldung: »Deutsche und österreichische Handy- und Internetverbindungen rund um den Gipfel unterbrochen aus Sicherheitsgründen. Bombenalarm. Ruhig bleiben.«
Denninger fiel seine Sprengstoffausbildung ein. Darin war es unter anderem darum gegangen, dass Bomben auch ferngezündet werden konnten, zum Beispiel mit einem SMS-Signal. Das Internet hatte man wohl wegen der Nachrichtensperre gleich mit abgeschaltet. Nur war das alles reichlich spät geschehen. Bomben waren im Tunnel gezündet worden, und die Welt hatte davon bereits erfahren. Jetzt erschwerte die Telekommunikationssperre den Helfern auf dem Gipfel nur die Arbeit.
Prompt kam in der Gipfelstation unter den Wartenden Unruhe auf. Solange sich die Menschen mittels ihrer mobilen Geräte über die Situation hatten informieren können und mit der Au-

ßenwelt Kontakt gehabt hatten, waren sie beschäftigt gewesen und hatten zumindest das Gefühl gehabt, mit denen im Tal, in der Stadt, zu Hause verbunden zu sein. Diese Verbindung war nun tot, und den Leuten auf dem Gipfel wurde bewusst, dass sie sich in einer Insellage befanden, in einer Umgebung, die ohne den Schutz der Gebäude geradezu mörderisch war.
Auch Markus Denninger dachte darüber nach, und zum ersten Mal in seinem Leben ging ihm auf, wie das Leben auf dreitausend Metern über dem Meeresspiegel überhaupt aufrechterhalten wurde: mit Strom, der aus dem Tal kam.
Er griff wieder zum Hörer des Feldfunkgeräts und sagte zu dem Funker in der Kaserne: »Ich weiß, ich bin nicht Mitglied des Krisenstabs, aber ich sitze hier oben und muss auf fünftausend Menschen aufpassen. Darum zur Sicherheit: Sag denen in Garmisch, sie sollen dafür sorgen, dass wir hier oben weiterhin Strom haben, sonst gibt es reihenweise Tote, das ist denen hoffentlich klar.«
Nach einigen Minuten antwortete ihm der Funker in Mittenwald: »Du sollst dir keine Sorgen machen. Es führen drei Hochspannungsleitungen hoch zum Gipfel, zwei durch den Tunnel und eine von der österreichischen Seite her. Außerdem haben die jede Menge Notstromaggregate dort oben. Ihr werdet nicht erfrieren.«
Markus Denninger war nur halb beruhigt, denn wenn zwei Leitungen durch den Tunnel führten, saßen die Entführer regelrecht darauf. Und Notstromaggregate hatten auch nur für eine bestimmte Zeit Treibstoff.
Er musste zusehen, dass die Zivilisten hier endlich nach unten kamen. Warum dauerte das so lange? Es war keine Bewegung in der Schlange auszumachen, die von der österreichischen Gipfelstation um das Münchner Haus herumführte und über die Sonnenterrasse und die Treppen bis hinein in die deutsche Gipfelstation reichte. Die deutsche Station füllte sich immer mehr mit Menschen, die Gletscherbahn brachte im Acht-Minuten-Takt immer wieder neunzig weitere Personen auf den Gipfel.

Markus Denninger schickte zwei seiner Männer zu der deutschen Gipfelstation, um rechtzeitig vor einer Überfüllung zu warnen und dafür zu sorgen, dass der Platz dort optimal genutzt wurde. Er gab Anweisung, die Menschen auch in die großen Restaurantflächen und die beiden kleinen Museen zu lassen, von denen es je eines auf der deutschen und auf der österreichischen Seite gab. Dann drückte er sich an der Schlange vorbei in die österreichische Station. Er wollte sehen, wo sich der Flaschenhals befand, warum es dort nicht weiterging.
Als er sich an der Menschenmenge vorbei- und durch sie durchgekämpft hatte, traute er seinen Augen nicht. Die Gondel stand abfahrbereit da, doch durch die geöffnete Schiebetür konnte er in der Kabine nur vier Menschen sehen, von denen einer am Boden lag, während die drei anderen neben ihm knieten. Die Wartenden reagierten auf seine Ankunft mit der Aufforderung, er solle die Situation dort vorn doch bitte lösen.
»Was ist bei euch los, warum fahrt ihr nicht?«, fragte er die beiden Bahnschaffner hinter den Drehkreuzen, die bereits zum Ziel der Beschimpfungen der Wartenden geworden waren.
»Herzinfarkt. Der Mann ist in der Gondel zusammengebrochen, gerade als sie abfahren wollte. Der Mann im blauen Skianzug ist Arzt. Er hat alle aussteigen lassen und den Defibrillator eingesetzt. Jetzt will er erst den Zustand des Mannes stabilisieren. Vorher darf er nicht bewegt werden, sagt er.«
Denninger schritt entschlossen auf die Gondel zu und erklärte dem Mann im blauen Skianzug: »Es tut mir sehr leid, aber Sie müssen die Behandlung draußen fortsetzen. Wir müssen die Leute nach unten bringen.«
Der Mann sah nur kurz von seinem Patienten auf und sagte dann, den Blick wieder auf den alten Mann gerichtet und in einem krächzenden Tiroler Akzent: »Die sind alle gesund, aber der hier stirbt uns gleich. Auf keinen Fall werden wir ihn bewegen.«
»Machen Sie die Gondel frei, das ist ein Befehl!«, zischte Denninger.

»Von einem deutschen Soldaten auf österreichischem Boden. Interessant. Ich bin Arzt und für das Leben dieses Mannes verantwortlich. Und Befehle nehme ich als Zivilist sowieso keine an. Und von einem Deutschen schon gar nicht.«
»Dann muss ich Sie und Ihren Patienten mit Gewalt aus dieser Gondel schaffen lassen. Sie verfügen nicht über alle Informationen, die ich habe. Die Leute müssen hier runter. Und zwar schnell!«
»Wieso nehmt's nicht euer altersschwaches Bahndl? Da passen doch immerhin vierzig Leute rein!«
Der Mann wollte anfangen zu diskutieren, aber Denninger machte dem ein Ende, indem er den Männern von der Seilbahn befahl: »Los, Türen zu und runter mit dem Mann!«
Der Arzt im blauen Skianzug stand auf. »Sind Sie narrisch? Sie wollen jemanden mit einem akuten Herzinfarkt innerhalb von acht Minuten zweitausend Höhenmeter nach unten bringen? Da können Sie ihm gleich eine Kugel in den Kopf jagen.«
»Dann schaffen wir ihn jetzt sofort hier oben aus der Gondel. Ob hier oder unten, er muss raus. Jetzt.« Denninger sah dem Mann derart entschlossen in die Augen, dass der schließlich den Blick abwandte.
Er sah ein, dass er verloren hatte, und wies seine zwei Helfer und Denninger an, wie der Lädierte seitlich hochzunehmen und zu tragen war. Sie hoben ihn mit einem Hauruck gleichzeitig an und legten ihn auf eine Decke, die einer der beiden Zugspitzbahner draußen auf dem Bahnsteig ausgebreitet hatte.
»Danke. Sobald er transportfähig ist, besorge ich einen Hubschrauber für ihn«, sagte Denninger.
»Danke, so was haben wir selber«, tönte der Mann im blauen Skianzug.
Denninger ging darauf nicht mehr ein. Er begab sich unter dem dankbaren Gemurmel der Wartenden zurück zu seinem Posten auf der Aussichtsterrasse. Mit dieser Aktion war der Weg zum

Abtransport der Wintersportler vom Zugspitzgipfel fürs Erste wieder frei. Zügig füllte sich die Gondel. »Frauen und Kinder zuerst!«, rief Denninger den österreichischen Bahnern zu. Er hatte einen guten Job gemacht, wie er fand.

Vier Minuten später sollte dieser Job einhundertundein Menschenleben kosten.

KAPITEL SIEBENUNDDREISSIG

Schneefernerhaus, 15 Uhr 55

Der SAT.1-Hubschrauber setzte auf der Landeplattform der Umweltforschungsstation Schneefernerhaus auf. Die Passagiere stiegen aus, duckten sich unter den noch kreisenden Rotorblättern, und schnell räumten Jens Körbers Assistenten und Techniker das Equipment aus dem Stauraum. Dann hob der Hubschrauber wieder ab. Er sollte unten am Eibsee auf die Anforderung zur Abholung in rund einer Stunde warten.
Das Schneefernerhaus befand sich zwischen dem Zugspitzplatt und dem Zugspitzgipfel. Der wuchtige Bau war Ende der zwanziger Jahre als höchstgelegenes Hotel Deutschlands wie ein Schwalbennest in die Flanke unterhalb des Gipfels gebaut worden. Hier endete sechzig Jahre lang die Zahnradbahn, bis der Schienenverkehr durch einen neuen Tunnel, den Rosi-Tunnel, direkt auf das Platt verlegt wurde. Alle Skifahrer wurden von da an kulinarisch – oder besser ernährungstechnisch – auch direkt auf dem Zugspitzplatt, im Selbstbedienungsrestaurant SonnAlpin, abgefertigt.
Nach der Schließung des Hotels baute ein Konsortium aus Forschungsinstituten unter Federführung des Bayerischen Umweltministeriums den Bau zu einer Station aus. Das Schneefernerhaus bot in der Tat die richtige Kulisse für ein Interview mit dem Verteidigungsminister.
Körber war sehr zufrieden. Er ließ sofort eine Sitzgarnitur auf eine der Terrassen des vierzehnstöckigen Hauses stellen, das nach hinten zum Hang hin in mehreren Stufen zurückversetzt war. Auf den Terrassen standen schon lange keine Liegestühle mehr, dafür allerlei Forschungsinstrumente und zur Luft- und Raumobservierung geeignete Apparaturen. Ein großartiger

Hintergrund für den Minister, seine Gattin und Körber. Mit einem Kameraschwenk konnte zudem der gesamte Blick über Gipfel und Platt gezeigt werden.
»Wir sollten solche *Locations* öfter nutzen«, sagte Körber zu einem seiner Assis. »Wie gut, dass Frau Minister uns darauf aufmerksam gemacht hat. Wir selbst wären ja nie darauf gekommen.«
Der Angesprochene hielt es für vernünftiger, nicht auf die Stichelei seines Chefs einzugehen, sondern richtete weiterhin einen Scheinwerfer ein.
Kurze Zeit später war alles bereit. Bundesverteidigungsminister Philipp von Brunnstein und seine Frau Carolin von Brunnstein saßen auf dem Zweisitzer, der aus dem Büro des Umweltbundesamts, das auch Räumlichkeiten im Schneefernerhaus unterhielt, herbeigeschafft worden war, quasi in einem Akt der Amtshilfe unter zwei Bundesbehörden.
Körber saß auf dem Regiestuhl, der – laut seines Vertrags mit dem Sender – immer, an jedem Ort, an dem er auftreten sollte, bereitgestellt werden musste. »JFK« stand in großen Lettern auf der Rückseite der Stofflehne. Obwohl er seinen zweiten Vornamen Friedrich in der Öffentlichkeit nie nutzte, fand Jens Körber eine Drei-Buchstaben-Abkürzung schicker als ein normales zweistelliges Monogramm. Zudem eine, die mit der des sexyesten amerikanischen Präsidenten der Geschichte identisch war.
Der Ministerpräsident saß zwischen dem Ministerpaar und dem Moderator auf einem Stuhl. Philipp von Brunnstein hatte noch versucht, mit einem »Willst du wirklich auch ...?« die Bühne für sich und seine Frau allein zu erobern, aber er wusste bereits, bevor er den Halbsatz ausgesprochen hatte, dass das bei Hans-Peter Lackner vergebens war.
Carolin von Brunnstein fror. Die blasse Wintersonne hatte sich bereits hinter dem Kamm des Gipfels verabschiedet, was die Temperatur auf der Terrasse des Schneefernerhauses sofort eini-

ge Grad weiter unter null sinken ließ. Zusätzlich war in den letzten Minuten ein kalter Wind aufgekommen, der vom Gipfel herunterstrich. Am Himmel über ihnen jagten in nicht allzu großer Höhe Wolkenfetzen hinweg. Der schöne Tag würde in einen ungemütlichen Abend münden.
Die Kamera lief, Jens Körber stellte seine Fragen. Der Kameramann filmte die Runde aus einer Perspektive, die im Hintergrund zwei Bundeswehr-Hubschrauber erahnen ließ, die neben dem SonnAlpin auf den Schichtwechsel der mit dem Graben im Tunnel beschäftigten Soldaten warteten.

KAPITEL ACHTUNDDREISSIG

Eibsee-Hotel, 16 Uhr 02

Denkt eigentlich irgendjemand daran, was diese Leute vorhin auf ihrer Website geschrieben hatten?«, fragte Hans Rothier, der oberste Katastrophenschützer des Landkreises, in die Runde. Der Krisenstab im Konferenzraum des Eibsee-Hotels war in der letzten Stunde immer größer geworden. Nun saßen hier nicht mehr nur die Vertreter der lokalen Rettungsorganisationen, sondern auch Major Peter Mainhardt von den Mittenwalder Gebirgsjägern, der von Oberstleutnant Bernrieder als Verbindungsoffizier in den sich bildenden örtlichen Krisenstab abkommandiert worden war, BKA-Mann Hans-Dieter Schnur als Vertreter des Bundeskriminalamts, Hauptkommissar Bernd Schneider vom Landeskriminalamt, ein Mann vom Bundesnachrichtendienst, der sich als Müller vorgestellt hatte, und aus Tirol war ein Abgesandter der Landeshauptmannschaft namens Martin Obergirgl angekommen. Alle hatten den schnellen Luftweg bevorzugt, um sich und ihre Einsatzstäbe sowie ihr spezielles Kommunikationsequipment an den Eibsee zu bringen.

»Mit dem Graben aufhören und Verkehr einstellen«, erinnerte sich einer der Männer.

»Und warum machen wir das nicht?«, fragte der Katastrophenschützer.

»Weil wir nicht glauben, dass die Botschaft von den Geiselnehmern kommt. Weil wir noch nicht einmal wissen, ob es sie überhaupt gibt«, dozierte BKA-Mann Schnur. »Und um das herauszufinden, müssen wir graben. Wir wollen sie sehen. Verstehen Sie? Das kann alles von außen inszeniert sein. Einen Film haben wir gesehen. Aber wer sagt uns, dass der nicht vor

Tagen, Wochen, Monaten gedreht wurde. Irgendwo auf der Welt. Und eine Schrift haben wir gesehen. Auch die kann von irgendwo ins Internet gestellt worden sein.«
»Alles, was wir wissen, ist, dass es diesen Felssturz gab«, pflichtete ihm Hauptkommissar Schneider vom LKA zu. »Wir müssen alles tun, um die möglicherweise doch verschütteten Menschen zu retten, und dürfen uns nicht von einer nebulösen Warnung davon abhalten lassen. Das würde man uns als zögerliches Verhalten vorwerfen, wenn sich herausstellt, dass da gar keine Terroristen im Tunnel sind.«
»Und wenn wir sie damit reizen? Ist diese Gefahr nicht genauso groß?«, fragte Rothier.
»Wie groß diese Gefahr ist, können wir derzeit nicht beurteilen«, meinte der BKA-Mann. »Und da wir das nicht können, können wir die beiden Risiken auch nicht gegeneinander abwägen. Wir haben schon unseren Spieltheorie-Computer mit den Fakten gefüttert, und selbst der konnte uns keine Handlungsempfehlung geben. Und der gesunde Menschenverstand kommt wohl zum gleichen Ergebnis.«
»Ich weiß nicht …« Dem Katastrophenschützer war nicht wirklich wohl bei der Sache. Aber er musste zugeben, dass er mit Einsätzen dieser Art keinerlei Erfahrung hatte. Lawinenunglücke, Hochwasser, havarierte Gefahrguttransporte auf der Autobahn – das waren seine Spezialitäten. Terrorszenarien hatte er im Vorfeld der Ski-Weltmeisterschaften 2011 mit den Einsatzleitern von Polizei, Rotem Kreuz und Feuerwehr durchgespielt, aber dass es einmal tatsächlich so weit kommen würde, hätte er im Traum nicht für möglich gehalten. Er ließ den Blick durch das Fenster des Konferenzraums über den See und die darauf geparkten Hubschrauber schweifen. Eben landete der SAT.1-Helikopter dieses aufgeblasenen Körber, der gottlob die beiden Politiker zumindest für eine Stunde, bei ganz viel Glück auch für anderthalb Stunden, auf dem Gipfel abgesetzt hatte.

Sein Blick schweifte weiter zum Südufer des Sees, hinter dem sich der verschneite Fichtenwald der Törlen nach oben zog, die wie der Rand einer Badewanne den See nach Österreich hin begrenzten. Am linken Rand des Ausschnitts, den er durch das Fenster sah, zog die Südwestflanke der Zugspitze steil aus dem Wald nach oben. In der Mitte des grauen Felsens, der so steil war, dass sich zu keiner Jahreszeit Schnee darauf legte, ragte die Stütze 2 der Tiroler Zugspitzbahn landschaftsstörend in den Himmel ...
Oder sollte es zumindest!
Hans Rothier rieb sich die Augen. Hatte seine Sehkraft durch das ewige Glotzen auf den Computerbildschirm in letzter Zeit derart gelitten?
Er sah die Stütze nicht.
Er sah sie auch nicht, nachdem er sich ein zweites Mal die Augen gerieben hatte.
Bevor er sich einen Reim auf seine Beobachtung machen konnte, klingelte das Telefon, das der Mann der Tiroler Landesregierung vor sich plaziert hatte. Er meldete sich ordnungsgemäß mit: »Obergirgl, zurzeit Eibsee!« Dann verstummte er und wurde blass.
Er legte den Hörer auf. Die Blicke aller waren auf ihn gerichtet. Mit gebrochener Stimme sagte er: »Sie haben unsere Seilbahn gesprengt. Alle tot. Hundert Passagiere und ein Fahrer.« Dann brach Martin Obergirgl in Tränen aus.

KAPITEL NEUNUNDDREISSIG

Schneefernerhaus, 16 Uhr 06

Gleich nach dem Ereignis mit dem Herzinfarktpatienten in der österreichischen Seilbahn hatte Denninger den Befehl erhalten, sich unverzüglich ins Schneefernerhaus zu begeben. Er kämpfte sich durch die Menschenmenge von der österreichischen Seite der Gipfelstation auf die deutsche und fuhr mit der nächsten Gletscherbahn nach unten aufs Platt, von wo er die für die Öffentlichkeit nicht zugängliche winzige Kabinenbahn zum Schneefernerhaus nahm.

Keine zehn Minuten später stand er auf der Terrasse des Schneefernerhauses. Auch zehn seiner Männer waren bereits angekommen. Vier Soldaten standen verteilt an den äußeren Ecken der Terrasse, auf der das Interview stattfand, und sicherten die Umgebung.

Auf einmal erhielt Denninger über sein Handfunkgerät den Befehl, den Minister sofort zu evakuieren. Der Funker, der ihm die Order weitergab, nannte ihm auch den Grund dafür: die Sprengung der Tiroler Zugspitzbahn. Denninger hatte keine Zeit, darüber nachzudenken, dass die Gondel mit all den Zivilisten darin nicht abgefahren wäre, hätte er nicht eingegriffen und dafür gesorgt.

»Sofort zurück nach unten!«, platzte Markus Denninger in das Interview auf dem Schneefernerhaus.

»Was machen Sie da?«, brüllte ihn Jens Körber an und wies seine Assistenten mit einer Handbewegung an, den Soldaten aus dem Bild zu schaffen. Doch als sie versuchten, Markus Denninger zu packen, musste der sich kaum bewegen, und die beiden spürten die Stärke, die in seinem bestens trainierten Körper steckte. Sie wussten, dass sie sich hier mit dem Falschen anlegen würden, und ließen sofort von ihm ab.

Denninger nahm Haltung vor dem Minister an und salutierte.
»Herr Verteidigungsminister, Sie, Ihre Gattin und der Herr Ministerpräsident sollen sofort evakuiert werden. Höchste Alarmstufe. Terroristen haben die Tiroler Bahn zum Absturz gebracht.«
»Während wir hier auf der anderen Seite sitzen?«, fragte von Brunnstein ungläubig.
»Jawohl, Herr Minister. Sprengladungen an den Stützen. Bis hierher nicht zu hören. Berg dazwischen. Herr Minister, wir müssen los.«
»Nur gut, dass das nicht im Hintergrund passiert ist«, seufzte von Brunnstein erleichtert. »Stellen Sie sich das mal vor, Jens. Das wären ja Bilder, die sich für ewig im Kopf der Zuschauer festsetzen würden.«
Markus Denninger lag ein »Sonst keine Sorgen?« auf der Zunge, aber er hatte in seinen Dienstjahren gelernt, sich solche Bemerkungen zu verbeißen. Er trat an die Balustrade der Terrasse und blickte hinunter auf das Platt, wo eine UH-1 der Zweihundertdreiunddreißig bereits die Rotorblätter kreisen ließ. Mit dem Hubschrauber sollten der Minister, seine Gattin und der Ministerpräsident auf dem schnellsten Weg in Sicherheit gebracht werden.
Nach zwei Minuten erreichte die Maschine die zum Start benötigte Drehzahl. Die Huey hob ab und bewegte sich auf das Schneefernerhaus zu, um den Minister und seine Entourage aufzunehmen. Dazu beschrieb sie eine weite Rechtskurve, da die Landeplattform der Forschungsstation auf deren vom Platt aus gesehen linker Seite angebracht war. Der Pilot musste sein ganzes Geschick aufbringen, um bei den vom Gipfelgrad herabfallenden Winden die Plattform nicht zu verfehlen. Er war als Bergretter einer der besten Piloten der Bundeswehr, aber Fallwinde waren etwas, wovor alle Flieger auf der Welt Respekt hatten. Bei einer halben Windstärke mehr hätte er das Manöver abgebrochen, Minister und Ministerpräsident hin oder her.

Alle Menschen auf dem Platt, die noch nicht in den Gebäuden der Stationen untergekommen waren, nahmen dieses Schauspiel zum willkommenen Anlass, sich für wenige Minuten vom eigenen Schicksal ablenken zu lassen. Nicht wenige wünschten sich, in dem Helikopter zu sitzen und ausgeflogen zu werden. Die Flugmaschine würde sie wenige Minuten später im Tal bei den Lieben – oder wenigstens am eigenen Automobil – absetzen können.

Während sich die Bell im Schleichflug an der Wand entlang der Landeplattform näherte, bemerkte niemand, dass sich im Fels nur fünfzig Meter oberhalb des Schneefernerhauses etwas bewegte. Ein Mann richtete sich aus einer Felsnische hinter einer der stählernen Lawinenverbauungen auf und streifte einen grauweißen Biwaksack ab. Bevor er sich bewegte, war er nur ein Fleck auf der grauen, mit Schneefeldern durchsetzten Wand gewesen, und noch immer bemerkte ihn niemand, denn alle Aufmerksamkeit war auf den Hubschrauber gerichtet, der mit dem Wind kämpfte und sich wie im Wellenflug der Forschungsstation näherte.

So sah auch niemand, dass der Mann auf einmal ein Rohr auf seine Schulter legte. Er musste nicht groß Maß nehmen. Der Hubschrauber stand nur zwanzig Meter schräg vor ihm auf seiner Höhe in der Luft. Der Mann drückte ab. Das Geschoss zischte aus dem Rohr, und sein Treibsatz hinterließ einen schwarzen Flecken im Schnee hinter dem Schützen.

Das Hohlladungsgeschoss leistete ganze Arbeit. Eine Zehntelsekunde nachdem es die Bazooka verlassen hatte, explodierte es im Hubschrauber. Der verwandelte sich in einen Feuerball, in dem nur noch die sich weiterhin drehenden Rotorblätter auszumachen waren. Der Feuerball schlug auf dem Felsen neben dem Schneefernerhaus auf, und die sich drehenden Rotorblätter zerbarsten auf dem Wettersteinkalk. Dann kippte der brennende Hubschrauber in das Schneefeld unterhalb des Felsens. Dort löste der Aufprall ein Schneebrett aus, das mit den brennenden

Überreste der Huey auf das Platt rauschte und erst neben dem Gletscherseelift zum Stillstand kam.
Die Gebirgsjäger auf der Terrasse des Schneefernerhauses feuerten nach einer Schrecksekunde mit ihren Sturmgewehren in die Richtung, aus der das Geschoss gekommen war, doch der Heckenschütze hatte sich längst wieder in seine Felsnische hinter den Lawinengittern gedrückt. Die Kugeln sprangen von den Stahlkonstruktionen ab und flogen als Querschläger bis zum Haus zurück.
»Feuer einstellen!«, brüllte Denninger. Er blickte hinunter zum brennenden Wrack der Maschine, dann wieder hinauf zu den Lawinenabweisern gut fünfzig Meter über sich. Momentan musste er sich um seine Schutzbefohlenen kümmern. Den feigen Attentäter dort oben würde er sich später holen.
Der Minister und seine Frau waren zusammen mit dem Ministerpräsidenten und dem Moderator auf allen vieren in tiefe Duckstellung gegangen. Auf Knien und Ellbogen kauerten sie zu seinen Füßen und hielten die Ohren mit den Handflächen zu.
»Los, rein ins Haus!«, befahl Denninger. Je zwei seiner Männer packten einen der Prominenten unter den Armen und bugsierten sie durch die nächste Tür ins Schneefernerhaus.

KAPITEL VIERZIG

Eibsee-Hotel, 16 Uhr 09

Im Konferenzraum »Forelle« des Eibsee-Hotels starrten die Mitglieder des Krisenstabs auf die Leinwand.

100 + 1
DER ANFANG
www.2962amsl.com

stand dort schwarz auf weiß auf der Internetseite der Entführer. »Gondel abgestürzt? Tote? Verletzte?« Katastrophenschützer Rothier musste sofort seinen Computer mit den entsprechenden Informationen füttern, um die in den Tälern verbliebenen Rettungskräfte zu koordinieren.
»Wahrscheinlich alle tot. Einhundert.« Der Vertreter des Landes Tirol sprach beinahe stimmlos und wiederholte dabei nur das, was alle im Raum schon wussten.
Entsetztes Schweigen machte sich breit. Nur die Koordinatoren an den Computern, die an den Seitenwänden saßen, hackten wie besessen in ihre Tastaturen und gaben kurze Befehle in ihre Funkgeräte. Alle Stäbe bei Bundeswehr, BND, MAD, aber auch im bayerischen und deutschen sowie im österreichischen Innenministerium und dem deutschen Kanzleramt wussten innerhalb weniger Augenblicke Bescheid, dass ein Terroranschlag im deutsch-österreichischen Grenzgebiet einhundert Todesopfer gefordert hatte. Die Presse und die Weltöffentlichkeit waren über die Mitteilung auf der Website der Terroristen zumindest darüber informiert, dass sich etwas ereignet haben musste.
»Was soll das mit hundert plus eins?«, wollte Dr. Schwablechner wissen.

»Das ist die zulässige Personenzahl der Kabine. Das steht unten in der Talstation auf der Tafel mit den technischen Daten. Einhundert Passagiere und ein Fahrer.« August Falk kannte nicht nur seine Bahnen auf der deutschen, sondern auch die österreichische Bahn in allen Details.

»Aber das heißt doch ...«, sagte Hans-Dieter Schnur vom BKA, brach dann ab und fügte schließlich murmelnd hinzu: »Die sind sehr gut vorbereitet.«

Dr. Schwablechner blaffte den Bundespolizisten an. »Mann, daran besteht wirklich kein Zweifel mehr! Die sprengen eine Bahn in einen Tunnel ein. Die schalten sich per Internet in unsere Pressekonferenz. Die blasen eine Seilbahnstütze in die Luft.«

»Und die schießen einen Hubschrauber der Bundeswehr ab, der den Verteidigungsminister und den Bayerischen Ministerpräsidenten ausfliegen soll«, schaltete sich Major Peter Mainhardt von den Mittenwalder Gebirgsjägern ein, der neben dem MAD-Beamten vor den beiden Rechnern saß, über die die Aktivitäten der Bundeswehr koordiniert und analysiert wurden.

»Wie bitte?«, klang es beinahe zeitgleich aus den Mündern der Anwesenden.

»Wir haben sofort nach der Meldung mit der Seilbahn den Befehl gegeben, den Minister und den Ministerpräsidenten unverzüglich auszufliegen. Vor einer Minute ist der Hubschrauber mit einer Bazooka abgeschossen worden. Aus der Wand über dem Schneefernerhaus heraus.«

Dr. Schwablechner riss entsetzt die Augen auf. »Und der Minister? Und der MP?«

»Waren nicht an Bord. Sind jetzt im Schneefernerhaus. Der Hochgebirgszug sichert das Gebäude.«

»Was für eine Katastrophe!« Dr. Schwablechner schüttelte den Kopf.

»Da haben Sie recht. Sie sind überall. Im Tunnel, in den Felsen, weiß der Henker, wo sonst noch.« Der Bundeswehroffizier sank in sich zusammen und drehte sich zu seinem Computer um.

»Als Vertreter der Bayerischen Staatskanzlei gebe ich Ihnen nun folgende Anweisung«, sagte Dr. Schwablechner. »Stoppen Sie sämtliche – ich wiederhole: *sämtliche!* – Aktivitäten rund um den Gipfel.«
»Sind Sie dazu berechtigt?« August Falk fragte sich, ob ein Pressereferent des Bayerischen Ministerpräsidenten mit so umfangreichen Befugnissen ausgestattet war, dass er Polizei und Bundeswehr befehligen konnte.
»Das glaube ich nicht.« Major Mainhardt drehte sich wieder von seinem Computerbildschirm weg und der Runde zu, stand auf und blickte den Männern in die Augen, nacheinander jedem einzelnen. »Die Kanzlerin wird wahrscheinlich in wenigen Minuten den V-Fall erklären. Damit geht die oberste Befehlsgewalt auf sie selbst und in der Folge auf die Bundeswehr über. Und vor Ort sind jetzt wir am Drücker.«
Damit verließ er den Konferenzraum »Forelle« und begab sich in den kleineren Raum mit der Bezeichnung »Karpfen«, in dem die Comm-Leute mittlerweile die Computer des Verteidigungsministers installiert hatten.

KAPITEL EINUNDVIERZIG

Zugspitz-Bahnhof Eibsee, 16 Uhr 14

Im Führerstand der Zugspitzbahn auf der bayerischen Seite standen vier Mitarbeiter um Franz Hellweger herum. Keiner hatte seit der Meldung, die sie vor ein paar Minuten vom Krisenstab aus dem Eibsee-Hotel per Funk erhalten hatten, ein Wort hervorgebracht. Sie starrten nur den Gipfel hinauf, der bereits von Wolken eingehüllt war. Ein Sprengstoffanschlag auf die Tiroler Seilbahn – das hätte auch ihnen hier auf der bayerischen Seite passieren können. Und wer konnte wissen, ob ihnen so etwas nicht noch bevorstand?
Die Terroristen hatten ihre Warnung abgegeben, doch der Krisenstab hatte nicht darauf reagiert. Jetzt musste der Verkehr vom und auf den Gipfel eingestellt werden, und sie mussten mit dem Graben aufhören. Sofort. Hellweger hatte nicht abgewartet, bis ein entsprechender Befehl vom Krisenstab gekommen war. Auf der Stelle hatte er seinen Vorarbeiter Luigi Pedrosa und dessen Bergetrupp aus dem Tunnel beordert, und ohne auf den Dienstweg Rücksicht zu nehmen, hatte er den gesamten Tunnel räumen lassen, also auch alle Soldaten und Feuerwehrleute angewiesen, sofort alles stehen und liegen zu lassen und sich am Bahnhof Zugspitzplatt und am Bahnhof Eibsee zu sammeln.
Er rief im Führerstand der Seilbahn an und versprach dem diensthabenden Mitarbeiter, ihm persönlich beide Arme zu brechen, würde er die Seilbahn in Betrieb setzen, egal, wer den Befehl dazu geben sollte. »Und wenn es der Kaiser von China ist: Die Seilbahn steht!« Seine ihn umgebenden Mitarbeiter hatten ihn noch nie so wütend und ernst gesehen.
Dann hielt es Hellweger in der Enge seines Leitstandes nicht länger aus. Er ließ seine Männer stehen, wo sie waren. Es gab

sowieso nichts mehr zu tun. Er hatte eine irrsinnige Wut auf die Schreibtischtäter, die dort drüben im Hotel saßen und eine gesamte Gondelbesatzung geopfert hatten. Einhundert Menschenleben. Nur um vor der Weltöffentlichkeit Härte zu zeigen. Um den Anschein zu erwecken, man halte das Heft in der Hand. Mit weit ausladenden Schritten stürmte er über den Parkplatz und auf das Hotel zu.
Das Hotel war mittlerweile zur militärischen Sperrzone erklärt worden. Er wies sich als Mitarbeiter der Zugspitzbahn aus und gab beim Polizeiposten, der ihm den Zugang zum Hotel verweigern wollte, an, dass er eine wichtige Mitteilung für den Zugspitzbahnvorstand Falk habe. Das hatte er in der Tat. Für die anderen Männer im Konferenzraum »Forelle« ebenso. Nach einem kurzen Gespräch über Funk mit dem Krisenstab wurde Hellweger durchgelassen. Mit seinen grobstolligen Bergstiefeln pflügte er durch die hochflurigen Teppiche des Luxushotels.
Bevor er die Tür des Konferenzraums aufriss, holte er tief Luft. Er würde dort drinnen einen Schreianfall loslassen, der diesen Versagern in aller Deutlichkeit klarmachte, dass sie solche waren.
Als er jedoch den Raum betrat und die versteinerten Gesichter der Runde sah, wusste er, dass sich diese Erkenntnis bereits in deren Köpfen breitgemacht hatte. Nur aus der Ecke der Katastrophenschützer, die die Rettungskräfte grenzübergreifend koordinierten, waren knappe Anweisungen zu hören. Sie saßen vor ihrem PC-Bildschirm, auf dem alle Meldungen hereinkamen und von wo aus sie den verfügbaren Kräften zur Abarbeitung weitergeleitet wurden. Hellweger bekam mit, dass gerade alle Bergretter und Sanitäter aus fünfzig Kilometern Umkreis aus Bayern und Tirol angefordert sowie alle Traumaplätze in den Kliniken von Innsbruck, Reutte, Garmisch, Innsbruck, Kempten und Augsburg in Bereitschaft versetzt wurden. Er sank in sich zusammen und wusste, dass dies der falsche Zeitpunkt wäre, um herumzuschreien.

Erneut sah er in die Runde.

»Wer hat hier das Oberkommando?«

Die Männer schauten sich ratlos an, bis Major Mainhardt von den Mittenwalder Gebirgsjägern sagte: »Verteidigungsminister von Brunnstein. Aber der sitzt im Schneefernerhaus fest. Warum?«

»Warum?« Hellweger wurde doch laut. »Warum? Weil ich da drüben noch eine Seilbahn stehen habe und einen Tunnel mit einem eingesprengten Zug mit zweihundert Leuten drin und ich nicht weiß, wo wann die nächste Bombe hochgeht. Vielleicht dort drüben auf dem Parkplatz, vielleicht hier im Hotel, vielleicht oben auf dem Gipfel, wo übrigens noch weitere rund fünftausend Menschen stehen. Wie man sieht, ist es Abend, und das Wetter wird schlecht. Wenn die da oben nicht alle irgendwo unterkommen, dann erfrieren die. Warum also will ich wissen, wer hier die Ansagen macht? Weil wir etwas tun müssen, verdammt!«

»Was? Sagen Sie es uns, Herr Hellweger, was?«, gab sein Chef August Falk aggressiv zurück.

»Verhandeln Sie mit denen und bekommen Sie raus, ob noch irgendwo weitere Sprengsätze liegen. Haben Sie Sprengstoffhunde da? Wenn ja, wie viele? Und wie viele gibt es überhaupt in einhundert Kilometern Umkreis?«

»Mann, lassen Sie uns doch mit dem Sprengstoff in Ruhe«, entgegnete Major Mainhardt von den Mittenwalder Gebirgsjägern, dann jedoch fuhr er in sachlicherem Tonfall fort: »Gehen Sie einfach mal davon aus, dass beide Stützen vermint sind. Also Seilbahnen schön in den Stationen lassen. Wir müssen hier gerade ein ganz anderes Problem lösen, und bei dem können Sie uns vielleicht behilflich sein.«

»Ich werde es versuchen.«

»Uns interessiert, wie viel Sprengstoff oben auf dem Platt in den Bunkern lagert. Das Zeug, das Sie zum Lawinensprengen verwenden.«

»So um die vierhundert Kilo TNT«, sagte Hellweger. »Muss ja noch den ganzen Winter reichen. Während der Saison dürfen wir ja das Zeug nicht mit der Bahn transportieren.«
»Vierhundert Kilo«, sagte Major Mainhardt. »Das reicht, um den Gipfel wegzusprengen. Bitte, meine Herren, nach den Ereignissen der letzten Viertelstunde müssen wir mit solchen Szenarien rechnen. Und auch wenn der V-Fall noch nicht erklärt ist, müssen wir unsere Truppen verstärken.«
»Fliegen geht nicht mehr«, warf BKA-Mann Schnur ein. »Die holen den nächsten Vogel auch runter.«
»Dann müssen wir zu Fuß rauf. Wozu sind wir Gebirgsjäger. Ich lasse alle verfügbaren Kompanien aus Mittenwald, Berchtesgaden und Bad Reichenhall in Marsch setzen. Und wenn wir die Leute auf dem Buckel runtertragen müssen, wir können sie nicht da oben lassen, in unmittelbarer Nähe von vierhundert Kilo TNT und Terroristen, die sich im Berg verschanzt haben.«
»Sie haben recht. Der ganze Berg scheint in der Gewalt von Geiselnehmern und Terroristen. Der ganze Berg mitsamt Verteidigungsminister und Ministerpräsident. Wir müssen uns auf einen groß angelegten Kampfeinsatz vorbereiten.« Der BKA-Mann nickte seinen Kollegen von den Geheimdiensten zu. Sofort wandten die sich wieder ihren Computern zu und hämmerten Befehle und Statusmeldungen in die Tastaturen.

KAPITEL ZWEIUNDVIERZIG

Kammhotel, 12 Uhr 24

Als er den Terrortrupp auf seinen Tunnel-Kameras sah, hatte John McFarland zunächst nur gespannt beobachtet. Hatte er irgendetwas nicht richtig verstanden? Die sollten doch schon längst wieder in ihre Tarnung zurückgeschlüpft sein und in ihren Wohnungen in Garmisch-Partenkirchen hocken. Er hatte gezögert, sich mit seinem Führungsoffizier in Verbindung zu setzen, denn als Beobachtungsposten hatte er kontaktiert zu werden. Als er auf seinen Monitoren sah, wie die Gondel der Tiroler Seilbahn abstürzte, und wenig später den Helikopterabschuss beobachtete, griff er dann aber doch zum Satellitentelefon und rief jenen Mann an, dessen Namen er nicht kannte und von dem er nicht wusste, wo auf der Welt er sich befand.
»Da läuft etwas mächtig schief.«
»Ich weiß, ich habe die Bilder gesehen.« Alle Kamerasignale, die McFarlands geheime elektronische Augen aufnahmen, wurden über einen Satelliten auch nach Langley übertragen oder wo auch immer sein Führungsoffizier saß. Das konnte in der CIA-Zentrale, in Garmisch-Partenkirchen oder in einer U.S. Airbase in Südkorea sein.
»Gehörte das zum Plan? Wenn ja, dann frage ich mich, was ich hier soll!«, schimpfte McFarland. »Verarschen kann ich mich selbst!«
»Nein, das gehörte nicht zum Plan. Wir hatten Abdallahs Leuten ganz genaue Anweisungen gegeben: Zug einsprengen, möglichst keine Zivilisten töten, vorher abtauchen und über den beschriebenen Weg zurück in den Jemen.«
»Und auf diesem Weg dorthin wolltet ihr sie hochgehen lassen, schon klar«, knurrte McFarland. »Jetzt sitzen die aber offenbar

mit im Tunnel und spielen Mogadischu im Berg. Dabei haben sie noch nicht einmal irgendwelche Forderungen gestellt. Aber schon über einhundert Menschen umgebracht.«

»Sie haben entweder eine eigene Agenda, oder die Aktion ist ihnen aus dem Ruder gelaufen. Vielleicht haben sie sich auch aus Dummheit selbst mit eingesprengt. Damit das nicht passiert, sind Sie eigentlich vor Ort, McFarland.«

»Ich?«, rief McFarland empört. »Ich bin euer Kriegsberichterstatter. Erwartet nicht, dass ich den Karren hier für euch aus dem Dreck ziehe!«

»Doch, das erwarten wir. Sie sind besser als eine Hundertschaft von denen. Vergessen Sie nicht, die sind gerade mal seit vier Jahren Terroristen. Trainees, sozusagen. Sie sind der Profi.«

»Danke für die Blumen. Ein höheres Gehalt wäre mir lieber.«

»Werde ich vorschlagen. Und nun warten wir mal ab, was als Nächstes geschieht. Viel schlimmer kann's ja nicht mehr werden.«

»Sind Sie sicher? Wie wollen Sie wissen, was diese Islamistenhirne ausgebrütet haben? Aus Dummheit haben die sich bestimmt nicht eingesprengt. Die haben ja sicher nicht rein zufällig eine Stütze der Bergbahn vermint und dann noch aus Versehen den roten Knopf gedrückt. Aber wie auch immer – weitere Befehle für mich?«

»Im Moment nur abwarten. Wir müssen wissen, was hinter der Aktion steckt. Das ist jetzt das Wichtigste: herausbekommen, wer sie unterwandert hat oder was die auf dem Schirm haben.«

»Und Sie sind sicher, dass die Ihre Aktion nicht enttarnt haben?«

»Wir zeichnen seit zwei Jahren jeden Furz auf, den sie loslassen. Die denken immer noch, sie waren in einem echten Al-Qaida-Lager, verlassen Sie sich drauf, McFarland.«

»Ihr Wort in Gottes Ohr.«

»Inschallah, McFarland, wie die Burschen sagen würden. Inschallah.«

KAPITEL DREIUNDVIERZIG

Schneefernerhaus, 16 Uhr 37

Das Schneefernerhaus hatte in seiner langen Geschichte schon viel erlebt. Hätte es sprechen können, es hätte viel zu erzählen gehabt, mehr als die meisten anderen alten Hotels. Die hätten sicherlich von unzähligen ehelichen und noch mehr außerehelichen Geschlechtsakten in ihren Zimmern berichten können, von küssendem Personal in geheimen Nischen ihrer Kellergewölbe, von den zwischen ihren Wänden gestorbenen Gästen, von den in ihren Betten geborenen Kindern. Nicht wenige Hotels hätten sogar Morde bezeugen können. Einige Hotels mit vielen Stockwerken hätten aber wohl die Geschichten verschwiegen, die ihnen den Beinamen »Selbstmordhotel« eingebracht hatten. Das eine oder andere Haus hätte auch mit wahren Horrorgeschichten aufgewartet. Nicht viele hätten sich damit so unangemessen gebrüstet wie das Stanley Hotel in Colorado, das bis heute seinen Besuchern einredet, Jack Torrence habe hier versucht, seine Familie umzubringen, obwohl sich dies in Wahrheit doch in einem Filmstudio in England zutrug.

Das Schneefernerhaus hatte Geschichten, die die anderen großen Hotels nicht hatten. Sex, Liebe und Untreue hatte es auch zu bieten. Solche Geschichten spielten sich seit je in jedem Hotel ab. Doch seit seiner Eröffnung 1931 als höchstgelegenes Hotel Deutschlands waren alle diese Akte mit dem Attribut des »höchsten« versehen. Hier hatte, wer es sich leisten wollte, den höchsten Geschlechtsverkehr Deutschlands haben können, den höchsten Ehebruch begehen und sich dabei des Risikos eines durch die Höhenlage begünstigten Herzinfarktes aussetzen können. Alkohol- und Opiumräusche waren auf 2650 Metern

über dem Meer billiger und eindrucksvoller, weil die sie verursachenden Substanzen im Körper schneller wirkten.
Die spezielle Lage bei bequemer Erreichbarkeit machte das Hotel Schneefernerhaus in den ersten vierzehn Jahren seines Bestehens im wahrsten Sinne des Wortes zu einer Topadresse der europäischen Hotellerie. Als man fünf Jahre nach der Eröffnung zu Füßen der Zugspitze die bis dahin größten Olympischen Spiele aller Zeiten ausrichtete, befand sich der Stern des Hotels auf seinem Zenit. Doch die neuen, unseligen Zeiten, die in Deutschland ihren Ursprung nahmen und die bald über Europa und die ganze Welt hereinbrachen, beendeten den Aufstieg des Hotels und stürzten es bald in einen steilen Sinkflug.
Nach der deutschen Kapitulation 1945 besetzten die Amerikaner das Haus und richteten ein Erholungsheim für Veteranen ein. Nicht dass es in dieser Zeit nicht wieder zu hoteltypischem ausgelassenem Treiben gekommen wäre, aber die Grandezza war dahin. Wo sich Erb- und Geldadel mit Steinadel getroffen hatte, suhlten sich nun GIs in Gin und Johnny Walker. Die GIs und Johnny gingen zwar im Jahr 1952 wieder, aber das ramponierte Image des Hauses als höchstgelegenes Ami-Bordell Europas blieb. Und so verkam der Stahlbetonbau, der wie ein Schwalbennest unter dem Zugspitzgipfel klebte, Jahr um Jahr.
Berühmtheit erlangte das Schneefernerhaus noch einmal im Jahr 1965. In einem Winter, in dem es so viel Schnee wie seit Beginn der Messungen nicht gegeben hatte, löste sich oberhalb des Hauses eine gewaltige Neuschneelawine aus den Felsen. Die Sonnenhungrigen, die sich damals noch bedenkenlos der Bestrahlung in Gletscherhöhe hingaben und die, wie grillende Steckerlfische aufgereiht, in ihren Liegestühlen auf der Sonnenterrasse brutzelten, wurden von der weißen Woge über das Geländer gespült und dreihundert Meter weiter unten auf dem Platt einbetoniert. Mit Kettensägen mussten sieben Touristenleiber aus der Skipiste geschnitten werden.

Nach diesem traurigen Ereignis ging der Abstieg des Hotels unaufhörlich weiter. Seit 1963 fuhr neben der Zahnradbahn auch die Seilbahn auf den Gipfel, und die Reise ins Gletschergebiet dauerte statt wie die vergangenen dreißig Jahre nicht mehr eine halbe Stunde, sondern nur mehr zehn Minuten. Die Touristen sahen immer weniger Sinn darin, auf dem Gipfel zu übernachten, wenn doch das eigene Auto unten auf dem Eibsee-Parkplatz wartete. Ein hochalpiner Raum, den noch einhundert Jahre zuvor nur vereinzelt Menschen unter Lebensgefahr betreten hatten, verkam zum touristischen Quick-Stopp. Rauf, Gipfelfoto, Kaffee, Zigarette, runter, nächstes Fotomotiv. Das war die Art, wie man ab den modernen sechziger Jahren ein Gipfelerlebnis abhakte.

Auch die Skifahrer, die sich zwischen Oktober und Mai auf dem schneesicheren Gletscher des Platts vergnügten, schraubten ihre Ansprüche nach oben. Eine Versorgungsstation, die nur über eine kleine Gondel zu erreichen war, genügte dem ständig ausgebauten Skiliftbetrieb nicht mehr. Mit dem SonnAlpin wurde ein Selbstbedienungsrestaurant für die Sportlerschnellabfütterung mit Germknödeln und Weißbier direkt auf das Platt gestellt. Nun musste keiner mehr ins Hotel Schneefernerhaus, das zweihundert Meter oberhalb des Frittierparadieses im Felsen hing.

Praktischerweise baute man 1988 auch der alten Zahnradbahn einen neuen Tunnel und dazu einen neuen Bahnhof. Ab da kehrten nur noch Romantiker und Hochzeiter im Schneefernerhaus ein. Doch der Standard entsprach längst nicht mehr den Gepflogenheiten des Publikums. Vier Jahre später brauchte endgültig niemand mehr das höchstgelegene Hotel Deutschlands. Die eine Hälfte des Gebäudes wurde komplett geschliffen, denn die langen Flure mit den Zimmern – jedes mit Blick auf den Gletscher – wurden nicht mehr benötigt. Nur die massiven Betonfundamente, die in den Dreißigern in den Fels armiert worden waren, hielten ähnlich ihren weit entfernten Ver-

wandten an der französischen Atlantikküste sämtlichen Abrissbemühungen stand. Der Rest des alten Gebäudes wurde als Forschungsstation neu aufgebaut.
Seitdem maßen hier etliche Institute natürliche Radioaktivität, Luftverschmutzung, Pollenflug und Niederschläge, die sich in 2650 Meter Höhe ergaben. Die seltenen externen Besucher, meist Asthmatiker-Gruppen, die für Versuche in reiner Luft hochgeschafft wurden, mussten ein waches Auge haben, um Reste des Hotels in den hochnüchternen Zweckfluren, von denen die Laborräume abgingen, zu entdecken: Hier trug eine alte Flügeltür geschwungene Türgriffe aus Messing, dort waren ein paar Quadratmeter Solnhofener Fußboden verlegt, und versteckt in einer Nische befand sich der alte Essensaufzug, der die Feinkost aus dem Küchenkeller in die Speisesäle gebracht hatte. Aber sonst überall bewegungsmeldergetaktetes Neonlicht und rationale Zweckmöbel.
Von der vergangenen Pracht eines Luxushotels war auch nichts in dem karg möblierten Zimmer zu spüren, in das Verteidigungsminister Philipp von Brunnstein und seine Frau Carolin von Markus Denninger gebracht wurden. Natürlich gab es in der Forschungsstation Schneefernerhaus für die übernachtenden Wissenschaftler einige kleine Kemenaten. Doch die standen fast immer leer, denn die meisten Forscher forschten lieber zu Hause an ihren Universitäten, wohin die hier oben gewonnenen Messdaten zu jeder Tag- und Nachtzeit per SMS und Internet übertragen werden konnten. Um die Weihnachtszeit war niemand außer dem Hausverwalter hier oben und der auch nur tagsüber; er verließ mit der letzten Bahn Deutschlands höchstgelegenes Laboratorium in Richtung Tal.
»Das ist bitte schön nicht Ihr Ernst!« Minister von Brunnstein baute sich vor seinem Untergebenen Denninger auf. »Das können Sie meiner Frau nicht zumuten!« Er wies auf die beiden Betten, die rechts und links an den Seitenwänden des Zimmers standen. Sie waren aus Fichtenholzfurnier, und auf den Matrat-

zen lagen zerwühlte Kissen und Decken in gelber Seersucker-Bettwäsche.

Denninger schwieg.

»Lass es gut sein, Schatz«, beschwichtigte Carolin von Brunnstein. »Wir müssen froh und dankbar sein, dass wir nicht in diesem Hubschrauber gesessen sind. Da mache ich mir keine Sorgen, wie ich die Nacht über schlafe. Sorgen mache ich mir, wie unser Land diesen Anschlag übersteht.«

Philipp von Brunnstein wandte sich seiner Gattin zu, nahm ihr Kinn zärtlich zwischen seinen Daumen und den abgebogenen Zeigefinger und sagte: »Meine Frau. Ein altes Kriegergeschlecht. So ist's recht. Nicht das Nachtlager entscheidet, sondern die Entschlossenheit zum Kampfe!«

Denninger blickte betreten zur Seite. Dann räusperte er sich verhalten.

»Ach ja, Herr Hauptfeldwebel. Apropos Kampf. Wo kann ich meine Kommandozentrale einrichten?«

»Oben gibt es einen Konferenzraum. Meine Leute hängen die Fenster gerade ab. Wegen Scharfschützen.«

»Verstehe, Herr Hauptfeldwebel. Sehr gut. Bitte bringen Sie mich dorthin. Wird meine Frau bewacht?«

»Ich fürchte, nein, Herr Minister. Ich brauche alle Männer, um das Haus zu sichern.«

»Nun gut, Herr Hauptfeldwebel. Wenn Sie alle bösen Buben draußen halten, haben wir hier drinnen ja nichts zu befürchten. Stimmt's? Alles gut, Schatz?«

»Alles gut. Ihr werdet die Situation regeln.« Carolin von Brunnstein küsste ihren Mann noch einmal auf die Wange. Dann setzte sie sich auf das ungemachte Bett an der linken Zimmerwand und starrte hinaus auf das Zugspitzplatt, wo die Menschenschlangen vor dem Schnellrestaurant SonnAlpin und vor der Gletscherbahn immer länger wurden.

Wolkenfetzen rasten am Fenster vorbei. Das Unwetter hatte den Gipfelgrat längst überschritten und senkte sich auf die

Schneefläche des Platts hinab. Unten lag der ausgebrannte Hubschrauber, dessen brennbare Teile noch glimmten. Die grauen Rauchfahnen mischten sich mit den ersten weißen Wolkenfetzen.
Carolin von Brunnstein hörte ihren Mann und den Soldaten aus dem Zimmer gehen und sah, wie sich vom Schnellrestaurant aus zwei Menschen in Uniform dem verkohlten Hubschrauberwrack näherten. Dann nahmen ihr die Wolken die Sicht.
Sie schlug die Hände vors Gesicht und begann lautlos zu weinen.

KAPITEL VIERUNDVIERZIG

Waggon der Zugspitzbahn, 16 Uhr 45

Im Tunnel bekamen die Entführten nichts von den Tragödien mit, die sich in den letzten Minuten um sie herum ereignet hatten. Und hätten sie davon gewusst, wäre nicht Mitgefühl die erste Reaktion der meisten Eingeschlossenen gewesen. Vielmehr wären sie in Agonie verfallen. Niemand hätte mehr geglaubt, diesen Bergausflug zu überleben.

Thien wunderte sich, dass die Aufseher, wie er die beiden mit Maschinenpistolen bewaffneten Terroristen, die in seinem Waggon Wache schoben, bei sich nannte, noch immer keine Anzeichen von Müdigkeit zeigten. Seit bald vier Stunden gingen sie – wie ihre Komplizen im vorderen Triebwagen auch – in einer Tour auf und ab. Zwischendrin standen sie einmal ein paar Minuten an den Enden des Wagens. Dann setzten sie ihren Gang fort. Sie erledigten diesen Job mit äußerster Ruhe und beinahe so etwas wie Professionalität. Doch die Geiseln wussten, dass mit ihnen nicht zu spaßen war. Die Art und Weise, wie sie das blonde Mädchen behandelt hatten, ließ keinen Zweifel an ihrer menschenverachtenden Gesinnung, und der eiskalte Mord an dem mutigen Skifahrer zeugte von äußerster Entschlossenheit und Brutalität.

Die meisten der Geiseln hatten innerlich aufgegeben, das sah Thien ihnen an. Dennoch hatte sich mittlerweile ein geregelter Umgang zwischen den Opfern und den Tätern eingestellt. Wer Durst hatte oder auf die Toilette musste, meldete sich wortlos per Handzeichen, dann kümmerte sich ein dritter Mann um ihn, der von den beiden Aufsehern »Oscar« gerufen wurde und daraufhin immer sehr rasch den Zug bestieg. Die Durstigen bekamen zu trinken aus Mineralwasserflaschen, die die Geiselnehmer irgendwo gebunkert haben mussten. Die Toilettengänger wurden an die Tür des Waggons geführt, durften aussteigen und mussten dann vor Oscar hergehen, um sich schließlich hinter dem auf dem anderen Gleis stehenden Bergabzug zu erleichtern. Bald stank es im Tunnel bestialisch. Es war ein Glück, dass sich Menschen nach kurzer Zeit an Gerüche so weit gewöhnten, dass sie sie nicht mehr wahrnahmen, dachte Thien jedes Mal, wenn wieder einer seiner Leidensgenossen von draußen zurück zu seinem Sitzplatz kam.

Von den anderen Entführern hörte Thien nur selten ein Murmeln oder Brummeln. Nach wie vor hielten sich eine Anzahl Männer vor und eine Anzahl Männer hinter dem Zug auf. Zwischendurch wechselten einige von ihnen die Position. Dann eilten sie kurz an Thiens Fenster vorbei, aber nie ließ sich einer der Männer in den Waggons blicken. Sie hatten die Bewachung der Gefangenen an die Männer in den Wagen delegiert.

Thien gewann den Eindruck, dass dieser Einsatz von langer Hand geplant und sehr gut vorbereitet sein musste. Es wäre Wahnsinn, jetzt als Einzelner oder im Team mit dem älteren Amerikaner von schräg gegenüber loszuschlagen. Dennoch wollte Thien mit ihm in Kontakt bleiben und ihm klarmachen, dass er auf ihn zählte. »Wir müssen etwas tun«, zwinkerte er zu ihm hinüber. Das »Ja« kam postwendend. Zum Glück fragte der Mann nicht »Was?«, denn Thien hätte keine Antwort gewusst.

In den nächsten Stunden mussten sie beide eine Strategie entwickeln. Durch die Art ihrer Kommunikation über Augenmorsen würde dies alles andere als eine angeregte Diskussion werden. Thien versuchte, sich besondere Merkmale der Geiselnehmer einzuprägen. Obwohl er über ein durchaus geschultes Auge verfügte, tat er sich schwer, später Identifizierbares auszumachen. Sie trugen alle die gleichen Kampfanzüge und ebenso die gleichen Sturmhauben. Er würde sich an kein besonders Merkmal erinnern können.

Halt, vielleicht an eines: Alle Männer schienen nicht besonders groß zu sein. Thien schätzte sie auf eins sechzig bis höchstens eins siebzig.

KAPITEL FÜNFUNDVIERZIG

Ehrwald, 16 Uhr 50

Den Rettungskräften auf der Ehrwalder Seite der Zugspitze bot sich im Restlicht des vergehenden Tages ein Bild des Grauens, als sie sich zu der Stelle vorgekämpft hatten, an der die abgestürzte Gondel zum Liegen gekommen war. Von der ursprünglichen Form des Aluminium- und Plexiglasquaders war nichts mehr zu erkennen. Die Leiber der Insassen waren innerhalb der Kabine zu einem Klumpen aus Blut, Knochen und Funktionsbekleidung gequetscht. Als ob ein Kind einen großen Haufen roten Knetgummis und eine Menge Playmobilfiguren in einen Mixer geworfen hätte.
Einen Teil der unglückseligen Insassen hatte die Gondel bei den Überschlägen den Berg hinunter verloren. Zerschmetterte Körper und dunkelrote Flecken zeichneten die Spur des Grauens.
Die Dämmerung tauchte die Szene in ein apokalyptisches Licht. Bergretter mit Stirnlampen machten sich auf den Weg nach oben zu den Körpern. Vielleicht war ja ein Wunder geschehen, und ein Mensch hatte die Katastrophe überlebt. An den Einsatz eines Hubschraubers wagte niemand zu denken. Der Krisenstab auf der deutschen Seite hatte sämtliche Flugbewegungen in einem Umkreis von zehn Kilometern um die Zugspitze untersagt, sowohl auf deutscher als auch auf österreichischer Seite des Berges.
Die ersten Retter, die im Gemisch aus Schnee, Geröll, Blut und Leichen ankamen, begannen erst einmal damit, die im deutschsprachigen Raum mittlerweile Standard gewordenen Schilder an die Leiber zu kleben, mit denen im Fall eines »MANV«, eines »Massenanfalls von Verletzten«, die Opfer in Kategorien eingeteilt wurden: grüne Schilder für Leichtverletzte, gelbe für

Personen mit schweren Verletzungen, die aber keine sofortige Hilfe benötigten, rote für Schwerverletzte mit sofortiger Hilfsbedürftigkeit, Schwarz für Tote.
In das weiß-rote Schneefeld mischten sich immer mehr schwarze Schilder.

In großer Höhe über dem Berg gab es allerdings doch Flugbewegungen. Vom Fliegerhorst Fürstenfeldbruck bei München waren drei Tornados gestartet und auf zehn Kilometer gestiegen. Dort kreisten sie nun über dem Wettersteinmassiv, jederzeit bereit, sich auf den Feind am Boden zu stürzen wie Falken auf einen Nager. Der Feind allerdings war gut in seinem Bau versteckt, umgeben von 198 Millionen Tonnen Wettersteinkalk. Über den Tornados zog eine AWACS-Maschine ihre Runden. In ihrem Bauch saßen zwölf Männer an Bildschirmen und versuchten, Signale aus dem unter ihnen liegenden Luftraum aufzuschnappen, die vielleicht Aufschluss über das Treiben der Terroristen oder ihre Absichten geben konnten. Doch da war nichts.
Ähnlich erging es den Beobachtern in den amerikanischen Bodenstationen, die auswerteten, was die Spionagesatelliten vierzig Kilometer über Zentraleuropa an Daten lieferten. Mittels dieser Himmelsaugen konnte man nicht nur die Speisekarte lesen, die ein Mann auf der Terrasse eines Restaurants in Mailand in Händen hielt, sondern auch jede Art von Datenverkehr zwischen den Rechenzentren der europäischen Telefon- und Internetanbieter überwachen. Die Auswertungszentren der National Security Agency durchsuchten Telefon-, Mobilfunkgespräche und E-Mails sowie Faxe in Echtzeit nach Schlüsselworten, und das in allen erdenklichen Sprachen und Dialekten.
Doch nichts in diesem Datenverkehr wies in den vergangenen Stunden auf verstärkte Kommunikation zwischen Terroristen im Einsatz hin. Auch an den Schaltstellen des internationalen Terrorismus in Pakistan, Afghanistan und dem arabischen Raum war es ruhig.

KAPITEL SECHSUNDVIERZIG

Langley, CIA-Zentrale, 11:15 a. m. Ostküstenzeit

Die Männer, die seit dem frühen Morgen in einem der Combat Rooms saßen, hatten zunächst zufrieden auf ihre Bildschirme geblickt, denn die Aktion war auf die Minute nach Plan gelaufen. Fast schon zu perfekt, wie Einsatzleiter Chuck Bouvier befand, als ihm wieder einmal jemand ein Wrap mit geräuchertem Lachs und einen Grande Skim Milk Vanilla Double Moccha aus der nächstgelegenen CIA-Cafeteria reichte. Beim genüsslichen Verzehr seines Lieblingsmenüs blickte er auf die Bildschirme vor ihm. Er sah darauf, was die von John McFarland installierten oder angezapften Kameras von und aus der Zugspitze live übertrugen, und er sah über McFarlands Helmkamera dessen im Kammhotel vor ihm aufgebauten Apparaturen. Die Einfahrt des Zugs in Ausweiche 4. Die Einsprengung des Zugs. Die Panik im Zug, aber keine Toten und Verletzten. Das war alles wie gemalt abgelaufen.
Aber dann folgte die Kaperung des Zuges durch das Terrorkommando. Was ein Sprengstoffanschlag hätte sein sollen, wurde zu einer Geiselnahme. Das hatte so nicht im Drehbuch gestanden.
Vier Jahre lang hatte Bouvier die Aktion vorbereitet. Es war seine eigene Idee gewesen, ganz neue islamistische Terroristen zu verwenden. Echte Araber, Iraker, Iraner, Pakistani waren in den letzten zwanzig Jahren von den großen Geheimdiensten bis zum Überdruss eingesetzt worden, um die jeweils andere Seite zu destabilisieren. Palästinenser gingen ja schon seit den frühen siebziger Jahren überhaupt nicht mehr. Nach München 72 leuchteten bei jedem Grenzbeamten an jedem Flughafen der Welt die inneren Warnleuchten auf, wenn ein junger Mann oder

eine junge Frau aus den Gebieten westlich des Jordan einreisen wollte. Irgendwann war jemand beim KGB auf die Idee gekommen, die jungen deutschen Salonrevoluzzer zu radikalisieren, sie ins Guerilla-Trainingscamp zu schicken und mit Kalaschnikows auszurüsten. Und tatsächlich hatte es die sich daraus bildende Rote Armee Fraktion geschafft, Deutschland ein knappes Jahrzehnt lang sehr erfolgreich in Atem zu halten. Die RAF wurde auch für die Italiener und einige andere europäische Terrorgruppen stilbildend.

Doch mit der unmittelbar erfolgenden Aufrüstung des Staates mit Sondereinheiten und Rasterfahndung kam schnell das Ende dieser wilden Zeit. Und letztendlich konnte die Stadtguerilla den Siegeszug des Kapitalismus über den Kommunismus nicht aufhalten. Doch das Prinzip dieser Aktionen und vor allem die Rekrutierung des Personals stand seit dieser Zeit als hohe Schule der Zersetzung in den Lehrbüchern der Auslandsgeheimdienste. Finde junge Menschen in dem Land, in dem du eine Aktion durchführen willst, biege ihre hehren Ziele in Richtung deiner Zwecke und versorge sie mit Waffen und Einsatzplänen. Es blieb natürlich immer ein Restrisiko bei diesen Einsätzen. Würden die jungen Radikalen so agieren, wie es die Planung vorsah?

Chuck Bouvier hatte die Geschichte des Terror-Managements in den letzten zwei Jahrzehnten begleitet und teilweise mitgeschrieben. Der Geistesblitz traf ihn eines Morgens beim Joggen im Langley Oaks Park gleich hinter seinem Haus in der Bright Mountain Road. Wie wäre es, wenn Südamerikaner zu Islamisten würden und sich einer Ausbildung in den Terroristencamps unterzögen? Nicht in irgendwelchen echten Terroristencamps natürlich, sondern in den hauseigenen CIA-Camps, in denen man Kontrolle über die Terroristen in spe erlangen konnte. In denen alles so aussah, als würden die Mullahs ihre Gäste aus aller Welt auf Einsätze vorbereiten. Was auch stimmte. Nur dass die vermeintlichen Mullahs CIA-Leute waren.

An Südamerikaner hatte noch niemand gedacht. Die standen auf keiner Fahndungsliste, und ihre Profile waren nicht in den weltweit vernetzten Personenerkennungssystemen gespeichert. Jeder Mensch auf der Welt würde bei »Südamerika« immer und zuerst an »Katholizismus« denken. Die drei Prozent der Gebildeten würden vielleicht noch »Befreiungskirche« assoziieren. Aber gebildete Menschen fand man in Grenzschutzbehörden selten an. Islamistische Terroristen aus Lateinamerika waren für Bouvier die Lösung für viele seiner Personalprobleme, die er als Leiter für »doppelverdeckte Einsätze« hatte.

Doppelverdeckte Einsätze – das war wieder so ein typisches CIA-Wort. »Terror-Management« hatte man Bouviers Abteilung zu Beginn auf den Fluren in Langley genannt. Man traute sich jedoch auch innerhalb der Firma nicht, das in ein offizielles Papier zu schreiben. Doppelverdeckt hießen die von Bouvier geleiteten Aktionen, weil die Öffentlichkeit natürlich nie erfahren würde, wer hinter einem Terroranschlag wirklich steckte. Auf den ersten Blick sahen die Anschläge immer eindeutig aus: Islamisten sprengen Züge und U-Bahnen, Islamisten schmuggeln Bomben in Flugzeuge. Was niemand wusste außer den verantwortlichen Männern im amerikanischen Verteidigungsministerium, Bouviers Mitarbeitern sowie den Ausbildern in den hauseigenen Camps, war, dass der eigentliche Auftraggeber die CIA selbst war.

Der Clou, das Doppelverdeckte, war: Nicht einmal die ausführenden Terroristen selbst wussten das. Die dachten, dass sie auf eigene Faust, um dem Islam oder der gerechten Sache ihres Volkes zu dienen, andere, unschuldige Menschen in die Luft sprengten. In Wahrheit wurden sie von den Ausbildern in den Camps sehr gezielt auf Aktionen vorbereitet, deren Auswirkungen der amerikanischen Regierung dabei halfen, Druck auf andere Länder auszuüben. Egal, ob Freund oder Feind.

In den Ländern, deren Gesellschaften offenbar über einen angeborenen Selbstverteidigungswillen verfügten, gingen tatsächlich Bomben hoch: England und Spanien waren darunter. In einem Land wie Deutschland, in dem Angst stärker in der Volks-DNA verankert war, genügte es eine lange Zeit, wenn ein paar junge Männer mit großen Mengen Chemikalien hantierten und dann rechtzeitig erwischt wurden oder wenn man mitten in der Touristensaison die Kuppel des Berliner Reichstags für einige Wochen für den Publikumsverkehr sperrte.

Dann aber reichten diese Nachrichten nicht mehr aus, die Deutschen in ihrem Handeln zu lenken. Die Frühindikatoren der Medienauswertung und des abgehörten Internettraffics zeigten an, dass niemand in Deutschland mehr an die Bedrohung durch Al-Qaida und Konsorten glaubte, und die Bundeswehreinsätze in Afghanistan und am Horn von Afrika wurden von immer mehr Deutschen als verzichtbar empfunden. Der Verteidigungsminister erklärte sogar das Sparen zur ersten Pflicht seiner Armee und schaffte die allgemeine Wehrpflicht im Handstreich ab.

Also musste ein Plan in Bewegung gesetzt werden, den man schon seit einigen Jahren vorausschauend vorbereitet hatte: Es musste endlich zu dem großen Attentat in Deutschland kommen.

Das war die Stunde von Chuck Bouvier. Endlich konnte er seine Bolivianer aktivieren.

Eigentlich war es zum Totlachen, dass sich ebendieser deutsche Verteidigungsminister auch noch mitten in die Aktion begeben und sich damit selbst zur Terrorgeisel gemacht hatte. Doch die Begleitumstände waren alles andere als komisch. Der Absturz der österreichischen Gondel war ebenso wenig Teil des Plans gewesen wie der Abschuss des Hubschraubers. Abdullah und seine Leute waren nicht in der Hitze des Gefechts außer Kontrolle geraten. Sie hatten ihre eigenen Pläne geschmiedet und mussten sich ebenso gründlich darauf vorbereitet haben wie auf den eigentlich trainierten Sprengeinsatz im Tunnel. Nur was waren das für Pläne? Wann, zum Henker, hatten sie die Spreng-

ladung an der Seilbahnstütze angebracht? Wer versteckte sich mit einer Bazooka in den Felsen unterhalb des Zugspitzgipfels und holte Hubschrauber vom Himmel? Wer außer diesem Mann saß noch dort oben?
Und die wichtigste Frage, die sich Bouvier stellte: Wer hielt die Zügel in der Hand? Das hätte ja eigentlich er sein sollen, über seinen verlängerten Arm, den CIA-Commander für Europa, der wiederum John McFarland als Beobachter dort in dieser Hotelruine plaziert hatte. Um Bilder der Einsprengung des Zuges im Tunnel zu liefern, hätte diese Minimalbesetzung vollkommen gereicht, denn mit denen hätte man die entsprechenden Stellen in Deutschland schon unter der Hand darüber informieren können, dass nichts wirklich Schlimmes passiert war, oder sie ein bisschen anfeuern, damit sie schneller gruben, sollte denen dort drinnen die Luft oder das Wasser ausgehen.
Der Ort der Einsprengung war mit Bedacht gewählt. Keinerlei zufällige Kollateralschäden möglich inmitten von Milliarden Tonnen von Fels. Bei richtiger Anbringung der Sprengladungen auch eine nur minimale Gefahr für die Eingesprengten. John war ein Top-Mann, der schon ganz andere Dinge gestemmt hatte. Er hatte Abdullah und seine Männer bereits im Jemen heimlich überwacht und sie studiert und kennengelernt. Er hatte im Sommer und Herbst ihre Vorbereitungen kontrolliert; jedes einzelne Loch, das die Islamisten in den Zugspitztunnel gebohrt hatten, hatte er persönlich nachgemessen. Er hatte den ganzen Berg optisch und akustisch überwachbar gemacht. Ein brillanter Techniker wie John hätte eine Superbowl-Übertragung allein hinbekommen. Und notfalls konnte John auch kämpfen.
Doch angesichts des sich jetzt bietenden Szenarios war ein Mann allein, auch wenn es der Beste war, heillos überfordert. Er konnte unmöglich an allen Brennpunkten, die es an diesem gottverdammten Berg gab und vielleicht noch geben würde, gleichzeitig aktiv werden.
Chuck Bouvier musste Verstärkung an die Zugspitze beordern.

KAPITEL SIEBENUNDVIERZIG

Auf der Zugspitze, 17 Uhr 10

Solange wir hier oben Strom haben, ist das alles kein Problem.« Betriebsleiter Maximilian Demmel stand neben Markus Denninger im Konferenzraum des Schneefernerhauses. Denninger hatte die wichtigsten Ansprechpartner von Zugspitzbahn, Bergwacht und Bundeswehr versammelt. Als eine Art kleiner Krisenstab, der nur für die Menschen auf dem Platt und dem Gipfel zuständig war. Der Verteidigungsminister unternahm erst gar nicht den Versuch, sich nach vorn zu drängen, um die Runde zu leiten. Hier waren Männer am Werk, die ihr Handwerk verstanden.
Von Brunnstein saß am Tisch und besah sich abwechselnd die Männer der Runde und das Wetter vor den Fenstern. Viel mehr als Nebel, der die anbrechende Dunkelheit in sich aufsaugte, konnte er dort draußen nicht mehr ausmachen. Er holte seinen Krypto-Laptop hervor und wollte die Lage checken. Nach drei Minuten gab er entnervt auf. Ohne Mobilfunknetz und Internetzugang konnte auch er nicht kommunizieren.
Damit blieb ihm nur das Satellitentelefon, aber um das in Betrieb zu nehmen, hätte er hinaus auf die Terrasse in die klirrende Kälte bei eisigem Wind gemusst. Und was hätte er erfahren, hätte er die Kanzlerin oder seinen Adjutanten angerufen? Dass er hier oben gefangen war und sich aus dem Spiel geschossen hatte. Das wusste Philipp von Brunnstein auch selbst.
Für den Augenblick hielt er es für klüger, sich in dieser Lage einzurichten. Immerhin war er jetzt Opfer. Auch das war eine gute Position. Wenn man eine solche Sache überlebte, ging man gestählt daraus hervor. Hatte er jedenfalls mal irgendwo gelesen.

Markus Denninger plagten andere Probleme.
»Wie viel Strom haben Sie denn hier?«
Demmel antwortete ihm nur, was Denninger bereits wusste: »Zwei Hochspannungsleitungen gehen durch den Tunnel und eine auf der österreichischen Seite direkt unter der Seilbahn nach oben. Die scheinen alle drei unbeschädigt zu sein, denn wir hatten bisher keine Ausfälle.«
»Und sollte die externe Versorgung ausfallen?«
»Für den Fall haben das SonnAlpin und die Gipfelstation sehr große Notstrom-Aggregate. Aber die laufen natürlich nur so lange, wie Diesel da ist, höchstens zwölf Stunden.«
Denninger schaute besorgt in die Runde. Bisher hatte der Gegner, wie er die Terroristen in der neutralen Diktion des Militärs nannte, vor nichts zurückgeschreckt. Zwei der Hochspannungsleitungen liefen durch den Tunnel und daher wohl direkt am Gegner vorbei. Denninger hegte keinen Zweifel daran, dass der das wusste. Zwar wurde am Abend und in der Nacht nicht mehr so viel Strom gebraucht wie am Tag, wenn die Skilifte liefen, also konnte man wahrscheinlich auch nur mit einer Leitung genug Licht und Wärme erzeugen, dass die fünftausend Menschen auf dem Berg nicht erfrieren mussten. Die Frage war aber, was passierte, wenn der Gegner alle drei Leitungen unterbrechen konnte und die Notstromaggregate irgendwann nicht mehr liefen.
Denninger funkte seine Überlegungen an seine Vorgesetzten, die sie an den großen Krisenstab im Eibsee-Hotel weiterleiteten.

Kein Strom auf dem Gipfel. Dieses Szenario hatte Katastrophenschützer Hans Rothier bereits für sich durchgespielt. Sehr weit war er mit seinen Gedankenspielen allerdings nicht gekommen. Ohne Strom würden die Menschen dort oben in einer Höhe von knapp dreitausend Metern nicht lange überleben. Denn ohne Strom keine Heizung. Sehr lange würden die Ge-

bäude bei weniger als minus zwanzig Grad Außentemperatur die Wärme nicht in ihrem Innern halten können.
Auch die Wasserversorgung bereitete ihm Sorgen. Das Trinkwasser wurde wie alle Güter mit Zahnradbahn und Seilbahnen auf den Gipfel und das Platt geschafft. Durch ein Abwasserrohr kam es wieder nach unten. Das bedeutete, dass nach wenigen Tagen ohne frisches Wasser die Einrichtungen trockenfielen. Die Leute mussten so schnell wie irgend möglich von dort herunter.
Doch selbst wenn die Terroristen nicht jede Art des Personenverkehrs untersagt hätten, bliebe nur noch die alte Eibsee-Seilbahn mit ihrer Kapazität von vierzig Mann pro Fahrt. Bei einer Fahrtzeit von zehn Minuten und den derzeit als gesichert angenommenen 5248 Menschen (wobei niemand bislang die einhundert abgestürzten Menschen von dieser Gesamtzahl abzog) würde die Evakuierung des Gipfels knapp zweiundzwanzig Stunden dauern. Hätte man große Hubschrauber einsetzen können – die fliegenden Bananen, die Chinooks, vielleicht, die über fünfzig Mann in ihrem Bauch aufnehmen konnten –, hätte das die Lage ein wenig entschärft. Aber die großen Hubschrauber der Bundeswehr waren derzeit sowieso nicht zu bekommen, da war sich Hans Rothier sicher. Vom Verbindungsoffizier der Bundeswehr hatte er seit zwei Stunden auf seine entsprechende Anfrage keine Antwort erhalten.

KAPITEL ACHTUNDVIERZIG

Im Zug, 18 Uhr 06

Thien wachte aus einem erschreckenden Traum auf. Lange konnte er nicht geschlafen haben. Er warf einen Blick auf die Uhr. 18 Uhr 06. Fast sechs Stunden saßen sie jetzt hier fest. Keine Ansprache der Geiselnehmer, keine sichtbare Kommunikation mit der Außenwelt. In einer solchen Situation einzuschlafen war typisch Thien.
Er konnte an jedem Ort der Welt in jeder Lage einschlafen. Nur so hatte er seine ersten drei Lebensjahre überstanden. Immer, wenn es ungemütlich wurde, war Thien Hung Baumgartner einfach eingeschlafen.
Als die Soldaten aus dem siegreichen Norden durch die Dörfer des Südens zogen, um sich dort für dreißig Jahre Krieg zu rächen, damals in Thanh Phong im Mekong-Delta, war das Kleinkind Thien Hung eingeschlafen, gerade als die Bambushütte anfing zu brennen. Auf dem Seelenverkäufer, der ihn und seine Mutter in ein neues Leben weg aus Vietnam bringen sollte, war der zweijährige Thien Hung ebenfalls eingeschlafen, während die Wellen über die Reling brachen. Erst als sie im Monsun kenterten, wachte Thien Hung in einem Rettungsboot wieder auf. Seine Mutter hatte der Taifun nicht wieder hergegeben, doch die Leute in dem Rettungsboot hatten das elternlose Kind nicht über Bord geworfen, obwohl sie kaum Trinkwasser hatten.
Als sie zwei Tage später von dem Flüchtlingshilfsschiff »Cap Anamur« im südchinesischen Meer vor Thailand gerettet wurden, war Thien wie auch die Erwachsenen in der Nussschale dem Tod näher als dem Leben gewesen. Die Ärzte auf dem deutschen Schiff dachten zuerst, der Kleine mit dem Schild um den Hals wäre tot. Bis er aus einem tiefen Schlaf erwachte.

Die Deutschen brachten ihn durch und nahmen ihn mit in eine andere Welt. Diese Welt bestand nicht aus Reisfeldern und Bambushütten, sondern aus Bergen und lüftlbemalten gemauerten Häusern. Thien Hung wurde von der Caritas, dem Hilfswerk der katholischen Kirche, an ein kinderloses Ehepaar, den Baumgartners, in Garmisch-Partenkirchen vermittelt. Und so war Thien nicht an einem Seitenarm des Mekong, sondern am eiskalten Gebirgswasser der Partnach aufgewachsen.
In seinem kurzen Traum eben waren einige der Bilder von der Flucht wieder in ihm aufgestiegen. Es passierte ihm nicht oft, dass er vom Grün des Dschungels, von den Soldaten mit ihren Gewehren oder der endlosen Wasserwüste des südchinesischen Meers träumte. Nur, wenn er sehr aufgewühlt war, nach einem erfolgreichen Tag in Eis und Schnee und nach höchster Gefahr, sah Thien nachts im Traum diese Bilder.
Im Wachzustand hatte er überhaupt keine Erinnerung an seine ersten Lebensjahre, nur an seine Kindheit in Partenkirchen. Es war ihm aber als Kind durchaus aufgefallen, dass er nicht der ortstypischen Physiognomie der Partenkirchner entsprach. Die war von den Römern geprägt, die vor Jahrtausenden durchs Tal gezogen waren. Dunkelhaarig, dunkelhäutig, dabei aber fein geschnittene Gesichtszüge – daran erkannte man die echten Partenkirchner.
Auf der anderen Seite des Ortes, in Garmisch, hatten die Einheimischen weichere, hellere alemannische Züge.
Schon im Kindergarten Partenkirchen wurde Thien bald darauf aufmerksam gemacht, dass er zwar dunkelhaarig und dunkelhäutig war, aber sich seine Augenform von der seiner Kameraden unterschied. Thien lernte schnell, seine Umgebung in Freund und Feind zu unterteilen. Feinde, das waren diejenigen, die sich über seine Andersartigkeit lustig machten. Die »Schlitzi« und andere Dummheiten zu ihm sagten. Freunde zu werden hatten diejenigen eine Chance, die diesen Äußerlichkeiten keinen Wert beimaßen. Und solche Freunde gab es auch in den alteingesessenen Familien, sodass Thien Hung Baumgartner zusammen mit

vielen seiner Freunde im Volkstrachtenverein das Schuhplatteln und im Skiclub Partenkirchen das Skifahren erlernte, während er sonntags in der Pfarrkirche Mariä Himmelfahrt ministrierte. So wurde innerhalb weniger Jahre aus der vietnamesischen Flüchtlingswaise ein heimatverwurzelter Partenkirchner.
All dies ging ihm jetzt durch den Kopf. Er war sicher nicht vor dreißig Jahren nur knapp mit dem Leben davongekommen, damit es ihm diese Typen hier nahmen. Er würde überleben. Wie er die Bootsreise überlebt hatte. Er würde sich Sandra zurückholen. Wie hatte er sie nur gehen lassen können? Mit dieser Dumpfbacke von Soldaten? Thien kannte Sandras Markus nicht, aber für ihn war klar, dass alle Soldaten Dumpfbacken waren. Soldaten hatten Thiens Dorf angezündet. Soldaten hatten seine Mutter ins Meer getrieben. Ein Soldat hatte ihm nun seine Frau ausgespannt.
Thien fragte sich, ob er allmählich verrückt wurde. Soldaten waren sicher auch im Einsatz, um ihn hier herauszuholen. Aber was sollten sie tun? Nein, Hilfe von außen, die war zu unsicher. Vielleicht dachten die dort draußen, der ganze Zug wäre verschüttet. Vielleicht hielten die Geiselnehmer auch oben auf dem Gipfel Leute fest. Erschossen sie, quälten sie. So wie hier unten. Wer wusste schon, was sie vorhatten, diese Irren?
Nur eines wusste Thien: Es wurde Zeit, etwas zu unternehmen. Die Geiselnehmer mussten irgendwann müde werden. Selbst wenn sie sich mit Aufputschmitteln gedopt hatten, irgendwann mussten sie in ihrer Konzentration nachlassen.
Thien steckte Sandra, ihren Soldaten mit seinem wahrscheinlich gestählten Oberkörper, seine immer wiederkehrende Vorstellung, wie sie es mit diesem Rambo-Typen trieb, seine eigene Kindheit und Jugend, Vietnam und das Meer, Partenkirchen, Whistler Mountain und all den Gedankenkram in die dafür vorgesehenen Schubladen seines Unterbewusstseins zurück. Dann blickte er hinüber zu seinem stummen Komplizen Craig und dessen Frau, die Barbara hieß, wie er mittlerweile wusste.

Auch Craig war kurz eingenickt, wie so viele im Zug. Die Nerven der meisten Insassen machten nach ein paar Stunden höchster psychischer Anstrengung nicht mehr mit, und bevor das Gehirn durch den Überfluss an Emotionen und Eindrücken Schaden nahm, schickte es sich selbst und den Körper in eine Erholungspause.

Prompt kam Abwechslung in den Wagen. Zwei Maskierte stiegen zu, die »Watch, watch!«, »Mobile, mobile!« und »Camera, camera!« rufend zwischen den Sitzen stehen blieben, um die Uhren, Handys und Kompaktkameras der Gefangenen in einem großen schwarzen Plastiksack einzusammeln. Thien war sich sicher, dass sich die Geiselnehmer damit nicht bereichern, sondern dafür sorgen wollten, dass die Eingeschlossenen das Zeitgefühl verloren. Doch warum machten sie das erst jetzt, nach einigen Stunden?

Offenbar richteten sich die Geiselnehmer auf eine längere Verweildauer im Tunnel ein. War das von ihnen auch so geplant gewesen? Oder war dort draußen etwas geschehen, was sie nicht vorhergesehen hatten? Oder hatten sie nur gewartet, bis ihre Opfer genügend ermattet und eingeschüchtert waren, um sich widerstandslos alles wegnehmen zu lassen?

Zuerst waren Craig und seine Frau an der Reihe. Dann stand einer der Männer vor Thiens Sitzbank und forderte mit einem Klopfen auf sein Handgelenk zur Abgabe des Zeitmessers auf. Thien tat wie befohlen. Er nahm die billige Casio-Uhr vom Arm, kramte das iPhone aus der Anoraktasche und warf beides in den schwarzen Sack. Er tat dies mit großem Herumkramen, um den Mann, der ihm die Plastiktüte hinhielt, von seinem Fotorucksack abzulenken, der hinter seinen Unterschenkeln unter der Bank versteckt war. Notfalls würde ihm das Display der Nikon eine Zeitangabe liefern.

Und, was noch wichtiger war, die eins Komma zwei Kilo hochfester Magnesiumlegierung machten aus der Profikamera eine wuchtige Schlagwaffe.

KAPITEL NEUNUNDVIERZIG

Berlin, Bundeskanzleramt, 19 Uhr 30

Ich habe Sie hierhergebeten, weil sich unser Land in einer schwierigen Situation befindet. Sie alle haben die Bilder heute im Fernsehen und im Internet gesehen. Terroristen haben den höchsten Berg Deutschlands besetzt und Geiseln genommen. Das ist eine Situation, mit der«, die Bundeskanzlerin wandte den Kopf nach rechts und schickte dem Staatssekretär des Innenministers einen strengen Blick, »niemand auch nur im Entferntesten gerechnet hat. Wir müssen nun zusammenstehen. Noch schlimmer als der Anschlag wäre es, würden wir uns als Repräsentanten von Staat und Parteien in dieser Situation vor der Weltöffentlichkeit gegeneinander ausspielen. Ich werde in Kürze mit dem amerikanischen Präsidenten telefonieren. Bis dahin bitte ich Sie alle, sich hier im Kanzleramt zur Verfügung zu halten. Einige von Ihnen werde ich wahrscheinlich zum Sicherheitskabinett in einen Krisenstab berufen. Stellen Sie sich auf eine lange Nacht ein.«
Fast ausschließlich Männer saßen im großen Konferenzraum des Kanzleramts auf der vierten, der »Geheim«-Etage um den ovalen Tisch. Sie nickten der Kanzlerin zu. Seit dem späten Nachmittag weilten der Staatssekretär des Innenministeriums, der Verkehrsminister, der Wehrbeauftragte des Bundestages, der Generalinspekteur der Bundeswehr, ranghohe Beamte des BKA und des BND, aber auch die Spitzen der Fraktionen des Deutschen Bundestages im Kanzleramt. Sie alle hatten ihre Informationen aus den offiziellen und inoffiziellen Quellen seit Bekanntwerden des Attentats ständig aktualisiert. Wobei die inoffiziellen Quellen in den Ministerien, der Verwaltung, den Presseagenturen und den Medien nicht immer zuverlässig wa-

ren; viele der vor Ort bekannten Tatsachen hatten sich auf ihrem Weg in die Hauptstadt in wilde Gerüchte verwandelt.

»Ist es wahr, dass die Menschen da oben alle heute Nacht erfrieren müssen?«, platzte die Fraktionsvorsitzende der Grünen heraus.

Die Kanzlerin erteilte mit einer Handbewegung dem Generalinspekteur der Bundeswehr das Wort, der diese Frage verneinte. »Für die Menschen auf dem Gipfel besteht derzeit keine unmittelbare Gefahr. Sie sind alle in den wenn auch beengten Unterkünften sicher untergebracht. Nur um die Leute im Zug machen wir uns größere Sorgen. Bei der Tragödie, die sich heute schon auf der österreichischen Seite des Berges zugetragen hat und bei der über einhundert Tote zu beklagen sind, ist auch für die Insassen des Zuges im Tunnel vom Schlimmsten auszugehen. Wir haben es mit einem Feind zu tun, der offenbar vor nichts zurückschreckt.« Der ranghöchste General der Republik machte nicht den Eindruck, als hätten er oder der Führungsstab der Streitkräfte bereits einen Plan, wie diese Geiselnahme beendet werden könnte.

»Ist der V-Fall ausgerufen?«, wollte der Mann von der Opposition wissen.

Die Frage ging die Kanzlerin direkt an. »Wir bereiten die Ausrufung des Verteidigungsfalles im Moment rechtlich vor. Ich möchte darüber aber zunächst mit dem amerikanischen Präsidenten sprechen, denn der Verteidigungsfall ist ja eventuell auch der Bündnisfall. Auch mit dem russischen Präsidenten muss ich mich abstimmen. Zudem muss ich dringend den österreichischen Bundeskanzler sprechen, auch wenn der leider im Urlaub in Australien weilt. Denn während wir auf deutscher Seite die Geiselnahme eines Zuges und die Blockade eines Berges vorweisen können, wurde ein weitaus verheerenderer Anschlag auf österreichischem Boden ausgeführt, wenn auch die Verantwortlichen dafür wahrscheinlich auf deutscher Seite sitzen. Österreich ist ein neutrales Land und kann machen, was es will. Völkerrechtlich wie auch einsatztaktisch ist das alles nicht einfach. Daher behandeln wir auf der deutschen Seite die Sache derzeit noch als Katastrophenfall mit erweiterten Befugnissen nach Anforderungslage für die Polizeibehörden und den Bundesgrenzschutz. Die Bundeswehr unterstützt dabei nach Artikel 87 a Grundgesetz.«

Der Staatssekretär des Innern ergriff das Wort, nachdem die Kanzlerin schwieg und zunächst keine weitere Frage aus der Runde kam.

»Wir müssen vor allem erst einmal wissen, mit wem wir es zu tun haben. Und was diese Leute wollen. Vielleicht sind das ja gar keine ausländischen Angreifer, sondern inländische Terroristen. Es liegt bis jetzt, knapp acht Stunden nach der Festsetzung des Zuges, keinerlei Ultimatum oder Forderung vor, obwohl die Geiselnehmer offensichtlich zur Kommunikation mit der Außenwelt in der Lage sind.«

»Ja, offensichtlich sind sie das, da haben Sie ausnahmsweise einmal recht.« Der Oppositionsführer sah seine Stunde gekommen. »Da überwachen Sie die ganze Republik mit Vorratsdatenspeicherung und Online Durchsuchung und Rasterfahndung und was weiß ich für Big-Brother-Methoden und kriegen nicht nur nicht mit, dass Terroristen offenbar von langer Hand eine solch groß angelegte Geiselnahme planen, sondern Sie können nicht einmal deren Kommunikation unterbinden. Über das Internet! Ich bitte Sie!«

»Irgendwelche Turbanträger funken aus dem Berg heraus in die ganze Welt und machen uns lächerlich«, trat der Fraktionsführer der Liberalen nach. »Und der Innenminister macht Urlaub!«

»Ich weiß, das wäre eigentlich der Job Ihres Parteifreundes, unseres geschätzten Herrn Außenministers«, ätzte der Oppositionsführer. »Wo ist der eigentlich abgeblieben?«

»Äh ... ebenfalls in Urlaub«, musste der Fraktionsführer der Liberalen zugeben.

»In Australien«, sagte jemand aus der Runde.
»Mit dem österreichischen Kanzler? Oh, là, là!«
Die Kanzlerin schlug mit der flachen Hand auf den Tisch, dass die kleinen blassblauen Sprudelfläschchen klirrten. Wie einen Haufen ungezogener Kinder brüllte sie die Kontrahenten an.
»Was habe ich zu Beginn dieser Sitzung gesagt? Ich will keinen Parteienstreit in dieser Sache. Wir müssen das jetzt zum Wohle unseres Volkes und der Menschen in diesem Zug gemeinsam lösen. Reißen Sie sich doch einmal zusammen. Sie schaden ja am meisten sich selbst!«
Es wurde wieder ruhig im Konferenzraum.
»Als Erstes verhänge ich hiermit eine totale Nachrichtensperre. Wenn jemand in diesem Raum ein Wort nach draußen dringen lässt, wäre das nicht förderlich für die weitere politische Karriere des Betreffenden.«
Die Teilnehmer der Runde schauten sich gegenseitig an. Jeder wusste, dass dies eine schwache Drohung war und dass alle Anwesenden ihr Wissen nutzen würden, um ihre guten persönlichen Kontakte zu manchen Journalisten zu festigen.
Doch davon unbeirrt fuhr die Kanzlerin fort: »Der Generalinspekteur sagte es bereits, wir stehen vor einer Aufgabe, von der wir derzeit nicht wissen, wie wir sie bewältigen können. Wir müssen jetzt zunächst einmal abwarten. Viel mehr können wir von hier aus nicht tun. Setzen Sie bitte die Nachrichtensperre in Ihren Kommandostrukturen um, meine Herren.« Damit meinte sie die Uniformträger. Über die anderen im Raum hatte sie weniger Macht, als es den Anschein hatte. »Ich ziehe mich zurück und bereite meine Telefonate vor. Bei wichtigen Ereignissen finden Sie mich in meinem Büro.«
Mit diesen Worten stand die Kanzlerin auf und verließ grußlos den Raum. Die Debatte war damit aber nicht beendet.
»Ich will wirklich wissen, was die vorhaben«, fing die Fraktionsführerin der Grünen an. »Und wie die da wieder rauskommen wollen. Ich sag's Ihnen, ich war da vor zwei Jahren mal

oben bei einer Umweltkonferenz in dem Schneefernerhaus. Da bin ich mit dem Zug runtergefahren, weil mein Hubschrauber irgendwo mit einer Panne stand, stellen Sie sich das vor. Der Tunnel ist eng, und da ist viel Fels außen rum. Gruseln kann's einem da drinnen, richtig gruseln!«
»Bitte, Frau Kollegin, können wir das Roibusch-Kränzchen später abhalten?« Der Staatssekretär des Innern trommelte ungeduldig mit den Fingern auf die Tischplatte. »Was Ihnen die Frau Bundeskanzlerin nicht gesagt hat und was wirklich vorerst auch absolut unter Verschluss bleiben muss: Der Bundesverteidigungsminister und der Bayerische Ministerpräsident scheinen oben auf dem Gipfel gefangen zu sein.«
Ein erschrockenes Raunen ging sofort durch die Runde.
»Gefangen?«, fragte wieder die am schnellsten plappernde Grüne. »Von den Geiselnehmern?«
»Nein, eher von der Situation, oder … na ja, die Geiselnehmer haben den Hubschrauber abgeschossen, der die beiden von ebenjenem Schneefernerhaus hinunterbringen sollte, auf dem Sie damals Ihre Umweltkonferenz abgehalten haben. Jetzt traut sich keiner mehr da raufzufliegen. Und die Bergbahnen sind ja auch nicht zu benutzen. Die Gattin des Ministers ist auch dabei. Und der Körber.«
»Ha, das kommt von der Mediengeilheit dieser dekadenten Emporkömmlinge!«, blaffte der Chef der Linkspartei.
»Ich bitte Sie. Wer von uns darf da wohl den ersten Stein werfen?«, fragte der Staatssekretär des Innern. »Sie etwa?«
»Kommen Sie mir nicht mit Bibelsprüchen!«, hielt ihm der Linke entgegen.
Dann aber wurde es ganz still im Raum. Der Staatssekretär blickte reihum in alle Augenpaare, holte tief Luft und sagte schließlich: »Das mit dem BVM und dem MP muss wirklich in dieser Runde bleiben. Noch ist nichts von der Lage der beiden nach draußen gesickert. Die Handys gehen auf dem Gipfel nicht, und außerdem haben die Leute da jetzt auch anderes zu

tun. Und der Krisenstab am Fuß des Berges auch. Meine Herrschaften, ich sage es, wie es ist: Wir müssen die von Brunnsteins und den Lackner runterholen, koste es, was es wolle, bevor das jemand mitbekommt. Das ist im Moment fast wichtiger als die Menschen im Tunnel. So zynisch das klingen mag, aber einen solchen internationalen PR-GAU können wir uns nicht leisten. Herrschaften, da geht es um unsere Volkswirtschaft. Deutschland lässt Verteidigungsminister und Ministerpräsident auf einem vermaledeiten Berg festsetzen. Würden Sie da noch Siemens-Aktien kaufen?«

KAPITEL FÜNFZIG

Auf der Zugspitze, 20 Uhr

Die Menschen auf der Zugspitze hatten andere Sorgen als die Siemens-Aktie. Sie richteten sich auf eine ungemütliche Nacht ein. Niemand würde erfrieren. Keiner würde verhungern oder verdursten müssen. Vorerst. Die Kapazitäten des Selbstbedienungsrestaurants SonnAlpin, der leer geräumten Pistenraupengaragen und der beiden Gipfelstationen reichten für die gut fünftausend Menschen aus. Einige hatten Glück und für sich noch einen Platz im Igludorf ergattert, das hier oben als besondere Winterattraktion errichtet worden war. In den Schneehäusern gab es Schlafsäcke und Schlafstätten aus Fell. Natürlich hatte der Betreiber die ohnedies gesalzenen Preise für die Übernachtung kurzerhand vervierfacht.

Wer sich diesen Luxus nicht leisten konnte, musste sich auf Decken, die vor dem Flugverbot noch nach oben geschafft worden waren oder zur vorhandenen Notausrüstung gehörten, in den Räumen und Treppengängen ein Nachtlager einrichten. Für alle Festgesetzten reichten die Decken nicht aus, und Markus Denningers Männer, die nicht mit ihm im Schneefernerhaus zum Schutz der Politiker abberufen waren, hatten zusammen mit den Bergwachtlern und Zugspitzbahnern an allen Ecken Streit zu schlichten.

Unter den Ausharrenden hatte sich wie ein Lauffeuer herumgesprochen, was auf der österreichischen Seite mit der Seilbahn geschehen war. Nur wenige Minuten nachdem die Bahn voll besetzt abgefahren war, war oben in der Gipfelstation ein Beben durch die Tragseile gegangen. Sie hatten zu sirren begonnen, als die Stütze in der Mitte des Berges umstürzte und die Seile auf die Seite gerissen wurden. Die Betonverankerungen der Tragseile befanden sich am Fels hinter der Station und hielten der Belastung schließlich nicht mehr stand. Sie zersprangen mit explosionsartigem Knall, und die Menschen, die in der ersten Reihe standen, um in die nächste Gondel zu steigen, hatten sich in Panik weggeduckt. Nach hinten ausweichen konnten sie nicht, da die Menschenmassen sie nach vorn drückten. Als die Seile mit ihren Armierungen durch die Station knallten wie die Enden einer Peitsche, fetzten sie nur wenige Zentimeter über den Köpfen der Wartenden hinweg. Es war ein Wunder, dass niemand geköpft wurde.

Allen in der österreichischen Gipfelstation war sofort klar gewesen, dass die Gondel mit den eben erst abgefahrenen Menschen, die geglaubt hatten, endlich gerettet zu sein, abgestürzt war. Drei der Wartenden hatten Angehörige in der Gondel. Ein Mann hatte seine Frau und beide Kinder zuerst nach unten geschickt. Er brach auf der Stelle zusammen, und die Sanitäter, die sich mit dem Arzt im blauen Skianzug noch um den Herzinfarktpatienten kümmerten, mussten ihn sofort einer Schockbehandlung unterziehen.

Eine Viertelstunde später war die Nachricht durch die schier endlose Schlange der Wartenden gedrungen und kam auch auf dem Platt im SonnAlpin an. Daraufhin wussten die Menschen, dass es eine lange Zeit dauern würde, bis sie wieder vom Berg hinunterkämen. Allen war bekannt, dass der Tunnel der Zahnradbahn eingebrochen war, und nun war auch die österreichische Seilbahn zerstört worden. Vergeblich versuchten die Wartenden über ihre Handys und Smartphones weitere Informationen zu erhalten. Aber außer den in den Geräten noch gespeicherten Internetseiten, die sie aufgerufen hatten, bevor die Netze abgeschaltet worden waren, gab es nichts Neues zu lesen. Terroristen hatten sämtlichen Verkehr lahmgelegt, war dort zu lesen.

Wellen der Angst schwappten durch die Menge. Was würden die Terroristen als Nächstes tun?

Die Hilfskräfte waren für einen solchen Einsatz nicht ausgebildet. Es hätte mehrerer Hundertschaften der Bereitschaftspolizei und jede Menge an Krisen-Interventions-Spezialisten bedurft, um beruhigend auf die Menschen einzuwirken. Bergwachtler, Liftler und Bundeswehrler hatten keinerlei Erfahrung, wie die Psychologie der Massen funktionierte und wie sie günstig zu beeinflussen wäre. Sie taten ihr Bestes und redeten wieder und wieder beruhigend auf die Leute ein. Doch manche wurden auch zunehmend ungeduldiger mit den Skifahrern, vor allem mit denen, deren Sprache sie nicht verstanden. Außerdem war auch den Helfern bewusst, dass auch sie zu Opfern werden konnten.

Einzig die verwinkelte Lage der Gipfelgebäude verhinderte, dass die weiter vorne stehenden Menschen in der langen Schlange von hinten mit Druck weitergeschoben wurden. Vielleicht war den Menschen auch intuitiv klargeworden, dass man nicht zu schubsen brauchte, weil es vorne nicht weitergehen konnte, dass dort der Berg schlicht und ergreifend zu Ende war. Nach hinten ging es in eine Eishölle, in die der Schneesturm mit weit über einhundert Stundenkilometern Windgeschwindigkeit das Platt mittlerweile verwandelt hatte. Jede Bewegung war vollkommen zwecklos.

In einem Sportstadion, wo instinktiv ein *Draußen* hinter jeder Tür, hinter jeder Treppe gefühlt wurde, wäre schon längst eine Massenpanik ausgebrochen. Ein denkbares *Draußen* gab es für die Festsitzenden auf der Zugspitze jedoch nicht.

KAPITEL EINUNDFÜNFZIG

Deutschland, 20 Uhr

Die Tagesschau brachte Archivbilder von der Zugspitze, die vom ORF überspielten Bilder von der abgestürzten Gondel und eine Live-Schaltung zum mittlerweile vor dem Eibsee-Hotel postierten Reporter des Bayerischen Rundfunks. Im anschließenden ARD-Brennpunkt wurden Spekulationen und Gerüchte, die rund um den Globus zu den Ereignissen auf der Zugspitze kursierten, in möglichst seriöser Anmutung aufbereitet. Der unvermeidliche Terrorismus-Experte kaute zusammen mit dem Moderator das gesammelte Nichtwissen und die gängigsten Theorien immer wieder durch.
CNN brachte die RTL-Bilder in einer Dauerschleife und versuchte auch zwischendrin immer wieder durch Gespräche mit Korrespondenten und Journalisten anderer Medien, die live in die Sendung geschaltet wurden, den Nachrichtenwert wenigstens um wenige Prozent zu erhöhen. Vergeblich.
Die Tageszeitungen bereiteten ihre Aufmacher und große Sonderteile für Samstagmorgen vor. Darin wurden vor allem die Topografie der Zugspitze, ihre Geschichte seit der Erstbesteigung im Jahr 1820, die Skilifte, die Routen der Bergsteiger, der Bau der einzelnen Bahnen zum Gipfel, die Abschnitte des Tunnels und so weiter grafisch dargelegt. Jede Menge Statistiken von Besucherzahlen auf Bergen rund um die Welt wurden erstellt und miteinander verglichen. Dabei stellte die Zugspitze einen Rekord nach dem anderen auf: besterschlossener Gipfel der Erde mit drei Seilbahnen und einer Zahnradbahn, längste Seilstrecke einer Luftseilbahn zwischen zwei Stützen auf der bayerischen Seite, größtes Lawinenunglück Deutschlands, 198 Milliarden Tonnen schwer, vier Großrestaurants, eine Kir-

che, Berg mit den meisten Besuchern der Erde, 5800 Menschen an einem Wintertag, bis zu zehntausend Menschen an einem Sommertag, über viertausend Menschen, die im Sommer zu Fuß zum Gipfel steigen, und zwar an einem Tag.
Je weiter sich die jeweilige Redaktion dem rechten politischen Spektrum verpflichtet fühlte, desto stärker sang sie die stolze Lobeshymne auf »unseren heiligen Berg Deutscher Nation«, wozu sich ein ansonsten seriöses Blatt aus Frankfurt verstieg, und umso schärfer wurde der Angriff der islamistischen Gotteskrieger auf die friedliche deutsche Gesellschaft verurteilt.
Mittlerweile zogen nur noch die besonnensten der Kommentatoren in Betracht, dass die Urheberschaft der Anschläge bis dato nicht nur nicht bewiesen, sondern vollkommen unbekannt war. Mit einigem Recht wiesen andere Journalisten darauf hin, dass nicht nur die deutsche Gesellschaft tief getroffen war, schließlich befanden sich unter den Opfern in der Gondel, den Geiseln im Zug und den Festgesetzten auf dem Gipfel Angehörige aller möglichen Nationen, darunter auch eine nicht unerhebliche Zahl von Menschen aus arabischen Ländern.
Solcherlei Feinheiten interessierten die Macher von BILD nicht. Sie hatten den Großangriff des Islamismus auf das Christentum in den Ereignissen dieses Tages entdeckt. Dreikönigstag – das war das erste Indiz dafür. Der zweitausendzwölfte Jahrestag der Ankunft der Weisen aus dem Morgenland wurde von den BILD-Leuten zum ersten Tag erklärt, an dem nun die Krieger aus dem Morgenland angekommen seien. Nicht mit Gold, Weihrauch und Myrrhe im Gepäck, sondern mit Sprengstoff, Maschinengewehren und wahrscheinlich unerfüllbaren Forderungen.
Das goldene Zugspitzkreuz musste als weiteres religiöses Symbol herhalten, um diese Theorien dem Volk mehr oder weniger glaubhaft zu vermitteln. Allerdings hatten auch die Kollegen vom Fernsehen wenige andere Bildideen, wie sie ihre Meldungen ikonisieren sollten. Das Kreuz war überall zu sehen. Der Angriff von »mutmaßlichen« Islamisten auf das höchste Kreuz

Deutschlands, wenn das nicht Bände über die Herkunft und die Absichten der Attentäter sprach. Das Wort »Kreuzzug« machte die Runde.

BILD-Chef Diez musste seine Korrektoren und Setzer anweisen, per Automatik in ihrem Redaktionssystem nach der Verwendung der Vokabeln »Islamisten« oder »islamistisch« zu suchen und immer ein »mutmaßlich« davorzusetzen. Seine Schreiber taten das von sich aus nicht, doch er wollte keinen diplomatischen Ärger verursachen.

Aus den Redaktionen München, Nürnberg und Augsburg schickte der BILD-Chef knapp zwanzig junge Reporterteams nach Garmisch-Partenkirchen und nach Ehrwald. Sie sollten herausbekommen, wer in diesem festgesetzten Zug saß und wer mit der Gondel abgestürzt war. Die Angehörigen seien zu interviewen und Fotos der Oper aufzutreiben. Auch die Schicksale der Menschen dort oben in den Gipfelstationen interessierten natürlich. Die hatten aber nur Prio zwei.

Außerdem galt es möglichst nahe an die lokalen Verantwortlichen heranzukommen und möglichst viel von ihnen zu erfahren. Das überließ Diez nicht den jungen Anfängern, die sich erst einmal ihre Sporen verdienen sollten. Weitere zwanzig gestandene Reporter, darunter zwei echte Kriegsberichterstatter, die sich zurzeit auf Urlaub von der Front in Hamburg befanden, beorderte er per Flugzeug in den Süden der Republik.

Dieses Ding war groß. Er wollte es noch größer machen. Wenn er doch nur endlich den alten Walther, dieses versoffene Arschloch, wie er ihn auch im direkten Gespräch und vor anderen gern nannte, endlich aus dem Delirium wecken könnte. Seine kleine Kolumne auf Seite zwei musste umgeschrieben werden. Er hatte sie bereits am Freitagmorgen um acht für den nächsten Tag abgeliefert. Aus irgendeiner Pinte mit dem Handy einer wahrscheinlich Blonden getextet. Danach war die Edelfeder verschwunden. Lag sicher zu Hause im Koma. Wenn »Walther PPK«, wie ihn die BILD-lesende Nation in Abkürzung seines

vollen Namens Peter-Paul Kurth Walther sowie in Anspielung auf die berühmte Polizeipistole nannte, den Text nicht bis 23 Uhr würde liefern können, musste Diez wieder mal selbst ran und die Kolumne »Schüsse auf die Leser« selbst schreiben.
Am wildesten ging es erwartungsgemäß im Internet zu. Auf Hunderten und Tausenden von professionellen Nachrichtenseiten und privaten Blogs wurden die abstrusesten Verschwörungstheorien gesponnen und von Userkommentaren sogar noch ausgeweitet, um dann auf anderen Webseiten zitiert zu werden, wo man sich allerdings nicht nur auf sie berief, sondern sie zumeist zur Grundlage noch abwegigerer Theorien machte. Die ersten YouTube-Videos tauchten auf, in denen mit Playmobilfiguren gefüllte brennende Modellgondeln zum Absturz gebracht wurden und Märklin-Ho-Züge in Pappmaché-Tunnels explodierten. Um Viertel vor zehn brachte das *heute journal* die Meldung, dass eine Doppelhaushälfte am Rand von Neckarsulm offenbar beim Nachdrehen der Zugspitz-Krise von einem Siebenundzwanzigjährigen fahrlässig in Brand gesteckt worden war.
Die Schlachtschiffe des Journalismus taten sich schwer, denn die sogenannten Nachrichtenmagazine SPIEGEL und FOCUS hatten ihre montags erscheinenden Hefte bereits zum großen Teil gedruckt und versendet. Nur in Teilauflagen konnten Titelstörer und kleine Geschichten aufgenommen werden. So konzentrierten sich die Redaktionen auf die Berichterstattung im Internet und die printmediale Aufarbeitung des Falls in der nächsten Woche. Natürlich schickte jedes Magazin fünf Teams nach Garmisch.
Der *stern* jedoch freute sich über die Gnade des späten Erscheinungstermins. Der erst vor einem halben Jahr an Bord gekommene neue Stellvertretende Chefredakteur stammte aus München. Er war in Bayern sehr gut vernetzt und hatte als Einziger der gesamten Mannschaft bereits die Zugspitze alpinistisch erklommen. Daniel Warngauer hatte seine erste große Feuerprobe zu bestehen, denn man übertrug ihm die Verantwortung für die komplette Ausgabe. Am Donnerstag wollte er mit einem

Heft herauskommen, das aus den Kiosken gerissen würde wie Pferdewurst anno 1980 aus einer polnischen Metzgerei.
Er wusste auch, wen er anrufen musste, um exklusives Bildmaterial zu bekommen. Nur ein Mensch auf der Erde war verrückt genug, sich an diesem Tag auf Ski durch das Reintal in Richtung Zugspitze zu begeben. Ob dort oben Sodom oder Gomorrha herrschten, wäre diesem Mann völlig egal. Er hatte schon Bergfotos aus aller Welt geliefert, die aussahen wie Kunstaufnahmen und nicht ahnen ließen, dass sich der Fotograf im Augenblick des Auslösens in Todesgefahr befunden hatte. Außerdem war er ein Einheimischer und kannte jeden Liftler auf dem Zugspitzplatt.
Leider konnte Daniel Warngauer seinen Bekannten Thien Hung Baumgartner seit Stunden nicht erreichen, auch nicht über dessen Handynummer.
Die Bildredaktion konnte ihm keine vernünftige Alternative anbieten. Hätte er einen Fotografen gebraucht, der Sylt oder Rügen aus dem Effeff kannte, wäre das kein Problem gewesen, abgesehen davon, dass man den Mann noch dazu hätte überreden müssen, sich auf ein Gebiet zu begeben, auf dem scharf geschossen wurde. Mit Gewehren, nicht mit Kameras. In der Honorarkasse des *stern* würden sich schon die richtigen Argumente finden lassen.
Warngauer blätterte Fotografenverzeichnisse durch, googelte eine halbe Stunde herum und griff in seiner Verzweiflung zu dem Stapel Alpenvereinshefte, die er sich aus Verbundenheit zu seiner Heimat ins Büro nach Hamburg schicken ließ. Beim Durchblättern der letzten zehn Ausgaben von DAV-Panorama fiel ihm immer wieder ein Name auf. Der Name einer jungen Frau, die mit der Kamera in der Hand offenbar ebenfalls vor keinem Risiko zurückschreckte, so wie sein Favorit Thien Baumgartner. Die zudem schnell auf Ski war. Und die, wie er fand, äußerst sexy aussah.
Er ließ sich von seiner Assistentin die Handynummer von Sandra Thaler aus Mittenwald beschaffen.

KAPITEL ZWEIUNDFÜNFZIG

Eibsee-Hotel, 20 Uhr 15

Was soll das heißen, es gibt nichts zu tun?« Der Landrat hatte sich aus seinem Urlaub am Tegernsee nun doch gegen Abend an dem Schauplatz der größten Katastrophe begeben, die sich im Landkreis Garmisch-Partenkirchen jemals ereignet hatte. Er musste zu Hause nur in den Lodenanzug schlüpfen, den er für offizielle Anlässe zur Demonstration seiner Heimatverbundenheit anzulegen pflegte. Er hoffte, dass ihn sein nicht zu überhasteter Auftritt am Eibsee beim Ministerpräsidenten und Parteichef in einem guten Licht dastehen ließ.
Nach seiner Ankunft im Hotel verschaffte ihm Krisenmanager Hans Rothier einen groben Überblick über die Ereignisse, die sich seit der Meldung eines Felssturzes am Mittag zugetragen hatten. Er berichtete dem Landrat auch, was in der Öffentlichkeit noch niemand wusste: dass der Ministerpräsident zusammen mit den von Brunnsteins im Schneefernerhaus festsaß.
Im Moment war tatsächlich nichts zu tun. Relative Ruhe herrschte im Konferenzraum »Forelle« des Eibsee-Hotels. Ab und an rauschte eine nur für Eingeweihte verständliche Funkmeldung von Feuerwehr oder THW durch den Raum, die aber auch nur den Status bestätigte. Drüben auf der österreichischen Seite wurde mit allen zur Verfügung stehenden Kräften geborgen. Natürlich kam es zu Engpässen. Es gab gar nicht so viele Bergwachtler und Sanitäter in der näheren Umgebung. Sie wurden bis aus dem Allgäu, dem Inntal und seinen Seitentälern und sogar aus der Schweiz angefordert.
Vier Hundertschaften Bereitschaftspolizei hatten seit dem späten Nachmittag versucht, die Straßen für die Retter freizubekommen. Zwischen Murnau im Norden, Reutte im Süden,

Innsbruck im Osten und Oberammergau im Westen ging niemand mehr rein oder raus aus dem Loisachtal, der nichts mit der Rettung, dem Krankentransport in die umliegenden Spitäler oder der Versorgung der Bevölkerung mit Lebensmitteln zu tun hatte. Das Klinikum Garmisch-Partenkirchen und die Unfallklinik Murnau verlegten alle Patienten, die irgendwie transportfähig waren, in andere Spitäler in ganz Bayern. Man brauchte den Platz für Verletzte, die es vielleicht bald in großer Zahl geben würde.

Sämtliches medizinische und Pflegepersonal wurde aus dem Urlaub oder aus dem verlängerten Wochenende nach Hause gerufen. Im Radio wurden auch niedergelassene Ärzte sowie in anderen Einrichtungen beschäftigte Krankenschwestern und Pfleger dazu aufgefordert, sich in den Kliniken Garmisch-Partenkirchen und Murnau zu melden und für den Notfalldienst einteilen zu lassen.

Das alles ging seinen durch Hans Rothier und seine Kollegen vorbereiteten Gang. Auch wenn der Landrat jetzt Action sehen wollte, für den Moment gab es einfach keine. Action hatten sie an diesem Tag auch schon genug gehabt, wie Rothier fand. Und wer konnte sagen, wann es wieder welche geben würde.

KAPITEL DREIUNDFÜNFZIG

Uyuni, Dezember 2011

»Sind wir wirklich sicher, dass wir es tun wollen?« Pedro sah alle zwölf reihum direkt an.
»Ja, wir sind sicher.« Wie aus einem Mund kam die Antwort.
»Ist jeder Einzelne von euch sicher, dass er das tun will?«
»Ja, ich bin sicher.« Wieder waren die einzelnen Stimmen in der kleinen Hütte nicht voneinander zu unterscheiden; Mi Pueblo sprach wie ein Mann.
»Wir werden es tun.« Pedro führte ihr selbst entworfenes Glaubensbekenntnis fort.
»Ich werde es tun!«, schallte es zurück.
»Wir tun es für uns. Wir tun es für unsere Kinder. Wir tun es für unsere Eltern. Wir tun es für unsere Ahnen. Wir tun es für das Volk der Aymara!«
»Ich tue es für mich. Ich tue es für meine Kinder. Ich tue es für meine Ahnen. Ich tue es für das Volk der Aymara!«, antwortete die Gruppe.
»Wir lassen uns nicht aufhalten. Durch nichts und niemanden.«
»Ich lasse mich nicht aufhalten. Durch nichts und niemanden.«
»Unser Leben zählt nichts. Wir geben es hin für die gerechte Sache unseres Volkes.«
»Mein Leben zählt nichts. Ich gebe es hin für die gerechte Sache unseres Volkes.«
»Wir opfern unsere Unschuld, um unserem Volk ein Leben in Freiheit zu ermöglichen.«
»Ich opfere meine Unschuld, um meinem Volk ein Leben in Freiheit zu ermöglichen.«
»Wir sind bereit, für den Himmel unseres Volkes selbst in die Hölle zu gehen.«

»Ich bin bereit, für den Himmel meines Volkes selbst in die Hölle zu gehen.«
»Yo soy Mi Pueblo!«
»Yo soy Mi Pueblo!«
Pedro machte eine kurze Pause. Man hörte nichts als das Knistern des Feuers im Kanonenofen der Hütte. Draußen auf dem Salar war es weit unter null Grad.
»Es ist die goldene Geschichte unserer Vorfahren, die wir in eine goldene Zukunft für unsere Nachfahren verwandeln, indem wir Hunderte von Jahren der Unterdrückung beenden. Auch wenn wir nicht mehr sein werden, unser Volk wird sich an uns und unsere Taten auf ewig erinnern, und für Tausende von Jahren wird die Seele unseres Volkes Nahrung erhalten. Auf dass sie wächst und gedeiht und dieser See und dieses Land zu einem Garten Eden werden.«
Die zwölf Mitglieder von Mi Pueblo standen auf, stellten sich im Kreis um Pedro auf und schlossen die Augen. Pedro gab etwas Salz von der Kruste des Sees in den Steinmörser und nahm mit einem Blechlöffel ein Häufchen Asche aus dem Ofen. Ein paar Scheite eines der wenigen Bäume, die es in dieser Gegend gab, hatten sie an diesem Tag für die Zeremonie verbrannt. Bei dem Salzgehalt der Luft und in der Höhe wuchsen nicht viele Pflanzen. Auch die Asche gab Pedro in den Mörser, dann träufelte er aus einem kleinen blauen Fläschchen etwas Weihwasser hinzu; Padre Simeon hatte es ihm für seine angebliche Expedition in die Berge gegeben. Pedro verrieb das Ganze mit dem Schlegel zu einem hellgrauen Brei, tauchte seinen Zeigefinger in die Paste und malte jedem seiner Anhänger ein Kreuz auf die Stirn. Es sollte sie schützen und ihnen die Entschlossenheit verleihen, mit der Jesus Christus für die Menschheit gestorben war. Dann nahm Pedro den getrockneten Lamafötus, den er in La Paz in der als »Hexengasse« bekannten Calle Linares hinter der Kirche San Francisco an einem der Stände erworben hatte. Die Uru-Frau mit dem melonenartigen Hut hatte behauptet, der

Fötus habe besonders große Zauberkraft in sich, denn er stamme von einer Alpaka-Kuh, die in einer Vollmondnacht geschlachtet worden sei.
Pedro legte den ledrigen Kadaver in das Loch, das er vor der Zeremonie in das Salz gehackt hatte. Bei neu errichteten Häusern wurden Lamaföten in die Fundamente eingemauert, um den Schutz der großen und in allen Dingen wohnenden Pachamama zu erwirken. Sie sollte nun auch die Bruderschaft von Mi Pueblo beschützen.
Pedro schob das Salz, das er aus dem Loch gehackt hatte, über die getrocknete Leiche des ungeborenen Lamababys und stampfte mit seinem linken Fuß dreizehnmal darauf. Dann war jeder der zwölf Kameraden an der Reihe, dieses Ritual für das feste Fundament ihrer Bruderschaft zu wiederholen. Dabei murmelte Pedro immer wieder von vorn die Formel, die er sich aus alten Büchern der Jesuiten aus lateinischen, hebräischen und deutschen Texten zusammengereimt hatte und die nur er verstand.
Zu guter Letzt zog Pedro aus der rechten Brusttasche seines olivgrünen Militärhemdes eine aus Kuba importierte Cohiba-Zigarre. Ein halbes Vermögen hatte er in dem Tabakladen in Sucre dafür ausgegeben. Nur hier, in der Hauptstadt, wo der Oberste Gerichtshof saß und die wirklichen Honoratioren des Landes ihre Geschäfte betreiben, gab es so etwas überhaupt. In La Paz, wo der Präsident und seine sozialistische Regierung saßen und wo die schlecht bezahlten Ministerialbeamten die Hand für Schmiergeld offen hielten, rauchte man die billige Ware aus der volkseigenen Produktion.
Er entzündete die Cohiba mit einem Streichholz und nahm einen tiefen Lungenzug. Anschließend musste er sich sehr beherrschen, nicht laut loszuhusten.
Er gab die Zigarre weiter an seinen kleinen Bruder José, der es ihm gleichtat, bevor er sie seinerseits dem nächsten Kameraden in der Runde reichte. Nachdem sie alle den Rauch einer Tabak-

pflanze, gewachsen in der Erde des Landes, in dem Ernesto »Che« Guevara seinen größten Erfolg gefeiert hatte, in ihre Lunge gesogen hatten, warf Pedro den Rest der Cohiba auf das Grab des Lamafötus und trat sie aus. Damit drückte er ein Stück Che in den Boden des Landes Bolivien, in dem sein größter Held gestorben war.

Der Pakt zwischen Pedro und den Seinen war mit dieser Zeremonie endgültig besiegelt. Jedes Mitglied von Mi Pueblo würde bis zum letzten Atemzug für die Freiheit und die Zukunft des Volkes der Aymara und des Landes Bolivien kämpfen.

KAPITEL VIERUNDFÜNFZIG

Bundeskanzleramt, 21 Uhr

Meine Damen und Herren, ich habe jetzt mit den wichtigsten Staatsoberhäuptern telefoniert. Hat ein bisschen länger gedauert, das Ganze. Ich kann Ihnen eines sagen: Keiner hatte diese Geschichte auf dem Radar.«

Der Staatssekretär des Innern richtete sich auf und blickte erleichtert in die Runde. Wenn die Präsidenten von Amerika und Russland nichts von dem Überfall gewusst hatten, wie hätten er und sein Minister dann etwas ahnen sollen.

»Zumindest behaupten sie, nichts gewusst zu haben«, relativierte die Kanzlerin ihre eigene Aussage. Der Staatsminister des Innern sank wieder ein Stückchen in sich zusammen.

»V-Fall?« Der Oppositionsvorsitzende konnte es nicht erwarten, dass die Kanzlerin den Bundestag zu einer Sondersitzung einberief. Nur mit Zweidrittelmehrheit konnte man laut Grundgesetz den Verteidigungsfall ausrufen. Wenn in der Begründung der Regierung auch nur eine Ungereimtheit zu finden war, konnte die Opposition den Antrag abschießen. Das wäre eine Katastrophe für die Regierung und vor allem für die Kanzlerin. In Deutschland und auf der ganzen Welt wäre dann klar, dass sie es nicht konnte. Sie würde in diesem Fall wohl die Konsequenzen ziehen müssen.

»Nein, kein Verteidigungsfall und also auch kein Bündnisfall«, antwortete sie jedoch auf seine Frage. »Wir müssen das allein hinkriegen, auch ohne die NATO. Noch ist das kein WorldTrade-Center-Fall. Die Befugnisse sowie die Fähigkeiten unserer Polizei und des Grenzschutzes reichen derzeit aus. Die Bundeswehr unterstützt. Wir werden allerdings den Schulterschluss mit unseren österreichischen Nachbarn suchen und

auch anstehende Polizeiaktionen gemeinsam durchführen. Dazu wird im Moment ein virtuelles Lagezentrum für uns und Wien hergestellt.« Die Kanzlerin hatte wohl in der letzten Stunde mehr erledigt als nur drei kurze Telefonate.
Dem Oppositionsführer war dadurch nicht die Laune zu vermiesen. Man musste ganz genau beobachten, was die Bundeswehr machte und ob die vom Grundgesetz vorgesehenen Grenzen ihres Einsatzes im Innern nicht überschritten wurden. Die Chancen standen gut, der Regierung im Nachklapp einen Strick aus der ganzen Geschichte drehen zu können. Entweder weil die Bundeswehr nicht verfassungskonform vorgegangen war und ihre Kompetenzen überschritten hatte oder weil der Spannungs- oder der Verteidigungsfall nicht rechtzeitig ausgerufen worden war. Da der Verteidigungsminister außer Gefecht gesetzt war – oder sich selbst außer Gefecht gesetzt hatte, wie man in der Öffentlichkeit behaupten konnte –, fiel die Verantwortung für die ganze Chose auf die Kanzlerin selbst.
»Wir werden jetzt einen Verhandlungsführer bestimmen.« Die Kanzlerin machte nicht den Eindruck, als würde diese Schlüsselperson wie bei einer Klassensprecherwahl durch Handzeichen gewählt.
»Der Staatssekretär des Innern wird hier gebraucht«, ließ sie dessen Hoffnung auf einen enormen Karrieresprung platzen, »der Innen- und der Außenminister machen Urlaub, und der Verteidigungsminister steht auch nicht zur Verfügung, wie Sie mittlerweile wissen dürften. Daher schlage ich nach Beratung mit den Spitzen der Bundespolizei, des Grenzschutzes und der Bundeswehr Frau Kapitän zur See Kerstin Dembrowski vor.«
Den versammelten Männern fielen wie auf Kommando die Kinnladen runter. Mit offenen Mündern saßen sie da. Die Gehirne der meisten Sitzungsteilnehmer hatten offenbar Schwierigkeiten, die beiden Worte »Kapitän« und »Frau« in einen logischen Zusammenhang zu bringen. Sie starrten die Kanzlerin an, als ob sie sich vergewissern müssten, dass diese Begriffe so-

eben zwischen den zurückhaltend geschminkten Lippen geschlüpft waren. Dazu schrieben die Augen der Versammelten ein großes »Kerstin wer« mit drei Fragezeichen in die Luft über den Konferenztisch.

Dann drehten sich die Köpfe, und alle Blicke richteten sich auf die zierliche Person am hinteren Ende des Konferenztischs, auf die die Kanzlerin mit der flachen Hand deutete.

Kerstin Dembrowski hatte den ganzen Abend noch keinen Ton von sich gegeben, sondern eifrig auf ihrem Tablet-PC mitgeschrieben. Diejenigen im Raum, die nicht wussten, wer sie war – und das waren die allermeisten –, hatten sie die ganze Zeit über für eine Art Sekretärin des neben ihr sitzenden Bundeswehr-Generalinspekteurs gehalten. Der war zusammen mit dem Geheimdienst-Koordinator und dem Chef der Bundespolizei einer der wenigen Männer am Tisch, die ein zufriedenes Gesicht machten.

Auch in der langen Sitzungspause hatte sich niemand mit der jungen Frau unterhalten. Erst jetzt fiel dem einen oder anderen in der Runde auf, dass sie in der Pause gar nicht da gewesen war. Klar, sie hatte wahrscheinlich die ganze Zeit über an der Seite der Kanzlerin gesessen, während diese mit den anderen Staatenlenkern telefoniert und ihre Pläne geschmiedet hatte.

»Kapitän Dembrowski, wenn Sie sich bitte kurz vorstellen würden. Ich glaube, nicht jeder in diesem Raum weiß, wer Sie sind.«

Kerstin Dembrowski musste sich nicht aufrichten, als sie von der Kanzlerin das Wort erteilt bekam. Sie saß immer kerzengerade. »Kapitän zur See Kerstin Dembrowski, Marinestützpunkt Eckernförde. Psychologie-Ausbilderin der Kampfschwimmer. Promoviert in Psychologie an der Helmut-Schmidt-Universität in Hamburg. Lehraufträge an der United States Military Academy in West Point. Auslandseinsätze am Horn von Afrika, im Libanon und Afghanistan. Derzeit abkommandiert ins Kanzleramt als Koordinatorin der einheitlichen psychologischen

Verhandlungsausbildung der Teilstreitkräfte sowie der Bundespolizei und des BND.«

Die meisten Männer am Tisch saßen immer noch mit offenem Mund da.

Die Überraschung hielt an, und die Runde schwieg eine gefühlte halbe Ewigkeit lang. Dann begann der Chef der bayerischen Landesgruppe zu glucksen. Er war, nachdem der Bayerische Ministerpräsident nun ausfiel, als oberster Bayer in die Kanzlerrunde berufen worden.

»Mit Verlaub, Frau Bundeskanzlerin, und bei allem Respekt vor den zweifelsfrei beachtlichen Leistungen, die diese junge Dame schon erbracht hat, aber Sie wollen die Marine ins Hochgebirge schicken? Bin ich im Quatsch Comedy Club auf RTL gelandet?«

»Sparen Sie sich doch Ihre Stammtischsprüche für das nächste Weißwurstfrühstück in der Bayerischen Vertretung, Herr Doktor«, entgegnete die Kanzlerin ungerührt. »Frau Dembrowski soll nicht rodeln, sondern reden. Sagen Sie doch gleich, dass es Ihnen nicht passt, dass eine Frau den Job übernimmt. Außerdem läuft der Quatsch Comedy Club auf Ihrem Heimatsender Pro Sieben.«

Der Bayer wurde still. Nicht nur die Frauen in der Runde maßregelten seinen Ausbruch mit tadelnden Blicken und Kopfschütteln.

Schließlich unterbrach eine junge Frau, die zwei Plätze neben der Kanzlerin saß, das peinliche Schweigen.

»Na ja, mal Spaß beiseite: Ob Islamisten mit einer Frau verhandeln, wage ich zu bezweifeln ... muss jetzt sogar ich sagen.«

Die Kanzlerin strafte die Rednerin mit einem strengen Seitenblick. »Gerade von meiner Familienministerin hätte ich einen solchen Einwand nicht erwartet. Jetzt mal für alle zum Mitschreiben: a) Wer weiß denn, ob es Islamisten sind? b) Kapitän Dembrowski hat ebenso mit afghanischen Freischärlern verhandelt wie mit somalischen Piraten. Die haben immer mit ihr

gesprochen. Zig Zivilisten und Soldaten verdanken ihrem Verhandlungsgeschick ihr Leben. Machen Sie sich keine Sorgen, Kapitän Dembrowski ist mit den nötigen Vollmachten ausgestattet, sie spricht fünf Sprachen fließend, darunter auch Arabisch, falls Sie das beruhigen sollte. Und nun bitte ich die Angehörigen des Sicherheitskabinetts in das andere Zimmer. Sie wissen schon, das abhörsichere. Die anderen können bleiben oder nach Hause gehen. Und denken Sie an die Nachrichtensperre. Die Sitzung ist geschlossen. Gute Nacht.«
Mit dieser Ansage verschwand die Kanzlerin durch die Tür, die direkt in ihr Büro führte. Die Aufgerufenen traten durch die doppelflügelige Haupteingangstür des Raums in den Gang hinaus. Ihnen folgten die, deren Positionen nicht so wichtig waren, dass sie einen Sitz im Sicherheitskabinett innegehabt hätten.
Erst einmal musste auf dem Gang an den gekippten Fenstern dem Rauchverbot zum Trotz heftig gequarzt werden. Die junge Kapitänin entschwand unterdessen durch eine Tür, hinter der sich ein schmaler Gang mit einer Treppe befand. Die führte direkt vom vierten Stock hinunter in den Kanzlergarten, wo die Cougar der Flugbereitschaft mit warmgelaufenen Turbinen auf sie wartete.

KAPITEL FÜNFUNDFÜNFZIG

Langley, CIA-Zentrale, 12:00 a. m. Ostküstenzeit

Chuck Bouvier rotierte. Und mit ihm die komplette Abteilung »Doppelverdeckte Einsätze«. Die Nummer war komplett in die Hose gegangen. Das waren keine der üblichen Kollateralschäden, wie zivile Opfer beschönigend im Militärsprech genannt wurden – das war eine Katastrophe. Einhundert tote Zivilisten in der von ihm geleiteten Aktion. Das konnte das Ende seiner Karriere bedeuten. Das *war* wahrscheinlich das Ende seiner Karriere. Wenn er sie jetzt noch retten konnte, dann dadurch, dass er die Situation noch in den Griff bekam. Und zwar schnell. Er war dummerweise nicht nur einen Ozean weit von den Geschehnissen entfernt, sondern hatte vor Ort nur einen Mann, der das Unternehmen überwachte.

Er fragte sich, wann sie begonnen hatten, sich zu sehr auf elektronische Überwachung und Steuerung zu verlassen. Die Bilder, die John McFarlands Kameras seit Stunden lieferten, dokumentierten das komplette Versagen seiner Abteilung. Vorhin hatten sie auch noch einen Mann im Zug erschossen. Einfach so. Kaltblütig. Als ob die Sprengung der Seilbahn und der Abschuss des Hubschraubers nicht schon gereicht hätten. Sie zeigten nicht nur militärisch-taktisches Vorgehen, sondern persönliche eiskalte Brutalität.

Wen, zum Teufel, hatten sie da ausgebildet und in den Einsatz geschickt? Hatten sie sich in Pedro und seiner Truppe so getäuscht? Wie war das möglich? Sie hatten die Gruppe von Beginn ihrer Islamisierung und Radikalisierung an auf dem Schirm gehabt. Alle dreizehn Männer hatten in ihrer Freizeit im Internet immer wieder islamistische Webseiten aufgerufen. Sie hatten Arabisch gelernt. Zwei Jahre lang hatten sie einen von ihren

Familien unbemerkten inneren Wandel von strengen Katholiken zu radikalen Moslems vollzogen. Sie hatten sich in dieser Hütte am See getroffen und ihre eigenen Hetztexte verfasst, die sie eines Tages in den Kirchen rund um den Salzsee auf Flugblättern in den Gottesdiensten verteilen wollten. Immer weiter hatten sie sich radikalisiert und schließlich Interesse an einer Ausbildung als Gotteskrieger bekundet. Tausende von E-Mails, SMS und Telefonaten zwischen Pedro und seiner Gruppe hatte die NSA ausgewertet.

Als sich der Kontaktmann – einer der besten und erfahrensten Männer der Firma – schließlich an sie herangemacht hatte, konnte er die bisherigen Eindrücke nur bestätigen: Die dreizehn sprachen, wenn sie unter sich waren, meist arabisch, sie lasen gemeinsam im Koran und stachelten sich gegenseitig auf. Als sie schließlich alle gemeinsam in ein Al-Qaida-Lager wollten, war es ein Leichtes, ihre Internetrecherchen dorthin zu führen, wo sie fündig werden sollten: auf den Seiten der CIA-eigenen Lager im Jemen.

Dort wurden sie in allen Künsten des Guerillakrieges ausgebildet, dabei aber ständig »gemonitored«, also genauestens beobachtet, überwacht und kontrolliert. Es war nie auch nur der Hauch eines Zweifels aufgekommen, dass die jungen Bolivianer zu glühenden Verehrern der Lehren des Mohammed konvertiert und bereit waren, ihr Leben dafür zu geben, diese auf der ganzen Welt zur führenden und alleinigen Religion zu machen.

Und nun das.

Wäre Chuck Bouvier nicht der Vollprofi, der er in dreißig Jahren Zugehörigkeit zum Auslandsgeheimdienst der Vereinigten Staaten geworden war, hätte er nicht gewusst, wo er in dieser Lage hätte anfangen sollen. Es gab so viele Fragen – und so viele Kanäle, die er jetzt nutzen konnte. Aber was hatten diese Kanäle in dieser Sache bisher gebracht? Zu einer kompletten Fehleinschätzung der von ihm ausgewählten doppelverdeckten Agenten hatte der Informationsüberfluss geführt. Er würde sich auf all die Elektronik zukünftig nicht mehr verlassen. Er würde von nun an analog vorgehen.

Dummerweise kostete analoges Vorgehen Zeit. Zeit, Menschen von einem Ort an den anderen zu bringen, wo sie sich an die Lage heranarbeiten mussten. Diese Zeit hatte Chuck Bouvier eigentlich nicht. Dennoch schickte er zwei Agenten der bolivianischen CIA-Niederlassung in der Botschaft in La Paz sofort an den Salar de Uyuni. Sie sollten dort jeden Stein umdrehen und jeden befragen, vor allem Leute, die sie in den letzten fünf Jahren noch nicht über Pedro und seine Kumpanen ausgehorcht hatten. Irgendjemand musste mehr über sie wissen. Wer Pedro eigentlich war, was er vorhatte, warum er und zwölf seiner Freunde zu Islamisten geworden waren. Und ob sie es tatsächlich geworden waren.

Bouvier hatte innerhalb einer halben Stunde drei der bolivianischen Kollegen mit den entsprechenden Vollmachten ausgestattet und per Hubschrauber in Richtung Salar de Uyuni in Marsch setzen können. Sie sollten Ergebnisse bringen, und das schnell. Dieses Mandat und die Position des Unterzeichners öffneten den Korridor der Vernehmungsmethoden ziemlich weit.

In Garmisch-Partenkirchen brauchte John McFarland dringend Verstärkung. Diese ins bayerische Oberland zu bekommen ging wesentlich schneller als ins bolivianische Hochland. Sie war eigentlich immer dort. Das Personal des »Edelweiss Lodge and Resort« der Armed Forces Recreation Center (AFRC) in Garmisch, bestand zu einem Drittel aus ehemaligen oder aktiven Mitarbeitern aller möglichen amerikanischen Dienste. In Oberammergau gab es darüber hinaus die NATO-Schule, in Garmisch-Partenkirchen zudem das ehemalige Russian Institute, das mittlerweile weniger eindeutig als George Marshall Center firmierte, aber immer noch eine der schönstgelegenen Spionageschulen war, die die Amerikaner auf der Welt betrieben.

Drei seiner Mitarbeiter in Langley hatten in kurzer Zeit eine Liste von zehn Leuten erstellt, die sich in fünfzig Kilometern Umkreis um die Zugspitze aufhielten und sofort zu einem Einsatz unter Gefechtsbedingungen in der Lage waren.
Ein Name auf dieser Liste sprang ihm sofort ins Auge: der des Ehepaares Hargraves.
Er verzog das Gesicht zu einem schiefen Grinsen.

KAPITEL SECHSUNDFÜNFZIG

Waggon der Zugspitzbahn, 22 Uhr 30

Thien wurde allmählich wahnsinnig. Geduld war nie seine Stärke gewesen. Jetzt saß er seit annähernd zwölf Stunden in der Zugspitzbahn fest. Dazu kam die Bewegungslosigkeit, zu der er und seine Mitgefangenen verdammt waren. Was Hunger und Durst ihrer Geiseln anbelangte, hatten die Terroristen vorgesorgt. Sie verfügten über einen scheinbar unerschöpflichen Vorrat an Müsliriegeln, Schokolade, Keksen und Wasser in kleinen Plastikflaschen. Thien konnte von seiner Position aus nicht sehen, woher sie das ganze Zeug holten, das sie unter den Leuten austeilten. Eine ganze Weile lang hatte er angestrengt darüber nachgedacht. Ob sie die Sachen in dem leeren nach unten fahrenden Zug gefunden hatten? Zufällig? Eine falsche Lieferung in das SonnAlpin-Restaurant, die man ins Tal zurückgeschickt hatte? Waren sie durch geschickte Logistik vielleicht selbst für diese falsche Lieferung zuständig? Oder hatten sie Komplizen unter den Bergbahnbediensteten? Das wohl am allerwenigsten. Vielleicht hatten sie das ganze Zeug auch im Tunnel gebunkert. Wie so vieles, was sie benötigten: Waffen, Sprengstoff ... Was konnten sie noch alles hier heraufgeschafft haben?

Auch Thien kannte natürlich die Geschichte des Lada-Händlers, der seinem Stammtisch hatte zeigen wollen, was seine Russenkiste alles konnte. Die Trunkenheitsfahrt war in Garmisch-Partenkirchen zur Legende geworden. Konnte so etwas dreißig Jahre später noch einmal passiert sein? Hatten sie einfach mit Jeeps die Sachen in den Tunnel geschafft? Gab es da nicht diese Tore an den Tunneleinfahrten?

Thien grübelte und grübelte. Sich darüber mit seinem augenzwinkernden Freund auszutauschen war zu kompliziert. Er beschäftigte sich mit diesen Fragen ohnehin nur, um sich von den Gedanken an die Fotos für den *American Mountaineer* und an das Telefonat mit Sue, der Art-Direktorin, abzulenken. Wenn das alles durch diese idiotischen Terroristen kaputtging, war er erledigt. Dann sollten sie ihn doch lieber gleich erschießen. Aber so weit würde er es nicht kommen lassen. Er hatte einen Plan. Mit Hilfe seiner Nikon und seines blinzelnden Freundes Craig wollte er den Spieß umdrehen. Er musste nur Geduld haben. Zum ersten Mal in seinem Leben. Er hoffte, dass es nicht das letzte Mal sein würde.

Thien begann, Craig seinen Plan zuzublinzeln. Der hatte sich mittlerweile auf zwei Pinkelausflügen hinter den Zug ein Bild von der Lage gemacht, zumindest von der am unteren Felssturz. »We need to control MG«, morste Thien ihm zu. Eigentlich war es doch einfach: Wenn einer von ihnen den Mann im MG-Nest ausschaltete und das Maschinengewehr anstatt auf den Felssturz auf die Züge richtete, konnten sich die Entführer nicht mehr zwischen ihnen hin und her bewegen, ohne sofort abgeknallt zu werden. Dazu musste man bei einer Pinkeltour die Bewacher kurzfristig verwirren, idealerweise sofort ausschalten und schnell in das MG-Nest springen und den Mann dort außer Gefecht setzen.

Thien hoffte, dass er die Terroristen mit Schlägen seiner Nikon unschädlich machen konnte. Es müsste möglich sein, ihnen mit der kantigen Kamera die Schädel einzuschlagen, wenn man sie an ihrem schwarzen Riemen ordentlich schwang. Doch alles, was er über »lautloses Töten« wusste, kannte er aus Filmen und Büchern. Er selbst hatte noch nie an irgendjemanden Hand angelegt. Er wusste eigentlich nichts darüber, wie man Menschen mit bloßen Händen ausschaltete. War es wirklich so, dass ein gezielter Schlag mit der Handkante auf die Halsschlagader einen Gegner sofort ohnmächtig werden ließ? Konnte man wirklich durch einen heftigen Zweifingerstoß auf den Kehlkopf seinen Gegner töten? Und wäre er, Thien Hung Baumgartner, der

den Militärdienst verweigert und lieber Omas Essen auf Rädern gebracht hatte, als sich in der Gebirgsjägerkaserne in Mittenwald als »Schlitzauge« oder »Charlie« verspotten zu lassen, dazu überhaupt in der Lage?
Bei den allfälligen Keilereien in den Boarderkneipen rund um den Globus hatte er immer lieber eine Beobachterrolle eingenommen, ganz seinem Beruf verpflichtet. Er hatte in der Tat noch nie einem anderen Menschen auch nur eine Ohrfeige verpasst, geschweige denn eine Faust ins Gesicht gerammt. Auch wenn er dazu schon öfter Lust gehabt hätte. Doch als Kind des Krieges wollte er dazu beitragen, dass sich die Welt mit weniger Gewalt weiterdrehte.
Musste er jetzt dieses Prinzip über Bord werfen, um hier herauszukommen? Wenn es ihm keiner abnahm, dann musste er. Und er wusste, dass niemand außer ihm in diesem Zug verrückt genug war, sich mit zwei Handvoll Terrorkämpfern anzulegen. Außer diesem alten Amerikaner dort drüben. Denn der zwinkerte eben zurück: »Know how MG works? I do. Let me get out and get it.«

KAPITEL SIEBENUNDFÜNFZIG

Eibsee-Hotel, 23 Uhr 07

Der Pilot der Cougar setzte Kapitän zur See Kerstin Dembrowski, nur vier Minuten nachdem sie am Spreeufer gestartet waren, auf dem militärischen Teil des Flughafens Tegel ab, wo bereits eine Challenger 601 der Zweiten Lufttransportstaffel mit laufenden Turbinen auf sie wartete. Keine vierzig Minuten später erreichte die kleine zweistrahlige Maschine den Fliegerhorst Fürstenfeldbruck bei München. Dort nahm sie eine weitere Cougar der Flugbereitschaft auf – es war der Helikopter, der am frühen Nachmittag den Verteidigungsminister an den Eibsee geflogen hatte – und brachte sie an den Fuß der Zugspitze.

Dort meldete sie sich beim Krisenstab im Raum »Forelle« und wies sich den Männern durch das offizielle Schreiben der Kanzlerin als für Verhandlungen mit den Geiselnehmern berechtigt aus.

»Das Problem ist nur«, erklärte ihr Katastrophenschützer Hans Rothier, »es gibt immer noch nichts zu verhandeln. Sie haben keine Forderung gestellt. Nach knapp zwölf Stunden. Das ist doch zumindest ungewöhnlich, oder?«

Kerstin Dembrowski hatte den ganzen Abend über auf ihrem Laptop die Meldungen, die Rothier nach und nach in seine Katastrophen-Koordinationssoftware eingegeben hatte, verfolgt.

»Das ist nicht das Problem«, meinte Dembrowski. »Die haben das Zeitproblem, nicht wir. Die wollen etwas von uns. Unser Problem ist, dass wir nicht wissen, was sie noch alles in die Luft sprengen können. Das schafft ein großes Informationsungleichgewicht zu unseren Ungunsten. Und das ist eine schlechte Verhandlungsposition.«

»Wir haben alle möglichen Sprengstoffhunde aus Bayern angefordert«, berichtete der anwesende Bundeswehroffizier Major Mainhardt. »Aber auf den Gipfel bekommen wir die jetzt nicht mehr. Höchstens huckepack von Gebirgsjägern getragen durch das Reintal. Und das ist bei diesem Schneesturm praktisch unmöglich. Es würde bei strahlendem Sonnenschein schon mindestens acht Stunden dauern.«
»Gehen wir doch einfach vom Schlimmsten aus«, meinte Dembrowski. »Was könnten die dort oben vermint haben?«
Zugspitzbahnchef Hans Falk meldete sich zu Wort. »Im schlimmsten Fall nicht nur unsere Seilbahn, wovon ich ausgehe, sondern auch die Fundamente der Gipfelstationen. Unsere zum Beispiel sitzt dort oben wie ein i-Tüpfelchen auf dem Fels. Ist alles sauber betoniert, aber die Tragseile der Seilbahn gehen durch die Station hindurch und sind auf der Rückseite des Berges unterhalb des Gebäudes im Fels verankert. Die Seile laufen also über den Gipfel und halten durch ihr Gewicht die Station darauf fest. Technisch brillant, die Lösung. Doch wenn die Terroristen es schaffen, die Verankerungen auszusprengen, zieht das Gewicht der Seile zwei riesige Betonklumpen mit irrsinniger Wucht durch die Station. Ich weiß nicht, ob die dabei nicht ganz zu Tal gerissen wird.«
»Tausende von Toten«, befürchtete der THW-Mann. »Auf der österreichischen Seite liefen die Tragseile an der Gipfelstation vorbei, doch dort gibt es nur noch ein Tragseil.«
»Weiter im Text«, forderte Kerstin Dembrowski. »Was kann passieren?« Die Männer saßen alle schon lange Stunden vor ihren Bildschirmen und hatten ein Horrorszenario zu verwalten, ohne etwas dagegen ausrichten zu können. Die Motivation tendierte mittlerweile nahezu gegen null. Sie brauchten neuen Anschub, um den Verstand in Schwung zu bringen. »Alles, was wir wissen, hilft den Menschen dort oben!«
»Sie könnten das SonnAlpin vermint haben«, sagte August Falk. »Das ist im Grunde ein ganz normaler Betonbau. Er ist

komplett unterkellert, vom Gipfelbahnhof Zugspitzplatt bis zu den Pistenraupengaragen. Wenn man die tragenden Säulen sprengt, fällt das Ganze zusammen.«
»Wie wahrscheinlich ist das im Vergleich zu der Geschichte mit den Seilen?«, hakte Dembrowski nach.
»Viel wahrscheinlicher. Durch den Bahnhof unter dem SonnAlpin gehen täglich mehrere tausend Menschen. Da herrscht in Spitzenzeiten ein Gewusel wie in einem Großstadtbahnhof. Fällt niemandem auf, wenn da an den richtigen Stellen Bomben plaziert werden. In jedem Herbst während der Revisionspause wird innen alles dampfgestrahlt und neu bemalt. Da würden solche Pakete schon auffallen. Aber wenn sie die seit Dezember irgendwo deponiert haben ... Die Verankerungen der Tragseile sind hingegen so angebracht, dass man jederzeit von der Gipfelstation aus sehen würde, wenn sich jemand daran zu schaffen macht. Müssten die, wenn, im Hochsommer gemacht haben, mit Bohrungen und so weiter. Seit Oktober liegt da ja immer mehr Schnee darauf, derzeit über fünf Meter.«
»Also, wir haben jetzt ein wahrscheinliches und ein weniger wahrscheinliches Szenario, mit dem sie uns drohen können, jeweils ein paar hundert oder tausend Menschen umzubringen, richtig?«, fragte Kerstin Dembrowski in die Runde und erntete ein einmütiges Nicken. »Was werden sie also, bei allen Erfahrungen, die wir mit ihnen gemacht haben, tun?«
Die Männer blickten sie fragend an.
»Richtig, das Unwahrscheinliche. Auf den Gipfel haben sie es abgesehen. Denn, meine Herren, dort gibt es nicht nur Tausende von Unschuldigen, die man mit einem Handstreich töten kann, sondern auch ein symbolisches Ziel, die meistverwendete Marke der Welt.«
August Falk fiel nichts außer dem Wort »Coca-Cola« ein. Es lag ihm auf der Zunge, aber angesichts des Ernstes der Situation wagte er es nicht auszusprechen.
Katastrophenschützer Hans Rothier schlug sich mit der flachen

Hand gegen die Stirn. »Logisch. Das Kreuz. Das goldene, wie ein Stern leuchtende Kreuz.«

»Am Dreikönigstag, dem Tag der Ankunft der Weisen aus dem Morgenland«, ergänzte Kerstin Dembrowski.

»Dann müssen wir die Gipfelstationen räumen«, meinte Rothier.

»Unmöglich, dort befinden sich jetzt mindestens zweitausend Menschen«, widersprach August Falk. »Wo wollen sie die hinbringen? Vergessen Sie nicht, auch das SonnAlpin und der Bahnhof Zugspitzplatt sind gefährdet, sogar mit – eigentlich – noch höherer Wahrscheinlichkeit, wie wir eben diskutiert haben.« Er war bereits voll und ganz auf die Linie der jungen Offizierin aus Berlin eingeschwenkt, aber ohne ihr völlig recht zu geben. Um Vorstand einer gemeindeeigenen Bergbahn zu werden, hatte er sich den Großteil seines Lebens als äußerst stromlinienförmig erweisen müssen, hatte sich aber stets seine eigene Meinung bewahrt.

»Ins Schneefernerhaus«, überlegte Rothier laut. »Dort ist fast niemand. Außer dem Minister, dem MP und dem Körber natürlich.«

»Vergessen Sie's«, entgegnete Falk. »Die Leute müssten mit der Gipfelbahn runter aufs Platt und von dort mit der kleinen Hangbahn hinüber zum Schneefernerhaus. Die Hangbahn hat aber nur noch vier Plätze, seitdem das Haus eine Forschungsstation ist.«

»Ich weiß gar nicht, warum Sie immer noch glauben, dass Sie die Leute dort oben mit Bergbahnen hin- und herbewegen können«, wunderte sich Dembrowski. »Ich gehe davon aus, dass nicht nur die Eibsee-Seilbahn, sondern alle Bahnen vermint sind. Zumindest können wir das im Moment nicht ausschließen. Und wissen Sie, wie viele Heckenschützen dort oben zwischen den Felsen ausharren? Nein, Sie müssen sich damit abfinden: Die Menschen dort oben bleiben, wo sie sind, und wir haben erst einmal keine Chance, sie irgendwo anders hinzutransportieren.«

Peinliches Schweigen folgte Dembrowskis Ausführungen. Ausgerechnet eine Frau, auch noch eine Marineoffizierin, erklärte den Gebirglern, was auf und an ihrem Berg ging und was nicht. Resigniert blickten die Männer zu Boden. Sie hatte leider recht. Jegliches beherzte Handeln, eigentlich die Stärke der Männer von Bergwacht, Feuerwehr, THW und Bundeswehr, nutzte nichts, war sogar kontraproduktiv. Sie alle mussten sich auf das Verhandlungsgeschick dieser Frau verlassen.

Nicht nur sie selbst im Konferenzraum »Forelle« im Eibsee-Hotel, sondern noch mehr die fünftausend Menschen, deren Leben zwischen 2600 und 2900 Metern im Schneesturm am seidenen Faden hing.

KAPITEL ACHTUNDFÜNFZIG

Flughafen Wien-Schwachat, Januar 2011

Allein dass die Flugzeit von La Paz bis Wien mit den beiden Zwischenstopps in Lima und New York über vierundzwanzig Stunden dauerte, war ein Vorteil für jemanden, der mit falschen Papieren reiste. Die Al-Qaida-Leute im Jemen hatten Pedro und seine Gefährten von Mi Pueblo mit peruanischen Pässen versorgt. Peruaner galten selbst in den Vereinigten Staaten, die alle Fremden unter Generalverdacht stellten und alle Einreisenden erkennungsdienstlich behandelten, indem sie Fingerabdrücke abnahmen und Augenscans durchführten, als ungefährlich, und der österreichische Zoll auf dem Wiener Flughafen winkte die Gruppe Südamerikaner, die mit Studentenvisa aus den USA einreisten, anstandslos durch.
In der eisigen Kälte des oberösterreichischen Hochwinters fühlten sich die dreizehn Guerilleros, zu denen sie in den vergangenen zwei Jahren im Jemen geworden waren, sofort wie zu Hause. Endlich wieder Temperaturen unter null. Die gab es im jemenitischen Hochland auch, aber nur nachts. Am Tag schien die Sonne auf der Arabischen Halbinsel auch im Winter unerbittlich heiß vom Himmel. Die wenigen Wochen, die sie nach dem Ende der Ausbildung und der Vorbereitung auf den Einsatz in der Heimat verbringen durften, um die Einreise nach Europa aus einem unverdächtigen südamerikanischen Land zu simulieren, hatten sie sehr genossen. Endlich wieder kalte klare Gebirgsluft. Davon würden sie auch in Deutschland, dem eigentlichen Ziel ihrer Reise, genug bekommen, obwohl dieses Land nicht so hoch gelegen war wie ihre Heimat. Nicht einmal ihr Einsatzort lag so hoch wie ihre Dörfer und Städte, obwohl es der höchste Berg dieses Landes war.

Auf ihrem Weg durch den Flughafen zum Bus schwiegen sie. Die Helligkeit und die Transparenz der Gebäude bannte sie ebenso wie die schlichte Tatsache, dass hier alle Böden sauber und die Abfallkörbe fast leer waren. Und dass tatsächlich niemand rauchte, wenn Rauchverbotszeichen dies untersagten. Das war also Österreich. Deutschland sollte noch sauberer sein, hatten sie gehört. Eine kaum denkbare Vorstellung.

Da sie bisher in ihrem Leben außer ein paar Umsteigeflughäfen nur den Jemen und ihr eigenes Land kennengelernt hatten, fühlten sie sich in ein anderes Universum versetzt, als sie eine Stunde später auf dem Stephansplatz vor dem Dom mitten im Zentrum der Bundeshauptstadt Wien standen. Dieser Platz war einmal der geistliche Mittelpunkt eines Weltreiches gewesen, das ihre Heimat einschloss. Mit dem Segen, der hier über Kaiser und Könige ausgesprochen worden war, wurden Armeen in Marsch gesetzt, die auch ihr Volk unterjocht hatten. Sie staunten über die Pracht, in der der Dom über ihnen erstrahlte.

Ihre Rucksäcke waren nicht allzu schwer, denn den größten Teil ihrer Ausrüstung würden sie sich hier und in Deutschland besorgen. Neugierig durchschritten sie die Straßen. Die Fußgängerzone der Mariahilfer Straße überwältigte sie mit ihren teuren Geschäften und großen Märkten, in denen sich schon die Kinder wie Models anziehen lassen konnten. Als sie den Ring mit seinen riesigen Hotelpalästen abliefen, kamen sie aus dem Staunen nicht mehr heraus. Sie hatten gewusst, dass sie in ein reiches Land kommen würden. Sie hatten aber nicht gewusst, was Reichtum wirklich bedeuten konnte.

An den Auslagen der Konditorei »Sacher« drückten sie sich die Nasen platt.

Dann wanderten sie die Denkmäler der österreichischen Kaiser und Könige im Bereich der Ringstraße ab. All diese Herrscher entstammten dem Geschlecht der Habsburger, deren spanische Linie Pedros Heimat jahrhundertelang ausgebeutet hatte.

Als sie das Burgtheater sahen, musste Pedro gegen die Tränen ankämpfen. Zu schön war das alles hier. Während in seiner Heimat die Männer mit vierzig starben, weil sie das wenige Silber, das die Spanier nicht geraubt und nach Europa gebracht hatten, zu ihrem kargen Broterwerb aus dem Berg kratzen mussten, flanierte man hier über prächtige Straßen und besah sich die Angebote der Luxusläden, und wem es zu kalt wurde, der setzte sich in ein Café oder Gasthaus und bestellte sich ein Mahl zu einem Preis, der in Pedros Heimat einem Wochenlohn entsprach.

Er versammelte seine Leute unter dem Erzherzog-Carl-Denkmal am Heldenplatz und zeigte ringsum auf die herrschaftlichen Häuser: »Das alles ist durch den Reichtum unserer Bodenschätze entstanden. Diese Stadt, dieses Land, der ganze Kontinent. Vergesst nie, dass Millionen unserer Ahnen in den Minen ihr Leben verloren haben. Wir werden das kein zweites Mal zulassen. Yo soy Mi Pueblo!«

»Yo soy Mi Pueblo!«, murmelte die Gruppe verschwörerisch zurück.

Die Uhr tickte. Sie hatten ein Jahr lang Zeit, die große Operation vorzubereiten – und den Auftrag der jemenitischen Al-Qaida-Ausbilder zu ihrem eigenen zu machen.

KAPITEL NEUNUNDFÜNFZIG

Mittenwald, 23 Uhr 20

Sandra Thaler konnte kein Auge zumachen. Die Welt war in den letzten Stunden über ihr zusammengebrochen. Nach der Skitour, die sie allein hatte beenden müssen, weil Markus aus irgendeinem unerfindlichen Grund wie der Teufel den Berg hinabgeschossen war – *Sicher wieder eine dieser lästigen Übungen, und das am Feiertag!*, hatte sie gedacht und war unbeirrt weiter nach oben gespurt –, war sie am frühen Nachmittag in ihre Wohnung zurückgekehrt, um dort in die heiße Badewanne zu steigen. Darin schlief sie über einem Heimatkrimi aus Unterammergau ein und döste gut zwei Stunden bei nachlaufendem Heißwasser vor sich hin, bis es draußen dunkel wurde.
Sie stieg aus dem Wasser und sah, dass Markus seit 14 Uhr 30 fünfmal versucht hatte, sie auf dem Handy anzurufen, das sie morgens in der Küche auf »stumm« geschaltet liegen gelassen hatte. Bevor sie seine Nachrichten abhörte, versuchte sie ihn zurückzurufen, doch er war übers Handy nicht zu erreichen. Noch im Bademantel setzte sie sich auf die Couch im Wohnzimmer und hielt sich das Mobiltelefon mit der rechten Hand ans Ohr, um die von Markus hinterlassenen Botschaften auf ihrer Mailbox abzuhören, während sie mit der linken den Fernsehapparat anschaltete. Auf allen Kanälen sah sie unglaubliche Bilder. Die Zugspitze. Helikopter landeten auf dem Eibsee wie Hummeln auf dem Käsekuchen. Eine abgestürzte Gondel. Und zu hören bekam sie ratlose Kommentatoren und dazu Markus' Nachricht: »Muss zum Einsatz. Zugunglück auf der Zugspitze. Komme eher morgen als heute wieder. Mach dir keine Sorgen. Ich liebe dich.«

Sie brauchte ein paar Minuten, um Markus' Worte mit den Fernsehbildern in einen Kontext zu bringen. Ihre Schlussfolgerung: Markus steckte dort oben mittendrin, was immer dort auch ablief.
Sie rief die Freundinnen und Frauen von Markus' Kameraden an, deren Nummern sie hatte. Alle hatten den gleichen Kenntnisstand: Die Mittenwalder Gebirgsjäger und allen voran der Hochgebirgszug waren zu einem Rettungseinsatz gerufen worden, der zu einem Anti-Terror-Einsatz geworden war.
Völlig geschockt und fassungslos ging Sandra in die Küche und machte sich einen Tee. Das alles sollte passiert sein, während sie das Dammkar raufmarschiert war, sich oben auf der Terrasse der Berggaststätte zur Freude der männlichen Touristen ein trockenes Oberteil angezogen und sich dann mit iPod für eine Stunde in einem Liegestuhl gesonnt hatte, während sie anschließend genüsslich durch den Neuschnee abgefahren und zu Hause sofort in die Badewanne gestiegen war. Sie hatte entspannt im warmen Wasser gedöst, während einhundert Menschen ein paar Berge weiter südlich ums Leben gekommen waren und fünftausend Menschen auf dem Gipfel ausharren mussten. Sie konnte nicht fassen, dass das alles überhaupt geschehen war. Und dass sie nichts von alldem mitbekommen hatte.
Dann überlegte sie, wer wohl von ihren Freunden und Bekannten dort oben war. Die Zugspitze war zwar gerade an einem Tag, der Touristen aus allen Richtungen anlockte, nicht der Berg der Garmisch-Partenkirchner und schon gar nicht der Mittenwalder, dennoch war sie sicher, dass sie noch weitere schlechte Nachrichten erhalten würde. Die schlechteste für sie war allerdings, dass ihr Markus mitten in diesem Schlamassel steckte.
Sie telefonierte mit ihren und dann mit Markus' Eltern. Doch die wussten auch nicht mehr, als Sandra schon über Fernsehen, Radio und Internet hatte in Erfahrung bringen können. Mutmaßlich islamische Terroristen. Im Werdenfelser Land. Ein Wahnsinn, da waren sich alle einig.

Die Acht-Uhr-Nachrichten hatte sie sich gar nicht mehr angesehen. Sie ging ins Bett, um sich unter der Decke zu verkriechen wie in eine schützende Höhle, die sie vor all den Schrecken dieser Welt bewahren sollte. Sie wollte sich nur noch klein machen und schlafen, in der Hoffnung, dass sich die Situation bald regeln würde, über Nacht sozusagen, und dass Markus am Morgen plötzlich vor ihrem Bett stehen würde, gesund und munter.

Doch sie fand keinen Schlaf, wälzte sich seit gut drei Stunden von einer Seite auf die andere. Sie schwitzte, dann wurde ihr wieder eiskalt. Sie kuschelte sich wie ein kleines Mädchen an ihren alten Teddy, ging auf die Toilette, dann wieder ins Bett, und das Spiel begann von vorne.

Endlich – das Telefon klingelte. Diesmal hatte sie darauf geachtet, dass der Klingelton auf »laut« gestellt war und das Gerät an der Stromversorgung hing. Sie wollte keine Nachricht von Markus verpassen.

Das Display zeigte eine ihr unbekannte Nummer mit Hamburger Vorwahl.

»Sandra Thaler.«

»Warngauer. Daniel Warngauer. Hamburg. Vom *stern*. Entschuldigen Sie bitte, Frau Thaler, dass ich Sie mitten in der Nacht störe.«

»Passt schon. Ich weiß aber nichts über den Markus.«

»Markus?«

»Ja, meinen Freund. Der auf der Zugspitze ist.«

Sandra Thaler konnte nicht ahnen, welch enorme Dosis Glückshormone dieser Satz durch die Blutbahnen des Anrufers jagte.

»Ach, der Markus. Dazu später.« Daniel Warngauer wollte die unverhoffte Quelle nicht zum Versiegen bringen, aber doch zuerst sein eigentliches Anliegen loswerden. »Ich bin von der Chefredaktion des *stern*, Frau Thaler. Ich möchte Ihnen ein Angebot machen.«

»Ja, aber ich weiß doch nix.«

»Es geht nicht darum, was Sie wissen, sondern darum, was Sie wissen *werden,* Frau Thaler, und auch um das, was Sie *sehen* werden.«

»Ich soll ihn aushorchen und verraten, wenn er vom Einsatz zurück ist? Ist es das, was Sie wollen? Vergessen Sie's!«

»Frau Thaler, Sie missverstehen mich komplett. Ich möchte Ihnen ein Angebot unterbreiten, sagte ich. Und damit meine ich, dass ich Sie mit einer Fotoreportage beauftragen möchte. Sie, Sandra Thaler aus Mittenwald, verstehen Sie?«

»Und da rufen Sie mich mitten in der Nacht um halb zwölf an?«

»Ja, weil Sie sich gleich auf den Weg machen müssen, wenn Sie den Auftrag annehmen.«

»Es geht also nicht um hübsche Bilder von einer Skitour?«

»In gewisser Weise schon. Skitour stimmt irgendwie. Hübsch ist nicht so wichtig. Nah dran wäre wichtiger.«

»Ich verstehe kein Wort. Wollen Sie mir nicht endlich sagen, was Sie von mir wollen, oder mich einfach schlafen lassen?«

Sandra Thaler traute dem *stern*-Mann nicht über den Weg. Journalisten der großen Medien waren ihr unsympathisch, seit diese über die Mittenwalder Gebirgsjäger hergefallen waren, weil da ein paar Burschen die – zugegebenermaßen – etwas derben Aufnahmerituale nicht vertragen und diese öffentlich gemacht hatten. Und vom sogenannten Witwenklatschen der Boulevard-Medien hatte sie auch die Nase gestrichen voll. Das gab es nach jedem größeren Lawinenunglück, wenn wieder mal einer ihrer Sportsfreunde nicht mehr nach Hause kam. Und, leider in letzter Zeit auch, wenn einer von Markus' Kameraden in einem Sarg zurück in die Heimat kam.

Dass nun aber auch der *stern* solche Methoden anwandte, erstaunte sie doch etwas. Außerdem fand sie es noch ein bisschen verfrüht, sie in die Kategorie »Witwe« zu stecken.

»Ich versuche es Ihnen jetzt ganz einfach zu sagen, ohne dass Sie mir gleich ein Nein entgegenbrüllen oder auflegen. Bitte hö-

ren Sie sich meinen nächsten Satz genau an: Ich möchte, dass Sie sich mit Ski auf das Zugspitzplatt begeben und dort als Fotoreporterin für uns Bilder vom Geschehen machen.«
Sandra Thaler blieb die Luft weg. »Sie sind komplett verrückt!«
»Habe ich Ihnen schon erzählt, was wir pauschal dafür bezahlen?«
»Nein, das haben Sie nicht. Aber ich kann mir keine Summe vorstellen, für die ich das tun würde.«
»Denken Sie dabei noch fünf- oder bereits sechsstellig, Frau Thaler?«
»Werden Sie mal konkret, bitte.«
»Erzählen Sie mir erst, was es mit Markus auf sich hat.«
»Sie wissen gar nichts von ihm? Wirklich nicht?«
»Zugegeben: Nein.«
»Markus ist Zugführer bei den Mittenwalder Gebirgsjägern. Er ist seit dem Nachmittag auf dem Zugspitzgipfel, mit seiner ganzen Einheit.«
»Frau Thaler, ich bitte Sie, ab jetzt nur noch sechsstellig zu denken. Ich biete Ihnen 100 000 Euro pauschal für Ihren Aufstieg inklusive aller Fotos, die Sie dort schießen, egal, was dabei herauskommt.«
An Sandra Thalers Ende der Leitung wurde es still.
»Frau Thaler, sind Sie noch da? Frau Thaler?«

KAPITEL SECHZIG

Eibsee-Hotel, 4 Uhr 56

Endlich. Die Entführer gaben einen Laut. Auf der Website www.2962amsl.com stand immer noch die fatale Wort-Zahlen-Kombination »100 + 1. DER ANFANG«. Nun löschte irgendjemand die Schrift, die seit der Sprengung der Tiroler Bahn unverändert dort geprangt und der Welt von der Kaltblütigkeit der Attentäter Zeugnis gegeben hatte. Dafür erschien ein in die Website eingebettetes Video-Fenster. Nach einer weiteren Minute wurde die Schwärze, die das kleine Rechteck ausfüllte, von einem verwackelten Bild abgelöst. Die Zuschauer – und das waren einige, denn die Adresse war über die Internet-Netzwerke und Nachrichtensendungen auf der ganzen Welt bekannt geworden – sahen wieder das gleißende Licht von Strahlern und an den Bildrändern Felsen. Ein Mann trat in den Bereich, den die Scheinwerfer am hellsten ausleuchteten. Er trug die obligatorische Skimaske und den Camouflage-Anzug. Offenbar trug er ein Mikrofon am Kragen, denn seine Stimme war überraschend gut zu hören.
»Allah ist groß. Wir sind gekommen, um der Welt ein Geschäft anzubieten. Ein faires Geschäft. Die Währung heißt Leben. Eines gegen ein anderes. Wir geben euch vier Stunden, dann wird der erste unserer gefangenen Mitstreiter freigelassen, und die erste Geisel kommt hier heraus. Wenn ihr in vier Stunden nicht den ersten Gefangenen freilasst, wird hier eine Geisel sterben.« Er sah auf die Uhr an seinem linken Handgelenk. »Ihr habt vier Stunden. Um neun Uhr deutscher Zeit wird die erste Geisel freigelassen, inschallah, so Gott will. Allah ist groß.«
Dann wurde das Bild wieder schwarz. Eine lange Liste erschien. Eine Liste von Gefängnissen und von Gefangenen, die sich darin befanden.

KAPITEL EINUNDSECHZIG

Waggon der Zugspitzbahn, 5 Uhr 03

Im Tunnel hörte man nur noch die Worte des Anführers während dessen Kameraauftritts, denn ansonsten war es mucksmäuschenstill. Wer im Waggon nicht schlief, verstand zumindest zum Teil, was der Mann dort vorn sagte. Thien genügte es. Er blinzelte ein »No way« hinüber zu seinem amerikanischen Freund Craig. Der brauchte nur mit skeptischem Blick kaum merklich den Kopf zu bewegen, und Thien wusste: Der Mann stimmte ihm zu. Thiens Bereitschaft zum Kampf stieg weiter an.
Vier Stunden – auch das hatte Thien gehört –, vier Stunden waren ein Witz. Kein Mensch konnte innerhalb von vier Stunden aus irgendeinem Gefängnis entlassen werden. In vier Stunden würde also eine der Geiseln dran glauben müssen.
Welch ein Alptraum. Vier Stunden lang würde Thien eine Überlebenschance von zweihundert zu eins haben, um dann, eine Stunde später, wenn er es nicht war, der als Erster umgebracht wurde, erneut eine ähnliche Rechnung aufmachen zu können. Und eine Stunde danach wieder und dann erneut. So würden sie es machen: einmal pro Stunde eine Geisel erschießen, bis die andere Seite nachgeben würde. Dumm nur, dass sich die Chance des Einzelnen, ungeschoren davonzukommen, von Mal zu Mal verringerte. Und sie konnten das wirklich lange durchziehen. Ohne Angst haben zu müssen, von einem Spezialkommando angegriffen zu werden. Hier kam einfach niemand rein. Nicht einmal die Einleitung von Betäubungsgas würde etwas bringen, denn die Killer hatten sicher Gasmasken.
Positiv denken, Thien, positiv denken. Der einzige Ausweg aus ausweglosen Situationen war, alle Gedankenkraft nach vorn zu

richten. Das wusste Thien. So war es gewesen, als er mit vierzehn bei den Höhlenerforschungstouren im Estergebirge, von denen die Eltern um Himmels willen nichts hatten wissen dürfen, einmal durch eine vier Meter lange, äußerst enge Stelle gekrochen war, um den weiteren Weg zu erkunden. Nur er hatte durch den Durchschlupf gepasst, denn er war der schmalste ihrer Klettertruppe gewesen. Mit Mühe und Not hatte er sich durch den Fels gezwängt. Dann wurde ihm der Rückweg versperrt, denn plötzlich lief Wasser in die Höhle. Offensichtlich ging draußen gerade ein Unwetter nieder. Was in den mannshohen Gängen der Höhle nur für nasse Füße sorgte, wurde für ihn ein Problem, denn an der Stelle, an der die anderen nicht durchgekommen waren, staute sich das Wasser und überschwemmte den Gang in einer Länge von vier Metern bis zur Höhlendecke. Thien wusste nicht, wie lange das Wasser dort stehen würde, aber er wusste, dass sein Licht nur noch zwei Stunden lang reichte, dann wäre das Karbid in seiner Lampe verbrannt. Und er wusste auch, dass er dann in enormen Schwierigkeiten steckte, denn in Höhlen herrschte eine Dunkelheit, wie man sie sich als Bewohner der Erdoberfläche nicht vorstellen konnte, absolute, komplette, schwärzeste Finsternis. Keinen Meter würde er sich dann vor- oder zurückbewegen können, ohne Gefahr zu laufen, in ein Loch oder einen Absturz hinunterzufallen, von denen es so einige in den Gängen gab.

Er hatte also eine Entscheidung treffen müssen, damals, mit vierzehn Jahren: Zurück durch den überschwemmten Gang, die schmale Stelle durchtauchen, die er eben erst trocken nur mit Mühe und Not und mit reichlich Durchzwängen hinter sich gebracht hatte? Was wäre, wenn er im Wasser nicht mehr so guten Halt an den Felszacken fand, um sich daran nach vorne zu ziehen? Oder wenn er an einem der Zacken und Vorsprünge hängen bliebe? Dann würde er ersaufen wie die jungen Katzen eines ungewollten Wurfs, die die Bauern in einen Sack steckten, um sie in den Weiher zu werfen. In unmittelbarer Nähe seiner

Freunde, die vielleicht noch die Luftblasen würden aufsteigen sehen, wenn das Wasser seinen letzten Atemzug aus den Lungen drückte.

Oder sollte er nach vorn, weiter in die unbekannte Höhle? In den zwei Stunden, in denen er noch Licht hatte, musste er dann einen Ausgang finden, oder er würde in der Finsternis gefangen sein.

Die meisten Menschen hätten sich für die dritte Alternative entschieden: sitzen bleiben und warten, was passierte. Ob das Wasser vielleicht abfloss. Ob von irgendwoher Hilfe kam. Thien war auf diese Option gar nicht gekommen. Er entschied sich für den Weg nach vorn und kraxelte weiter in die Höhle hinein.

Nach einer Stunde entdeckte er einen Felsendom, der, wie sich später herausstellte, noch auf keiner Höhlenkarte verzeichnet war. Und eine weitere halbe Stunde später erblickte er Licht. Es sickerte durch einen Ausgang, den eine im Sturm umgekippte Bergkiefer mit ihrer weit verzweigten Flachwurzel freigegeben hatte.

Er krabbelte ins Freie, nur dreihundert Meter von dem Einstieg entfernt, durch den sie in die Höhle eingedrungen waren, und begab sich durch diesen Einstieg hindurch erneut in die Höhle. Seine Kameraden staunten nicht schlecht, als er ihnen von dort entgegenkam, wo sie gerade hinauswollten, um Bergwacht und Polizei zu alarmieren.

Als die Forscher des Werdenfelser Höhlenklettervereins die von ihm entdeckten Gänge kurz darauf vermaßen, stellten sie fest, dass der Ausgang, den Thien gefunden hatte, erst in allerjüngster Zeit entstanden war. Wie Nachfragen beim Staatsforst ergaben, hatte die alte Bergkiefer drei Tage vor dem Ereignis noch gestanden. Das Unwetter, das die Höhle überflutete, hatte wahrscheinlich mit seinen heftigen Böen den einhundert Jahre alten Baum umgerissen.

So, wie er aus dieser Höhle herausgekommen war, würde er auch aus diesem gottverdammten Tunnel herauskommen: mit

Zielstrebigkeit und einer gehörigen Portion Glück. Die erste Geiselübergabe – oder Geiselerschießung – in vier Stunden war seine Chance, denn dann musste etwas passieren. Sie würden eine Geisel auswählen, würden sie wahrscheinlich vor die Kamera zerren und dort erschießen. Dann konnte er vielleicht die Unruhe, die dadurch entstehen würde, nutzen. Und wenn nicht, dann eine Stunde später bei der nächsten Erschießung. Nur eines durfte nicht passieren: die Terroristen durften nicht ihn auswählen.

Er versuchte noch stärker als zuvor, keinem der Geiselnehmer einen Anlass zu geben, mehr als nötig auf ihn aufmerksam zu werden.

Zu diesen Bestrebungen passte überhaupt nicht, dass seine Blase schon wieder zum Bersten gefüllt war.

KAPITEL ZWEIUNDSECHZIG

Kammhotel, 5 Uhr 05

»Was, zum Henker, machen die da? Damit kommen die doch nie im Leben durch! Zweihundert Geiseln gegen zweihundert Gefangene, wer soll das genehmigen? Der Präsident der Vereinigten Staaten?«, brüllte John McFarland in sein Headset.
»John, regen Sie sich nicht auf, wir wissen doch mittlerweile, dass die Jungs vollkommen von der Rolle sind«, antwortete sein Führungsoffizier gelassen. »Lassen sich mit dem Zug einsprengen. Jagen eine Bergbahn in die Luft. Schießen Hubschrauber ab. Die haben den überzogensten Größenwahn, den ich seit einer Schachpartie mit Baby Doc Duval erleben durfte.«
»Tolle Freunde haben Sie.«
»Die kann man sich nicht immer aussuchen, richtig?«
»Wie wahr. Bei dem Thema fällt mir ein: Ein paar Freunde könnte ich jetzt hier gebrauchen. Wenn ich irgendeine Kommandoaktion durchführen soll, brauche ich Leute. Gute Leute.«
»Schon unterwegs, John. Wir haben zehn Ihrer Kollegen aus Garmisch und Umgebung aktiviert. Das Problem ist nur: Sie sind der Einzige, der von oben an den Felssturz herankommt. Sie können über den alten Fußgängertunnel ins Schneefernerhaus und von dort zum Ort des Geschehens. Die anderen können wir nur von unten heranbringen. Und wir haben natürlich noch keine Ahnung, wie und wo der Gegner aus dem Tunnel überhaupt herauskommen will. Darum senden wir vorerst nur drei Agenten von unten zu Fuß in den Tunnel, die anderen sieben halten sich am Eibsee bereit. Zwei von ihnen haben die undankbare Aufgabe, die Eibsee-Seilbahn auf Sprengsätze zu prüfen. Sie sehen ja auf Ihren Kameras, wie da draußen das Wetter ist.«

»Das machen nicht die Deutschen selbst?«
»Doch, die haben auch zwei Mann vom MAD bereitgestellt, Sprengstoff-Fachleute. Die können prima entschärfen, aber die können nicht klettern. Und man muss auf die Stützen nun mal erst hinauf, wenn man die untersuchen will. Strebe für Strebe muss man das machen, und an die obere Stütze kommt man nur mit einem Rettungskäfig heran, den man am Tragseil aus der Bergstation nach unten lassen kann. Da hilft uns das Wetter hoffentlich: Wer auch immer vom Gegner von außen beobachtet, was rund um den Berg passiert, wird nichts sehen, auch, wenn es in zwei Stunden hell wird, denn der ganze Berg ist in eine dicke Wolkenschicht gehüllt. Zumindest jetzt im Moment. Es gibt zum Glück oben eine Bundeswehr-Eliteeinheit, die vor dem ganzen Schlamassel dort angekommen ist: Gebirgsjäger-Hochzug. Schon mal gehört? Müssen ganz fixe Jungs sein. Zwei von denen lassen sich in dem Rettungskäfig zur Stütze zwei hinunter und klären sie ab, ein paar andere von ihnen untersuchen oben die Gipfelstationen. Leider haben sie keine Hunde und müssen jeden Abfalleimer selbst durchwühlen. Und das bei dem Chaos dort drinnen. Sie haben richtiges Glück gehabt, allein im Berghotel zu sein, McFarland!«
»Das leider vor fünfzig Jahren ausgebrannt ist. Keine Zimmermädchen mehr.«
»Schade.«
»Zurück zum Geschäftlichen: Sie sind sicher, dass wir das nicht doch so wollen? Nicht dass da irgendjemand in Langley genauso verrückt ist wie seine islamistische Einsatztruppe.« McFarland war schon zu lange dabei, um nicht zu wissen, dass die CIA nicht ab und an fünfmal um die Ecke ausgetüftelte Pläne ausführte, bei denen am Schluss niemand mehr so genau wusste, was eigentlich beabsichtigt und was danebengegangen war.
»Positiv. Da bin ich dieses Mal zu eintausend Prozent sicher. Abdullah und seine Leute sollten den Zug einsprengen, vorn und hinten, aber keine Menschenleben in Gefahr bringen, so-

fern möglich. Und vor allem keine Geisel nehmen. Die Deutschen hätten den Zug in ein paar Stunden ausgegraben und für die nächsten fünf Jahre mächtig Angst vor islamistischen Terroristen gehabt. Zum Zeitpunkt der Explosion sollten Abdullah und seine Crew schon längst über alle Berge sein. Natürlich nicht, ohne Spuren zu hinterlassen, die BKA und BND direkt in den Jemen führen. Das war der Plan. So sind sie in ihrem Terrorcamp gebrieft worden, so sind Sie, McFarland, von mir gebrieft worden, so war ich gebrieft – und ich kenne den, der das alles ausgeheckt hat, seit vielen, vielen Jahren. Denn er ist der Pate meiner älteren Tochter Kelly. Nein, das war nicht geplant. Die Abdullahs handeln auf eigene Faust.«

»Das mit Ihrer Tochter hätten Sie mir nicht sagen dürfen. Jetzt kann ich den Einsatzleiter dieser Aktion identifizieren. Und Sie auch.«

»Und wenn schon. Sie sind mein wichtigster Mann vor Ort. Ich brauche Ihr Vertrauen. Sonst bekommen wir die Kuh nicht mehr vom Eis, McFarland. Außerdem gibt es in unserer Firma noch mehr Leute mit Töchtern, die Kelly heißen und Paten haben, die ebenfalls für die Firma arbeiten.«

Trotzdem schränkte diese Information den Kreis derer, die für diesen missglückten Einsatz verantwortlich sein konnten, drastisch ein, dachte McFarland. Das bedeutete für ihn, dass er noch gefährlicher lebte als ohnehin schon. Sie würden ihn als Ersten intern über die Klinge springen lassen. Er war ein großartiges Bauernopfer. Der Agent, der vor Ort war und alles im Griff hätte haben sollen – und der auf ganzer Linie versagt hatte. Er musste einfach »die Kuh vom Eis bekommen«, wie sich sein Führungsoffizier ausgedrückt hatte. Sein Problem war, dass auf der anderen Seite des Berges über fünftausend Kühe auf sehr viel Eis standen.

»Noch was, McFarland.«

»Bitte.«

»Sie wissen ja, wer dort drüben im Schneefernerhaus sitzt. Der Bau wird von diesen Steilwand-Cracks von der Bundeswehr

abgeschirmt. Sie müssen aber da durch, wenn Sie in den Tunnel wollen. Die werden ganz sicher den Fußgängerstollen zu Ihnen hinüber und den alten Bahnhof Schneefernerhaus im Blick halten. Darum werden Sie aller Wahrscheinlichkeit nach Ihre Tarnung aufgeben und sich zu erkennen geben müssen, wenn Sie sich nähern, sonst knallen die Sie ab. Ein Hauptfeldwebel Markus Denninger ist der Boss der Truppe, merken Sie sich den Namen gut. Bevor Sie sich auf den Weg zum Schneefernerhaus machen, werden wir ihn informieren. Es tut mir leid, damit sind Sie für Deutschland und Europa verbrannt. Zum nächsten Oktoberfest können Sie nicht mehr.«
»Oktoberfeste gibt es mittlerweile sogar in China.«
»Immer positiv denken, McFarland, das ist es, was ich an Ihnen so schätze. Ich habe gehört, dass wir nach dieser Sache hier ganz woanders eine Suppe auslöffeln müssen, nämlich in Bolivien auf dem Hochland. Eine sehr salzige Suppe. Ich weiß nicht, ob es auf viertausend Metern Höhe ratsam ist, Bier aus Eimern zu saufen.«
McFarland wusste nicht, was er aus dieser rätselhaften Andeutung heraushören sollte. »Jetzt bringen wir erst einmal diese Sache hinter uns. Ich verlagere meine Stellung gleich nach vorn ins Schneefernerhaus, was meinen Sie?«
»Nein, das ist noch zu früh, dann haben die Deutschen zu lange Zeit, darüber nachzudenken, was, zum Teufel, Sie dort oben eigentlich tun. Sie erscheinen dort, wenn sich die Abdullahs in irgendeiner Weise in Bewegung setzen. Dann herrscht dort Stress, in dem Ihr Auftauchen untergeht. Und danach wird Sie keiner mehr finden.«
»Alright. Ich schaue bis dahin fern.«
»Hoffentlich haben Sie genug Chips und Salzbrezeln dabei. Kann ein bisschen dauern, das Ganze, McFarland.«
John McFarland wünschte, er hätte mehr Proviant mitgenommen. Der Hunger kämpfte in seinen Eingeweiden mit dem sehr unguten Gefühl, das der Satz »Und danach wird Sie keiner mehr finden« in ihm ausgelöst hatte.

KAPITEL DREIUNDSECHZIG

Bundeskanzleramt, 5 Uhr 30

Die Kanzlerin legte den Telefonhörer auf. Das Ergebnis des Gesprächs war ihr bereits klar gewesen, als sie die Verbindung hatte herstellen lassen. Der amerikanische Außenminister hatte eine Freilassung von Gefangenen strikt abgelehnt. Er hatte es auch abgelehnt, die Angelegenheit als militärischen Angriff auf das Bündnis einzustufen. Eine »German affair« hatte er die Geiselnahme auf der Zugspitze genannt.
Die deutsche Regierungschefin war auf sich gestellt. Sie zog die Kostümjacke zurecht und ging mit gestrafften Schultern zurück in den Konferenzraum, in dem seit der letzten Botschaft der Entführer hektische Betriebsamkeit herrschte. Jeder der Krisenstäbler versuchte, seine Organisation zu beruhigen. Die leitenden Mitarbeiter der betroffenen Ministerien, der Polizeiorganisationen und der Bundeswehr mussten den Eindruck gewinnen, dass man gemeinsam an einem Befreiungsplan arbeite. Obwohl so mancher im Krisenstab anzweifelte, dass der zustande kommen würde.
»Meine Damen und Herren, wir müssen das allein hinkriegen«, berichtete die Kanzlerin. »Die Amerikaner und die NATO unterstützen uns mit Aufklärungsarbeit, aber die Amis wollen keine Gefangenen freilassen. Und kämpfende Einheiten senden sie auch nicht. Auch Gegenschläge werden derzeit keine vorbereitet. Niemand weiß mit Sicherheit, wo die Terroristen beheimatet sind. Da führt es zu nichts, ein afghanisches Dorf dem Erdboden gleichzumachen.« Sie sah den Staatssekretär des Innern an. »Ich will bis acht einen Plan zur Befreiung der Geiseln auf dem Tisch haben. Ich gehe davon aus, dass die Spezialisten der Bundespolizei seit Stunden daran arbeiten.«
»Bekommen Sie, Frau Bundeskanzlerin«, antwortete der Staats-

sekretär. »Wir berechnen noch immer die Kollateralschäden. Leider kommen wir bei unseren Planungsspielen noch immer auf fast neunzig Prozent Verluste bei den Geiseln.«
»Das sind zehn Prozent Überlebende, immerhin«, antwortete die Kanzlerin ohne einen Anflug von Sarkasmus in der Stimme. Sie meinte es so, wie sie es sagte. »Wenn Sie auf fünfzig Prozent kommen, gebe ich den Einsatzbefehl. Mehr kann man aus dieser Situation wohl nicht machen. Wie geht es eigentlich dem Verteidigungsminister und dem MP?«
»Die sind in diesem Schneefernerhaus derzeit relativ sicher«, antwortete ihr der Generalinspekteur der Bundeswehr. »Wir halten aber keinen Kontakt mit den beiden. Sie sollen keine einsatztaktischen Informationen mitbekommen, die sie im Falle ihrer Gefangennahme an die Angreifer verraten könnten.« Er ließ sich nicht anmerken, dass es ihn mit besonderer Freude erfüllte, dass sein oberster Dienstherr damit ausgeschaltet war. Doch jeder im Raum wusste, dass es so war. »Wir prüfen, ob eine Befreiung des Herrn Ministers über das Zugspitzplatt möglich und sinnvoll ist.«
»Sie meinen, er soll zu Fuß gehen?«, fragte die Kanzlerin.
»Er soll mit Ski abfahren. Er schafft das. Bei seiner Frau sind wir uns allerdings nicht sicher. Skifahrtechnisch ist sie dazu in der Lage, meinen unsere Fachleute nach Auswertung entsprechender TV-Aufzeichnungen. Die beiden waren ja letztes Jahr mit den Grimaldis in Sankt Moritz; davon gibt es Material ohne Ende. Aber auf dem Weg von der Zugspitze hinunter gibt es eine Kletterstelle von fünfzig Metern Tiefe. Auch die schafft der Herr Minister, Frau von Brunnstein womöglich aber nicht, und hinzu kommt, dass das Ganze einigermaßen lawinengefährdet ist.«
»Und der Ministerpräsident?«
»Oh, der MP. Da ist überhaupt nicht dran zu denken, dass er selbst fährt, meinen unsere Gebirgsjäger. Der Mann ist das letzte Mal vor vierzig Jahren alpin aktiv gewesen. Wir überlegen derzeit, ob wir ihn möglicherweise in einem Akia nach unten bringen können.«

»Akia?« Die Kanzlerin hatte das Wort noch nie gehört.
»Das sind Wannenschlitten, in denen verletzte Skifahrer abtransportiert werden. Geht auf der Piste wunderbar, wir haben dann nur auch hier das Abseilproblem.«
»Sie bekommen das schon hin. Sehen Sie zu, dass Sie die drei möglichst bald von dort runterschaffen. Vor Sonnenaufgang ist doch sicher am besten, oder?«
»Leider hat es in der Nacht mindestens einen Meter Neuschnee gegeben«, widersprach der Generalinspekteur. »Es herrscht höchste Lawinengefahr jetzt auch auf dem Platt. Normalerweise werden die Lawinen vor Beginn des Skibetriebes gesprengt. Daran ist heute natürlich nicht zu denken, weil man damit höchstwahrscheinlich irgendwelche Aktionen der Terroristen auslöst. Das heißt, der Schnee muss sich erst einigermaßen setzen, wenn wir die drei Leute sicher herunterbekommen wollen. Daher Abtransport, wenn überhaupt, erst am Abend im Schutz der Dunkelheit. Außerdem habe ich Befehl gegeben, dass der Mann, der den Hubschrauber abgeschossen hat, gefangen genommen wird, damit wir ihn ausquetschen können.«
»Es gefällt mir gar nicht, die drei hochgefährdeten Personen einen ganzen Tag länger in unmittelbarer Nähe der Terroristen zu belassen«, warf der Staatssekretär des Innern ein.
»Übernehmen Sie die Verantwortung, wenn der deutsche Verteidigungsminister unter einer Lawine begraben wird?«, fragte der Generalinspekteur scharf.

»Herrschaften, zurück zum eigentlichen Thema«, befahl die Kanzlerin. »Wir werden nicht zulassen, dass vor den Augen der Weltöffentlichkeit eine Geisel nach der anderen ermordet wird. Das würde nur Nachahmer ermutigen. Setzen Sie alles daran, dass die Situation bereinigt wird. So oder so.«
Wieder einmal gab der Befehl der Kanzlerin viel Raum für persönliche Auslegung. Danach zog sie sich in ihr Büro zurück.

KAPITEL VIERUNDSECHZIG

Mittenwald, 5 Uhr 40

Sandra Thaler war um fünf aufgestanden und hatte sich fertig gemacht. An diesem Morgen nahm sie nicht nur ihre Minimalausrüstung mit, sondern packte eine komplette dritte Kleidungslage in den Rucksack, an den sie außen eine Isoliermatte zurrte. Eine Rettungsdecke trug sie immer in der Deckeltasche. Jede Lücke im Rucksack stopfte sie mit Energieriegeln voll. Wenn sie einmal auf dem Platt war, würde sie in den Skilifthütten und dem SonnAlpin zu essen und zu trinken bekommen. Aber bis dahin musste sie sich auf ihren Tourenski mindestens sechs Stunden durch das tief verschneite Reintal kämpfen.
Diese Tour kam einem Selbstmord sehr nahe, das wusste Sandra Thaler. Kein Mensch stieg im Winter durch das langgezogene Reintal auf die Zugspitze. Zu lawinenträchtig waren die Wände, die das Tal einrahmten, als dass sich jemand zu dieser Jahreszeit dort durchgetraut hätte. Eine Spur würde es nicht geben. Sie müsste die komplette Strecke selbst spuren, wobei die Herausforderung in der Länge der Strecke bestand, nicht in deren Steilheit. Auf einem Weg von gut zwanzig Kilometern, über den sich die Höhenmeter sanft ansteigend verteilten, gab es im Winter keinerlei Verpflegung. Die im Sommer bewirtschafteten Hütten, die Bockhütte, die Reintalangerhütte und die Knorrhütte, waren im Winter fest verrammelt. In der Reintalanger- und in der Knorrhütte gab es für Notfälle einen offenen Winterraum. Ob sie darin Holz und einen funktionierenden Ofen vorfinden würde, wusste Sandra jedoch nicht; im Internet entdeckte sie dazu keine entsprechende Information. Vorsichtshalber nahm sie aus der Kiste mit den Expeditionsgerätschaften

den Benzinkocher und einen Alutopf, um während der Tour genügend Trinkwasser zu haben.

Sie packte ihre Ski, auf die sie bereits die Felle aufgezogen hatte, schnallte sie auf den Skiständer und warf ihren Rucksack in ihren kleinen Suzuki-Geländewagen. Sie wollte möglichst viele Kilometer mit dem Auto zurücklegen und erst von Partenkirchen aus auf Ski ins Reintal starten.

Sie ließ den Wagen an und fuhr damit über die Bundesstraße in die benachbarte Marktgemeinde, wo sie den Suzuki am Skistadion vorbei in Richtung Partnachalm steuerte. Sie hatte Glück, denn die Forststraße, die dorthin nach oben führte, war Austragungsstätte des Hornschlittenrennens, das am Tag zuvor stattgefunden hatte. Die Strecke war bretthart präpariert worden, und der Neuschnee der Nacht war im Wald, durch den sich der Weg zog, nur zu einem geringen Teil bis auf den Boden gefallen.

Sie zog unten an der Hornschlittenhütte die Schneeketten auf die Fronträder und schaltete den Allradantrieb ein. Keine zehn Minuten später stellte sie den Wagen an der Partnachalm ab. Ab dort ging es auf Ski durch den tiefen Schnee weiter. Für das Auto war hier Schluss. Punkt sechs Uhr zeigte ihre Sportuhr, und Sandra nickte zufrieden. Sie hatte sich mit diesem Abkürzer bereits mindestens eine Stunde Zeit erspart. Bis Mittag konnte sie auf dem Zugspitzplatt sein, wenn sie zuvor nicht von einer Lawine verschüttet wurde.

Sie schlüpfte mit den Innenschuhen, die sie bereits im Auto getragen hatte, in die harten Schalen der Skistiefel und schloss die Schnallen. Dann nahm sie die Ski und die Stöcke aus dem Autoträger an der Heckklappe des Geländewagens und stieg in die Tourenbindungen. Sie hob den Rucksack auf ihre Schultern, dessen Gewicht durch die komplette Kameraausrüstung an die Grenze des Erträglichen gebracht wurde. So würde sie die Strecke nicht in den angepeilten fünf bis sechs Stunden zurücklegen können, trotz aller Kondition und Technik, die sie von einem normalen Tourengeher unterschieden, der für diese Strecke sicher die doppelte Zeit benötigt hätte.

Sie nahm die Hälfte der Objektive und das Blitzgerät aus dem Rucksack und verstaute sie im Auto. Die großen Kriegsberichterstatter hatten auch nur eine Leica mit einem Objektiv um den Hals getragen, zumindest war das in ihrer Vorstellung so. Und mit dem Auftrag, für die fix vereinbarte Summe von 150 000 Euro, die sie mit dem Hamburger Chefredakteur ausgehandelt hatte, Bilder vom Zugspitzgipfel zu bringen, wo Terroristen gut zweihundert Menschen gefangen hielten, konnte sie sich mit Recht zur Spitzengruppe der Kriegsfotografen zählen, ohne auch nur einmal den Auslöser betätigt zu haben.

Bevor Sandra Thaler lospurte, schaltete sie den Lawinenpiepser, den sie wie immer auf Touren unter der Jacke trug, auf Senden. Wenn auch die Möglichkeit verschwindend gering war, dass jemand an einem Tag wie diesem einen Lawinenabgang im Reintal überhaupt bemerken würde, und alle potenziellen Retter mit anderen Aufgaben beschäftigt waren, für den Fall der Fälle wollte sie sich wenigstens eine Rest-Überlebenschance einräumen.

KAPITEL FÜNFUNDSECHZIG

Eibsee-Hotel, 6 Uhr 15

Es ist alles vorbereitet, Frau Kapitän, wir können jederzeit auf Sendung gehen.« Der Mann vom Militärischen Abschirmdienst hatte in Rekordzeit eine Internetseite eingerichtet, über die Kerstin Dembrowski mit den Entführern in Kontakt treten wollte.

»Wenn Sie da jetzt gleich loslegen, kann die ganze Welt zusehen, das ist Ihnen klar?« Als Pressereferent war Dr. Martin Schwablechner nicht geheuer, was die forsche Frau aus Berlin da vorhatte. Das sah in seinen Augen nach massivem Kontrollverlust über die Dynamik eines Kommunikationsgeschehens aus. So tippte er es zumindest in sein Logbuch der Geschehnisse, das er für sich und für spätere Untersuchungsausschüsse und was da alles auf seinen Ministerpräsidenten zukommen würde, auf seinem Laptop führte.

»Das ist der Sinn der Übung. Wir müssen eine Balance in der Kommunikation herstellen. Bisher senden die, und die Welt schaut zu. Wir sehen aus wie dumme Schulkinder, denen nicht einfallen will, wie sie darauf reagieren sollen. Mit anderen Worten: Der Gegner führt die Kommunikation. Dem müssen wir entgegenwirken. Nur so können wir den Gegner unter Umständen unter Druck setzen und ihn dazu verleiten, Fehler zu begehen.« Kapitän zur See Dembrowski machte ganz den Eindruck, als wisse sie, was sie tat.

Schwablechner wollte diesmal alle Eventualitäten vorausgesehen haben. »Und das werden sich die Terroristen einfach gefallen lassen? Werden sie das nicht auch durch Drohungen unterbinden? So, wie sie den Verkehr rund um diesen Berg haben einstellen lassen?«

»Ich gehe davon aus, dass auch diese Männer ein sehr viel größeres Kommunikationsbedürfnis haben, als es ihre Taktik der Informationsverknappung, an die sie sich bisher sehr streng gehalten haben, zulässt. Sie werden wahrscheinlich auf eine Diskussion mit mir einsteigen.«

»Das ist natürlich ein genialer Plan, Frau Dembrowski, das muss ich sagen«, bemerkte der Fahrdienstleiter Franz Hellweger, der seinen Platz im Führerstand drüben auf dem Bahnhof Eibsee gegen den im Krisenstab getauscht hatte. »Die Welt kann dann bezeugen, wie sehr wir uns bemühen, mit offenen und ehrlichen Argumenten den Terroristen entgegenzutreten. Da können die gar nicht anders, sie müssen mitmachen, wenn sie nicht unglaubwürdig werden wollen. Und es nimmt der ganzen Bewegung, der die angehören, den Wind aus den Segeln, wenn die Welt sieht, dass da eine junge Frau mit hartgesottenen Geiselnehmern verhandelt.«

Kerstin Dembrowski sah den Mann im karierten Hemd und den Bergstiefeln lange an. Eine solche kommunikationstaktische Weitsicht hätte sie sich von den höheren Beamten der Polizeibehörden gewünscht. Doch statt dieser Spezialisten war es ein Zugspitzbahner, der ihre Taktik mit zwei Sätzen analysieren konnte. Sie würde sich seinen Namen merken. »Respekt, Herr Hellweger«, antwortete sie. Dann richtete sie sich wieder an die Mitarbeiter der Sicherheitsdienste: »Um acht Uhr legen wir los. Dann ist Deutschland halbwegs wach am Wochenende, und es bleibt noch eine Stunde bis zum Ablauf des ersten Ultimatums. Das werde ich versuchen hinauszuzögern.«

»Das müssen Sie auch, nachdem die Amerikaner niemanden austauschen wollen«, entgegnete BKA-Mann Hans-Dieter Schnur.

»Das muss ich auch, da haben Sie recht. Und ich hoffe, dass in Ihren Planungsstäben irgendjemand auf eine Idee kommt, wie man diesen Tunnel stürmen kann. Ein paar Stunden Aufschub werde ich Ihnen vielleicht verschaffen können, aber irgendwann werden die da oben Ernst machen und die erste Geisel erschießen. Ich werde sie nicht zum Aufgeben überreden können. Das wäre ein Wunder.«

KAPITEL SECHSUNDSECHZIG

Schneefernerhaus, 6 Uhr 30

M arkus Denninger machte sich bereit für seinen Einsatz. Ein Kommandounternehmen. Er hatte mitten in der Nacht direkt aus Geltow vom Generalstab der Bundeswehr den geheimen Befehl erhalten, den Bazooka-Heckenschützen auszuschalten. Da konnte er keinen seiner Männer ranlassen. Er musste es selbst machen.
Absolute Geheimhaltung. Das war streng genommen ein Kampfeinsatz der Bundeswehr auf dem Hoheitsgebiet der Bundesrepublik Deutschland. Von der Verfassung nicht unbedingt gedeckt. Er bezweifelte, dass der Stab der Gebirgsjäger in Bad Reichenhall, die 10. Panzerdivision in Sigmaringen, der die Gebirgsjäger unterstanden, das Heeresführungskommando in Koblenz und seine Vorgesetzten Major Mitterer und Oberstleutnant Bernrieder über den Befehl Bescheid wussten. Je weniger Mitwisser eine solche Aktion hatte, desto besser. Normalerweise wäre das eine Angelegenheit für das Kommando Spezialkräfte gewesen. Nur waren die in anderen Erdteilen beschäftigt.
Als Zeitpunkt für seinen Angriff auf den Kombattanten wählte er sieben Uhr, denn in der ersten Helligkeit des Morgens würde er genug sehen können, während ihn Frühnebel und Schnee in seinem weißen Winterkampfanzug unsichtbar machten. Außerdem würde sein Gegner, der dort draußen seit mindestens vierundzwanzig Stunden in seinem Biwaksack bei eisigen Temperaturen ausharrte, vor Kälte steif und damit langsam sein. Zweifelsfrei verfügte er über die beste Ausrüstung, die man für ein Winterbiwak auf knapp dreitausend Metern Höhe haben konnte, sonst wäre er längst erfroren. Aber so fit wie Denninger, der eine ruhige Nacht in einem sogar recht bequemen Bett der For-

schungsstation hinter sich hatte und sich mit reichlich Kaffee den Kreislauf nach oben pushte, bevor er seine Ausgangsposition unter der Gipfelstation einnahm, war der Mann dort draußen nicht.

Die Position des Schützen hatte ein amerikanischer Spionagesatellit vor einer halben Stunde mit seiner hochempfindlichen Wärmekamera ermittelt. Dazu hatte erst die Wolkendecke über der Zugspitze aufreißen müssen. Der Schnee, den der Sturm der vergangenen Nacht über dem Berg ausgebreitet hatte, sorgte dafür, dass selbst geringste Temperaturabweichungen gemessen werden konnten, und bei einer Oberflächentemperatur von minus fünfzehn Grad bedeutete die Körpertemperatur eines Menschen einen Unterschied von über fünfzig Grad. Das war eine gigantische Abweichung, die der Satellit in dreißig Kilometern Höhe umgehend an seine Bodenstation funkte, mitsamt GPS-Daten, die eine Ortung im Fünf-Zentimeter-Bereich ermöglichten.

Markus Denninger bekam den Einsatzbefehl und die Daten über verschlüsselten digitalen Funk. Er übertrug die Daten in eine topografische Karte des Zugspitzmassivs und wusste daraufhin genau, von welcher Stelle des Gipfelgrads er mit seinen Ski in direkter Linie abfahren musste, um genau auf den im Fels versteckten Mann zu stoßen. Danach würde er sehr wahrscheinlich zum ersten Mal in seinem Leben seine Nahkampfausbildung anwenden müssen, um einen anderen Menschen schnell, lautlos und unsichtbar zu töten.

Denningers Plan sah vor, dass er sich durch den alten Fußgängerstollen vom Schneefernerhaus aus auf die Tiroler Seite des Berges in das verfallene Kammhotel begeben würde, von wo er durch den tiefen Schnee den einhundert Meter höher liegenden Gipfelgrad erklimmen wollte. Dort musste er dann gut zweihundert Meter weiter in südliche Richtung, dann würde er die Stelle erreichen, die exakt über dem Punkt lag, an dem sich der Heckenschütze verbarg. Wenn er sich beeilte und er vor allem im Kammhotel nicht auf größere Schwierigkeiten wie einbrechende Böden oder zu gut verrammelte Fenster stieß, konnte er die Aktion in einer Dreiviertelstunde durchziehen.

Vorausgesetzt, es lagen nicht weitere Terroristen in einem Hinterhalt.

Denninger nahm nur das Nötigste mit. Außer Ski und Teleskopstöcken waren das das kurze und sehr leichte G36-Compact-Sturmgewehr, fünf Magazine mit je dreißig Schuss Munition, die er griffbereit in den Außentaschen seines Kampfanzuges verteilte, und das zugehörige Bajonett. Er überlegte, dass eine kleine Axt ihm gute Dienste leisten würde, um in das Kammhotel ein- und wieder auszubrechen, und befestigte ein handliches Einsatzbeil an seinem Koppel. Die Hoheits- und Rangabzeichen, die mit Klettverschlüssen an der Uniform angebracht waren, zog er ab und verstaute sie hinter dem Schrank in seinem Zimmer.

Dann schlich er sich auf den Gang und stieg im Treppenhaus zu dem Stockwerk mit dem alten Fußgängertunnel hoch, der zum Kammhotel führte. Den Generalschlüssel, der ihm die Tür zum Tunnel öffnete, hatte er sich bereits zu Beginn des Einsatzes vom Hausmeister des Schneefernerhauses geben lassen.

Er schloss die Stahltür hinter sich wieder ab, sodass ihm niemand folgen konnte, der nicht auch einen Schlüssel hatte. Im Gang gab es zwar Lampen, die aussahen, als würden sie funktionieren, aber er benutzte lieber seine Stirnlampe, die er auf die kleinste Stufe gestellt hatte. Er wartete kurz, bis sich seine Augen an das schwache Licht gewöhnt hatten, dann ging er los, auf dem Rücken die Ski und Stöcke, die er mit einem Klettband eng zusammengezurrt hatte, in der linken Hand das Sturmgewehr.

Der alte Fußgängertunnel stieg steil an. Bereits nach zehn Minuten erreichte Denninger ein verschlossenes Eisengitter, dessen Schloss seinem Bajonett allerdings nur kurze Zeit Widerstand entgegenbrachte. Dreißig Meter hinter dem Gitter befand sich eine Stahltür ähnlich der am unteren Ende im Schneefer-

nerhaus. Hinter dieser Tür musste der Keller des in den Fels gehauenen Gebäudes sein. »Willkommen im höchsten Hotel Österreichs«, stand in verwitterten Buchstaben auf der Tür. Er probierte seinen Generalschlüssel.
Das Schloss war zwar ein Sicherheitsschloss, aber nicht eines der modernen wie beim Schneefernerhaus. Sein Schlüssel passte nicht. Da sich die Stahltür nach außen öffnete, wie er am Rahmen erkannte, machte es keinen Sinn, seinen Körper dagegenzuwerfen oder zu versuchen, mit dem Gewehrkolben das Schloss aufzuprellen. Er zögerte nicht lange und feuerte eine Kugel direkt auf das Schloss ab. Es hielt stand. Eine zweite Kugel erledigte den Job, und die Tür ließ sich öffnen, um den Weg in das ausgebrannte und stillgelegte Kammhotel freizugeben.
Der Lärm der Schüsse hallte im Tunnel infernalisch laut, aber damit musste Denninger leben. Er war sicher, dass ihn niemand durch den Fels hören würde.

KAPITEL SIEBENUNDSECHZIG

Kammhotel, 6 Uhr 45

John McFarland riss eine Dose Red Bull auf und nahm einen Schluck. Es war wohl die neunte Dose des pappig schmeckenden Koffein- und Glukoselieferanten, die er zu sich nahm. Eine anregende Wirkung des Gebräus verspürte er längst nicht mehr, aber er musste den Level aufrechterhalten, um nicht einzuschlafen. Er trank weiter, bis die Dose leer war. Dann knickte er die Aluminiumhülse mit Daumen und Zeigefinger ein und legte sie ganz vorsichtig als Spitze auf den pyramidenförmigen Stapel, den die anderen acht neben einem der Monitore bereits bildeten. Er war stolz, dass er neun eingeknickte Red-Bull-Dosen zu einer Pyramide türmen konnte, ohne dass sie zusammenstürzte. Das sprach dafür, dass er noch eine ruhige Hand hatte und jederzeit einsatzbereit war.

In dem Moment, als er seine Hand wieder vorsichtig von der Pyramide zurückzog, um sie nicht doch noch zum Einsturz zu bringen, war ihm, als habe er ein Krachen durch das Kammhotel hallen gehört. Es musste von ganz unten aus dem Keller des Gebäudes gekommen sein. Dann hörte er es erneut. Er traute seinen Ohren nicht. Waren gerade im Untergeschoss seines Verstecks zwei Schüsse gefallen? War das ein Angriff der Terroristen auf ihn? Er wusste ja, dass die Burschen nicht zu unterschätzen waren, aber woher konnten sie wissen, dass es ihn überhaupt gab?

Er drehte sämtliche Tonregler an seinen Geräten auf null und checkte seine Bildschirme. Nichts Auffälliges zu sehen. Im Tunnel auf der anderen Seite war es ruhig. Die Geiseln schliefen wohl und die Terroristen zu einem Teil auch. Hatte er übersehen, dass sich da jemand aus dem Tunnel davongemacht hatte? Wie aber war der aus dem Felssturz herausgekommen?

Oder rückte ein Killerkommando der Firma an, die den scheinbaren Versager McFarland an Ort und Stelle erledigen sollte? Aber das war sehr unwahrscheinlich, denn mit so viel deutscher Armee und Polizei und Geheimdienst rundum konnten sie seine Leiche nur schwer entsorgen. Nein, außerdem hatte sein Führungsoffizier etwas von einem weiteren Einsatz gesagt und dass er sich dafür von Europa verabschieden sollte. Paranoid zu sein war eine Lebensversicherung in seinem Job, aber jetzt übertrieb er wahrscheinlich.

Lautlos glitt er vom Stuhl, entsicherte seine Pistole und nahm Aufstellung hinter der Tür. Da, er hörte das Knirschen von Schritten auf den alten Betonstufen. Jemand kam das Treppenhaus zu ihm herauf.

Der Mann dort unten schlich offenbar durch jedes Stockwerk, ging dabei aber sehr zügig vor. Er befand sich mittlerweile ein Stockwerk unter John McFarlands Stellung. Seit Jahrzehnten nicht mehr geöffnete Türen knarzten in ihren Scharnieren. Der Eindringling checkte die Räume einen nach dem anderen. Warum? Hatte er Spuren von McFarland entdeckt? Hatte da doch einer den Auftrag, ihn zu finden? Oder tat der das nur zur Sicherheit?

Wie dem auch sei, ein Vollprofi war in das Kammhotel eingedrungen. Die Schritte verschwanden im Gang des alten Gebäudes und kamen dann wieder näher.

Plötzlich glaubte McFarland zu hören, wie sich eine zweite Geräuschquelle von den oberen Stockwerken des Kammhotels in seine Richtung bewegte. Er hielt den Atem an. Ja, da rumpelte es über ihm. Die Schritte unter ihm waren dafür nicht mehr zu hören. McFarland verfluchte sich dafür, dass er nicht mehr Kameras auf den Fluren seiner Hotelruine angebracht hatte. Zeit genug hätte er gehabt. Aber er hatte nicht daran gedacht, dass er hier von Gegnern gesucht werden könnte. Immerhin hatte er mit einer Kamera den Gang vor dem Zimmer, in dem sich seine Zentrale befand, abgesichert. Aus reiner Routine hatte er das kleine elektronische Auge in eine Ecke geklemmt.

Nun wurde es oben wieder still. Dafür schlich sich der Fremde von unten weiter. Endlich gelangte er zu dem Stockwerk, auf dem sich McFarland befand. Dafür hatte er das hintere Treppenhaus benutzt. Die kleine Kamera mit Restlichtverstärker, die den Gang überwachte, erfasste ihn. McFarland sah auf einem Monitor schemenhaft eine Gestalt in einem weißen Tarnanzug und einem H&K-Sturmgewehr, mit dem der Kerl die Umgebung sicherte. Der schneeweiße Anzug war in der Dunkelheit des Hotelbaus nicht vorteilhaft. So gut er einen Kämpfer auch draußen tarnen mochte, hier drinnen machte er aus ihm eine lebensgroße Zielscheibe. Hoheitsabzeichen waren nicht darauf zu erkennen. Wer war der Mann?
Und wer war der andere? Waren sie zu zweit? Wahrscheinlich. Waren doch zwei der Terroristen zu ihm vorgedrungen? Die waren schließlich komplett mit Heckler-&-Koch-Waffen ausgestattet, wie McFarland wusste. War also ein Kommandotrupp der Abdullahs in den alten Zahnradbahntunnel Richtung Schneefernerhaus eingedrungen und von dort weiter ins Kammhotel? Doch wie waren die durch den Felssturz gekommen? Und wie konnte es sein, dass die Gebirgsjäger der Bundeswehr sie im Schneefernerhaus nicht bemerkt hatten? Gab es einen anderen Weg hier herüber, den er nicht kannte? Alte Versorgungstunnel, durch die man kriechen konnte? Oder waren sie vom Gipfel gekommen, auf dem Weg, den er auch genommen hatte?
Der Mann im weißen Schneeanzug verharrte am anderen Ende des Flurs, als das Geräusch einer klemmenden Tür, die geöffnet wurde, von oben kam. Er drückte sich an eine ehemals weiß getünchte Wand, die von dem Feuer, das hier vor Jahrzehnten gewütet und das Hotel zerstört hatte, mit einer dunkelgrauen Schicht überzogen worden war. Auf seinem Monitor, der auf dem Tisch neben ihm stand, konnte McFarland die Umrisse des weißen Mannes gut erkennen. Dann hörte er von oben, direkt über sich, wieder Schritte. Der andere würde das Treppenhaus nach unten nehmen, das sich in der Nähe von McFarlands Zim-

mer befand. Gleich würden beide Männer auf seinem Stockwerk sein und sich von beiden Seiten des Flures seiner Stellung nähern.
McFarland saß in der Falle. Aus dem mit Holzbrettern verrammelten Fenster des Hotelzimmers konnte er nicht abhauen, denn dort draußen ging es senkrecht mehrere hundert Meter den Fels hinab. Er hatte ein Seil in seiner Ausrüstung, aber das war nur einhundert Meter lang. Und er hätte die Bohlen vor seinem Fenster niemals in so kurzer Zeit aufstemmen können, dass ihn die beiden Angreifer nicht hörten und noch erwischten. Nein, er musste die beiden blitzschnell erledigen. Vielleicht trug der von oben Kommende auch einen weißen Anzug, das würde die Sache erleichtern.
McFarland zog seine schwarze Sturmhaube über, die von seinem Gesicht nur noch die Augen frei ließ. Er steckte seine Pistole wieder ein, griff nach seiner Maschinenpistole und drückte sich wieder hinter die halb geöffnete Tür.

Markus Denninger hatte sofort nach Betreten des Kammhotels ein sonderbares Gefühl beschlichen. Da war ein Geruch, den er zwar nicht einordnen konnte, der aber so gar nicht in ein Gebäude passen wollte, das seit Jahrzehnten leer stand. Das Eigentümlichste an diesem Geruch war, dass es ihn überhaupt gab. Ein seit fünfzig Jahren leerer Bau, der auf 2800 Metern an der Grenze des Permafrosts lag, konnte kaum nach irgendetwas riechen, denn in dem alten Gemäuer herrschte praktisch immer Eiszeit, ganz bestimmt aber jetzt im Januar. Hier war das Thermometer auch bei Sonnenschein seit drei Monaten nicht über null geklettert.
Und doch roch Denninger es ganz deutlich. Einen irgendwie technischen Geruch. Wie in einem Supermarkt. Oder in einem Elektromarkt. Nach sich erwärmendem Plastik.
Dieser Eindruck ließ Denninger die Flure aufmerksamer durchschreiten, als er es eigentlich vorgehabt hatte. Er wollte sicher-

gehen, dass sich hier wirklich niemand aufhielt. Bei allem, was die Terroristen bisher an Überraschungen geliefert hatten, war nicht auszuschließen, dass sie das alte Kammhotel als Basisstation auserkoren hatten. Verdammt, war da noch keiner im Krisen- oder in seinem Einsatzstab draufgekommen? Sicher, das Hotel war so lange außer Betrieb, dass es auf neueren Karten gar nicht mehr eingezeichnet war. Auch er wusste nur durch die Zugspitz-Bergtouren seiner Jugend, dass es den Bau überhaupt gab.

Zwei Stockwerke war er nach oben gegangen. Er checkte kurz jeden Flur und öffnete ein paar Türen. Nichts Auffälliges. Außer diesem seltsamen Plastikgeruch. Vielleicht bildete er sich den auch nur ein. Bald musste er auf einer der mittleren Etagen sein. Von dort aus musste er hinaus auf die ehemalige Sonnenterrasse des Hotels, soweit er die Details des Gebäudes in Erinnerung hatte. Wenn er dort war, wollte er ein Fenster oder eine Balkontür aufbrechen und dann den kurzen Anstieg zum Gipfelgrad in Angriff nehmen.

Plötzlich vernahm er ein Geräusch aus den oberen Stockwerken. Er drückte sich an eine Wand und schaltete die kleine Stirnlampe aus. War ein Tier in diesem Eisbunker? Oder war da ein Mensch unterwegs? Die zweite Möglichkeit war wahrscheinlicher. Er entsicherte das Sturmgewehr und verharrte in der Dunkelheit.

KAPITEL ACHTUNDSECHZIG

Waggon der Zugspitzbahn, 6 Uhr 56

Die Leute, die wenigstens einige Stunden geschlafen hatten, wurden nach und nach wach. Die Depression war den Menschen im Zug in die Gesichter geschrieben. Von Sitznachbar zu Sitznachbar hatte sich die Botschaft, die der Anführer der Geiselnehmer vor zwei Stunden an die Welt gesandt hatte, herumgesprochen. Um neun Uhr würde etwas passieren, etwas Schreckliches. Jeder hoffte, dass es nicht ihn erwischte.
Die Männer, die durch den Gang der Zahnradbahn patrouillierten, wurden gerade das dritte Mal ausgetauscht. Thien beobachtete ihre Gestik und Körperhaltung genau. Er wollte herausfinden, ob diese dritte Schicht der Bewacher den Bewacherjob zum ersten Mal machte oder ob die Männer schon einmal dran gewesen waren. Bei Neulingen erhöhte sich die Chance, dass man sie verwirren konnte, vielleicht um ein winziges Maß. Thien und mit ihm die anderen Gefangenen brauchten jedes noch so winzige Quentchen einer noch so dünnen Chance.
Der Plan war mit seinem amerikanischen Freund Craig abgestimmt. In einem günstigen Augenblick während der Aktion, die um neun Uhr stattfinden sollte, würde Thien versuchen, die Aufpasser im Zug zu überwältigen, während Craig aus dem Waggon springen und nach hinten in Richtung MG-Nest sprinten würde, um den MG-Schützen auszuschalten und die MG-Mündung nach vorn auf den Zug zu richten. Thien würde mit der Maschinenpistole eines der Bewacher hoffentlich dafür sorgen können, dass die Terroristen von den Waggons wegblieben. Vielleicht würde er so zumindest die Hälfte der Geiseln unter seine Obhut bringen. Diejenigen, die mit ihm im hinteren Wagen saßen, den es dann zu verteidigen galt.

Ein weiterer Kämpfer musste unter den Passagieren gefunden werden, der die MPi des anderen Bewachers handhaben konnte. Sie konnten damit eine Pattsituation im Tunnel herstellen. Im besten Falle. Und da die Terroristen Ziele verfolgten, für die sie eine möglichst große Anzahl an Geiseln in ihrer Gewalt haben mussten, würden sie verhandeln. Was dann geschah, konnte niemand vorhersehen.

Das war ein sehr wackeliger Plan, der mit sehr vielen Unwägbarkeiten gespickt war. Unerträglich vielen Unwägbarkeiten. Zudem war es ein Plan, der nur einen Teil der Geiseln einschloss, und selbst die waren damit noch immer nicht in Freiheit. Denn wie es hier rausging – wenn überhaupt –, wussten nur die Geiselnehmer. Das war Thien klar. Und es war ihm auch klar, dass Craig das ebenfalls wusste. Zwischen ihnen hatte sich eine Kommunikation entwickelt, die über das Geblinzel über zwei Sitzreihen hinweg hinausging.

Sie konnten mittlerweile beinahe alles mit Blicken ausdrücken und besprechen. Thien war davon überzeugt, dass sie beide entschlossen waren, lieber in einer Katastrophe unterzugehen, als sich einzeln abschlachten und damit als Druckmittel gegen die freie Welt benutzen zu lassen. Und wenn es schiefging und sie dabei starben, würden sie wenigstens drei oder vier der Geiselnehmer mit sich nehmen. Das war Thien sich selbst schuldig. Als Opfer würde er nicht aus dieser Sache gehen.

Opfer war er einmal im Leben gewesen. Das hatte vollkommen gereicht.

KAPITEL NEUNUNDSECHZIG

Kammhotel, 6 Uhr 57

Auf John McFarlands Monitor tauchte der kaum zu erkennende Umriss des zweiten Mannes auf. Er trug Schwarz, keinen Wintertarnanzug, sondern eine dunkle Kampfmontur. Und eine Skimaske. Und er hielt deutlich erkennbar eine MP7 schussbereit in den Händen.

Er war etwa fünfundzwanzig Meter vom weiß gekleideten Mann entfernt und verharrte dort, ebenfalls an die Wand gedrückt. An der Stelle, an der er stand, war die Wand weiß genug geblieben, dass sich seine schwarze Montur deutlich von ihr abhob. Zumindest für McFarlands Hightech-Kamera reichte der Kontrast aus.

McFarland überschlug im Kopf in Sekundenbruchteilen die Möglichkeiten. Gehörten die beiden zusammen und trugen nur unterschiedliche Kampfkleidung? War der Weiße ein Soldat der Bundeswehr? Oder gar einer seiner eigenen Kollegen? Warum aber hatten sie ihm, McFarland, dann nicht gesagt, dass er kommen würde? Also doch ein Killer? Oder war der Schwarze der Killer? War der vielleicht ein Terrorist? Oder ließ sich McFarland von den Farben Schwarz und Weiß täuschen?

Er kam zu dem Schluss, dass die beiden nicht zusammengehörten. Und dass sie aller Wahrscheinlichkeit nach nichts von ihm wussten und daher nichts von ihm wollten. Er überlegte, warum die beiden wohl hintereinanderher waren. Auf eine logische Erklärung kam er nicht.

Da klackte es auf dem Schreibtisch, auf dem die Monitore und die andere elektronische Ausrüstung McFarlands standen. Es war die obere Red-Bull-Dose, deren zerknickte Aluminiumhülle sich durch die Umgebungswärme des Monitors verzog.

Das brachte die komplette Blechpyramide in Bewegung, die Dosen rollten in allen Richtungen über den Schreibtisch, und die Hälfte von ihnen landete auf dem Betonboden des Zimmers. In der angespannten Stille schepperte es, als wäre ein betrunkener Perkussionist in sein Equipment gestürzt.

McFarland hatte keine Zeit, sich zu Tode zu erschrecken. Vor seiner Zimmertür ratterten die automatischen Waffen los. Von jeder Seite kamen zwei kurze Salven, dann kehrte tödliche Stille ein.

McFarland beobachtete auf seinem Monitor, wie der Mann in Weiß schließlich als Einziger aufstand. Er musste sich zu Beginn des Schusswechsels blitzschnell auf den Boden geworfen haben. Nur darum hatte er überlebt. Er schob ein neues Magazin in seine Waffe und bewegte sich in Richtung des Zimmers, aus dem das Dosenscheppern gekommen war. Auf seinem Weg dorthin trat er jede Zimmertür rechts und links des Flurs auf und checkte jeden Raum in gebückter Haltung.

McFarland erkannte an der Ausführung eine profunde Häuserkampfausbildung. Die Leute in den Trainingscamps im Jemen erhielten die nicht, die wurden dort im Nahkampf fit gemacht und vor allem in Sachen Sprengstoff. Die Wahrscheinlichkeit, dass der näher rückende Mann ein Elitesoldat oder sogar Angehöriger einer Spezialeinheit war, schätzte er als größer ein als die, dass es sich um einen der Terroristen handelte. Er würde versuchen, ein Feuergefecht mit dem Mann zu vermeiden. Im Grunde wollte er jedem Kampf mit ihm aus dem Weg gehen. Es wäre unsinnig, würde einer von ihnen den anderen umbringen, wenn sie doch offenbar gegen denselben Feind kämpften.

Viel Zeit blieb McFarland für seine Überlegungen nicht mehr. Der Mann trat gerade die Tür des Nachbarzimmers ein, ging auf das rechte Knie runter und leuchtete mit dem auf das Gewehr gepflanzten Laserlicht in den Raum. Als er sich sicher war, dass das Zimmer leer war, wandte er sich der letzten Tür des Korridors zu, hinter der sich McFarland befand.

Der warf eine Decke über seine Elektronik und rief auf Deutsch: »John McFarland, Spezialagent der Vereinigten Staaten von Amerika. Ich will mit Ihnen sprechen.«
»Markus Denninger. Deutsche Bundeswehr«, schallte es aus dem Nachbarzimmer, in das der Mann sofort zurückgewichen war. »Können Sie sich ausweisen?«
»Können Sie es?«
»Nein.«
»Ich auch nicht. Dann müssen wir uns jetzt gegenseitig umbringen oder einander vertrauen.«
Der Mann im weißen Tarnanzug trat ganz langsam mit dem Sturmgewehr im Anschlag aus dem Zimmer zurück in den Gang.
»Kommen Sie raus!«, rief er gegen McFarlands Zimmertür.
McFarland nahm seine Maschinenpistole, richtete sie ebenfalls auf die Tür und bewegte sich Millimeter für Millimeter darauf zu.
Er entriegelte die Tür, schob sie auf. Da stand der weiße Mann an die Wand des Flurs gedrückt. McFarland drückte sich keine zwei Meter vor ihm ebenfalls gegen die verrußte Mauer. Sie konnten den Atem des jeweils anderen spüren, so nah standen sie sich gegenüber. In höchster Anspannung, Mündung gegen Mündung. Ihre Augen fixierten die des jeweils anderen. Dann, langsam, wanderten ihre Blicke nach unten. Ohne den Kopf auch nur eine Nuance zu bewegen, musterten sie sich gegenseitig von oben bis unten.
»Wir müssen die Gewehre nach unten nehmen«, sagte McFarland nach einer Weile.
»Ich zähle bis drei«, antwortete Denninger. »Bei eins sichern, bei zwei abnehmen, bei drei entladen.«
»Okay.«
»Eins ... zwei ... drei.«
Mit parallel ablaufenden Bewegungen und der Genauigkeit von Synchronspringern klickten die beiden Soldaten mit den rechten Daumen die kleinen Sicherungshebel neben den Abzügen

um, lösten die Riemen von den Schultern, ließen die Magazine aus den Waffen gleiten und zogen die Verschlüsse nach hinten, um die geladenen Patronen auszuwerfen. Schließlich ruhte jedes Gewehr wie ein Baby in den verschränkten Armen seines Besitzers. Die Läufe zeigten zu den Wänden des Ganges.
Beide Männer atmeten tief durch.
»Was machen Sie hier?« Die Frage ertönte wie aus einem Mund.
»Sie befinden sich auf dem Hoheitsgebiet der Bundesrepublik Deutschland«, erklärte Denninger. »Daher werden Sie mir jetzt als Erster Ihren Auftrag nennen, ansonsten setzte ich Sie unter Arrest.«
»Irrtum. Wir beide befinden uns auf dem Gebiet der Republik Österreich, eines neutralen Staates«, widersprach McFarland. »Sie haben hier ebenso wenig verloren wie ich, wenn wir ganz ehrlich sind.«
Markus Denninger schaltete schnell auf Kooperation um: »Andere Frage: Wer ist der Mann dort hinten?«
»Der, den Sie als deutscher Soldat gerade auf dem Territorium der Republik Österreich erschossen haben?«
»Den ich in Notwehr erschossen habe. Genau der.«
»Ich weiß es nicht.«
»Dann ist es keiner von Ihren Leuten?«
»Das zumindest weiß ich sicher. Ich bin allein hier.« In dem Moment fiel McFarland ein, dass er das gar nicht so genau wusste. Der Mann in Schwarz konnte ja seine Verstärkung gewesen sein. Gott mochte das verhüten. Wenn in diesem verdammten Einsatz auch noch ein Kollege in »Friendly Fire« gefallen war, gab es hinsichtlich seines weiteren Berufswegs nur noch die Frage: Burger King oder McDonald's? Na ja, dachte er, eine Uniform gab es dort auch. Und vielleicht würden sie ihn nach einiger Zeit sogar an die Fischburger lassen. Immerhin war er mal bei den Marines gewesen. »Sehen wir uns den Mann an«, schlug er vor. Er wollte schnellstmöglich wissen, wie groß der Schlamassel war.

»Nach Ihnen.« Markus Denninger legte keinen Wert darauf, einen amerikanischen Geheimagenten – wenn der Kerl denn wirklich einer war – im Rücken zu haben. John McFarland wusste, dass es einen Hauptfeldwebel Markus Denninger gab. Er hatte von diesem Mann wenig zu befürchten, wenn der Kerl nicht durchdrehte, und das konnte er bei einem Elitesoldaten so gut wie ausschließen.

McFarland ging an Denninger vorbei zu dem am Ende des Ganges liegenden Mann. Sicherer wäre es gewesen, dies mit einer automatischen Schnellfeuerwaffe im Anschlag zu tun, aber hinsichtlich der vertrauensbildenden Maßnahmen, auf die sie sich eben verständigt hatten, unterließ er es. Er legte jedoch die rechte Hand auf den Griff der Pistole, die er im Beinholster trug. Denninger machte es ihm nach und ging hinter dem amerikanischen Kämpfer her.

»Sichern Sie mit der Pistole!«, wies ihn McFarland an, als sie nur noch zwei Meter von dem angeschossenen Mann entfernt waren. Daraufhin zückte Markus Denninger seine Dienstpistole, stellte sich mit dem Rücken an die Wand, sodass er in beide Richtungen beweglich war, und zielte auf den Mann am Boden. McFarland beugte sich über den reglos Daliegenden und stellte zunächst sicher, dass keine weitere Waffe außer der MP7, die der Mann im Fallen nach hinten geworfen hatte, in Reichweite lag. Dann betastete er die Halsschlagader des Kerls.

»Tot. Guter Job«, murmelte er anerkennend. Er zog dem Mann die schwarze Maske vom Gesicht. Soweit zu erkennen war, hatte der Tote eine hellbraune Gesichtshaut und schwarz glänzendes Haar.

»Indio«, war Markus Denningers erste Reaktion.

»Indio?«, wiederholte McFarland nachdenklich, während er die Taschen des schwarzen Overalls des Mannes durchsuchte. Er fand darin Munition für die Maschinenpistole in fünf Ersatzmagazinen und in der auf dem rechten Oberschenkel aufgesetzten Tasche eine kleine Blechschachtel. Darin befanden sich aber keine Halspastillen mehr, wie der Aufdruck behauptete, son-

dern grüne Blätter und ein paar Stücke, die wie Kreide aussahen. »Koka und Kalk«, erkannte McFarland. »Das *ist* ein Indio. Was, zur Hölle, macht der hier?«
»Wenn Sie es nicht wissen, ich weiß nicht einmal, was *Sie* hier tun.« Markus Denninger wurde ungeduldig. Er hatte einen Auftrag, der auf der anderen Seite in Eis und Fels auf ihn wartete.
»Okay. Gehen wir ins Zimmer.« McFarland deutete auf die offene Tür, hinter der sich der Raum mit seiner Ausrüstung befand. »Jetzt kommt der Moment der Wahrheit, Hauptfeldwebel Denninger vom Gebirgsjägerbataillon 233, Erste Kompanie, Hochgebirgszug.«
»Woher wissen Sie meinen Dienstgrad und meine Einheit?«
»Das verrate ich Ihnen in meinem bescheidenen Heim. Wenn Sie mir folgen möchten.«
Damit stapfte McFarland an einem verdutzten Markus Denninger vorbei in das Zimmer zurück. Denninger folgte.
Drinnen zog McFarland die Decke von seinen Monitoren. Die restlichen Red-Bull-Dosen schepperten zu Boden.
»Ah, Ihr Frühwarnsystem«, spottete Denninger.
»Sie wissen ja, diese Routinejobs sind die Hölle, wenn nicht ab und zu etwas Unvorhergesehenes passiert.«
»Wollen Sie mir jetzt endlich sagen, was das alles hier soll? Österreichisches Gebiet hin oder her, das, was Sie hier treiben, sieht nicht wirklich astrein aus. Ist mein Job übrigens auch nicht. Ich soll den Typen gefangen nehmen, der den Hubschrauber gestern Nachmittag abgeschossen hat.«
»Ich habe die Live-Bilder gesehen. Ja, zeigen Sie's dem Kerl!«
»Ich wiederhole mich: Was machen Sie hier?« Markus Denninger wurde immer ungeduldiger.
John McFarland atmete tief durch. »Wie bringe ich es Ihnen bei? Ich ... na ja, ich überwache diesen Einsatz.«
»Sie sagten vorhin, Spezialagent der Vereinigten Staaten, nicht der Vereinigten Emirate, wenn ich mich richtig entsinne.«
»Das ist alles schwer zu erklären, und Sie müssen da jetzt raus,

um Ihre Mission zu erfüllen. Nur so viel: Das war alles nicht vorhergesehen. Der Zug sollte nur eingesprengt werden, und sie hätten die Menschen in den Waggons innerhalb der folgenden Stunden befreien sollen. Es sollte ein Wake-up-Call für Deutschland sein oder etwas in der Art. Auf alle Fälle geht das, was hier gerade passiert, auf das Konto dieser ... dieser ...«
»Indios?«
»Offenbar. Indios. Ich verstehe das ehrlich gesagt auch nicht. Ist auch egal. Ich muss jetzt dafür sorgen, dass das Ganze hier beendet wird. Mit möglichst wenig weiteren Zivilverlusten. Wir sitzen also im selben Boot, Hauptfeldwebel Denninger. Sie helfen mir. Und ich warne Sie, wenn Sie jemandem von mir erzählen, haben Sie einen ganz neuen persönlichen Feind: die Central Intelligence Agency!«
»Dann erübrigt sich meine Frage, woher Sie mich kennen. Na schön, ich werde jetzt erst einmal diesen Sniper kassieren. Können Sie Ihr Kabel-TV hier dazu benutzen, um all das herauszukriegen, was Sie nicht wissen?«
»Ich werde es versuchen. Melden Sie sich wieder bei mir, wenn Sie Ihre Mission erfüllt haben. Ihr Funker wird einen Spruch erhalten. Er wird ihn nicht verstehen, denn es geht darin um Red-Bull-Dosen. Aber Sie werden ihn deuten können. Wir werden Ihnen darin die Frequenz mitteilen, auf der ich Sie hören kann. Viel Glück, Hauptfeldwebel Denninger!«
Markus Denninger nickte kurz, dann sah er dem Amerikaner in die eisgrauen Augen. Der hielt dem Blick stand. Denninger hatte das Gefühl, dass das meiste von dem, was der Kerl ihm aufgetischt hatte, der Wahrheit entsprach, so verrückt es sich auch angehört hatte. Oder gerade *weil* es sich so verrückt angehört hatte.
Dann machte er sich auf den Weg in die oberen Stockwerke des Kammhotels. Irgendwo musste es einen Durchschlupf ins Freie geben, durch den der Indio, den Denninger erschossen hatte, eingestiegen war.

KAPITEL SIEBZIG

Eibsee-Hotel, 7 Uhr 30

»Herr Dr. Schwablechner, drücken Sie auf ›Senden‹, bitte«, wies Kerstin Dembrowski den Pressesprecher an.
Die E-Mail, die sich Sekundenbruchteile später in den Postfächern der wichtigsten Medien der Welt befand, würde Geschichte schreiben, da war sich Schwablechner sicher.
Auf Deutsch, Englisch, Spanisch, Russisch und Arabisch sowie Mandarin stand darin:

> Die Bundesrepublik Deutschland nimmt zur Kenntnis, dass die Entführung eines Zuges der Bayerischen Zugspitzbahn sowie die Sprengung eines Pfeilers der Tiroler Zugspitzbahn und der Abschuss eines Hubschraubers der Bundeswehr über dem Zugspitzplatt von einer Gruppe verübt wurden, die mit ihrer Aktion Gefangene aus US-amerikanischen Militärgefängnissen freipressen will. Die Regierung der Bundesrepublik Deutschland verurteilt diese Akte der Gewalt. Im Sinne der Lösung der Auseinandersetzung ist die Bundesregierung jedoch bereit, mit der Gruppe zu verhandeln.
> Zur Verhandlungsführerin wurde Kapitän zur See Kerstin Dembrowski bestimmt. Sie befindet sich an einem Ort, von dem aus sie in kürzester Zeit auch in persönliche Verhandlungen mit der Gruppe treten kann. Bis dies stattfinden kann, wird Frau Dembrowski auf der Internetseite www.deutschlandverhandelt.de mit der Gruppe kommunizieren. Diese Kommunikation wird auch auf der Facebookseite »Deutschland verhandelt« und über Twitter @Deutschlandverhandelt verbreitet.
> Die Kommunikation startet um 8.00 Uhr MEZ.

Unmittelbar nachdem diese Meldung verschickt und auf den genannten Internetdiensten veröffentlicht worden war, ging ein weltweiter Aufschrei durch die Kommentarseiten und Blogs. Alles an dem von der deutschen Regierung eingeschlagenen Weg wurde verurteilt. Der Zeitpunkt dieser ersten offiziellen Bekanntmachung: zu spät. Die Form: zu öffentlich.

Die Journalisten konnten es nicht fassen, dass zeitgleich mit ihnen jeder beliebige Internetnutzer auf der ganzen Welt über die Ereignisse informiert worden war. Daher rührte auch die massive Kritik am Inhalt der Botschaft: zu zurückhaltend in der Wortwahl. An keiner Stelle die Vokabeln »Anschläge«, »Terroristen« oder »Mord«.

Besonders in den rechtslastigen Redaktionen schäumte man über, weil dieses Kontaktangebot die Doktrin auf den Kopf stellte, auf deren Basis die westliche Welt seit Jahrzehnten auf terroristische Erpressung reagierte, zumindest offiziell: Mit Terroristen wird nicht verhandelt, lautete das ungeschriebene Gesetz. Ein deutscher Bundeskanzler hatte es 1977 formuliert: Helmut Schmidt. Seither wurde es gebetsmühlenartig von Staatenlenkern wiederholt.

Natürlich wusste jeder, dass bereits seit den siebziger Jahren Spezialisten ausgebildet wurden, ebendies zu tun, und dass in vielen Fällen auch Lösegeld an politisch motivierte Entführer gezahlt wurde. Aber zugegeben hätten das die Verantwortlichen niemals. Und hier stand nun etwas radikal anderes in der Meldung der deutschen Regierung: Man bot den Geiselnehmern im Zug sogar Verhandlungen an, obwohl sie gar nicht danach verlangt hatten. Und man hatte eine Person namentlich damit beauftragt, diese Verhandlungen zu führen. Eine Ungeheuerlichkeit, die in der Geschichte des Terrorismus einmalig war.

Überhaupt, diese Person: Sofort hatten die Agenturen und Medien ihre Quellen nach Kerstin Dembrowski ausgehorcht, doch viel mehr als den offiziellen Werdegang konnte man über sie nicht in Erfahrung bringen. Die junge Frau, gerade einmal dreißig, schien so etwas wie ein Privatleben nicht zu haben.

Nur einige wenige Medien befassten sich mit den wahrscheinlichen Hintergründen des Verhaltens der Bundesregierung, und sie kamen zu dem Schluss, dass die Lage im Berg äußerst schwierig für die Einsatzkräfte sein musste. Offenbar kam man mit einem Einsatzkommando nicht an die Geiselnehmer heran und setzte daher auf Verhandlungen, und sei es nur, um für die Geiseln Zeit zu schinden. Es galt, die Geiselnehmer so lange wie möglich hinzuhalten.

Kerstin Dembrowski und mit ihr der Einsatzstab von Bundespolizei und Bundeswehr bekamen, was sie wollten: die volle Aufmerksamkeit der Weltöffentlichkeit innerhalb einer Stunde und damit rechtzeitig, bevor die Terroristen diese um neun Uhr auf sich ziehen konnten.

KAPITEL EINUNDSIEBZIG

Kammhotel, 7 Uhr 45

Markus Denninger fand den Einstieg des Indios schnell. Er hatte ein Loch in das Dach des Kammhotels geschlagen und war dadurch eingedrungen. Was hatte er hier nur gewollt?

Ski und Sturmgewehr auf den Rücken geschnallt, machte sich Denninger mit Steigeisen an den Skistiefeln in Richtung Gipfelgrad auf und nutzte die Spur, die der Indio bei seinem Abstieg hinterlassen hatte. War der Kerl vielleicht selbst der Bazooka-Heckenschütze gewesen? Hatte sich der Mann aus seiner Kampfstellung zurückziehen wollen? Oder hatte er den Auftrag gehabt, das Kammhotel zu sichern? Spielte die Hotelruine in den Plänen der Terroristen für den weiteren Verlauf ihrer Aktion eine Rolle?

Denninger wollte so schnell wie möglich den Gipfelgrad erreichen und sich auf diesem zu seiner Ausgangsposition für den Angriff begeben. Er musste Gewissheit haben, ob der Mann im schwarzen Overall sein Heckenschütze gewesen war oder nicht. Denn wenn er es nicht war, dann war der Kerl von einer der Gipfelstationen gekommen. Und dann konnte es dort oben noch weitere Männer geben.

Der Aufstieg durch den tiefen Schnee fiel ihm schwer, zumal das Gelände sehr steil war. Bei jedem Schritt nach oben rutschte er die Hälfte des Höhengewinns wieder nach unten. Der Schweiß rann ihm aus jeder Pore.

Endlich erreichte er den Grat.

Im Osten ging über dem Karwendel die Sonne auf. Die Wolken hatten sich auf eine Höhe von rund 1500 Metern gesenkt und verwandelten das Land in ein Meer aus Watte, aus dem die Gipfel des Wanks, der Dreitorspitze und der Alpspitze wie steile Inseln hervorragten. Der Himmel über ihm war ein einziger Farbübergang von gelblichem Rot im Osten bis zu Mittelblau im Westen, wo die Sonnenstrahlen noch nicht hingelangten. Kurz dachte er an Sandra. Sie hätte ihre Kamera gezückt und mit einem Weitwinkelobjektiv eines ihrer Panoramabilder geschossen, das dann irgendwann im Magazin des Alpenvereins veröffentlicht worden wäre. Vierundzwanzig Stunden war es erst her, dass sie den Wecker absichtlich überhört und sich einen zweisamen Morgen im warmen Bett gemacht hatten. Vierundzwanzig Stunden, in denen die Welt eine andere geworden war. Vor ein paar Minuten hatte er einen Mann getötet.

Wie viele würde er an diesem Tag noch töten müssen, um die Welt wieder zu der zu machen, die sie am Tag zuvor gewesen war? Würde sie jemals wieder so sein wie vor diesem sechsten Januar?

Doch für die Schönheit des Sonnenaufgangs über dem Karwendel und dem Wettersteinmassiv und seine philosophischen Betrachtungen hatte er nun keine Zeit mehr. Er war spät dran. Eigentlich hätte es nicht so hell sein sollen. Nun musste er das Risiko eingehen, von den Gipfelstationen her gesehen zu werden. Er rechnete jederzeit damit, von einem Schuss von oben getroffen zu werden. Darum stapfte er noch schneller durch den Schnee, der zum Glück auf dem Grat nur wenige Zentimeter hoch auf dem Fels lag. Der Wind hatte ihn verblasen.

Denninger zückte sein GPS-Gerät und stieg rechts den Grat entlang nach oben. Nach knapp einhundertfünfzig Metern hatte er die berechnete Stelle erreicht. In direkter Falllinie unter ihm musste der Mann mit der Bazooka im Schnee liegen.

Markus Denninger nahm die Ski von Rücken, legte die Steigeisen ab, zog die Schnallen der Skistiefel fest und stieg in die Bindungen. Anschließend schob er die Teleskopstöcke zusammen und verstaute sie mit den Steigeisen in seinem schmalen Rucksack. Er rückte sich die Skibrille wie ein Rennläufer vor dem

Start noch einmal zurecht, prüfte das Sturmgewehr und lud es durch, bevor er es fest mit den Händen umschloss.

Dann glitt er in den steilen Hang hinein. Er machte ein paar kurze Schwünge, mehr Sprünge in dem fast fünfzig Grad steilen Gelände, und hoffte, dass die windverpresste Schneedecke ihre Schichten zusammenhielt und nicht weiter unten seine Ankunft durch abrutschende Schneeplatten angekündigt wurde.

Schließlich nahm er Deckung hinter einem Felsvorsprung, der aus dem Schnee ragte. Alles gut so weit. Bisher kein Schuss von oben oder unten. Kein abrutschendes Schneebrett hatte ihn ins Jenseits befördert. Er sah jetzt die Lawinenverbauungen, die oberhalb des Schneefernerhauses in die Wand betoniert worden waren, um ein Unglück wie das von 1965 zu verhindern. Hinter einer dieser Stahlkonstruktionen kauerte sein Mann. Er konnte auf dem GPS-Gerät, das er zur Kontrolle seiner Position aus der Jackentasche zog, erkennen, wo der Kerl liegen musste, aber er sah ihn nicht.

Kuschelig eingeschneit, dachte er. *Dann mal auf zum Weckruf.*

Er prägte sich genau ein, wo er in wenigen Sekunden zwischen Felsen und Lawinengattern durchwedeln würde, zählte dann stumm bis drei und stach in praktisch direkter Linie zum Punkt X hinunter. Das G36 hielt er im Hüftanschlag. Er hatte es auf Dauerfeuer gestellt.

Als er auf zwei Meter an Punkt X heran war, schwang er ab, stieg mit den Skienden auf die hinteren Verschlüsse der Sicherheitsbindungen und sprang auf den Punkt, wo der Mann im Schnee versteckt sein musste. Er stieß die Arme durch das kalte Weiß nach unten, aber da war nichts. Stattdessen tauchte einen Meter vor ihm wie eine Mumie eine Gestalt auf. Die Gestalt hatte eine Pistole in der Hand und zielte auf Denninger. Der warf sich herum und rollte durch den Schnee hangabwärts. Hätte ihn nicht das Lawinengitter aufgefangen, wäre er einige hundert Meter weiter unten aufgeprallt. Nun lag er auf dem rostigen Eisen der Verbauung – direkt auf seinem Gewehr. Er hatte größte Mühe, auf dem Gitter aufzustehen, um die Waffe zu greifen. Von oben knallten die Schüsse. Querschläger sprangen vom Metall der Lawinensperre ab und ihm um die Ohren. Endlich bekam er das Sturmgewehr zu fassen. Er zog durch. Die Kugeln pfiffen vor ihm in den Schnee und zogen eine Linie von kleinen Wölkchen direkt zu der Stelle, an der der Mann im Schnee saß. Als die tödliche Spur ihn erreichte, zuckte es im Schnee.

Der Schnee um den Mann herum färbte sich rot. Treffer. Auch versenkt? Denninger schickte zur Sicherheit einen kurzen Feuerstoß hinterher. Dann stieg er die zehn Meter zu dem Gegner hinauf.

Zwanzig Zentimeter unter der Oberfläche fand Denninger einen ehemals weißen und jetzt rot verschmierten Biwaksack, aus dessen Einschusslöchern das viele Blut quoll. Markus Denninger suchte nach einem Kopf. Er grub sich weiter nach oben und fand ihn, eingehüllt in die Kapuze eines Expeditionsschlafsacks. Langes schwarzes Haar umrandete ein fremdländisch aussehendes Gesicht. Es trug die ebenmäßigen Züge eines jungen Indios. Die Augen waren geschlossen. Ruhe und Frieden lagen in diesem Gesicht. Außer den Schreien der pechschwarzen Bergdohlen, die der Schusswechsel aufgeschreckt hatte, war es still.

KAPITEL ZWEIUNDSIEBZIG

Eibsee-Hotel, 8 Uhr

Kerstin Dembrowski setzte sich an den für sie bereitgestellten Laptop und begann zu tippen. Die Webcam übertrug ihr Gesicht in die Welt. Sie sagte noch nichts, sondern schrieb nur, auf Deutsch, während der elektronische Übersetzungsdienst des MAD ihre Botschaft fast in Echtzeit in die anderen Sprachen übertrug. Die ersten Sätze, mit denen sich Kerstin Dembrowski an die Geiselnehmer wandte, waren abgesprochen, und so fanden sich in den entsprechenden Übersetzungen auch keinerlei Fehler. Später, wenn es zu einem Austausch mit den Geiselnehmern kommen sollte – worauf Kerstin Dembrowski zu diesem Zeitpunkt nur hoffen konnte –, würden die Simultandolmetscher des MAD, die irgendwo in Köln saßen, die elektronische Übersetzung checken, damit kein Schwachsinn in anderen Sprachen erschien.

An die Gruppe auf der Zugspitze: Mein Name ist Kerstin Dembrowski. Ich bin von der Bundeskanzlerin beauftragt, mit Ihnen in Kontakt zu treten. Ich möchte mit Ihnen verhandeln. Bitte antworten Sie.

Im Konferenzraum »Forelle« war es ganz still. Die Leinwand zeigte zwei Browserfenster nebeneinander. In dem einen sah man die Website der Terroristen www.2962amsl.com, in dem anderen die Website www.deutschlandverhandelt.de. Beide Webadressen wurden so schnell und häufig wie selten zuvor in den Vernetzungsmedien hin- und hergetwittert, auf Blogs gepostet und kommentiert. Wie eine Google-Auswertung später ergeben sollte, hatte in den ersten Stunden dieses Samstags ein Viertel der Online-Bevölkerung diese beiden Seiten auf dem

Schirm. Dass der Server des MAD, der durch das bundeswehreigene Netz mit dem Laptop von Kerstin Dembrowski auf der einen und mit dem Internet auf der anderen Seite verbunden war, diesen Ansturm aushielt, war für die Techniker des Militärischen Abschirmdienstes eine Frage der Ehre.
Dass der Server der Terroristen den Traffic aushielt, war eine Frage der Zeit, hoffte der Einsatzstab. Denn wenn den Terroristen die Möglichkeit der Kommunikation über Schrift und Video abhandenkam, würden sie wohl oder übel sprechen müssen, und dann würde man mehr über sie und ihren Hintergrund erfahren. Hoffte man.
Vorerst tat sich auf der Terroristenseite allerdings nichts. Keine neue Botschaft, keine Antwort auf Kerstin Dembrowskis Gesprächseinladung erschien auf der Leinwand im Krisenstab.
»Warten wir eine Viertelstunde«, entschied die Kapitänin.

KAPITEL DREIUNDSIEBZIG

Schneefernerhaus, 8 Uhr 07

Keine fünf Minuten hatte Markus Denningers Kommandoeinsatz, gerechnet ab seinem Start vom Gipfelgrat aus, gedauert. Er betrat den zentralen Eingangsbereich des Schneefernerhauses, stellte seine Ski in die Ecke neben das Hausmeisterzimmer und rannte ein Stockwerk tiefer, wo sich der Funker seiner Einheit in einem leeren Büro eingerichtet hatte.
»Irgendwelche Neuigkeiten?«, stieß Denninger zwischen zwei Atemzügen hervor.
»Nichts aus Berlin und nichts vom Stab in Reichenhall oder von Oberstleutnant Bernrieder in Mittenwald«, berichtete der Funker. »Die wollen uns kurzhalten hier. Mobilfunknetz und Internet gehen immer noch nicht. Ich habe aber auf der Notruffrequenz eine seltsame Nachricht für Sie erhalten.«
»Ja, welche?«
Der junge Mann nahm einen Zettel, den er neben dem Funkgerät abgelegt hatte.
»An Hauptfeldwebel Denninger: Eine Dose Red Bull hat 33 240 Kalorien.«
»Bisschen viel, oder?«
Der Funker schaute seinen Zugführer fassungslos an. »Äh, keine Ahnung, ich weiß nur, dass eine Flasche Cola dreißig Würfel Zucker enthält.«
»Dann kommt's ja vielleicht hin. So, und jetzt müssen Sie doch sicher mal für große Burschen, oder?«
»Nein, eigentlich nicht.«
»Wie, bitte?«
»Jawohl, Herr Hauptfeldwebel, bitte gehorsamst, austreten zu dürfen.«

»Genehmigt. Abtreten. Horrido.«
Nachdem sich der verdutzte Funker mit militärischem Gruß und »Joho« verabschiedet hatte, drehte Denninger den Schlüssel um. Dann stellte er am Funkgerät die Frequenz 33 400 Megahertz ein, auf der üblicherweise nur die Berufsfeuerwehren und die Feldjäger funken.
»Hier Denninger«, sprach er in den Äther.
»Hier Red Bull«, kam es nach kurzer Wartezeit zurück. »Gehen Sie auf maximale Verschlüsselung.«
Denninger drehte am Funkgerät den Schalter für die digitale Verschlüsselung von Null auf 124 Bit.
»Kein langer Chat, okay?«, hörte er die Stimme des CIA-Manns im Kopfhörer. Der hatte natürlich auf seinen Monitoren gesehen, was Denninger widerfahren war. »Den haben Sie ja voll erwischt.«
»Fast so gut wie CSI glotzen, oder? Leider kann er nicht mehr reden.«
»Macht nichts. War Notwehr.«
»Bezeugen Sie das?«
»Hm, die werden die Waffe und die Kugeln finden. Aber jetzt sagen Sie schon: Was Besonderes mit dem Mann?«
»Noch ein Indio.«
»Interessant.«
»Und Sie? Erklären Sie mir jetzt, was es mit alldem auf sich hat?«
»Nein, das machen wir später bei einem Bier. Jetzt müssen wir uns darauf vorbereiten, diesen Tunnel zu stürmen.«
»Sie sind wahnsinnig. Da kommen Sie nicht durch.«
»Come on, Denninger, wo ist Ihr Sportsgeist? Ich meine, die Geiselnehmer müssen dort ja irgendwann mal raus. Dafür werden sie einen Plan haben, und den müssen wir in Erfahrung bringen.« So wie er das sagte, zweifelte der Amerikaner offenbar keine Sekunde daran, dass ihnen das auch gelingen würde.
»Ich bin sicher, dass der Krisenstab dort unten alle Möglichkeiten gecheckt hat«, gab Denninger zu bedenken.

»Die Möglichkeiten, die sie kennen und auf die sie kommen, ja. Sie werden alte Pläne wälzen und jeden Kubikmeter dieses Gebirges durchleuchten. Aber eben nur mit Plänen, Denninger. Wir wissen aber: Da war ein Indio im Kammhotel, und der hat nicht den alten Tunnel hinüber zum Schneefernerhaus benutzt, durch den Sie gekommen sind.«
»Er kam von oben, vom Gipfel. Ich habe seine Spuren gesehen.«
»Okay, aber das heißt nicht, dass er nicht einen geheimen Weg benutzt hat, um aus dem Zahnradtunnel auf den Gipfel zu gelangen.«
»Es gibt keinen Tunnel auf den Gipfel«, widersprach Denninger. »Der Gipfel ist nicht breit genug.«
»Das weiß ich. Ich kenne die Pläne der Tunnels, die diesen Berg durchziehen, besser als die meisten Menschen. Ich habe sie ein halbes Jahr lang studiert. Und zwar nicht auf dem Plan. Ich war drinnen.«
»Ich frage jetzt nicht, wieso.«
»Und das ist gut so.«
»Wenn Sie ein halbes Jahr fast darin gewohnt haben, haben Sie denn einen Geheimgang entdeckt?«
»Nein. Aber auch das heißt nicht, dass es keinen gibt. Noch einmal: Die müssen irgendwann hier raus. Sie sind Erpresser und keine Selbstmordattentäter. Also muss es einen Weg nach draußen geben!«
Die Logik dieses Gedankens, den der Amerikaner so stur vertrat, leuchtete nach und nach auch Denninger ein. »Okay, gehen wir mal davon aus, dass es so ist. Dann müssen wir jetzt von der anderen Seite her denken. Wo könnten die Kerle denn hinwollen? Von wo könnten sie am besten abhauen? Wenn wir eine Antwort auf diese Fragen finden, können wir sozusagen ihren geplanten Weg in umgekehrter Richtung gehen, hinein in den Tunnel, verstehen Sie?«
»Guter Ansatz. Also: Wie hauen sie aus Deutschland ab, Denninger?«

»Auto ist Quatsch, und eine Küste haben wir hier in Bayern nicht. Man braucht ein Flugzeug. Aber selbst damit kommt man nicht weit.«

»Oder man bleibt erst mal hier.«

»Wie sagt ihr Amis immer: ›You can run, but you can't hide.‹ Sich verstecken zu können ist tatsächlich die intelligentere Überlebensstrategie.«

»Und wo versteckt man sich am besten? In einer Masse. Dort werden sie hinwollen. Auf den Gipfel und in der Menge der Wartenden untertauchen.«

»Darum haben sie auch den Mann im Kammhotel vorgeschickt. Um den Weg freizumachen.«

»Den Weg aus dem Schneefernerhaus über das Kammhotel auf den Gipfel. Logisch. Der Mann war auf dem Gipfel als Außenposten, untergetaucht in der Menge der Skifahrer. Und er ist seinen Leuten entgegengegangen.«

»Und da sind noch mehr von seiner Sorte auf dem Gipfel, wette ich. Das heißt, wir sehen uns bald wieder, Red Bull. Denn wer außer meiner Einheit soll die erledigen?«

»Na, dann sehen Sie zu, dass Sie mit einem Trupp hier rüberkommen.«

Bevor Denninger den Funkraum verließ, musste er noch Meldung über den hinter ihm liegenden Einsatz und seine Erkenntnisse machen. Er tat dies auf einer anderen verschlüsselten Frequenz. Die Nachricht ging direkt zum Einsatzführungskommando in Geltow bei Potsdam und von dort an den Generalinspekteur im Bundeskanzleramt. Dieser notierte sich die Informationen und gab seinem Adjutanten den Befehl, sie an Kerstin Dembrowski nach Grainau ins Eibsee-Hotel weiterzuleiten. Diese erhielt eine verschlüsselte E-Mail, doch da sie gerade versuchte, mit den Terroristen Kontakt aufzunehmen, ließ sie diese erst einmal in ihrem Posteingangsordner liegen. Die direkten Vorgesetzten Denningers oder die Ermittler von BKA und BND unverzüglich von der Ethnie der zwei Terroris-

ten in Kenntnis zu setzen unterließ der Generalinspekteur. Er wollte das in der nächsten großen Runde in Anwesenheit der Kanzlerin tun.
Denninger ging währenddessen kurz in sein Zimmer, um seine Munitionsvorräte aufzufüllen. Diesmal steckte er alle Magazine, die er in seinem großen Marschrucksack fand, in sämtliche Taschen seines Kampfanzugs. Dann trommelte er seine Leute in einem Konferenzraum zusammen.

KAPITEL VIERUNDSIEBZIG

Kammhotel, 8 Uhr 15

Endlich nahm John McFarlands Führungsoffizier den Anruf auf seinem Mobiltelefon entgegen. Seit einer knappen Stunde hatte McFarland immer und immer wieder versucht, ihn zu erreichen. Die Verbindung über den CIA-eigenen Spionagesatelliten war der abhörsicherste, den der Geheimdienst seinen Mitarbeitern zu bieten hatte, noch sicherer als der verschlüsselte Digitalfunk, über den sich McFarland mit Markus Denninger unterhalten hatte. Der Nachteil war, dass die dicke Antenne des Mobiltelefons, das sich in sonst nichts von einem handelsüblichen Handy unterschied, eine quasi optische Verbindung zum Satelliten benötigte. Darum hatte McFarland immer wieder den Kopf aus dem Fenster gehalten, durch das er eingestiegen war. Er hatte schon befürchtet, ihm würden die Ohren abfrieren.
»Entschuldigung, dass ich Sie wecke, aber es gibt etwas, was Sie wissen müssen.«
»Von wegen wecken. Bei uns brennt die Luft. Wir haben alles mitbekommen. Sehr populär sind Sie heute, McFarland. Erhalten regen Besuch, nicht wahr?«
»Interessanterweise von einem Indio. Und mein neuer Freund von der Bundeswehr hat dessen Komplizen oben im Berg gekillt. Zwei Fragen ...«
»Gut, ich versuche, sie zu beantworten.«
»Erstens: Wer sind die Leute?«
»Negativ. Geheimhaltungsstufe eins.«
»Zweitens: Mein neuer Freund Denninger hat diese Beobachtungen sicher seinen Leuten gemeldet. Was bedeutet das für den Einsatz?«

»Ja, das hat er wahrscheinlich. Wir entschlüsseln gerade seinen letzten Funkspruch. Gar nicht so leicht, seit die Deutschen auch digital funken. Wie dem auch sei, das bedeutet für uns, dass der Einsatz erst beendet ist, wenn sichergestellt ist, dass niemand innerhalb der Bundeswehr oder der deutschen Behörden die Herkunft der Abdullahs ausplaudert.«
»Was immer das auch heißen mag.«
»Machen Sie sich darum keine Sorgen, die mache ich mir. Sonst noch was?«
»Da sind Abdullahs – oder soll ich die ab sofort Montezumas nennen? – auch auf dem Gipfel. Da kam der Indio jedenfalls her. Die haben noch die eine oder andere Überraschung für uns.«
»Um die wird sich die Bundeswehr kümmern müssen. Ihre Unterstützung, McFarland, wird nicht so bald bei Ihnen eintreffen. Wir lassen gerade zwei Agenten, die wir noch zusätzlich in Berchtesgaden requiriert haben, per Ski durch das Reintal zu Ihnen aufsteigen. Aber rechnen Sie mit denen nicht vor Abend.«
»Die gute Nachricht ist, dass der Bazooka-Heckenschütze erledigt ist. Zwar heißt das noch nicht, dass wir fliegen können, aber es ist ein Schritt.«
»Okay, ich gebe die Information weiter. Sie bleiben, wo Sie sind. Die Deutschen haben eine clevere Kommunikationsstrategie aufgestellt, aber wir müssen jetzt abwarten, was um neun passiert, wenn das erste Ultimatum der Abdullahs abläuft.«
»All right, verstanden!« John McFarland drückte den roten Knopf seines Telefons und beendete damit das Gespräch. Dieser Einsatz wurde immer merkwürdiger.
Er ging zurück in sein Hotelzimmer und starrte auf die Monitore. Im Zahnradtunnel tat sich nichts. Wie versteinert saßen die Passagiere im Zug seit fast vierundzwanzig Stunden da. Ab und an stiefelte einer der Terroristen durch das Bild. Diese Jungs waren Musterbeispiele an Disziplin. Niemand nahm seine Maske ab. Niemand benahm sich daneben, wenn man von

der Erschießung der einen Geisel absah; aber wahrscheinlich gehörte auch das zu ihrem Plan: Angst und Schrecken verbreiten und jeglichen Widerstand im Keim ersticken. Schließlich hatten sie zweihundert Geiseln unter Kontrolle zu halten, und das mit zehn Mann. Das war ein Verhältnis zwanzig zu eins; da war es sicher ratsam, durch eine eindrucksvolle Tat gleich am Anfang zu demonstrieren, dass man keine Rücksicht auf Verluste nehmen würde – zumindest nicht auf Seiten der Geiseln.

Beim Stichwort »Verluste« fiel McFarland auf, dass die Terroristen ihre beiden toten Komplizen offenbar noch nicht vermissten. Zumindest war keine Hektik ausgebrochen. Vielleicht war das ein Schwachpunkt: die mangelnde Kommunikation zwischen den Gruppenmitgliedern, wenn sie sich auseinanderbewegten.

Wieder einen Schritt weiter, dachte McFarland. Wenn es auch nur ein sehr kleiner Schritt war.

KAPITEL FÜNFUNDSIEBZIG

Garmisch-Partenkirchen, März 2011

Sie hatten nicht lange gebraucht, bis sie sich in dem Land auskannten, in dem die Aktion ablaufen würde. Sie fühlten sich sogar schon ein bisschen heimisch. Sie schrieben sich zum Sommersemester an der Technischen Universität München als peruanische Gaststudenten am Lehrstuhl für Ingenieurgeologie ein. Alle nötigen Papiere waren ihnen von einem Verbindungsmann der Jemeniten ausgehändigt worden. Sie besuchten sogar einige Vorlesungen, verbrachten aber die meiste Zeit damit, sich einhundert Kilometer weiter südlich auf ihren Einsatz im kommenden Januar vorzubereiten.

Unterkunft bezogen sie in einer heruntergekommenen Pension in Partenkirchen, in der im Winter Snowboarder aus aller Welt für zehn Euro die Nacht ein Stockbett mieten konnten. Im Rathaus von Garmisch-Partenkirchen wurden nicht abgeholte Fundsachen verkauft; dort erstanden sie für wenig Geld Fahrräder, die noch gut in Schuss waren, wodurch sie ihre Mobilität erhöhten.

Sie konnten es nicht erwarten, dass der Skibetrieb auf der Zugspitze Ende Mai endlich eingestellt würde. Dann, so lauteten ihre Instruktionen, sollten sie sich als Hilfskräfte bei der Bayerischen Zugspitzbahn bewerben, die in jedem Sommer händeringend Personal für die körperlich sehr anstrengenden Ausbesserungsarbeiten im steilen Tunnel suchte. In den vergangenen Jahren hatte man nur Saisonarbeiter aus Osteuropa für die Gleisbauarbeiten auf über zweitausend Metern Meereshöhe bekommen können. Daher war der Personalchef der Bergbahn sehr erfreut, als die Studenten in sein Büro marschierten. Auf zweitausend Metern Meereshöhe, so erklärte ihm Pedro, lag bei ihnen zu Hause das Tiefland. Er und seine Begleiter seien alle auf knapp unter, einige sogar auf über viertausend Metern groß geworden. Und mit Bergbau hatte man in den Anden seit Jahrhunderten Erfahrung.

Der Personalchef der Bahn wusste, dass bei der Erschließung der Zugspitze Ende der zwanziger Jahre des vergangenen Jahrhunderts die besten Bergleute der Welt zusammengetrommelt worden waren, um in Rekordzeit den viereinhalb Kilometer langen Tunnel ins Gestein zu treiben. Bis zu zweitausend Mann hatten daran gearbeitet, mit Bohrern und Dynamit, und für die anstrengendsten Arbeiten hatte man damals Männer aus den Anden genommen. Sie hatten stählerne Lungen und schwere Lasten im bis zu fünfundzwanzig Grad steilen Tunnel nach oben getragen; jeder andere wäre zusammengebrochen. Die Konstitution der Männer vom anderen Ende der Welt war zur Legende geworden, die über achtzig Jahre später immer noch unter den Zugspitzbahnern kursierte. »Buckeln wie ein Indianer« war in der Gemeinschaft der Zahnradbahner ein bekannter Ausspruch, wenn auch mittlerweile die wenigsten von ihnen wussten, dass damit nicht die Präriebewohner Nordamerikas gemeint waren, sondern ihre südamerikanische Verwandtschaft. Dem Personaler, der sich in seiner Freizeit auch um das Archiv der Zugspitzbahn kümmerte, war das sehr wohl bewusst, daher vertraute er darauf, dass die jungen Peruaner, die vor ihm standen, für den Job bestens geeignet waren.

Was der Personalchef der Bergbahn nicht wusste: Der Ruf des Baukonsortiums nach fähigen Bergleuten in den Zwanzigern, der bis nach Bolivien gedrungen war, war auch von Pedros Urgroßvater vernommen worden. Er hatte sich als blinder Passagier auf einen Bananendampfer nach Europa eingeschifft und sich dank seiner in den Minen von Potosí gestählten Konstitution bis zum Vorarbeiter der höchsten Teilstrecke des Baus wortwörtlich ganz nach oben gearbeitet.

Er wäre als reicher Mann in seine Heimat zurückgekehrt, wenn er dorthin zurückgewollt hätte. In den Minen Europas hatte es in den dreißiger Jahren viel zu tun gegeben für erfahrene Bergleute. Doch er überlebte das Feuer nicht, das ein halbes Jahr vor Eröffnung der Zugspitzbahn, am 5. Dezember 1929, in der Barackenkantine ausbrach, aus der die Männer, die in den feuchten und kalten Unterständen im und am Fels wohnten, versorgt wurden. Die Umstände des Todes vieler Arbeiter wurden nie geklärt. Nach offiziellen Angaben forderte das Unglück nur vier Opfer. Doch allein die überlieferten Augenzeugenberichte von erstickten und verbrannten Männern und jenen, die von den durchglühenden Seilen der Bauseilbahnen erschlagen worden waren, addierten sich zu mindestens zehn. Von Pedros Urgroßvater kamen nur ein deutscher Totenschein und ein Bündel mit Habseligkeiten mit dem Postschiff in die Heimat zurück.
Nicht nur diese Ungerechtigkeit hatte Pedro das Operationsziel »Zugspitze« vorschlagen lassen, als ihr Ausbilder Mahmud im Jemen nach Ideen gefragt hatte, welches symbolische Ziel in Europa anzugreifen sei. Für Pedro war die Zugspitze das Ziel aller seiner Pläne. Denn er hatte die handgezeichnete Karte seines Urgroßvaters entschlüsselt. In seinen Sachen, die wie Reliquien, in Wachstuch eingewickelt, zu Hause aufbewahrt wurden, hatte er die Skizze entdeckt. An seinem achtzehnten Geburtstag hatte ihm seine Mutter erlaubt, das Paket aufzuschnüren. Seitdem hatte ihn die Geschichte, die er hinter der Karte vermutete, nicht losgelassen.
Zehn Jahre lang hatte er an der Lösung des Rätsels gearbeitet.

KAPITEL SECHSUNDSIEBZIG

Eibsee-Hotel, 8 Uhr 20

Auch eine Viertelstunde nachdem Kerstin Dembrowski ihre erste Nachricht über die Website www.deutschlandverhandelt.de abgeschickt hatte, blieb der Inhalt der Seite www.2962amsl.com unverändert. Die Namen der Gefangenenlager Guantanamo auf Kuba, Abu Ghuraib im Irak und Bagram in Afghanistan waren die Überschriften auf der ansonsten weißen Seite. Unter jeder dieser Überschriften standen sechzig bis siebzig Namen, insgesamt zweihundert.
Kerstin Dembrowski tippte erneut in den Laptop:

> An die Gruppe auf der Zugspitze: Ich möchte mit Ihnen verhandeln. Bitte antworten Sie. Es geht um den Stand der Erfüllung Ihrer Forderungen. Kerstin Dembrowski.

»Wir müssen den Takt vorgeben«, erläuterte sie den umstehenden Männern. »Es bringt sie eher aus dem Konzept, wenn wir früher als erwartet mit ihnen über ihre Forderungen sprechen.«
»Aber die können Sie doch gar nicht erfüllen!«, warf der Pressesprecher des Ministerpräsidenten ein. »Jetzt nicht und später nicht!«
»Darum muss ich die Geiselnehmer ja dazu zwingen, mit mir in Kontakt zu treten. Die wissen selbst, dass ihre Forderung so einfach nicht zu erfüllen ist. Vor allem nicht in diesem vollkommen unrealistischen Zeitrahmen. Sie erwarten, dass wir sie vertrösten, um Zeit zu gewinnen. Jetzt fordern wir sie eine knappe Dreiviertelstunde vor dem Ende des von ihnen gestellten Ultimatums auf, mit uns zu verhandeln. Das wird sie zumindest nachdenklich machen. Ein großes Zugeständnis werden wir

ihnen um neun nicht machen können, das ist ihnen damit klar, aber vielleicht ein kleineres.«
Kerstin Dembrowski sagte das mehr zu sich selbst als zu den Umstehenden.

»Es ist jetzt schon nach halb neun«, sagte Zugspitzbahn-Vorstand August Falk in die gebannt auf die Leinwand starrende Runde. »Was machen wir, wenn die in einer halben Stunde wirklich jemanden vor laufender Kamera erschießen?«
»Dann werden wir nichts machen.« Kerstin Dembrowski blickte nicht von ihrem Bildschirm auf. »Sie haben sich entschieden, jeden ihrer Schritte weltweit zu veröffentlichen. Daraus entsteht ein Zugzwang für uns. So ihr Kalkül. Nun können wir dagegenhalten. Die Asymmetrie der Kommunikation ist aufgehoben. Sie setzen sich durch noch mehr Tote immer mehr unter moralischen Druck der Weltöffentlichkeit.«
»Grau, mein Freund, ist alle Theorie«, zitierte August Falk Deutschlands größten Dichter.
»Und grün des Lebens goldner Baum«, retournierte Kerstin Dembrowski prompt. Auch sie hatte die Klassiker gelesen. »Ich sage Ihnen, ich habe diese Strategie schon oft erfolgreich angewandt. Sie wird auch diesmal funktionieren.« Sie löste den Blick vom Bildschirm ihres Laptops und fixierte den fast doppelt so alten Mann über die randlose Brille hinweg, die sie am Computer trug. Mit ihrem zu einem Pferdeschwanz zusammengebundenen Haar verlieh ihr die Sehhilfe das Aussehen einer strengen Lehrerin, das der Zugspitzbahner irgendwie einschüchternd fand.
Sie wandte sich wieder ihrem Laptop zu und starrte erneut auf die Website der Geiselnehmer. Nichts. Sie musste sich sehr anstrengen, nicht mit den Fingern ungeduldig auf die Tischplatte zu trommeln. Sie wollte den Männern, die sie umzingelten, ihre ansteigende Nervosität nicht offen zeigen. Doch nervös zu sein hatte sie jeden Grund. Von ihrem Verhandlungsgeschick hing es ab, ob die Geiselnehmer weitere Menschen töten würden.

KAPITEL SIEBENUNDSIEBZIG

Waggon der Zugspitzbahn, 8 Uhr 45

Mit einem Mal wurde es hektisch im Zug. In jeden Wagen stiegen drei weitere maskierte Männer mit Maschinenpistolen. Sie nahmen zusammen mit den bereits vorhandenen Bewachern Positionen an allen Türen ein. Ein Mann stellte sich direkt neben Thien und sah ihn an. Er sah alle Menschen in seinem unmittelbaren Umfeld an, doch immer wieder richtete er seinen Blick auf Thien. Irgendetwas an Thien schien dem Mann zu gefallen. Oder zu missfallen. Thien betete, dass der Kerl nicht bemerkte, dass er seinen Kamerarucksack wieder heimlich geöffnet und unter seinen Kniekehlen bereitgestellt hatte. Vielleicht war er dem Mann ja nur aufgefallen, weil er die einzige Geisel mit asiatischen Gesichtszügen war.
Die Neugierde des Terroristen schien nach einer endlosen Minute abgeklungen, denn er sah wieder in Richtung seiner Komplizen nach vorn. So, wie der Mann neben seiner Sitzbank stand, war Thien hoffnungslos eingekeilt. Ein Feuerstoß aus der MPi würde ihn niederstrecken, noch bevor er ganz aufgesprungen war. Sein Kamerad Craig sah das offenbar genauso. Er blickte Thien eindringlich in die Augen und schüttelte kaum merklich den Kopf.
Thien überlegte, dass es wohl das Beste wäre, genau zu beobachten, was die Terroristen taten, wenn ihr Ultimatum ohne befriedigendes Ergebnis ablief, wenn sie dann eine Geisel auswählten und ... Ja, was? Erschießen würden?
Vor dem Zug wurden weitere Scheinwerfer eingeschaltet. Das helle Licht durchströmte die beiden Waggons und ließ die Gesichter der Geiseln noch bleicher wirken, als sie nach den Strapazen der letzten zwanzig Stunden sowieso schon waren. Nie-

mand im Zug wagte einen Mucks. Mütter versuchten, ihre Kinder vor den Blicken der maskierten Männer zu verbergen, indem sie sich schützend über sie beugten. Kaum ein Atemzug war zu hören.

Dann stieg ein Mann in den Zug. Er ging langsam zwischen den Sitzreihen auf und ab. Dabei musterte er jeden einzelnen seiner zweihundert Gefangenen. Thien hatte ihn gleich als denjenigen erkannt, der den couragierten Fahrgast erschossen hatte, dessen Leiche nun draußen zwischen Zug und Tunnelwand lag. Der Kerl zögerte keine Zehntelsekunde, wenn es darum ging, ein Leben auszulöschen.

Auch andere Fahrgäste schienen den Mann an seiner Figur und seinen Bewegungen wiederzuerkennen. Sie wichen unwillkürlich vor ihm zurück, wenn er ihre Sitze passierte. Eine Aura des Bösen umgab ihn. Er musste einer der Anführer sein.

Der Mörder hatte das hintere Ende des Zuges erreicht und stand dem Bewacher, der neben Thien Position bezogen hatte, direkt gegenüber. Der bewegte den Kopf und deutete mit dem Kinn auf den jungen einheimischen Snowboarder, der neben Thien saß. Der Mörder nickte. Dann packte er den Jungen am Kragen der Skijacke und riss ihn aus dem Sitz, stellte ihn in den Gang und schubste ihn vor sich her.

Paralysiert vor Angst und mit weit aufgerissenen Augen schlurfte der junge Mann vor seinem Peiniger her, der ihm die Mündung einer Maschinenpistole in den Rücken presste. Der Weg des jungen Partenkirchners ging durch den ganzen Zug. Vorn stieg das ungleiche Paar durch die Tür des Führerstandes aus.

Den Geiseln ging es wie Thien. Sie waren schockiert, dass gleich einer von ihnen sterben würde, wenn kein Wunder geschah. Und gleichzeitig waren sie erleichtert, dass es nicht sie selbst oder einen Freund oder Familienangehörigen getroffen hatte. Zumindest dieses Mal noch nicht.

KAPITEL ACHTUNDSIEBZIG

Eibsee-Hotel, 8 Uhr 52

Der große Zeiger der Wanduhr im Konferenzraum »Forelle« bewegte sich unerbittlich auf die Zwölf zu. In wenigen Minuten würde zumindest klar sein, wie konsequent und skrupellos die Geiselnehmer waren, dachte Kerstin Dembrowski. Natürlich war ihr bewusst, dass es nach der Sprengung der Tiroler Seilbahn an deren Entschlossenheit und Brutalität kaum noch einen Zweifel geben konnte.
Sie setzte zum dritten Mal die gleichlautende Meldung auf der Website ab. Die Minuten verstrichen. Es geschah nichts. Auch auf der Site der Geiselnehmer stand immer noch nichts als die Liste der Gefangenen in drei Spalten.
Die Mitglieder des lokalen Krisenstabs am Eibsee, der großen Runde im Bundeskanzleramt in Berlin, die Generäle der Bundeswehr in Geltow, die Hunderte von Mitarbeitern von BKA, LKA, BND, MAD sowie bei den Sicherheitsbehörden auf der ganzen Welt starrten auf ihre Computerbildschirme mit den beiden Webseiten. Millionen von Internetnutzern in Nachrichtenredaktionen, in Büros, in Schlaf- und Wohnzimmern rund um den Globus erwarteten mit Spannung, was sich im und um den höchsten Berg Deutschlands tun würde. Kameras waren vom Eibsee aus auf die Zugspitze gerichtet, und die angeschlossenen TV-Stationen – und es gab keine TV-Station, die die Live-Bilder nicht zumindest als Einklinker in das aktuelle Programm sendete – zeigten das Drama in der vom grauen Fels optisch symbolisierten Unausweichlichkeit.
Die Strahlen der kalten Wintersonne erschienen über dem Gipfel. Sie lösten die letzten Wolkenfetzen auf, die vom nächtlichen Sturm noch übrig waren und die sich nicht vom grandiosen

Ausblick über das Wettersteingebirge trennen konnten. Der Himmel färbte sich in ein strahlend helles Eisblau.
Die Nachrichtensendungen der Welt schalteten live nach Deutschland und zeigten atemberaubend schöne Bilder.
Es war Schlag neun mitteleuropäischer Winterzeit. Das Ultimatum war abgelaufen. Zwei Minuten lang passierte nichts.
Dann erfolgte in der Westflanke des Zugspitzmassivs eine nicht allzu große Explosion, die allerdings ausreichte, um die morgendliche Stille über dem Eibsee zu zerfetzen. Der Widerhall schallte mit wenigen Sekunden Verspätung von den Anhöhen, die den See umgaben, zurück. Aus der hohen Felswand löste sich ein Stück Gestein und fiel mit Krachen in das Geröllfeld dreihundert Meter weiter unten.
Die Mitglieder des Krisenstabs sahen die Bilder auf den TV-Bildschirmen. Sofort stürmten sie zur langen Fensterfront, an deren Scheiben sie sich die Nasen platt drückten. Endlich kam jemand auf die Idee, die Balkontür, die auf die Terrasse vor dem Konferenzraum führte, zu öffnen. Die Männer traten hinaus und schauten die Wand hinauf. Als sich die Staubwolken dort oben auf halber Höhe der Wand verzogen hatten, sahen sie dort mit bloßem Auge ein rechteckiges Loch klaffen.
Betriebsleiter Franz Hellweger hielt als Erster ein Fernglas in Händen. »Die sind komplett narrisch«, war sein Kommentar, als er das Glas an seinen Chef August Falk weitergab.
»Was sehen Sie, Herr Falk? Was ist da passiert?«, riefen die anderen Männer aufgeregt.
»Das gibt's ja nicht. Woher wissen die das? Unmöglich ...«
Mehr war aus dem Bahnvorstand zunächst nicht herauszubekommen. Er hatte ein schnurloses Telefon mit auf den Balkon gebracht und tippte eine Nummer ein, die er offensichtlich auswendig konnte. »Michael, wir brauchen die alten Baupläne«, rief er dann in den Apparat. »Du musst sie sofort aus dem Archiv hier raufbringen. Hast mich verstanden? Alle Pläne ab dem Bau 1928. Oder besser, auch die von den Vorprojekten!«

KAPITEL NEUNUNDSIEBZIG

Im Waggon der Zugspitzbahn, 9 Uhr 03

Kaum dass der junge Snowboarder von dem Maskierten abgeführt worden war, kam von irgendwo vor dem Zug ein dumpfer Knall. Thien konnte sich dessen Ursprung nicht erklären. Er sah zu Craig hinüber.
»Bomb?«, blinzelte er. Ein Schuss hätte sich gänzlich anders angehört, auch in der Enge des Tunnels, dessen Wände jede Art von Explosionsgeräusch verstärkten. Nein, dieser Knall war indirekt zu hören gewesen, als wäre im Fels neben dem Tunnel eine Detonation erfolgt.
Thien glaubte zudem einen leichten Luftzug zu spüren, nachdem der Knall verklungen war. Er wehte von unten zwischen dem Geröll des Felssturzes hinter ihm nach oben. Die Terroristen mussten ein Loch nach draußen gesprengt haben. War das der Fluchtweg, den sie nehmen wollten? Unmöglich. Sie befanden sich viele hundert Meter über dem Tal, und die Westflanke, die parallel zum Tunnel verlief, stürzte fast senkrecht hinab. Sie konnten sich dort vielleicht abseilen, wenn sie gute Bergsteiger waren. Aber die Geiseln würden sie dort nie nach unten bekommen.
Würde er es schaffen? Die Westflanke des Zugspitzmassivs war steiler als alles, was er jemals gefahren war. War das der Ausweg, der ihm Rettung versprach? Auf Ski die Wand hinunter, die von unten fast senkrecht aussah? Was hätte Sandra dazu gesagt? Würde sie sich freuen, dass er sein Leben aufs Spiel setzte, um wieder mit ihr zusammen zu sein? Oder würde sie ihn verurteilen, weil er die anderen Geiseln im Zug im Stich ließ?
Thien traute Sandra beide Reaktionen durchaus zu. Ein ausgewachsener Gerechtigkeitssinn und starkes Mitgefühl für andere

Menschen prägten ihren Charakter. Aber auch ein Selbstbewusstsein groß wie ein Haus hatte seine Ex-Freundin.
Er spürte den Riemen der Nikon zwischen seinen Fingern. Nein, abgesehen davon, dass er es nicht mit Ski bis zu dem Tunnelfenster schaffen würde, musste er als Held aus dieser Geschichte hervorgehen, um Sandra zu beeindrucken. Sie war jetzt mit einem Elitesoldaten zusammen, der überall auf der Welt für Recht und Ordnung sorgte. Wenn er da mithalten wollte, musste er kämpfen.

KAPITEL ACHTZIG

Kammhotel, 9 Uhr 04

John McFarland checkte seine Monitore. Die Truppe, die er beobachten sollte, steckte voller Überraschungen. Beinahe nötigten sie ihm Respekt ab. Dass sie um neun eine Geisel aus der Mitte der Leidensgenossen reißen würden, damit hatte er gerechnet. Dass sie aber, anstatt diese Geisel vor eine Kamera zu zerren und vor den Augen der Weltöffentlichkeit zu misshandeln, eine Sprengung im Tunnel vornahmen, hatte er nicht auf der Rechnung gehabt. Er entschloss sich, ab sofort auch keine Rechnungen mehr über die zukünftigen Handlungen der Terroristen anzustellen. Die machten offenbar alles anders, als man es erwartete. Er richtete den Blick auf den Fernseher, der ihm die aktuelle Übertragung von CNN zeigte. Die Live-Kamera war irgendwo vom Eibsee aus auf das Massiv gerichtet, wo die Sprengung nur als kleines Wölkchen zu erkennen war. Nach wenigen Minuten brachte der Sender in einem Bildschirmfenster eine unscharfe Ausschnittvergrößerung, in dem die Detonation immer und immer wieder in Zeitlupe gezeigt wurde.

McFarland erkannte professionelles Vorgehen. An sechs Punkten hatten sehr gezielt angebrachte und wohldosierte Sprengsätze ein perfektes hochkant stehendes Rechteck in den Fels gesprengt. Es mochte eine Höhe von zwei bis drei Metern und eine Breite von einem bis zwei Metern haben, das konnte man anhand der Zeitlupenaufnahme nur schlecht abschätzen.

Dann aber zeigte das Live-Bild dieses Fenster im Zoom und in exakter Schärfe. »So genau kann man gar nicht sprengen«, murmelte McFarland. Das rechteckige Loch in der Wand war wie mit dem Lineal gezogen, als wäre es in den Fels geschnitten oder gehauen worden.

»Fuck you, fuck you, fuck!«, fluchte er vor sich hin. Er verfluchte damit sich selbst noch mehr als die Terroristen. Die machten im Grunde nur ihren Job. So jedenfalls lautete seine Berufseinstellung. Er selbst aber hatte seinen Job vermasselt und in der Vorbereitung irgendetwas übersehen. Etwas Gravierendes. Der in alle Welt übertragene Beweis seines Versagens gefiel ihm nicht.

Seine Vorgesetzten wurden allmählich missmutig ob seines Versagens, das war ihm klar, ohne dass er mit seinem Führungsoffizier sprechen musste. Die hatten zwar auch einiges übersehen, was die Auswahl des Terrortrupps anbelangte, und offenbar jahrelang die falschen Leute ausgebildet, aber das stand nicht zur Debatte. Es würde nie irgendwo zur Debatte stehen. Er war der Arsch vom Dienst, weil er vor Ort war. Er musste diese Sache endlich in den Griff bekommen.

Wenn nur die zugesagte Verstärkung irgendwann auftauchen würde. Wobei er keine Ahnung hatte, wen sie schicken würden und ob diese Kollegen eine wirkliche Hilfe wären. Und ob er noch mehr Zeugen seines Unvermögens brauchte.

Er musste sich mit diesem bayerischen Elite-Gebirgsjäger zusammentun. Der hatte einen guten Job gemacht, hier im Kammhotel auf dem Gang genauso wie oben in der Bergwand. Zwei der Terroristen hatte dieser Denninger schon erledigt. Mehr oder weniger im Vorbeigehen. McFarland hätte allein diese Erfolgsbilanz schon eine weitere *Distinguished Intelligence Medal* eingebracht. Nicht dass er auf die sogenannten Unterhosen-Orden seines Dienstes, die aus Geheimhaltungsgründen ohne Zeremonie und mit ausdrücklichem Verbot, sie in der Öffentlichkeit zu tragen, verliehen wurden, irgendeinen Wert legte. So ein fanatischer Patriot war er nach zwanzig Jahren bei U.S. Marines und Geheimdienst auch nicht mehr, dazu hatte er zu viel gesehen. Aber die Medaillen zu Hause in der Nachttischschublade zu wissen gab allemal ein besseres Gefühl, als auf der Abschussliste der CIA zu stehen.

McFarlands schlechtes Gefühl steigerte sich bis an die Grenze zur Übelkeit, als CNN in hochauflösender Qualität zeigte, wie ein bunt gekleideter Mensch im Fenster mitten in der Felswand über dem Eibsee auftauchte. Der Kerl trug bunte Skibekleidung. Um seine Brust war ein Seil gebunden, dessen Ende der schwarz gekleidete Mann hinter ihm in der Hand hielt. Bei dem Kerl in den Skiklamotten musste es sich um eine der Geiseln handeln. Sie stand direkt am Abgrund. Ein zweiter Mann in Schwarz tauchte hinter der Geisel auf. Er hielt eine Maschinenpistole in Händen und zwang den ans Seil Gebundenen offenbar, sich an der Kante des Fensters auf den Hintern zu setzen. Die Geisel tat es. Als sie dreihundert Meter über dem Grund die Beine baumeln ließ, versetzte ihr der Mann mit der MPi einen Tritt in den Rücken, und der bunt Gekleidete rutschte ins Freie und hing an dem Seil, dessen Ende der andere Terrorist offenbar nur mit seinen Händen sowie der Kraft und dem Gewicht seines Körpers hielt.

Der Terrorist ließ langsam zwei Meter Seil nach, sodass die Geisel unter dem Fenster baumelte. Der Mann mit der MPi schwang seine Waffe auf den Rücken und fummelte etwas aus seiner Oberschenkeltasche. Dann kniete er sich hin und schlug mit einem Werkzeug etwas in den Boden. Es war ein Bergsteigerhaken, den er mit einem Hammer in den Fels trieb, wie das weiter heranzoomende TV-Bild zeigte. Dann zog er das äußere Ende des Seils, das immer noch von seinem Komplizen gehalten wurde, durch die Öse des Hakens. Er zog daran, und schließlich bückte sich der andere Terrorist unter dem Seil, um es freizugeben. Die Geisel sank noch weitere zwei Meter am Seil nach unten, dann verknotete der Geiselnehmer, der den Haken eingeschlagen hatte, das Seil.

Beide Terroristen verschwanden nach hinten in die Dunkelheit des Stollens. Die Geisel hing hilflos in der Wand.

KAPITEL EINUNDACHTZIG

Im Eibsee-Hotel, 9 Uhr 09

»Ein altes Tunnelfenster.« August Falk staunte noch immer. »Sie wissen, wo die alten Tunnelfenster sind.«
»Klären Sie uns bitte auf, Herr Falk!«, forderte Pressereferent Dr. Schwablechner aufgeregt.
»Für den Bau des Tunnels standen nur zwei Jahre Zeit zur Verfügung, weil erst 1928 das Geld zusammen war, man aber zu den Oberammergauer Passionsspielen 1930 die Bahn eröffnen wollte«, berichtete Falk. »Darum hat man an mehreren Stellen gleichzeitig angefangen zu graben, und dazu wurden entlang der Westflanke, auf die wir hier schauen, vier Fenster in den Fels gehauen, um mittels Behelfsseilbahnen Arbeiter und Material in den Tunnel zu schaffen. So konnte er gleichzeitig in mehreren Teilstücken gebaut werden. Diese Fenster wurden dann nach Fertigstellung der Bahn einfach im Fels belassen. Nur zwei wurden wieder zugemauert. Das muss man schon wissen, dass es die einmal gegeben hat. Und *wo* es die gegeben hat.«
Mitten in die ingenieurhistorische Erläuterung des Bahnvorstandes meldeten sich die Entführer auf ihrer Webseite. Zunächst erschien ein Live-Bild, auf dem man durch das aufgesprengte Tunnelfenster den am Fuß der Westflanke liegenden Eibsee sehen konnte, am unteren rechten Bildrand auch das Hotel, in dem der Krisenstab hockte.
Dann schwenkte die Kamera nach unten, zur Kante des Fensters. Einen Meter davor erkannte man den Haken, an dem das Seil befestigt war. Ebenfalls im Bild waren die Skistiefel eines Terroristen, der neben dem Seil stand. Zwischen den Stiefeln stand mit dem Kopf nach unten eine Axt, die der Mann, der in den Stiefeln steckte, offenbar oben am Stiel hielt.

Text brauchten die Entführer zu diesen Bildern nicht zu liefern. Die Botschaft war auf einen Blick zu erkennen: Wenn ihr nicht tut, was wir wollen, schlagen wir das Seil durch.
Dann erschien ein knapper Text auf der Seite.

EINER GEGEN EINEN!

Sonst nichts.
Kerstin Dembrowski wusste, dass Millionen von Internetnutzern und Fernsehzuschauern gespannt darauf warteten, was sie als Antwort in die Tastatur tippen würde.
Die meisten Menschen rechneten sehr wahrscheinlich mit einer hinauszögernden Erklärung, warum man noch niemanden freilassen konnte, dass man dafür viel mehr Zeit benötigte, dass man aber bereit sei, zu verhandeln …
Kerstin Dembrowski hatte Anweisung, genau so etwas zu schreiben, um Zeit zu schinden. Ihre Erfahrung sagte ihr, dass auch die Terroristen nur auf derlei Ausflüchte warteten, um dann sofort mit einem Hieb der Axt klarzumachen, dass mit ihnen solche Spielchen nicht zu treiben waren. Danach wäre man erst recht unter Zugzwang. Die Terroristen würden in regelmäßigen Abständen das grausame Spiel wiederholen. So lange, bis … Ja, wie lange eigentlich? Bis der amerikanische Präsident seinen Entschluss widerrufen würde, keine Extremisten freizulassen? Würde er sich vor der gesamten Welt von Terroristen erpressen lassen?
Nein, das würde er niemals tun. Sie würden Stunde um Stunde eine tote Geisel aus dem Geröllfeld bergen. Sofern die Terroristen es zuließen, dass sich jemand der Westflanke näherte.
Kerstin Dembrowski hatte die letzten Stunden, versunken vor dem Bildschirm ihres Laptops, damit zugebracht, sich eine komplett andere Strategie zurechtzulegen, die sie eigentlich als Plan B hatte einsetzen wollen. In Anbetracht der Kaltblütigkeit und der an Sadismus grenzenden Brutalität der Entführer machte sie diese Verhandlungsstrategie nun zu ihrem Plan A.

Sie tippte in ihren Laptop eine Botschaft, mit der niemand gerechnet hatte, auch nicht ihre Vorgesetzten:

200 GEGEN 200!

Mit diesem Angebot änderte sie die Spielregeln grundlegend. Das war die große Chance ihres Vorgehens. Und das große Risiko. Es hätte sie nicht gewundert, wenn zwei Sekunden nachdem der Satz im Internet stand, die Geisel, die dort am Seil hing, in die Tiefe gestürzt wäre. Doch zunächst passierte nichts.
Ihr Angebot war ein trojanisches Pferd. Denn es beinhaltete zunächst die Erfüllung der Maximalforderung der Terroristen. Sie konnten durch die Annahme des Angebots sofort an das Ziel ihrer Bemühungen gelangen. Auf der anderen Seite mussten auch sie ihre Geiseln am Leben lassen. Sie könnten sie nicht eine nach der anderen ermorden, denn dann ging die Gleichung nicht mehr auf.
Der wichtigste taktische Vorteil lag allerdings darin, dass die Freilassung von zweihundert Gefangenen aus drei amerikanischen Gefangenenlagern logischerweise einen größeren logistischen Aufwand bedeutete. Das war nun wirklich nicht innerhalb weniger Stunden hinzukriegen. Flugzeuge müssten beschafft werden, Landegenehmigungen in Drittländern und so weiter. Vierundzwanzig Stunden wären dafür mindestens einzuplanen.
Vierundzwanzig Stunden mehr Zeit, um eine Erstürmung des Tunnels vorzubereiten. Oder die Fluchtwege der Entführer zu blockieren. Oder irgendetwas zu tun, was die Bundesrepublik Deutschland, ihren Militär- und Polizeiapparat und ihre Geheimdienste nicht als vollkommene Amateure aussehen ließ.
Immer noch passierte nichts. Der bunte Fleck hing weiterhin unter dem Felsfenster. Auch auf dem Bildschirm mit der Webseite der Entführer erschien keine neue Nachricht.

KAPITEL ZWEIUNDACHTZIG

Reintal, 9 Uhr 25

Sandra Thaler ließ die Reintalangerhütte links liegen, die bis über die Fenster des Erdgeschosses eingeschneit war. Stattdessen konzentrierte sie sich auf den steiler ansteigenden Weg, der zur Knorrhütte führte. Erst dort würde sie eine Pause machen. Sie hatte noch genug Wasser in ihrem Rucksack, sodass sie die Vorräte erst dort oben auffüllen wollte. Die vor ihr liegende Strecke war der gefährlichste Abschnitt ihrer Tour.
Der Verlauf des Sommerwegs durch das Hochtal, der ihr als Orientierung diente, hatte sich als mäßig lawinengefährdet gezeigt, doch im unbewaldeten und steilen Teil der Strecke waren die Schneemassen in den Hängen, die zu ihrer Rechten aufragten, eine ständige Gefahr. Sie hätte doch die andere Route über Ehrwald und das Gatterl nehmen sollen. Die wäre auch riskant gewesen, aber wesentlich kürzer, und sie wäre wahrscheinlich schon oben. Nun musste sie unter dem Brunntalgrat vorbei, auf dessen Seite Hunderttausende von Tonnen Schnee lagen.
Vorsichtig setzte sie einen Fuß vor den anderen und achtete darauf, ihr Körpergewicht gleichmäßig auf die Ski zu verteilen. Sie wunderte sich, dass keine Spuren im Schnee zu sehen waren, denn eigentlich hätten Bundeswehr oder österreichisches Bundesheer die beiden Zustiege über das Gatterl und das Reintal nutzen müssen, um Verstärkung auf die Zugspitze zu schaffen. Doch weit und breit war nichts und niemand zu sehen. Offenbar hatte kein Kommandant die Verantwortung dafür tragen wollen, seine Männer in die lawinenträchtigen Hänge zu schicken.
Als ihr diese Erkenntnis kam, hatte Sandra Thaler die Reintalangerhütte längst hinter sich gelassen und stieg in engen Keh-

ren im steilen Gelände knapp unterhalb der Knorrhütte auf. Ihr wurde unangenehm heiß unter der Funktionswäsche. Eigentlich hätte sie sofort kehrtmachen und schnell auf den Ski zur Angerhütte hinabfahren müssen, um im sicheren Winterraum die Situation zu überdenken.
Aber da war der Auftrag.
Da war das viele Geld.
Da war Markus in nicht einmal zwei Stunden Gehzeit.
Und da war das Schneebrett, das sich lautlos unterhalb des Brunntalkopfes löste, sie mit der Wucht eines Tsunamis von rechts traf und sie den Abhang hinunterspülte.

KAPITEL DREIUNDACHTZIG

Waggon der Zugspitzbahn, 9 Uhr 27

Thien konnte die Situation nicht einschätzen. Eine geraume Zeit war vergangen, seit sie den dicklichen Snowboarder weggeführt hatten. Einer der Terroristen stand immer noch beinahe unbeweglich neben Thien, und die Mündung der MPi war nur wenige Zentimeter von Thiens Schläfe entfernt. Den Zeigefinger hielt der Geiselnehmer ausgestreckt neben dem Abzug. Aber er würde sicher nur eine Zehntelsekunde brauchen, um den Finger um den Abzug zu legen und durchzuziehen, falls Thien aufspringen und sich gegen ihn werfen würde. Und dann würden eine weitere Zehntelsekunde später Splitter von Thiens Schädelknochen zusammen mit einem Batzen Gehirnmasse an der Aluminiumwand des Waggons kleben.
Thien blickte zu Craig hinüber. Der wirkte höchst angespannt. Seine Wangenmuskeln arbeiteten deutlich sichtbar, er mahlte mit den Zähnen. Sicher heckte er etwas aus. Hoffentlich war es nichts, was zu einem Massaker im Waggon führte, dachte sich Thien.
Plötzlich kam von vorn wieder Bewegung in den Zug. Thien sah auf und erkannte die bunte Jacke des jungen Snowboarders. Sie brachten ihn zurück. Er schluchzte und wimmerte, als sie ihn auf seinen Platz stießen. Durch die Reihen der Passagiere ging ein deutliches Aufatmen. Die Terroristen hatten die Geisel verschont. Anscheinend war man auf ihre Forderungen eingegangen. Hoffnung machte sich breit. Vielleicht war es bald zu Ende und überstanden.

Thien fragte sich, ob das ein Ende wäre, das er gut finden konnte. Einfach freigelassen werden. Ohne Kampf. So wie diese ganzen Holländer, Amerikaner, Russen hier im Zug. Diese Touristen. Einfach passiv die Entführung überstehen und gegen Lösegeld freikommen. Während der neue Mann an Sandras Seite vielleicht dort draußen im Einsatz war und die Terroristen verfolgen würde.

Aber wie wollten die Geiselnehmer von hier verschwinden? Das war Thien vollkommen schleierhaft. Aber sie kannten bestimmt einen Weg.

Wie dem auch sei, wenn man ihn – Thien – so einfach freiließ, war das wenig heldenhaft.

Was hätten wohl die anderen Geiseln gedacht, hätten sie gewusst, dass er insgeheim auf eine Eskalation der Situation hoffte, damit er seinen Mann stehen konnte?

KAPITEL VIERUNDACHTZIG

Eibsee-Hotel, 9 Uhr 28

»Sie haben ihn hochgezogen!«, jubelte Katastrophenschützer Hans Rothier. »Sie haben ihn nicht abstürzen lassen! Sie sind ein Genie, Frau Dembrowski!« Der übernächtigte Beamte des Landratsamtes kriegte sich nicht mehr ein. Alle Männer im Raum fielen in den Jubel ein und klatschten.
»Ruhe! Wenn ich um Ruhe bitten darf!«, rief Kerstin Dembrowski in den Jubel hinein und brachte die Männer um sich herum augenblicklich zum Verstummen. »Wir haben noch gar nichts erreicht. Wir wissen nicht, was die als Nächstes vorhaben. Vielleicht werfen sie lieber zehn Leute hintereinander die Wand runter. Also bitte, bleiben wir professionell.«
Die Männer sahen ein, dass die junge Frau recht hatte. Natürlich waren immer noch zweihundert Menschen in der Zugspitzbahn und fünftausend auf dem Gipfel und dem Platt gefangen. Auch wenn von der Bundeswehr regelmäßig die Meldung kam: »Alles ruhig, alles unter Kontrolle«, war das dort oben ein Pulverfass. Die Menge konnte jederzeit in Panik geraten, und dann würde es wer weiß wie viele Tote in den engen Gängen und Treppenhäusern der Gipfelstationen geben. Dazu müssten die Terroristen gar keine Bomben zünden oder etwas Vergleichbares tun. Es genügte schon, wenn sie ein kleines Feuer an der einen oder anderen Stelle legten.
Auf einmal erschien eine neue Botschaft auf der Webseite der Entführer.

```
200 GEGEN 200
+
100 000 PRO KOPF
```

Kerstin Dembrowski tippte sofort los. Am Gegenrechner saß gerade jemand und hatte eine neue Forderung gestellt. Darauf musste sofort reagiert werden, denn wie abgebrüht der Kerl auf der anderen Seite auch sein mochte, er war in diesem Moment in einem sehr hohen emotionalen Erregungszustand. Er wusste ja auch, dass die ganze Welt ihm zusah.

200 GEGEN 200: o.k.
20 MILLIONEN: WÄHRUNG?

Sie hielt es für das Beste, die Gegenseite in Detailfragen zu verwickeln. Natürlich würde man weder zweihundert gefangene Extremisten auf freien Fuß setzen, noch Erpresser mit einer derartig riesigen Geldsumme entkommen lassen. Es ging nur darum, Zeit zu gewinnen. Und darum, die Terroristen in Sicherheit zu wiegen. Nur, wenn sie das Gefühl hatten, die Fäden in der Hand zu halten, würden sie ihre Trümpfe, die Leben der Geiseln, nicht ausspielen.
Lange Minuten vergingen. Endlich schrieben die Geiselnehmer:

FALSCH: 20 MILLIONEN.
RICHTIG: 5200 x 100 000 = 520 MILLIONEN

»Sind die denn total irre? Fünfhundertzwanzig Millionen, in welcher Währung auch immer?« Der BND-Mann schüttelte fassungslos den Kopf. »Wer, in Gottes Namen, kann innerhalb von ein paar Stunden eine halbe Milliarde auftreiben? Und wie wollen die Terroristen die abtransportieren? Haben die zu viel James Bond geglotzt?« Die anderen Krisenstäbler blickten ebenso ratlos auf die Leinwand.
Kerstin Dembrowski wusste offenbar zunächst nicht, wie sie auf diese Forderung reagieren sollte. Was sollte sie darauf antworten? *Klar, geht in Ordnung, wir müssen ein bisschen Geld zusammenkratzen, aber das ist kein Problem, schmeißen wir*

eben alle zusammen ... Diese Summe überstieg jeden Spielraum, der irgendeinem Verhandlungsführer auf der Welt zur Verfügung stand. Mit einer solchen Summe hätte man marode europäische Staaten vor dem Bankrott bewahren können. Zumindest für ein paar Wochen.
Sie musste diese Summe nach unten verhandeln. Ohne die Gegenseite zu sehr zu reizen. Immerhin bot ihr diese Forderung das, was sie ja eigentlich gewollt hatte: Zeit. Denn es musste den Terroristen klar sein, dass die Genehmigung und Bereitstellung eines solchen Betrags Tage dauern würde. Bei all der Professionalität, die sie bisher gezeigt hatten, da war sich Kerstin Dembrowski sicher, waren das keine Irren. Die wussten, was sie taten.
Sie musste nur die richtigen Worte finden. Worte, aus denen die Welt keine Erpressbarkeit des deutschen Staates und die Erpresser keinen Zweifel ablesen konnten, dass ihre Forderungen nicht erfüllt werden konnten. Es war wohl am besten, nicht die wahnwitzige Forderung an sich zu verhandeln, sondern auf ein anderes Thema umzulenken. Zeit gewinnen, Zeit gewinnen, ging es ihr durch den Kopf.
Sie fuhr volles Risiko. Für die Operation und für sich selbst:

MÖCHTE SIE PERSÖNLICH TREFFEN. ICH HABE ALLE VOLLMACHTEN DER DEUTSCHEN REGIERUNG, MIT IHNEN ZU SPRECHEN!

Wieder tat sich lange Zeit nichts. Klar, die Geiselnehmer mussten diesen Vorschlag erst einmal untereinander besprechen und ihn einschätzen.
Eine geschlagene Viertelstunde musste Kerstin Dembrowski auf die Antwort warten. Dann erschien auf der Webseite eine mehr als überraschende Einladung:

11 UHR TUNNELEINFAHRT RIFFELRISS

Kerstin Dembrowski traute ihren Augen nicht. Aber es stand dort schwarz auf weiß auf der an die Wand projizierten Website »www.2962amsl.com«. Sie hatte eine persönliche Verabredung mit einem Terrorkommando, das die ganze Welt in Atem hielt.

KAPITEL FÜNFUNDACHTZIG

Bundeskanzleramt, 10 Uhr

Das war doch von Anfang an klar. Nichts als Verbrecher sind das! Von wegen Gefangene austauschen. Die sind denen doch so was von egal! Um die Kohle geht es denen, um nichts anderes als die Kohle!«, schrie die Chefin der Grünen in die Runde. Wie Millionen Menschen auf der ganzen Welt hatten die Mitglieder des erweiterten Krisenstabes die Kommunikation Kerstin Dembrowskis mit den Geiselnehmern im Internet verfolgt. »Nicht nachgeben! Nicht nachgeben! Da könnte ja jeder kommen!«, setzte sie empört hinzu.
»Frau Kollegin, beruhigen Sie sich doch bitte. Wir sind alle geschockt von dieser Forderung. Das werden die Burschen natürlich nie durchsetzen. Steht doch ganz außer Frage, ich bitte Sie.« Der Staatssekretär des Innern hatte mit einer hohen Lösegeldforderung gerechnet und die leitenden Beamten des Finanzministeriums und der Bundesbank informieren lassen. Doch die geforderte Summe hatte ihn auch nahezu überrollt. Aufzutreiben war sie dennoch. »Bleiben wir mal pragmatisch. Unsere Terroristen sind es offenbar nicht. Es stellt sich eine ganz andere Frage: Wie will man so viel Geld transportieren?«
»Das ist doch überhaupt kein Problem, mein Lieber«, meldete sich der Oppositionsführer wieder zu Wort. »Sehen Sie, ich hab's schon gegoogelt. Ein Fünfhundert-Euro-Schein wiegt eins Komma ein Gramm. Eine Million sind zweitausend mal fünfhundert, also zweitausendzweihundert Gramm, fünfhundert Millionen also tausendeinhundert Kilo. Eine gute Tonne Gewicht bringen Sie doch leicht mit einem VW-Bus weg. Die Frage ist wohl eher: Was wollen die mit dem Geld anstellen? Die glauben doch nicht, dass sie unmarkierte und nicht gelistete

Banknoten von uns bekommen? Wir leben ja nicht mehr in den Zeiten von Jesse James.«
»Dass Sie sich als Sozialist so gut mit Geld auskennen, wundert mich jetzt doch«, stichelte der Staatssekretär. »Aber im Ernst, die können uns sowieso nicht entkommen, wenn sie versuchen, sich auf dem Landweg abzusetzen. Und rings um die Zugspitze ist nun mal sehr viel Land. Sehr geehrte Kolleginnen und Kollegen, eins ist sicher: Früher oder später kriegen wir die Kerle.«
»Ich würde für früher plädieren, Herr Staatssekretär.« Die Kanzlerin hatte soeben wieder den Raum betreten, gefolgt von den Spitzen der Bundeswehr und der Geheimdienste, mit denen sie sich die Szenen der letzten Stunde in ihrem kleinen Konferenzraum angesehen hatte. »Diese Leute stellen unser Land vor der Weltöffentlichkeit als schwach und wankelmütig da. Das muss aufhören. Wir können ja nicht durch die Gegend ziehen und Panzer, Flugzeuge und hochkomplexe Grenzzäune verkaufen, wenn gleichzeitig eine solche Sache passieren kann in diesem unserem Land. Da wird ein Image kaputt gemacht, das wir uns in Jahrzehnten aufgebaut haben.«
Die Runde verstummte. Die Kanzlerin sprach mit leiser Stimme weiter. Der Generalbundesanwalt und der Generalinspekteur der Bundeswehr standen demonstrativ rechts und links hinter ihr.
»Darum haben wir uns entschlossen, dem Treiben der Terroristen ein Ende zu setzen. Wir werden weitere vierundzwanzig Stunden für Verhandlungen einräumen. Danach aber werden wir die Felsstürze wegräumen und in die Tunnel eindringen. Wir werden die Sicherheit und die Ordnung in unserem Land wiederherstellen.«
Die Runde empörte sich lautstark.
»Das können Sie nicht machen. Nicht mit uns! Dort oben sind Menschen, über fünftausend! Deren Leben wiegen Sie mit Panzerlieferungen an Despotenstaaten auf? Ein Skandal!« Die Grünen-Chefin war wie immer die Lauteste.

Die Kanzlerin schwieg. Der Generalbundesanwalt trat nach vorn.

»Meine Damen und Herren, bitte geben Sie mir eine Minute, um Ihnen die Rechtslage zu erläutern.« Nur nach und nach ebbte der Lärm im Raum ab. »Bitte«, fügte der distinguierte Jurist hinzu, der wie immer im hellgrauen Dreiteiler auftrat. Dann wartete er so lange, bis Ruhe eingetreten war.

Er nahm seine goldumrandete Lesebrille ab und hielt sie an einem Bügel zwischen Daumen und Zeigefinger. Ab und zu, immer wenn ein Punkt seiner Rede besonders wichtig war, ließ er die Brille zweimal zwischen den Fingern rotieren.

»Ich muss Sie nicht über die von der Verfassung bestimmte Rolle des Generalbundesanwalts aufklären. Sie wissen, dass er auf dem Gebiet des Staatsschutzes die oberste Strafverfolgungsbehörde der Bundesrepublik Deutschland darstellt. In allen schwerwiegenden Staatsschutzstrafsachen übt er das Amt des Staatsanwalts aus. Wir sind uns einig, dass wir es mit einer besonders schwerwiegenden Staatsschutzstrafsache zu tun haben. Die erstinstanzliche Strafverfolgung von Delikten gegen die Innere Sicherheit, im Besonderen bei Terrorismus, aber auch bei Landesverrat und Spionage, obliegt dem Generalbundesanwalt. Mindestens der Tatbestand des Terrorismus ist in diesem Fall offensichtlich erfüllt. Die Innere Sicherheit ist stark beeinträchtigt. Ob Landesverrat und Spionage mit im Spiel sind, können wir derzeit nicht ausschließen. So weit die rechtlichen Voraussetzungen. Nun zu den praktischen Konsequenzen. Da der Strafverfolgung in diesem Fall oberste Priorität eingeräumt werden muss, schon allein, damit solche terroristischen Taten keine Nachahmer finden, werden alle Ermittlungen und Operationen beim Generalbundesanwalt zusammengezogen. Mit anderen Worten: Da wir keinen V-Fall vorliegen haben, ist ab sofort nicht mehr die Bundeskanzlerin die oberste Befehlshaberin über die eingesetzten Kräfte, sondern der Generalbundesanwalt. In dieser Eigenschaft erkläre ich Sie alle hiermit für Ge-

heimnisträger. Ich kann Ihnen versichern, dass jeglicher Geheimnisverrat – und, wenn Sie das Beispiel gestatten, das Geheimnis fängt bei der Farbe der kleinen Wasserflaschen auf diesem Konferenztisch an – sie zu Unterstützern einer terroristischen Vereinigung und, falls eine ausländische Kraft hinter dieser Aktion steht, zu Landesverrätern macht. Ihre Immunität als Bundestagsabgeordnete schützt Sie nur auf dem Papier.« Er machte eine lange Pause, in der er jeden in der Runde ansah. »Haben Sie mich alle verstanden?«
Die Runde nickte.
»Dann bitte ich Sie, Ihre Mobiltelefone abzugeben. Ich möchte, dass Sie zudem alle hier im Kanzleramt bleiben, bis die Sache ausgestanden ist.«
Die Spitzen des deutschen Staates waren damit vom Generalbundesanwalt sozusagen festgesetzt worden. Doch in dieser prekären Situation wagte niemand zu widersprechen. Einigen wurde wohl gerade erst bewusst, was diese Lage und das Geschehen, das sich siebenhundert Kilometer weiter südlich abspielte, für das Land bedeuteten.

KAPITEL SECHSUNDACHTZIG

Reintal, 10 Uhr 12

Die beiden Skitourengeher, die wie ein sportliches Touristenpaar wirkten, hatten die weibliche Person, die rund tausend Meter vor ihnen unterwegs war, seit zwei Stunden genau beobachtet. Das war sehr einfach gewesen, denn sie trug einen roten Rucksack und eine schwarze Hose, und beides hob sie sehr gut von der weißen Umgebung ab. Sie folgten ihr in ihrer Spur und hatten trotzdem Mühe, an ihr dranzubleiben. Die Frau musste eine ausgezeichnete Kondition haben, dass sie im tiefen Neuschnee eine solche Spur vorlegen und ihnen dabei fast weglaufen konnte.
Vor wenigen Minuten war die rotschwarze Gestalt in einem riesigen Schneebrett verschwunden.
»Lassen wir sie, wir haben einen Auftrag!«, stieß der Skitourengeher zwischen tiefen Atemzügen hervor.
»Vielleicht gehört es zu unserem Auftrag zu wissen, ob sie überlebt?«, antwortete die Frau.
»Verdammte Moralistin.«
»Verdammter Egoist.«
»Okay, aber nur, weil es unserem Auftrag dienen könnte.«
»Das hat die Frau eigentlich auch schon. Ohne ihre Spur lägen wir eine Stunde weiter hinten.«
»Weibliche Logik. Gut. Geben wir ihr die Hälfte davon zurück. Wir suchen exakt dreißig Minuten, wenn wir sie dann nicht gefunden haben, gehen wir weiter.«
»Deal?«
»Deal.«

KAPITEL SIEBENUNDACHTZIG

Schneefernerhaus, 10 Uhr 15

Jetzt geben Sie mir schon das Mikro, Denninger!« Der Bundesverteidigungsminister war außer sich. »Das ist Insubordination! Das wird Sie teuer zu stehen kommen!«

»Melde gehorsamst, habe anderslautende Befehle von meinem Kommandanten, Herr Verteidigungsminister.« Markus Denninger stand breitbeinig vor dem Funkgerät.

»Den knöpfe ich mir auch vor. Die sollen mich kennenlernen. Alle sollen sie mich noch kennenlernen!«, schnaubte Philipp von Brunnstein. Dann drehte er ab und warf die Tür des provisorisch eingerichteten Funkraums hinter sich zu, dass es krachte.

»Es tut mir ja leid für den Teddy, aber er soll einfach nicht in die Gefahr kommen, irgendetwas zu wissen«, erklärte Markus Denninger seinem verstört dreinschauenden Funker. »Also sperren Sie hinter mir ab, und lassen Sie nur noch mich in diesen Raum. Oder einen, der die Losung kennt. Sie lautet ›Neue Welt‹.« Dieses Kennwort war zwar naheliegend, da ein Teil des Skigebietes auf der Zugspitze so hieß, aber Denninger fiel im Moment nichts Besseres ein.

»Zu Befehl, Herr Hauptfeldwebel«, bestätigte der Funker die Anweisung. Er und Denninger waren die Einzigen, die mehr über die Lage auf der anderen Seite des Berges wussten, als in Radio und Fernsehen verlautbart wurde. Eine Aktion gegen die Terroristen wurde vorbereitet. Einzelheiten hatte man zwar auch ihnen nicht mitgeteilt, aber Denninger hatte den Befehl erhalten, das Schneefernerhaus als zentralen Einfallsort für die Spezialkommandos vorzubereiten. Das bedeutete, möglichst viel freie Fläche für Waffen und andere Ausrüstung in der Nähe des Tunneleingangs zu schaffen. Er räumte also alle Büros auf dem betreffenden Stockwerk komplett leer, ungeachtet des Werts der Apparaturen oder dessen, ob dort gerade ein Experiment lief, und ließ alles in den großen Konferenzraum schaffen. Dort stapelten sich bald Messgeräte und Hochleistungscomputer. Die Messungen der natürlichen Radioaktivität, der Verschmutzung der Höhenluft und der Wanderungen von Saharasand und Blütenpollen mussten in friedlicheren Zeiten fortgesetzt werden.

KAPITEL ACHTUNDACHTZIG

Eibsee-Hotel, 10 Uhr 20

Kerstin Dembrowski wurde von Kopf bis Fuß neu eingekleidet. Wie Skifahrer und Kletterer, die sich auf eine längere Zeit im Freien bei eisigen Temperaturen einstellten, würde auch sie mehrere aufeinander abgestimmte Textilschichten tragen: direkt auf dem Körper eine seidenartige Funktionsunterwäsche, als Zwischenschicht wärmende Softshell und darüber einen Overall aus atmungsaktivem, aber sehr widerstandsfähigem Spezialgewebe.

Das alles hing in dem Hotelzimmer, das man ihr zugewiesen hatte, auf einer Kleiderschiene. »Ist das die Farbe der Saison?«, fragte sie, während sie die Kleidungsstücke in Feuerwehrrot begutachtete.

»Wir wollen Sie gut sehen und von anderen Personen unterscheiden können«, antwortete ihr die Beamtin des BKA, die ihr die Ausrüstung erläutern sollte.

»Wie bei der Treibjagd die Hunde und Treiber«, meinte Kerstin Dembrowski. »Ah, und da sind ja auch die Bärentöterschuhe!«

Neben dem Kleiderständer stand ein Paar der wärmsten kanadischen Winterstiefel, in denen sie auch auf minus sechzig Grad kaltem Eis mollig warme Füße haben würde. Damit würde sie tatsächlich aussehen, als wollte sie durch die Wälder Kanadas streifen.

Was allerdings normale Jäger nicht trugen, war die extrem dünne schusssichere Splitterschutzweste aus dem dichtesten Aramid-Material, das zurzeit auf dem Markt erhältlich war, und auch nicht das moderne Kommunikationssystem, das der MAD zur Verfügung gestellt hatte. Die Geräusche in einem Umkreis von fünf Metern wurden von mehreren winzigen Mikrofonen, die in die Druckknöpfe des Overalls eingearbeitet waren, aufgefangen und über Digitalfunk gesendet. Über einen Empfänger, der kleiner als ein Hörgerät der neuesten Bauart war und daher in ihrem Gehörgang beinahe verschwand, erhielt sie Informationen aus der Einsatzzentrale. Eine Verkabelung des Körpers, wie es früher notwenig gewesen war und man es immer noch in Filmen zu sehen bekam, gab es schon lange nicht mehr.

Der Clou waren jedoch die beiden Kameras, die in die Brille integriert waren. Diese Brille war ebenfalls ein Prachtstück aus der Schatulle des MAD. Sie glich Kerstin Dembrowskis randloser Lesebrille, nur waren die Bügel ein bisschen breiter, denn darin war die gesamte Technik untergebracht, inklusive der zwei Kameras.

»Stereobild«, erklärte die junge Bundespolizistin nicht ohne Stolz, als sie die Brillenbügel des extrem teuren israelischen Geräts für Kerstin Dembrowski anpasste. »So können wir alles in 3D sehen, so wie Sie.«

»Ist sicher Fensterglas«, meinte Kerstin Dembrowski wenig beeindruckt. »Gut, dass ich nicht besonders fehlsichtig bin.« Sie wusste von ihren zahlreichen Einsätzen, dass in den letzten Jahren die Geheimdienste und Polizeibehörden Deutschlands technisch mächtig aufgerüstet hatten.

»Links minus 0,75, rechts minus 1,0 und ein leichter Astigmatismus«, entgegnete die BKA-Beamtin ebenso gelassen. »Sie glauben gar nicht, was wir über wen alles wissen. Aber da wäre noch etwas, Frau Kapitän. Eine Neuentwicklung.« Die junge Bundespolizistin machte eine betretene Pause.

»Ja?«

»Nun, wir wollen sichergehen, dass wir Sie immer auf dem Schirm haben, egal, ob sie diese Sachen tragen der nicht.«

»Oookay ...« Kerstin Dembrowski schwante Übles.

»Die Experten von MAD und BKA haben zusammen mit Spezialfirmen sogenannte In-Body-Units entwickelt. Peilsender, die kaum verloren gehen können.«

»Hm. In-Body-Units. Noch nie gehört.«
»Wie gesagt, ganz neu. Werden sicher ein Exportschlager. Ich zeige ihnen mal ihre Unit.« Sie nahm ein kleines Aluminium-Kästchen vom Schreibtisch. In den Deckel war das Venussymbol, der Kreis mit dem Kreuz darunter, geprägt. »Seien Sie froh, dass Sie eine Frau sind«, sagte sie dabei.
Kerstin Dembrowski klappte das Kästchen auf. Drei Tampons in handelsüblichen Größen waren darin, in exakt passende Vertiefungen in Schaumstoff gebettet. Sie sah die Polizistin zweifelnd an. »Und die blaue Schnur ist die Antenne? Mannomann, wirklich gut, dass ich eine Frau bin. Das Männermodell möchte ich lieber nicht sehen.«
»Das bekämen Sie nur, wenn Sie gerade Ihre Menstruation hätten. Die ursprüngliche Funktion eines Tampons ist bei diesen Modellen nämlich nicht mehr gegeben.«
»Verstehe. Elektronik statt Watte. Na, das scheint ja mein Glückstag zu sein. Nun denn.« Kerstin Dembrowski zog die Augenbrauen nach oben, atmete tief durch und verschwand im Badezimmer.

Franz Hellweger kam zurück in den Konferenzraum »Forelle«. Er hatte die letzte Stunde damit zugebracht, die Strecke zur Tunneleinfahrt Riffelriss befahrbar zu machen, deren Gleise von einer Schneefräse vom Neuschnee befreit werden mussten. Kerstin Dembrowski hatte zuvor mit den Terroristen vereinbart, dass diese Zugbewegungen in Ordnung waren.
»Internet-Chat mit Islamisten, wer hätte das jemals für möglich gehalten?«, murmelte Dr. Schwablechner verdrießlich.

Drüben am Bahnhof Eibsee war bereits alles vorbereitet. Der Anhänger mit dem Bagger wurde von der Reparaturlok abgekuppelt, die zusammen mit den Arbeitern und Bundeswehrsoldaten bereits am Vorabend aus dem Tunnel abgezogen worden war, und ein leerer Personenwagen wurde angehängt. Die Lok stand auf Anordnung von Kerstin Dembrowskis talseitig, schob also den Waggon nach oben. Das BKA wollte in Absprache mit Berlin einen Trupp GSG9-Kämpfer mit dem Personenwaggon nach oben bringen. Dafür aber sollte die Lok vorne fahren, um den Terroristen den Blick auf den Wagen zu verwehren und notfalls den Elitekämpfern als Deckung und Kugelfang zu dienen.

Kerstin Dembrowski hatte gegen diese Vorgehensweise ihr Veto eingelegt. Wenn sie auch nicht verhindern konnte, dass die vermummten Kommandokämpfer mitfuhren, so doch, dass durch die Anordnung von Waggon und Lok das Misstrauen der anderen Seite, das sicherlich ohnehin vorhanden war, noch erhöht wurde. Also fuhr der leere Waggon vorne, und die GSG9-Leute sollten sich in der Lok verstecken.

»Wir zeigen dem Gegner damit, dass wir mit offenen Karten spielen, wenn der Waggon offensichtlich leer ist. Ihre Männer müssen es sich eben in der Lok bequem machen«, beschied Kapitän Dembrowski den Kommandanten der Sondereinheit, als sie die Lage anhand von Fotos vom Tunneleingang analysierten.

Natürlich passten in den Führerstand neben dem Lokführer nur ein paar der Elitekämpfer. Anstatt der ursprünglich geplanten zwanzig GSG9-Männer würden nur sechs mit Kerstin Dembrowski nach oben fahren. Mit dieser überschaubaren Zahl fühlte sie sich aber auch viel wohler. Sie wollte auf jeden Fall verhindern, dass diese frühe Kontaktaufnahme durch ein Zuviel an Kommandoeinsatzkräften gefährdet wurde.

»Los geht's!« Die zierliche Frau wirkte in dem roten Overall wie ein Bonbon auf zwei Beinen, als sie mit ihren Bärenjägerstiefeln durch die Hotelflure stapfte.

Neben ihr lief Hellweger im Schafwolljanker und Bergstiefeln an den Füßen. Er überragte sie fast um einen halben Meter.

Ein lustiges Paar sind wir, dachte sich Hellweger.

In ihrem Schlepp marschierten die Vertreter der Geheimdienste und des BKA.

Der Weg hinüber zum Bahnhof führte durch einen provisorisch errichteten Gang aus mannshohen Baugitterzäunen, die mit Planen verhängt waren. Das Technische Hilfswerk hatte diesen Sichtschutz auf Geheiß von Katastrophenschützer Rothier in der Nacht aufgestellt. Man wusste nie, ob man so etwas brauchte, um gegebenenfalls Tote oder Verletzte unbehelligt von Fernsehkameras und den Fotoapparaten der Printmedien zum Weitertransport beziehungsweise zur Versorgung in das Hotel schaffen zu können. Zwar waren die Parkplätze rund um den Zugspitzbahnhof und auch der Vorplatz des Hotels zur Sperrzone erklärt worden, aber es war nicht auszuschließen, dass sich die Kameraleute und Fotografen irgendwo in den Bäumen versteckt hielten.

Nun bewährte sich der Sichtschutztunnel zum ersten Mal. In der Tat brachte CNN nach wenigen Minuten Bilder von Leuten, die zwischen den Planen vom Hotel zum Bahnhof gingen, aber die Späher der internationalen Medien wussten nicht, wer da die Position wechselte. Die ganze Abteilung hatte vor dem Verlassen des Hotels Regenschirme in die Hand gedrückt bekommen, mit denen sie sich vor elektronischen Stielaugen schützte, die sie womöglich von oben aus dem Wald heraus beobachteten und filmten.

Dennoch reichte die Meldung, dass sich eine unbekannte Gruppe vom Hotel zum Bahnhof bewegte, um die Aufmerksamkeit der Fernsehzuschauer und Internetnutzer zu schärfen. Man wusste ja, dass sich Kapitän zur See Kerstin Dembrowski um elf Uhr an der Tunneleinfahrt einzufinden hatte.

KAPITEL NEUNUNDACHTZIG

Reintal, 10 Uhr 27

Die beiden Skitourengeher stellten ihre Verschüttetensuchgeräte von »Senden« auf »Empfangen« und erhielten prompt ein schwaches Signal. Das Piepsen blieb leise, die verschüttete Frau lag also nicht in unmittelbarer Nähe und konnte überall in diesem riesigen Schneefeld begraben sein. Auf einer Breite von einhundert und einer Länge von zweihundert Metern war die Lawine zum Stehen gekommen. Ihre Tiefe betrug sicher drei Meter. Sie hatten also sechzigtausend Kubikmeter gepressten Schnee zu durchwühlen.
Die Lawine lag wie ein zerknittertes Leintuch inmitten der glatten Schneedecke. Die Suchenden hofften, dass es kein Leichentuch war, denn dann wäre die halbe Stunde rausgeworfene Zeit.
Je länger sie sich durch den hüfthohen Schnee kämpften und Schritt für Schritt den mal lauter, dann wieder leiser werdenden Piepstönen ihrer Suchgeräte folgten, desto geringer wurden Sandra Thalers Überlebenschancen. Lawinenüberlebende wurden meist innerhalb der ersten fünfzehn Minuten gefunden oder waren keine mehr. Sandra Thaler musste vor allen anderen Faktoren eines haben: das Glück, nicht zu tief verschüttet worden zu sein, denn ohne weitere Unterstützer würden sich die beiden Helfer mit den kleinen Notschaufeln, die jeder Tourengeher dabei hatte, eine halbe Ewigkeit durch den metertiefen Schnee graben müssen.
Die Suchgeräte gaben ihnen wenigstens die Richtung vor, in die sie sich zu begeben hatten. Als das Piepsen immer lauter wurde und schließlich in einen Dauerton mündete, waren die beiden sicher: Irgendwo unter ihnen lag die verschüttete Frau.

Sie nahmen ihre Schaufeln aus den Rucksäcken und begannen mit einem Meter Abstand voneinander zu buddeln. Nachdem sie einen Meter Tiefe erreicht hatten, versuchten sie es um einen Meter nach rechts versetzt. Es machte keinen Sinn, an einer Stelle zu tief zu graben. Die Chancen, einen Verschütteten zu finden, waren höher, wenn man es an möglichst vielen Stellen versuchte.

Beim dritten Versuch schrie der Mann laut im amerikanischen Slang auf: »Gotcha!« Er war mit der Schaufel auf einen Ski gestoßen und zerrte ihn aus dem Schnee.

Nach zwei Minuten schrie die Frau: »Heya!« Sie hatte den zum Ski passenden Stiefel unter der Schaufel.

Und es steckte ein Bein darin.

KAPITEL NEUNZIG

Zugspitzbahnhof Eibsee, 10 Uhr 30

Die sechs GSG9-Männer hatten ihre Position in der Lok bereits im Lokschuppen eingenommen, als dort die Waggons umgehängt wurden. Kerstin Dembrowski betrat den leeren Passagierwagen. Franz Hellweger nahm seinen Platz im Zugführerstand der Lok ein. Er ließ es sich nicht nehmen, den Zug selbst zu fahren. Nicht aus Eitelkeit, sondern weil er keinen seiner Lokführer mit dem Einsatz gefährden wollte. Die meisten waren jünger als er und hatten Familien mit kleinen Kindern. Sein Nachwuchs war aus dem Haus und versorgte sich bereits selbst.
Er sah die Zigarettenschachtel neben der Instrumententafel liegen. Sie musste dem Lokführer gehören, der die Lok vor kurzem rangiert hatte. Franz Hellweger hatte in den Stunden Anspannung dort drüben im Krisenstab vergessen, dass ihn das Verlangen nach einem Nikotinschub schon seit der Verschüttung des Zuges vor fast vierundzwanzig Stunden plagte.
Endlich konnte er sich einen Glimmstengel anzünden. Mit dem Rauchen endgültig aufhören konnte er immer noch, wenn er diese Sache hier überlebte.

TEIL DREI

Der Kreuzzug

KAPITEL EINUNDNEUNZIG

Garmisch-Partenkirchen, Juni 2011

Ich will, dass du in das nächste Flugzeug steigst und zurückfliegst!«, schrie Pedro die junge Frau an. Sie gingen einen gepflegten Wanderweg entlang, der als »Philosophenweg« ausgeschildert war.

Nach Philosophieren war Pedro allerdings nicht zumute. Seine Philosophie war ein längst abgeschlossenes Gedankengebäude, ein Tempel, dessen Dach von sechs Säulen getragen wurde, und diese Säulen waren die leidensvolle Geschichte seines Volkes, die jahrhundertelange Ausbeutung der Bodenschätze durch die Europäer, waren Pachamama, Che, die Lithiumschätze des Salars de Uyuni und die Karte, die sein Urgroßvater vor achtzig Jahren als Bergarbeiter in der Zugspitze gezeichnet hatte. Das Dach, das diese Säulen trugen, war seine Gruppe namens Mi Pueblo, das Fundament waren die Leute zu Hause, die in Armut lebten und deren Zukunft Pedro neu gestalten würde. Weil Morales das nicht schaffen würde. Weil die CIA ihn früher oder

später aus seiner Chompa pusten würde. Dann wäre ihre Zeit gekommen. Die Zeit von Mi Pueblo.
In Pedros Gedankengebäude hatte jeder seiner zwölf Männer Platz. Er wusste genau, welche Fähigkeiten der Einzelne mitbrachte, wie sie zum Gelingen der großen Aktion beitragen würden. Und er kannte jede Stärke und jede Schwäche seiner Männer. Wer von ihnen dazu befähigt war, eine Schlüsselposition beim Aufbau der Autonomen Region Uyuni einzunehmen, und wer nicht. All das wusste Pedro bis ins Detail. Mit dem Geld aus dem Berg würden sie eine Miliz aufbauen und bewaffnen. Aus dem Berg, dessen Massiv den Talkessel von Garmisch-Partenkirchen so eindrucksvoll überragte. Die Schürfrechte für das Lithium würden sie meistbietend vergeben. An die Nationen, die ihrem Volk nachhaltige Entwicklung garantierten. Die Deutschen hatten dabei keine schlechten Chancen, bessere jedenfalls als die Amerikaner, Russen und Chinesen, die großen Imperialisten des 20. und 21. Jahrhunderts, die die Welt unter sich aufteilen wollten. Und die das Lithium aus dem Salar so dringend brauchten.
Er hatte in seinem Manifest alles haarklein niedergelegt. Er hatte den Masterplan entwickelt, auf dem ein neues, ein ideales Staatswesen entstehen würde. An alles hatte er gedacht. Strom- und Wasserversorgung, Energiewirtschaft, Sozialwesen, Anlage der unermesslichen Gewinne, die das Lithium in die Kassen seines Staates spülen würde. Nur eines sah dieser Plan nicht vor: dass seine kleine Schwester ihn ausfindig machen und ihm nachreisen würde.
»Maria, das ist eine Sache für Männer. Wir haben eine Ausbildung durchlaufen, die uns in die Lage versetzt, es mit einer ganzen Armee aufzunehmen. Du hast im Salz auf dem See gegraben und es mit dem Laster nach Potosí gefahren. Wir können dich nicht brauchen, verstehst du das nicht?«
Maria ging schweigend neben ihrem großen Bruder her. Sie dachte nicht im Traum daran, wieder nach Hause zu reisen. Sie

wollte bei der großen Sache, die das Schicksal ihres Volkes zum Guten hin verändern sollte, dabei sein. Warum sollten Frauen nicht an der Seite der Männer kämpfen? Pachamama, die in allem steckte, die der Ursprung von allem war, war schließlich auch eine Frau.

»Wie stellst du dir das vor? Ich kann doch nicht zu meinen Männern gehen und sagen: ›Freunde, wir haben vor zehn Jahren Mi Pueblo gegründet, jeder von uns hat sich neu erfunden, wir sind zum Schein Islamisten geworden, haben eine Sprache gelernt, die mit unserer nicht das Entfernteste zu tun hat, haben uns im härtesten Ausbildungslager der Al-Qaida trainieren lassen, haben das alles überlebt – und hier ist meine Schwester Maria, die ab heute mit dabei ist!‹«

»Wieso kannst du das nicht?«

»Du bist verrückt!«

»Verrückt?« Nun schrie Maria durch den Wald. »Und was bist du? Du machst das alles, was du da gerade gesagt hast, und denkst, niemand erfährt etwas davon? Die Leute in den Dörfern wissen längst, dass ihr etwas vorhabt. Dass eure Expeditionen nicht nur Klettertouren waren. Dass ihr einen Guerillakrieg vorbereitet. Sie flüstern deinen Namen hinter vorgehaltener Hand. Du bist jetzt schon ihr Held. Aber wenn es zum Krieg kommt, wirst du auch die Frauen brauchen. Männer gibt es ja immer weniger bei uns zu Hause, vergiss das nicht. Was das Bergwerk nicht schafft, schafft der Schnaps.«

»Erzähl mir mehr von zu Hause. Es ist schon wieder über ein halbes Jahr her, dass wir da waren und das nur für ein paar Wochen.«

»Es wird immer schlimmer. Die Chinesen planen ein Werk am Seeufer, die Russen das nächste. Die Amerikaner halten sich noch zurück. Unser Präsident ist ein Sozialist, dem trauen sie nicht über den Weg. Sie haben Angst, dass sie ein Werk bauen, das dann enteignet wird. Sie wollen kein zweites Venezuela. Lieber kein Lithium als das. Daher werden sie versuchen, die

Regierung abzuschießen, da bin ich mir sicher. Den Präsidenten einfach umzubringen ist derzeit keine Lösung, denn das wäre ein bisschen zu auffällig. Sie werden ihm sicher irgendeine politische Falle stellen oder früher oder später etwas finden, was ihn zum Rückzug zwingt. Oder sein Flieger stürzt notfalls doch in den Anden ab. Und dann wissen wir ja, was passiert. Das Militär übernimmt die Macht, es gibt wieder eine Junta oder einen US-freundlichen neuen Präsidenten. Die Amis haben aber immer weniger Zeit, je schneller die anderen ihre Fabriken bauen. Ich gehe davon aus, dass es dieses oder nächstes Jahr geschehen wird.«

»Sie können doch aber auch in fünf Jahren noch genug Fabriken bauen und Lithium ausbeuten. Oder in zehn. Oder zwanzig. Es reicht für Hunderte von Jahren.« Pedro senste mit dem langen Ast, den er als Spazierstock nutzte, einen am Wegrand stehenden Farn um. »Ein Viertel der Weltvorkommen steckt in unserem Salz auf dem See. Alles unseres!«

»Nur wissen das auch die Umweltschützer. Erste Vorauskommandos von Greenpeace und WWF sind schon da. Als Touristen getarnt, aber wir wissen, dass sie Pläne für eine große Kampagne machen. Sie reden zu viel, diese jungen Leute. Jedenfalls: Die Amerikaner müssen Werke bauen, solange das international noch nicht geächtet ist.«

Pedro blieb stehen und sah seiner Schwester in die Augen. Die analytischen Fähigkeiten hatte sie mit ihm gemein. Ein Erbe des Urgroßvaters, der vor so langer Zeit erkannt hatte, dass er sein Glück in der Fremde suchen musste. Der – neben der Beschäftigung als einer der besten Bergarbeiter – die Entdeckungen im fremden Berg gemacht hatte, die Pedro nun helfen würden, seinen Plan umzusetzen.

»Na gut, Maria. Du bist schlau. Unglaublich schlau. Wir können Denker gebrauchen. Du machst mit. Ich werde es José und den anderen beibringen. Sie waren nicht begeistert, dich hier zu sehen, das hast du ja mitbekommen. Du bist ein Risikofaktor

für unsere Unternehmung. Du hast keine Papiere. Wenn dich die Polizei schnappt, werden sie auch uns unter die Lupe nehmen. Dann ist es aus.«
»Was schlägst du vor? Kannst du mir Papiere beschaffen?«
Pedro musste lachen. »Nein, das ist ausgeschlossen. Die Al-Qaida ist kein Gemeindeamt, wo man sich mal schnell einen neuen Pass machen lässt. Du musst untertauchen.«
»Und wo taucht man in diesem Land unter? Deutschland macht auf mich einen ziemlich organisierten Eindruck. Nicht so ein Chaos wie bei uns zu Hause.«
»Da hast du recht. Du hast in dieser Stadt keine Chance, unentdeckt zu bleiben. Wir werden dich dort verstecken, wo wir unseren Plan ausführen werden. Du bist ab jetzt unsere Frau im Berg.«
Sie waren auf dem Spazierweg oberhalb einer Lichtung angekommen, die von einem hohen Feldkreuz mit einem vergoldeten Jesus gekrönt war. Die grünen Spazierwegweiser wiesen den Platz als »Josefibichl« aus. Pedro hatte mitbekommen, dass hier vor nicht allzu langer Zeit ein Franziskaner-Mönch brutal ermordet worden war. Da er seine Befreiung aus der Armut den Mönchen in seiner Heimat zu verdanken hatte, spürte er eine Verbundenheit mit diesem magischen Ort. Außerdem bot sich hier eine grandiose Aussicht. Von dieser Stelle aus übersahen sie das gesamte Bergpanorama Garmisch-Partenkirchens.
»Im Berg?«, fragte Maria.
»Ja, schau dort drüben, wo sich das Zugspitzmassiv öffnet. Dort, wo der letzte Schnee liegt, mit dem großem schwarzen Felsblock in der Mitte. Sie nennen es das Höllental. Dort wirst du unsere Frau im Berg. Ich zeige es dir morgen. Du wirst überrascht sein, welcher Luxus auf dich wartet. Das Höllental wird der Himmel auf Erden für dich werden.«

KAPITEL ZWEIUNDNEUNZIG

Waggon der Zugspitzbahn, 10 Uhr 33

Die Aufpasser wurden abgelöst, und der neue Mann, der für den hinteren Teil des Waggons zuständig war, suchte sich eine andere Position. Er lehnte sich nicht an die Rückwand, sondern gegen die verschlossene Tür wenige Meter weiter vorne. Endlich stand kein Mann mit Maschinenpistole mehr direkt neben Thien. Draußen liefen die Männer mit den schwarzen Overalls um den Zug herum.

Da der Aufpasser nicht mehr in unmittelbarer Nähe stand und die Geiselnehmer draußen alles andere als leise waren, wagte es Thien, den Snowboarder anzusprechen.

»Was war da vorn los?«, flüsterte er so leise, dass er es selbst beinahe nicht verstehen konnte.

Doch das Adrenalin im Blut des jungen Burschen hatte immer noch eine Konzentration, die all seine Sinne schärfte. Er verstand, wollte flüsternd antworten, doch ihm versagte die Stimme. Er räusperte sich.

Der Bewacher blickte zu ihm herüber und sah den Jungen kreidebleich auf seinem Platz sitzen. Er stufte ihn nicht als Sicherheitsrisiko ein und schaute wieder in die andere Richtung.

»Die Wand. Sie haben ein Loch reingesprengt. Runterhängen haben's mich lassen. Überm Eibsee.« Tränen liefen dem jungen Mann über die Wangen.

»Pssss. Wird alles wieder gut. Wie viele?«

Nach einem Moment fing sich der Snowboarder wieder.

»Fünf oder sechs. Die haben ein Maschinengewehr. Und einen Haufen Alukisten.«

Thien rechnete zusammen. Hinter dem Zug lag ein Mann im MG-Nest. Zwei Männer bewachten die Passagiere. Vorn auch

einer im MG-Nest. Und fünf oder sechs, die sein Banknachbar beschrieb. Insgesamt nicht mehr als vielleicht zehn Mann. Müsste machbar sein. Er fragte sich allerdings, was in den Alukisten war. Sprengstoff, Verpflegung, Ausrüstung, vermutete Thien. Er blinzelte zu Craig hinüber: »Zehn Mann.« Der nickte kaum merklich.
Thien traute der Ruhe nicht, die sich im Zug breitgemacht hatte, nachdem der Snowboarder nicht erschossen worden war. Er machte sich darauf gefasst, jederzeit losschlagen zu müssen. Craig wollte den Mann am hinteren Maschinengewehr übernehmen, Thien musste die Bewacher in ihrem Teil des Zuges ausschalten, idealerweise auch die, die im Waggon vorn standen. Und dann müssten sie alle anderen Geiselnehmer überwältigen. Ohne Hilfe von außen konnten sie hier nicht alle heraus. Für ihn und vielleicht zehn andere in diesem Zug wäre es möglich, über das Tunnelfenster abzuhauen, vorausgesetzt, sie hätten ein Seil, das lange genug war. Die Nordwände der Riffelspitzen, in denen sich die Tunnelfenster befanden, waren steil und Hunderte Meter hoch. Für die Normalmenschen in diesem Zug wäre das nicht zu machen. Also mussten die Geiselnehmer weg. Ausgeschaltet, eliminiert werden. Sie mussten tot sein, eine schnelle Flucht, einfach den Kopf einzuziehen und wegzurennen, war ausgeschlossen.
Thien versuchte, positiv zu denken. Die richtige Gelegenheit würde sich bieten. Und dann würde er hier rauskommen. Und er würde sein Leben ändern. Er würde Sandra wieder an seine Seite zurückholen. Sich mit ihr niederlassen. Sandra würde vielleicht gar nicht aus ihrer Heimat wegwollen. Na gut, dann in Garmisch-Partenkirchen. Oder seinetwegen in Mittenwald – der Soldat würde ja sicher irgendwann einmal versetzt werden. Oder irgendwo dazwischen. In Krün oder Wallgau, wenn es sein musste. Oder vielleicht in Murnau. Da hatte man die Berge nicht zum Greifen nahe, aber ständig im Blick. Sie würden einen Kachelofen haben, zwei Katzen

und einen Berner Sennenhund. Sie würden heiraten, Kinder haben.
Er würde töten müssen, um dieses Leben zu bekommen. Und er musste töten, um nicht selbst getötet zu werden.

KAPITEL DREIUNDNEUNZIG

Auf der Zugspitze, 10 Uhr 45

Die Gebirgsjäger des Bataillons 233 waren mit den Nerven am Ende. Die ganze Nacht über hatten sie zusammen mit den Bergwachtlern und einigen Bahnangestellten die fünftausend Menschen in den Gipfelstationen und im SonnAlpin betreut. Nachdem Graben im Tunnel derzeit nicht möglich war, hatten sich alle Soldaten, nicht nur die des Hochzuges, um die Eingeschlossenen gekümmert.
»Gästebetreuung« nannten sie ihren Einsatz untereinander. Und in der Tat kamen sie sich oft vor wie Hotelangestellte. Einige der »Gäste« hatten auch nach knapp vierundzwanzig Stunden den Ernst der Lage noch nicht erfasst und meckerten an allem herum.
Seilbahnstationen waren aber keine Hotels. Die meisten Menschen hatten auf den harten Steinfliesen schlafen müssen oder dies zumindest versucht. Diejenigen, die zu ihrem Glück einen Platz in einem der Restaurants ergattert hatten oder zu dem Zeitpunkt, an dem der Stillstand eingetreten war, gerade an einem der Tische gesessen hatten, waren nur mit großem Nachdruck dazu zu bringen, nach einer gewissen Zeit mit den vom Schicksal weniger bedachten Menschen zu tauschen.
Solange es genug zu essen und zu trinken und in den Toiletten Wasser gab, war alles einigermaßen zu ertragen. Derartige Menschenmassen hatten auch schon auf Flughäfen nächtigen müssen, mehrere Nächte sogar. Das Problem war nur, dass Verpflegung und Wasser nicht ewig reichen würden. Diesen Tag noch und die Nacht auch, dann aber würde es zu Engpässen kommen. Als Erstes würde das Toilettenpapier ausgehen. Denn unter normalen Umständen, wenn Skibetrieb herrschte, ging nur

ein kleiner Teil der Besucher hier oben auf die Toilette. Eine Dauerbesetzung dieser Einrichtungen war in den Vorratsplänen nicht vorgesehen. Bereits jetzt waren die Toilettenkabinen, die für die Berggäste aus arabischen Ländern eingerichtet worden waren, am beliebtesten, denn dort gab es Handbrausen neben den Spülkästen.

Doch so beliebt die arabischen Toiletten auch waren – die zahlreichen Araber auf dem Gipfel waren es nicht. Zu den arabischen oder auch nur arabisch aussehenden Leidensgenossen hielten die meisten anderen Insassen – ob bewusst oder unbewusst – Abstand. Niemand wollte neben jemandem stehen, der plötzlich einen Sprengstoffgürtel zündete oder eine Pistole zog, um wild um sich zu schießen. Denn für die Menschen auf dem Gipfel war klar, dass dieser Anschlag von Islamisten verübt wurde.

Auch die Soldaten hatten ein besonderes Augenmerk auf die Besucher von der nordafrikanischen Halbinsel. Dann erhielten sie den Befehl, zusätzlich auf Menschen mit indianischem Aussehen zu achten. Sie hatten bereits alle Winkel der Stationen, alle Papierkörbe vor den Kiosken und alle Lagerräume nach Bomben durchsucht. Wenn eines sicher war, dann, dass in den Gebäuden kein solches Höllengerät versteckt war.

Was sich aber dort draußen unter vielen Metern Schnee verbarg, konnte natürlich niemand wissen, geschweige denn beeinflussen. Und so machte sich nicht nur unter den Skifahrern aus allen möglichen Nationen, sondern auch unter den Soldaten der Bundeswehr ein gewisser Fatalismus breit. Was auch immer passierte, man musste es auf sich zukommen lassen und hoffen, heil aus der Sache herauszukommen.

KAPITEL VIERUNDNEUNZIG

Tunnelportal Riffelriss, 10 Uhr 55

Des wahren Deutschen Pünktlichkeit ist fünf Minuten vor der Zeit!«, murmelte Kerstin Dembrowski, als die Zahnradlok mit den sechs GSG9-Kommandomitgliedern im Führerstand und dem Waggon im Schub wenige Meter vor dem Portal Riffelriss anhielt. An dieser Stelle fuhren die Züge in den Tunnel ein. Das automatische Rauch- und Brandschutztor war verschlossen.

Kapitän Dembrowski ging zum hinteren Ende des Passagierwagens und bedeutete Franz Hellweger und den GSG9-Männern durch das Fenster in der Lok, in Deckung zu gehen. Ab jetzt war diese Angelegenheit erst einmal die ihre.

Kerstin Dembrowski wollte den oder die Geiselnehmer im Wagen empfangen. Wenn er oder sie denn einsteigen würden. Noch war nicht klar, ob überhaupt jemand von der Gegenseite zum Verhandeln erscheinen würde. Denn wo sollten sie herkommen? Kerstin Dembrowski machte sich darauf gefasst, vielleicht nur irgendeine Botschaft zu finden und dass die Terroristen mit ihr und den Sicherheitskräften Katz und Maus spielen würden.

Umso überraschter war sie, als sich um Punkt elf Uhr das Tunnelportal öffnete. Ein Mann, ganz in Schwarz gekleidet, dessen Gesicht von einer ebenfalls schwarzen Skimaske verhüllt war, stand mitten auf dem Gleis, als das stählerne Sicherheitstor zur Seite glitt und den Weg in den Tunnel frei machte. Der Mann hielt eine Maschinenpistole. Kerstin Dembrowski kannte das Modell deutscher Herstellung sehr gut.

Dann bewegte sich der Mann, der offenbar ohne Begleitung war – so wie Kerstin Dembrowski, solange sich die Angehöri-

gen der Anti-Terroreinheit in der Lok hinter ihr nicht blicken ließen –, langsam auf den Waggon zu. Drei Meter davor blieb er stehen. Er winkte mit der linken Hand, die in einem Handschuh aus dünnem schwarzem Leder steckte. Offenbar wollte er, dass sich Kerstin Dembrowski ebenfalls ins Gleisbett begab, und fixierte sie durch die Fenster des Zahnradwaggons. Dann stand er unbeweglich da und wartete. Sein Auftritt war eine Botschaft: Wir haben Zeit, ihr nicht.
Kerstin Dembrowski verstand diese Botschaft. Sie wollte sich aber nicht unter Druck setzen lassen. Betont langsam bewegte sie sich in Richtung der offenen Tür des Waggons. Noch einmal sah sie nach hinten zu Franz Hellwegers Lok. Dann sprang sie in den Schnee neben dem Gleis.
»Ich bin unbewaffnet!«, rief sie dem Mann zu.
»English!«, kam der knappe Befehl zurück.
»I do not wear a weapon!«
Diesmal nickte der Mann, machte aber keine Anstalten, selbst die Waffe abzulegen.
Kerstin Dembrowski überlegte. Sie würden sie nicht einfach so hier oben erschießen, das war klar. Sie war für diese Leute ein Mittel zum Zweck, das sie einsetzen wollten, um ihre Ziele zu erreichen. Es machte keinen Sinn, einen Emissär einzubestellen, den man dann einfach abknallte.
»Gehen Sie zu ihm!«, tönte es in ihrem linken Ohr. »Wir haben ihn im Visier.« Der Truppenführer von der GSG9 hatte ihr versprochen, zu jeder Zeit schneller schießen zu lassen, als es die anderen tun könnten. Jedenfalls solange er und seine Männer freies Schussfeld hatten.
Schritt für Schritt bewegte sich Kerstin Dembrowski auf den Mann in Schwarz zu. Als sie drei Meter von ihm entfernt war, blieb sie stehen.
»We will kill all passengers, if you will not obey«, sagte der Mann. *Obey* – gehorchen! Das war es also, was diese Terroristen von der Welt wollten, erkannte Kerstin Dembrowski. Sie

wollte sich zunächst darauf einlassen, wollte das Kind spielen, das den Eltern gehorchte. Wenn man das Spiel mitspielte und nicht auf Konfrontation ging, kam man in der Regel weiter.
»We want to obey. But it is not easy to free the POWs in US prisons. Not within only a few hours!« Sie sagte nicht, dass es für eine deutsche Regierung vollkommen ausgeschlossen war, amerikanische »prisoners of war« oder eben POWs, wie gefangene Kombattanten im Militär-Slang genannt wurden, freizubekommen. Zeit gewinnen. Über die Situation im Innern des Berges möglichst viel herausbekommen. Das waren ihre Ziele.
Der Mann in Schwarz hielt sich nicht lange mit seinen Glaubensbrüdern auf, die er angeblich befreien wollte, sondern kam sofort zum Thema Geld. »How about the money?«
Kerstin Dembrowski war dieses Thema auch viel lieber, da konnte sie Zugeständnisse machen. »Much easier. But it will take time to provide five hundred million in cash.«
»Who said cash?«, blaffte der Mann in Schwarz.
Richtig, fiel Kerstin Dembrowski auf, niemand hatte bisher von Bargeld gesprochen. Zumindest die Geiselnehmer nicht.
»You are right. What do you want?«
»A credit card.«
Kerstin Dembrowski glaubte tatsächlich, sie hätte sich verhört. »Excuse me?«
»A credit card.«
Jetzt schaute die Beauftragte der Kanzlerin der Bundesrepublik Deutschland ganz einfach einmal dumm. Mit allem hatte sie gerechnet. US-Dollar, Schweizer Franken, das waren die üblichen Forderungen von Kriminellen. Wobei in letzter Zeit der Franken den Dollar aufgrund des maroden Zustands der US-Wirtschaft den Rang abgelaufen hatte. Auch dem Euro traute ja niemand mehr. Gold war bei Erpressern unbeliebt wegen des hohen Gewichts. Außerdem wussten auch Kriminelle, dass man sich in einer Edelmetallblase befand. Der Goldpreis konnte sich in wenigen Monaten halbieren.

Diamanten waren natürlich von den logistischen Aspekten her die Erpresserwährung schlechthin. Sehr wertvoll und dabei extrem leicht. Das Problem mit Diamanten war auch nicht deren Beschaffung; in Südafrika und Rotterdam würden sich jederzeit ein paar Kilo einkaufen lassen. Das Problem war, sie in Geld zu verwandeln. Die Formen von geschliffenen Diamanten wurden mittlerweile in Datenbanken gespeichert, darum musste man sie, sollte ihr Weg nicht rückverfolgt werden können, aufwendig umschleifen. Dazu brauchte man wiederum die Hilfe der wenigen professionellen Edelsteinschleifer dieser Erde, und die saßen bei den Profis von de Beers und anderen Händlern. Diamantenschleifen war nichts, was man sich als Hobby aneignete. Es gab daher keine freiberuflichen kriminellen Schleifer, wie es zum Beispiel Dokumentenfälscher gab. Zu allem Überfluss ging auch noch ein Drittel des Materials beim Umschleifen verloren. Nein, Diamanten waren nur noch in Agentenfilmen eine gute Währung für Erpresser und andere Ganoven.
Generell war es durch die Digitalisierung recht schwer geworden, Geld oder anderes Gut, das man erpresst hatte, zu verstecken. Irgendwann wollte man ja die Scheine oder Steine in Umlauf bringen. Und die Datenbanken der international vernetzten Kriminalbehörden vergaßen nichts.
Aber Kreditkarten? Die damit getätigten Zahlungen waren nun wirklich einfach und ohne großen Aufwand zu verfolgen. Auf die Sekunde genau wussten die Rechenzentren der Unternehmen, wer was wo bezahlt hatte. Eine Kreditkarte mit einem Verfügungsrahmen von fünfhundert Millionen war der größte Schwachsinn, von dem Kerstin Dembrowski in diesem Zusammenhang jemals gehört hatte. Sie wollte es nicht glauben und fragte ein zweites Mal nach:
»Are you sure?«
»Yes. A credit card.«
»A credit card with a five hundred million Euro deposit?«
In ihrem Ohr war wieder eine Stimme. »Zusagen!« Diesmal

war es nicht die des GSG9-Gruppenführers, der sich in der Lok hinter ihr verbarg, sondern der Generalinspekteur der Bundeswehr quäkte aus Berlin über den winzigen In-Ear-Empfänger, den sie trug, in ihren Gehörgang.
»We can arrange for that. But we need more time«, lenkte sie ein.
»No. You do not need any time. And you do not have time.«
»We need time to …«
Der Mann ließ sie nicht aussprechen. »We know that there are special accounts above black level at Unex. Ultrablack. Without tracking. A country like Germany will need one hour to get this done.«
Kerstin Dembrowski war kalt erwischt worden. Sie wusste, dass Kreditkartenfirmen wie United Express, die der Mann mit dem Kürzel »Unex« meinte, für spezielle Kunden auch spezielle Karten ausgaben. Schwarze Karten. Mit allen erdenklichen Service-Leistungen, die Normalkartenbesitzern nicht zur Verfügung standen. Sie hatte aber noch nie etwas von *sehr* speziellen Karten für *sehr* spezielle Kunden gehört, wie sie der Mann eben in die Verhandlung eingeführt hatte. Karten mit gigantischem Verfügungsrahmen, bei denen nicht gespeichert wurde, wo wann damit gezahlt wurde. Aber wenn man auch nur kurz darüber nachdachte, war klar, dass es so etwas geben musste. Scheichs, Emire, russische und chinesische Milliardäre, südamerikanische Drogenbarone, deutsche Lebensmitteldiscountkettenbesitzer und andere Hyperreiche gab es ja in wachsender Zahl auf der Welt. Die hatten sicher kein Interesse, dass ihre Yacht-, Jet-, Drogen- und Frauenkäufe in Datenbanken gespeichert wurden. Und je reicher solche Menschen waren, desto mehr neigten sie wahrscheinlich auch in diesen Dingen zu Spontankäufen.
Warum also nicht eine Tarnkappenkarte anbieten? Es gab nichts auf dieser Welt, was es nicht gab, wurde Kerstin Dembrowski klar. Dabei fiel ihr wieder der geheime Peilsender ein, den sie im

Körper trug. Und dass in diesem Tunnel zweihundert Menschen saßen. Und Terroristen, die irgendwie aus diesem Tunnel würden herauskommen müssen. Sie musste unbedingt herausbekommen, wie das vonstattengehen sollte. Wenigstens ein paar brauchbare Hinweise für die Spezialisten brauchte sie.

»When do you plan to set the inhabitants in the tunnel free?«
»After we have left the country.«
»How will you leave the country?«
»Plane from Innsbruck. Provide a Lear Jet. Tonight ten o'clock.«
»How will you get there?«
»We will get there.«
»How will you …?« Bevor Kerstin Dembrowski ihre nächste Frage ganz aussprechen konnte, rauschte die Brandschutztür des Tunnelportals wieder zu.

KAPITEL FÜNFUNDNEUNZIG

Bundeskanzleramt, 11 Uhr 07

Gut gemacht, Kapitän Dembrowski!«, funkte der Generalinspekteur, der neben dem Generalbundesanwalt in einer der Kommunikationszentralen des MAD im Kanzleramt saß, seiner Agentin ins Ohr.
»Soll ich folgen?«
»Warten wir zehn Minuten. Dann gehen Sie mit einem der Grenzschutzkollegen den Tunnel nach oben. Wir müssen wissen, wo der Mann herkam. Und wo er jetzt ist.«
»Zu Befehl.«
Deutschlands oberster General drückte einen Knopf. Nun konnte auch der Krisenstab im Eibsee-Hotel mithören. »Frau Kapitän Dembrowski hat soeben einen sehr erfolgreichen Einsatz hinter sich gebracht. Der exakte Inhalt ihres Gesprächs mit einem der Geiselnehmer unterliegt allerdings der Geheimhaltung. Die Kollegen von BKA, BND und MAD sehen den Bericht auf ihren Terminals. Aber ich bitte alle, die über Ortskenntnis verfügen, zu überlegen: Wie ist es möglich, dass ein Mann den Felssturz umgeht? Gibt es geheime Gänge?«
Aus dem Konferenzraum »Forelle« vernahm man Gemurmel.
»Herr Falk, Sie müssten doch etwas wissen.«
Wie aufs Stichwort betrat ein junger Mann den Konferenzraum. Er trug einen speckigen Karton mit Deckel, und sein Anorak wies ihn als Mitarbeiter der Zugspitzbahn AG aus. August Falk winkte ihn zu sich und bedeutete ihm, den Karton auf dem Tisch vor sich abzustellen.
»Herr Generalinspekteur, wir haben keine Geheimgänge. Aber wir haben in dieser Minute die alten Baupläne bekommen. Wir sehen die genau durch und melden uns dann.«

»In Ordnung. Aber beeilen Sie sich. In zehn Minuten lasse ich Kapitän Dembrowski dort reingehen. Ich will nicht, dass sie da durch eine Falltür stürzt und sich im Bergwerk der sieben Zwerge wiederfindet.«
Alle Zuhörer fragten sich, wie abgebrüht der Generalinspekteur sein musste, dass er in dieser Situation noch Witze machte, über die nur er selbst lachen konnte.
Dass er mit dem Bergwerk gar nicht allzu weit von der Wirklichkeit entfernt lag, ahnte niemand.

KAPITEL SECHSUNDNEUNZIG

Reintal, 11 Uhr 15

»Sie wacht auf.«

Die beiden Retter hatten Sandra Thaler nicht wiederbeleben müssen. Atem und Puls waren schwach gewesen, als sie die junge Frau aus dem Schnee gegraben hatten, doch sie hatte den Lawinenabgang überlebt. Um sie schneller aus der Ohnmacht zu wecken, hatte die Frau aus einer kleinen schwarzen Ledertasche einen Injektionsapparat geholt und ihr einen Schuss Adrenalin in den Oberarm gejagt.

Der Mann hatte sich nicht um die Verschüttete, sondern um ihre Ausrüstung gekümmert. Der zweite Ski musste irgendwo in dem Lawinenfeld vergraben sein. Er stocherte mit seinem umgedrehten Skistock alle zehn Zentimeter in den Schnee. Sie wollten Sandra Thaler schnellstmöglich auf ihre Bretter stellen, um sie in die nahe gelegene Reintalangerhütte zu schicken. Dort würde sie sich im Winterraum aufwärmen und auf spätere Evakuierung durch die Bergwacht warten müssen.

Das war nicht die feine Art, aber sie konnten sich nicht erlauben, einen Rettungshubschrauber anzufordern oder anderweitig Aufsehen zu erregen. Ihre Mission war schließlich geheim.

»Und hier ist der zweite Ski!«, rief der Mann seiner Begleiterin über eine Entfernung von fünfzig Metern zu.

»Wenn sie jetzt noch Stöcke hätte, wäre sie wie neu«, sagte die Frau, die sich um Sandra kümmerte.

»Was machen Sie hier?«, wunderte sich Sandra.

»Eine Skitour. Genau wie Sie.«

»Hier macht niemand Skitouren. Normalerweise.«

»Wir schon. Sie ja auch.«

»Mei, Sie sind halt auch Amis.«

»Habe ich einen so schlimmen Akzent? Haben Sie mit Amis schlechte Erfahrungen gemacht?«
»Nein, aber man hört es. Wie heißen Sie, Ami-Frau?«
»Suchen Sie sich einen Namen aus. Ich habe sie gerade vor dem Weißen Tod gerettet, da wäre Angela ein passender Name.«
»Wenn schon, dann Angel.« Sandra Thaler richtete sich auf und schüttelte sich den Schnee aus der Jacke. »Passt nicht ganz zu ihrem schwarzen Haar. Auf alle Fälle danke!«
»Come on, wir müssen weiter«, rief der Mann, der mit dem Ski in der Hand über das Schneefeld stapfte, seiner Partnerin zu. Und an Sandra adressiert: »Wie geht es Ihnen?«
»Danke.«
»Wenn Sie uns wirklich Ihre Dankbarkeit zeigen wollen, dann vergessen Sie, dass Sie uns gesehen haben. Allright?«
»Wen gesehen?«, fragte Sandra, die bereits mitspielte. Sie hatte längst begriffen, es nicht mit normalen Skitourengehern zu tun zu haben.
»Braves Mädchen. Und jetzt stellen Sie sich auf Ihre Ski und fahren runter zur Hütte. Bleiben Sie im Winterraum. Wir lassen Sie dort holen. Kann aber ein bisschen dauern.«
»Okay«, log Sandra. Sie dachte nicht im Traum daran, sich von einer Lawine ihren Plan zunichtemachen zu lassen. Zumal die Statistik danach auf ihrer Seite war. Zweimal hintereinander verschüttet zu werden widersprach jeglicher Wahrscheinlichkeit.
Sie stand auf und gab den beiden Amerikanern die dünne goldglänzende Rettungsfolie zurück, in die man sie zum Aufwärmen gewickelt hatte. Dann zog sie den Skistiefel an, den ihr der Schnee-Tsunami vom Fuß gerissen hatte. Beim Aufstieg hatte sie die Schnallen nur ganz leicht zugezogen, wie das alle Skibergsteiger machten, um bequemer gehen zu können. Diesmal schloss sie die Schnallen des Stiefels fester, denn jetzt ging es bergab. Auch bei dem anderen Stiefel tat sie das. Dann klickte sie sich in die Skibindungen, deren Mechanik der Mann schon auf Talfahrt gestellt hatte, sodass die Fersen fest am Ski saßen.

»Danke. Sie haben was gut. Ich gebe Ihnen meine Nummer.«
»Haben wir, danke.« Der Mann fasste in die Oberschenkeltasche seines Overalls und gab ihr ihre Ausweismappe.
Sandra schaute ihm tief in die Augen. Wahnsinnige bernsteinfarbige Augen. Solche Augen hatte sie noch nie gesehen.
Der Typ war nach ihrem Geschmack. Sicher ein Geheimagent oder Kommandosoldat. Amerikanischer Geheimagent oder US-Kommandosoldat. Und auch gleich noch eine Frau dazu. Ein Team in geheimer Mission. Auf der Zugspitze. Die sollten dort oben sicher alles klarmachen. Mann, das wäre auch ein Job für sie. Doch sich mit knapp dreißig für die Bundeswehr oder den Geheimdienst zu bewerben war wahrscheinlich zu spät. Aber vielleicht konnte der Kontakt mit diesen beiden ihr irgendwann einmal nützen ... Und ein paar Fotos für den *stern* waren auch nicht verkehrt.
»Freue mich auf Ihren Anruf«, sagte sie zu dem Mann mit den irrsinnigen Augen.
Dann glitt sie den Hang in Richtung Reintalangerhütte hinab.

KAPITEL SIEBENUNDNEUNZIG

Im Tunnel, 11 Uhr 20

Seit zehn Minuten waren Kerstin Dembrowski und der GSG9-Mann, dessen Namen sie nicht kannte, im Tunnel unterwegs. Das Brand- und Rauchschutztor des Tunnelportals Riffelriss aufzuschieben war kein Problem gewesen, nachdem man ihnen vom Krisenstab aus die Funktion der Notentriegelung mitgeteilt hatte. Langsam tasteten sie sich im Tunnel voran.
Kerstin Dembrowski ging zwanzig Meter vor dem Elitekämpfer. Sie leuchtete mit einer starken Taschenlampe jeden Zentimeter der Tunnelwand ab und suchte nach Auffälligkeiten. Sie ging im Schotter zwischen den Gleisen, wo ihre Schritte knirschende Laute verursachten. Die Schritte ihres Bewachers waren nicht zu hören. Er balancierte auf der stählernen Zahnstange in der Mitte der beiden Gleisstränge. Da er auf jegliche Beleuchtung verzichtete, blieb er im schummerigen Licht der Notbeleuchtung des Tunnels so gut wie unsichtbar.
Kerstin Dembrowski schwitzte in ihrer Arktis-Ausstattung, denn im Tunnel herrschte eine Temperatur von zehn Grad über null. »Heiß hier«, flüsterte sie. Im Krisenstab am Eibsee wurde die Bemerkung gehört und sofort kommentiert.
»Im Sommer ist es dort kälter, Frau Kapitän«, klärte sie Zugspitzbahnchef August Falk auf. »Es dauert ein halbes Jahr, bis der Temperaturwechsel durch den Fels und den Permafrost dringt. Das haben Messungen ergeben. Die Forscher haben dazu den ganzen Berg durchbohrt.«
»Danke. Scheint ja wirklich mein Tag zu sein. Jetzt hab ich auch noch Sommer hier im Tunnel.«
Der Oberbefehlshaber aus Berlin mischte sich ein: »Können

wir bitte Funkdisziplin halten! Das ist ein Kommandounternehmen, Kapitän!«
»Zu Befehl!«, zischte Kerstin Dembrowski. Sie hatte um die geologischen Auskünfte nicht gebeten.
In der Tat war das, was sie da gerade machte, höchst riskant. Nur, weil sie mit einem der Geiselnehmer persönlich gesprochen hatte, hieß das nicht, dass die sie ungeschoren ließen, wenn sie mitbekamen, dass sie ihnen hinterherschnüffelte. Was die Entdeckung ihrer Anwesenheit im Tunnel für die Geiseln im Zug bedeuten würde, war nicht auszudenken. Aber es war unbedingt erforderlich, herauszubekommen, wie es der Mann geschafft hatte, aus dem eingesprengten Tunnel zu gelangen. Der GSG9-Mann folgte ihr in so großem Abstand, dass sie bei einer zufälligen Begegnung mit dem Terroristen allein zu sein schien, so als wäre sie ihm aus Neugierde gefolgt.
Ob ein hartgesottener Terrorist diese Story glauben würde, stand auf einem anderen Blatt. Aber das Risiko musste sie nun mal eingehen, denn in Berlin hatte man so entschieden. Sollte sie von jemandem im Tunnel angegriffen werden, hatte der GSG9ler sofortigen Schießbefehl.
Höher und höher stiegen sie in dem Tunnel, durch den schon so viele Millionen von Touristen den Berg hinauf- und hinuntergefahren waren. Sie würden rund eine halbe Stunde bis zum unteren Felssturz brauchen. Kerstin Dembrowski hatte sich den Verlauf des Tunnels gut eingeprägt. Daher wunderte sie sich beim Blick auf den Kompass ihrer Einsatzuhr auch nicht, dass sie mal nach Süden lief und dann wieder in die Gegenrichtung. Der Tunnel wand sich wie ein Python durch das Gebirgsmassiv, um den enormen Höhenunterschied zwischen Eibsee und Platt zu überwinden. Die direkte Linie wäre auch für eine Zahnradbahn zu steil gewesen. Zumindest 1928, als mit dem Bau begonnen wurde.
Kerstin Dembrowski passierte eine Stelle, an der sich ein kleiner Seitentunnel öffnete. Auch das war keine Überraschung. Sie

wusste aus ihrer Vorbereitung, dass einmal ein Durchbruch in das Höllental, das auf der anderen Seite des Massivs lag, geplant gewesen war, um dort einen Haltepunkt der Bahn einzurichten. Das Vorhaben war aber aufgegeben worden, denn der Ausstieg in das Höllental wäre in zu großer Höhe über dem Höllentalferner entstanden. Kein Tourist hätte dort die Bahn verlassen wollen. Eine Hütte auf dem damals noch durchaus vorhandenen Gletscher zu errichten war zu schwierig, denn eine Erschließung des Hochgebirgstals mit Hubschraubern war in den zwanziger Jahren noch nicht denkbar; die ersten einigermaßen flugtauglichen Modelle wurden in den 1940er Jahren in Serie hergestellt.

Doch obwohl der Tunnel ins Höllental nie gegraben worden war, war der Haltepunkt Höllental achtzig Jahre später immer noch in den Karten des Alpenvereins und auch des Vermessungsamts verzeichnet. August Falk hatte sie unten im Eibsee-Hotel auf diesen »verlorenen Gang« aufmerksam gemacht. Jetzt stand sie davor. Ein paar Meter weit hatte man sogar schon einen kleinen Stollen in den Fels getrieben, bevor der Bau gestoppt worden war. Das Loch in der Wand war nur hüfthoch. Eigentlich ergab es wenig Sinn, dort hineinzukriechen, dachte Kerstin Dembrowski, denn der Tunnel würde schon sehr bald vor einer Wand aus Wettersteinkalk abbrechen. Doch ein Instinkt – oder vielleicht auch nur ihre Neugierde – ließ sie dennoch auf die Knie gehen und mit der starken Lampe in die Höhle leuchten.

Der Lichtstrahl traf auf keine gerade Wand, denn der Gang bog sehr bald nach rechts ab.

»Bleiben Sie hier, das ist ein toter Gang!«, flüsterte der GSG9-Mann ihr zu. Besser gesagt, flüsterte er ihr *nach,* denn bevor er seinen Satz beendet hatte, war sein Schützling auf allen vieren in dem engen Loch verschwunden.

Der Mann atmete tief durch, ging ebenfalls auf die Knie und starrte in den niedrigen Tunnel, doch er sah nur Schwärze. Ihm wurde heiß. Seine Schutzperson war in diesem Tunnel, und er hatte den Sichtkontakt verloren.

Schnell sprach er diese für ihn peinliche Meldung in das an seinem Helm angebrachte Mikrofon, dann ging er auf die Ellbogen, nahm sein Gewehr auf die Unterarme und glitt vorschriftsmäßig in tiefster Gangart, so wie man es ihm und seinen Kollegen in der Ausbildung eingebleut hatte, in den Tunnel. Um wenigstens ein klein wenig zu sehen, schaltete er den Ziellaser seines Gewehrs ein. Der rote Strich zeigte ihm, wo die Wände des Tunnels waren, sodass er mit seinem Kevlarhelm nicht dagegen stieß.

Was das gebündelte Licht ihn nicht rechtzeitig erkennen ließ, war der Mann mit dem Spaten, der ihm mit einem kraftvollen Stoß von oben den Kopf vom Rumpf trennte.

KAPITEL ACHTUNDNEUNZIG

Langley, CIA-Zentrale, 11:56 p.m. Ostküstenzeit

Chuck Bouvier hatte zwischendrin hin und wieder mal eine Viertelstunde geschlafen. Auf dem Feldbett, das er seit den Zeiten in Da Nang sein Eigen nannte. Zusammen mit dem Granatsplitter, der durch seinen Körper wanderte, und der Medal of Honour war es ein Andenken an die Zeit in Vietnam. Obwohl ihm die höchste Auszeichnung, die ein amerikanischer Soldat erhalten konnte, besondere Privilegien verschaffte, zu denen ein lebenslanger Ehrensold von derzeit 1100 Dollar gehörte, war ihm das Bett das liebste Souvenir.
Der Splitter würde ihm irgendwann einmal ein Organ ankratzen. Das Geld hatte er in Ausbildungsfonds für seine Kinder angelegt. Sein Erstgeborener, Chuck junior, und der Zweitälteste, Stephen, hatten davon noch profitiert. Die Anlagen, die für seine später geborene Tochter Amy vorgesehen gewesen waren, hatte die Finanzkrise pulverisiert. In seinem Feldbett jedoch hatte er neben einiger vietnamesischer Nutten auch eine junge Krankenschwester des deutschen Lazarettschiffes »Helgoland« flachgelegt, das im Hafen von Da Nang als Zeichen der großen deutsch-amerikanischen Freundschaft vor Anker gelegen hatte. Diese Nächte der kleinen deutsch-amerikanischen Freundschaft waren letztlich der Grund, warum es Chuck junior gab. Und Steve. Und Amy. Vierzig Jahre war er bald mit Hannelore, geboren in Köln, verheiratet.
Obwohl seine Kinder in Amerika zur Welt gekommen und als waschechte US-Kids aufgewachsen waren und seine beiden Jungs sogar freiwillig gedient hatten, was ihn besonders stolz machte, verspürte er eine gewisse Verbundenheit mit dem Heimatland seiner Frau. Immer, wenn er eine Operation auf deut-

schem Boden leitete, achtete er auf besonders gute Vorbereitung. Er hatte Respekt vor der sprichwörtlichen Präzision der Deutschen und wollte nie in die Situation geraten, dass ihm deutsche Geheimdienstkollegen Schlampereien nachsagen konnten. Auch wenn ihm das Urteil der Pullacher und Berliner, die nicht einmal auf die Baupläne ihres eigenen Neubaus aufpassen konnten, wie sich kürzlich gezeigt hatte, vollkommen egal sein konnte. Seinen Namen würde sowieso nie jemand von ihnen erfahren. Aber trotz allem, für ihn war es etwas Besonders, in Deutschland zu agieren.

Und ausgerechnet bei dieser Operation passierte dann diese verdammte Scheiße. Auf der Zugspitze, auf der er schon selbst gestanden hatte, auf einem dieser Urlaube, die einen Amerikaner in drei Tagen durch ganz Europa brachten.

Dennoch war ihm nicht gleich die Zugspitze in den Sinn gekommen, als er den Auftrag erhielt, den Deutschen mit einer doppelverdeckten Aktion einen gehörigen Schrecken einzujagen, um sie auf Linie und in die Front der gegen den islamistischen Terror kämpfenden Staaten zu bringen. Ein eindrucksvolles touristisches Ziel sollte es sein, hatten ihm seine Vorgesetzten aufgetragen. Eindrucksvoll, aber nicht zu symbolträchtig. Seine erste Idee war die Kuppel des Berliner Reichstags gewesen.

»Bist du wahnsinnig?«, hatte ihn der Geheimdienstchef gefragt, als Chuck ihm und dem stellvertretenden Verteidigungsminister sein Konzept präsentierte. Und der Vize-Verteidigungsminister hatte hinzugefügt: »Das hat Hitler schon gemacht, den Reichstag angezündet, um es einem Commie in die Schuhe zu schieben. Damit hat er sein Ermächtigungsgesetz durchgedrückt. Verdammt, ihr 007er hättet doch ein bisschen mehr Geschichte lernen und ein bisschen weniger Football an der Highschool spielen sollen!«

Der Demokrat mit dem hellen Babygesicht war Bouvier schon immer unsympathisch gewesen. Nach dieser Bemerkung hasste er ihn. Der Kerl hatte seine Meriten in den Saufgelagen irgendwelcher Studentenverbindungen in Harvard errungen und nicht in den Sümpfen des Mekong-Deltas.

Doch egal, was Chuck Bouvier dachte, seine schöne Reichstagsaktion wurde abgeblasen. Allerdings nicht, ohne zuvor die Deutschen damit zu testen. Man steckte den deutschen Behörden die bereits angelaufenen Vorbereitungen einer von Bouviers doppelverdeckten Zelle und beobachtete, wie sich die deutsche Regierung und Bevölkerung verhielten. Insgesamt tat sie das, was man erwartete: Die Regierung ließ die Reichstagskuppel einige Wochen lang für den Besucherverkehr sperren, in den Medien wurde die stets latente islamistische Terrorgefahr in einer Reihe von Talkshows beschworen, und die Parlamentsdebatte um eine Verlängerung des Bundeswehrmandats für Afghanistan kam zu einem positiven Ergebnis; sogar die Grünen stimmten dafür.

Die Aktion war also, auch ohne dass wirklich etwas geschehen wäre, ein voller Erfolg gewesen. Ein Erfolg, der aber leider nicht lange genug nachhielt. Bereits ein halbes Jahr später, als wieder ein paar schwerverletzte und dann auch getötete deutsche Soldaten vom Hindukusch zurückgeflogen wurden, ging die Kritik an den Auslandseinsätzen wieder los.

Und dann kam dieser neue deutsche Verteidigungsminister und wollte auf Teufel komm raus die Sparziele erfüllen, die ihm der Finanzminister diktierte, brav wie ein Abc-Schütze. In seinem Übereifer schaffte der junge Minister gleich auch noch die Wehrpflicht ab. Diesen Trend zur deutschen Selbstentwaffnung galt es zu stoppen. Darum die Aktion »Peak Performance«.

Chuck Bouviers Miene erhellte sich bei dem Gedanken, dass ebendieser Minister im Verlauf der Aktion auf der Zugspitze festgesetzt worden war. Auch wenn das bedeutete, dass die Hintergründe der Aktion nicht nur zweimal nicht, sondern zehnmal nicht herauskommen durften. Der Präsident würde ihn in die Wüste schicken, würde er sich bei seinem nächsten

Tête-à-Tête mit der deutschen Kanzlerin anhören müssen, dass sein Geheimdienst nicht nur einen Anschlag auf deutschen Boden vorbereitet, sondern diesen auch noch vergeigt und dabei den Verteidigungsminister um dessen Freiheit beraubt hatte.
In der Konsequenz bedeutete das, dass es so wenige Mitwisser wie irgend möglich geben durfte. Bouvier griff zum Telefon und wählte den Koordinator der CIA-Agenten an, die sich der Zugspitze näherten oder den Aufstieg versuchten.
»Pedro und seine Leute werden nicht reden«, sagte Chuck Bouvier eiskalt in den Hörer des schwarzen Behördentelefons, das so aussah, als wären über seine Hör- und Sprechmuscheln schon während der Schweinebucht-Aktion Befehle ausgetauscht worden. Der Satz war keine Prophezeiung. Er war eine Dienstanweisung. Eine, die umgesetzt wurde, komme, was wolle. Das brauchte Bouvier seinem Gesprächspartner nicht noch extra zu sagen.
»Geht in Ordnung«, knarrte dessen Antwort zurück. Mit diesen Worten nahm er den Befehl für die Liquidierung von dreizehn Menschen so gefühlskalt entgegen wie ein Barmann die Bestellung einer Runde Whiskey Sour.

KAPITEL NEUNUNDNEUNZIG

Bundeskanzleramt, 11 Uhr 25

»Funkkontakt verloren.«
»Unmöglich!«
»Wiederhole: Funkkontakt verloren«, beharrte der MAD-Mann, der auf dem Bildschirm zu sehen war.
»Aber dieses neue … ähem, Gerät, dieses In-Body-Dings …«
Der Generalinspekteur konnte nicht fassen, dass nun auch noch die von der Kanzlerin persönlich beauftragte Verhandlungsführerin in die Hände der Terroristen gefallen sein sollte.
»Alles, was ich weiß, ist: Funkkontakt verloren.«
»Tunnel stürmen! Ich will wissen, was da los ist!«, brüllte der General hinüber zum Chef der Bundespolizei. Der gab den Befehl sofort an die GSG9-Einheit am Eibsee weiter.
Eine halbe Minute später drangen die verbliebenen fünf Spezialkämpfer in den Zahnradtunnel ein.
»Bis die Jungs da drin Meldung machen«, wandte sich der Generalinspekteur an die Runde, »kann mir jemand erläutern, was es mit diesen ultraschwarzen Unex-Karten auf sich hat? Ich verkehre nicht in solchen Kreisen.«
Der BND-Mann wusste Bescheid. »Ultrablack Credit Cards. UBCs. Gibt es wirklich. Weltweit, schätze ich, vielleicht hundert. Höchstens. Bekommen Potentaten, Drogenbarone und die Abramovics dieser Welt von den großen Kreditkartengesellschaften zur Verfügung gestellt. Läuft eigentlich ganz einfach. Jeder Inhaber zahlt da am Anfang eine Summe ein; ich habe gehört, hundert Millionen Dollar ist das Minimum. In Gold. Echtem, physisch vorhandenem Gold. Dieses Gold liegt dann in einem geheimen Atombunker irgendwo in einem Berg in der Schweiz oder in einem Depot im Freihafen Singapur, das offizi-

ell für die Lagerung von Kunstwerken gebaut wurde. Da stehen auch ein paar Chagalls und Picassos drin, klar, aber halt auch jede Menge Goldbarren.«

»Das Gold ist die Sicherheit für Unex?«, hakte der Generalinspekteur ein, der mit seinem Sold zwar in Deutschland zu der gehobenen Mittelschicht zählte, aber von Superreichtum mehrere Universen entfernt war.

»Erst einmal schon. Die haben dadurch natürlich wiederum Kreditreserven, die sie in die Liga mittlerer Staaten bringen, gerade in Zeiten, in denen der Goldpreis Höhenflüge erlebt. Aber zurück zu den ultraschwarzen Karten: Die Kreditkartengesellschaft sorgt dafür, dass die Zahlungen, die mit diesen Karten getätigt werden, über verschachtelte Konten bei Banken auf den Kaimaninseln, Zypern, Liechtenstein, gern auch in Ländern, in denen die Scharia gilt, in kleine und kleinste Tranchen zerhackt abgewickelt werden. Das kann dann niemand mehr nachvollziehen. Da wird dann zwischendrin auch mal Silber gekauft, mit Lastern über Grenzen gebracht, wieder verkauft, oder es sind Männer in schwarzen Anzügen und Geld- oder Diamantenkoffern unterwegs, damit das nicht alles elektronisch abgewickelt wird. Ich würde sogar annehmen, dass ein Großteil der Luxusuhren, die in Genf hergestellt werden, als Zahlungsmittel dienen. Wie auch immer: Die ultraschwarzen Karten sind das sicherste Zahlungsmittel dieses Planeten. Für den, der damit bezahlt, wie auch für den, der damit bezahlt wird.«

»Was kann man damit kaufen?«

»Grundsätzlich alles, vom Kaugummi bis zum Kampfjet. Und dazwischen alles, was Spaß macht: Drogen, Waffen, Frauen. Die Karte sieht aus wie eine normale Kreditkarte, also wie eine der Billigkarten. Nicht einmal wie eine schwarze Karte, die die Angeber unter den Reichen so gern benutzen. Nein, die meisten Leute, die die ultraschwarzen Karten haben, legen Wert darauf, nicht als reich erkannt zu werden. Die Leute, die mit ihnen

Geschäfte machen, wissen das sowieso, sonst würden sie ihnen keine MiG-29 anbieten, nur um ein Beispiel zu nennen. Außerdem haben die sehr eingängige Nummern. Nicht so ein Zahlenverhau wie auf Ihrer Karte.«

»Mit einer ultraschwarzen Karte, die fünfhundert Millionen Dollar wert ist, ist man also König der Welt?«, fragte der Generalinspekteur mit einem ungläubigen Gesicht.

»Zumindest spielen Sie mit den Königen dieser Welt an einem Tisch.«

Die Kanzlerin hatte die Unterhaltung aus dem Halbdunkel, das ihren Schreibtisch umgab, aufmerksam verfolgt. Jetzt schaltete sie sich ein. »Ja, der Faisal hat letztens so eine grüne Unex-Karte auf den Tisch geschnalzt, als wir mit den Rheinmetall-Leuten über die Leopard-Lieferungen gesprochen haben. Ich dachte erst, der macht 'nen Spaß. Aber der meinte das echt. Als wär ich 'ne Kassiererin im Media-Markt oder so.«

»Dabei nehmen die gar keine Kreditkarten. Ist denen zu teuer«, wurde sie vom BND-Mann korrigiert.

»Rheinmetall?«, fragte der Generalinspekteur nach.

»Nein, Media-Markt.«

Die Kanzlerin kam auf den aktuellen Fall zurück. »Und die wollen, dass die Bundesrepublik Deutschland Gold im Wert von fünfhundert Millionen US-Dollar in die Schweiz in einen Atombunker transportiert?«

»Ich fürchte, das reicht nicht«, sagte der BND-Mann ein wenig zögerlich.

»Wie? Ich verstehe nicht.«

»Na ja, erstens will Unex fünf Prozent der Kreditkartenumsätze als Gebühr bei diesen Karten, denn die Leute, die die Karten annehmen, sind in der Mehrzahl keine Einzelhändler, die diese Gebühren übernehmen, daher verlangt Unex diese Gebühren vorab bei der Kontoeröffnung. Vom Einzahler. Wir wären also schon mal bei fünfhundertfünfundzwanzig Millionen.«

»Fünfundzwanzig Millionen mehr bringen uns auch nicht um«,

tat die Kanzlerin gelangweilt. »In letzter Zeit haben wir so viel Geld irgendwohin überwiesen, das ist ja nicht einmal ein Rundungsfehler.«

»Problematisch ist vielmehr«, fuhr der Geheimdienstler unbeeindruckt fort, »dass Unex so etwas wie eine Zukunftssicherung einbaut. Sie nehmen die mittlere Steigerungsrate des Goldpreises der vergangenen zehn Jahre und rechnen das als Reserve oben drauf. Denn wenn der Kurs des Goldes steigt, würden sie ja sonst draufzahlen. Ich habe das einmal kalkuliert. Der Goldpreis hat sich – Stand heute – in den letzten zehn Jahren verfünffacht. Das heißt, sie wollen eine Reserve von Faktor zwei Komma fünf. Wir müssen also eine Milliarde, dreihundertzwölf Millionen, fünfhunderttausend Euro in Gold einzahlen. Heute. Kann morgen schon wieder mehr sein.«

»Na prima. Die Terroristen erpressen eine halbe Milliarde von uns, und uns kostet das eins Komma drei Milliarden?«, tobte die Kanzlerin los. »Bekommen die eine Provision von Unex?« Sie sprang hinter ihrem Schreibtisch auf.

»Auszuschließen ist gar nichts«, sagte der Mann vom Nachrichtendienst völlig überzeugt. Wer wie er sein Leben lang unter anderer Menschen Betten gekrochen war, war durch nichts mehr zu schocken.

»Mit wem wir in letzter Zeit alles Geschäfte machen ...«, seufzte die Kanzlerin, »Genosse Schalck-Golodkowski war ja ein Hütchenspieler am Potsdamer Platz dagegen.«

»Was tun wir jetzt also?« Der Generalinspekteur wurde ungeduldig.

»Wir bereiten den Transfer von Gold im Wert von eins Komma drei Milliarden Dollar auf ein Depot von Unex in die Schweiz vor, ganz einfach. Wir haben doch einen Teil unserer Goldreserven sowieso dort. Würde mich nicht wundern, wenn das nur ein Kellerabteil weiter in diesem Bunker liegt, wo die es hinhaben wollen. Und dann besorgen wir eine solche Karte bei Unex.«

Der Staatssekretär des Innern konnte nicht aus seiner braven Beamtenhaut. »Aber, Frau Bundeskanzlerin, Sie können doch nicht einfach eine solche Summe ...«
»Die Geiselnehmer werden diese Karte nie benutzen können«, unterbrach sie ihn. »Zumindest nicht in diesem Leben. Dafür mache ich Sie verantwortlich, meine Herren.« Die Regierungschefin deutete mit beiden ausgestreckten Zeigefingern auf den Generalinspekteur der Bundeswehr und den Generalbundesanwalt.

Pedro und Mi Pueblo konnten sich über mangelndes Interesse von Regierungen, die sie zum Abschuss freigegeben hatten, wahrlich nicht beschweren.

KAPITEL HUNDERT

Reintal, 12 Uhr 03

War sie denn komplett übergeschnappt?, fragte sich Sandra Thaler. Sie machte das doch nicht wegen des Geldes. Oder wegen Markus. Wie sollte sie ihm auch helfen?
Aber warum machte sie es dann? Um berühmt zu werden? Eine Heldin? Oder um sich selbst etwas zu beweisen? Sie war wahrscheinlich noch sturer und verbohrter als der Durchschnitt der Menschen aus dem Gebirgstal, aus dem sie stammte. Und denen sagte man nach, dass ein ausgewachsener Bergahorn eher nachgebe als sie.
Aber sie hatte nun einmal mit dieser Sache angefangen, und nun würde sie sie auch durchziehen.
Die Sachen, die sie nur fünf Meter von der Tür des Winterraums der Reintalangerhütte gefunden hatte, mussten dem Agentenpaar gehören. Sie nahm sich davon das, was sie dort oben vielleicht brauchen würde: eine Handvoll Leuchtraketen, eine kleine Nylontasche mit Spritzen und Ampullen, die sie als Narkosemittel identifizierte, eine Maschinenpistole und zwei Eierhandgranaten. Offenbar war all das den beiden Amis zu schwer geworden, als sie ihr hinterhergestiegen waren. Sie hatten alles in eine Rettungsfolie gewickelt und mit Schnee bedeckt und in der Eile den Zipfel der goldenen Decke übersehen, der noch aus dem Schnee hervorlugte – nur wenige Zentimeter von der Stelle entfernt, an der der Mann offenbar versucht hatte, einen neuen Rekord im Loch-in-den-Schnee-Pinkeln aufzustellen. Deutlichere Spuren konnte nicht mal ein sibirischer Tiger hinterlassen, und Sandra Thaler wunderte sich darüber. Die hatten sie vollkommen falsch eingeschätzt. Ob die wirklich glaubten, dass sie in der Hütte auf jemanden warten würde, der

vorbeikam und womöglich der Ansicht war, dass man keine zufälligen Zeugen der Aktion, die hier gerade ablief, brauchte?
Sie schnallte die Ski an und stiefelte wieder aufwärts, wenn auch langsamer als beim ersten Aufstieg. Nicht, weil sie müde gewesen wäre oder der Schock der Lawinenverschüttung sie zögern ließ, und auch nicht, weil das zusätzliche Gewicht der Waffen im Rucksack sie aufhielt. Sie musste sich einfach bremsen, um nicht zu dem Agenten-Paar aufzuschließen. Noch einmal würden die sie nicht laufen lassen.

Als sie zum zweiten Mal innerhalb weniger Stunden am Partnachursprung kurz hinter der Reintalangerhütte vorbeiging, fiel ihr etwas auf, was ihr vorher, beim schnellen Aufstieg, entgangen war: Jede Menge Fußspuren befanden sich im Schnee rings um das Loch, aus dem der spätere Fluss als Rinnsal aus dem Fels quoll. Neugierig geworden, zog sie ihre Spur nach rechts zur Quelle hin. Tatsächlich hatten grobstollige Sohlen kleinerer Größe ihre Abdrücke im Schnee hinterlassen. Da es die ganze Nacht geschneit hatte, musste hier vor kurzem jemand gewesen sein.
Das war nicht vollkommen unvorstellbar, denn der eine oder andere Jäger oder Förster mochte sich hier herumtreiben. Die Frage war jedoch, wie der imaginäre Waidmann hierhergekommen sein sollte. Denn keine Spuren, weder von Ski noch von Schneeschuhen oder einfachen Stiefeln, führten von der kleinen Höhle weg oder zu ihr hin. Wer auch immer hier gestanden und wahrscheinlich zugesehen hatte, wie sie und nach ihr die beiden Agenten aufgestiegen waren – wenn er nicht weggeflogen war, war er in dieser Höhle.

KAPITEL HUNDERTEINS

Im Tunnel, 12 Uhr 11

Kerstin Dembrowski bekam nicht mit, wie ihr Begleiter hinter ihr in dem schmalen Gang enthauptet wurde.
Was sie jedoch mitbekam, war, dass jemand hinter ihr durch den Tunnel kroch. Sie war überrascht, dass es der Geiselnehmer in Schwarz war. Wie konnte er plötzlich hinter ihr gewesen sein, nachdem sie rund fünfzig Meter durch den sich oben verjüngenden Stollen gekrochen war? Sie musste an ihm vorbeigerobbt sein. Hatte er sich in einer Nische versteckt gehalten? Oder gingen von diesem seltsamen Tunnel weitere Abzweigungen ab? Oder war der Mann gar nicht in diesem kleinen Stollen gewesen, sondern im großen Zahnradtunnel weitergegangen, um dann wieder zurückzukehren und ihr zu folgen?
Als er sie schließlich stellte, verhielt er sich zu Kerstins Verwunderung nicht aggressiv ihr gegenüber. Ohne nach den Gründen ihrer Anwesenheit im Tunnel zu fragen, bot er sich an, sie zu seinen Komplizen zu bringen. »You want to visit our leader?« Natürlich wollte sie den Anführer aufsuchen.
So krabbelten sie zu zweit durch einen mal enger, mal wieder breiter werdenden Felsspalt. Am Anfang hatte der Stollen noch eine regelmäßige Form gehabt, unten breiter und oben schmaler. Sicher von Menschenhand geschaffen, meinte Kerstin Dembrowski. Ein alter Bergwerkstollen. Wie kam der in das Zugspitzmassiv?
Nach wenigen hundert Metern knickte der Stollen nach links ab, und danach ging es an manchen Stellen über schmale Felsbänder am Rand eines Abgrundes entlang. Dann verengte sich der Gang wieder auf wenige Dezimeter, sodass jemand, der breiter als der Mann in Schwarz oder Kerstin Dembrowski ge-

wesen wäre, sich nur mit Not hätte durchzwängen können. Die Kriecherei war anstrengend, denn ganz nebenbei legten sie ein paar hundert Höhenmeter zurück. Der Schweiß lief Kerstin Dembrowski in Bächen über den Rücken. Für den Einsatz im Berg hatte sie eindeutig zu warme Sachen an.

Auf einmal ging es nur noch nach oben weiter. Kerstin Dembrowski erblickte das Ende einer Stahl-Strickleiter und sah im Schein ihrer Stirnlampe an ihr nach oben. Nach rund zwanzig oder dreißig Metern verlor sich die Leiter im Dunkeln.

Ohne ein Wort zu sagen, griff ihr Begleiter das linke Seil und setzte seinen Fuß auf die unterste Sprosse. Er kletterte behende nach oben, und Kerstin Dembrowski hatte große Mühe, ihm zu folgen. Zwar hatte sie während der Ausbildung das Auf- und Absteigen an Strickleitern aus Hubschraubern und von Hochhäusern geübt, aber ihr täglich Brot war es nicht geworden. Der Mann jedoch machte den Eindruck, als habe er diese Strickleiter schon mehrfach benutzt.

Die Kletterei war noch anstrengender als das Kriechen und Robben im Stollen, der hinter ihr lag. Die Leiter schien kein Ende zu nehmen. Rings um sie wurde der Spalt einmal breit, dann wieder eng, aber die ganze Zeit war sie von vollkommener Dunkelheit umgeben. An den Wänden lief in Rinnsalen Wasser hinab, und bald war ihr Overall mit Schlamm beschmiert.

Schließlich drang von oben ein diffuses Licht in die Felsspalte. Kerstin Dembrowski konzentrierte sich darauf, nicht mit den Händen abzugleiten oder sich mit den dicken Schuhen zwischen den Sprossen zu verfangen. Sie war sicher über fünfzig, vielleicht knapp hundert Meter nach oben gestiegen. Ein Absturz bedeutete unausweichlich den Tod.

Unvermittelt erreichte sie das Ende der Leiter, die hinter einer Felskante mit einem starken Metallstift im Fels befestigt war. Kerstin Dembrowski blinzelte über die Kante und wurde von einem grellen Scheinwerfer geblendet. Sie wandte den Kopf nach rechts. Dort stand ein Triebwagen der Bayerischen Zugspitzbahn. Sie war im Tunnel bei den Geiselnehmern und den Geiseln angekommen.

»Frau Dembrowski, wir haben Sie wieder«, hörte sie eine Stimme in ihrem In-Ear-Empfänger.

Sie ließ die Botschaft unkommentiert und bemühte sich, nicht daran zu denken, von wo in ihrem Körper das Signal kam, das im Innern des Felsens nicht durch die massiven Wände hatte dringen können und nun durch die unzähligen Leitungen im Tunnel wieder einen Weg nach draußen fand. Zu diesem Zeitpunkt wollte sie auf keinen Fall verraten, dass sie mit der Einsatzzentrale in Verbindung stand.

»Wo sind Sie? Im Tunnel? Bitte bestätigen Sie!«

Wieder sagte sie nichts, räusperte sich aber deutlich. Endlich. Die Stimme in ihrem Ohr gab Ruhe.

Der Mann in Schwarz, der sie hergebracht hatte, war nicht mehr da. Oder er war einer in der Gruppe der drei, die die Mündungen ihrer Maschinenpistolen auf sie gerichtet hatten.

KAPITEL HUNDERTZWEI

Eibsee-Hotel, 12 Uhr 14

Seit einer guten Stunde saß August Falk in einem Nebenzimmer des Konferenzraums »Forelle«. Er hatte alle Unterlagen auf dem Boden ausgebreitet und einige an die Stellwände gepinnt. Sein Assistent Michael Hangl, der ihm die Pläne und Baustellenbücher gebracht hatte, saß neben ihm mit einem Laptop auf den Knien.
»Über diese Höhlen steht hier im Internet einiges von Hobby-Kletterern. Aber wenn Sie in den alten Büchern und Plänen nichts finden, dann ... dann sind das halt Hirngespinste.«
»Nein, Michael, sind's nicht. Ich hab mal einen Geologen bei einer Exkursion begleitet, der meinte, dass das ganze Wasser, das hinten im Reintal aus dem Ursprung der Partnach sprudelt, nicht aus einer kleinen Quelle stammen kann, dafür ist es während der Schneeschmelze und auch im Hochsommer viel zu viel. Der Mann meinte, das ganze Platt müsse von einem System von Wasserkanälen durchzogen sein. Und so viel Ingenieur bin ich auch, dass ich weiß, dass unser Gebirge aus Kalk die ideale Zusammensetzung hat, um Höhlen entstehen zu lassen. Kalk ist wasserlöslich, wie du weißt.«
»Ja, aber Herr Falk, hier steht halt nix.«
»Die haben damals in zwei Jahren den Tunnel gebaut. 1928 bis 30. Viereinhalb Kilometer. Über tausend Meter Höhenunterschied. An sechs Stellen gleichzeitig haben die gegraben. Von unten, von oben, an den vier Tunnelfenstern. Ein Irrsinnstempo, das würde heute keiner mehr machen. Machen können. Die hatten damals die Parole ausgegeben: ›Männer machen Meter.‹ Da hatten die einfach keine Zeit, alles aufzuschreiben. Oder die Arbeiter und Vorarbeiter waren gar nicht

in der Lage dazu, denn da waren Bergleute aus der ganzen Welt dabei.«
»Wenn Sie meinen, Herr Falk. Aber was bringt's?«
»Ja, was bringt's, Michael? Diese Pläne hier bringen uns nix. Das sind die endgültigen Baupläne, die sind wahrscheinlich auch noch für die Genehmigungsbehörden geschönt. Da wurde nicht jeder Spalt, den die zugeschüttet oder zubetoniert haben, verzeichnet. Vergiss nicht, schon damals gab's Umweltschutz. Der Alpenverein hat sich mit Händen und Füßen gegen Bergbahnen gewehrt. Die haben sogar die katholische Kirche hinter sich gebracht. Du weißt schon: Der Mensch soll sich nicht zum Bezwinger der Natur machen und sich nicht aufschwingen et cetera pp.«
»Dabei heißt's doch: ›Macht euch die Erde untertan‹ oder so …«
»Stimmt, Michael, aber gegen die Bahn waren die trotzdem. Wie heutzutage die schwäbischen Wutbürger. Jedenfalls haben wir nicht die richtigen Unterlagen. Sind ja auch viel zu wenige. Wo ist der Rest?«
»Nicht in unserem Archiv. Die müssen irgendwohin ausgelagert worden sein. Marktarchiv oder so?«
»Oder so oder so oder so, Michael. Dort droben sind über fünftausend Menschen. Geht's ein bissl flotter? Los, hol den Chef vom Marktarchiv ans Telefon. Und frag ihn, was er von uns hat. Ich schau rüber, was da los ist.«
August Falk begab sich in den Konferenzraum zurück und warf die Tür hinter sich zu. Michael Hangl suchte im Internet nach der richtigen Nummer und erreichte den Leiter des Garmisch-Partenkirchner Marktarchivs tatsächlich zu Hause in der Mittagspause. Der brauchte nicht extra nachzuschauen, um zu wissen, dass er keine Unterlagen der Zugspitzbahn hatte.
»Bahnbau ist Sache des Landratsamts, und dessen Unterlagen sind wahrscheinlich im Bayerischen Staatsarchiv in München.«
Der Assistent handelte selbständig und ließ sich die Nummer des Leiters des Bayerischen Staatsarchivs geben. Dessen Sekre-

tärin wollte den Anrufer zunächst abwimmeln, als sie jedoch begriff, in welcher Angelegenheit die Unterlagen gebraucht wurden, rückte sie sogar die Handynummer ihres Chefs heraus. Der war noch die ganze Woche in den Winterferien, wo ihn der Vorstandsassistent erreichte.
Drei Minuten später klingelte Michael Hangls Telefon. Eine Mitarbeiterin des Archivs war abgestellt worden, ihm jegliche erdenkliche Information umgehend zu beschaffen.
»Herr Falk!«, rief der Assistent in den Konferenzraum, dessen Tür er aufgerissen hatte, während die junge Archivarin am anderen Ende der Leitung wartete. »Was suchen wir eigentlich?«
»Außerordentliche Sprengstoffmengen, Betonmengen, Protokolle von großen Betonierungen, vor allem von unerwarteten Schächten, von Felsstürzen während des Baus ... Alles, was mit großen Löchern im Berg zu tun hat.«
Die Archivarin versprach, sich schnellstmöglich mit Ergebnissen zu melden.
Unterdessen kramte Michael Hangl weiter in den Unterlagen. Er zog ganz unten aus seiner Schachtel den Projektplan von 1922 heraus. Der Firma, die ihn erstellt hatte, war es nicht gelungen, genug Geld für den Bau aufzutreiben.
Falk kam gerade wieder aus dem Krisenstabszimmer herüber.
»Schauen Sie mal, Herr Falk. Ein Haltepunkt Höllental wurde hier geplant.«
»Ja, der hat sich in den Karten des Vermessungsamts und des Alpenvereins bis heute gehalten. Frag mich nicht wie, denn gebaut wurde er nicht. Wäre ja auch Blödsinn, die Leute hinten über dem Höllentalferner aussteigen zu lassen. Was hätten die dort sollen?«
»Na ja, was haben die eigentlich auf dem Platt sollen? Damals gab es noch keine Skilifte. Immerhin ist die Höllentalklamm touristisch sehr interessant. Viel interessanter als der Gipfel, wenn man ehrlich ist. Und das Bergwerk dort war damals auch noch in Betrieb, oder?« Michael Hangl zog eine vergilbte dünne

Broschüre des Molybdän-Bergwerks im Höllental aus dem Papierstapel. »Die hatten doch sicher ein Problem, ihre Arbeiter rauf- und runterzubekommen. Ein Zwischenstopp der Zahnradbahn wäre doch für die eine große Erleichterung gewesen.«
»Darum haben sie ja die Knappenhäuser gebaut, die heute noch dort stehen. Die Bergleute haben dort oben gewohnt. Aber du hast recht. Es gab genug Probleme mit der Versorgung der Arbeiter im Winter. Für einen Projektentwickler des Jahres 1922 mag da ein Ausstieg im Tunnel in Richtung Höllental Sinn gemacht haben.«
»Und für einen Terroristen des Jahres 2011, Herr Falk?«
»Wie meinst das?«
»Kommt man da vielleicht heute noch irgendwie ins Höllental? Angenommen, der Tunnel zum Haltepunkt Höllental wurde doch gegraben. Zumindest ein Erkundungsstollen?«
»Hört sich komplett wahnsinnig an. Aber nach dem, was in den letzten vierundzwanzig Stunden an diesem Berg passiert ist, glaube ich auch wieder, dass es den Turmbau zu Babel wirklich gegeben hat. Besorg mir einen dieser Hobbyhöhlenforscher. Ans Telefon oder am besten gleich hierher.«

KAPITEL HUNDERTDREI

Im Tunnel, 12 Uhr 21

Die GSG9-Männer tasteten sich durch den Tunnel nach oben. Sie sicherten jeden Zentimeter der Felswände und des Schotterbetts, in das die Gleise der Zahnradbahn verlegt waren. Sie wollten keine noch so winzige Möglichkeit übersehen, die das Verschwinden mehrerer Menschen in diesem Stollen erklären könnte. Warum war der Funkkontakt zu ihrem Kameraden und zu Kerstin Dembrowski abgerissen?
»Wir haben sie wieder auf dem Schirm. Sie ist irgendwo in diesem Berg«, kam per Funk die Meldung ihres Einsatzleiters. »Zu Ihrem Kameraden weiterhin kein Kontakt.«
Der Kamerad war offenbar ausgeschaltet worden, und die Peilung von Kerstin Dembrowski war über eine halbe Stunde lang ausgefallen. Das verhieß nichts Gutes.
Plötzlich tippte der ganz links im Tunnel gehende Mann seinen Kollegen zur Rechten am Arm und deutete auf ein Loch im Fels. Der niedrige Seitengang musste des Rätsels Lösung sein. Der Strahl ihrer Lampen reichte nicht aus, ein Ende des niedrigen Tunnels zu erkennen. Also musste dort einer rein. Der nach Dienstjahren Jüngste wurde vom Truppführer mit Handzeichen angewiesen, seine Waffe abzulegen und in den Gang zu kriechen. Die anderen sicherten den Haupttunnel nach oben und unten ab.
Nach zwanzig Sekunden kam der junge Beamte rückwärts wieder aus dem Loch gekrochen. Er ächzte und schnaufte, denn mit den Händen zog er einen Mann an den Stiefeln aus dem Felsgang. Als sich der junge Mann im Tunnel wieder erhoben hatte, stand er mit weit aufgerissenen Augen da, deutete auf den Körper, der noch im Tunnel steckte und machte mit der rechten

Handkante eine Schnittbewegung quer über seinen Hals. Schnell zogen zwei andere den Körper des wiedergefundenen Kameraden an dessen Beinen aus dem niedrigen Stollen. Als sie sahen, dass ihm der Kopf abhandengekommen war, stießen selbst die hartgesottenen GSG9-Männer entsetzte Flüche aus.
»Scheiße, was ist in diesem verfickten Berg los?« Der Truppführer brach die verordnete Funkstille. Er musste sich sehr anstrengen, nicht zu brüllen.
»Bericht bitte, Null-Eins«, sagte der Einsatzleiter. Dessen Monitore zeigten zwar die Bilder der Helmkameras, doch auf denen waren im Halbdunkel des Tunnels nur Schemen zu erkennen.
»Haben unseren Null-Zwo in einem Seitengang verloren. Offenbar Feindkontakt. Enthauptet, der Null-Zwo.«
»Bitte wiederholen, Null-Eins.« Die Zweifel des Einsatzleiters waren aus seiner Stimme deutlich herauszuhören.
»Verdammt, da, schau selbst!«, blaffte der Truppführer und leuchtete mit seiner Lampe direkt auf den Halsstumpf des Toten. Er zwang sich, genau hinzusehen, damit seine Helmkamera auch jedes blutige Detail auffing und die Leute am Eibsee und in Berlin alles sahen.
Erst einmal hörte der Truppführer nur ein vielstimmiges »O Gott« in seinem Ohr.
Das reichte ihm nicht. »Ich will jetzt wissen, was hier los ist! Hier gibt es Löcher, die keiner kennt. Könnt ihr uns, verdammt noch mal, mit ordentlichen Infos versorgen, bevor wir hier einzeln abgeschlachtet werden?«
»Ihre Schutzperson ist wieder aufgetaucht. Laut Daten aber zweihundert Höhenmeter über Ihnen. Es muss irgendwelche Gänge und Schächte geben.«
»Großartig. Herzlichen Glückwunsch. Könntet Ihr da bitte mehr in Erfahrung bringen? Wäre außerordentlich hilfreich!«
»Sie gehen jetzt wieder zum Tunnelausgang. Sie werden abgelöst. Bergen Sie den Kameraden. Ende.«

Der Truppführer nickte und sagte ein leises »Verstanden« ins Mikro. Und zu seinem Trupp: »Wer geht da rein und holt den Rest?«
Der junge Kollege trat vor, ließ sich nieder und robbte wieder in den niedrigen Stollen. In der GSG9 war es üblich, einen Job zu Ende zu bringen.

KAPITEL HUNDERTVIER

Eibsee-Hotel, 12 Uhr 23

Ihr Berg ist durchlöchert wie ein Schweizer Käse, Herr Falk, und Sie hatten keine Ahnung davon?«, brüllte BKA-Einsatzleiter Hans-Dieter Schnur den Zugspitzbahnvorstand an. »Ich habe einen Mann der GSG9 verloren. Wissen Sie, wie selten das vorkommt? Das ist bisher nur dreimal passiert. Einmal in Bad Kleinen und zweimal im Irak, wobei einer der Männer noch immer als vermisst gilt. Und jetzt hacken Irre in einem unbekannten Schacht meinem Mann den Kopf ab. Dafür mache ich Sie persönlich verantwortlich!«
August Falk dachte nicht daran, die Schuld an der undurchsichtigen Situation auf sich zu nehmen. Und schon gar nicht die an dem Tod eines Kommandopolizisten. »Was heißt da ›mein Berg‹? Der Berg gehört dem Staat, uns gehören die Betriebsanlagen. Wir müssen jede Schraube, die wir im Tunnel in die Wand drehen, beim Landratsamt genehmigen lassen. Dann wird doch das Landratsamt oder die übergeordnete Behörde auch wissen, was hinter der Wand los ist, oder?«
»Geben Sie beide mal Ruhe, so kommen wir nicht weiter!«, mahnte Major Mainhardt. »Herr Falk, es tut mir leid, dass der Kollege Sie so angeht. Sie können ja nichts dafür. Aber Sie wissen nun mal am besten von uns allen über den Berg Bescheid. Seit einer Stunde sehen Sie die alten Unterlagen durch. Was ist da drin los im Berg?«
Falk sah durch das große Fenster des Konferenzraums hilflos den Berg hinauf und holte tief Luft. Dann begann er seine Theorie zu erläutern. »Bitte erklären Sie mich nicht für vollkommen verrückt, meine Herren. Aber es sieht so aus, als hätten unsere Terroristen einen Weg durch den Fels gefunden.«

»Ganz genau so sieht es aus«, setzte der BKA-Mann nach. »Haben Sie auch was Neues für uns?«
»Bitte«, mahnte Major Mainhardt den Mann von der Bundespolizei. Und den Zugspitzbahnchef forderte er auf: »Sprechen Sie einfach weiter, Herr Falk. Wie kommen Sie auf die Idee? Und wieso wussten Sie bislang nichts davon?«
»Wir haben es mit Leuten zu tun, die sich sehr gut mit der Geschichte der Zugspitze und der Bahnen dort auskennen. Das war schon klar, als sie durch das Tunnelfenster die Geisel abgeseilt haben. Die Tunnelfenster sind allerdings allgemein bekannt, von denen kann jeder wissen. Von alten Stollen und Höhlen im Fels weiß aber niemand etwas. Auch im Internet steht kaum etwas darüber. Bei der Projektierung der Zahnradbahn vor fast einhundert Jahren gab es wohl mehrere Planungen, mehrere Tunnelverläufe wurden angedacht und auch Haltestellen mit Fenstern nach draußen, die dann nicht umgesetzt wurden. Aber wie es aussieht, sind damals doch einige dieser geplanten Stollen in den Fels getrieben worden. Zur Erkundung oder warum auch immer. In unseren Aufzeichnungen steht nichts darüber. Und dann gibt's auch noch natürliche Höhlen. Wie wir wissen, ist das Wettersteingebirge ein sehr karstiges Gebirge. Das ist alles Muschelkalk, hoch verpresstes Sedimentgestein, durchsetzt mit Kreideschichten. Kreide ist wasserlöslich, und so bilden sich Höhlen. Natürlich nicht von heute auf morgen, sondern in geologischen Zeiträumen. In Hunderttausenden von Jahren. Millionen von Jahren. Und wir wissen, dass beim Bau des Zahnradtunnels Höhlen angeschnitten wurden. Die wurden aber schon damals mit Abraummaterial verfüllt und mit Beton ausgekleidet. Als wir vor einigen Jahren den neuen Rosi-Tunnel gegraben haben, sind wir auch auf so eine Höhle gestoßen. Eine Felsspalte, die siebzig Meter nach unten ging. Wir haben sie mit Beton abgedeckt, und so ist nie ein Mensch in dieses Höhlensystem eingedrungen. Wir haben keine Ahnung, wie es dort unten aussieht. Niemand hat

eine Ahnung davon. Und jetzt bitte ich Sie noch einmal zu berücksichtigen, dass das auch nicht unser Job ist. Wir sorgen dafür, dass jedes Jahr Hunderttausende von Menschen sicher auf die Zugspitze und wieder nach unten kommen. Wir halten die Bahnen in Schuss und sprengen Lawinen. Wir walzen die Piste für die Skifahrer. Auf Höhlen im Berg haben wir einfach nie geachtet. Keiner hat an sie gedacht. Ich auch nicht. Zugegeben.«

»Passt schon, Herr Falk, in den Szenarien der Terrorschützer haben sie auch keine Rolle gespielt«, beruhigte der Bundeswehroffizier. »Ich wohne und arbeite hier seit über vierzig Jahren, aber von Höhlen im Zugspitzmassiv höre ich heute zum ersten Mal.«

»Es gibt doch diese Höhlenkletterer hier«, erinnerte sich Katastrophenschützer Hans Rothier. »Wissen die nichts?«

»Einen gibt es, der auf seiner Homepage verbreitet, er sei mal in eine Zugspitzhöhle reingeklettert«, erklärte August Falk. »Den versuchen wir gerade zu erreichen. Ich hoffe nur, dass das kein Spinner ist.«

»Denken Sie weiter, Herr Falk«, drängte Major Mainhardt. »Was kann passieren? Wo können die rauskommen? Welche Möglichkeiten gibt es?«

»Puuuh. Eigentlich können die überall rauskommen. Es gibt ja ein paar bekannte Höhlen, die außen liegen. Die sind zwar alle erforscht, und keine geht tief in den Fels, soweit ich weiß, aber das Gelände ist riesig. Und mit ein bisschen Sprengstoff kann man sich auch neue Gänge schaffen.«

»Okay. Wir müssen alle möglichen Ausgänge absichern. Wenn der Höhlenmensch sich meldet, will ich den auch sprechen. Weiter im Text. Noch irgendwelche Löcher im Käse?«

»Nur bekannte. Das Höllentalbergwerk.«

»Das was?«, brüllte Hans-Dieter Schnur wieder los. »Das wird ja immer lustiger. Es gibt auch noch ein Bergwerk? Und das sagen Sie jetzt erst?«

»Das ist seit 1925 geschlossen. Molybdän wurde da abgebaut. Hat man im Ersten Weltkrieg zum Härten von Stahl gebraucht, dann nicht mehr. Die Firma ist pleitegegangen. Das Bergwerk ist verfallen«, versuchte Falk, die Einsatzleiter zu beruhigen.
»Wo ist dieses verdammte Bergwerk? Zeigen Sie es auf der Karte!«
»Hier hinten, auf der anderen Seite des Höllentals. Und wesentlich weiter nördlich, ewig weit weg von unserem Tunnel. Da kann es keine Verbindung geben.«
»Sicher?«
»Was ist schon sicher?«, fragte Falk.
»Gibt's da Pläne?«, mischte sich Rothier ein. »Wir vom Katastrophenschutz haben keine. Das Ding ist seit fast hundert Jahren zugeschüttet.«
»Eine alte Broschüre«, antwortete Falk und hielt sie hoch. »Darin ist die Rede von einem Stollen, der durch den gesamten Waxenstein getrieben werden sollte, aber nicht zu Ende gebaut wurde. Wäre auch viel zu weit unten, als dass es eine Verbindung zu unserem Tunnel geben könnte.«
»Aber besteht nicht die Möglichkeit, dass die künstlichen Stollen des Bergwerks – oder der Bergwerke, wenn wir genau sind – mit den natürlichen Höhlen verbunden wurden?«, insistierte Major Mainhardt.
»Ich bin kein Geologe, meine Herren«, erinnerte August Falk und seufzte tief. »Ich bin Maschinenbauer. Ich weiß genauso viel wie Sie, nämlich nichts.« Er war am Ende. Er öffnete eine Flasche lauwarmen Orangensaft und stürzte den Inhalt in einem Zug hinunter.

KAPITEL HUNDERTFÜNF

Im Tunnel, 12 Uhr 25

Thien sah durch das Seitenfenster des Waggons eine Person, die ihm bisher noch nicht aufgefallen war. Sie war zierlich, trug einen roten Overall und inspizierte in Begleitung von drei bewaffneten Geiselnehmern den Zug. Es war eine Frau, die schweigend die Waggons abschritt, hinter dem Zug kehrtmachte und wieder nach vorn ging. Wo kam die auf einmal her? Und wieso war sie nicht vermummt? Gehörte sie gar nicht zu den Geiselnehmern, sondern war jemand von draußen? Eine Unterhändlerin? Wie in Gottes Namen war sie in den Tunnel gelangt? Hatten sie die Felsstürze beiseitegeräumt? Oder war die Frau durch das Tunnelfenster geklettert? In diesem Fall musste sie eine ausgezeichnete Alpinistin sein.
Ihre Ausrüstung, vor allem ihre Schuhe, sahen allerdings nicht danach aus. Zudem war ihr roter Overall, das hatte Thien genau gesehen, mit Schlamm verschmutzt. So sah man eher aus, wenn man durch eine Höhle gekrochen war, dachte Thien, und nicht, wenn man eine verschneite Steilwand nach oben geklettert war.
Er blickte fragend zu Craig hinüber, doch der konnte sich auf das Auftauchen dieser Frau auch keinen Reim machen. Er meldete sich aber beim Bewacher im Waggon, weil er angeblich pinkeln müsste. Wahrscheinlich wollte er sich draußen genauer umsehen. Der Wunsch wurde ihm auch prompt gewährt.
Thien wunderte sich, dass Craig nicht wie all die anderen Geiseln, die während der letzten vierundzwanzig Stunden austreten mussten, nach hinten geführt wurde. Diesmal kam einer der Geiselnehmer und holte Craig nach vorn. Was hatte das nun zu bedeuten? Waren hinter dem Zug die hygienischen Zustände mittlerweile so arg, dass sich die Leute nun vor dem Zug er-

leichtern sollten? Doch warum sollte das diese Verbrecher kümmern? Oder sollte Craig der Frau im roten Overall als Geisel präsentiert werden?

Thien zwang sich, seine Neugierde und Ungeduld zu bezähmen. Jetzt Krawall zu schlagen würde vielleicht kurz vor Ende der Geiselnahme alles gefährden. Oder dachte er sich die Situation damit nur schön? Wurde er Opfer der Hoffnungsfalle, die Menschen in bedrohlichen Situationen so lange nichts unternehmen ließ, bis es zu spät war? Sollte er einfach den Mann, der zwei Meter von ihm entfernt stand, mit der Kamera niederschlagen, aus dem Wagen springen und hinter dem Zug das MG unter seine Kontrolle bringen?

Die Geiselnehmer waren abgelenkt, die Gelegenheit war günstig. Auch der Mann in den schwarzen Klamotten achtete eher drauf, was sich vor dem Zug um die Frau im roten Overall tat. Ja, jetzt oder nie. Was wusste Thien, wer diese Frau war und was sie vorhatte. Vielleicht war sie sogar die Anführerin und hatte sich die ganze Zeit über unter den Fahrgästen versteckt.

Er würde jetzt handeln. Seit vierundzwanzig Stunden saßen sie alle hier fest. Es stank erbärmlich. Er kämpfte seit einem ganzen Tag gegen die anschwellenden Klaustrophobieanfälle an. Er musste hier raus. Am Ende würden diese gewissenlosen Schweinehunde sie doch alle abschlachten. Wie den Mann, dessen Blut dort drüben noch am Boden zu sehen war. Oder man würde sie aus dem Tunnelfenster werfen wie den Jungen, der vollgepisst neben ihm hockte und nur noch vor sich hin bibberte.

Diese Mistkerle hatten genug Leute drangsaliert. Terrorisiert. Traumatisiert. Jetzt. Musste. Etwas. Geschehen.

Thien beschloss, nur noch kurz zu warten, bis Craig zurückkommen würde. In dem Moment, wenn sich der Bewacher zur Wagentür umdrehte, um den wieder einsteigenden Craig in Empfang zu nehmen, würde Thien dem Mann mit der Nikon den Schädel einschlagen. Wenn das hier schon das Ende war, dann würde er wenigstens einen dieser Dreckskerle mitnehmen.

Aber – und das musste Thien nur intensiv genug visualisieren – er würde mit seiner Aktion Erfolg haben. Er würde den Bewacher im Zug ausschalten, und denjenigen, der Craig zurückbrachte, würde Craig umlegen, erwürgen, erschlagen oder was auch immer. Dann würden sie nach hinten laufen und den Mann im MG-Nest umbringen, und wer dann auch immer von den Terroristen nach hinten kommen würde, sie würden ihn ummähen. Zu zweit könnten sie es lange dort hinten aushalten. Verdammt lange.
Aber da war Craigs Frau. Verdammt. Die musste mit. Die saß seit vierundzwanzig Stunden gottergeben neben ihrem Mann und betete still einen Rosenkranz und ein Vaterunser nach dem anderen. Wenn sie hier im Zug bliebe, würden die Geiselnehmer sie sofort töten oder so lange foltern, bis Craig und er aufgeben würden. Nein, die Frau durfte nicht bleiben!
Sollte er sie vorwarnen? Nein, er konnte sie nicht einschätzen. Und an der Blinzelkommunikation zwischen Thien und Craig hatte sie sich nie beteiligt. Wahrscheinlich war sie einfach eine träge amerikanische Seniorin. Sie wäre ein Hemmschuh und keine Hilfe. Aber die durfte nicht bleiben.
Thien brach vor lauter Anspannung der Schweiß aus. Er zählte die Sekunden. Der Moment der Entscheidung rückte unaufhaltsam näher, Craig würde jeden Moment zurück in den Waggon gebracht werden.
Thien spannte jeden Muskel seines durchtrainierten Körpers einmal fest an und ließ wieder locker. Dann spannte er wieder an und ließ wieder locker. Und dann noch einmal. Nach vierundzwanzig Stunden Rumsitzerei musste er seine Muskeln beweglich machen.
Von vorn hörte er knirschende Schritte, die sich näherten. Es war so weit, sie brachten Craig zurück. Thien sah durch das Zugfenster einen schwarzen Schatten herankommen, der zu einem der Geiselnehmer gehörte.
Aber der Mann kam allein – er führte nicht Craig vor sich her. Hatten sie ihn dort vorn umgebracht?

Thiens Puls schlug knapp unter zweihundert. Das Blut pochte in seinen Schläfen. Er lauerte wie eine Katze vor dem Sprung auf die Maus. Wann würde er endlich loslegen können?
Der Mann in Schwarz stieg in den Waggon. Thiens Nerven waren zum Zerreißen angespannt. In den Schlitzen der schwarzen Maske erkannte Thien zwei kohlrabenschwarze Pupillen. Sie waren auf ihn gerichtet. Der Mann starrte Thien genau in die Augen. Dann streckte er die rechte Hand aus und deutete mit dem Zeigefinger direkt auf ihn.
»Thien Hung Baumgartner. Follow me.«

KAPITEL HUNDERTSECHS

Eibsee-Hotel, 12 Uhr 30

Der Höhlenkletterer ist in Florida. Wir versuchen ihn ans Telefon zu bekommen«, ließ Michael Hangl verlauten.
»Großartig. Der einzige Mensch, der sich mit den Löchern in diesem Berg auskennt, ist auf der anderen Seite der Welt«, maulte BKA-Mann Hans-Dieter Schnur. »Es muss doch auch richtige Geologen geben, die sich mit diesem Gebirge befasst haben, und nicht nur so einen Hobby-Typen. Es gibt doch Landesämter und was weiß ich. Es gibt doch alles in Deutschland. Für jeden Scheißdreck gibt es doch eine Behörde. Und ihr erzählt mir, dass keiner was über Bergwerke und Höhlen in Deutschlands höchstem Berg weiß?«
»Es ist nun mal so. Interessiert keinen. Unseren Tunnel, den gibt's jetzt seit achtzig Jahren. Und die Erzvorkommen, die überall im Berg vorhanden sind, sind wohl nicht der Ausbeutung wert. Waren sie ja damals schon nicht, sonst wäre das Bergwerk ja nicht bereits 1925 pleitegegangen«, erläuterte August Falk. »Für Wissenschaftler ist das Innere unseres Berges einfach ausgeforscht. Dafür gibt es keine Forschungsgelder. Wie heißt's so schön: Wir sind auf erdbebensicherem Gebiet. Anders sieht es mit der Luft über unserem Berg aus: Die Forschungsstation Schneefernerhaus ist gut gebucht. Klima und Atmosphäre sind Trend, nicht die Erde.«
»Der Höhlenforscher. Wir haben ihn. König heißt der Mann. Paul König«, meldete sich Michael Hangl aus dem Nebenraum. August Falk drückte die Lautsprechertaste seines Telefons, damit jeder im Konferenzraum mithören konnte. Ohne Umschweife kam er zur Sache: »Herr König, ich weiß, bei Ihnen in Florida ist es jetzt mitten in der Nacht. Danke, dass Sie zur

Verfügung stehen. Wir brauchen dringend Ihr Wissen. Was können Sie uns über die Höhlensysteme im Zugspitzmassiv sagen?«

Der Hobbyhöhlenforscher hatte eine vom Schlaf belegte Stimme, aber im Kopf war er hellwach. »Ich kann Ihnen das sagen, was ich seit zwanzig Jahren sage: dass es aller Wahrscheinlichkeit nach ein riesiges System gibt, das das ganze Massiv durchzieht. Der ganze Wasserabflauf des Zugspitzplatts muss ja irgendwo hin. Da es keine überirdischen Flüsse gibt, muss es unterirdische geben. Erst im Reintal, wo die Partnach entspringt, kommt das Wasser an die Oberfläche. Und im Höllental, wo sich die Quelle des Hammersbachs findet. Aber diese beiden Flüsse, so beeindruckend ihre Klammen auch sein mögen, können gar nicht das ganze Wasser abführen, das auf der gigantischen Fläche des Zugspitzplatts niedergeht. Es gibt also Abläufe, die uns noch völlig unbekannt sind. Die von zweitausendsechshundert Metern hinunter ins Grundwasser unter dem Garmisch-Partenkirchner Talkessel oder nach Süden in den Ehrwalder Kessel führen. Vielleicht gibt es auch riesige Seen unter dem Platt. Irgendwo baut sich ein solches System auch Zwischenspeicher. Also, wenn Sie mich fragen: Sie können unterirdisch von der Zugspitze bis ins Reintal gelangen, wenn Sie den Weg kennen.«

»Warum hat das nie jemand erforscht?«, fragte Major Mainhardt.

»Hat man ja gemacht. Teilweise halt, wo man's brauchte. Wie Sie wissen, gibt es den Zahnradbahnstollen, den Bergwerksstollen; dort wurden natürlich vor hundert Jahren für die damalige Zeit sehr anständige geologische Gutachten erstellt. Doch von der Zeit vorher gibt's keine Aufzeichnungen. Erz wurde im Höllental schon vor fünfhundert Jahren abgebaut, zur Bleigewinnung vor allem. Aber die haben sich halt einfach reingegraben damals. Das ist alles komplett in Vergessenheit geraten.«

»Soll das heißen, dass es auch von Menschen gebaute Stollen aus dem Mittelalter gibt, die uns unbekannt sind?«, fragte der Soldat.
»Wie Sie so richtig sagen, die uns unbekannt sind. Wissen tut niemand nix, aber die gibt's wahrscheinlich. Weil es im Mittelalter in Grainau im Tal Erzhütten gab. Urkundlich erwähnt. Aber wo genau dort oben man das Erz ausgegraben hat: unbekannt. Ganz Bayern und Österreich sind von unbekannten Stollen durchzogen. Teilweise aus prähistorischer Zeit. Von denen, die bekannt sind, weiß man oft gar nicht, warum sie gegraben wurden. Schon mal etwas von Erdställen gehört? Die sind teilweise mit kilometerlangen unterirdischen Gängen verbunden. Da gibt es sogar aktuelle Literatur drüber. Übrigens von einem österreichischen Hobbyhöhlenforscherpaar, wenn ich das anmerken darf.«
»Na prima!« BKA-Mann Schnur starrte durchs Fenster hinüber auf das Zugspitzmassiv. »Stollen aus der Steinzeit! Wahrscheinlich hat da der Ötzi schon gegraben.«

KAPITEL HUNDERTSIEBEN

Garmisch-Partenkirchen, Oktober 2011

Mittlerweile waren die *Indianer*, wie die Arbeiter der Bayerischen Zugspitzbahn ihre südamerikanischen Kollegen nannten, unter der Belegschaft respektiert und anerkannt. Den Sommer über hatten Pedros Leute als Aushilfen angefangen und die Jobs erledigt, die keiner gern annahm: nachts, wenn die Zahnradbahn nicht fuhr, Gleise ausbessern, Stützen der Seilbahn anmalen, wann immer der nasse Sommer das Aufbringen von Farbe in einhundert Meter Höhe erlaubte. Das waren die Aufgaben, bei denen sich die Höhenfestigkeit und Schwindelfreiheit der neuen Kollegen bestens bewährte. Dass sie für Minimallohn arbeiteten, freute obendrein den Personalchef. Doch auch die Dinge, die nicht nur ungern vom Stammpersonal erledigt, sondern die grundsätzlich den Aushilfen aufgebrummt wurden, übernahmen die Indianer ohne Murren und mit großem Einsatzwillen: Das Entleeren der Fäkalientanks der Gipfelstation gehörte genauso dazu wie die Kontrolle der armdicken Stahlkabel, mit denen die Gipfelstation an den Fels befestigt war. Diese Kontrollen mussten in vierzehntägigem Rhythmus erfolgen, und man musste sich dafür bei Wind und Wetter in die Steilwand begeben, um die Seile Zentimeter für Zentimeter in Augenschein zu nehmen. Die Indianer erledigten diese Aufgabe auch bei Schneetreiben und Eishagel, der auf dreitausend Metern auch im August auftrat.
Pedro und Mi Pueblo kannten die Zugspitze und die auf ihr angebrachten Gebäude und Anlagen nach diesem Sommer besser als viele der Zugspitzbahner. Die konzentrierten sich zumeist nur auf ihren angestammten Arbeitsbereich. Die Zahnradbahner kannten sich mit dem Tunnel und der Zahnradstre-

cke aus, die Seilbahner mit der Seilbahn und die Liftler mit ihren Skiliften.
In dieser Reihenfolge verlief auch die Hierarchie Deutschlands höchster Bahnbediensteter. Die Zahnradbahner waren die ungekrönten Könige. Sie waren die Ersten gewesen und bedienten sich noch immer einer Technik, die knapp einhundert Jahre alt war. Die Seilbahner standen auf Rang zwei. Sie waren stolz darauf, dass ihre auch schon fünfzig Jahre alte Bahn nach wie vor die längste freie Seilstrecke der Welt zwischen zwei Stützen aufweisen konnte, auch wenn ihnen die österreichischen Kollegen mit ihren modernen und anderthalbfach größeren Gondeln mittlerweile den Rang hinsichtlich der Passagierzahlen abgelaufen hatten.
Weiter unten in der Hierarchie standen die Liftler und Streckerer, die im Winter die Skilifte bedienten, aber auch nachts mit den schweren Pistenraupen für das Glätten des durch die Touristenscharen zu Buckeln gefahrenen Schnees zuständig waren. Eine Sonderstellung unter ihnen genossen die Sprengmeister, die die Lawinen beseitigten. Sie mussten oft nachts und in aller Herrgottsfrühe raus und sich dann durch meterhohen Neuschnee kämpfen, um ihre Ladungen an den richtigen Stellen an den Sprengbahnen anzubringen und zur Explosion zu bringen. Das Fußvolk der Zugspitzbahner waren die Angestellten in den Gastronomiebetrieben und Kiosken auf dem Gipfel. Sie mussten mit den frühesten Seilbahnen hoch, um oben ihren Dienst anzutreten. Doch regelmäßig kam es vor, dass morgens um sieben eine mit den *Kocherln* beladene und abfahrbereite Seilbahngondel durch das Kommando »Gastros raus!« geleert wurde, weil ein paar der Bahner ungestört und exklusiv nach oben fahren wollten. Dann standen die frierenden Bedienungen und Kellner eine weitere Viertel- oder halbe Stunde in der Talstation am Eibsee im Freien, bis die nächste Bahn nach oben fuhr.
Sich als Ausländer in die Hackordnung dieses Arbeitsbiotops einzugliedern war die eigentliche Leistung von Pedros Truppe.

Sie hatten sich auch sprachlich auf den Einsatz in Deutschland ausreichend vorbereitet, und die zusätzlichen Fachausdrücke, die sie ihnen im Jemen nicht vermittelt hatten, lernten sie schnell dazu. Der Personalvorstand spielte schon mit dem Gedanken, dem einen oder anderen der Indianer das Studium auszureden und ihm einen festen Job anzubieten. Besonders der Anführer der Truppe, dieser Pedro, brachte alles mit, um es am Berg zu etwas zu bringen. Er hätte schnell Vorarbeiter werden und, wer weiß, in ein paar Jahren auch eine leitende Position in der Verwaltung ergattern können.

Pedro sprach perfekt Englisch, Spanisch sowieso, und Grundlagen des Deutschen hatte er in jungen Jahren schon von Missionaren in seiner Heimat gelernt, wie er dem Personaler erzählte, als er wieder einmal einen neuen Kollegen aus seiner Heimat vorstellte.

Der Personalchef hatte den neuen Mann in Pedros Trupp mit Kusshand genommen. Es war mittlerweile der zwölfte Student aus Peru, den Pedro bei der Zugspitzbahn unterbrachte. Mit ihm zusammen arbeiteten also dreizehn »Indianer« als Aushilfen an, in und um Deutschlands höchsten Berg. Nach dem kurzen Kennenlernen des neuen Mannes schickte der Personaler diesen vor die Tür, um noch ein Wort mit Pedro unter vier Augen zu bereden. Er bot ihm ohne große Umschweife eine Festanstellung in der Betriebstechnik an. Zu einem Monatsgehalt, für das in seiner Heimat ein Mann zwei Jahre arbeiten musste. Doch Pedro wolle unbedingt sein Ingenieurstudium beenden, sagte er, um in seiner Heimat beim Aufbau helfen zu können.

Im Herbst, nachdem die Touristen den goldenen Oktober im Werdenfelser Land genossen hatten, standen die Revisionsarbeiten bei den Bergbahnen an. Die strengen Prüfer des Eisenbahnbundesamts und des Technischen Überwachungsvereins nahmen die Anlagen gründlich unter die Lupe, bevor Hunderttausende von Skifahrern diesen Konstruktionen ihr Leben an-

vertrauten. Die Anlagen der Bayerischen Zugspitzbahn galten schon immer als mustergültig gewartet und gepflegt, doch in diesem Jahr muteten die Prüfberichte wie Schulzeugnisse von Einserschülern an; die Prüfingenieure stellten reihenweise das Prädikat »wie fabrikneu« aus.
Der Personalchef wusste, dass Pedro und seine Männer einen Großteil dieses Kompliments verdient hatten. Er nahm sich vor, auf der Weihnachtsfeier aller Mitarbeiter Pedro dem Chef vorzustellen. Vielleicht konnte der ihn ja dazu bewegen, noch einmal über das Angebot nachzudenken und in Garmisch-Partenkirchen eine neue Heimat zu finden.

KAPITEL HUNDERTACHT

Bundeskanzleramt, 12 Uhr 30

Was is nu, bekommen wir diese ultraschwarze Karte oder nicht?« Die Kanzlerin wollte die Situation so schnell wie möglich regeln. Immer mehr Staaten gaben offizielle Stellungnahmen, in denen sie den Terrorismus im Allgemeinen und die Tat in Garmisch-Partenkirchen im Besonderen verurteilten. Einige der Staatenlenker konnten es sich nicht verbeißen, der Bundesrepublik Deutschland Hilfe anzubieten. Wenn das ein Industrieland gegenüber einem Dritte-Welt-Land im Fall einer Naturkatastrophe tat, war das ein Akt der Verbundenheit. Wenn das ein Land wie Pakistan Deutschland gegenüber tat, war das ein Ausdruck von Hohn. Für die Kanzlerin war die Geschichte auf der Zugspitze längst zum Gradmesser ihrer Durchsetzungsfähigkeit geworden. Bei den nächsten Wahlen wie auch – was ihr noch viel wichtiger war – auf internationalem Parkett würde ihre Fähigkeit, mit dieser Lage umzugehen, streng bewertet werden.

Bisher hatten sich die deutschen Behörden und Sicherheitskräfte nicht besonders mit Ruhm bekleckert. Da durfte die Welt nicht auch noch erfahren, dass der deutsche Verteidigungsminister hilflos auf dem Berg festsaß. Gut, den Bayerischen Ministerpräsidenten, den kannte ja keiner außerhalb der eigenen Republik. Außerdem war es um den widerborstigen, stets aufsässigen Starrkopf, der der Kanzlerin schon so viele schlaflose Nächte bereitet hatte, auch nicht wirklich schade. Aber das Ansehen des jungen aufstrebenden Verteidigungsministers sollte nicht durch diese Affäre beschädigt werden.

»Unex in New York muss erst den Vorstandsvorsitzenden auftreiben. Der ist auf den Bahamas im Winterurlaub«, berichtete

der Staatssekretär des Innern, dessen Dienstherr ebenfalls noch im Urlaub weilte, ebenso wie der Außenminister. Beide wollten innerhalb dieses Tages die Heimreise antreten, um der Kanzlerin »zur Seite zu stehen«, wie sie es genannt hatten. Sie hoffte, bis dahin alle Probleme gelöst zu haben. Große Hilfe versprach sie sich von den beiden Herren nicht.
»Mein Gott, sind denn alle auf diesem Planeten in Urlaub?«, motzte die Kanzlerin.
»Ich habe persönlich in seinem Hotel angerufen«, rechtfertigte sich der Staatssekretär, »aber die Hotelangestellten haben sich zuerst nicht getraut, ihn zu wecken. Als ich ihnen endlich klarmachen konnte, wer ich bin und dass es um Leben und Tod geht, haben sie an der Tür seiner Suite geklopft. Leider war er nicht da. Seine Frau wusste nicht, wo er nächtigt. Sie führen wohl eine ... sagen wir, offene Ehe.«
»Auch das noch!«, empörte sich die Grünen-Vorsitzende. »Es darf doch nicht sein, dass Terroristen fünftausend Geiseln länger als nötig festhalten, weil sich der CEO einer amerikanischen Kreditkartenfirma durch die Bahamas vögelt!«
»Ist aber so«, bemerkte die Kanzlerin emotionslos. Seit sie während des Weltwirtschaftsforums in Davos eine Hoteletage mit dem französischen und dem italienischen Regierungschef geteilt hatte, wunderte sie in dieser Beziehung gar nichts mehr.
»Ist ja klar, dass das bei der Bank für Gemeinsinn, bei der Sie Ihre reichhaltigen Diäten in Windkraft anlegen, nicht passiert. Der Vorstand einer Öko-Bank fährt über Weihnachten sicher mit dem Zug nach Damp. Wie unsexy.«
»Muss ich mir das hier ...«, begann die Grünen-Chefin aufgebracht.
Sie wurde vom Referenten des Innenministers unterbrochen, der, mit einem Notizblock wedelnd, in den Konferenzraum lief.
»Wir bekommen die Ultraschwarze!«, rief er in die Runde. »In dem Moment, in dem das Gold im Schweizer Bunker quittiert wird, schicken sie einen Flieger los.«

»Von wo?«, fragte sein Staatssekretär.
»Haben sie nicht gesagt. Aber er kann in einer Stunde in München landen!«
»Also stellen sie diese Karten irgendwo bei uns in der Nähe her«, bemerkte die Kanzlerin.
»Wie dem auch sei«, sagte der Staatssekretär. »Hauptsache, wir haben die Karte!«
»Na, Sie machen mir Spaß. Hauptsache, wir sind wieder 'ne gute Milliarde los, oder wie meinen Sie das? Und das alles nur, weil das Innenministerium die Terrorgefahr unterschätzt hat!« Der aufgestaute Ärger der Kanzlerin entlud sich über dem Stellvertreter ihres Ministers. »Aber da werden wir aufräumen, das kann ich Ihnen versprechen. Und von wegen Kleiner Lauschangriff. Ich werde Sicherheitsgesetze durch den Bundestag und den Bundesrat prügeln, die Sie sich in ihrer Schärfe bisher nicht vorstellen konnten. Das haben Sie jetzt alle von Ihrer Weichspülermentalität.« Sie fing sich wieder. Die Dinge mussten der Reihe nach erledigt werden: erst die Terroristen, dann die Gesetze. »Ich weise hiermit die Lieferung von Gold im Wert von eins Komma drei eins zwo fünf Milliarden Euro an das Lager der Unex Corporation im Atombunker der Firma SecureSwiss in Uri an.«
Sie klappte die schwarze Lederschreibmappe auf, in der das vorbereitete Dokument lag, schraubte den Füllfederhalter auf und unterzeichnete. Dann wartete sie kurz, bis die Tinte angetrocknet war, und richtete den Blick in die Runde.
»Und auch wenn das kein Gesetz so vorsieht: Ich möchte, dass dieses Dokument von den anwesenden Ministern und den Spitzen der Fraktionen des Deutschen Bundestages mit unterzeichnet wird.« Mit diesen Worten schob sie die Mappe nach links zu ihrem Sitznachbarn, dem Staatssekretär des Innern, weiter.

KAPITEL HUNDERTNEUN

Waggon der Zugspitzbahn, 12 Uhr 40

Sie brachten Thien nach vorn, wo Craig zwischen sechs der Geiselnehmer und der Frau im roten Overall stand.
»Craig Hargraves, mein Name«, stellte sich der ältere Amerikaner auf Deutsch vor. Sie hatten seit vierundzwanzig Stunden gemeinsam im Waggon ausgehalten und mit ihrer Augenmorserei miteinander kommuniziert. Da war es Zeit, sich die Hand zu geben und die Stimme des anderen zu hören.
»Thien Hung Baumgartner. Ich verstehe nicht, was hier passiert.« Thien kam die eigene Stimme nach so langer Schweigezeit fremd vor.
»Herr Baumgartner, ich bin Kapitän zur See Kerstin Dembrowski von der deutschen Bundesmarine«, brachte sich die junge Frau im roten Overall ins Spiel. »Ich bin die von der deutschen Bundeskanzlerin beauftragte Unterhändlerin in dieser Angelegenheit.«
»Aha. Von der Bundesmarine«, stammelte er. »Ich verstehe immer noch nicht.«
»Herr Hargraves hat angeboten, sich und seine Frau als Pfand im Austausch gegen die restlichen Geiseln anzubieten. Er ist amerikanischer Staatsbürger und bekleidet einen hohen Rang in einer US-Regierungsorganisation. Seine Frau auch. Die Geiselnehmer sind bereit zu einem Austausch, wenn sich zu dem amerikanischen Freiwilligen auch noch ein Einheimischer meldet.«
»Und da dachte ich an Sie, lieber Thien«, fügte Craig hinzu.
»Moment, das geht mir alles ein bisserl zu schnell hier«, sagte Thien ebenso verwundert wie erschrocken. »Wo kommen Sie eigentlich her? Und in welcher Regierungsorganisation ist der Mann hier?« Thien erschien das alles so skurril, dass er sich in

einem Traum wähnte. Er stieß sich den Daumennagel in den Zeigefinger und spürte Schmerz. Es schien so, als sei er wach. War er vielleicht verrückt geworden? Träumte er einen Wachtraum? Halluzinierte er?
»Für Erklärungen haben wir jetzt keine Zeit«, sagte die Frau in Rot. »Wichtig ist, dass die Leute aus dem Zug freikommen. Wären Sie dazu bereit, mit dem Ehepaar Hargraves hier in der Obhut der Geiselnehmer zu bleiben?«
»Obhut ist gut!« Thien dachte daran, was seit der Einsprengung des Zuges alles passiert war. Wie sie das Mädchen geholt hatten, wie sie den Mann erschossen hatten, wie sie den Buben aus dem Tunnelfenster gehalten hatten. Nein, Fürsorge konnte man das bestimmt nicht nennen.
Andererseits würde sich seine persönliche Situation auch nicht dramatisch verschlechtern, wenn er hierbliebe. Er würde weiterhin eine Geisel dieser Verbrecher sein, so wie schon während der letzten vierundzwanzig Stunden. Sein persönlicher Einsatz war also sehr gering. Doch dieser Einsatz würde zweihundert Menschen die Freiheit schenken.
Er dachte an seine Kindheit, an seine Flucht über das chinesische Meer und wie sich die Menschen in dem Rettungsboot um ihn, das ihnen völlig fremde Kind, gekümmert hatten. Wie man ihn in Deutschland aufgenommen und ihm eine neue Heimat gegeben hatte. Jetzt konnte er sich dafür revanchieren. Beim Schicksal. Bei Gott. Oder einfach beim Glück.
»Okay, ich mache es. Aber nur unter der Bedingung, dass Sie …«
»Keine Bedingung«, fiel ihm Kerstin Dembrowski ins Wort. »Sie bleiben hier, die anderen gehen.«
»Na gut. Was ist mit Ihnen?«
»Ich bleibe auch.«
Das war eigentlich die Bedingung gewesen, die Thien hatte stellen wollen. Er hatte Gefallen an der forschen jungen Unterhändlerin gefunden. Es wäre zu schade gewesen, hätte er nicht die Gelegenheit bekommen, sie ein wenig näher kennenzulernen.

KAPITEL HUNDERTZEHN

Schneefernerhaus, 12 Uhr 52

Markus Denninger stand wieder hinter seinem Funker. Der Generalinspekteur persönlich wollte auf der verschlüsselten Frequenz mit ihm sprechen. »Herr Hauptfeldwebel, Sie müssen Ihre Leute strategisch um den ganzen Berg herum positionieren. Wir haben gesicherte Informationen, dass die Terroristen ein weitläufiges Höhlensystem im Zugspitzmassiv ausfindig gemacht haben und sehr wahrscheinlich auf diesem Weg abrücken wollen. Ich möchte, dass Sie an allen denkbaren Wegen, die der Gegner nehmen kann, Aufstellung nehmen.«
Markus Denninger zweifelte, dass sein Zug allein diese Aufgabe bewältigen könnte, und ließ dies seinen obersten Dienstherrn auch wissen. »Zu Befehl, Herr General. Ich bitte nur zu bedenken, dass ich insgesamt nur gut hundert Leute habe und das Gelände über vier Quadratkilometer groß und keine Ebene ist.«
»Denninger, das ist Ihr Problem. Verstärkung aus der Luft können wir Ihnen nicht geben, solange die Terroristen nicht ausgeschaltet sind, und dann brauchen Sie die wohl kaum noch. Sie müssen dafür sorgen, dass sich diese Leute nicht absetzen können. Keiner von ihnen. Mit aller Konsequenz müssen Sie das verhindern. Haben Sie das verstanden?«
Denninger schluckte. Er hatte erneut einen Schießbefehl erhalten.
»Zu Befehl, Herr General. Gegner ausschalten. Verstanden.«
Das Gespräch wurde beendet. Denninger funkte an seinen Stab, dass er sofort eine verschlüsselte Verbindung mit dem Eibsee-Hotel benötigte. Zwei Minuten später hörte er Major Mainhardts Stimme in seinem Kopfhörer. »Denninger, was ist los bei euch dort oben?«

»Melde gehorsamst, Herr Major, haben Lage der Zivilisten unter Kontrolle. Solange es zu essen und zu trinken gibt, ist die Situation hier stabil.«

»Höre, ihr habt 'nen Spezialjob bekommen. Dürft jetzt also aufhören, holländischen Skihaserln den Tee zu kochen«, höhnte der Major.

Markus Denninger überhörte die Bemerkung. »Wir brauchen dringend Informationen über diese Höhlen. Wir müssen uns in Richtung aller möglichen Fluchtwege in Marsch setzen.«

»Aber das ist doch ganz einfach. Wer auch immer weg will, muss zum Schluss die üblichen Wege, die ins Tal führen, nutzen. Es reicht also, wenn ihr euch im Reintal, im Höllental, an der Riffelriss, am Gatterl und an der Wiener-Neustädter Hütte postiert. Dann habt ihr den Berg sozusagen umzingelt. Eigentlich braucht ihr euch nur auf die bekanntesten Wander- und Bergbahnparkplätze zu stellen. Die müssen ja irgendwie weg.«

»Melde gehorsamst, Herr Major, haben anderslautenden Befehl.«

»Ich weiß schon, welchen Befehl Sie haben. Das haben die Berliner uns netterweise auch gesagt. Der Hochzug spielt also jetzt KSK und GSG9 gleichzeitig. Mahlzeit. Ich sag's Ihnen, Denninger, wenn da was schiefgeht, sind Sie dran!«

»Zu Befehl, Herr Major. Erbitte erneut Informationen über Höhlensysteme.«

»Ist schon gut, Denninger, setzen Sie sich nur über die Meinung eines Ihnen direkt überstellten Offiziers hinweg. Sie sollen ihn haben, ihren Höhlenforscher. Aber der weiß auch nichts Genaues.«

Es knackte ein paarmal im Kopfhörer, dann war Markus Denninger mit einem ihm unbekannten Mann verbunden. »Paul König hier«, meldete der sich.

»Hauptfeldwebel Markus Denninger, Gebirgsjägerbataillon zweihundertdreiunddreißig. Können Sie mir in drei Sätzen sagen, wo Menschen, die sich im Zahnradbahntunnel eingesprengt haben, wieder aus ihm herauskommen?«

»Ich werd's versuchen. Erstens durch die Tunnelfenster zum Eibsee hinunter«, begann König sein Kurzreferat.
»Die haben wir im Visier. Scharfschützen sind rings um den Eibsee verteilt, die holen auch einen Kletterer aus der Wand.«
»Durch ein Höhlensystem unter dem Platt ins Reintal; da gibt es sicher eine Verbindung zur Höhle am Partnachursprung. Aber die Wahrscheinlichkeit, dort hinzugelangen, liegt bei unter einem Prozent.«
»Warum?«
»Weil es das Höhlensystem zwar mit Sicherheit gibt, aber es noch nicht erforscht ist. Da kommen sie vielleicht rein, aber sie bleiben mit ziemlicher Sicherheit stecken, müssen durch Siphons tauchen, oder sie verlaufen sich ganz einfach. Das System ist riesig. Unterirdische Seen, Bassins, Dome, dann wieder engste Gänge. Ich würde mich da nicht reintrauen.«
»Aber grundsätzlich ist es möglich«, kürzte Denninger ab.
»Was ist mit dem Höllentalbergwerk?«
»Das ist Blödsinn. Unmöglich. Zu weit weg. Die müssten da ja unter der Höllentalklamm durch. Halte ich für ausgeschlossen.«
»*Ist* es ausgeschlossen?«
»Nach dem, was ich mittlerweile erfahren habe, haben wir es mit bergmännisch erfahrenen Leuten zu tun. Vielleicht gibt es für die eine Chance von eins zu einer Million oder weniger, dass sie einen Weg durch die Waxensteine hinüber zum Bergwerk gefunden haben. Aber selbst wenn, die Stollen sind auf weiten Strecken eingestürzt. Seit neunzig Jahren ist das Bergwerk aufgelassen. Sich darin zu bewegen ist glatter Selbstmord.«
»Danke, das reicht. Sie haben mir sehr geholfen«, sagte Denninger.
»Stopp, es gibt natürlich noch einen vierten Weg. Wenn sie es schaffen, in den alten Zahnradstollen zu kommen, der unter dem Schneefernerhaus endet, können sie von dort durch den Kammstollen ins alte Kammhotel.«

»Danke, der Weg ist bekannt.« Denninger war ihn erst an diesem Morgen selbst gegangen. Und einer der Indios auch, wie er wusste. Er hatte ihn schließlich erschossen.
Denninger wusste jetzt, wo er seine Leute zu postieren hatte. Bei diesem Gegner lag das Unwahrscheinlichste am nächsten. Also tippte er auf eine fünfzigprozentige Chance, dass die Terroristen über das Höllental abtauchen wollten, auf eine fünfundzwanzigprozentige, dass sie den Weg hinüber ins Reintal gefunden hatten, und eine zwanzigprozentige, dass sie den Weg durch Schneefernerhaus und Kammhotel benutzen wollten. Die restlichen fünf Prozent setzte er auf den Fluchtweg durch das Tunnelfenster.
Entsprechend dieser Wahrscheinlichkeiten verteilte er seine einhundert Leute. Das Problem war, dass selbst die Elitesoldaten des Hochgebirgszugs mehrere Stunden brauchen würden, bis sie die vermeintlichen Ausstiege der Terroristen erreichten. Am schnellsten ging es natürlich hinüber zum Kammhotel. Da dort sowieso der Ami saß und Denninger die Möglichkeit mit nur zwanzig Prozent einschätzte, schickte er zehn seiner jüngeren Männer dorthin. Sie erhielten Befehl, das Kammhotel auf keinen Fall zu betreten, aber niemanden durchzulassen, in welche Richtung auch immer.
Zwanzig Mann schickte er hinunter ins Reintal. Sie sollten den Partnachursprung und die dortige Höhle sichern. Der Einsatzort war auf Ski in einer guten Stunde zu erreichen. Dreißig Mann wurden in Richtung Höllental in Marsch gesetzt. Sie mussten den Zugspitzgipfel überqueren und den im Sommer von täglich Tausenden von Bergsteigern benutzten eisenbewehrten Aufstiegsweg hinunter. Das war für die Militär-Alpinisten technisch kein Problem, dauerte aber aufgrund der hohen Schneeverwehungen, die sich auf der windabgewandten Seite des Berges befanden, seine Zeit. Er rechnete mit drei Stunden, bis seine Männer das alte Bergwerk erreichen würden.

Zwanzig Mann sicherten das Schneefernerhaus und den Tunnel hinüber zum Kammhotel. Die Tunnelfenster vernachlässigte Markus Denninger. Erstens hätten seine Leute diese Seite des Berges nur über lange Umwege durch die Täler erreicht, und zweitens wachten dort sowieso die Scharfschützen und die normalen Gebirgsjäger. Die Chance, dass die Terroristen dort herauskämen, war nach seinen Überlegungen verschwindend gering.
Er selbst stieg mit den übrigen zwanzig Männern hinauf in die Gipfelstationen. Wenn die Spekulationen, die er vorhin mit dem Amerikaner im Kammhotel gesponnen hatte, zutrafen, würden die Terroristen dort auftauchen.

KAPITEL HUNDERTELF

Langley, CIA-Zentrale, 7:00 a.m. Ostküstenzeit

Ich höre.« Chuck Bouvier hatte jenen Mann am Apparat, der in der Nacht den Einsatz im bolivianischen Hochland geleitet hatte.
»Wir haben hier oben alles auf den Kopf gestellt. Die Schulen, in die er gegangen ist, die Häuser der Familien seiner Freunde. Und natürlich auch die Hütte, in der sie sich getroffen haben. Wir haben die Mütter und Schwestern in die Mangel genommen. Väter gibt es in den wenigsten Fällen.«
»Erzählen Sie, was Sie herausgefunden haben. Ich weiß, wie die Lage der Familien in Bolivien ist. Und ich weiß vor allem auch, wie ein sehr dringender und sehr spezieller Rechercheauftrag erledigt wird. Ersparen Sie mir Details über Ihre Verhörmethoden.« Hätte Chuck Bouvier nicht den Eindruck gehabt, dass genau dieser Mann, den er gerade am Telefon hatte, diesen Job mit äußerster Effektivität und Gründlichkeit erledigen würde – beides zusammen war in diesem Fall das Synonym für *Brutalität* –, hätte er ihn nicht losgeschickt.
»Na ja, Chuck, ich sage es Ihnen ungern: Sie sind verarscht worden. Und zwar richtig. Die sind keine Islamisten.«
Chuck Bouvier verschüttete die Hälfte seiner Double Skim Milk Mocca Vanilla Latte, die er eben an den Mund hatte führen wollen, und bekleckerte sein kariertes Hemd.
»Shit!«
»Das ist das Mindeste. Ich würde sagen: Bullshit.«
»Mann, geben Sie schon Gas! Wenn ich was versaut habe, dann will ich auch wissen, was!«, brüllte Bouvier in den abgegriffenen Hörer.
»Okay, die ganze Wahrheit, Chuck, *in a nutshell:* Pedro ver-

steht sich als Freiheitskämpfer für das Volk der Aymara und Quechua. Den Islamisten mimt er nur. Damit ihn die Al-Qaida zum Guerillero ausbildet. Das hat ja so weit funktioniert. Nur, dass die Al-Qaida wir waren ...«
»Machen Sie schon, Mann, das weiß ich alles!«
»Er hat sich eine Theorie zusammengezimmert, ein Mischmasch, bestehend aus der Mythologie der indigenen Völker, dem Katholizismus und dem Sozialismus. Er will die Ausbeutung seines Landes durch die Europäer seit dem fünfzehnten Jahrhundert rächen. Er will die Europäer bestrafen und davon abhalten, den nächsten Rohstoffschatz einfach mitzunehmen.«
»Muss ich das verstehen?«
»Es ist ganz einfach, Chuck. Das Silber, das die Spanier ab dem fünfzehnten Jahrhundert in Massen abgebaut haben, um ihren Wohlstand zu finanzieren, stammt aus dem Berg bei Potosí, wo Pedros Familie herkommt. Er hat sich die ganze Geschichte der Kolonialisierung sehr genau angesehen und nicht nur gelesen, dass beim Silberabbau rund acht Millionen seiner Vorfahren umgekommen sind, sondern dass auch die Holländer, Engländer und Deutschen die Nutznießer dieses Silberklaus waren. Denn während die Spanier den Reichtum vor allem nutzten, um dekadent zu werden, organisierten ihnen die Nordeuropäer den Handel mit Südamerika und investierten das damit verdiente Geld in die Industrialisierung. Deswegen haben die Bolivianer heute Salz, die Spanier Tomaten und die Deutschen Mercedes und Siemens. Das ist so ungefähr die Sichtweise unseres Pedro. Oder Abdullah, wie Sie wollen. Und übrigens sehen das auch die Leute rings um den Salar de Uyuni so. Die lernen das mittlerweile auch von ihrem Staatschef, diesem linken Präsidenten. Pedro hat das nur schon viel früher erkannt und sich wohl seit zehn Jahren auf den Kampf vorbereitet. Wir haben in seiner Hütte auf dem Salzsee versteckte Tagebücher gefunden. Sind gut erhalten. Hier gibt es kein Wasser, es ist absolut trocken. Ein Manifest hat der Mann geschrieben, das eigentlich auch von

seinem Präsidenten stammen könnte. Dessen neue Magna Charta, die er gerade zum Gesetz gemacht hat, liest sich ganz ähnlich. Nur, dass es der Präsident auf politischem Weg versucht und Pedro auf dem der Gewalt. Er will die Leute rings um den Salzsee bewaffnen und sie in den Kampf führen.«
»Kampf gegen Europa? Ist das nicht ein bisschen weit weg? Und nur wegen der alten Silbergeschichte?«
»Die alte Silbergeschichte hat sich mit Zinn, Kautschuk und Öl fortgesetzt bis weit in unser Jahrhundert. Immer kamen ausländische Unternehmen, kauften die Rohstoffe für ein Butterbrot von den korrupten Regierungen und schafften sie in ihre Länder, wo sie sie veredelten und mit weit höheren Gewinnen weiterverkauften. Also, um ehrlich zu sein, Chuck: Wir haben da auch kräftig mitgemischt. Damit soll jetzt Schluss sein. Denn diesmal geht es um einen Stoff, den die Industrienationen dringend und in gigantischen Mengen benötigen, um ihre Elektronik- und Autoindustrie am Laufen zu halten: Lithium.«
»Das Zeugs aus den Batterien?«
»Genau das. Die Hälfte des Weltvorkommens wird in der Salzschicht des Salar de Uyuni vermutet. Das will Pedro für sein Volk. Und dazu braucht er Geld. Und deswegen erpresst er Deutschland.«
»Aber wenn der Staatspräsident das Gleiche will, dann muss Pedro doch nicht diesen irrsinnigen Kampf führen«, wandte Chuck Bouvier ein. In der nächsten Sekunde wurde ihm klar, welch naive Ansicht er da ausgesprochen hatte. Er korrigierte sich schnell: »Wobei, wer weiß, wie lange es den Präsidenten noch gibt, wenn er uns sein Lithium nicht geben will.«
»Richtig. Wir beide müssen nicht darüber sprechen, wie lange die Halbwertszeit eines südamerikanischen Präsidenten ist. Durch die neue Magna Charta wurde bisher verhindert, dass ein einziges Gramm Lithium an eine andere Nation verkauft wurde. Weder an die Chinesen noch an die Europäer noch an uns. Für uns ist das eigentlich die beste Ausgangslage. Denn

solange kein anderer den Fuß in der Tür hat, sind wir nun mal die nächsten Nachbarn.«

»Und wir haben diesen neuen Che auch noch ausgebildet ...«, murmelte Bouvier.

»Na ja, Chuck, er ist nicht der erste Revolutionär, den wir ausbilden und der dann aus dem Ruder läuft. Nehmen Sie's nicht zu schwer.«

Der Agentenführer musste nicht näher darauf eingehen, dass die Taliban in Afghanistan von den Amerikanern ausgebildet und bewaffnet worden waren, als die Russen in den Achtzigern das Land besetzt hielten. Und das war nur eins von vielen Beispielen für Interventionen der CIA, die sich später als kapitale Fehler erwiesen hatten.

Die Leichtigkeit allerdings, mit der der Agentenführer am anderen Ende der Verbindung die Situation beschrieb, wollte sich in Chuck Bouviers Gedanken nicht einstellen. Seine Karriere und seine Pension standen auf dem Spiel. Er hatte einen riesigen Bock geschossen. Er hatte nicht aufgepasst. Er hätte Pedro und seine Leute noch gründlicher checken sollen, bevor er ihn zu Abdullah machte.

Nun war es zu spät. Er musste mit der Situation umgehen. Sie umdrehen. Vielleicht ließ sich aus der Sache für die Vereinigten Staaten von Amerika noch größerer Nutzen schlagen als der, den eine verängstigte deutsche Bevölkerung mit sich gebracht hätte.

Er verabschiedete sich mit einem »Danke, bleiben Sie einsatzbereit!« von seinem Gesprächspartner und griff zu einem anderen, zu einem dunkelroten Telefon.

KAPITEL HUNDERTZWÖLF

Firma SecureSwiss, Kanton Uri, 13 Uhr 15

In einem Berg im Kanton Uri befand sich einer der sichersten Plätze der Welt. Gebaut in den frühen 1940ern als Rückzugsort für den Schweizer Bundesrat aus Angst vor einmarschierenden Nazis und später atombombensicher gemacht, war die riesige Anlage »gegen jede militärische sowie zivile Bedrohung wie Unwetter, Hochwasser, Erdbeben und elektromagnetische Strahlen resistent«, wie die Werbung des Unternehmens SecureSwiss betonte.

Viel mehr ließ das Unternehmen nicht über sich oder gar über seine Kundschaft aus aller Welt auf seiner Internetseite verlauten. Nur, dass man »absolute Sicherheit für Wertgegenstände und Daten von institutionellen wie privaten Kunden« biete. Und sollte trotzdem eintreten, was gar nicht eintreten könnte, nämlich ein Verlust der eingelagerten Gegenstände, käme eine Versicherung für den vollen Schaden auf. Man brauchte allerdings recht viel Fantasie, um sich ein Szenario auszumalen, bei dem zwar der in den Berg gebaute Atombunker von SecureSwiss zerstört wurde, das aber eine Versicherungsgesellschaft, egal, welche auf der Welt, überstand. Und es war zudem fraglich, ob nach einem solchen Ereignis die Eigentümer der vernichteten oder beschädigten Wertgegenstände noch für eine Auszahlung der Versicherungssumme zur Verfügung standen, ob es sie dann überhaupt noch gab.

Das steigende Sicherheitsbedürfnis der Reichen und Superreichen hatte das Unternehmen SecureSwiss schnell wachsen lassen. Immer mehr Besitzer von Kunstgegenständen, Schmuck, Gold und Diamanten misstrauten den Schließfächern und Tresoren der Banken. Wenn wirklich einmal ein großes Geldinsti-

tut Pleite machte, käme man dann noch an seine eingelagerten Reichtümer heran? Und: Schwiegen sich die Banken wirklich darüber aus, wer was bei ihnen untergebracht hatte?
Darüber hinaus misstrauten immer mehr Betreiber von Datenzentren ihrer eigenen IT-Sicherheit. Deshalb glich ein Teil des Bunkers von SecureSwiss einem sehr großen und sehr exklusiven Trödelladen und der andere einem Computerraum in einem Science-Fiction-Film der siebziger Jahre des letzten Jahrhunderts. Ein zufälliger Besucher der Anlage hätte sich wohl nicht besonders gewundert, wäre er Goldfinger oder Dr. No auf einem Spaziergang durch die unendlich scheinenden Gänge zwischen den verriegelten Abteilen der Wertlagerstätte begegnet. Nur gab es hier keine zufälligen Besucher. Der unterirdische Komplex wurde von einer Privatarmee gesichert.
Die Goldmenge, die an diesem frühen Nachmittag von einem Abteil des Bunkers in einen anderen transportiert wurde, war für die Arbeiter von SecureSwiss nicht besonders beeindruckend. Drei Tonnen Gold passten in Barrenform auf zwei der Spezialpaletten aus Edelstahl, die für den Goldtransport weltweit als Standard verwendet wurden. Das Gold wurde aus einem der Abteile, die die Bundesrepublik Deutschland hier angemietet hatte, in eines der Abteile der Unex International Corporation nur wenige Meter entfernt gefahren.
Der Transfer dauerte keine zehn Minuten. Alle Daten der beteiligten Mitarbeiter, des Tauschzeitpunktes und die Unterschriften zweier SecureSwiss-Prokuristen wurden zusammen mit einer Videoaufzeichnung des Transports umgehend verschlüsselt und nach Berlin ins Kanzleramt und auf die Kaimaninseln zur Unex Ultra International Corporation gemailt. Damit war der Weg frei für die Ausstellung der ultraschwarzen Unex-Karte und die Freilassung der über fünftausend Menschen in und auf der Zugspitze.

KAPITEL HUNDERTDREIZEHN

Eibsee-Hotel, 13 Uhr 30

Das Bild auf der Leinwand im Konferenzraum »Forelle« flackerte, dann erschien im Browserfenster der Website »www.2962amsl.com« wieder eine Videoübertragung aus dem Tunnel. Von einem grellen Baustrahler ausgeleuchtet, sah man das vordere Ende der eingesprengten Zahnradbahn, vor der eine Gruppe von zehn Menschen Aufstellung genommen hatte. Das Bild sahen natürlich nicht nur die Mitglieder des Krisenstabes, sondern alle Internetnutzer weltweit auf der Website »www.2962amsl.com«.
Die Gruppe bestand aus sechs Männern in schwarzer Kleidung und mit Sturmhauben und Maschinenpistolen, einer Frau in einem dreckverschmierten roten Overall und drei Zivilisten, davon zwei offenbar ältere Ausflügler in Winterwanderkleidung und ein Skifahrer.
Die Kamera zoomte sich an die Gruppe heran. Kerstin Dembrowski bekam von der Seite ein Zeichen und fing an zu sprechen: »Mein Name ist Kapitän zur See Kerstin Dembrowski. Ich bin die Unterhändlerin der Bundesrepublik Deutschland. Ich habe folgende Mitteilung der Gruppe ›Mautinī‹ an die Welt.« Sie zog einen zusammengefalteten DIN-A4-Zettel aus der Brusttasche ihres Overalls. »Wir, die Gruppe Mautinī, sind enttäuscht von dem Verhalten des amerikanischen Präsidenten, seiner Weigerung, unseren Brüdern, die ungerechtfertigt und illegal als Gefangene in den Foltergefängnissen der USA festgehalten werden, unverzüglich die Freiheit wiederzugeben. Dennoch erkennen wir den guten Willen der deutschen Regierung. Wir möchten unsererseits ein Zeichen unseres guten Willens setzen und lassen die Menschen in diesem Zug frei. Wir werden

das in dem Moment tun, in dem der erste Teil unserer Forderung erfüllt ist. Wir behalten die Menschen auf dem Gipfel der Zugspitze jedoch in unserer Obhut. Auch, wenn wir nicht mehr da sein werden, müssen sie als Pfand auf dem Gipfel bleiben, bis der amerikanische Präsident unsere Brüder aus der illegalen Gefangenschaft entlassen hat. Wir haben Vorkehrungen getroffen, die uns jederzeit in die Lage versetzen, das Leben der Menschen auf dem Gipfel auszulöschen. So, wie sich der amerikanische Präsident das Recht nimmt, unsere Brüder mit dem Tode zu bedrohen, bedrohen wir auch das Leben dieser Menschen. Es ist an der Gemeinschaft aller Staaten, die ihre Bürger auf dem Gipfel der Zugspitze wissen, sich beim amerikanischen Präsidenten für eine Freilassung unserer Brüder einzusetzen. Des Weiteren behalten wir einen Vertreter der amerikanischen Regierung und einen deutschen Bürger bei uns, bis wir ein sicheres Land erreicht haben.«

Das Videofenster auf der Leinwand im Konferenzraum »Forelle« und in den ungezählten Browsern der Welt wurde dunkel.

KAPITEL HUNDERTVIERZEHN

Bundeskanzleramt, 13 Uhr 40

Das hat sie doch ganz hervorragend hingekriegt, unsere Kapitänin Dembrowski!« Die Kanzlerin strahlte in die Runde.
»Mit Verlaub, Frau Bundeskanzlerin, aber noch sind diese zweihundert Menschen nicht aus dem Tunnel raus«, erinnerte der Staatssekretär des Innern. »Und dann sitzen da auch noch immer fünftausend in den Gipfelstationen. Was die wohl meinen mit ›Vorkehrungen getroffen‹?«
Er war sich nicht sicher, ob das wirklich gute Nachrichten waren, die da aus dem Zugspitztunnel kamen. Das war für seinen Geschmack alles ein wenig zu glatt gelaufen. Allein die kurze Verhandlung, die Frau Dembrowski mit den Geiselnehmern geführt hatte und die alle im Kanzleramt und im Krisenstab vor Ort über ihre in die Brille eingearbeiteten Kameras live mitverfolgt hatten, war ja ein beinahe freundschaftliches Gespräch gewesen. Und dann dieser Amerikaner, der sich freiwillig als Geisel anbot. Von einer »US-Regierungsorganisation« sollte der sein. Und seine Frau ebenfalls. Von welcher wohl? Der einzige Mensch, der ihm auf den Bildern, die die Dembrowski-Kameras übertragen hatten, noch ganz normal vorgekommen war, war dieser Einheimische, dabei war der schon seltsam genug: ein Vietnamese aus Partenkirchen.
Nun gut, wenn Islamisten wie Indios aussahen, durften Urbayern auch wie Vietnamesen aussehen. Man lebte eben im Zeitalter der Globalisierung. Keine dreißig Sekunden, nachdem Thien Hung Baumgartner seinen Namen genannt hatte, waren alle Daten, die die Melderegister, der Zoll, Fluggesellschaften und Handyprovider über ihn gespeichert hatten, auf dem Schirm.

Der Mann war ein unbescholtener Bürger, der sehr viel in der Welt herumgekommen war. Meistens in Ländern, aus denen keine islamistische Bedrohung kam. Für den Staatssekretär des Innern und für die Spitzenbeamten von BKA und BND war der Mann sauber.
»Was heißt eigentlich dieses ›Mautinī‹?«, fragte die Kanzlerin in die Runde.
»Ich hab's gegoogelt«, gab der Innenstaatssekretär beflissen Auskunft. Ist Arabisch für »Meine Heimat«. Die Nationalhymne des Irak heißt so.

Der Generalinspekteur ließ sich mit Oberstleutnant Bernrieder in Mittenwald und Major Mainhardt am Eibsee verbinden.
»Meine Herren, Sie haben es gehört. Wenn das kein Bluff ist, kommen jetzt bald zweihundert traumatisierte Geiseln zu Ihnen. Ich möchte, dass Sie die höchst professionell versorgen, gemeinsam mit der Polizei und den Krisenkräften. Die Katastrophenschützer sollen ihre Infotelefonnummern doppelt besetzen. Viele der Angehörigen der auf dem Gipfel Eingeschlossenen werden hoffen, dass ihre Leute im Zug saßen. Sie werden alle anrufen. Also sorgen Sie dafür, dass wir einen guten Job machen.«
Unisono kam ein »Zu Befehl!« aus den Leitungen.
»Gut. Und jetzt bitte ich Sie, gemeinsam mit den Spezialisten der Zugspitzbahn nachzudenken: Wie wollen die Terroristen entkommen? Und was noch wichtiger ist: Wie können sie das Leben der Menschen auf dem Gipfel gefährden, wenn sie nicht mehr da sind? Ich gehe auch hier nicht davon aus, dass die bluffen. Die haben uns schon gezeigt, was sie können.«
»Wir haben alle möglichen Fluchtwege mit Jägern des Hochzugs besetzt, beziehungsweise sind gerade im Begriff, dies zu tun. Allerdings bedeutet das, dass wir außer einer Handvoll Männer keine Einsatzkräfte mehr auf dem Gipfel haben, und die bewachen den Verteidigungsminister. Wir haben auch schon

alles nach Sprengstoff untersucht. Zumindest alles, an was wir rangekommen sind. Natürlich haben wir nicht die sechs bis acht Meter hohen Schneemassen rund um die Gipfelstation durchwühlt. Das wäre technisch mit fünfhundert Mann auch nicht machbar. Dieser Schnee geht nur weg, wenn er schmilzt.«
»Sie werden Ihr Bestes gegeben haben. Ich hoffe, das reicht. Und was den BMV angeht: Der bleibt so lange in diesem Schneefernerhaus, bis zu einhundertfünfzig Prozent gesichert ist, dass keine Gefahr mehr besteht. Erst auf meinen persönlichen Befehl – ich wiederhole: ausschließlich auf meinen persönlichen Befehl – wird der BMV aus dem Haus bewegt.«
Wieder erklang ein zweistimmiges »Zu Befehl!«
»Und stellen Sie sich darauf ein, dass Sie es mit einem Trupp von überdrehten Koka-Konsumenten zu tun haben, wenn Sie in direkten Kontakt mit denen treten sollten. Aber das weiß Ihr Zugführer Denninger ja bereits.«
Diesmal sagten die beiden Männer gleichzeitig: »Wie bitte?«
»Die Indios. Hauptfeldwebel Denninger hat uns gemeldet, dass er bei seiner von mir persönlich angeordneten Kommandoaktion den Bazooka-Schützen erledigt hat. Und dass das ein indigen südamerikanisch aussehender Kerl war. Und er hat auf dem Weg zu diesem Einsatz schon einen anderen von der Bande umgelegt, und das war auch ein indigener Südamerikaner. Der hatte sogar seine Kokablätter bei sich.«
Daraufhin sagten die beiden Gebirgsjäger-Offiziere gar nichts mehr. In die Pause hinein funkte der verunsicherte Generalinspekteur: »Hallo? Sind Sie noch da? Oberstleutnant Bernrieder, warum sagen Sie denn nichts?«
»Herr Generalinspekteur, ich muss leider Meldung machen, dass wir diese Informationen aus Berlin nie bekommen haben.«
»Aber ... das sollte doch per verschlüsselter Mail an Kapitän Dembrowski ...«
»Die steckt seit Stunden im Berg, wie Sie wissen, Herr Generalinspekteur.«

Deutschlands oberster Militär räusperte sich, denn diese Kommunikationspanne war ihm wirklich peinlich. »Wie dem auch sei, es tut ja nichts zur Sache, woher die Leute kommen. Sie sorgen dafür, dass sie nicht verschwinden und dass den Leuten auf dem Gipfel nichts passiert.«

Ein resigniertes doppeltes »Zu Befehl!« wurde nach Berlin übertragen.

Nachdem der Generalinspekteur aus der Leitung war, wechselten Bernrieder und Mainhardt auf die interne Frequenz des Gebirgsjägerstabs.

»Von wegen, tut nichts zur Sache. Natürlich tut es zur Sache, wenn man weiß, ob der Gegner bei einer Bergmission aus den Anden stammt oder aus der Sahara. Alles Sesselfurzer und Nichtskönner!«, schimpfte Major Mainhardt los.

Oberstleutnant Bernrieder wollte sich nicht lange mit Schmähungen der Generalität und des Führungsstabs der Bundeswehr aufhalten. Das wäre reine Zeitverschwendung. Außerdem wusste man nie, wer mithörte. »Sie müssen das dem BKA-Mann vor Ort melden. Er soll die Einreiselisten des Zolls aus dem ganzen letzten Jahr nach einer Gruppe Südamerikaner durchforsten. Und die Mitarbeiterlisten der Zugspitzbahn. Nur so eine Idee. Aber wenn ich Terrorist wäre, würde ich genaue Ortskenntnis erwerben wollen, bevor ich so eine Aktion durchziehe. Die bekomme ich als Arbeiter am ehesten. Und diese Burschen haben exakte Ortskenntnis. Aber vielleicht hat das BKA das alles auch schon gecheckt und lässt uns hier ebenso in Unkenntnis wie unsere Führung.« Diesen Seitenhieb konnte er sich doch nicht verkneifen.

KAPITEL HUNDERTFÜNFZEHN

Fliegerhorst Penzing, 14 Uhr 15

Die mattschwarze Gulfstream G550 mit der goldlackierten Kennung U-NEX und der Flagge der Kaiman-Inseln am Leitwerk setzte sanft auf der Landebahn des Fliegerhorsts Penzing auf. Sonst tummelten sich hier wesentlich massigere Flugzeuge. Die guten alten Transall-Maschinen des Lufttransportgeschwaders 61 bekamen hier bis zur endgültigen Ausmusterung ihren Gnadensprit.
Der elegante Jet wirkte reichlich deplaziert auf dem von Zweckbauten und Militärbunkern geprägten Flugplatz. Die Maschine folgte dem Follow-Me-Wagen zu einem der mit olivfarbenem Tarnmuster bemalten Hangars und verschwand in dem geräumigen Halboval aus fünffach armiertem Stahlbeton. Während die Turbinen des Jets ausliefen, schloss sich das riesige Rolltor hinter dem schwarzen Luxusflieger.
Die Einstiegsluke öffnete sich. Der Mann, der die in die Klappe eingelassenen Stufen hinabstieg, war schwarz. Komplett schwarz. Um nicht zu sagen: ultraschwarz. Schwarzer Maßanzug, schwarzes Hemd, schwarze Krawatte, schwarze Schuhe waren zu erwarten gewesen. Aber dieser Mann war darüber hinaus von tiefschwarzer Hautfarbe. In seiner rechten Hand hielt er einen schwarzen Attachékoffer aus ballistischem Nylon, der mit einer mattschwarz lackierten Handschelle an sein linkes Handgelenk gekettet war.
Beinahe hätte Dr. Schwablechner laut gelacht. Er hatte den Job in der Presseabteilung des Ministerpräsidenten bekommen, weil er neben Jura auch ein paar Semester Kommunikationswissenschaften studiert hatte. »Corporate Design« war ihm daher kein Fremdwort. Aber man konnte es damit auch übertreiben, fand Schwablechner beim Anblick dieses Mannes.

Insgeheim war er sehr froh, dass niemand diese Begegnung würde bezeugen könnte. In seinem ein wenig zu kleinen Trachtenanzug, den er seit dem Vortag trug – wie immer, wenn sein Chef und er einen Termin in der oberbayerischen Pampa oder auf dem Oktoberfest hatten –, sah er neben dem perfekt gestylten Mann aus dem Businessjet aus wie ein Bergbauer, der sich auf eine Männermodenschau in Florenz verirrt hatte.
Der ultraschwarze Unex-Mann trat mit federnden Schritten auf ihn zu, blieb dann in einem Sicherheitsabstand von zwei Metern vor Schwablechner stehen und stellte sich in perfektem Deutsch vor: »Ukela Mdbesi, Mitglied der Geschäftsleitung der Unex Ultra International Corporation. Ich freue mich, Ihre Bekanntschaft zu machen.«
»Sehr erfreut. Martin Schwablechner, Bayerische Staatskanzlei. Ich habe die Vollmacht der Bundesregierung, den gewissen Gegenstand entgegenzunehmen.« Mit diesen Worten machte Schwablechner einen Schritt nach vorn und überreichte Mdbesi ein Dokument, das er in einem abgewetzten roten Aktendeckel unter dem linken Arm getragen hatte.
Mdbesi studierte eingehend das Papier, nickte, faltete es zusammen und steckte es in die Innentasche seiner schwarzen Anzugsjacke. »Sehr gut, Herr Dr. Schwablechner. Danke vielmals.«
Martin Schwablechner hatte nur ganz kurz Zeit, sich zu wundern, woher der ultraschwarze Mann seinen akademischen Grad wusste, denn weder hatte er ihn genannt, noch stand er auf dem offiziellen Papier aus Berlin. Seit einiger Zeit wurde allgemein darauf verzichtet, die Doktortitel von Politikern und Regierungsmitarbeitern zu erwähnen. Schwablechner kam zu dem Schluss, dass Organisationen wie die Unex Ultra International Corporation sehr gut informierte Mitarbeiter hatten.
Während Schwablechner darüber nachdachte, tippte Mdbesi mit dem rechten Zeigefinger einen Code in die Handschelle an seiner Linken. Mit einem leisen Surren öffnete sich das Schloss.

Er hielt Schwablechner den Koffer hin. Kaum dass der Ministerialbeamte den schwarzen Ledergriff mit der rechten Hand umschlossen hatte, rastete die schwarze Stahlfessel um seinen Arm ein.
»Danke. Und die Nummer?«
»Ist identisch mit der der Zahlenschlösser am Koffer.«
»Schön, aber wie lautet die?«
»Teilen wir der verehrten Frau Bundeskanzlerin persönlich mit, wenn Sie und der Koffer sich wieder an der Zugspitze befinden. Ab dem Zeitpunkt ist die Karte weltweit einsetzbar. Und die Aktivierung ist irreversibel. Eine Kartensperrung ist nicht vorgesehen.«
»Das heißt, wer auch immer sie besitzt, kann damit kaufen, was er will?«, staunte Schwablechner.
»Was er will, wann er will, wo er will. Dafür bürgen wir. Natürlich nur bis zu einem Limit von fünfhundert Millionen Euro.«
»Selbstverständlich«, tat Schwablechner weltmännisch.
Mdbesi blickte Schwablechner in die Augen. »Ich muss Sie noch mit der wichtigsten Sicherheitsvorrichtung dieses Koffers und der Handschelle vertraut machen. Jeder Versuch, eines der drei Schlösser mit Gewalt zu öffnen, endet mit der thermischen Selbstbehandlung des Koffers und seines Inhalts.«
Dr. Martin Schwablechner hielt den Koffer ein Stück weiter von seinem Körper weg. »Thermische Selbstbehandlung? Sie … Sie meinen, er ver… verbrennt, ohne dass man etwas dagegen tun kann?«
»Korrekt. Innerhalb von Millisekunden und praktisch vollkommen rückstandsfrei. Man könnte den Vorgang umgangssprachlich auch als Explosion bezeichnen. In Wirklichkeit ist es mehr eine Verpuffung, doch das Ergebnis ist das gleiche.«
Schwablechner hielt den Koffer so weit von seinem Körper entfernt, wie er konnte. Er grinste unsicher. »Dann sehe ich mal zu, dass ich das gute Stück schnell überbringe.« Damit wandte er sich zu dem Hubschrauber, der hinter ihm im Hangar stand.

»Eine Sekunde. Eine Quittung bräuchte ich noch, bitte.«
Mdbesi zog einen handelsüblichen Quittungsblock aus dem schwarzen Jackett, legte das Durchschlagpapier an die richtige Stelle und trug als Gegenstand »Ultrablack Card, value € 500,000,000.00« ein. Dann reichte er den Block seinem Gegenüber zur Unterschrift.
Schwablechner versuchte einen Scherz: »Sie enttäuschen mich. Das Papier ist ja weiß!«
»Kein Problem, solange das Gold, das wir von Ihnen erhalten haben, nicht aus schwarzen Parteikassen stammt«, konterte Mdbesi, ohne eine Miene zu verziehen.
Kein Zweifel: Der Mann war gut informiert.

KAPITEL HUNDERTSECHZEHN

Im Tunnel, 14 Uhr 25

Thien stand wie bestellt und nicht abgeholt vor dem Zug und wunderte sich noch immer über das, was er da gerade erlebte. Die Frau seines Blinzelfreunds Craig wurde aus dem Wagen geholt. Sie fiel Craig um den Hals und küsste ihn. Die drei Geiseln und Kerstin Dembrowski wurden von einem der Erpresser mit einer Maschinenpistole in Schach gehalten, während die anderen Geiselnehmer zwischen dem Platz vor dem Zug und dem Stollen zum Tunnelfenster hin und her liefen.
Währenddessen wurde es im Waggon immer unruhiger. Die Menschen hatten mitbekommen, dass drei der Mitgefangenen nach draußen in den Tunnel geholt worden waren, und unterhielten sich leise darüber. Die Bewacher ließen offenbar nicht mehr die Sorgfalt walten, mit der sie in den vergangenen vierundzwanzig Stunden jegliche Unterhaltung unter den Insassen des Zuges unterbunden hatten.
Schließlich kam einer der vermummten Männer auf Kerstin Dembrowski zu und wies sie mit einem Wink mit dem Maschinengewehr an, mit ihm zum Tunnelfenster zu gehen. Beide verschwanden sie in der Kaverne, die zum Abgrund über dem Eibsee führte. Thien dachte nach, ob es noch Sinn machte, loszuschlagen. Leider funktionierte die stille Post mit Craig hier nicht, denn die Vorlage, das Schild des Mazda-Händlers, war weg. Daher hob er die Augenbrauen fragend an und richtete den Blick mehrmals auf den Mann im MG-Nest vor dem Felssturz. Doch Craig schüttelte kaum merklich den Kopf. Thien war enttäuscht. Er hatte sich schon ein bisschen darauf gefreut, diesen Tunnel als Held zu verlassen. Sogar an den Gedanken, dafür Leute töten zu müssen, hatte er sich gewöhnt.

Die Gelegenheit war günstig. Sie müssten nur den Mann, der sie bewachte, ausschalten, seine Maschinenpistole in die Finger bekommen und damit den Kerl in dem MG-Nest abknallen. Sie hätten dann zwei Waffen in ihrer Gewalt und könnten die anderen Terroristen Mann für Mann erledigen, wenn sich einer aus der Kaverne in den Tunnel traute. Es blieb das Risiko, dass die Männer im Zug und der MG-Schütze hinter dem Zug ein Gemetzel unter den Passagieren anrichteten. Das, so vermutete Thien, wollte Craig so kurz vor Ende der Geschichte vermeiden.

Die Frau im roten Overall kam aus dem Seitengang zurück, gefolgt von ihrem Bewacher. »Folgender Plan unserer Gastgeber: Ich werde jetzt hier abgeseilt und bringe den Geiselnehmern einen Gegenstand, der ihnen im Austausch für die Geiseln hier im Zug versprochen wurde. Danach werden wir damit beschäftigt sein, die Gefangenen durch das Tunnelfenster nach unten zu schaffen. Genug Seile und Sitzgurte sind vorhanden. Aber es wird nicht leicht werden. Es gibt sicher ein paar Fahrgäste im Zug, die noch nie eine fast senkrechte Wand von fünfhundert Metern Tiefe hinuntergelassen wurden.«

»Mich zum Beispiel«, warf Thien ein, »zumindest nicht am Seil. Mit Ski wäre das etwas anderes.«

»Um Sie mache ich mir dabei am wenigsten Sorgen«, sagte Kerstin Dembrowski.

»Und die Geiselnehmer?«, kam Thien auf das zurück, was ihn wirklich interessierte.

»Ich schätze, die machen sich aus dem Staub, während wir stundenlang mit dem Abseilen beschäftigt sind. Wohin, haben sie mir allerdings nicht verraten. Es gibt wohl einige unbekannte Wege hier drin. Über einen solchen bin ich ja auch hier hereingekommen.«

»Und wenn wir mit dem Abseilen fertig sind, sind wir dann auch frei?«, hakte Thien nach.

»Ich gehe davon aus. Es wird mindestens sechzehn Stunden

dauern, zweihundert Leute von hier nach unten zu bekommen. Rechnen Sie selbst: pro Person fünf Minuten macht eintausend Minuten.«
»Toller Job – na, servus.«
»Warten wir's ab«, meinte Kerstin Dembrowski. Sie war insgeheim davon überzeugt, dass die Erpresser vorher überwältigt würden und die Geiseln dann auf anderem Wege in die Freiheit gelangen konnten. »Ist jedenfalls besser, als noch einmal vierundzwanzig Stunden in diesem Zug zu sitzen, oder?«
»Solange Sie dabei sind, fühle ich mich gut, was immer auch passiert«, flirtete Thien seine neue Lieblingsheldin an.
Die senkte den Blick nicht einmal, sondern drehte sich nur um und marschierte in Richtung Tunnelfenster davon.

KAPITEL HUNDERTSIEBZEHN

Eibsee-Hotel, 14 Uhr 30

BKA-Mann Schnur reagierte gereizt auf den Vorschlag von Major Mainhardt. Nun schlug schon die Bundeswehr der Polizei vor, wie man die Datenbanken der Rasterfahndung auszuwerten hatte. »Aber natürlich haben wir alle Arbeitskräfte der Zugspitzbahn durchleuchtet. Nichts Verdächtiges dabei. Jede Menge Ausländer, aber nichts über die Maßen Islamistisches. Ein paar Türken sind darunter, das ist alles, und die haben wir längst überprüft. Alle gut integriert, Gastarbeiter, die mit ihren Familien im Umkreis wohnen. Machen Sie sich keine Sorgen.«

»Ach, keine Sorgen sollen wir uns machen? Ich finde, das, was dort drüben in und auf dem Berg vor sich geht, sollte uns schon ein paar kleine Sorgen bereiten. Haben Sie auch die Saisonkräfte gecheckt?«

»Mein sehr verehrter Herr Major Mainhardt, praktisch das gesamte Bundeskriminalamt überprüft seit gestern Mittag unzählige Listen, Ein- und Ausreiseprotokolle, Visa-Anträge, gespeicherte Videoaufzeichnungen von Flughäfen und Bahnhöfen, Handydaten, die wir eigentlich gar nicht speichern dürften ... Ich sage Ihnen: Unseren Datenbankexperten entgeht nichts.«

»Und was ist mit den Saisonkräften der Zugspitzbahn?«, hakte Mainhardt noch einmal nach.

»O Mann, Sie sind aber auch eine harte Nuss. Hier, bitte. Schauen Sie auf meinen Bildschirm, ich habe die Liste offen. Deutsche, Österreicher, Türken, Griechen, Italiener, Spanier, Kroaten, Serben, Engländer. Ganz Europa arbeitet mit vereinten Kräften an diesem Berg. Und ein paar peruanische Studenten ...«

»Sagen Sie das noch mal.« Major Mainhardt glaubte seinen Ohren nicht zu trauen. Seine Augen verengten sich zu schmalen Schlitzen.
Der BKA-Beamte schnaubte. »Deutsche, Österreicher, Türken ...«
»Nein, das mit den Peruanern.«
»Peruanische Studenten. Aushilfskräfte bei der Bahn. Haben Gleise ausgebessert, den Tunnel gesäubert, Fäkalien entsorgt, sind auf den Stützen herumgeklettert, um die anzumalen und ...« Während dieser Aufzählung wurde Schnur leiser und leiser.
Gleichzeitig machte es »Klack« in den Gehirnen beider Männer. Mit einem Ruck zog es sie an die Tastaturen ihrer Laptops, auf die sie wie besessen einhackten. Mainhardt tippte sofort eine Eilmeldung an alle Bundeswehreinheiten, die mit der Sache betraut waren, in den Rechner. Per Funk gab er die Neuigkeit an Oberstleutnant Bernrieder nach Mittenwald durch. Dann sprach er hektisch mit Markus Denninger. »Denninger, Vorsicht, das sind tatsächlich alles Indios, die Sie da im Visier haben. Ich gehe davon aus, dass die klettern wie die Äffchen und eine Höhenkondition wie Dampfloks haben. Außerdem sind sie klein und kommen durch Felsspalten, in denen ihr Brackl mit euren ganzen Gerätschaften sicher stecken bleibt!«
Auch BKA-Mann Schnur telefonierte und funkte gleichzeitig mit Vorgesetzten und Untergebenen in Wiesbaden und München: »Sofort Papiere der peruanischen Aushilfskräfte der Zugspitzbahn checken. Wann, wie, woher sind die eingereist. Wenn Sie das haben, Infos an den BND. Die sollen sich bei denen zu Hause umschauen, wo immer das auch ist. Und ein SEK nach Garmisch an folgende Adresse: Partnachstraße 14, Pension Edelweiß. Gebäude umstellen und alle Anwesenden vorübergehend festnehmen. Spurensicherung rein und die Zimmer der Peruaner auf den Kopf stellen. Wir brauchen Ausweise, Karten, Organigramme, Bücher, Computer ... Alles, woraus man ihre Herkunft und ihre Ziele ablesen könnte. Und natürlich Fingerabdrücke

und DNA. Die sofort mit Hubschrauber nach München zum LKA. Dort alles stehen und liegen lassen. Internationaler Datenabgleich. Europol. FBI. Scotland Yard. Das volle Programm.«

»Das hätte man auch früher haben können«, motzte Mainhardt den Bundespolizisten an, nachdem sie beide ihre Meldungen abgesetzt hatten. Die Nachricht von Hauptfeldwebel Denninger, dass er zwei indigen südamerikanisch aussehende Terroristen erledigt hatte, war zwar in der Befehlskette seiner eigenen Organisation untergegangen, aber als erfahrener Bundeswehrsoldat hielt Mainhardt Angriff immer für die beste Verteidigung.

»Zugegeben, Sie haben recht. Andererseits, was bringt's, dass wir nun wissen, dass die islamistischen Terroristen aus Peru stammen? Auch dort gibt es diese Wahnsinnigen halt mittlerweile.«

»Erstens müssen wir das im Einsatz wissen, weil wir daraus Rückschlüsse auf ihr Verhalten ziehen können. Zum Beispiel wissen wir jetzt, dass sie mit hoher Wahrscheinlichkeit im Bergbau äußerst erfahren sind. Ganz Südamerika ist eine einzige Erzmine. Seit Jahrhunderten. Das weiß ja sogar so ein Kommissschädel wie ich. Zweitens – und das muss ich Ihnen als Polizisten ja nicht sagen – kann es doch sein, dass die nur Islamisten spielen. Solche Leute haben wir doch auf der ganzen Welt, am Horn von Afrika wie auch in Afghanistan. Die mimen doch gern mal die Gotteskrieger, und in Wahrheit wollen sie Geld oder Macht, die Burschen.«

Das Klingeln seines Handys entband Schnur von einer Antwort. »Dr. Schwablechner, wo sind Sie? – Ah, sehr gut. In zehn Minuten hier. – Sehr gut. Danke.« Schnur drückte den roten Knopf seines Mobiltelefons und sagte zu Mainhardt: »Also können wir den Austausch für fünfzehn Uhr ankündigen. Ich informiere den Generalbundesanwalt.«

»Und ich vorsichtshalber den Generalinspekteur. Man weiß ja nicht, ob die beiden miteinander sprechen«, ätzte Major Mainhardt.

KAPITEL HUNDERTACHTZEHN

Bundeskanzleramt, 14 Uhr 34

Peruaner? Islamistische Peruaner? Das ist ja absurd!«, murmelte der Staatssekretär des Innern vor sich hin.
»Die seit Jahrhunderten unterdrückten Völker schlagen zurück. Warum nicht mit der Hilfe einer Religion, die ihnen ein Paradies im Himmel verspricht, wenn sie es auf Erden nicht erreichen?«, philosophierte der Chef der Links-Partei.
»Reicht dazu der Katholizismus nicht aus?«, sagte die Grünen-Chefin.
»Katholizismus kennen die in Südamerika seit fünfhundert Jahren. Ich glaube nicht, dass sie in diese Religion noch viel Vertrauen haben.« Diese Worte kamen von der Kanzlerin.
Ein erstauntes Raunen ging durch die Runde. Von der Vorsitzenden einer C-Partei hätte man dieses Statement nicht erwartet. Auch wenn diese Frau in einem kommunistischen Staat aufgewachsen war.
»Die glauben mehr an Erdgöttinnen und an getrocknete Lamaföten«, konnte der Vorsitzende der Liberalen beitragen. Er hatte kürzlich die Andenstaaten Peru, Bolivien und Chile bereist, um die Kontakte zu diesen rohstoffreichen Ländern zu intensivieren.
»Wie dem auch sei«, beendete die Kanzlerin die Religionsdebatte, »wir haben es offenbar mit peruanischen Staatsangehörigen zu tun. Haben wir den Botschafter schon einbestellt?«
»Der weilt zu Hause auf Heimaturlaub«, konnte der Staatssekretär des Innern berichten.
»Die ganze Welt macht Urlaub«, stöhnte die Kanzlerin, »während ebendiese in die Brüche geht …«
»Aber sein Attaché ist unterwegs«, beschwichtigte der Staatssekretär.

»Gut. Das mit den Peruanern stellt die ganze Aktion natürlich in ein anderes Licht. Ich glaube, die wollen wirklich nur das Geld, beziehungsweise diese Kreditkarte. Wir können also ein bisschen zügiger mit denen umgehen, was meinen Sie, meine Herren?« Damit sprach sie den Generalbundesanwalt und den Generalinspekteur direkt an.
»Es ist nicht ausgeschlossen, dass sie den Gipfel vermint haben«, befürchtete der Generalinspekteur der Bundeswehr. »Ich höre aus Grainau, dass die Peruaner all die schwere Arbeit übernommen haben, die ansonsten niemand gern tut. Die kennen wahrscheinlich jeden Stein und jede Felsnische. Ich wäre vorsichtig.«
»Zum Glück leite ich diesen Einsatz und verantworte ihn auch«, sagte der Generalbundesanwalt. »Ich bin der felsenfesten Überzeugung, dass die Burschen bluffen. Die setzen sich ab, in dem Moment, da sie die Karte haben. Einen Flieger haben sie schon nach Innsbruck bestellt. Damit wollen sie zu irgendeinem der Schurkenstaaten abhauen. Befehl lautet daher: festsetzen und im Notfall liquidieren.« Nach diesen eindeutigen Worten wurde es wieder sehr still im Konferenzraum.
Die Kanzlerin ergriff das Wort. »Ich habe das auch schon mit dem österreichischen Kanzler besprochen. Sollten die Männer bis nach Innsbruck gelangen – was ich für ausgeschlossen halte –, werden sie den Flughafen dort nie verlassen. Die Österreicher haben einen noch größeren Hass auf die Kerle als wir. Die haben ihre Seilbahn in die Luft gesprengt.«

KAPITEL HUNDERTNEUNZEHN

Im Zugspitztunnel, 14 Uhr 40

»Kapitän Dembrowski, Sie bekommen jetzt gleich die Karte geliefert. Wo soll sie hin?«, fragte der Generalinspekteur. Kerstin Dembrowski stand ein wenig abseits von den anderen, aber immer noch im Blick des Bewachers. »Sie haben ja sicher mitgehört. Die wollen mich per Seil die Wand hinablassen. Dort unten soll ich die Karte entgegennehmen, dann ziehen sie mich wieder rauf.«
»Clever, die Burschen. Auf diese Weise sind sie sicher, dass die kein trojanisches Pferd reinholen.«
»Obwohl sie mich und meine Kleidung noch nicht einmal durchsucht haben. Nicht dass ich Wert darauf lege.«
»Ist doch klar. Die wissen ohnehin, dass Sie verkabelt sind, und nutzen Sie sozusagen als Sprachrohr zu uns. Das mit der halben Milliarde wollen sie offenbar nicht über Internet in die ganze Welt posaunen. Und uns ist diese Geheimhaltung auch ganz recht, ehrlich gesagt. Wie ist Ihre Einschätzung, Kapitän Dembrowski? Stellen diese Leute weiterhin eine Bedrohung für die Menschen auf dem Gipfel dar?«
»Sie haben die Sprengstoffkisten doch auf den Bildschirmen gesehen, nehme ich an.« Zur Sicherheit wandte sie den Kopf noch einmal so, dass die beiden Brillenkameras die Aluminiumboxen der Erpresser erfassten. »Keine Ahnung, was es für den Gipfel bedeutet, wenn sie Sprengsätze an entsprechenden Stellen im Berg verteilt haben, aber offenbar gibt es hier mehr Möglichkeiten, rein- und rauszukommen, als wir uns alle vorstellen können.«
»Bekannt. Alle denkbaren Ausstiege werden von der Bundeswehr überwacht.«

»Woher wissen Sie das?«, zweifelte Kerstin Dembrowski.
»Dass die Bundeswehr die bewacht? Weil ich den Befehl dazu gegeben habe!« Der Generalinspekteur fasste die Frage fast als Beleidigung auf.
»Nein, woher wissen Sie, dass Sie alle denkbaren Wege blockieren? Sie meinen die Wege, an die *Sie* denken. Aber auch alle, die die Erpresser kennen?«
Der Generalinspekteur machte eine Pause. Die wertete Kerstin Dembrowski als Zugeständnis dafür, dass sie recht hatte.
»Immerhin wissen wir jetzt, woher sie kommen«, sagte der Generalinspekteur schließlich. »Wir kriegen sie früher oder später. Und wir wissen, wohin sie wollen. Nach Innsbruck, wie Ihnen der Mann vorhin sagte.«
»Glauben Sie denen?« Kerstin Dembrowski wunderte sich über die Blauäugigkeit ihres Befehlshabers.
»Wir wissen, dass sie wegwollen. Das reicht uns. Sie werden aus diesem Berg rauskrabbeln, irgendwo. Und dann gehören sie uns. Auf der deutschen und der österreichischen Seite sind in den Tälern so viele Spezialkräfte versammelt, dass die sich fast gegenseitig auf den Füßen stehen. Machen Sie sich keine Sorgen, Kapitän. Übergeben Sie die Karte, und holen Sie dann die Geiseln sicher raus. Ende.«
Kerstin Dembrowski wollte nur zu gern glauben, dass ihr oberster Boss mit seinen Vorhersagen richtiglag. Sie spürte jedoch, dass die Erpresser ganz andere Pläne hatten.
Nur kurz nach dem Gespräch mit dem Generalinspekteur erhielt sie aus dem Eibsee-Hotel vom dortigen Verbindungsoffizier Major Mainhardt die Nachricht, dass die Karte eingetroffen sei. Der Transport per Raupenfahrzeug dauere zwanzig Minuten, per Helikopter zwei. Die Geiselnehmer sollten entscheiden, welches Transportmittel sie zulassen wollten.
»The Unex card is right down at the hotel«, sagte sie zu demjenigen der Erpresser, der ihr als der Anführer erschien.
»Bring it down there.« Der Mann deutete mit nach unten ge-

richteten Zeigefingern in Richtung der Kaverne, die zum offenen Tunnelfenster führte.
»By snowcat or by helicopter?«
»By foot!«
»That will take a pretty long time. More than an hour, I guess«, wandte Kerstin Dembrowski ein. Sie wollte die Situation im Sinne der Geiseln so schnell wie möglich beenden. Jede Minute, die die Insassen des Zugs mit einer Maschinenpistole bedroht wurden, verlängerte das Risiko für sie unnötig.
»Half an hour. I know exactly how long it takes«, bestimmte der Erpresser.
Kerstin Dembrowski wandte sich von dem Mann ab. »Sie sollen jemanden zu Fuß schicken. Sie geben uns eine halbe Stunde«, sagte sie in das Mikro.
»Ich hab's gehört«, entgegnete Major Mainhardt. »Wir brauchen einen, der mit Tourenski durch den Wald zum Fuß der Westwand rennt. So, wie ich das sehe, bin ich der Einzige hier, der das kann. Ein bissl Bewegung tut mir eh gut. Um fuchzehn fuchzehn Alpha-Zeit stehe ich im Geröllfeld unter der Wand. Horrido!«
Mit dem traditionellen Gruß der Gebirgsjäger konnte die Marineangehörige Dembrowski nichts anfangen. Sie sagte nur ein gänzlich unmilitärisches »Tschüss« ins Mikro am Kragen ihres Overalls.

KAPITEL HUNDERTZWANZIG

Deutschland, 14 Uhr 45

Die Medienmaschinerie lief auf vollen Touren. Auf allen TV-Kanälen wurde das Programm für Live-Schaltungen nach Grainau am Fuß der Zugspitze unterbrochen. Irgendwie war durchgesickert, dass um fünfzehn Uhr ein Großteil der Geiseln freikommen sollte.

Um die Flut der Berichterstatter zu kanalisieren, hatte man in der Nacht eine Gaststätte, die zweihundert Meter Luftlinie vom Eibsee-Hotel entfernt auf einer Anhöhe lag, die Eibsee-Alm, zum Medienzentrum erklärt. Der Platz war ideal, denn das Gebäude war weit genug vom Hotel entfernt. Nachdem die letzten Luxusgäste in andere Häuser umgesiedelt worden waren, war es zur Sperrzone erklärt worden.

Die Alm stand direkt unter der Seilbahn, sodass man von der Terrasse einen direkten Blick bis zur Gipfelstation hatte. Drehte man sich um neunzig Grad nach rechts, sah man Deutschlands schönsten See mit dem Hotel am Ufer, von dem aus über das Wohl und Wehe von fünftausend Menschen verhandelt wurde. Eine bessere *Location* hätte sich kein Drehbuchautor ausdenken können.

Hier wurden die Reporter, Fotografen, Kamera- und Tonleute stationiert. Die Teams mussten sich beim Bayerischen Innenministerium akkreditieren lassen. Wenn sie das geschafft hatten, gelangten sie in Begleitung eines Polizisten durch die Absperrungen, die den gesamten Parkplatz der Zugspitzbahn und das Eibsee-Hotel von der Außenwelt trennten. Einmal im Medienzentrum angekommen, wurden den Bildberichterstattern feste Positionen auf der Terrasse zugeteilt, von denen aus sie ihre Reporter mit der Zugspitze im Rücken filmen durften.

Zwei große Ü-Wagen des Bayerischen Rundfunks standen neben der Gaststätte Eibsee-Alm. Die öffentlich-rechtliche Technik musste von allen, auch den internationalen Teams, genutzt werden, um die Fernsehbilder auf den Satelliten zu schicken. Auf diese Weise konnte man im äußersten Notfall alle Übertragungen auf einen Schlag unterbrechen.
Jegliche Besuche von Presseleuten im Eibsee-Hotel waren streng untersagt. Auf dem gesamten Areal um den See durften sie sich nur in Fünfergruppen bewegen, jeweils begleitet von einem Polizisten des Landeskriminalamts, der in Pressearbeit geschult war.
Natürlich hatten sich einige Paparazzi mit langen Teleobjektiven in den Wäldern rund um den See versteckt. Komplett absperren und kontrollieren ließ sich das Gelände nicht. Letztlich aber konnten diese Freischärler des Journalismus nur Bilder aus anderen Blickwinkeln als die offiziell zugelassenen Reporter machen, mehr nicht. Dafür mussten sie in der Kälte in Biwaksäcken auf Bäumen ausharren. In der vergangenen Nacht hatte das Thermometer wieder die Minus-zehn-Grad-Marke durchbrochen, und auch am Tag war es im Schatten des Zugspitzmassivs nicht viel wärmer geworden. Und wie sie sich verpflegten, war das Problem der Paparazzi. In der Eibsee-Alm kochte der eilends an den See gereiste Fernsehkoch Albrecht Schneebock.
Fünfzehn Minuten vor dem erwarteten Showdown richteten sich die Reporter vor ihren Kameras ein. Lippenstift wurde aufgetragen, Lidstriche nachgezogen, Krawatten, die aus den V-Ausschnitten der Kaschmir-Pullover hervorlugten, wurden unter Gänsedaunenparkas zurechtgerückt. Die Kameraleute achteten darauf, dass mit einem Schwenk nach rechts das Hotel am See und nach links der Gipfel des Berges, unter dem der jeweilige Reporter zu stehen hatte, zu sehen waren. Die größte Schwierigkeit dabei war, keinen Kollegen mit aufs Bild zu bekommen. Der Zuschauer eines Senders sollte ja den Eindruck

haben, dass der Reporter exklusiv für ihn vor Ort über die größte Geiselnahme der Kriminalgeschichte berichtete.
Zahllose Reibereien zwischen den Lichtbildnern waren das Resultat. Nicht immer blieben die Auseinandersetzungen verbal. Die verfeindeten Kameraleute und Techniker von SAT.1 und RTL gingen sich gegenseitig an den Kragen. Aber auch sendergruppenintern war man sich nicht grün. Und seitdem die Zeitungsleute nicht nur knipsten und schrieben, sondern auch Filmchen für ihre Webseiten abliefern mussten, machten sie den Profis mit den großen Objektiven das Leben mit ihren Webcams, die sie irgendwo auf billigen Stativen plazierten, noch schwerer.
Die Agenturfotografen waren aber wie immer die Schlimmsten. Sie wurden nur nach tatsächlich erschienenen Fotos bezahlt und nahmen daher keine Rücksicht, ob da ein Kollege vielleicht seit einer halben Stunde die richtige Position für das richtige Bild gesucht und endlich gefunden hatte; sie stellten sich einfach vor jedes Objektiv, ohne Rücksicht auf irgendjemanden. Die besonnenen Festangestellten des Bayerischen Rundfunks mussten mehrfach Handgreiflichkeiten schlichten.
Seit dem Morgen warteten im ganzen Land Hausfrauen und Arbeitslose vor den Flachbildschirmen darauf, dass sich endlich etwas in dieser spannenden Sache tun würde. Die Spots, die seit dem Vormittag über die Online-Systeme in die Werbeblöcke der Privatsender gebucht wurden, trugen dieser Audienz Rechnung. Die Media-Agenturen der großen Konsumgüteranbieter hofften auf einen überdurchschnittlich hohen Frauenanteil, Haushaltsnettoeinkommen unter 1500 Euro, und schalteten, als gäbe es kein Morgen mehr, Werbefilme für Kartoffelchips, Waschmittel und vierlagiges Toilettenpapier. Über Nachrichtensender wie n-tv hofften die Marketingprofis zahlungskräftige Männer zu erreichen, die vor den TV-Geräten in Büroturm-Cafeterias, Hotel- und Flughafenlobbys gerade vom harten Businessleben retirierten, das sie am ersten Arbeitstag nach den

Weihnachtsferien wieder fest im Griff hatte. Die Badischen Motorenwerke unterbrachen das Programm mit dynamischen Bildern von durch hohe Schneewälle pflügenden Allrad-SUVs. Der Cogito-Konzern warb um ein klein bisschen Verbrauchervertrauen sowie für seine Lebensversicherungspolicen.

Der große Gewinner des Tages war jedoch die Online-Werbung. Die Preise für Banner auf Spiegel-Online und Google-News stiegen innerhalb weniger Minuten ins Unermessliche. Der siebte Januar sollte in die Werbegeschichte später als »Z-Day« eingehen. Am »Zugspitz-Tag« hatten die großen Web-Portale zum ersten Mal den kumulierten Umsatz sämtlicher TV-Sender und Tageszeitungen übertrumpft. Das galt für Deutschland wie für alle anderen Industrieländer.

Rund um den Globus konnten sich die Internetnutzer nicht sattsehen an dem Alpen-Drama, das ihnen live in die Büros und Wohnzimmer gesendet wurde.

KAPITEL HUNDERT-
EINUNDZWANZIG

Reintalhöhle, 14 Uhr 48

Sandra Thaler bereute, dass sie ihr Blitzgerät im Auto gelassen hatte. Sie hätte die herrlichsten Bilder von haushohen Felsendomen, Sinterfächern und meterlangen Tropfsteinen machen können, hätte sie brauchbares Licht gehabt. Ihre Stirnlampe erhellte immer nur einen Fleck an den Wänden. Das war für professionelle Fotos absolut unbrauchbar.
Trotzdem fotografierte sie, sooft und so viel sie konnte. Sie wusste, dass sie einer Sensation auf der Spur war. Und dass diese Sensation mit der Geiselnahme auf der Zugspitze zu tun hatte. Dass es eine so große und weitverzweigte Höhle im Massiv unter dem Jubiläumsgrat gab, hatte sie noch nie gelesen oder gehört. Dabei war sie sicher gewesen, dass sie, wenn schon nicht alles über die heimische Bergwelt, so doch sehr vieles darüber wusste. Eine solch gigantische Höhle hätte sie kennen müssen.
Im Schein ihrer Lampe erschienen ihr einige der Durchgänge so, als seien sie erst kürzlich mit Hilfe von Werkzeugen oder Sprengstoff geschaffen worden. Dort lagen auch Steinbrocken lose herum, die nicht mit Schlamm bedeckt waren. Bei manchen Durchgängen stand aber auch eine Art runder flacher Verschlussstein neben dem Durchschlupf, durch den sie sich meist nur mit größter Mühe zwängen konnte, obwohl sie sich bereits der obersten Schicht ihrer Skikleidung entledigt hatte. Hinter solchen Engstellen öffnete sich der Fels meist wieder.
Sie musste tiefe Canyons überwinden und wäre mehr als einmal beinahe in einen unergründlich tiefen Schlund gestürzt, dessen Grund der Schein ihrer Lampe nicht erreichte. Überall war alles nass und mit Schlamm überzogen, dessen Konsistenz sie an die

Sedimente erinnerte, die die Isar bei Hochwasser in den Kellern hinterließ: feinster Sand, der sich mit anderen Substanzen, Kalk wahrscheinlich, in jede Fuge, sogar zwischen den Fasern der Kleidung, festsetzte und sich auch nicht so leicht wieder auswaschen ließ.

Es hatte ganz den Anschein, als wäre das Höhlensystem vor kurzem noch überflutet gewesen. In den Vertiefungen und Sinterbecken stand noch Wasser. Doch das meiste war abgeflossen, und seitdem waren Menschen in den Höhlen hin und her geklettert, wie Sandra an den Stiefelabdrücken und Griffspuren erkannte, denen sie folgte.

Dieser Weg führte sie immer weiter in den Berg hinein. Sie hatte das Gefühl, dass sie sich in südwestlicher Richtung auf das Zugspitzplatt zubewegte. Der Kompass ihres Smartphones funktionierte nicht. Die virtuelle Nadel auf dem Display drehte sich willkürlich im Kreis, als befände sich ein sehr starkes Magnetfeld in ihrer Nähe. Vielleicht eine Erzader, mutmaßte Sandra.

Aber die Richtung war auch egal, sie würde den Spuren auf jeden Fall folgen. Irgendwo am Ende dieses Tunnels wartete das Bild ihres Lebens auf sie, das sagte ihre innere Stimme.

Sie konnte nicht ahnen, wie recht diese Stimme hatte.

KAPITEL HUNDERT-
ZWEIUNDZWANZIG

Im Zugspitztunnel, 14 Uhr 55

Thien machte sich nützlich, so gut er konnte. Er war nicht der absolute Kletterspezialist, aber er hatte schon oft genug im Gurtzeug gehangen, um sich an einer besonders ausgesetzten Stelle zu sichern, wenn er die Schussfahrten und weiten Sprünge seiner Freunde für die Steilwand-Webseiten und -Magazine sowie für die Freunde selbst als Foto festgehalten hatte. Er checkte, ob der Haken gut verankert war, den er auf Geheiß eines der Geiselnehmer am Tunnelfenster in die Wand getrieben hatte. Der Erpresser hatte ihn während der Arbeit nicht aus den Augen gelassen und unablässig die Maschinenpistole auf ihn gerichtet.
Zweihundert Abseilvorgänge an einer Sicherung hatte Thien noch nie gemacht. Er hätte den Terroristen gern darum gebeten, zur Sicherheit einen weiteren Haken in die Wand schlagen zu dürfen. Aber vielleicht würde der Kerl irgendetwas missverstehen und dann falsch reagieren. Thien wollte das zügige Voranschreiten der Austauschaktion nicht gefährden.
Es kam ihm vor, als würden die Geiselnehmer immer weniger. Neben ihm stand der Kerl, der auf ihn aufpasste. Wenn er aus der Kaverne, die vom Hauptstollen zum Tunnelfenster hin abzweigte, zurück zum Zug schaute, sah er noch den Mann in dem MG-Nest wachsam den Felssturz bewachen, und der vermeintliche Anführer der Truppe wich nicht von Kerstin Dembrowskis Seite.
Sie trug bereits einen kombinierten Sitz- und Brustgurt, und der Terroristenführer schien mit besonderer Freude und auch nicht zum ersten Mal zu überprüfen, ob der auch gut an ihrem

Körper saß. Sie ließ es über sich ergehen, aber dass ihr das Getatsche nicht gefiel, war ihr deutlich anzusehen. Thien wäre gern dazwischengegangen. Aber wieder riss er sich zusammen. Sollte er diesem Mann noch einmal im Leben begegnen – vorausgesetzt natürlich, er würde ihn überhaupt wiedererkennen –, würde er ihm eine Abreibung verpassen, die der Kerl nie mehr vergessen würde. Thien war sich sicher, dass es sich um jenen gefühllosen Killer handelte, der am Tag zuvor den Mann im Zug kaltblütig erschossen hatte. Zu gern hätte er ihm mit der Nikon den Schädel eingeschlagen.

Und wieder kamen Zweifel in ihm auf, ob er sich weiterhin zum Handlanger von Terroristen machen sollte. Vielleicht war das nur eine wie auch immer geartete Ablenkungsaktion, und es wäre besser gewesen, er hätte wie geplant mit Craig zusammen zugeschlagen. Die Bande einfach abgeknallt, die ihm das Leben versauen wollte. Ihm und zweihundert anderen. Er wusste, dass er in der Lage war, ein solches Trauma schnell zu verarbeiten, wenn er überhaupt eins davontragen würde. Thien traute sich zu, die Grenzsituation für Seele und Körper, in der er sich seit gestern Mittag befand, einfach abzuschütteln. Wenn er hier herauskam, würde er sich duschen, anständig betrinken, schlafen und dann seine Fotos machen. Er war sicher, dass seine Geschichte als Geisel – und auch als Held – den Wert seiner Fotos dramatisch erhöhen würde. Wenn, ja, wenn er hier nur endlich herauskäme.

Auf Craig und Barbara Hargraves schien niemand besonders zu achten. Sie saßen auf einer Schiene vor dem Zug und harrten der Dinge, die da kamen. Was war mit den beiden Senioren eigentlich los? Dass Craig kein durchschnittlicher Urlauber war, hatte sich Thien schon gedacht. Einer Regierungsorganisation gehörten die beiden an. Oder auch zwei verschiedenen. Soso. War das nun die nationale Gesundheitsbehörde oder die oberste Finanzverwaltung? Von ihrem langweiligen Aussehen her würden sie perfekt in solche Beamtenmühlen passen.

Aber, wie sagten doch die Amis: *Don't judge a book by its cover.* Vielleicht war alles nur Tarnung. Das biedere Aussehen, die Rosenkranzbeterei der Frau. Der Mann hatte ja bereits zu verstehen gegeben, dass er mit einem Maschinengewehr umgehen konnte. Und vorhin im Zug hatte er kämpfen wollen. War das das amerikanische Draufgängertum, dem sich Thien auch nahe fühlte und das normale Leute dazu brachte, in einem entführten Flugzeug *Let's roll!* zu rufen und dann über die Terroristen herzufallen? Oder war dieser Mann im Umgang mit derartigen Situationen geschult?

Thien hatte nicht die Gelegenheit gehabt, sich mit den beiden zu unterhalten, seitdem ihn die Geiselnehmer vor einer guten Weile aus dem Zug nach vorn geholt hatten. Wieso war Craig wohl direkt nach vorn gelassen worden? Was hatte er dem Bewacher im Zug gesagt, der ihn eigentlich hinter den Zug zum Wasserlassen hatte bringen wollen? Thien wurde weder aus dem Mann, seiner Frau noch aus den Ereignissen der letzten Stunden schlau.

Wieder drängte sich die Frau im roten Overall in Thiens Gedanken. Wie sie auf einmal aufgetaucht war, gleichsam aus dem Nichts, und wie selbstverständlich sie mit den Terroristen umging. Als wäre es für sie vollkommen alltäglich. Auch für eine Verhandlungsführerin der Bundesregierung war das hier sicherlich keine alltägliche Situation. Man fuhr nicht morgens um halb neun mit der S-Bahn zur Arbeit, beendete eine Geiselnahme durch Terroristen und kehrte abends zu Ehemann, Kindern und Labradorhündin ins Häuschen am Stadtrand zurück, um mit der Frage »Schatz, wie war dein Tag?« begrüßt zu werden. Nein, diese Frau war etwas ganz Besonderes. Thien würde herausfinden, was. Eins war sicher: In Thiens Kreisen hätte man Kerstin Dembrowski das höchstmögliche Prädikat »Coole Sau des Monats« verliehen.

Gerade erhielt sie offenbar einen Funkspruch. Sie deutete auf ihr Ohr, dann sagte sie etwas zu dem Terroristenanführer. Etwas Entscheidendes war geschehen. Der Geiselnehmer und Kerstin Dembrowski gingen in die Kaverne und an Thien und seinem Bewacher vorbei zum Tunnelfenster. Dort prüfte sie Thiens Haken, dann klinkte sie den Karabiner am Ende des violetten Seils ein, das auf einer Dreihundert-Meter-Rolle an der Kante des Felsfensters stand, und gab der Rolle mit dem Fuß einen Stoß. Die schwarze Plastikrolle fiel die Westwand hinab, schlug drei Sekunden später auf einem Felsblock unten auf und gab die letzten Meter Seil frei, indem sie in drei Stücke zerschellte.

Thien schaute aus dem Felsloch nach unten und sah, dass das Seil praktisch exakt bis zum Grund reichte. »Wow. Das nenne ich mal Präzision«, sagte er zu Kerstin Dembrowski.

KAPITEL HUNDERT-
DREIUNDZWANZIG

Gipfelstation der Eibsee-Seilbahn, 14 Uhr 59

Die Detonation war im Innern der Station kaum zu hören. Nur Sekundenbruchteile später erzitterte das Gebäude. Das linke Tragseil der Seilbahn riss kurz über dem Befestigungspunkt, der zwanzig Meter hinter der Station lag. Das Seil, das durch die Station lief und damit dazu beitrug, dass sie am nackten Fels festsaß, zischte mit einem ohrenbetäubenden Sirren durch das Gebäude, wobei es einem holländischen Skifahrer beide Beine abriss. Dann wurde das lose Seilende nach unten gerissen. Das Eigengewicht machte das armdicke Stahlseil zu einer gigantischen Peitsche. Als diese im Wald knapp tausend Meter weiter unten aufschlug, entwurzelte sie mehrere Bäume. Die Station knarzte. Die Konstruktion aus Glas, Stahl und Aluminium hatte mit der Explosion ein Drittel seiner Halterungen eingebüßt, mit denen es wie ein Zahntransplantat in den Kieferknochen auf dem Gipfel betoniert worden war. Die Station war zudem überfüllt. Niemand hatte bei der Statik des Gebäudes eingerechnet, dass einmal über zweitausend Menschen in ihr dauerhaft festsitzen würden. Deutlich gab der Boden am südlichen Eck des Kubus nach. Die Menschen auf dieser Seite versuchten, wie auf einem Schiff mit Schlagseite auf die andere zu gelangen.
Die Insassen der Station, die seit über einem Tag unter der Enge, dem Gestank und dem Ausbleiben jeglicher Nachricht gelitten hatten, gerieten in Panik. Auf allen Treppen entstand ein tödliches Geschiebe. Alle wollten nur noch eines: raus! Wohin, das wusste niemand. Die, die standen, fielen über die, die saßen und lagen. Alle Wege waren verstopft von Menschenleibern, die

Türen auf die Sonnenterrassen blockiert von hinausdrängenden Körpern. Frauen kreischten. Kinder heulten. Männer schrien. Die verbliebenen wenigen Gebirgsjäger, Rotkreuzler und Bahner waren chancenlos, die Menge, die wie eine Herde Rinder in einer Stampede alles klein trat, was sich ihr in den Weg stellte, zu bändigen. Jeder der Helfer hatte selbst seine liebe Not, einigermaßen heil davonzukommen.

»Explosion unter Gipfelstation!«, brüllte der für den Gipfel zuständige Bahnbetriebsleiter immer wieder in Panik in das Telefon, das ihn mit der Talstation verband. Er wusste, dass es möglich war, die ganze Bergstation vom Gipfel zu sprengen.

KAPITEL HUNDERT-VIERUNDZWANZIG

Eibsee-Hotel, 15 Uhr

M ainhardt, stoppen, sofort Maschine stoppen! Sofort stoppen!«, brüllte Hans-Dieter Schnur in sein Headset. Die Hälfte des Krisenstabs stand gerade auf dem Balkon des Konferenzraums und betrachtete durch Feldstecher die Westwand, um zu beobachten, was dort oben am Tunnelfenster passierte, als das von unten gesehen rechte Tragseil der Bahn die steile Bergflanke hinabrauschte.

Major Peter Mainhardt hatte sich von den Gebirgsjägern, die den Eibsee-Parkplatz bewachten, passende Skistiefel und Tourenski mit Fellen besorgen lassen. Da ein ganzer Lastwagen an Ausrüstung drüben am Zahnrad-Bahnhof stand, war das kein Problem. Vom BKA erhielt auch er ein Headset für den Funkverkehr mit dem Krisenstab. Er hatte die Männer-Variante der In-Body-Unit strikt abgelehnt, war aus dem Hotel gestürmt und hatte sich seine bereitgestellten Ski geschnappt. Statt auf diesen den Aufstieg in Richtung Felswand zu beginnen, ging er jedoch zu einem Bundeswehr-Schneemobil, das vor dem Hotel auf seinen Einsatz wartete, und befahl dem Fahrer, ihn den halben Weg die Riffelriss-Skiabfahrt hinaufzufahren.

Die in den Wald gehauene Schneise war die einzige Talabfahrt von der Zugspitze, und auch sie begann nicht oben am Gipfel, sondern am Portal des Zahnradtunnels. Dort hatten in früheren Zeiten Skifahrer aus dem Zug aussteigen können, um die letzten Höhenmeter auf den eigenen Sportgeräten nach unten zu gleiten. Seit die warmen Winter jedoch den Permafrost weiter oben unterhalb des Gipfels auflösten, war die Abfahrt wegen Steinschlags geschlossen worden.

Dort hätte der durchtrainierte Mainhardt in einer halben Stunde mit Ski und Fellen aufsteigen sollen. Er selbst hatte zwar so getan, als sei das möglich, aber nie eine Sekunde daran gedacht, es auch zu tun. Nein, ihm war klar gewesen, dass er sich mindestens bis zur Hälfte der Strecke mit einem Schneemobil würde fahren lassen. Wie sollten diese Terroristen, die im Tunnel waren, das auch mitbekommen? Für die war doch das Wichtigste, dass sie die Karte schnell bekamen, so seine Überzeugung.

Mit der ultraschwarzen Karte in der Tasche des Parkas saß er im beheizten Fahrzeug, dem raupenähnlichen Hägglunds Bandvagn. Damit ging es auf dem Eibsee-Rundweg zwischen dem Bootsverleih und dem großen Souvenir-Kiosk hindurch, wobei ihm klar war, dass ihn der halbe Krisenstab vom Hotel aus beobachtete. Prompt hatte er Schnur vom BKA im Ohr, der ihm sagte, dass sein Verhalten gegen die Abmachung mit den Terroristen verstoße und er auf eigene Verantwortung handele. Das wusste er selbst.

Er hatte daraufhin Anweisung gegeben, am äußersten Rand der ehemaligen Skipiste zu fahren, damit das Schneemobil ein wenig von den unteren Ästen der großen Fichten vor Blicken geschützt war.

»Was ist dort oben los?«, wollte Mainhardt von Schnur wissen.

»Explosion auf dem Gipfel. Sofort stoppen!« Schnur lief der Schweiß in Bächen am Körper hinab. Konnte er diesen durchgeknallten Gebirgsjäger rechtzeitig aufhalten, bevor die Irren dort noch mehr Schaden anrichteten?

»Okay, Maschine gestoppt.«

»Mainhardt, das haben Sie zu verantworten!«, schrie Schnur ins Mikro. »Und jetzt sehen Sie zu, wie Sie zu Fuß diese Karte in exakt fünfzehn Minuten dort nach oben bringen. Wenn Sie da so fix und fertig ankommen, dass Sie sterben möchten, ist das keine schlechte Idee.«

Von Mainhardt kam nichts mehr. Mit dem Feldstecher konnte man vom Eibsee-Hotel aus einen schwarzen Fleck sehen, der sich die Riffelriss-Abfahrt nach oben bewegte.

KAPITEL HUNDERT-FÜNFUNDZWANZIG

Bundeskanzleramt, 15 Uhr 02

Der Generalbundesanwalt schrie den Generalinspekteur der Bundeswehr vor versammelter Mannschaft an: »Das waren Ihre Leute! Sie sind persönlich für diese Eskalation verantwortlich!«

Dann wandte er sich wieder dem Bildschirm zu, auf dem das aschfahle Gesicht des BKA-Beamten Hans-Dieter Schnur zu sehen war. »Schnur. Wie konnte das passieren? Woher bekommen die Terroristen ihre Informationen?«

Hans-Dieter Schnurs Hirn arbeitete auf höchsten Umdrehungen. »Jemand muss beobachtet haben, wie dieses unselige Fahrzeug den Hang hinaufgefahren ist. Und zwar unmittelbar beobachtet. Auf den TV- und Internetkanälen konnte man das nicht mitkriegen. Die Abfahrt ist vom Medienzentrum Eibsee-Alm her nicht einsehbar. Vielleicht gibt es Kameras, die wir nicht kennen, vielleicht im Wald. Aber wenn es die gibt, müssen sie ihr Signal mit Kabeln übertragen. Die Funknetze, die nicht lahmgelegt wurden, werden überwacht, da wurden keine Videosignale angepeilt.«

»Haben Sie einen Maulwurf im Krisenstab?«, fragte der Generalbundesanwalt.

»Hier sind zwar viele Zivilisten, aber die machen mir alle nicht den Eindruck, als könnte einer von ihnen mit den Terroristen unter einer Decke stecken. THW- und Rotkreuz-Männer, die machen mit solchen Halunken keine gemeinsame Sache.«

»Und wenn die Bundeswehr intern …?« Deutschlands oberster Ermittler formulierte die Frage nicht zu Ende. Stattdessen starrte er Deutschlands obersten Soldaten an, der neben ihm saß.

Der General machte kurz den Eindruck, als wolle er dem Juristen an die Gurgel gehen, aber so ganz sicher war er sich nicht bei all dem Ärger, den ihm die Gebirgsjäger dort unten am Südzipfel der Republik in den letzten Jahren bereitet hatten. Lieber machte er einen konstruktiven Vorschlag: »Wir müssen ausschließen, dass der Gegner über Kommunikationsnetze verfügt, die wir nicht kennen. Ich werde den Wald um den Eibsee herum durchkämmen lassen.«
Der Generalbundesanwalt nickte. Der Generalinspekteur wandte sich seinem Laptop zu und erteilte dem Stab der Gebirgsjäger die entsprechenden Befehle über sein Headset. Denen jetzt mit Konsequenzen für das Fehlverhalten eines Einzelnen zu drohen – und er war sicher, dass die Raupenfahrt genau das war – wäre unangemessen. Die wussten auch so, dass nach Abschluss des Einsatzes Großreinemachen angesagt war.

KAPITEL HUNDERT-
SECHSUNDZWANZIG

Im Zugspitztunnel, 15 Uhr 12

Major Mainhardt rannte, getrieben von dem Wissen über seinen katastrophalen Fehler, als könnte er diesen mit seinem Schweiß und dem Lungenstechen ungeschehen machen, den Berg hinauf. So kam er sogar ein paar Minuten vor der vereinbarten Zeit unter dem Tunnelfenster an.
Er meldete sich bei Hans-Dieter Schnur im Eibsee-Hotel. Der informierte Berlin, und von dort ging die Nachricht an Kerstin Dembrowski, die sie über ihren In-Ear-Speaker im Tunnel empfing. Sie ging hinüber zu dem mutmaßlichen Anführer der Terroristen, der vor der vorderen Tür des Zugs stand. Es schien ihr, als seien er und die beiden Geiselnehmer, die in den Waggons die Passagiere bewachten, die Letzten der Terrorgruppe im Tunnel. Insgesamt hatte sie zehn Männer gezählt: zwei im Zug, zwei in den MG-Nestern, den mutmaßlichen Anführer und sieben, die vor dem Zug mit diversen Aufgaben beschäftigt gewesen waren; manche hatten Kisten hin- und hergeräumt, einer Barbara und Craig Hargraves bewacht, und einer hatte zusammen mit Thien Baumgartner die Abseilvorrichtung installiert.
Die meisten dieser Leute waren plötzlich verschwunden. Das MG-Nest vor dem Zug war leer, der Bewacher der Amerikaner wie auch der offenbar kletterzeugerfahrene Mann bei Thien Baumgartner waren weg; sie waren wahrscheinlich durch den engen Spalt in der Felswand neben den Gleisen ins Innere des Bergs geklettert. Die Terroristen mussten sich sehr sicher sein, bald die erhoffte Beute in Händen zu halten.
Kerstin Dembrowski überlegte und wog ihre Chancen ab. Zwar hatte sie eine Nahkampfausbildung absolviert, solange die bei-

den Terroristen im Zug aber ihre Waffen auf zweihundert unschuldige Menschen gerichtet hielten, war ein Angriff auf ihren Anführer zu riskant.
Und tatsächlich rief der Mann auf Englisch, sodass sie es auf alle Fälle verstehen konnte, den Befehl in den Zug, die Geiseln zu erschießen, wenn er in exakt sechzig Sekunden nicht wieder an Ort und Stelle wäre. Dann ging er zum Tunnelfenster.
Ein weiteres Mal nutzte er die Gelegenheit, sie zu betatschen, als er die an ihrem Klettergurt befestigte Seilbremse in das Seil einhängte. Sie ließ das Gefummel erneut über sich ergehen. Durch die wattierten Klamotten gelangte kaum ein Reiz bis zu ihrer Haut, und sie konnte sich auch nicht vorstellen, dass der Mann irgendwelche Details ihres Körpers ertasten konnte.
Dann hielt er ihr das Seil hin. Offenbar ging er davon aus, dass sie wusste, wie die Seilbremse funktionierte, durch die sie das Seil erst einmal fädeln musste. Mit der elektrischen Winsch, die zwei Meter vor der Kante des Felsenfensters im Gestein verankert worden war, würde man sie wieder nach oben ziehen.
Die Geiseln würden sie auf andere Weise hinunterlassen müssen, ging es Kerstin Dembrowski durch den Kopf, während sie die Vorrichtung noch einmal prüfte.
Dann seilte sie sich die höchste Wand ab, die sie jemals in einem Rutsch bewältigt hatte. Da sie fast senkrecht abfiel, war das technisch kein Problem. Doch auch für Kapitän Dembrowski, die sich während ihrer Ausbildung von Hubschraubern abgeseilt hatte, bedurfte es einer gehörigen Portion Überwindung, sich mit dem Rücken zum Abgrund zu stellen, sich nach hinten zu lehnen, bis ihre Beine annähernd einen Neunzig-Grad-Winkel zum Berg einnahmen, sich dann aus den Knien abzudrücken, die Seilbremse zu lösen und dreißig Meter nach unten zu segeln, bis die Füße wieder den Fels berührten.
So sprang sie rückwärts den Berg hinunter und kam, bereits knapp zwei Minuten nachdem sie sich oben das erste Mal abge-

stoßen hatte, unten neben dem kreidebleichen und nassgeschwitzten Mainhardt an.
»Die Karte bitte!«, sagte sie zu ihm mit ausdrucksloser Miene.
Natürlich hatte sie aus Berlin eine Kurzinfo erhalten, dass ein weiterer Sprengstoffanschlag der Terroristen erfolgt war, weil deren Anweisungen nicht befolgt worden waren.
Mainhardt griff in eine Tasche seines Parkas und fischte die ultraschwarze Unex-Karte hervor. Anscheinend hatte er sich schon ein wenig von seinem Schock und seinem Bergaufsprint erholt, denn er blinzelte Kerstin Dembrowski zu und witzelte: »Diese Karte und wir zwei, Frau Kapitän. So einfach ist das Paradies auf Erden zu erlangen.«
»Paradies für Sie«, gab sie trocken zurück. Sie nahm das Stück Plastik an sich und steckte es in ihre Brusttasche. Dann schaute sie nach oben und winkte mit den Armen.
Die Winsch zog sie innerhalb kurzer Zeit wieder zum Fenster hinauf.
Als sie oben ankam, stand der Anführer der Terrorbande bereits mit ausgestreckter Rechter da. Noch bevor sich Kerstin Dembrowski aus dem Seil ausklinken konnte, musste sie dem Mann die Karte geben.
Der stieß ein gänzlich unislamisches »Carajo!« aus und besah sich die Karte mit glänzenden Augen. Dann holte er ein Satellitentelefon hervor. Es war nicht größer als ein handelsübliches Handy, hatte aber eine dicke Antenne. Die galt es auf einen der Telekommunikationssatelliten auszurichten, sodass sich der Terrorist an den Rand des Felsdurchbruchs stellen musste, damit die Antenne freien Himmel über sich hatte.
Er sah auf das Display. Nach wenigen Sekunden kam die Verbindung zustande. Er drückte eine gespeicherte Nummer, und Kerstin Dembrowski konnte ganz leise hören, wie nach zweimaligem Klingeln am anderen Ende jemand abnahm. Eine Stimme, die wie die geschulte Mitarbeiterin eines amerikanischen Callcenters klang, sagte ihren hyperfreundlichen Begrüßungstext.

»I would like to order ten Humvees in original U.S. Army combat trim. My credit card number is Unex 1111 2222 3333 212«, sagte der Mann. Und nach einer Pause: »Yes, of course. Armed and armoured. M1045 TOW Missile Carrier with Supplement Armor, if you have.«
Am anderen Ende herrschte eine Weile lang Schweigen, dann kam offenbar die Bestätigung über den Kauf von zehn mit Raketenwerfern bewaffneten und gepanzerten Humvee-Militärfahrzeugen.
Mit den Worten »Oh sorry, we need one hundred«, verzehnfachte der Terroristenanführer die außergewöhnliche Autobestellung.
Wieder dauerte es einige Sekunden, dann erschien ein zufriedener Ausdruck in seinen Augen. Mit dieser Karte Kriegsgerät im Wert von rund eineinhalb Millionen Dollar per Telefon zu bestellen war offenbar nicht schwieriger, als eine Ladung Pizza Prosciutto e Funghi für eine Spontanparty zu ordern. Er ließ die Dame am anderen Ende wissen, dass er vielleicht doch nur neunzig der Militärfahrzeuge brauche, und kündigte seinen Rückruf an.
Dann beendete er das Gespräch, steckte das Telefon wieder zurück und besah sich die Karte, die er noch in seiner Linken hielt. Schließlich hielt er Kapitän zur See Kerstin Dembrowski die Hand hin und sagte: »Thank you.«
Kerstin Dembrowski überlegte nicht lange und ergriff seine Hand. Nach einer Weile meinte er, die ihre lange genügend geschüttelt zu haben, und wollte sie wieder loslassen. Als Kerstin Dembrowski nicht locker ließ, zog er erst mit der Kraft seines rechten Arms, dann stemmte er sein ganzes Körpergewicht nach hinten.
Das war der Moment, auf den sie gewartet hatte. Sie schnappte mit der linken nach der ultraschwarzen Karte, und in dem Moment, da sie das Plastik zwischen ihren Fingern fühlte, ließ sie die Rechte des Mannes los. Der vermeintliche Terroristenan-

führer war gerade dabei, ein »Carajo!« zu schreien, als er sich mit einem ebensolchen rückwärts aus dem Tunnelfenster katapultierte.

Thien musste nur seine Hand ausstrecken und den Gurt der Maschinenpistole greifen, die der Mann lässig über einer Schulter trug, und eine Zehntelsekunde später gehörte er zu den bestbewaffneten Männern im Zugspitztunnel.

Der Geiselnehmer schlug dreihundert Meter weiter unten mit einem satten *fump*, das Mainhardt stark an das Aufklopfen einer Bundeswehrmatratze erinnerte, zehn Meter vor ihm in den Tiefschnee. Langsam färbte sich die Stelle, wo der Körper aufgeschlagen war, blutrot.

KAPITEL HUNDERT-SIEBENUNDZWANZIG

Reintalhöhle, 15 Uhr 14

Sandra Thaler kletterte, hangelte, schlurfte und quetschte sich durch schmale Felsspalten, enge Gänge und finstere Löcher, durch die sie sich nur deshalb wagte, weil sie sicher war, dass dort bereits jemand vor ihr hindurchgekrochen war. Sie hatte auf ihrem Weg gelernt, dass sie dort, wo sie ihren eigenen Rucksack mit der Kameraausrüstung und der Maschinenpistole der seltsamen Amerikaner aus dem Reintal hindurchschieben konnte, selbst auch durchpasste. Sie musste nur das Glück haben, am anderen Ende eines Durchschlupfes etwas zu finden, woran sie sich festhalten und aus der engen Stelle herausziehen konnte. Ansonsten bestand die Gefahr, dass sie stecken blieb, und dann wahrscheinlich für immer.

Sie hatte mittlerweile jegliches Richtungs- und Höhengefühl verloren. Ohne Armbanduhr hätte sie auch nicht den Hauch einer Ahnung gehabt, wie lange sie schon in der nicht enden wollenden Höhle herumkroch. Die Zeit fühlte sich endlos an, als wäre sie schon immer hier gewesen. Doch die Digitalziffern zeigten etwas anderes an. Sie war erst seit anderthalb Stunden unter Milliarden Tonnen Fels unterwegs.

Wie weit sie gekommen war, das konnte sie beim besten Willen nicht sagen. Fünfhundert Meter? Einen Kilometer? Zwei? Sie zwang sich, nicht daran zu denken, was passieren würde, wenn Wasser diese trockengefallene Höhle auf einmal wieder fluten würde. Jede Pfütze, jedes Rinnsal, das irgendwo im Dunkeln plätscherte, und das Glucksen von Abläufen, die endlos durch die unterirdischen Gänge hallten, machten ihr diese ständige Bedrohung wieder bewusst.

Doch seit ein paar Minuten war ihr, als hörte sie außer diesen Geräuschen, ihrem eigenen Atem, dem Schmatzen ihrer Stiefel im Schlamm und dem Scheuern ihrer Kleidung auf dem Stein noch etwas anderes: menschliche Stimmen. Sie drangen unvermittelt und immer nur ganz kurz an ihr Ohr, und jedes Mal, wenn sie eine Pause machte, um angestrengt zu lauschen, waren sie wieder weg. Sie bildete sich das sicher ein, vielleicht war sie dehydriert, oder der Schock ihrer Lawinenverschüttung trat zutage.

Sie durfte sich nicht von Stimmen in ihrem Kopf davon abhalten lassen, weiterzumachen, bis ... Ja, bis was? Was erwartete sie, am Ende dieser Höhle zu finden? Einen Schatz? Einen Ausgang? Und wohin würde der sie führen?

KAPITEL HUNDERT-ACHTUNDZWANZIG

Eibsee-Hotel, 15 Uhr 16

Die Terroristen meldeten sich. Eine neue Botschaft erschien auf dem Bildschirm.

SIE HABEN UNSERE ANWEISUNGEN NICHT BEFOLGT. DAS ZWEITE SEIL FÄLLT MIT DEM NÄCHSTEN VERSTOSS UND MIT IHM DIE GIPFELSTATION. WIR WERDEN UNS NICHTS MEHR GEFALLEN LASSEN.

»Seltsam, dass sie auf den Mann, der da gerade aus dem Tunnelfenster gefallen ist, nicht eingehen«, murmelte August Falk.
»Kapitän Dembrowski, was ist dort oben los?«, rief Hans-Dieter Schnur ins Mikro.
Ein Flüstern wisperte in seinem Headset. »Ich habe den mutmaßlichen Anführer der Terroristen aus dem Fenster geworfen. Wir haben eine automatische Waffe. HK 5. Ein Magazin. Gehen jetzt gegen die verbliebenen zwei Gegner im Zug vor. Ende.«
»Wer ist ›wir‹? Und ist Berlin informiert?«, zischte Schnur. Ihm waren das eindeutig zu viele Einzelgänger in dieser Aktion.
»Berlin ist informiert«, meldete sich der Generalbundesanwalt, der über sein eigenes Headset mithörte. »Lassen Sie sie machen.«
Und an Kerstin Dembrowski gerichtet sagte er: »Keine Gefangenen, Frau Kapitän. Viel Glück. Ende.«

KAPITEL HUNDERT-
NEUNUNDZWANZIG

Im Zugspitztunnel, 15 Uhr 17

Kerstin Dembrowski nahm ihre Brille ab und zertrat sie auf dem Boden der Felskaverne, die das Tunnelfenster mit dem Zahnradtunnel verband. Es war sicher im Sinn ihrer Vorgesetzten, dass es keine Bilder von dem gab, was nun geschehen würde. Thien Baumgartner, der mit verwundertem Blick neben ihr stand, wies sie an, einen der Klettergurte anzulegen, dann deutete sie auf das Seil. »Im Notfall hier nach unten. Aber jetzt bleiben Sie hier stehen.«
Sie nahm Thien die Maschinenpistole ab und schlich in Richtung Tunnel. Als sie nach knapp zehn Metern die Felsröhre erreichte, schaute sie ganz vorsichtig um die Ecke.
Thien blieb natürlich nicht dort stehen, wo Kerstin Dembrowski ihn haben wollte. Er wollte unbedingt mitbekommen, was im Tunnel und im Zug geschah. Also schlich er ihr nach. Wenn gleich dort vorn im Tunnel ein Schusswechsel losbrach, konnte er immer noch zum Seil zurücklaufen und zusehen, dass er so schnell wie möglich nach unten gelangte. Er war sich nicht sicher, ob ihm das genauso gut gelingen würde wie vor ihm der Frau im roten Overall, aber er würde es schon schaffen.
Als Thien schließlich in den Tunnel blickte, sah er, wie Kerstin Dembrowski auf die beiden älteren Amerikaner zuschlich, die mit dem Rücken zu ihr auf dem Gleis saßen. Einen Meter von ihnen entfernt, streckte sie die Hand nach dem Mann aus, um ihn an der Schulter zu berühren.
In dem Moment schnellte die Frau zu Kerstin Dembrowski herum, zog sie an der MPi, deren Riemen um Kerstin Dem-

browskis Schulter lag, weiter nach unten – und schlitzte ihr mit einem Messer die Kehle auf.

Die Frau im roten Overall gurgelte. Es war ein Laut, der zugleich nach Schmerz und nach Verwunderung klang. Dann kippte sie nach vorn.

Craig begann sofort, ihre Taschen zu durchsuchen. Und seine Frau ging entschlossenen Schrittes in Thiens Richtung. Noch immer hatte sie das bluttropfende Messer in der Hand.

Thien musste sich von der unglaublichen Szene losreißen. Sein Gehirn hatte die Bilder noch nicht verarbeitet, die seine Augen gerade gesehen hatten. Die ältere Amerikanerin mit dem Messer in der Hand näherte sich schnell. Ihr Gesichtsausdruck ließ keinen Zweifel daran, dass sie gerade an einem Zeugenbeseitigungsprogramm arbeitete. Und der nächste Zeuge auf ihrer Liste war Thien.

Als er sich endlich aus seiner Erstarrung lösen konnte, hechtete er durch die Kaverne in Richtung Seil. Er klemmte es in die an seinem Gurt befestigte Seilbremse und ließ sich nach unten fallen, ohne eine Zehntelsekunde zu zögern. Mit mächtigen Sprüngen federte er die Wand hinab.

Beim dritten Auftreffen seiner Stiefel auf dem Stein landete er auf einem etwas breiteren Felsband. Die glatten Sohlen der Skistiefel rutschten auf dem Eis, mit dem die Oberfläche des Vorsprunges überzogen war, weg, und er schlug der Länge nach seitlich auf. Als er sich wieder aufrappeln wollte, sauste das oben durchgeschnittene Seil an ihm vorbei.

Er streckte sich ganz schnell flach auf dem Felsband aus, das nicht breiter als ein Bierzelttisch war, damit ihn das Gewicht des fallenden Seiles nicht aus dem Gleichgewicht brächte und nach unten riss. Dann suchte Thien einen Vorsprung, an dem er das Seil befestigen konnte.

Tatsächlich befand sich zwei Meter neben ihm ein kleiner, aber ziemlich deutlicher Felszacken. Thien wischte mit den Händen den Schnee davon, nahm das Seil aus der Seilbremse – beinahe wäre es ihm aus den eiskalten und steifen Händen geglitten –, legte es um den Felskopf, dann hängte er sich wieder ins Seil ein, das jetzt ein Doppelseil war.

Kaum dass er wieder aus der Wand sprang und von oben zu sehen war, ratterte es dort los, und Kugeln pfiffen ihm um die Ohren. Eine zerfetzte die Außentasche an seinem linken Arm, in der er Liftpässe aus aller Herren Skiresorts aufbewahrte, von La Grave bis Lake Tahoe. Er fragte sich nicht, ob ihm der Stapel Plastik einen Streifschuss oder gar einen Durchschuss des Oberarms erspart hatte, er musste schleunigst aus dem Schussfeld heraus.

Auch von unten hörte er das Rattern einer MPi. Er sah durch seine Beine runter. Fünfzig Meter unter ihm stand ein Soldat in Wintertarnanzug und schoss nach oben. Auf das Tunnelfenster, wie Thien hoffte, nicht auf ihn. Offenbar irrte er sich nicht, denn oben brachen die Schüsse ab. Noch zwei Sprünge, und Thien landete neben dem Gebirgsjäger, der ihn sofort an die Wand drückte, wo die Kugeln nicht hingelangten.

»Was ist dort oben los?«, fragte der Mann.

»Wenn ich das wüsste«, antwortete Thien atemlos.

»Na los, Mann!«, herrschte Mainhardt den Zivilisten an. »Machen Sie Meldung!«

Obwohl Thien nie gedient hatte, verstand er, was man von ihm wollte, und er legte los: »Voller Zug, zwei Bewacher, die Frau im roten Overall ist tot. Zwei ältere Amis haben sie umgebracht. Die Frau war's. Gehören vielleicht zu den Geiselnehmern. Man kommt seitlich rein und raus aus dem Tunnel. Sie müssen die Leute da rausholen. Falls noch jemand von denen lebt.«

In dem Moment zerriss eine Detonation die Stille, die den Eibsee eingehüllt hatte.

KAPITEL HUNDERTDREISSIG

Eibsee-Hotel, 15 Uhr 20

Das darf nicht wahr sein!« August Falk hielt sich den Feldstecher an die Augen. »Sie haben das zweite Seil gesprengt. Die Gipfelstation hängt nur noch an ein paar Bolzen im Fels. Sie muss umgehend geräumt werden!«
»Ohne die Tragseile der Bahn hält die Station nicht?«, wunderte sich Katastrophenschützer Rothier.
»So ist es!« August Falk ließ den Feldstecher sinken. »Die Seile gehen durch die Station und sind hinter ihr festgemacht. Das ist eigentlich die beste Verankerung, die man sich denken kann. Solange die Seile da sind.«
Rothier gab die entsprechenden Anweisungen an die am Gipfel befindlichen Rotkreuzler und THW-Männer in seinen Laptop ein. »Da oben sind doch auch ein paar Gebirgsjäger? Bekommen wir einen von denen ans Rohr?«, wollte Rothier von Hans-Dieter Schnur wissen.
Erneut lief die Befehlskette vom Eibsee nach Berlin, von dort auf den Zugspitzgipfel und über Berlin zurück an den Eibsee. Dann war Markus Denninger per Funk im Konferenzraum »Forelle« zu hören: »Hier oben herrscht die absolute Katastrophe. Nach der ersten Detonation gab es einen Toten durch das Seil, das den Mann auseinandergesäbelt hat, und jeder konnte es sehen. Die Leute sind in Panik geraten. Überallhin sind sie gestürzt, Hauptsache raus. Mit Warnschüssen haben wir sie zur Besinnung gebracht. Und jetzt die zweite Detonation. Die Menschen hier werden irre. Sie greifen sich gegenseitig an. Araber gegen Juden, Amis gegen Russen, Deutsche gegen alle – und jeder will einen Platz drüben in der Station der Österreicher. Hier wackelt der Boden. Es gibt Verletzte. Vielleicht Tote. Wir sind bei der Bestandsaufnahme.«

»Denninger, die Leute müssen raus. Es kann passieren, dass die Station vom Gipfel rutscht. Beeilen Sie sich!«, befahl Hans-Dieter Schnur.
»Wir tun, was wir können, aber ehrlich gesagt ...«
»Machen Sie schon, Denninger!«
»Noch was, ich habe es Berlin schon gesagt, aber ich weiß nicht, ob das bei Ihnen angekommen ist. Darum auch an alle am Eibsee: Ich glaube, dass die Terroristen eine Möglichkeit entdeckt haben, hierher zum Gipfel zu gelangen. Sie wollen sich unter die Leute mischen. So kommen sie von hier weg. Ist eine Vermutung. Aber machen Sie sich darauf gefasst, dass alle – ich wiederhole: alle – Personen, die von hier oben evakuiert werden, erkennungsdienstlich behandelt werden müssen, bevor sie nach Hause dürfen.«
»Denninger, das ist Quatsch. Es gibt keinen Tunnel zum Gipfel«, schaltete sich August Falk ein, der seinen Beobachtungsposten am Balkon des Konferenzraums aufgegeben hatte.
»Es gibt in diesem Berg offenbar vieles, was es nicht gibt«, orakelte Denninger. »Ich habe einen Terroristen im Kammhotel ausgeschaltet. Wie kam der dorthin? Und wohin wollte er von dort?«
August Falk schwieg, doch seine Gedanken rasten. Natürlich würde jemand, der aus dem eingesprengten Teil des Zahnradtunnels herauskam, durch den alten Tunnel zum Schneefernerhaus und von dort durch den Kammstollen zum ausgebrannten Hotel gelangen können, und von dort wiederum kam er dann über den Gipfelgrat in die Bergstationen. Aber das schien ihm zu auffällig. Man musste durch das Schneefernerhaus, das ja von Gebirgsjägern bewacht war, und oben auf dem Grat unter freiem Himmel klettern.
Da kam ihm ein Gedanke: »Jessas, die alten Aufzüge! Denninger, Sie könnten recht haben. Es gibt Probebohrungen für Aufzugschächte, die vom Bahnhof Schneefernerhaus in die Gipfelstation geplant waren. Aber da kann kaum einer durchpassen. Höchstens ein kleiner und vor allem sehr schlanker Mann.«

»Wir können davon ausgehen, dass die Terroristen ziemlich klein sind. Peruaner halt«, erinnerte Denninger an die wahrscheinliche Herkunft der Attentäter.
»Um die kümmern wir uns schon«, fiel Hans-Dieter Schnur ein. »Räumen Sie dort oben die Station, und da sie bereits wackelt, bitte ein bisschen dalli!«

KAPITEL HUNDERT-
EINUNDDREISSIG

Garmisch-Partenkirchen, 15 Uhr 25

Die Erstürmung der Pension Edelweiß durch ein Sondereinsatzkommando war reibungslos verlaufen. Die vermummten Polizisten hatten den alten baufälligen Kasten weitgehend leer vorgefunden. Die jungen Snowboarder und Skifahrer, die sich dort für zwölf Euro die Nacht ein Stockbett gemietet hatten, gingen bis auf wenige verkaterte Ausnahmen ihrem Sport nach. Die Ausnahmesituation in und um Garmisch-Partenkirchen und das Ende der Ferien hatten den Ort weitestgehend von Touristen befreit. Die Lifte zum Hausberg, Kreuzeck und auf die Osterfelder liefen trotz des Dramas, das sich auf der Zugspitze ereignete, weiter, als wäre alles in Ordnung (die Bayerische Zugspitzbahn wollte sich nicht auch noch Schadensersatzansprüche von Saisonpassbesitzern einhandeln), und gehörten ganz den Unermüdlichen.

Manche von denen, die in der Pension Edelweiß abgestiegen waren, mochten auch im Zugspitztunnel oder auf dem Zugspitzgipfel gefangen sein. Ihre Kumpels hielt das nicht davon ab, sich die leeren Pisten und Tiefschneehänge *zu geben*, wie sie es untereinander ausdrückten. Erstens konnten sie eh nichts an der Situation ändern, und zweitens optimierte die geringere Anzahl von Mitsportlern die Frequentierung der Hänge; das galt es auszunutzen. Nie mehr würden die Wintersportbedingungen in Garmisch so angenehm sein wie in diesen Tagen.

Das Wirtsehepaar, selbst Ex-Sportler, zeigten den Beamten die Zimmer, in denen sich die dreizehn peruanischen Studenten seit dem Sommer eingemietet hatten. Es gab nur Gutes über sie zu berichten: Sie zahlten pünktlich ihre Miete im Voraus, räumten ihre Zimmer picobello auf und waren zu allen anderen Bewohnern freundlich. Sie waren oft auch über Nacht ausgeblieben, berichtete der Wirt, weil sie für die Zugspitzbahn in Nachtschichten gearbeitet hatten. Am Tag hätten sie gelernt und nur wenig geschlafen. Er sei bald dahintergekommen, dass die jungen Männer ausgiebig von Koka-Blättern Gebrauch machten, um wach zu bleiben. Er brauchte nicht zu erwähnen, dass ihm der Konsum illegaler Substanzen nicht fremd war. Jedenfalls habe er die Verwendung des »Naturmittels aus den Anden, das ja zur Kultur der dortigen Ureinwohner gehört«, nicht unterbunden.

Die Spurensicherung, die die insgesamt drei Zimmer, in denen die peruanische Crew gewohnt hatte, in Rekordtempo durchsuchte, fand nichts Schriftliches, was irgendwelche Hinweise auf die Herkunft dieser Leute oder die Ausführung ihres Plans gegeben hätte. Keine Karte, in die vielleicht eine Rückzugsroute eingezeichnet war, kein Manifest, nicht einmal einen Reisepass. Die Peruaner mussten – wenn sie die Geiselnehmer waren – alles bei sich tragen oder irgendwo außerhalb der Pension Edelweiß versteckt haben. Auch waren keinerlei Gegenstände oder Schriften zu finden, die auf die religiöse oder politische Orientierung der Truppe hätten schließen lassen.

DNA gab es jedoch in Hülle und Fülle. So sauber die Räume auch waren, es fanden sich – wie in nahezu jeder Wohnung – Haare, Hautschuppen und auch Zahnbürsten. Das Material wurde gesammelt, noch bevor die Räume durchsucht wurden, und mit dem Hubschrauber nach München ins LKA in der Maillingerstraße gebracht. Dort machte sich sofort ein Spezialistenteam an die Arbeit. Lag eine gute Probe vor, zum Beispiel ein Haar samt Wurzel, lieferten die neuesten Methoden bereits nach einer Stunde den genetischen Fingerabdruck des Menschen, von dem die Probe stammte. In wenigen Minuten würde klar sein, woher die Peruaner wirklich kamen.

Auch richtige Fingerabdrücke waren sichergestellt worden und liefen bereits durch die Rechner des internationalen Fahndungsnetzwerks. Doch ohne Ergebnis; diese Finger hatten niemals einen Gegenstand berührt, der im Zuge einer kriminalistischen Untersuchung eine Rolle gespielt hatte, und der einzige Staat, der bei der Einreise Fingerabdrücke von Besuchern nahm, waren die USA. Deren Bundespolizei FBI sagte zwar einen Abgleich der in der Pension Edelweiß gefundenen Prints zu, aber ein Resultat wäre erst nach achtundvierzig Stunden zu erwarten, denn im Mutterland der seltsamsten aller Gewerkschaften streikten gerade die Datenbankspezialisten des Heimatschutzministeriums.

Dass in den Zeitungen und Online-Portalen über diesen Streik nicht berichtet wurde, lag daran, dass sämtliche Namen der Angestellten in den Organisationen dieser Superbehörde strenger Geheimhaltung unterlagen. Selbst die Existenz dieser Abteilungen und erst recht die der Gewerkschaften, in denen deren Datenwühler organisiert waren, wurden offiziell geleugnet.

KAPITEL HUNDERT-
ZWEIUNDDREISSIG

Eibsee-Hotel, 15 Uhr 28

Das Untersuchungsteam des LKA übermittelte seine spärlichen Ergebnisse nach Berlin und an den Eibsee. Bis die DNA-Auswertung vorlag, hatte man also nicht mehr Erkenntnisse als vor der SEK-Aktion. Wiesbaden hatte bereits gemeldet, dass die Auswertung der Einreisedaten aus dem vergangenen Jahr keine Hinweise auf eine peruanische Studentengruppe ergeben hatte.
»Alles, was wir wissen, ist, dass Peruaner für Herrn Falk gearbeitet haben. Und dass die sich folglich im Berg gut auskennen. Punkt«, schloss BKA-Mann Schnur.
»Und dass die jetzt nicht dort sind, wo sie sein sollten«, fügte Katastrophenschützer Rothier hinzu.
»Sie wollten über Weihnachten nach Hause fliegen«, erklärte August Falk.
»Sie haben selbst mit denen gesprochen?« Hans-Dieter Schnur wirkte fast so, als bekäme er im nächsten Moment Schaum vor dem Mund.
»Kurz. Ja. Wir machen sehr früh im Dezember immer eine Weihnachtsfeier, weil danach bei uns das Geschäft so richtig losgeht. Mein Personaler hat mir einen gewissen Pedro vorgestellt. Er ist wohl so etwas wie ihr … na ja, wie ihr Anführer, wenn man so will. Oder sagen wir Wortführer, denn er kann ziemlich gut Deutsch. Und auch Englisch und Spanisch. Nun, klar, Spanisch sowieso. Sehr heller Junge. Wir wollten ihn eigentlich fest anstellen. Perfekt als Vorarbeiter. Den kann ich mir sogar als Manager vorstellen, um ehrlich zu sein.«
»Worüber haben Sie mit ihm gesprochen?«
»Ich habe versucht, ihm das Leben hier in diesem wunderschö-

nen Tal ein wenig schmackhaft zu machen. Aber er meinte, er müsse seine Talente dort einsetzen, wo sie für sein Volk am meisten brächten. Die südamerikanische Bevölkerung werde seit nunmehr fünfhundert Jahren ausgebeutet. Da gebe es viel zu tun. Ich konnte ihm da nur beipflichten.«
»Ein peruanischer Revoluzzer in Diensten der Bayerischen Zugspitzbahn – großartig!« Hans-Dieter Schnur verdrehte die Augen. »Und, sonst noch was? Was genau hat er dazu gesagt, wie er seinen Leuten zu Hause helfen will?«
»Darüber haben wir uns nicht unterhalten. Und, bitte, es war eine Weihnachtsfeier. Da versuche ich mit jedem meiner Mitarbeiter kurz zu sprechen. Aber ich weiß noch, dass ich diesem Pedro erzählt habe, dass beim Bau der Zahnradbahn schon einmal Leute aus den Anden sehr gute Arbeit geleistet haben. Das hat ihn leider auch nicht beeindruckt.«
»Moment. Vor neunzig Jahren waren hier Peruaner, die beim Graben des Tunnels geholfen haben?« Hans-Dieter Schnur musste sich sehr beherrschen, um den Oberzugspitzbahner nicht am Kragen zu packen und ihn durchzuschütteln.
»Bolivianer. Man konnte damals nicht genug Bergleute in Europa finden. Die kamen aus aller Herren Länder hierher. War ja Weltwirtschaftskrise, und hier gab es für zwei Jahre sichere Arbeit. Jede Menge Arbeit.«
»Und wo sind die danach hin?«
»Keine Ahnung, Herr Schnur, das ist neunzig Jahre her. Ich weiß davon nur aus den Akten. Und auch nur, weil einer von denen bei einem Brand ums Leben gekommen ist. Deshalb wurde sein Name und eine Liste seiner Habseligkeiten damals aufgezeichnet, bevor man die Sachen an seine Heimatadresse geschickt hat. Der Mann selbst wurde unten in Grainau begraben, aber die Familie hat ein Päckchen und den Lohn plus eine kleine Entschädigung von ein paar hundert Reichsmark nach Hause geschickt bekommen. Die Bayerische Zugspitzbahn war immer ein sehr korrektes Unternehmen.«

»Und einen Zusammenhang zwischen ihrem Pedro und dem Toten aus den Zwanzigern sehen Sie nicht?«

»Ich bin weder Heimatforscher noch Kriminalist. Wie ich schon sagte, ich bin Maschinenbauer. Ich sehe, dass meine Anlagen von Irren zerstört wurden. Und dass meine Gipfelstation drauf und dran ist, vom Berg zu kippen. *Das* sehe ich. Während Sie hier Geschichte aufarbeiten wollen!« Nun war es Falk, der nahe dran war, den BKAler anzugehen.

Mitten in die Kampfstimmung zwischen den beiden Männern hinein meldete sich unerwartet Franz Hellweger, der immer noch mit seiner Lok am Tunnelportal Riffelriss wartete. »Gustl! Bitte melden!«

August Falk schnappte sich sofort das Funkgerät. »Höre. Franz, was gibt's?«

»Ich hab mir ein bisserl die Beine vertreten. Jetzat rat amal, über was ich gestolpert bin.«

»Wir haben keine Zeit für Quizshows«, blaffte Hans-Dieter Schnur. Falks Funkgerät war laut genug, dass alle im Raum »Forelle« mithören konnten.

»Ein Kabelstrang geht aus dem Tunnel und biegt nach rechts ab«, berichtete Franz Hellweger. »Der war im Sommer noch nicht da. Ist sicher nicht von uns. Verschwindet im Schnee und führt offensichtlich in den Wald. Wenn mir nicht exakt dort, wo der aus dem Tunnel rauskommt, mein Feuerzeug in den Schnee gefallen wär und ich nicht ein bisserl hätt graben müssen, hätt den keiner gefunden.«

»Bleiben Sie, wo Sie sind, und warten Sie auf Einsatzkräfte!«, befahl Schnur. Dann rief er Berlin und verlangte, dass die Bundeswehrsoldaten, die bisher den Wald nach Kabeln durchkämmt hatten, am Tunnelportal konzentriert würden. »Wieso haben die da nicht angefangen?«, moserte er in die Runde.

Da Verbindungsoffizier Mainhardt nicht im Raum war, wusste keiner eine Antwort darauf.

KAPITEL HUNDERT-
DREIUNDDREISSIG

Reintalhöhle, 15 Uhr 34

Sandra Thaler hörte die Stimmen immer häufiger. Inzwischen war sie sich sicher, dass sie nicht ihrer Einbildung entsprangen. Irgendwo in diesem Felslabyrinth waren Menschen. Nur zu gern wäre sie mit der Maschinenpistole im Anschlag weitergegangen. Doch sie brauchte immer wieder beide Hände, um sich an schmalen Graten entlangzuhangeln. Oder sie musste durch enge Spalten. Was würde sie tun, wenn sie auf die Besitzer dieser Stimmen traf? Mit ihrer MPi oder ihrer Kamera schießen?

Am anderen Ende einer großen Kammer, deren Wände so ebenmäßig waren, dass sie nicht zu sagen gewusst hätte, ob sie wohl vom Wasser ausgewaschen oder vielleicht sogar von Menschen aus dem Fels gehauen waren, vermeinte sie einen Lichtschein zu erblicken, der an einem höhergelegenen fensterartigen Loch vorbeihuschte.

Sie knipste schnell ihre Stirnlampe aus und stellte den Rucksack auf dem Boden ab. Vorsichtig ging sie in die Knie und zog langsam den Reißverschluss auf. Sie entschied sich für die Kamera statt der Maschinenpistole. Sandra ließ das lichtstärkste Objektiv im Bajonett des Gehäuses einrasten und stellte den Aufnahmemodus auf »Theater«. Diese Leiseschaltung war für Bühnenfotografen gedacht. Sie schwor sich, von einem Teil des Geldes, das ihr der *stern* anweisen würde, eine Leica-Ausrüstung zu kaufen. Mit der Sucherkamera konnte man laut Fachpresse nahezu völlig geräuschlos fotografieren.

Sie versuchte, an der glatten Wand bis hinauf zu dem Fenster zu gelangen, doch dafür hätte sie eine Leiter gebraucht oder wenigstens einen Hocker oder eine Bierkiste. Gut dreißig Zentimeter fehlten ihr.

Sie kniete sich wieder zum Rucksack und entnahm ihm nun doch die Waffe. Sie klappte die Schulterstütze aus und arretierte sie. Dann klemmte sie die MPi zwischen Boden und Wand der Höhle. Von Markus wusste sie, dass der deutsche Hersteller Heckler & Koch äußerst stabile Produkte herstellte, und so vertraute sie darauf, dass die MPi ihr Gewicht von rund fünfzig Kilogramm tragen würde. Sie stellte sich mit dem linken Fuß auf den nach oben weisenden Lauf und stieß sich mit dem rechten vom Boden ab. Der Schwung reichte, dass sie mit den Händen den Rand des Lochs oben in der Wand greifen konnte. Irgendwo fand ihr rechter Fuß auch einen kleinen Vorsprung in der Wand, der als Tritt taugte.

Der Durchbruch in die Halle nebenan war gerade dreißig Zentimeter breit und gut zwanzig hoch. Dort wäre sie nur mit äußersten Schwierigkeiten durchgekommen. Der Platz reichte aber aus, um die Kamera, die sie am Schulterriemen am Rücken trug, so in Position zu bringen, dass sie in den Nebenraum blicken konnte.

Sandra Thaler stellte den Schalter blind auf *on* und sah im Display etwas, was sie nicht für möglich gehalten hätte. Sie überlegte kurz, ob das ein Bild war, das auf der Speicherkarte der Kamera abgelegt war. Nein, das war live, sie sah auf dem kleinen Bildschirm genau das, was das Objektiv einfing.

Ein ziemlich großer Raum tat sich vor ihrem elektronischen Auge auf. In diesem standen Stockbetten, wie sie sie von Markus' Fotos kannte, die die Stuben der Gebirgsjäger zeigten. Außerdem sah sie eine Menge Aluminiumkisten. In einigen der Stockbetten lagen Männer, an die Bettgestelle hatten sie Maschinenpistolen gelehnt, ähnlich der, auf der sie mit dem linken Fuß stand. Ein paar von den Männern rauchten.

In der Mitte des Raums stand ein großer Tisch, umstellt von kleinen Campinghockern. Als wären die sieben Zwerge im Krieg, dachte sie.

In dem Moment bewegte sich am hinteren Ende der Kammer zwischen zwei Stockbetten eine Stoffbahn mit Camouflage-Muster, die einen Gang abdeckte. Durch diese improvisierte Tür kamen zwei weitere Männer, ganz in Schwarz gekleidet. Über den Gesichtern trugen sie Skimasken, die nur die Augen frei ließen. Und zwischen sich schleppten sie eine Frau im roten Overall herein.
Diese Frau musste bewusstlos sein, denn sie bewegte sich auch nicht, als die beiden Träger sie auf dem großen Tisch ablegten. Ihr Gesicht war kreidebleich, ansonsten war alles an ihr rot.
Sandra Thaler erinnerte sich daran, weshalb sie gekommen war, und drückte den Auslöser. Sie selbst hörte trotz Leiseschaltung die Geräusche ihrer Canon, als verrichtete neben ihrem Ohr ein Stahlwerk seine Arbeit. Doch das lag an ihren überstrapazierten Nerven. Die Männer in dem großen Raum bemerkten jedenfalls nichts.
Sandra Thaler knipste weiter und sah auf dem Display zu, wie erneut die Stoffbahn zur Seite geschoben wurde. Ihre Verblüffung hätte größer nicht sein können. Zwei Menschen traten ein, die gut und gern als Touristen auf dem Gipfel des Berges in der Kaffeebar hätten sitzen können. Sie sahen aus wie amerikanische Senioren.
Die Männer im Raum jubelten los, als der Amerikaner etwas hochhielt, das wie eine Kreditkarte aussah. Dann beruhigte er die ihn Umgebenden, die alle die Karte einmal in die Hand nehmen wollten. Er sagte etwas auf Spanisch. Sandra Thaler verstand die Namen *Pedro, José* und die Worte *hermano* und *muerto,* was *Bruder* und *tot* bedeutete, wie sie wusste. Die Männer ließen die Köpfe auf die Brust sinken und hielten eine Schweigeminute ab, die dann ganz plötzlich mit einem indianergeheulartigen Gesang und einem ekstatischen Tanz endete. Sie sangen etwas, was wie »*Yo – Soy – Mi – Pueblo*« klang. Damit konnte Sandra Thaler nichts anfangen.
Während die kleinwüchsigen Männer, die beim genaueren Hinsehen alle Indios zu sein schienen, im Kreis um den älteren

Amerikaner tanzten, trat die amerikanisch aussehende Touristin zu der Frau auf dem großen Tisch und beugte sich über sie. Sie stand mit dem Rücken zu Sandra Thaler, sodass diese nicht sehen konnte, was sie mit der Liegenden anstellte. Aus den Bewegungen der Arme schloss sie, dass die Amerikanerin der Bewusstlosen den Reißverschluss des roten Overalls öffnete und an ihrem Körper herumnestelte. Sicher Wiederbelebungsmaßnahmen, dachte Sandra Thaler.
Dann aber riss die stehende Frau der scheinbar Verletzten ein paar Kabel aus der Kleidung, die dort offenbar eingenäht worden waren. Als die Ältere wieder zur Seite trat, sah Sandra Thaler, dass die Kehle der Liegenden von Ohr zu Ohr aufgeschlitzt war. Der Hals klaffte gut fünf Zentimeter auseinander.
Sandra Thaler musste größte Körperbeherrschung aufbringen, um nicht von der MPi zu fallen.

KAPITEL HUNDERT-VIERUNDDREISSIG

Eibsee-Hotel, 15 Uhr 38

Sie winken!«, August Falk stand wieder als Beobachtungsposten am Fenster und sah es als Erster.
Tatsächlich. Dort oben aus dem Tunnelfenster winkten drei oder vier Menschen. Sie lebten. Die Geiseln im Tunnel lebten. Sie hatten sie nicht umgebracht.
»Wir fangen wieder zu graben an!«, rief Hans-Dieter Schnur in sein Headset. Der Befehl erreichte über Berlin die Zugspitze.
August Falk funkte Franz Hellweger an. »Franz, runter mit deiner Lok und Reparaturlok mit Bagger wieder nach oben. Wir müssen die Menschen aus dem Zug holen!«
»Moment!«, fiel Katastrophenschützer Hans Rothier den Männern in die Parade. »Wir wissen noch nicht, ob nicht weitere Sprengsätze am Gipfel versteckt sind. So wie das bisher gelaufen ist, beobachtet einer von denen, wie wir uns verhalten und ob wir etwas unternehmen! Denken Sie nur an den Kabelstrang, der aus dem Tunnel läuft! Welche Kabel sind das überhaupt?«
Der Mann hatte recht, das musste Hans-Dieter Schnur zugeben. »Kommando zurück! Keiner gräbt, bis Bombengefahr im Tunnel und auf dem Gipfel gebannt ist!«, lautete seine neue Anordnung. »Verdammt!«, schimpfte er. »Berlin, ich brauche diesen unglückseligen Mainhardt. Und zwar schnell!« Und als der sich eine Minute später in seinem Headset meldete: »Mainhardt. Sie können was wiedergutmachen. Gehen Sie rüber zum Tunnelportal und finden Sie heraus, welche Kabel dort aus dem Tunnel verlaufen.«
»Zu Befehl«, sagte Mainhardt gewohnheitsbedingt, obwohl ein BKA-Mann einem Soldaten der Bundeswehr keine Befehle zu

erteilen hatte. Doch die normative Kraft des Faktischen hatte alle Beteiligten im Griff, da verwischten Organisationsgrenzen eben mal.

Fünf Minuten später meldete sich Mainhardt vom Tunnelportal. »Strang von zwanzig Litzen. Eine davon eindeutig Feldtelefon. Dann ist da noch ein Internetkabel. Alle anderen sehen wie Sprengkabel aus.«

»Jetzt wissen wir, wie die Burschen kommuniziert haben und wie die Bilder aus dem Tunnel ins Internet gekommen sind«, sagte Schnur lapidar. »Und wir wissen auch, dass sie noch um die fünfzehn Möglichkeiten haben, weiteren Schaden anzurichten.«

»Soll ich die Dinger kappen?«, fragte Mainhardt.

»Sind Sie wahnsinnig? Vielleicht gehen dann die Sprengsätze hoch, und Sie jagen den kompletten Gipfel in die Luft!« Schnur schüttelte fassungslos den Kopf.

»Glaub ich nicht, aber wenn Sie meinen ...«, murrte Mainhardt.

»Ihre Kameraden, die eigentlich diese Kabel hätten finden sollen, sind die schon vor Ort?«

»Kommen gerade den Wald neben der Abfahrt hoch.«

»Sollen den Strang vom Tunnel weg verfolgen. Er wird sie zum Kopf der Truppe führen. Ich sende zwei SEKs hinterher.«

»Aber zu Fuß«, bestimmte Mainhardt. »Und sie sollen sich durch den Wald nähern.«

»Wenigstens lernen Sie aus Ihren Fehlern«, ätzte Schnur in sein Funkmikro.

KAPITEL HUNDERT-FÜNFUNDDREISSIG

Reintalhöhle, 15 Uhr 45

Sandra Thaler versuchte so lautlos wie irgend möglich von ihrem Aussichtsposten herunterzukommen. Sie hatte gesehen, was sie sehen wollte, und noch weitaus mehr als das, und sie hatte es auch fotografiert. Jetzt hieß es, nichts wie raus aus diesem Höhlensystem.

Sie konnte sich vorstellen, dass die Leute, die sie beobachtet hatte, ebenfalls recht bald den Weg nach draußen nehmen würden, um sich über das Reintal abzusetzen. Dazu würden sie sicher die Nacht abwarten. Also konnte Sandra mit knapp zwei Stunden Vorsprung kalkulieren.

Die beiden Agenten, die ihr beim Aufstieg das Leben gerettet hatten, waren sicher schon viel weiter oben und wahrscheinlich schon auf dem Platt angekommen. Die stellten also für diese obskure Gruppe in der Höhle kaum eine Gefahr dar. Auf sie, auf Sandra Thaler, Skibergsteigerin mit Avancen auf den Weltmeistertitel, kam es nun an. Sie musste die Polizei und die Bundeswehr alarmieren und davon in Kenntnis setzen, was sich unter dem Zugspitzplatt zutrug. Zum Glück würde sie mit den Fotos beweisen können, was sie zu berichten hatte, sonst würde ihr wahrscheinlich niemand glauben.

Doch halt! Was, wenn die Bilder beschlagnahmt wurden? Sie musste auf alle Fälle zuerst nach Hause, um die Speicherkarte auf den Rechner zu kopieren und sie von dort nach Hamburg zu diesem Warngauer zu mailen. Der würde eine Story bekommen, die sich gewaschen hatte. Ob die Summe von 150 000 Euro nun überhaupt noch hoch genug war? Sie würde den Mann vom *stern* also erst anrufen und vereinbaren, dass sie etwas von den internationalen Zweitverwertungsrechten abbekäme. Fünfzig Prozent. Mindestens.

Mit diesen Gedanken im Kopf kletterte sie den Weg zurück, den sie gekommen war. Sie hoffe zumindest, dass es derselbe Weg war und auch der schnellste nach draußen. Denn die Felsschluchten und Canyons sahen, wenn man aus der anderen Richtung kam, ganz anders aus.

Ein mulmiges Gefühl beschlich sie. Was, wenn sie nicht mehr herausfinden würde? Wenn stattdessen diese Terroristen und Mörder sie fänden? Würde sie auch bald mit aufgeschnittener Kehle auf dem großen Tisch in der Wohnhöhle liegen? Was würden sie wohl mit ihr anstellen, bevor sie ihr den Hals aufschlitzten?

Diese Gedanken machten die Dunkelheit der Höhle noch düsterer, und die Laute des Wassers und die Stimmfetzen, die Sandra wieder hörte, wurden zu einer Truppe von Verfolgern, die ihr bereits auf den Fersen war.

Der Schweiß brach ihr aus. Auf was hatte sie sich da eingelassen? Und alles nur wegen der Kohle, die ihr der Mann aus Hamburg versprochen hatte.

Sie begann sich allmählich zu verfluchen. Doch das half nun auch nichts.

KAPITEL HUNDERT-SECHSUNDDREISSIG

Eibsee-Hotel, 15 Uhr 50

Solange wir nicht in den Tunnel können, können wie die Täter nicht verfolgen und die Geiseln nicht befreien, weder die im Tunnel noch die auf dem Gipfel«, meldete Hans-Dieter Schnur nach Berlin. »Eine gute Nachricht: Die deutsche Gipfelstation wurde geräumt. Aber Frau Kapitän zur See Dembrowski scheint gefallen zu sein. Das zumindest hat der Zeuge Baumgartner leider gemeldet. Er ist wohl der einzige Mensch, der bisher aus dem Tunnel entfliehen konnte. – Ja, positiv, er ist auf dem Weg zu uns. Ein Sonderkommando bringt ihn durch den Wald hierher. Ist ein guter Skifahrer, sollte jede Minute hier eintreffen. – Positiv. Wir setzen alles daran, den Mann zu finden, der sich offenbar noch irgendwo hier draußen versteckt hält. Leider ist der Wald auch ohne Schnee kaum zu durchdringen. Oben hinter dem See auf der Anhöhe verläuft die Staatsgrenze. Dort sollten die Österreicher suchen. Der Mann muss von seinem Standort aus beide Seilbahnen und die Riffelriss-Abfahrt einsehen können. Das schränkt die Suche ein, es sind aber dennoch jede Menge Hektar Wald zu durchkämmen, rund um den See. Ende.«

Hans-Dieter Schnur atmete tief durch, nachdem er seinen Lagebericht beendet hatte. Dann sagte er in die Runde: »Jetzt wird's zum Geduldspiel. Wir müssen diesen einen Mann kriegen, den die Gruppe offenbar als Beobachter zurückgelassen hat. Wir können nur hoffen, dass er sich nicht schon längst aus dem Staub gemacht hat.«

»Wo die Geiselnehmer aus dem Tunnel wohl hin sind?«, fragte Hans Rothier in die Runde.

»Ganz einfach«, brummelte Schnur. »Die haben sich das Chaos und die Panik oben in der Gipfelstation zunutze gemacht, um sich unter die Leute zu mischen. Wie Denninger sagte, haben sie wohl irgendein Höhlensystem entdeckt, durch das sie aus dem eingesprengten Abschnitt raus in den alten Tunnel gelangen konnten und von dort in der alten Probebohrung nach oben. Aber davonkommen lassen werden wir sie nicht. Wir werden alle Geiseln vom Gipfel in die Kaserne nach Mittenwald schaffen lassen, und zwar per Helikopter, sobald wir wieder fliegen können. Wird zwar elend lange dauern, aber es wird kein Mensch diesen Gipfel verlassen und erst recht nicht die Edelweiß-Kaserne, bevor seine Identität und die seiner Eltern und Großeltern nicht einwandfrei geklärt ist. Und wenn wir alle vorläufig festnehmen und in Untersuchungshaft nehmen müssen. Wir kriegen diese Verbrecher. Machen Sie sich keine Sorgen.«

Sorgen machten sich die Männer im Krisenstab trotz dieser Parolen. Man sah es ihren Gesichtern an. Zudem waren sie von dem anhaltenden Stress, unter dem sie standen, übermüdet. Und die Angelegenheit würde noch lange nicht ausgestanden sein. Dort oben am Gipfel – und wer wusste, wo sonst noch – waren ein oder mehrere Sprengsätze versteckt. Die deutsche Station war zwar nun leer, doch was war mit der österreichischen? Niemand wagte, diese Frage zu stellen. Denn eine Lösung dieses Problems hätte keiner gewusst.

Eine Evakuierung der Menschen auf das Platt hätte durch die deutsche Station und mit der Gletscherbahn geschehen müssen, doch das hatten die Terroristen untersagt, und zweitens hing die Statik der Gletscherbahn von der Festigkeit der Gipfelstation ab, wie August Falk vor kurzem referiert hatte. Der einzige Weg in die Freiheit führte für die gut zweieinhalbtausend Menschen, die nun auf der österreichischen Seite festsaßen, durch die Luft. Das galt auch für die gleiche Menge Menschen im SonnAlpin. Bei einer Kapazität von durchschnittlich acht Mann pro Militärhubschrauber wären über sechshundert Flüge nötig. Auch wenn mehrere österreichische und deutsche Maschinen zwischen Mittenwald und dem Gipfel beziehungsweise dem SonnAlpin pendelten, würde die Evakuierung Stunden, wenn nicht einen ganzen Tag dauern.

Erschwerend kam hinzu, dass man im Krisenstab in Berlin noch keine Entscheidung getroffen hatte, ob man die Passagiere vor ihrem Abflug auf Waffen und Handgranaten durchsuchen sollte. Im Grunde war das geboten, wenn man davon ausging, dass sich eine Handvoll Terroristen unter den Beförderten befanden. Wie leicht könnten diese einen Hubschrauber sprengen, wenn sie mit ihm unterwegs waren. Natürlich wollte man diese Fanatiker aber auch nicht zu Verzweiflungstaten bewegen, während sie sich noch in einer Menschenmenge befanden. Die Diskussion unter den Terrorspezialisten in Berlin ging in die Richtung, die Menschen nicht am Gipfel zu durchsuchen. Der Schaden eines gesprengten Hubschraubers wäre kleiner als der, der durch das Zünden einer Handgranate in der Menschenmenge entstehen würde. Dann aber müsste in der Mittenwalder Kaserne alles ruckzuck gehen: Passagiere aussteigen lassen, jeden einzelnen möglichst schnell von Fluggerät und den Mitreisenden trennen, Leibesvisitation im sprengsicheren Gebäude, vorläufige Festnahme und Inhaftierung der Geiseln, die sich nicht bereit erklärten, bis zur Aufklärung des Falles als Gäste der deutschen Bundesregierung in der Kaserne zu wohnen, Passkontrolle, Abnahme der Fingerabdrücke, Scan der Augen, DNA-Probe, Schnellauswertung und Vergleich mit den Daten aus der Garmischer Pension sowie den Terrordaten von GTAZ, BKA, Interpol, FBI, Scotland Yard und US-Heimatschutz (sobald der dortige Streik beendet war).

Wann dies alles vonstattengehen würde, stand in den Sternen. Erst musste der Mann im Wald gefunden werden. Die Menschen auf dem Gipfel und im Tunnel mussten wohl so lange aushalten. Das den Leuten auf dem Gipfel mitzuteilen war nicht schwierig. Über Funk konnten die Bundeswehr und die Einsatzkräfte des Roten Kreuzes sowie des Technischen Hilfswerks informiert werden und dann im Rahmen ihrer schwindenden Kräfte beruhigend auf die Masse einwirken. Das Problem waren die Geiseln im Tunnel.

August Falk erläuterte den Zugführern der beiden festsitzenden Züge über den Betriebsfunk die Situation und war dabei so offen wie möglich. Man konnte nur hoffen, dass die Kommunikationsfähigkeit und das psychologische Einfühlungsvermögen der Bahner ausreichten, um auf die Passagiere derart einzuwirken, dass es nicht zu Panikreaktionen kam.

KAPITEL HUNDERT-SIEBENUNDDREISSIG

Bundeskanzleramt, 16 Uhr

Es kann nicht angehen, meine Herren, dass ein einzelner Mensch unsere Republik in Schach hält!«, tobte die Kanzlerin in ihrem Büro vor dem Generalbundesanwalt und dem Generalinspekteur der Bundeswehr. »Finden Sie ihn! Machen Sie ihn unschädlich! Und was soll das heißen, die Terroristen sind im Berg verschwunden und wahrscheinlich auf dem Gipfel unter den Geiseln? Und jetzt wollen Sie alle Geiseln in Haft nehmen? In einer deutschen Kaserne? Wie stellen Sie sich das vor? Wie soll ich das den Regierungschefs der Niederlande, von Russland, Amerika und sicher weiteren fünfzig Nationen erklären? Machen Sie sich über mich lustig? Oder legen Sie es darauf an, dass ich mich vor der Welt lächerlich mache? Ist es das, was Sie wollen? Wer steuert Sie, meine Herren?«

»Frau Bundeskanzlerin, mit Verlaub, aber die letzte Bemerkung habe ich nicht gehört«, empörte sich der Generalbundesanwalt. Der Generalinspekteur übte den Schulterschluss: »Jawoll, was zu weit geht, geht zu weit!«

Damit kam er der Kanzlerin gerade recht. Sie baute sich vor ihm auf und zischte ihn gefährlich leise an. »Wenn ich die Ereignisse der letzten Stunden Revue passieren lasse, fallen mir eine ganze Reihe Fehler auf, die der Ihnen unterstellten Bundeswehr unterlaufen sind, und damit ist Ihr forscher Ton wohl alles andere als gerechtfertigt. An Ihrer Stelle wäre ich ganz still.«

Dann stürmte sie ins große Besprechungszimmer, in dem der erweiterte Krisenstab saß und auf den Bildschirmen die TV-Berichterstattung und die behördeneigenen Live-Bilder von der Zugspitze verfolgte. »Ich will wissen, wie Menschen in unserem

höchsten Berg verschwinden können!«, blaffte die Kanzlerin in die Runde. »Wir geben jährlich Milliarden für die Erforschung des Weltraums und der Tiefsee aus und wissen nicht, wie es in der Zugspitze aussieht?«
Der Staatssekretär des Innern nahm sich vor, einen Referentenentwurf für ein entsprechendes Forschungsvorhaben ausarbeiten zu lassen und als Projekt in den nächsten Haushalt einzubringen.

KAPITEL HUNDERT-ACHTUNDDREISSIG

Eibsee-Hotel, 16 Uhr 03

Thien wurde von zwei Gebirgsjägern durch die Gänge des Eibsee-Hotels geführt. An jeder Ecke standen schwerbewaffnete SEKler und Soldaten der Bundeswehr. Wie in einem Hochsicherheitstrakt sah es in der feudalen Herberge aus. In der Tat war diese innerhalb der letzten vierundzwanzig Stunden auch in einen solchen verwandelt worden.
Vor dem Konferenzraum »Forelle« blieb die Dreiergruppe stehen, und einer der Soldaten klopfte an. Die Tür wurde von innen entriegelt und Thien in einen Raum eingelassen, in dem man die Luft hätte schneiden können.
Die gut zehn Männer waren seit einem Tag und einer Nacht im Dauereinsatz. Die Klimaanlage mühte sich vergebens ab, die Luft im Raum aufzufrischen. Doch verglichen mit dem Gestank im Tunnel, den Thien den Rest seines Lebens nicht vergessen würde, roch es in diesem Raum wie in einer Parfümerie zwei Tage vor Weihnachten.
Hans-Dieter Schnur wusste sofort, wer der Besucher des Krisenstabs war. »Herr Baumgartner. Danke, dass Sie sich zur Verfügung stellen. Geht es Ihnen gut?«
»Passt scho. Bisserl müde«, antwortete Thien wahrheitsgemäß. Er fühlte sich sehr gut, denn er hatte die Geiselnahme überlebt. Aber er hatte nur ein paar Stunden geschlafen.
»Müde sind wir alle. Bitte konzentrieren Sie sich noch ein paar Minuten. Wir brauchen Ihre Kenntnisse.«
»Passt scho«, wiederholte er.
»Also. Zunächst zu den Geiselnehmern. Ist es richtig, dass es

zehn waren, wie uns Kapitän Dembrowski mitteilen konnte, bevor sie ... Na, Sie wissen schon.«

»Ich weiß. Ich musste es mit ansehen. Die arme Frau.« Und schon ging es Thien weniger großartig. »Also – zwei im Zug, zwei in den MG-Nestern vor und hinter dem Zug, der Anführer, der den Segelflugschein gemacht hat, und fünf andere. Damit komme auch ich auf zehn.«

Hans-Dieter Schnur hielt alles an einem Flipchart fest. »Dazu zwei, die Denninger ausgeschaltet hat. Macht zwölf. Und der Mann, der draußen sitzt. Macht dreizehn. Stimmt das mit Ihrem peruanischen Arbeitstrupp überein, Herr Falk?«

August Falk nickte nur. Er hatte sich längst damit abfinden müssen, dass seine Saisonarbeiter die Terroristen waren.

Hans-Dieter Schnur wandte sich wieder an Thien. »Bewaffnung?«

»Maschinenpistolen. Solche, wie sie Polizisten am Flughafen spazieren tragen.«

Schur hatte die üblichen Modelle auf einem Powerpointchart zusammengestellt und warf die Bilder über den Beamer an die Wand: Uzi, Kalaschnikow, Heckler & Koch MP5.

»Ja, genau dieses Teil da.« Thien deutete auf die MP5.

»Gut. Weitere Details: Aussehen, Größe, besondere Merkmale?«

»Alle sehr klein und schmal. Dunkle Augen. Einer hat mal Spanisch gesprochen.«

»Indios«, stellte Schnur fest.

»Menschen indigener Herkunft«, berichtigte Thien. »Der Ausdruck Indio ist chauvinistisch.«

»Verzeihen Sie, Herr Baumgartner, wir sind nicht chauvinistisch, wir haben nur wenig Zeit. Aber ich verstehe, dass Sie das besonders stört.«

»Mich? Wieso?«, wunderte sich Thien. »Ich bin Partenkirchner.«

Hans-Dieter Schnur wusste alles über die Herkunft seines Zeugen. Das Dossier über ihn war vor einer halben Stunde aus

Wiesbaden bei ihm als E-Mail eingegangen. Er hob die Augenbrauen. »Nun gut. Partenkirchner. Wie Sie wünschen.«
»Diese Männer sind skrupellos«, fuhr Thien fort. »Sie haben einen Mann erschossen. Einfach so, weil er einmal den Mund aufgemacht hat. Das heißt, der Anführer der Geiselnehmer hat das getan. Der war ein bisschen irre, wenn Sie mich fragen. Aber der liegt ja drüben im Geröllfeld.«
»Wir bergen ihn, wenn wir den fehlenden Mann haben. Und nun zu den beiden Amerikanern. Was ist mit denen?«
»Craig und Barbara Hargraves. So heißen die. Zumindest haben sie das gesagt. Also er.«
»Gesagt?«
»Zuerst habe ich mit ihm über Augenkontakt kommuniziert. Mit Hilfe dieses Werbeschildes. Jeder Buchstabe eine Nummer und dann blinzeln. Erkläre ich Ihnen später. Der war sehr erfahren mit so was. Geheimdienstler vielleicht. Wahrscheinlich. Hat sich freiwillig zum Gefangenenaustausch gemeldet, als Kapitän Dembrowski aufgetaucht ist. Ich glaube, damit haben die gerechnet. Dass da wer reinkommt, meine ich. Das war Teil des Plans. Die ist, glaube ich, in den Tunnel sogar reingelockt worden.« Thien machte eine kurze Pause, um seine Gedanken zu ordnen. »Und dann die Frau, also Barbara. Die hat Kerstin … Kapitän Dembrowski die Kehle durchtrennt, als würde sie das täglich bei hundert Hähnchen tun. Zumindest hat sie das nicht zum ersten Mal gemacht. Hat vorher die ganze Zeit über den Rosenkranz gebetet. Als sie noch Geisel war. Unglaublich, die Frau. Ich bin voll auf die zwei reingefallen. Ich wollte mit denen zusammen – oder besser mit dem Mann – auf die Terroristen losgehen. Na, Mahlzeit, die hätten mich als Allerersten umgenietet, ist ja klar.« Die Worte sprudelten nur so aus Thien heraus, nachdem er endlich nicht mehr zum Schweigen verdammt war.
»Und das Rein und Raus aus dem Tunnel, wie ist das gelaufen?«
»Hab ich nicht genau gesehen, weil da der andere Zug, der leere, davorstand. Aber auf der höllentalseitigen Tunnelwand muss

es einen Durchschlupf geben. Irgendwo da ist die Dembrowski reingekommen. Und die Terroristen raus. Die waren alle auf einmal weg. Und dann hab ich abhauen müssen. Gott sei Dank weiß ich einigermaßen, wie das mit dem Abseilen funktioniert.«
»Noch ein Wort zu den anderen Geiseln«, bat Hans-Dieter Schnur. »Wie geht es denen?«
»Körperlich gut, da ist auch genug zu essen und trinken. Die haben vorgesorgt, die Herren Terroristen. Überhaupt sehr gut geplant. Die Sprengungen exakt vor und hinter dem Zug. Das Seil. Genau so lang, wie die Wand hoch ist. Alles genauestens geplant. Respekt.«
»Weil Sie gerade sagen ›die Herren Terroristen‹. Keine Frau darunter?«
»Eher nicht. So von der Figur her. Das sieht man ja. Also meistens.«
»Danke, Herr Baumgartner. Vielleicht könnten Sie sich hier im Hotel zu unserer Verfügung halten?«
»Muss ich?«
»Ich fürchte, ja. Sie sind ja über jeden Verdacht erhaben. Aber wir haben Anweisung, jede Geisel zunächst auf Verwicklung in die Tat zu überprüfen, und jede bedeutet jede.«
»Verstehe. Ja, das würd ich auch, bei einer solchen Irrsinnsgeschichte. Dann sollte ich am besten bei Ihnen hier bleiben. Vielleicht fällt mir etwas auf, wenn Sie hier weiterarbeiten. Ich meine etwas, was Ihnen hilft.«
»Gute Idee. Wenn Sie sich nicht ausruhen wollen, Herr Baumgartner ...«
»Wie gesagt, passt scho. Auf ein paar Stunden Schlaf mehr oder weniger kommt's nicht an.« Thien sagte nicht, dass er vorhatte, seine Geschichte und alles, was er im Tunnel erlebt hatte und im Krisenstab aufschnappen würde, sofort nach Beendigung der Krise an die internationale Presse zu verkaufen. Er bedauerte nur, dass er weder Kamera noch Handy dabei hatte ...

KAPITEL HUNDERT-
NEUNUNDDREISSIG

Kammhotel, 16 Uhr 15

An einem normalen Skitag stellten die Lifte auf dem Zugspitzplatt um die Zeit ihren Betrieb ein, als die beiden Agenten, die das Reintal hinaufgestiegen waren, das Kammhotel erreichten, wo sie sich zu John McFarland begaben. Da sie in ihrer Undercoveraktion nicht den bequemen Kammtunnel vom Schneefernerhaus durch den Fels nutzen konnten, war besonders das letzte Stück unter dem steilen Zugspitzgrat eine Strapaze für das zwar durchtrainierte, aber nicht täglich skibergsteigende Paar gewesen. Nun saßen sie zu dritt in McFarlands Beobachtungszentrale und tauschten sich über die Ereignisse der vergangenen Stunden aus.

McFarland hatte auf seinen Monitoren eine ganze Menge haarsträubender Dinge beobachten müssen. Er hatte gesehen, wie sich Menschen aus dem Tunnel durch ein Felsenfenster abgeseilt hatten, wie die Terroristen in einem Felsspalt verschwanden, den sie gezielt mit einigen Schlägen einer Spitzhacke freigelegt hatten, wie eine Verhandlungsführerin der deutschen Regierung mit aufgeschlitzter Kehle zwischen den Gleisen gelegen hatte, bevor sie von den Terroristen bei deren Rückzug mitgenommen worden war. Was er jedoch fast nicht glauben konnte, war, dass eine Frau, die als Begleiterin eines Mannes, dessen Daten in den CIA-Rechnern als gesperrt deklariert waren – zumindest für ihn –, ebendiese Verhandlungsführerin der deutschen Regierung mit größter Präzision und Kaltblütigkeit getötet hatte.

Davon berichtete er seinen beiden Kollegen nicht. Er wusste nicht, wer der Verfasser dieses Drehbuchs war, aber es war der absurdeste Film, den er jemals auf einem Bildschirm gesehen hatte. Unter Umständen war es also auch für ihn dienstzeit- und lebensverlängernd, wenn es möglichst wenige Mitwisser gab. Für die beiden Agenten war nur wichtig, dass die Terroristen ein Höhlensystem im Berg entdeckt hatten und es offenbar für ihre Flucht nutzten.

Die beiden Kollegen verschwiegen ihm ihrerseits, dass sie eine Fotografin, die auf dem Weg durch das Reintal gewesen war, nicht nur aus einer Lawine gerettet, sondern auch noch laufen gelassen hatten. Je weiter sie aufgestiegen waren, desto mehr war ihnen ihr eigenes Verhalten zwar menschlich, aber äußerst unprofessionell erschienen. Laut Dienstanweisung hätten sie nicht zulassen dürfen, dass es eine Zeugin für ihre Anwesenheit gab. Daher schworen sie sich, niemandem von diesem Lapsus zu berichten.

KAPITEL HUNDERTVIERZIG

Reintalhöhle, 16 Uhr 43

Irgendwann würde die Batterie von Sandras Stirnlampe zur Neige gehen. Die Lampe würde zunächst immer schwächer leuchten, sie würde es anfangs noch nicht merken, doch nach einiger Zeit würde nur noch ein gelber Punkt auf dem Felsen scheinen. Auch der würde immer schwächer werden, und schließlich würde es um sie herum stockfinster sein.

Sie konnte dann noch versuchen, im Schein des Kameradisplays den Weg zu finden, aber die Akkus reichten höchstens für eine Stunde. Und was wäre dann? Ohne Licht würde sie keinen Meter weiterkommen. Die Dunkelheit in der Höhle war das dunkelste Schwarz, das sie jemals gesehen hatte.

Sie hatte schon probiert, wie es ohne Licht in diesem Labyrinth sein würde, indem sie die Lampe ausgeknipst und die Augen ganz weit aufgerissen hatte, damit sie sich schneller an die Dunkelheit gewöhnten. Dann hatte sie die Hand zwei Zentimeter vor ihr Gesicht gehalten. Sie hatte nichts gesehen, rein gar nichts.

Fünf Minuten hatte sie gewartet, ob sich vielleicht doch ein Gewöhnungseffekt der Augen einstellen würde. Das war ja selbst im dunklen Keller so; nach ein paar Minuten konnte man üblicherweise wenigstens die Umrisse der Umgebung erkennen. Doch nicht in dieser Höhle. Da war nichts. Kein Lichtstrahl kam hier herein, kein Widerschein, nicht ein einziges Photon. Sie sah ohne Lampe hier einfach null Komma nichts.

Diese Gedanken machten Sandra Thaler nicht nur einfach nervös, sie musste immer öfter gegen Panikattacken ankämpfen, die in ihr aufsteigen wollten. Besonders dann, wenn sie wieder eine Stelle passierte, an der sie in verschiedenen Richtungen weitergehen konnte, sie nicht wusste, ob sie sich nach rechts oder links wenden sollte, ob nach oben oder unten. Dazu erinnerte sie sich nicht, ob sie auf dem Hinweg schon einmal an einer dieser Stellen gewesen war. Dieses Höhlensystem war nicht nur weitläufig, es war unermesslich.

Sie versuchte, sich auf andere Gedanken zu bringen, dachte über das nach, was sie gesehen hatte. Diese Leute mussten es irgendwie bewerkstelligt haben, ihre komplette Ausrüstung hier hereinzuschaffen. Den Tisch, die Stockbetten, die Kisten, die überall standen. Sie mussten den optimalen Weg kennen. Sie mussten die Durchgänge, die eindeutig mit Werkzeug geschaffen worden waren, gehauen haben. Die Steinplatten, die manches Loch einmal abgedeckt hatten, mussten sie auf die Seite geräumt haben. Aber wer hatte die Gänge angelegt, die die natürlichen Teile der Höhle miteinander verbanden und die diese Steinplatten verschlossen hatten? Doch nicht diese Truppe! Sie hatten sie sehr wahrscheinlich nur wiederentdeckt.

Natürlich hatte Sandra Thaler von den uralten Sagen gehört, die von Geistern, Höhlen und Goldschätzen im Rein- und Höllental berichteten. Aber das waren doch nur Legenden. Genau wie die der Venediger Manndl, die man sich in ihrem Heimatort Mittenwald erzählte. Diese sollten kleine Wesen aus Italien gewesen sein, die sich auf das Auffinden von Schätzen in den Bergen verstanden.

Sandra Thaler wusste, dass zu ihres Großvaters Kindertagen viele Leute daran geglaubt hatten. Ob diese uralten Geschichten doch einen wahren Kern hatten? Sie sah ja diese Gänge, und sie war durch sie hindurchgeschlüpft. Und die Leute in diesem riesigen Felsendom waren ja auch da gewesen. Sie hatte sie auf die Speicherkarte ihrer Kamera gebannt. Eindeutig bewiesen. Und sie waren aus einer anderen Richtung gekommen. Sie hatten diese Frau im roten Overall mit sich geschleppt. Sie waren aus dem Zugspitztunnel gekommen. Irgendeine Verbindung musste es geben, da war sie ganz sicher.

Was aber, wenn ihr niemand glauben wollte? Wenn man die Fotos für gestellt hielt. Würde der *stern* sie wirklich kaufen? Würde sie irgendwer auf der Erde kaufen? Oder würde man sie als Betrügerin, als Scharlatan abstempeln?
Wieder war da dieser Selbstzweifel. Sie verfluchte sich. Sie war doch sonst nicht so unsicher. Der Stress der letzten zehn Stunden und die Angst vor dem Tod in dieser Höhle brachten ihr Nervenkostüm komplett durcheinander. Sie musste bald hier raus. Wieder stieg ein Panikschub in ihr auf. Sie wollte schreien. Laut schreien. In den höchsten Tönen, bis der Fels um sie herum zerspringen würde wie ein Kristallglas. Sie atmete tief aus, um die Panik aus dem Körper zu vertreiben. Sie schloss die Augen und stellte sich ein positives Bild vor. Eine Sommerwiese. Eine Alm. Eine Berghütte. Sie mit Markus. Sie cremte ihm zärtlich den Rücken ein. Aber halt, das war gar nicht Markus. Der Hautton war ein anderer. Er war dunkler. Das Haar war auch anders. Es war schwarz. Sie cremte Thien den Rücken ein, ihrem Ex-Freund.
Was hatte das nun zu bedeuten? Sie wurde langsam verrückt, sagte sie sich. Sie würde hier nicht mehr rauskommen. Es war klar, dass sie hier nicht mehr rauskommen würde. Sie hatte ihr Glück für einen Tag aufgebraucht. Im Frühjahr, während der Schneeschmelze, würde die Höhle wieder voll Wasser laufen, und ihr Körper würde zwischen den Felsen zerrieben. Ihre Kamera. Ihre Objektive. Die MPi. Alles würde zu feinem Sand zerrieben, der irgendwann aus dieser Höhle hinaus in die Partnach gespült und von ihr ins Tal geschwemmt würde.
Kleinste Partikel nur würden von dem Plastik und dem Metall bleiben. Im Mikrogrammbereich. Sand eben. Von ihr selbst, von Sandra, würde nichts mehr übrig sein. Ihre zermahlene Biomasse würde von Bakterien zwischen den Sandpartikeln herausgefressen werden. Diese Bakterien würden Nährstoffe für Algen bilden. Die Algen würden Kleinstlebewesen im Fluss als Nahrung dienen. Diese würden Fische ernähren.

Ich werde Fischfutter, dachte sie. Oder – das hört sich besser an – ich werde eins mit dem Gebirge. Ja, diese Vorstellung gefiel ihr wesentlich besser.
Sie musste sich zusammenreißen. Nein, sie wollte nicht eins mit dem Berg werden. Sie wollte überleben. Sie wollte das Honorar für die Bilder. Sie wollte ein gutes Leben führen mit dem Geld. Sie wollte Kinder. Sie wollte ... Thien, wenn sie es sich recht überlegte.
Bei diesem Gedanken musste sie sich auf einen Felsvorsprung setzen. Meinte sie das ernst? Sie konnte es nicht fassen. Sie schaute nach oben, als würde der liebe Gott, von dem sie nicht wusste, ob sie an ihn glauben sollte, ihr von dort den entscheidenden Hinweis geben.
Und das tat er. Über ihr strahlte der Abendstern, die Venus. Sandra Thaler blickte durch eine Spalte von einem halben Meter Breite in die anbrechende Nacht.

KAPITEL HUNDERT-EINUNDVIERZIG

Eibsee, 16 Uhr 50

Wenn die Männer im Dunkeln mit starken Lampen weitersuchen, kann er sie womöglich sehen«, sagte Hans-Dieter Schnur. Obwohl zwei Gebirgsjägerzüge, also knapp zweihundert Mann, seit mehreren Stunden den Wald nach Kabeln durchkämmten und der aus dem Tunnel führende Strang zusätzlich von einem Team freigelegt wurde, das sich den Hang zum See hinunterkämpfte, war das fehlende Mitglied des Terrortrupps noch nicht gefunden worden. Mittlerweile brach die Nacht an. Der Mann – wenn er noch in seinem Versteck saß – konnte natürlich jederzeit einen weiteren Sprengsatz hochgehen lassen. Daher war Schnurs Mahnung berechtigt.
»Wir sind jetzt gleich unten am See hinter dem Bootsverleih angelangt«, meldete der Führer des zusätzlichen Teams, bestehend aus zehn Männern. »Hier führt das Kabel westwärts den See entlang.«
»Er wird wissen, wo er hinzusehen hat, also keine Lampen mehr!«, mahnte Hans-Dieter Schnur. »Sucht, solange ihr irgendwie könnt! Ich hoffe, der Schnee gibt euch genug Licht.«
Nach einer halben Stunde meldete der Trupp: »Hier ist eine Stelle, wo ein Bach unter dem Weg und durch ein Rohr in den See geleitet wird, und der Kabelstrang verschwindet in dem Rohr.«
»Geht nicht bis zum Seeufer, da kann er euch sehen«, funkte Schnur. Und zum Krisenstab sagte er: »O Mann, wenn sie sich den Spaß erlaubt haben, das Kabel quer durch den See zu legen, dann wissen wir jetzt so viel wie vorher. Es kann irgendwo rauskommen, hundert Meter weiter vorn, hundert Meter weiter hinten oder auf der anderen Seeseite.«

»Oder auf der Insel«, mischte sich Thien ein.
»Auf der was?«
»Auf der Insel. Es gibt weiter hinten diese Inseln. Und auf einer gibt es eine Hütte. Die kenn ich gut, die kann man für Hochzeiten mieten. Im Sommer, halt. Mein Sportarzt hat dort geheiratet. Sehr nette Party.«
»Kann man von dieser Insel aus die Bergbahnen und den Zugspitzgipfel sehen?«
»Klar. Die liegt wirklich ideal, wenn man das ganze Massiv überschauen will.«
»Zeigen Sie sie uns! Sie müssen die GSG9 dort hinführen, Herr Baumgartner.«
»Kein Problem. Das sind zu Fuß zwanzig Minuten von hier. Ein Boot brauchen wir ja nicht. Der See ist ja zugefroren.«
Hans-Dieter Schnur sprach eilig ein paar Befehle in sein Headset und tippte etwas in seinen Laptop. Zwei Minuten später klopfte es an der Tür des Konferenzraums, und ein in eine dunkelgraue Kampfmontur gekleideter Kommando-Polizist holte Thien Hung Baumgartner ab. Thien bekam Einsatzstiefel, eine schusssichere Weste und einen Helm, und zwei weitere Minuten später marschierten zwei GSG9-Polizisten vor ihm, zwei neben ihm und eine Handvoll hinter ihm.
Es tat Thien gut, aus dem Muff des Konferenzraumes herauszukommen und sich in der klaren kalten Abendluft bewegen zu können. Im Laufschritt ging es den Eibsee-Rundweg entlang, bis Thien schließlich am Steilufer des Sees stehen blieb und hinüber zur Maximilianinsel wies.
»Sie bleiben hier oben«, befahl der Truppführer.
Thien gehorchte. Was er an diesem Tag erlebt und durchgemacht hatte, reichte fürs ganze Jahrzehnt.
Die Männer des Einsatzkommandos glitten lautlos den Hang zum See hinab. Unten sammelten sie sich im Schutz der Bäume und schlichen dann langsam über das Eis zur Insel. Dann ging alles ganz schnell. Thien hörte einen Befehl gellen, dann knirschte

Holz, ein greller Blitz flammte auf der Insel auf und ein lauter Knall ertönte, dann ein paar kurze Rufe. Der letzte lautete: »Sauber!«

Der Mann, der neben Thien gewartet hatte, um auf ihn aufzupassen, erhielt einen Funkspruch. »Ob Sie sich davon überzeugen wollen, dass die Hütte leer ist, fragt unser Kommandant.« Thien wollte. Nicht dass er es nicht geglaubt hätte, aber er wollte für seine spätere Reportage detailliert wissen, wie eine Holzhütte aussah, nachdem zehn GSG9-Polizisten sie gestürmt hatten. Er rutschte den Abhang hinab und schlitterte über das Eis. Auf der Insel angekommen, sah er, dass die Männer ganze Arbeit geleistet hatten. Sie hatten nicht die Eingangstür der Hütte benutzt, sondern kurzerhand die Rückwand weggesprengt. Wie ein offenes Puppenhaus standen die übrig gebliebenen Außenwände da. Im Innern des Blockhauses lagen ein Tisch und ein paar Stühle umgekippt am Boden.

Ja, die Hütte war leer. Dabei war Thien so sicher gewesen. Als Versteck wäre dieser Platz ideal. Die Hütte konnte man nur vom Südufer des Sees aus sehen, und auch nur dann, wenn man dem Rundweg eine gute Weile folgte. Wer einen Anschlag auf die Zugspitze plante, konnte davon ausgehen, dass der See bei einem solchen Terrorangriff weiträumig abgesperrt und so der Blick auf die Hütte von den Behörden verhindert würde. Und einen Fluchtweg gab es auch: In der Nähe der Stelle, von der aus der Sturm der Eliteeinheit begonnen hatte, führte ein Wanderweg hinunter zur Bundesstraße.

Thien berichtete dem Kommandanten des Einsatztrupps von diesen Überlegungen. Dieser meinte: »Dann ist der Mann vielleicht hier gewesen und über ebendiesen Fluchtweg abgehauen. Zeigen Sie uns bitte, wo er beginnt.«

Thien und die Männer gingen über das Eis zurück und erklommen das Steilufer. Fünfzig Meter den Rundweg weiter nach Westen war die Abzweigung. »Sie begeben sich bitte wieder ins Hotel. Wir gehen dem Weg nach«, befahl der Truppenführer.

Thien nickte. Lautlos verschwand der Trupp im Wald, Thien ging den Weg zurück. Irgendetwas passte an der Sache nicht. Er machte kehrt und rutschte noch einmal die verschneite Böschung zum See hinunter. Nachdem er über das schneebedeckte Eis gegangen und auf der Insel angekommen war, hörte er ein Knacken im Unterholz. Er hielt den Atem an. Er war sicher, dass er nicht allein auf diesem winzigen Eiland war.

Da riss ihn eine in der Ferne donnernde Detonation aus seiner Konzentration. Die Schallwellen wurden von den Hügeln rund um den See zurückgeworfen. Thien blickte nach links in Richtung Hotel. Das stand noch. Dann sah er nach oben zum Zugspitzgipfel, wo sich ein heller Punkt in Richtung Tal bewegte. Der Punkt wurde dunkel. Drei Sekunden später hörte er das Krachen einer am Fuß einer eintausend Meter hohen Felswand aufschlagenden Gipfelstation. Thien hatte so ein Geräusch noch nie gehört, aber er wusste, dass es nur diese eine Ursache dafür geben konnte.

Dann ging alles blitzschnell. Ehe sich Thien weitere Gedanken über den Absturz des Stahlgebäudes machen konnte, riss ihn der Körper eines Mannes um, der ihn von der Seite ansprang. Thien fiel hin, konnte sich aber während des kurzen Fluges gewandt wie eine Katze aus der Umklammerung des Mannes lösen. Im Schnee aufkommend, versuchte sich Thien so schnell wie möglich aufzuraffen. Der Angreifer kam gleichzeitig mit ihm hoch. Thien sah ein Messer im schwachen Lichtschein, das die Fensterfront des Hotels und die Lichtmasten der Einsatzkräfte vorne auf dem Parkplatz über den See warfen. Er musste etwas zur Verteidigung zwischen die Finger bekommen. Einen Prügel.

Der Angreifer mit der schwarzen Skimaske über Kopf und Gesicht kam in geduckter Haltung auf ihn zu. Thien wich langsam zurück und versuchte, das Messer zu fixieren und gleichzeitig am Rand seines Blickfeldes den Boden nach einem geeigneten Stock abzusuchen. Das war unter dem Meter Schnee unmöglich. Thien entschied sich für eine vorläufige Flucht in die Hütte. Dort gab es harte Gegenstände.

Er täuschte einen Seitwärtsschritt nach links an und rannte im nächsten Augenblick nach rechts zum Blockhaus. Er hoffte, dass er die fünf, sechs Meter schaffte, ohne dass er über irgendeinen im Schnee verborgenen Gegenstand stolperte. Denn dann würde er auf dem Bauch im tiefen Schnee zu liegen kommen und hätte im nächsten Moment den Mann auf und dessen Messer in seinem Rücken.
Thien schaffte es, ohne zu straucheln, durch das Schneefeld. Der Mann hetzte ihm nach. Thien machte einen großen Sprung in die offene Hütte. Während sein rechter Fuß auf dem Hüttenboden aufsetzte, griff er nach einem der am Boden liegenden Holzstühle, bekam das Stuhlbein zu packen, wirbelte in derselben Bewegung nach links um die eigene Achse und schwang den Stuhl wie einen Baseballschläger. Es knirschte furchtbar, als die Kante der massiven Sitzfläche den Unterkiefer des Verfolgers traf. Die kinetische Energie, mit der die durch die Schleuderbewegung potenzierten zwanzig Kilo des Bauernmöbels auf den in entgegengesetzter Bewegung befindlichen Schädel trafen, zeigte verheerende Wirkung. Der Unterkiefer barst. Der Mann stöhnte auf. Die Rückenlehne, deren mittlere Strebe mit einer Breitseite gegen seine Schläfe krachte, gab ihm den Rest. Er wurde im Sprung aus der Luft nach links gerissen, noch bevor er wirklich in der Hütte war. Wie ein nasser Sack fiel er nach unten und schlug mit dem ohnehin zerschmetterten Kinn auf den Rand der Bodendielen auf, während sein Körper im Schnee landete. Der Höhenunterschied zwischen Hütten- und Inselboden bewirkte, dass der Kopf weit in den Nacken überstreckt wurde. Zu weit für die Halswirbel. Thien hörte ein fieses Knacken, als das Genick brach.
Er brauchte nicht nach dem Puls des Mannes zu tasten. Thien wusste, dass der Kerl tot war.
»Arschloch!«, rief Thien ihm in die tiefste Hölle hinterher und gab ihm zwecks Nachhaltigkeit noch einen Tritt mit dem Kampfstiefel mit auf die Reise.

KAPITEL HUNDERTZWEIUNDVIERZIG

Reintal, 16 Uhr 54

Sandra Thaler raste durch den Tiefschnee nach unten. Die Dämmerung spendete noch ausreichend Licht, dass sie ihre Aufstiegsspur sehen konnte. Darin ging es schnurstracks hinab.
Ihr Auto, das an der Partnachalm parkte, ließ sie Auto sein und steuerte stattdessen das Elmauer Schlosshotel an. Dieses lag wesentlich näher an Mittenwald als die Partnachalm. Da ihr Handy im Reintal aus ihr unerfindlichen Gründen keinen Empfang hatte, wollte sie vom Hotel aus ein Taxi rufen und sich schnellstmöglich nach Hause fahren lassen.
Sie erreichte das Elmauer Hochtal bereits zwanzig Minuten nach ihrer Abfahrt vom Partnachursprung. Mit kräftigem Stockeinsatz schob sie sich über die Privatstraße und lief ohne Ski die letzten paar Meter zu dem auf einer Anhöhe liegenden Hotel. Mit ihrer komplett verschlammten Skibekleidung kam sie sich in dem Luxusresort, in dem sich wohlhabende Literatur- und Musikfreunde den Freuden von Kultur, Kulinarik und Kopulation hingaben, reichlich deplaziert vor. Doch für Scham war nicht die richtige Zeit.
Die junge Frau hinter der schlicht gehaltenen Rezeption übersah in ihrer Professionalität geflissentlich den ungewöhnlichen Aufzug der verschwitzten Frau und bestellte das gewünschte Taxi. Sandra Thaler zog es vor, dem Wagen entgegenzugehen, der sicher fünfzehn Minuten aus Mittenwald hierher brauchen würde. Damit würde sie ein paar Minuten sparen.
In ihrer Eile bemerkte sie nicht das amerikanische Ehepaar, das anscheinend turtelnd in der Bar neben der Lobby saß und

sie aus den Augenwinkeln heraus genau beobachtete. Kaum war Sandra Thaler aus dem Hotel nach draußen zurück zu ihren Ski gestiefelt, ging der Mann nach oben in sein Zimmer. Von dort setzte er einen verschlüsselten Funkspruch ab.

KAPITEL HUNDERT-
DREIUNDVIERZIG

Eibsee, 16 Uhr 57

Das sind ganz hervorragende Nachrichten!« Hans-Dieter Schnur war erleichtert, als er die Nachricht des GSG9-Truppführers von der Maximilianinsel über sein Headset empfing. Nach Berlin meldete er: »Letzter Mann aufgestöbert und eliminiert. Waffen und Steuergeräte für Sprengsatz in Erdloch auf Eibsee-Insel gefunden. Vorschlag: Räumung Zugspitze und Tunnel sofort beginnen. Priorität eins: Bombenräumung Gipfel und gegebenenfalls Tunnel. Priorität zwei: Räumung Tunnel; Bombenräumung, Feindausschluss, Geiselbefreiung; verfügbare Kräfte von GSG9 und Hochzug Gebirgsjäger zur Schaffung eines Zugangs über Tunnelfenster in den Tunnel. Priorität drei: Räumung Gipfel und Platt durch Luftbrücke. Priorität vier: Suche nach Terroristen in mutmaßlicher Höhle durch geeignete Teams von GSG9 und Gebirgsjäger zur Unterstützung.«

»In Ordnung.« Mehr kam vom Generalbundesanwalt und dem Generalinspekteur nicht zurück.

Die Stäbe von Bundeswehr und Bundespolizei wussten, was zu tun war. Major Mainhardts Platz als Verbindungsoffizier im Krisenstab im Eibsee-Hotel wurde durch Major Klaus Mitterer, Markus Denningers Kompanieführer, eingenommen. Auch Hans-Dieter Schnur wäre ablösebereit gewesen. Doch die letzten Stunden der Aktion zu leiten konnte und wollte er sich nicht nehmen lassen.

Die Bundeswehr, das THW und die Zugspitzbahner gruben mit allen Kräften an den Felsstürzen im Tunnel. Die Gebirgsjäger bauten einen Seilaufzug zum Tunnelfenster. Kämpfer der GSG9

drangen in den Tunnel ein und durchsuchten den Zug und alle Winkel der Röhre nach Sprengsätzen und Terroristen. Als sie den Tunnel für »sauber« erklärten, wurde ein Kriseninterventionsteam nach oben gebracht, dann stiegen zwölf Mann unter Anleitung zweier höhlenerfahrener Soldaten des Hochzuges in die Felsspalte.
Sie hatten Kerstin Dembrowskis Leiche nicht im Tunnel gefunden. Der Schluss lag nahe, dass die Terroristen sie mitgenommen hatten. Es kamen keine Signale von ihrer In-Body-Unit herein. Aber das war auch so gewesen, als sie durch das Höhlensystem in den Tunnel geklettert war. Der Berg war zu massiv, um Funkwellen durchzulassen. Doch irgendwann würden sie nahe genug herangekommen sein, um sie orten zu können.
Hubschrauber flogen gleich mehrere Kriseninterventionsteams zur Beruhigung der Geiseln und ein Bombenspürkommando auf den Gipfel. Mit jedem Flug wurden, je nach Kapazität der jeweiligen Maschine, sechs bis zehn Menschen nach Mittenwald in die Kaserne geflogen und freundlich interniert. Um den Abtransport zu regeln und auch um Ausschau nach in der Menge untergetauchten Terroristen zu halten, wurde die Anzahl der Polizisten und Soldaten auf der Zugspitze ständig verstärkt.
Die Österreicher schickten ihr Einsatzkommando Cobra aus Innsbruck zur Unterstützung. Hubschrauber umschwirrten den Zugspitzgipfel wie Fliegen den Kopf einer Kuh auf der Sommerweide. Die Leuchtfinger ihrer Bordscheinwerfer und ihre Positionslichter verwandelten das Wettersteinmassiv in eine skurrile Lichtshow.
Die Bildreporter auf der Terrasse der Eibsee-Alm fühlten sich vor dem Soundtrack der Bell Hueys wie die berühmten Kriegsberichterstatter in Vietnam. »I love the smell of napalm in the morning«, sagte einer der Kameraleute ständig vor sich her. Die größten Unterschiede zum Mekong-Delta waren die vierzig Grad niedrigere Außentemperatur und die Tatsache, dass Borkenkäfer und saurer Regen den Job von Agent Orange in den

Wäldern ringsum erledigten. Und natürlich hatte Eddie Adams auch keine Latte macchiato, Cappuccino oder ein Glas Jägertee auf einem kleinen silbernen Tablett gereicht bekommen, während er auf die nächste Sensationsszene wartete.
Auf der Zugspitze und auf dem Zugspitzplatt selbst aber gab es an diesem Abend viel sensationellere Bilder. Rührende, aufwühlende Bilder von glücklichen Familien, von denen der Stress der Belagerung abfiel. Von Russen und Amerikanern, Arabern und Israelis, die sich weinend vor Glück in den Armen lagen. Von Kellnern, die die letzten Bier- und Weinvorräte aus den Kellern der Restaurationsbetriebe beschafften. Von langjährigen Paaren, die einander wieder schätzen lernten und es kaum erwarten konnten, ein lauschiges Plätzchen zu finden. Sie alle waren in den letzten Minuten wiedergeboren worden. Jemand fand ein Feuerwerkset »Brillant« in einem Abstellraum des SonnAlpin und hätte mit einer Rakete beinahe einen Hubschrauber der Bundespolizei getroffen. Mit den wenigen Handys, die noch Saft hatten, wurden diese Szenen fotografiert. Am Tag darauf war das Internet voll davon.
Die sensationellsten Bilder des Abends, die jedoch nicht fotografisch festgehalten wurden, waren die eines schweigenden deutschen Verteidigungsministers, der mit Frau, Hofberichterstatter und Bayerischem Ministerpräsidenten in einer der Bundeswehr-Maschinen saß und nach Kitzbühel ins Wellness-Hotel »Zum Kaiser« ausgeflogen wurde.

KAPITEL HUNDERT-VIERUNDVIERZIG

Elmau, 17 Uhr 11

Das Taxi fuhr endlich über die Mautstraße heran. Der Fahrer ließ sich jede Menge Zeit, während er das Fahrzeug zwischen den hohen Schneewällen hindurchmanövrierte, die der Pflug in den letzten Wochen rechts und links der Fahrbahn angehäuft hatte.
Sandra Thaler winkte mit beiden Armen und brachte den Wagen zum Halten. Der alte Mittenwalder Taxler hätte hinter zwei Kaltblütern und auf dem Bock des Landauers, auf dem sein Vater noch die Sommerfrischler herumkutschiert hatte, besser gepasst als in dem nagelneuen Mercedes E-Klasse Kombi. Er wollte aussteigen, um seinem Fahrgast die Ski und den Rucksack abzunehmen, doch ehe er sich aus dem Schaffellbezug des Fahrersitzes geschält hatte, riss Sandra Thaler bereits die Heckklappe auf und warf Ski und Stöcke auf die Ladefläche, und nur einen Augenblick später saß sie mit beidarmig umklammertem Rucksack im Fond des Wagens.
»Bitte, schnell umdrehen und nach Mittenwald!«, versuchte sie, den Mann zur Eile anzutreiben. »Es pressiert wirklich brutal!«
Bei einem Muli der Gebirgsjäger wären ihre verzweifelten Worte auf fruchtbareren Boden gefallen als bei dem Grünhut im rechtsgestrickten Janker. Der dachte nicht im Traum daran, die Unversehrtheit der erst Anfang Dezember in Dienst gestellten Karosse zu gefährden, nur weil so eine narrische Skitourengeherin nach Hause in die Badewanne wollte. Einzig der Umstand, dass sie den einheimischen Dialekt sprach, bewegte ihn dazu, den Daimler wenigstens an die Einhundert-Stundenkilometer-Grenze zu peitschen, nachdem er in Klais die enge Pri-

vatstraße verlassen und sich auf die Bundesstraße eingefädelt hatte.

Zehn Minuten später hielt er den Wagen vor dem Haus, in dem Sandra Thalers Wohnung lag. Sie kramte einen Zwanziger aus der Skihose, warf ihn auf den Beifahrersitz und rannte zur Haustür.

»Hoit! Du kriagscht no wos zruck, Deandl!«, rief der Mann ihr nach. »Un deine Schi!«

Doch sie rief nur: »Passt scho!« und verschwand im Haus.

Dem Fahrer blieb nichts anderes übrig, als auszusteigen, um die Bretter und Stecken von der Ladefläche zu nehmen und am Gartenzaun abzustellen. »Narrische Henna!«, schimpfte er. »Rennt an Barg auffi, aber muass ums Varrecka dahoam bieseln.«

Er wunderte sich ein wenig, was für ein riesiger schwarzer Ami-Jeep mit verdunkelten Scheiben da in der Einfahrt des Hauses stand. Der Chevrolet Tahoe hatte ein Frankfurter Nummernschild, was seine Anwesenheit erklärte.

»De Tourischtn ham aa immer greassane Audos. Irgendwann kummans mim Panza«, schimpfte der Taxler weiter, während er sein geschundenes Kreuz wieder auf das lindernde Lammfell bettete. Er zog die Fahrertür zu und rollte gemütlich dem Feierabend entgegen.

KAPITEL HUNDERT-
FÜNFUNDVIERZIG

Kammhotel, 17 Uhr 23

John McFarland hörte sich den Bericht der beiden Agenten an, die auf Sandra Thaler in deren Wohnung gewartet hatten. Zugleich erhielt er die Fotos, die auf ihrer Kamera gespeichert waren. Sie hatte bereitwillig Auskunft gegeben, wo sie diese Aufnahmen gemacht hatte und wie man dorthin kam.
McFarland entschied, die junge Frau vorläufig am Leben zu lassen. Vielleicht würde er sie ja noch brauchen, als Zeugin bei der internen Untersuchung, die zu Hause auf ihn wartete. Da würde es um seine Karriere gehen, und diese Frau konnte immerhin bestätigen, dass seine Geschichte nicht frei erfunden war.
Eine Anklage gegen die Terroristen würde es nicht geben. Die beiden durch das Reintal zu ihm aufgestiegenen Agenten, die er nach den Ortsangaben Sandra Thalers nach unten in die Reintalhöhle beorderte, würden keine Gefangenen machen.

KAPITEL HUNDERT-
SECHSUNDVIERZIG

Reintalhöhle, 17 Uhr 45

Die beiden US-Agenten verließen McFarland und fuhren, so schnell sie konnten, vom Gipfelgrat über das Platt nach unten. Kein Mensch sah sie in der Dunkelheit der frühen Winternacht. Das Treiben auf und über der Zugspitze lenkte jede Aufmerksamkeit von den beiden Skifahrern in den Schneetarnanzügen ab.
Nach rasanter Fahrt ins Weiße Tal und an der Knorrhütte vorbei erreichten sie zwanzig Minuten später den Punkt, oberhalb dessen sich der Einstieg in die Reintalhöhle befinden musste. Sie entdeckten Skispuren. Die musste die widerspenstige Tourengeherin hinterlassen haben, das war ihnen sofort klar. Vielleicht hätten sie sie doch zum Schweigen bringen sollen. Aber immerhin hatte sie das Versteck der Abdullahs, wie sie die südamerikanischen vermeintlichen Islamisten immer noch nannten, gefunden. Musste eben die Firma dafür sorgen, dass die Frau in der Öffentlichkeit den Mund hielt.
Die Kollegen in Sandra Thalers Wohnung taten genau das. Sie legten ihr Listen mit Verwandten und Freunden vor und drohten im Falle des Falles mit deren Ableben. Diese Methode war immer recht erfolgreich. Besonders, wenn hinter jedem Namen bereits die voraussichtliche Todesart vermerkt war, mit Begriffen, die zum jeweiligen Beruf oder Hobby des Betreffenden passten, wie etwa »Häckselmaschine«, »Bandsäge«, »Gleitschirmunfall«, »Glatteis« oder »Motorrad«.
Die beiden Agenten bei der Reintalhöhle ließen die Ski neben deren Eingang liegen und machten sich auf den Weg, die son-

derbarste Mission, die sie beide jemals in ihrer Geheimdienstkarriere auszuführen hatten, abzuschließen. Endgültig.
Sie hatten es leichter als Sandra Thaler vor ihnen. Denn die junge Frau hatte genug Spuren hinterlassen, denen sie im Schein ihrer hellen LED-Lampen nur folgen mussten. Kaum eine halbe Stunde nachdem sie die Höhle im Reintal betreten hatten, standen sie an der Stelle, von der aus man über das erhöht liegende Loch in der Wand in den großen Saal blicken konnte. Sie taten das, ohne ein Risiko einzugehen, indem sie eine lichtstarke Minikamera, die über ein langes Kabel mit einem kleinen Monitor verbunden war, in dem Durchbruch plazierten. Dann sahen sie die unglaubliche Szenerie, die sich schon auf Sandra Thalers Fotos bei McFarland oben im Kammhotel gesehen hatten.
Eine Weile beobachteten sie das Geschehen im benachbarten Felsendom. Die Abdullahs machten ganz und gar nicht den Eindruck, als machten sie sich zur Flucht bereit. Vielmehr hatten sie es sich in der Grotte gemütlich gemacht. Sie streckten sich auf den Betten aus. Wie im Schlafsaal einer Jugendherberge sah es dort aus. Nur ein eher amerikanisch aussehender älterer Mann saß auf einem Campingstuhl in der Mitte des Raums und las in einem Buch.
Die beiden Agenten sahen einander an, dann wurde ihnen schlagartig klar: *Das* war der Fluchtplan der Abdullahs!
Zugegeben, er war genial. Sie würden gar nicht abhauen. Sie würden in der Höhle überwintern. Oder zumindest so lange dort bleiben, bis sie unauffällig über das Reintal oder irgendeinen anderen unbekannten Ausgang verschwinden konnten. Ein paar Wochen würden sie es schon aushalten in ihrem Versteck. Für fünfhundert Millionen, geteilt durch zehn, würde jeder ein paar Wochen ohne Sonnenschein auskommen.
Sie hatten nur leider die Rechnung ohne die ehrgeizige Sandra Thaler gemacht. Nun waren die beiden Agenten sehr froh, sie aus der Lawine gegraben und laufen gelassen zu haben. Vielleicht würde ihnen das später zu einem Orden verhelfen.

Plötzlich wurde die Feierabendruhe im Raum nebenan durch lautes Wehgeschrei gestört. Auf dem Monitor sahen die beiden Agenten eine schwarzhaarige Frau durch den Camouflage-Vorhang schlüpfen. Sie schrie immer wieder »Pedro ha muerto!«, »José ha muerto!« und »Mis hermanos están muertos!« und ging mit Fäusten auf den amerikanisch aussehenden älteren Mann los, der in der Mitte des Raumes gesessen hatte. Dem gelang es, die junge Frau kurzfristig zu besänftigen. Dann zeigte er ihr eine Kreditkarte.

Das brachte die Frau komplett außer Rand und Band. Sie griff nach einer Pfanne und wollte sie ihm über den Kopf ziehen. Als sie ausholte, bewegte sich in einem Stockbett hinter ihr einer der Schlafenden. Die Person drehte sich um, zog die Decke vom Kopf und richtete den Oberkörper auf. Es war eine ältere amerikanisch aussehende Frau mit kurzem Haar. Sie hielt eine Pistole in der Hand. Ohne zu zögern, schoss sie der kleinen Frau mit dem schwarzen Haar in den Rücken.

Der Schuss knallte ohrenbetäubend und hallte in dem Felsendom von Wand zu Wand. Das Echo setzte sich im verzweigten Höhlensystem fort und drang von dort wieder zurück.

Auf dem Monitor sahen die beiden Agenten ein seltsames Bild. Die junge Frau war vornübergefallen und lag ausgestreckt neben dem Mann, der zuvor im Campingstuhl gesessen hatte. So weit in Ordnung. Doch die Männer in den Stockbetten rührten sich nicht. Kein einziger bewegte sich auch nur einen einzigen Millimeter.

»Sie sind alle tot«, flüsterte die Agentin ihrem Partner zu.

»Dann los. Die zwei erledigen wir schnell.«

Der Kampf war äußerst ungleich. Er wäre es selbst dann gewesen, wenn sich die Kombattanten Auge in Auge gegenübergestanden hätten. Die Hargraves waren doppelt so alt wie die beiden Angreifer. An Kaltblütigkeit und Skrupellosigkeit standen sich beide Paare in nichts nach, aber Kraft, Reaktionsschnelligkeit und – in erster Linie – der Überraschungsmoment hätten auf Seiten der Jüngeren gestanden.

Doch zu einer direkten Auseinandersetzung kam es gar nicht. Craig und Barbara Hargraves – oder wie auch immer sie wirklich heißen mochten – hörten durch ihre vom Schuss noch betäubten Trommelfelle nicht einmal das leise Zischen der Blausäurepatrone, die der Mann durch das Loch im Fels warf. Auf dem Bildschirm sah seine Kollegin währenddessen zu, wie sich die beiden Sekunden später in Krämpfen am Boden wanden. Dann hyperventilierten sie, bis der Atemstillstand eintrat.
Ihre Herzen hörten zwei Minuten nach dem Kontakt ihrer Atemwege mit dem Zyanid fast zeitgleich auf zu schlagen.

KAPITEL HUNDERT-
SIEBENUNDVIERZIG

In der Zugspitze, 18 Uhr 13

Markus Denninger wollte es sich nicht nehmen lassen, die GSG9-Kämpfer selbst in die Höhle zu führen, die vom Zahnradtunnel abging. Er sammelte vier seiner besten Soldaten um sich und achtete bei der Auswahl darauf, dass diese klein und schmal waren. Mit einem Hubschrauber flogen sie vom Gipfel zur Westwand hinüber und seilten sich aus der Maschine ab, um durch das Felsfenster in den Tunnel einzudringen. Im Gepäck hatten sie Seile und Lampen. Die GSG9-Leute warteten bereits auf sie. Unter Anleitung der Gebirgsjäger ließen sie sich in den Spalt hinab, durch den die Terroristen geflohen waren.
Was die Männer im Fels erwartete, überstieg ihr Vorstellungsvermögen. Niemand hätte es für möglich gehalten, dass man sich streckenweise aufrecht im Zugspitzmassiv bewegen konnte, als ginge man in der Chamonixstraße in Garmisch-Partenkirchen shoppen.
»Diese Höhle ist normalerweise mit Wasser gefüllt, aber die Kerle haben herausbekommen, wie man es umleitet«, sagte Denninger zum Zugführer der GSG9-Einheit. »Hoffen wir mal, dass sie es nicht wieder zurückleiten, während wir hier drin sind.«
Die Gruppe teilte sich. Die Hälfte der Männer folgte einem Gang, der nach oben führte. Durch diesen würde man den oberen Felssturz im Zahnradtunnel sicherlich umgehen und irgendwo weiter oben in den Tunnel einsteigen können, um dann die alten Schächte zum Gipfel hinaufzuklettern. Denninger schickte seine beiden schmalsten Kameraden los, und der

GSG9-Truppführer wählte ebenfalls die kleinsten seiner Männer für diese Mission aus, wobei er allerdings das Problem hatte, dass die Jungs von der Grenzschutzgruppe Neun grundsätzlich alle hünenhafte Kerle waren.
Der Rest der Männer kroch, kletterte und ging weiter Richtung Osten. Sie folgten einer Blutspur am Boden. Kapitän zur See Kerstin Dembrowski leistete ihren Kameraden einen letzten Dienst.
Auf einmal empfingen sie ein schwaches Signal von ihrer In-Body-Unit, dann war es wieder weg. Die verwinkelten Gänge ließen nur hin und wieder eine Funkübertragung zu.
»Bald haben wir sie«, sagte der mit der Peilung betraute GSG9-Beamte, als es erneut in seinem Ohr piepste. Funkverbindung nach draußen hatte die Gruppe schon längst nicht mehr.
Als das Wasser kam, hörte niemand ihre Schreie.

Epilog

KAPITEL HUNDERTACHTUNDVIERZIG

La Paz, Bolivien, 11. März 2013, 15 Uhr

Die Besprechung hatte nicht sehr lange gedauert. Die Positionen waren von Anfang an klar gewesen und die Papiere vorbereitet.
Der Präsident und sein Minister für Wirtschaftsentwicklung und Bolivianisierung setzten mit steinernen Mienen ihre Unterschriften unter die Dokumente. Danach schraubte der Präsident den Montblanc-Füller so fest zu, dass die Kappe sprang.
»Haben Sie jetzt, was Sie wollten?«
»Fürs Erste. Wir danken Ihnen für die vertrauensvolle Zusammenarbeit. Unser heute geschlossenes bilaterales Abkommen wird zum Wohle des stolzen bolivianischen Volkes maßgeblich beitragen«, erklärte der amerikanische Handelsminister feierlich.
»Und zum Wohle der American Lithium Corporation, Ford, General Motors und General Electric.« Der bolivianische Präsident spie die Namen der Unternehmen geradezu aus.

»Auf das friedliche und gedeihliche Miteinander unserer Völker!« Der Amerikaner erhob sich und nahm sein Wasserglas zum Anstoßen in die Hand. Er setzte es an die Lippen und genoss den französischen Sprudel, als sei er Champagner.
Der Bolivianer erhob sich ebenfalls. In seiner rot gemusterten Chompa, mit seiner indigenen Physiognomie und Körpergröße, die kaum an eins sechzig heranreichte, war er das genaue Gegenteil des fast zwei Meter großen, blond gescheitelten Amerikaners im dunkelblauen Maßanzug. Er dachte nicht daran, auch noch auf den Vertrag anzustoßen, mit dem er die Bodenschätze, die dem Volk der Aymara und dem der Quechua gehörten, wieder an die Gringos verkaufte, und das auch noch zu garantierten Preisen, die weit unter dem Weltmarktniveau lagen, festgelegt auf einhundert Jahre und mit Verlängerungsoption auf weitere hundert.
Doch es war seine einzige Möglichkeit gewesen. Die Amerikaner hatten ihm die Pistole auf die Brust gesetzt. Entweder den umfassenden Lithium-Vertrag, oder die Welt hätte erfahren, dass internationaler Terror von Bolivien aus Amerika und Europa bedroht. Embargos wären die Folge gewesen. Internationale Isolation. Das hätte das Ende des zarten Wirtschaftswachstums bedeutet, in das der Präsident sein Land in den letzten Jahren geführt hatte. In ein Wachstum für alle, nicht nur für die reichen Weißen und Mestizen, die die Macht vor zweihundert Jahren von den Konquistadoren übernommen hatten. Also hatte er unterschrieben.
Zumindest hatte er eine Gewinnabführungsquote von zehn Prozent für sein Land herausschlagen können. Was allerdings bedeutete, dass noch immer neunzig Prozent des Gewinns aus dem Lithium in die USA flossen. Und die wahren Gewinne würden erst entstehen, wenn aus dem Lithium begehrte Produkte hergestellt waren. Alles, was mit Akkus lief: Telefone, Notebooks, Elektroautos vor allem. Bolivien war das Saudi-Arabien der nächsten Jahrhunderte. Und die Amerikaner wie-

derum die Nutznießer einer »starken Partnerschaft«, wie sie den Knebelvertrag zynisch nannten.

»Go to hell«, wies der Bolivianer seinen Gästen den Weg. Er schwor sich, dass dies die letzten Worte in der Sprache der Gringos waren, die ihm über die Lippen gekommen waren.

KAPITEL HUNDERT-
NEUNUNDVIERZIG

*Garmisch-Partenkirchen, Wirtshaus »Mohrenplatz«,
11. März, 19 Uhr 34*

»Schön, dass es endlich klappt, Sandra.«
»Hab dich ja lang genug warten lassen.«
»Passt scho«, sagte Thien. »Ich hab eh viel zu tun gehabt.«
»Bist recht rumgereicht worden mit der Zugspitzgschicht?«
»Allerdings. Die haben mich alle hundertmal das Gleiche gefragt. Zuerst die Polizei. In München. In Wiesbaden. In Berlin. Was ich für Behörden und Ministerien von innen kennengelernt hab … Und dann die Talkshows. Ein Getue. Wer ja wirklich gut gefragt hat, war der Körner. Bei dem meinst echt, der interessiert sich für einen und für die Gschicht. War gut vorbereitet, als wär er dabei gewesen. Nicht schlecht, der Mann.«
»Hast die Geschichte auch gut verkaufen können? An Illustrierte und BILD-Zeitung und so? Die zahlen doch ganz gut, was man so hört.«
»Ja mei, ohne Bilder … Wenn ich da welche hätte, aus dem Tunnel, dann wär ich ein reicher Mann. Dann sitz ich jetzt in der Südsee und ließ mir den Rücken massieren, des kannst glauben. Nur für Interviews zahlen die halt nicht so wahnsinnig. Aber einen Buchvertrag hab ich. Für eine neue Fotoausrüstung hat's schon gereicht. Mein Fotorucksack ist ja nie wieder aufgetaucht. Musst dir mal vorstellen, die transportieren alle Leute aus dem Zug ab und sperren die eine Woche in Mittenwald in der Kaserne ein, um sie zu filzen und erkennungsdienstlich zu behandeln. Und am Schluss fehlt dem Baumgartner Thien sein Fotorucksack. Unglaublich, oder?«
»Unglaublich«, bestätigte Sandra Thaler.

»Und du? Hast alles am Fernseher verfolgt?«
»Ach, red ma nicht drüber, Thien. Erinnert mich nur an den Markus.«
»Ja, freilich. Tut mir leid. Immer noch nix?«
»Null. Die forschen seit Wochen mit allen möglichen Methoden. Aber die Höhlen sind voll Wasser. Keine Chance, einen zu finden. Die sagen mir ja nicht mal, wie viele da drin verschollen sind. Nur, dass welche rein sind und der Markus dabei war.«
»Tut mir echt leid, Sandra.«
»Ja. Des wird noch dauern, bis ich das wirklich gepackt hab. Ist halt auch schwierig, weil's zwischen uns schon auch ganz schön geknirscht hat wegen seinen ewigen Geheimnissen, und nie durfte er was sagen wegen Afghanistan, was er da eigentlich macht …« Sandra Thaler fielen die Bierfilze aus der Hand, mit denen sie gespielt hatte.
Thien tauchte unter den Tisch und hob die Unterleger wieder auf. »Da, dein Spielzeug. Wo warn ma?«
»Schwierig. Geheimnisse. Afghanistan.«
»Glaub ich. Ich hab ja alles erzählen dürfen. Und zwar in hundertfacher Ausführung. Ich weiß schon selber gar nicht mehr, was wahr ist und was nicht.«
Ein junger Bursche stand plötzlich mit einem Wirtshausblock und einem Sparkassenkuli neben ihrem Tisch. »Sorry, du bist doch der Zugspitzheld. Tatatst ma a Autogramm da drauf? Also, nur wenn I ned stör.«
»Passt scho.« Thien malte seinen Kringel auf das Papier.
Als der junge Mann wieder abgezogen war, sinnierte Thien weiter. »Zugspitzheld. O mei. Ein Held wär ich, wenn ich die noch im Tunnel umgenietet hätt. Aber so? Notwehr war's, ganz einfach, Sandra, Notwehr. Nicht mehr.«
»Aber auch nicht weniger.«
»Na ja, der Heldenstatus. Hilft ja schon. Den Tarif für meine Fotos zieht's schon a bisserl nach oben. Zumindest bei den gro-

ßen Magazinen. *American Mountaineer,* GEO und so. Sogar vom *stern* hat einer angerufen. Sie wollen Bilder vom Zugspitzhelden. Also Bilder von der Zugspitze, die der Held geschossen hat. Jetzt muss ich da zu Fuß rauf. Weil Bahn geht ja keine mehr. Und sie wollen Fotos machen, wie der Held grade Fotos macht. Wieder so um die Ecke gedacht, halt.«
»Wow. Wenn mir des mal passieren würde ...«
»Dann schlag ich dich halt als Fotografin vor. Bevor die da so einen Haubentaucher aus Hamburg schicken, der noch nie Schnee gesehen hat.«
»Ich weiß nicht, ob das nicht eine Nummer zu groß für mich ist«, wandte Sandra Thaler ein. »Einen Helden unterm Kreuz fotografieren ...«
»Jetzt mach dich nicht lustig. Ich kann ja auch nix dafür. Zur falschen Zeit am falschen Ort. Jetzt muss ich halt schauen, dass ich die Welle reite. Ich muss in die Medien. Ich muss knipsen, knipsen, knipsen. Und mich knipsen lassen. Und das Buch schreiben. Übrigens, ich hab auch schon Kamtschatka gebucht. Heli ist auch schon bestellt.«
»Toll.«
»Ich trau's mich gar nicht fragen, Sandra. Aber ... magst mitkommen?«
»So wie früher?«
»So wie früher.«
»Ich muss mir's überlegen, Thien. In Mittenwald bleib ich auf alle Fälle nicht. Ein paar Wettkämpfe stehen halt an. Mal schaun, wie sich's zeitlich nausgeht.«
»Schon gut, Sandra. Schau ma mal.«
Die Bedienung trat zu ihnen an den Tisch. Mit dem ortstypischen leicht sächsischen Einschlag fragte sie: »Wissen die Herrschaften schon?«
Sandra musste nicht lange überlegen. Die Wettkampfphase stand an. Jedes Gramm weniger war am Berg von Vorteil. »Also, ich nehm an Salat ohne Dressing.«

Thien stand der Sinn nach Deftigem. »Sauers Lüngerl mit Semmelknödel. Oder besser zwei.«
»Zwei Lüngerl?«, fragte die Servicekraft.
»Naa, Knödel!«, raunzte Thien.
»Tschuldichnse.« Die Bedienung erkannte den Zugspitzhelden, griff nach den Speisekarten und warf dabei die Kerze vom Tisch. »Tschuldichnsevielmals.«
Thien sah zu, wie das Wachs auf dem Antikholzboden hart wurde. »Tritt sich fest.«

Als es ans Zahlen ging, ließ es sich Thien nicht nehmen, die Rechnung zu begleichen. Sandra mit ihren mickrigen Sponsorengeldern und den paar Fotojobs, für die sie meistens mit Ausrüstung entlohnt wurde. Er hatte jetzt die Kohle, nicht sie, dachte er. Und außerdem wusste er, was sich gehörte.
»Ich bring dich zum Auto«, schlug er vor, als sie vor dem Gasthaus standen. Der Frühling hatte im März in den Bergen noch nicht viel zu melden. Zumindest nachts nicht. Sandra zog die Kapuze ihrer Daunenjacke über den Kopf. Sie fror.
Sie gingen nebeneinander über den Mohrenplatz und an den hell erleuchteten Schaufenstern der Buchhandlung und des Souvenirladens vorbei durch die Fußgängerzone. Sandras Suzuki stand in der Klammstraße. Vor einem der Geschäfte hatte das Tauwetter des Tages eine Pfütze entstehen lassen, die mittlerweile zu einer Eisplatte gefroren war. Sandra rutschte darauf aus und wäre beinahe mit dem Kopf gegen das Schaufenster geknallt. Passenderweise war es die Filiale einer Fischhandelskette. »Unter der Zugspitze in der Nordsee verunglückt«, lachte Thien. »Alles okay?« Im letzten Moment hatte er sie mit einem schnellen Griff um die Hüfte aufgefangen. Jetzt hielt er noch ihre Hand in der seinen.
Sie ließ ihn nicht mehr los.

KAPITEL HUNDERTFÜNFZIG

North Island Resort, Seychellen, 11. März, 19 Uhr 45

»Komm zu mir in die Wanne«, sagte die Frau mit dem hellblond gefärbten Pagenkopf zu dem aschblonden Mann mit den grauen Schläfen und dem Fünf-Dollar-Kurzhaarschnitt. Er zog lasziv wie ein Chippendale die Schleife des Gürtels auf und ließ den Seidenkimono von seinen Schultern gleiten. Er stand am Fußende des drei auf drei Meter großen sandweißen Beckens, das in die Terrasse eingelassen war, und blickte auf seine schöne Frau hinab. Sie sah blond so anders aus. Anders, aber nicht unbedingt unsexy.
Die Schaumdecke auf dem Wasser war nicht so dick wie auf den Prospektfotos des wahrscheinlich exklusivsten Beachresorts der Erde. Seine Augen konnten sich nicht nur an der Silhouette ihres makellosen schlanken Körpers weiden. Mit großer Freude blickte er auf ihre Brustwarzen, die vom Wasserspiegel umspült wurden und darauf warteten, dass er an ihnen leckte und saugte. Sie sah seine Freude in seiner Körpermitte deutlich aufsteigen. »Jetzt komm endlich rein!« Sie lockte ihn weiter, indem sie die angewinkelten Beine öffnete.
Wie immer machte er es spannend. Er ging hinüber zur Bar der Suite und mixte zwei Drinks. »Sex on the beach?«, rief sie ihm zu. »Später. Zuerst in der Badewanne. Und dann von mir aus einmal diese ganze Insel herum.«
Als er an der Bar fertig war, ging er zum Kopfende des Beckens, stellte das Tablett mit den beiden Gläsern am Rand ab, kniete sich über sie und küsste sie von oben auf den Mund. Sie packte ihn unter den Achseln und zog ihn in das Wasser mit den betörenden Ölen. Sie fielen übereinander her, ohne dass sie von den beiden Gläsern auch nur genippt hatten.

Eine halbe Stunde später war die Hälfte des Wassers rings um das mit weißem Tuffstein ausgekleidete Becken verteilt. Sie konnte sich nicht erinnern, in wie vielen Stellungen er sie in der Wanne und auf deren Rand geliebt hatte. Sie lagen erschöpft auf dem Rücken am Boden des Minipools und ließen neues Wasser ein. Dann erfrischten sie sich mit den Drinks.
»Skol, Barbara.«
»Skol, Craig.«
Sie stießen an und leerten die Gläser durch die Strohhalme mit gierigen langen Zügen. Danach beobachteten sie den dunklen Nachthimmel, dessen Sterne direkt über ihnen hingen. Vom Strand wehte eine leichte Brise herauf und versetzte die Palmen vor und hinter der Villa in leises Rauschen. Die Tiere der Insel boten alle Stimmen ihres Abendkonzertes dar.
»Barbara ... Dass ich einmal so heißen würde ...«, flüsterte sie ihm ins Ohr und kicherte.
»Du hast ja noch Glück. Barbara ist vielleicht ein bisschen altmodisch. Aber Craig? Wie dieser James-Bond-Darsteller mit Nachnamen. Lächerlich.«
»Wieso? Der Beruf passt, und auch seine unbegrenzten Möglichkeiten.« Mit diesen Worten umfasste sie unter Wasser sein Geschlechtsteil.
»Ach, *die* Möglichkeiten meinst du. Dann bin ich beruhigt. Ich dachte, du liebst mich nur wegen der Karte.«
»Ganz ehrlich: Die macht dich noch attraktiver. Aber da wir sie beide gemeinsam gefunden haben, werde ich durch sie auch attraktiver. Sie gehört mir zur Hälfte. Vergiss das bitte nie.«
Er schaute ihr tief in die Augen. Gott sei Dank hatte sie endlich die angeklebten Kautschukfalten abgelegt. Er hatte das bereits auf dem Flughafen auf Mahé getan. Sofort nach der Landung war er in die Toilette gegangen und hatte sich das Zeug aus dem Gesicht gerissen.
Zuerst hatte er es spannend gefunden, dass sie als Paar auftraten, wie sie es in dreißig Jahren vielleicht sein würden. Sein

mussten. Sie würden zusammenbleiben. Bis der Tode sie schied. Doch bis dahin war noch viel Zeit. Sie würden sich ihre Falten noch verdienen dürfen.
»Wie könnte ich das jemals vergessen?«, sagte er.
Auch sie war froh, dass er seine Maskerade in der Abgeschiedenheit des Resorts nicht tragen musste. Endlich konnte sie seine unvergleichlichen Bernsteinaugen wiedersehen. Er hatte die dunklen Kontaktlinsen herausgenommen. Bei elf Villen auf der ganzen Insel und Leuten, die wie sie ihre Ruhe haben wollten, würde sich niemand an den Mann mit den außergewöhnlichen Augen erinnern.
Auch sie wollte alt mit ihm werden. Doch ihr Job hatte sie gelehrt, dass jede Beziehung auf einem Deal basierte. Sie blickte ihn mit ernster Miene an. »Weißt du, Schatz, bei so was wird man leicht vergesslich. Aber du erinnerst dich sicher immer daran: Ohne mich wäre die Skitourengeherin in der Lawine erstickt. Sie hätte die Höhle nicht für uns gefunden. Wir wären niemals dorthin gekommen. Die Karte hätten jetzt die beiden alten Ex-Kollegen, Barbara und Craig eins, wenn ich die so nennen darf. Oder wer immer das war.«
»Wir werden es nie erfahren. Niemand wird es je erfahren. Das ist das Schöne an doppelverdeckten Aktionen: Es gibt keine Unterlagen, die je an die Öffentlichkeit gelangen.«
»Was für ein irres Glück, Craig.«
»Okay. Aber das Glück des Tüchtigen. Wie oft hätten wir in unserem Job draufgehen können? Erinnere dich bitte nur mal an Honduras und die ganze Scheiße dort. Von Somalia rede ich jetzt gar nicht.« Der Mann, der sich den Rest seines Lebens Craig Hargraves nennen würde, nuckelte die letzten Schlucke des Cocktails aus dem Glas.
»Stimmt auch wieder. Aber dennoch, vergiss auch nie, ohne mich wärst du erst gar nicht an die Karte gekommen. Und an die Papiere der beiden auch nicht. Du hättest nämlich nie durch das kleine Felsenfenster gepasst.« Sie wurde wieder heiter. »Du

mit deinen starken breiten Schultern, mein Hengst!« Sie kicherte.
»Ha. Und wie ich dich kenne, willst du auch diesen Punkt auf deinem Kreditkartenkonto verbucht haben!« Craig lachte.
»Okay, du hast zwei Punkte. Ich aber auch: Ich habe die Frau im Schnee gefunden. Und vor allem habe ich herausbekommen, wie man die Höhle flutet. Also sind wir quitt.«
»Deal.«
»Deal. Ergebnis: Wir sind das verdammt noch mal attraktivste und glücklichste Paar der Welt, Craig!«
»Das sind wir, Barb. Oder lieber Barbarella?« Wieder lachte er.
Sie stand auf, stellte sich mit gespreizten Beinen über ihn und drückte ihn mit den Schultern unter Wasser. Er tauchte rücklings unter ihr weg und kam mit dem Gesicht zwischen ihren Beinen wieder nach oben.
»Mal sehen, wie lange du die Luft anhalten kannst, mein Ex-Marine«, schnurrte Barbara, als sie sich auf die Knie niederließ und mit den Händen am Beckenrand festkrallte.

KAPITEL HUNDERT-
EINUNDFÜNFZIG

North Island Resort, Seychellen, 11. März, 20 Uhr 18

Lautlos glitt der Mann an Land. Das geschlossene Atemsystem der SEAL-Ausrüstung hatte seine Ankunft nicht verraten. Er befreite seine Füße von den Flossen und schlich im Schutz der Dunkelheit über den Strand, wobei er alle zehn Meter hinter einer Palme Deckung fand, um von dort die Lage durch sein Nachtsichtgerät zu sondieren. Kein Mensch am Strand. Alle Bewohner des Resorts lagen in ihren Luxus-Hütten oder im Spa.
Villa acht lag hell erleuchtet vor ihm. Die beiden Bewohner waren gerade im kleinen Pool auf der Terrasse miteinander beschäftigt. Sie hätten ihn auch nicht gehört, wenn er Geräusche verursacht hätte.
Die vier Plopps aus der schallgedämpften Waffe gingen in den Abendlauten des Dschungels unter.
Er fand die Karte im Gürtel des Mannes.
Ein Land's End Travel Belt mit Geheimfach auf der Innenseite.
Ein faderes Versteck war dem Kollegen wohl nicht eingefallen, dachte John McFarland enttäuscht, als er in die sanften Wellen des Indischen Ozeans eintauchte.

Appendix

VERWENDETE LITERATUR

Bei der Vorbereitung und beim Verfassen dieses Romans boten mir die folgenden Bücher Hilfe und Anregung. Ihren Autorinnen und Autoren danke ich sehr herzlich für ihre akribische Arbeit.

Bätzing, Werner: Die Alpen. Geschichte und Zukunft einer europäischen Kulturlandschaft. C. H. Beck. München, 2005.
Bamford, James: NSA. Die Anatomie des mächtigsten Geheimdiensts der Welt. Goldmann. München, 2002.
Beutler, Benjamin: Das weiße Gold der Zukunft. Bolivien und das Lithium. Rotbuch. Berlin, 2011.
Bröckers, Mathias / Walther, Christian C.: 11.9. – zehn Jahre danach. Der Einsturz eines Lügengebäudes. Westend. Frankfurt, 2011.
Drummheller, Tyler: Wie das weiße Haus die Welt belügt. Der Insider-Bericht des ehemaligen CIA-Chefs von Europa. Diederichs. München, 2007.
Eckert, Gerhard: Die Zugspitze. Höchster Berg in Deutschland. Landschaft – Menschen – Kultur. Husum. Husum, 1995

Hörstel, Christoph: Brandherd Pakistan. Wie der Terrorkrieg nach Deutschland kommt. Kai Homilius. Berlin, 2008.

Hüttermann, Elisabeth (Hrsg.): Ich bin ... Lebensgeschichten aus Bolivien. Rotpunktverlag. Zürich, 2007.

Jeretzko, Norbert/Dietl, Wilhelm: Bedingt dienstbereit. Im Herzen des BND – Die Abrechnung eines Aussteigers. Ullstein. Berlin, 2005.

Jürgs, Michael: BKA, Europol, Scotland Yard. Die Jäger des Bösen. C. Bertelsmann. München, 2011.

Kaiser, Andreas: Unterwegs in Werdenfels Bd. 1. Geoabenteuer. Books on Demand. 2010.

Kortner, Timo: Mogadischu. Das Entführungsdrama der Landshut. Knaur. München, 2009.

Kraus, Andreas: Geschichte Bayerns. Von den Anfängen bis zur Gegenwart. C. H. Beck. München, 2004.

Kusch, Heinrich und Ingrid: Tore zur Unterwelt. Das Geheimnis der unterirdischen Gänge aus uralter Zeit. V. F. Sammler. Graz, 2011.

Lessmann, Robert: Das neue Bolivien. Evo Morales und seine demokratische Revolution. Rotpunktverlag, Zürich, 2010.

Lohse, Eckart/Wehner, Markus: Guttenberg. Droemer. München, 2011.

Preuß, Erich: Die Bayerische Zugspitzbahn und ihre Seilbahnen. transpress. Stuttgart, 1997.

Raach, Karl-Heinz/Drouve, Andreas: Reise durch Bolivien. Verlagshaus Würzburg. Würzburg, 2010.

Ritschel, Bernd/Dauer, Tom: Die Zugspitze. Menschen, Massen, Mythen. Bruckmann. München, 2000.

Schninzel-Penth, Gisela: Sagen und Legenden um Werdenfelser Land und Pfaffenwinkel. Ambro Lacus Buch- und Bildverlag. Andechs, 2008.

Schwarz, Peter: Das Molybdänbergwerk Höllental bei Grainau, Landkreis Garmisch-Partenkirchen 1907–1925. Ringen um einen seltenen Rohstoff. Oldenbourg. München, 1992.

Thamm, Bernd Georg: Terrorziel Deutschland. Strategien der Angreifer. Szenarien der Abwehr. Rotbuch. Berlin, 2011.

Wedel, Michael von / Kremb, Jürgen: Die Abrechnung. Ein ehemaliger BKA-Kommissar packt aus. F. A. Herbig. München, 2008

Wehrle, Charly (Hrsg.): Das Reintal. Der alte Weg zur Zugspitze. Panico. Köngen, 2002.

Weiner, Tim: CIA. Die ganze Geschichte. Fischer. Frankfurt, 2009.

Zak, Heinz: Wetterstein. Rother. München, 1998.

Darüber hinaus habe ich Informationen aus einer Vielzahl von Artikeln aus dem Garmisch-Partenkirchner Tagblatt (Münchner Merkur), der Süddeutschen Zeitung und Wikipedia verarbeitet. Besonderer Dank an alle Lokaljournalisten und Wikipedianer! Auch den Forumsteilnehmern von www.geschichtsspuren.de, mit denen ich im Laufe meiner Recherchen Kontakt hatte, danke ich sehr herzlich.

GLOSSAR

Adams, Eddie Bildreporter, der eines der bekanntesten Fotos des Vietnam-Krieges aufnahm, die Erschießung eines Guerilla-Kämpfers durch den Polizeichef von Saigon. Das Bild ging als Beispiel brutalen Mordens im Krieg um die Welt und wurde Pressefoto des Jahres 1969. Eddie Adams erhielt den Pulitzer-Preis für Bildjournalismus.

Aymara Indigenes Volk Südamerikas, hauptsächlich beheimatet auf dem Hochland von Bolivien, in Peru und dem Norden Chiles (der einmal zu Bolivien gehörte). Die Aymara könnten zurückgehen auf eine der ältesten Kulturen Südamerikas, die Tiwanaku-Kultur. Diese war wohl die erste Kultur Südamerikas, die rund 1000 v. Chr. mit behauenen Steinen arbeitete und dabei auch gigantische Bauten und Statuen schuf, von denen heute überhaupt erst rund ein Sechstel ausgegraben wurde.

Bayerische Zugspitzbahn Unter »Bayerische Zugspitzbahn« (BZB) firmiert die Aktiengesellschaft, die die Bergbahnen auf die und auf der Zugspitze sowie die Bergbahnen und Liftanlagen in Garmisch-Partenkirchen (Hausberg-, Kreuzeck-, und Alpspitzgebiet) betreibt.

»Bayerische Zugspitzbahn« ist neben dem Firmennamen auch die Bezeichnung der Zahnradbahn auf die Zugspitze, da diese die erste Bahn auf den Berg von bayerischer respektive deutscher Seite war.

Bell UH-1 »Huey« Der Militärhubschrauber prägte fünfzig Jahre lang das Bild der amerikanischen Streitkräfte und ihrer Verbündeten. Er ist der meistgebaute Drehflügler der Welt. In Filmen und Berichten aus Vietnam, aber auch über die missglückte Geiselbefreiung in München 1972 oder in der deutschen TV-Serie »Die Rettungsflieger« ist der Bell UH-1 zu sehen und der typische knatternde Klang seiner Rotoren zu hören. Dieser Sound verhalf ihm zu dem Spitznamen »Teppichklopfer«. Unter Angehörigen der US-Streitkräfte wurde die Maschine in Anklang an die Typenbezeichnung kumpelhaft »Huey« genannt. Die Bewohner der deutschen Alpentäler kennen die Bell UH-1 aus dem Bergrettungsdienst, den die Bundeswehr mit diesen Hubschraubern nach wie vor unterstützt. Die U. S. Army hat die letzten Bell UH-1 im Jahr 2011 ausgemustert. Der Autor ist bekannt mit einem begnadeten Musiker, der auf seiner Tuba das Teppichklopfergeräusch der Huey täuschend echt nachmachen kann.

Boatpeople Als das kommunistische Nord-Vietnam 1975 das von den USA unterstützte Süd-Vietnam besiegte, flüchteten Millionen von Süd-Vietnamesen über das Südchinesische Meer in Richtung Malaysia. Die Boote waren alt, marode und überladen, das Meer von Piraten verseucht. Hunderttausende Flüchtlinge kamen um, Familien wurden auseinandergerissen. Um die humanitäre Katastrophe abzumildern, gründete der deutsche Journalist Rupert Neudeck das Hilfskomitee »Ein Schiff für Vietnam«, charterte den Frachter »Cap Anamur« und baute ihn zu einem Hospitalschiff um. Die gleichnamige Organisation kümmerte sich auch um die Unterbringung von Flüchtlingen, darunter vieler Waisen, in Deutschland.

Bolivien Andenstaat mit jahrtausendealter Geschichte und unglaublichem Reichtum an Bodenschätzen und landwirtschaftlichen Ertragsmöglichkeiten. Dennoch eines der ärmsten Länder der Erde. Im Hochland von Bolivien befindet sich der → Salar de Uyuni, der größte Salzsee der Welt und laut Schätzungen die viertgrößte Lagerstätte von → Lithium auf diesem Planeten. Bolivien hat seit 2006 mit → Evo Morales den ersten → indigenen Präsidenten eines südamerikanischen Staates.

Bundeskriminalamt (*BKA*) Das BKA mit Hauptsitz in Wiesbaden ist dem Bundesinnenministerium nachgeordnet und koordiniert die Arbeit der Landeskriminalämter (LKA) und ist die Vertretung der Bundesrepublik bei Interpol. Das BKA hat rund 5500 Mitarbeiter.

Bundesnachrichtendienst (*BND*) Der BND mit Sitz in Pullach bei München und in Berlin ist der dem Bundeskanzleramt zugeordnete Auslandsgeheimdienst der Bundesrepublik. Er hat sechstausend Mitarbeiter und ein Jahresbudget von knapp 500 Millionen Euro.

Central Intelligence Agency (*CIA*) Die CIA mit Sitz in Langley bei Washington, D. C., ist der Auslandsgeheimdienst der Vereinigten Staaten. Budget, Mitarbeiterzahl und die Operationen unterliegen der Geheimhaltung. Die CIA beschäftigt sich schwerpunktmäßig mit der Beschaffung und Auswertung menschlicher Quellen, im Gegensatz zur → NSA, deren Fokus auf technischen Quellen liegt. Umgangssprachlich wird die CIA auch »Die Firma« genannt. Diese Firma beschränkt sich nicht wie ein klassischer Nachrichtendienst (zum Beispiel der deutsche → BND) auf Beschaffung von Informationen aus dem Ausland, sondern führt auch auf Weisung des amerikanischen Präsidenten verdeckte Operationen durch, die nicht selten der Destabilisierung unliebsamer Regierungen dienen. Eine der bekanntesten ist die Invasion Kubas in der → Schweinebucht, aber auch geheime Operationen in vielen anderen Staaten, insbesondere in Südamerika.

Ehrwald Die Gemeinde Ehrwald im österreichischen Bundesland Tirol liegt auf der Südseite der → Zugspitze und des → Wettersteinmassivs. Hier steht die Talstation der → Tiroler Zugspitzbahn, die 1926 die erste mechanische Aufstiegshilfe auf die Zugspitze war.

Eibsee Der Eibsee liegt auf 1000 Metern Meereshöhe am Fuße der Zugspitze. Er gehört zur Gemeinde → Grainau und somit zum Freistaat Bayern. Er gilt vielen als schönster Gebirgssee der Welt. Der See ist Produkt des in der letzten Eis-

zeit ins Tal drückenden Gletschers, der eine tiefe Mulde in den Untergrund formte. Vor rund 3500 Jahren schüttete ein gigantischer Felssturz aus dem → Wettersteinmassiv das Nordufer auf. Dadurch hat der See keinerlei oberirdischen Abfluss. Auf der Südseite wird der Eibsee durch den Höhenrücken der → Törlen nach Tirol abgegrenzt.
Wer auf die Zugspitze will, kann von hier aus mit der → Eibsee-Seilbahn fahren oder der → Zahnradbahn der → Bayerischen Zugspitzbahn zusteigen.

Eibsee-Seilbahn Luftseilbahn mit zwei Stützen, die in zehn Minuten Fahrzeit 44 Personen und einen Fahrer von der Talstation am → Eibsee auf den Zugspitzgipfel befördert. Die Kabinen überwinden dabei auf einer Seillänge von 4450 Metern einen Höhenunterschied von 1950 Metern. Die Eibsee-Seilbahn war nach der → Tiroler Zugspitzbahn und der → Zahnradbahn die dritte mechanische Beförderungsanlage auf den Zugspitzgipfel. Sie wurde 1963 nach zwei Jahren Bauzeit eröffnet und gehört der → Bayerischen Zugspitzbahn AG.

Einsatzkommando Cobra (*EKO*-Cobra) Eine der deutschen → GSG9 vergleichbare Einheit des österreichischen Innenministeriums. Die Legende sagt, dass die Einheit nach der TV-Serie »Kobra, übernehmen Sie!« (im Original »Mission: Impossible«) benannt wurde.

Elmau Der in Richtung der Ortschaft Klais auslaufende Teil des → Reintals. Hier stehen das bekannte Schlosshotel Elmau und ein in der oberbayerischen Idylle skurril anmutendes englisches Landhaus, das das Hotel Schloss Kranzbach beherbergt. Nicht zu verwechseln mit der Gemeinde Ellmau am Wilden Kaiser in Tirol.

Indigene Völker Sammelbegriff für die ursprünglichen Bewohner eines Landes oder Gebietes. In Südamerika sind damit die Völker gemeint, die vor der Besiedlung durch Europäer den Kontinent bewohnten, vor allem die → Aymara und die → Quechua, aber auch die Tupi und die Mapuché.

Garmisch-Partenkirchen Doppelgemeinde unter dem →
Wettersteinmassiv am Südrand Bayerns, knapp 100 Kilometer südlich der Landeshauptstadt München gelegen. Verwaltungszentrum eines nicht gerade kleinen Landkreises, der im Westen Unter- und Oberammergau, im Osten → Mittenwald und im Norden Murnau umschließt. Garmisch-Partenkirchen ist unumstritten die Wintersportmetropole Deutschlands mit international renommierten Sportstätten für alpinen Skilauf, die nordischen Disziplinen Skisprung, Langlauf und Biathlon sowie den Eissport. Aus dem letztgenannten Bereich kommen auch die erfolgreichsten Sportler Garmisch-Partenkirchens, die Curling-Damen des Sportclubs SC Riessersee.

Die beiden Ortsteile waren die längste Zeit ihres Bestehens unabhängig, Partenkirchen ursprünglich eine Römer-Siedlung, Garmisch um 800 n. Chr. ersturkundlich erwähnt. 1935 wurden die beiden Gemeinden unter Druck der Nationalsozialisten am Vorabend der Olympischen Spiele 1936, die in Garmisch-Partenkirchen und in Berlin stattfanden, vereinigt. Vorübergehend, wie manche Bewohner bis heute nicht müde werden zu erwähnen.

Gebirgsjäger Leichte Infanterie, ausgestattet und ausgebildet für den Gebirgskampf und den Kampf unter schwierigen klimatischen Bedingungen, besonders im Winter und in der Wüste.

Nach dem Zusammentreffen mit französischen »chasseurs alpines« in den Vogesen im Ersten Weltkrieg wurde in München das Bayerische Schneeschuhbataillon Nr. 1 gebildet. Daraus entwickelte sich das Deutsche Alpen-Korps, das noch 1915 Österreich-Ungarn im Kampf gegen Italien unterstützte. Im Zweiten Weltkrieg fand die Gebirgstruppe an allen Fronten, vor allem im Osten und Süden, Verwendung. Unwegsames Gelände zu bewältigen war immer die Hauptaufgabe der Truppe, mehr als der Kampf in wirklich hoch-

alpinem Terrain. Bevorzugt wurden Gebirgsjäger daher zur Partisanenbekämpfung eingesetzt, in deren Rahmen es auch zu Kriegsverbrechen kam.
Bei der Gründung der Bundeswehr waren die Gebirgsjäger noch in einer eigenen Division organisiert, mittlerweile sind sie als 23. Brigade der 10. Panzerdivision (Sigmaringen) untergeordnet. Die Verwendbarkeit in gebirgigen und schwer erreichbaren Gegenden prädestiniert die Gebirgsjäger zur Mitwirkung an den Bundeswehr-Auslandseinsätzen in Afghanistan und Afrika.
Die Gebirgsjägerbrigade 23 besteht aus drei Bataillonen, dem Bataillon 231 in Bad Reichenhall (Sitz des Brigadestabes), dem Bataillon 232 in Bischofswiesen (Berchtesgaden) und dem Bataillon 233 in → Mittenwald. In Mittenwald befindet sich die Gebirgs- und Winterkampfschule der Bundeswehr, die auch Angehörige anderer Truppenteile ausbildet.
In jüngerer Zeit beschädigten – in manchen Augen aufgebauschte – Presseskandale das Ansehen der Gebirgsjäger. So kursierten mit Handykameras aufgezeichnete Bilder von Gebirgsjägern, die in Afghanistan auf Totenschädel urinierten, es gab Berichte von ekelerregenden Initiationsriten beim Hochgebirgsjägerzug in Mittenwald, und bei einem Tag der offenen Tür in Bad Reichenhall durften Kinder mit Waffenattrappen auf ein Pappdorf anlegen, das den Namen eines kosovarischen Dorfs trug, in dem im Zweiten Weltkrieg Wehrmachtssoldaten Greueltaten verübten. Diese Vorgänge wurden durch teilweise Auflösung der entsprechenden Verbände und deren Neugründung mit anderem Personal aufgearbeitet.
Die Gebirgsjäger sind weiterhin einer der meistverwendeten und international geschätztesten Truppenteile der Bundeswehr bei Auslandseinsätzen.
Das Ärmel- und Mützenabzeichen der Gebirgsjäger ist das Edelweiß.

Gemeinsames Terrorismusabwehrzentrum (*GTAZ*) 2004 gegründete Koordinierungsstelle von 40 Behörden des Bundes und der Länder mit Sitz in Berlin. Das GTAZ hat als einzige Aufgabe, den islamistischen Terrorismus abzuwehren.

Gletscherbahn Das vierte mechanische Transportmittel auf den → Zugspitzgipfel. Im Unterschied zu den beiden → Luftseilbahnen und der → Zahnradbahn befördert die Gletscherbahn ihre Passagiere nicht aus dem Tal, sondern zwischen → Zugspitzplatt und der Spitze des Berges. Jeder Wintersportler, der über eine der Luftseilbahnen auf die Zugspitze gekommen ist, um auf dem Platt Ski zu fahren oder snowzuboarden, muss die Gletscherbahn bemühen, um dorthin – und zurück zum Gipfel – zu kommen. Allein die Passagiere der → Zahnradbahn kommen direkt auf dem Zugspitzplatt an.

Grainau Die Gemeinde Grainau ist auch als »Zugspitzdorf« bekannt, weil sie am Fuß des Berges liegt.

GSG9 Früher »Grenzschutzgruppe 9«, nach Übergang des Bundesgrenzschutzes in die Bundespolizei offiziell »GSG9 der Bundespolizei«. Nach dem verheerenden Scheitern der Polizei bei der versuchten Geiselbefreiung beim Olympia-Attentat von München 1972 gegründete Spezialtruppe. Einsatzgebiete sind Terrorbekämpfung, Geiselbefreiung, Bombenentschärfung. Den bekanntesten Einsatz hatte die Truppe 1977 bei der Befreiung der Lufthansa-Maschine »Landshut« aus der Gewalt palästinensischer Entführer auf dem Flughafen von Mogadischu (»Operation Feuerzauber«).

Gulfstream Laut Aussage von Leuten, die es wissen müssen, die erste Wahl bei Privatjets.

Hammersbach Ortsteil der Gemeinde → Grainau und Name des Gebirgsbachs, der im → Höllental entspringt und sich in der → Höllentalklamm äußerst reißend präsentiert.

Hochgebirgsjägerzug Auch: Hochgebirgszug, oder schlicht: Hochzug. Abteilung der → Gebirgsjäger, die die besonders kletter- und skibegabten Soldaten für die schwierigsten Einsätze trainiert und vorhält.

Höllental Einer der beiden Talausläufer des → Wettersteinmassivs. Durch das Höllental führt der beliebteste Sommeraufstieg auf die Zugspitze. Es wird im Norden begrenzt durch die → Höllentalklamm, durch die der → Hammersbach aus dem Zugspitzmassiv abfließt.

Höllentalbergwerk Mindestens bereits um 1500 wurde im → Höllental oberhalb von → Hammersbach nach Bleierzen gegraben. Das Bergwerk hinter der → Höllentalklamm auf über 1000 Metern gelangte im 18. Jahrhundert zu einer bescheidenen Blüte, verfiel dann jedoch aufgrund der schwierigen Transportmöglichkeiten. Anfang des 20. Jahrhunderts, als die Fähigkeiten des im Höllentalbergwerks gefundenen → Molybdän zur Stahlhärtung bekannt wurden, ging es mit der Unternehmung wieder aufwärts, und während des Ersten Weltkriegs wurde die Förderung massiv ausgeweitet. 1925 ging der Betrieb allerdings in Konkurs. Heute sind nur noch Ruinen erhalten, vom Betreten der verbliebenen Stollen, wenn überhaupt möglich, wird dringend abgeraten.

Höllentalklamm Einmaliges Naturschauspiel, das wie die in Partenkirchen gelegene Partnachklamm die Kraft des sich Jahrmillionen durch Felsen schneidenden Wassers eindrucksvoll demonstriert.

Kammhotel Da die erste Bergbahn auf die Zugspitze, die → Tiroler Luftseilbahn von 1926, aus konstruktionstechnischen Gründen nicht ganz bis auf den → Zugspitzgipfel reichte, wurde an ihrem Endpunkt, unterhalb des »Zugspitzkamms«, ein Bewirtungsbetrieb mit Hotel errichtet, von dem die Sommerfrischler einen grandiosen Blick über die Alpen hatten. Das Kammhotel brannte 1962 aus und wurde nicht wiedereröffnet.

Kammtunnel Die Besucher der Zugspitze, die die erste mechanische Beförderungseinrichtung, die → Tiroler Zugspitzbahn nutzten, mussten das Massiv durch einen 700 Meter langen Tunnel durchqueren, um auf dem → Zugspitzplatt Ski fahren zu können.

Kitzbühel Prominentendorf in Tirol. Entgegen anderslautenden Berichten gibt es den Ort wirklich und sogar im Sommer, er wird nicht jedes Jahr im Dezember aus Filmkulissen aufgebaut. Kulisse für dieses Buch ist jedoch das »Wellness Hotel ›Zum Kaiser‹«, da es nicht existiert.

Knorrhütte Alpenvereinshütte zwischen → Reintal und dem → Zugspitzplatt. Benannt nach dem Münchner Unternehmer Angelo Knorr (»Knorr-Bremse«), der die Hütte Anfang des vergangenen Jahrhunderts stiftete.

Kommando Spezialkräfte (*KSK*) Nachdem die → GSG9 im Rahmen der Neuordnung der Bundespolizei keine Einsätze mehr außerhalb des Hoheitsgebiets der Bundesrepublik wahrnehmen darf, musste eine neue Eingreiftruppe innerhalb der Bundeswehr geschaffen werden. Das Kommando Spezialkräfte und seine Einsätze unterliegen der militärischen Geheimhaltung. Laut Definition gehören neben Rettung, Evakuierung und Bergung auch Terrorismusbekämpfung, Aufklärung und Kommandokriegsführung zu den Aufgaben.

Lada Markenname für Autos aus dem russischen Wolga-Automobil-Werk, einem ehemaligen sowjetischen Staatsbetrieb. In den 1980ern und 90ern war besonders in schneereichen Gebieten Deutschlands der allradgetriebene Geländewagen Lada Niva unter Forstleuten, Jägern und auf dem Bau beliebt, da es noch keine allradgetriebenen Modelle der großen deutschen oder japanischen Hersteller gab. In der Tat war ein Lada Niva das erste und einzige Auto, das jemals unter Zuhilfenahme ausschließlich des eigenen Antriebs das → Schneefernerhaus erreichte. Am Steuer saß der damalige Garmisch-Partenkirchner Lada-Händler Z., der in einer Nacht des Jahres 1982 das Auto über die Gleise der → Zahnradbahn bis in den Bahnhof Schneefernerhaus nach oben fuhr. Um die Strafe und die an den Weichen entstandenen Schäden zu begleichen, musste er in der Folgezeit einige Ladas mehr verkaufen.

Leutasch Hochtal, hinter dem Wettersteingebirge auf österreichischem Gebiet, zwischen Mittenwald und Ehrwald gelegen.

Lithium Lithium ist ein Metall, das sehr leicht Verbindungen eingeht und daher kaum in Reinform in Lagerstätten vorhanden ist. Oft ist es in Salz gelöst, zum Beispiel im Salar de Atacama in Chile oder dem → Salar de Uyuni in → Bolivien. Lithium spielt eine große Rolle bei der Herstellung von Batterien und Akkus, zum Beispiel als Lithium-Ionen-Akkus in Mobiltelefonen und tragbaren Computern. Seit die Automobilindustrie weltweit auf Elektromobilität setzt, bei der zum derzeitigen Stand der Technik ebenfalls auf hochperformante Lithium-Ionen-Akkus zurückgegriffen wird, wird der Stoff als »Weißes Gold« bezeichnet. Er könnte bei der Entwicklung einer elektrobasierenden Mobilitätswirtschaft eine ähnliche Rolle spielen wie Erdöl bei der Entwicklung der verbrennungsbasierenden in den vergangenen einhundert Jahren. Alle Industrienationen versuchen derzeit, eigene Lithium-Vorkommen zu erschließen (China, USA, Kanada) oder sich langfristige Förderquoten zu günstigen Preisen zu sichern.

Luftseilbahn Bergbahn, bei der die Beförderung der Gondeln oder auch Sitze an über Stützen gespannten Stahlseilen läuft, umgangssprachlich auch »Seilbahn«.

Maximilianinsel Eine der je nach Zählweise acht oder neun Inseln des → Eibsees ist die Maximilianinsel, auf der sommers tatsächlich Hochzeiten durch das Standesamt Grainau durchgeführt werden. Dazu müssen die Delinquenten mit Ruderbooten auf die Insel übersetzen.

Militärischer Abschirmdienst (*MAD*) Neben → BND und

Verfassungsschutz der dritte Nachrichtendienst des Bundes. Seine Aufgaben beschränken sich auf die Nachrichtenbeschaffung und Spionageabwehr innerhalb des Geschäftsbereiches des Verteidigungsministeriums. Der MAD nimmt auch an den Auslandseinsätzen der Bundeswehr teil.

Mittenwald Oft auch als Karwendeldorf bezeichnet, da der Hauptstock dieses Gebirges den Ort nach Osten hin überragt. In südwestlicher Richtung schließt das → Wettersteingebirge den Talkessel ab. Mittenwald wird durchflossen von der noch jungen Isar, die im Karwendeltal entspringt. Die Gemeinde ist Geigenbau-Zentrum von Weltruf mit entsprechender Schule. Sitz des → Gebirgsjägerbataillons 233.

Muli Maultier, nach dem lateinischen mulus. Kreuzung aus Pferdestute und Eselhengst. (Produkte von Pferdehengst und Eselstute heißen Maulesel.) Seit Jahrtausenden besonders im Gebirge als Last- und Saumtier verwendet. Gutmütiger und weniger scheu als Pferde. Den → Gebirgsjägern als auch den Bergbauern und Versorgern von Alpenvereinshütten leistete, im Bayerischen unabhängig vom Geschlecht des jeweiligen Tieres, *der* Muli unschätzbare Dienste. Im Zuge der Modernisierung fiel er den motorischen Transportern zum Opfer. Nur noch beim Stab der → Gebirgsjäger in Bad Reichenhall gibt es aus Traditionsgründen einige Tiere; der letzte Muli des Standortes → Mittenwald, die fünfundzwanzigjährige Edda, wurde 2011 ausgemustert, da nach Wegfall der allgemeinen Wehrpflicht keine Kapazitäten mehr für seine Pflege vorhanden waren. In Mittenwald erinnert daher nur noch das Muli-Denkmal vor der Edelweiß-Kaserne an die Großtaten dieser nicht fortpflanzungsfähigen Hybridwesen.

Münchner Haus Bereits 1894 wurde der Grundstein für eine Alpenvereinshütte auf Deutschlands höchstem Berg gesetzt. Das Münchner Haus befindet sich direkt auf dem Westgipfel der → Zugspitze und bietet 30 Matratzenlager, einen Waschraum und zwei Duschen (30 Liter Wasser zu vier Euro). Hüttenwirt ist in dritter Generation Hansjörg Barth.

National Security Agency (*NSA*)   Die NSA gilt als der größte und mächtigste Nachrichtendienst der USA, wenn nicht gar der Welt. Sie ist weltweit für die Überwachung und Entschlüsselung elektronischer Kommunikation zuständig, eine Arbeit, die von knapp 40 000 Mitarbeitern und gigantischen Computersystemen erledigt wird, die vom Abhören und Mitschneiden von Telefonaten bis zum Scannen des Internetverkehrs reicht. Jeder Mensch sollte davon ausgehen, dass seine über elektronischem Weg übermittelten Worte, Bilder und Töne von der NSA ausgewertet werden. Die Organisation residiert in einem Ort namens Fort Meade in Maryland, auch Crypto City genannt. Der Ort hat eine eigene Autobahnausfahrt, die nur für die Angestellten der NSA zugelassen ist.

Pachamama   Für die Andenvölker der → Aymara und → Quechua ist Pachamama die alles umfassende Mutter Erde und somit oberste Gottheit, die in jeder Hinsicht das Leben schenkt.

Partnach   Gebirgsfluss, der im → Reintal unterhalb des → Zugspitzplatts in 1400 Metern Höhe entspringt und vier Klammen in den Fels des Wettersteins schneidet, wovon die touristisch ausgebaute Partnachklamm die bekannteste ist. Die Partnach entwässert das → Zugspitzplatt, wobei von der Existenz größerer unterirdischer Läufe und Höhlen im karstigen Felsgebirge ausgegangen werden muss, bevor die Partnach am Partnachursprung oberhalb des → Reintalangers ans Tageslicht dringt.

Potosí   Stadt in Zentral-Bolivien, deren Schicksal mit dem Cerro Rico, dem »Reichen Berg«, verknüpft ist. Aus diesem Berg stammte der größte Teil des Silbers, den die Spanier nach der Entdeckung Südamerikas durch Kolumbus 1494 nach Europa brachten. Um 1600 war Potosí eine der größten

Städte der Welt. Schätzungen gehen davon aus, dass im Laufe der Jahrhunderte bis zu acht Millionen Menschen, vor allem Indigene und Sklaven aus Afrika, beim Silberabbau ihr Leben verloren.

Quechua Wie die → Aymara ein indigenes Volk Südamerikas, besser: Gruppe von Quechua-sprechenden Völkern, die sich in Bolivien, Peru, Ecuador, Kolumbien und Argentinien finden.

Reintal Das Reintal, nicht zu verwechseln mit dem Flusstal des Rheins, ist mit dem → Höllental der zweite Talausläufer des → Wettersteingebirges. Es steigt bis zum → Reintalanger mäßig an, dann geht es stufenartig in das → Zugspitzplatt über. Die wichtigsten Stationen der Wanderung durch das Reintal sind die Reintalangerhütte und die → Knorrhütte.

Reintalanger »Anger« bedeutet im Bayerischen »grasbewachsenes Land« oder »Wiese«. Der Reintalanger befindet sich am Ende des → Reintals. Er umgibt die Reintalangerhütte, im Sommer einer der höchsten Biergärten der Republik.

Riffelriss Am unteren Tunnelportal des → Zugspitztunnels beginnt die Riffelriss-Abfahrt zum → Eibsee. Durch die Klimaerwärmung in den Alpen kommt es oberhalb zu verstärktem Steinschlag aus den Riffelwänden, weshalb die → Bayerische Zugspitzbahn nicht mehr an der Haltestelle Riffelriss stoppt, um Skifahrer aussteigen zu lassen. Wer die historische Strecke mit Ski befahren will, muss zu Fuß aufsteigen. Die Strecke wird nicht präpariert.

Rosi-Tunnel Ursprünglich endete der → Zugspitztunnel am → Schneefernerhaus. Von dort musste man zu Fuß, später mit Seilbahnen, auf den → Zugspitzgipfel und das → Zugspitzplatt. Um den Skifahrern, die mit der → Zahnradbahn auf die Zugspitze reisen, dieses Umsteigen zu ersparen, wurde in den 1980er Jahren ein neuer Tunnelabschnitt gegraben, der direkt auf dem Zugspitzplatt, beim Restaurant → SonnAlpin, endet. Namenspatronin dieser Röhre ist die ehemalige deutsche Skirennfahrerin Rosi Mittermaier-Neureuther, die in Garmisch-Partenkirchen lebt. Beim Bau des Rosi-Tunnels wurde eine mindestens siebzig Meter tiefe Felskluft angeschnitten, die nicht mit Beton verfüllt werden konnte. Sie könnte ein Einstieg in ein anzunehmendes Höhlensystem unter dem Zugspitzplatt sein.

Salar de Uyuni Der größte Salzsee der Welt (über 10 000 Quadratkilometer Fläche, zum Vergleich: das Bundesland Schleswig-Holstein ist gut 15 000 Quadratkilometer groß) liegt im Hochland von Bolivien in 3653 Metern Höhe. Die Menge an Salz, das seine Oberfläche mit einer Schicht von zwei bis sieben Metern Stärke bedeckt, wird auf 10 Milliarden Tonnen geschätzt, wovon über 5 Millionen Tonnen → Lithium sein könnten. Bisher werden lediglich jährlich 25 000 Tonnen Salz von der in ärmlichen Verhältnissen lebenden Bevölkerung rund um den Salar in Handarbeit abgebaut und verkauft. Der Lithium-Schatz ist dank der Politik des bolivianischen Präsidenten Evo Morales unangetastet. Morales möchte den Rohstoff nicht an ausländische Nationen und Unternehmen verkaufen, sondern selbst weitere Stationen der Wertschöpfungskette, von der Batterie- und Akku-Herstellung bis hin zur eigenen Automobilproduktion, im Land aufbauen. Diese angestrebte Entwicklung steht im Widerspruch zum Ziel der Industrienationen, sich die großen Lithiumvorkommen für ihre Unternehmen zu sichern.

Der Salar, um den es kaum tierisches Leben gibt, kann von Touristen besucht und mit Geländewagen befahren werden, wobei die Übernachtung im aus Salz gebauten »Salzhotel« auf dem See möglich ist. Wasser ist allerdings nicht vorhanden. Es muss mitgebracht werden.

Schalck-Golodkowski, Alexander Oberster Wirtschaftsfunktionär der DDR, der den Handel mit dem nicht kommunistischen Ausland koordinierte.

Schneefernerhaus Wurde 1931 als Hotel zwischen → Zugspitzgipfel und → Zugspitzplatt eröffnet und war über die 1930 in Betrieb gegangene → Bayerische Zugspitzbahn zu erreichen. Durch den → Kammtunnel oder Kammstollen, der 1938 im Zuge des Anschlusses Österreichs an das Deutsche Reich gebaut wurde, konnte man das auf der Rückseite der Zugspitze gelegene → Kammhotel zu Fuß erreichen. Auf den Gipfel gelangte man nur mit der Gipfelbahn, einer → Luftseilbahn, die mittlerweile nicht mehr existiert. Der Versuch, einen Tunnel vom Schneefernerhaus zum Gipfel zu treiben, wurde nach Voruntersuchungen eingestellt, da die Sprengungen die Stabilität des Gipfels gefährdet hätten.

Der Hotelbetrieb im Schneefernerhaus wurde 1992 eingestellt, nachdem das 1989 eröffnete Schnellrestaurant → SonnAlpin die Besucher abzog. Seit 1996 ist das Schneefernerhaus eine Umweltforschungsstation, dessen Betrieb das Bayerische Umweltministerium gewährleistet. Viele renommierte Institute haben sich dort eingemietet.

Schweinebucht Beispiel für eine frühe groß angelegte verdeckte Aktion der → CIA. Unter amerikanischer Führung sollten 1961 Tausende von Exilkubanern ihre alte Heimat zurückerobern. Sie landeten in der sogenannten Schweinebucht auf Kuba, wurden aber von der kubanischen Armee schnell aufgerieben. Die Aktion geriet zum militärischen wie in Folge politischen Debakel für die USA.

SEAL Offiziell: United States Navy SEAL, wobei SEAL ein Akronym für Sea, Air, Land (Meer, Luft, Boden) ist und für die umfassende Verwendung der Elitetruppe steht. Die Kommandosoldaten sind spezialisiert auf den blitzartigen Angriff, meist aus der Luft und über die Küste, und das ebenso schnelle Verschwinden. In jüngster Zeit machten die SEALs durch die Liquidation des Al-Qaida-Gründers Osama Bin Laden auf pakistanischem Gebiet von sich reden.

Skibergsteigen Auch: Skitourengehen. Besteigung von Bergen mit eigener Körperkraft und mit Hilfe von unter die

Laufflächen der Ski geklebten (Kunststoff-)Fellen. Erfreut sich wachsender Beliebtheit, da diese Sportart wesentlich stärker zur körperlichen Ertüchtigung beiträgt und einen intensiveren Naturgenuss ermöglicht als das klassische Alpinskifahren mit mechanischen Aufstiegshilfen. Mittlerweile auch als Leistungssportart mit Zeitmessung betrieben.

SonnAlpin Schnellrestaurant auf dem → Zugspitzplatt. Befindet sich neben dem Eingang zum Bahnhof Zugspitzplatt der → Zahnradbahn. Der Legende nach stand hier der »Tausend-Schnitzel-Kare« an den Pfannen, der nach Dienstschluss seinen Stammtischfreunden auf die Standardfrage »Was hast heut gmacht, Kare?« immer nur antwortete: »Tausend Schnitzel.«

Steilwand-Skifahren Riskante Spielart des Skifahrens, bei der Hänge von über 40 Grad Gefälle bezwungen werden. Stürze können den Sportler in ernsthafte Gefahr bringen, da ein unkontrolliertes Abrutschen unter Umständen nicht vermieden werden kann. Steilwand-Skifahren kann grundsätzlich überall betrieben werden, wo sich entsprechend steile Hänge und Rinnen anbieten. Sehr gerne wird auf Helikopter als Aufstiegshilfe zurückgegriffen, da die steilsten Hänge meist nicht von Liftanlagen erschlossen und auch oft schwer durch → Skibergsteigen zu erklimmen sind.

Tiroler Zugspitzbahn Erste mechanische Personenbeförderungsanlage auf die Zugspitze, eröffnet 1926. Der Talort ist → Ehrwald in Tirol, Österreich. Zwischenzeitlich im Besitz der → Bayerischen Zugspitzbahn. Heute ist die Tiroler Zugspitzbahn die modernste der drei aus den Tallagen fahrenden Bahnen. Sie gehört den Zillertaler Bergbahnen.

Törlen Steil ansteigende bewaldete Hügelkette, die den → Eibsee nach Süden hin umgibt. Auf ihrem Rücken verläuft die deutsch-österreichische Grenze.

Transall Militär-Transportflugzeug deutsch-französischer Konstruktion und Herstellung. Seit 1963 bei der Bundeswehr im Einsatz. Die letzten Exemplare sind in Afghanistan im Dauereinsatz.

Tunnelfenster Da der → Zugspitztunnel innerhalb von zwei Jahren (1928–1930) fertiggestellt werden musste, wurden vier Fenster und hinter ihnen Seitengänge in das Massiv geschlagen, um an mehreren Stellen gleichzeitig mit dem Vortrieb beginnen zu können. Diese Tunnelfenster waren mittels Hilfsseilbahnen für Mensch- und Materialtransport vom Baulager am → Eibsee aus zu erreichen. Die Fenster sind heute mit einem Fernglas vom Eibsee aus noch gut im Fels zu erkennen, da sie nicht geschlossen wurden. Nur in diesem Buch wurden sie aus dramaturgischen Gründen zugemauert: um eines von ihnen aufsprengen zu können.

United Express Corporation (UNEX) Die Kreditkartenfirma Unex existiert ebenso wenig wie die Tochterfirma Unex Ultra International Corporation auf den Kaimaninseln oder ultraschwarze Kreditkarten. Jede Ähnlichkeit mit existierenden Kreditkartengesellschaften wäre reiner Zufall, vom Autor nicht beabsichtigt und sehr erschreckend.

Uyuni Stadt am → Salar de Uyuni in → Bolivien mit rund 12 000 Einwohnern.

Werdenfels Auch: Werdenfelser Land. Ehemalige Grafschaft im Besitz des Erzbistums Freising. Seit 1803 zum Herzogtum Bayern gehörend. Begrenzt im Süden vom → Wetterstein-, im Osten vom → Karwendelgebirge und im Westen von den Ammergauer Alpen. Die Orte → Mittenwald, Farchant und Garmisch beschreiben ein Dreieck, das die Fläche des Gebiets umschließt. Benannt nach der Burg Werdenfels, von der heute noch eine Ruine oberhalb des Garmischer Ortsteils Burgrain existiert. Erlebte nach dem Mittelalter durch die Handelstätigkeit der Fugger über die alte Römerstraße eine wirtschaftliche Blüte, in der die Bezeichnung »Goldenes Landl« entstand. Im Dreißigjährigen Krieg verarmte die Bevölkerung. Erst der durch die Eisenbahnerschließung Ende des 19. Jahrhunderts einsetzende Tourismus führte zu erneutem Wohlstand.

Wettersteingebirge Kompakte Gebirgsgruppe der Nördlichen Kalkalpen. Gelegen zwischen → Mittenwald (Osten), → Ehrwald (Südwesten) und → Garmisch-Partenkirchen (Norden). Höchster Berg ist mit 2962 Metern Höhe die → Zugspitze. Das Gebirge ist einer der zentralen Punkte des Alpinismus seit dessen Anfängen im 19. Jahrhundert und sehr gut durch Wander- und Bergwanderwege, Klettersteige, Bergbahnen und Alpenvereinshütten erschlossen. Das Wettersteingebirge besteht geologisch aus Muschelkalkgestein, da das heutige Mitteleuropa vor rund 240 Millionen Jahren von einem flachen Meer bedeckt war. Die auf den Boden herabsinkenden Sedimente, Reste von Tierkörpern und Pflanzen wurden unter ihrem Eigengewicht verdichtet und »versteinerten«. Die Bewegung des afrikanischen Kontinents nach Norden unter die eurasische Platte führte zu einer Auffaltung dieses ehemaligen Meeresbodens zu einem Gebirge, den Alpen. Da Kalk wasserlöslich ist, verkarsten solche Gebirge sehr stark. Es bilden sich Höhlen, Gänge und Klammen.

Zahnradbahn Nachdem bei einer normalen Eisenbahn die Reibung zwischen Rad und Gleis, die beide aus Metall bestehen, ab einer gewissen Steigung (16 Prozent Steigung, nass 14 Prozent Steigung) nicht mehr ausreicht, um die Räder vor dem Durchdrehen zu bewahren, wurde die Zahnradbahn Anfang des 19. Jahrhunderts in England erfunden. Mit einer Zahnradbahn können Steigungen von über 25 Prozent leicht bewältigt werden. Dabei greift ein von der Lokomotive angetriebenes Zahnrad in eine Zahnstange, die in der Mitte zwischen den Gleisen montiert ist. Bei der → Bayerischen Zugspitzbahn handelt es sich um eine gemischte Zahnradbahn, da das Zahnrad nur dann verwendet wird, wenn die Steigung es erfordert. Dies ist vor allem auf der eigentlichen Bergstrecke nach dem Halt am → Eibsee und im → Zugspitztunnel der Fall. Auf der Talstrecke von und nach Garmisch-Partenkirchen bewegt sich die Zugspitzbahn wie jeder andere Zug auch allein durch die Adhäsion zwischen Rad und Schiene.

Zugspitzbahn Siehe auch → Bayerische Zugspitzbahn, → Eibsee-Seilbahn, → Tiroler Zugspitzbahn und → Zahnradbahn.

Zugspitze Mit 2962 Metern über Normalnull höchster Berg Deutschlands und westlicher Abschluss des Wetterstein-Hauptkamms. Offiziell erstmals 1820 bestiegen durch den bayerischen Landvermesser Leutnant Josef Naus und den Bergführer Johann Georg Tauschl. Frühere Besteigungen durch Hirten, aber auch Schmuggler gelten als sehr wahrscheinlich, da der Normalweg über das → Reintal und das → Zugspitzplatt im Sommer keine alpinistischen Schwierigkeiten aufweist. Im Winter sind der Gipfel und das Platt nur für sehr erfahrene Alpinisten erreichbar. Ohne Bergbahnen ist das → Zugspitzplatt winters wie eine Insel von der Außenwelt abgeschlossen.

Die Zugspitze ist von allen Seiten durch Bergwanderwege und Klettersteige sowie durch Bergbahnen (→ Bayerische Zugspitzbahn, → Tiroler Zugspitzbahn) zu erreichen und gilt als besterschlossener Berg der Welt. Im Jahr kommen über 500000 Besucher auf den Gipfel, viele von ihnen zu Fuß. Der Besucherrekord an einem Tag steht im Winter bei 5800 Menschen. Im Sommer, wenn auch Bergsteiger die Zugspitze aus allen Richtungen erklimmen, gehen Schätzungen von Tagesspitzen von knapp 10000 Menschen aus. Im Spätsommer 2011 betrug die Wartezeit der Bergsteiger in den Einstieg des Klettersteigs oberhalb des Höllentalferners mehrere Stunden.

Drei Hochspannungsleitungen versorgen die Infrastruktur vom Skilift bis zur Zapfanlage mit Energie. Aufgrund der perfekten Erschließung wird gerne vergessen, dass das Gebiet durchaus hochalpines Terrain darstellt. Die höchste jemals gemessene Temperatur auf der Zugspitze betrug 17,9 Grad Celsius (Juli 1957) und die tiefste −35,6 Grad (Februar 1940). Mit 335 Stundenkilometern wurde auf der Wetterstation auf dem → Münchner Haus im Juni 1985 die höchste Windgeschwindigkeit festgehalten, die je in Deutschland gemessen wurde.

Der Name, der bereits im 16. Jahrhundert Erwähnung fand, leitet sich angeblich von den Zugbahnen der Lawinen ab, die die Flanken der Zugspitze hinabdonnerten. Mit dem Zug, der → Zahnradbahn, der das → Zugspitzplatt anfährt, hat der Name nichts zu tun.

Zugspitz-Kreuz Das goldene Kreuz auf dem Gipfel der → Zugspitze steht dort seit 1851, wobei das aktuelle Modell erst seit 1993 Wind und Wetter auf dem Westgipfel trotzt. Der Vorgänger stand dort exakt 111 Jahre und kann heute im Werdenfelser Museum in Partenkirchen besichtigt werden. Er zeigt außer deutlichen Wetterspuren die Einschusslöcher der Gewehrkugeln, die US-amerikanische Soldaten beim Erklimmen des höchsten Punktes Deutschlands Ende April 1945 auf das Kreuz abfeuerten.

Zugspitz-Tunnel Der Tunnel, durch den die → Zahnradbahn auf ihrem Weg auf die → Zugspitze fährt, ist 4466 Meter (zum alten Bahnhof → Schneefernerhaus), beziehungsweise 4780 Meter (zum neuen Bahnhof → Zugspitzplatt) lang. Er wurde zwischen 1928 und 1930 von Tausenden von Arbeitern aus aller Herren Länder gebaut, die teilweise unter abenteuerlichen Bedingungen im und am Berg wohnten. Bei seiner Erbauung kam es zu mehreren Unfällen, das schlimmste Unglück ereignete sich Ende 1929, als es in einer der Kantinen, die zur Verpflegung der Arbeiter im Berg errichtet wurden, zu einem Brand kam. Die im Tunnel aufsteigenden Rauchgase töteten nach offiziellen Angaben zwei Arbeiter.

Zugspitzplatt Verkürzt auch »Platt«. Eigentliches Skigebiet der → Zugspitze, ein relativ flach abfallendes Hochplateau, das sich über dem → Reintal öffnet. Es steigt von 2000 bis 2600 Meter an. Auf dem Zugspitzplatt befindet sich der traurige Überrest des Schneeferners, Deutschlands höchsten Gletschers, der im Sommer nur noch durch Abdecken mit Spezialfolie vor dem vollständigen Verschwinden bewahrt werden kann. Als vermeintlicher Ersatz für die Sehenswürdigkeiten der Natur wurden zahlreiche Skilifte, eine Kirche, ein großes Schnellrestaurant und weitere »touristische Leckerbissen« in die im Sommer öde Felswüste betoniert. Im Winter ist das Zugspitzplatt aufgrund seiner Höhe Deutschlands schneesicherstes Skigebiet mit Liftbetrieb von November bis April. Eine künstliche Beschneiung ist auf der Zugspitze nicht nötig und mangels Wasser – bislang – nicht vorgesehen.

Unter dem Zugspitzplatt befindet sich eine große Anzahl von Höhlen, die aufgrund der Verkarstung des wasserlöslichen Kalkgesteines entstanden. Man geht von mehreren hundert aus, erst gut einhundert wurden bisher bei diversen Expeditionen erforscht. Die größte bekannte Höhle ist der Finkenschacht, der 1958 entdeckt wurde. Er hat eine Ausbreitung von 260 Meter Länge und 130 Metern Tiefe und führt Wasser an seinem Grund. Es wird vermutet, dass dieses Wasser im Reintal als Ursprung der → Partnach wiederauftaucht.

DANK ...

... gebührt an alleroberster Stelle wie immer meiner Familie, die mich in meiner schriftstellerischen Tätigkeit unterstützt, wo und wie es nur geht.

Meine Freunde sind ein wichtiger Rückhalt, nicht nur, weil ich weiß, dass ich ein Netz aus vielen wohlmeinenden Menschen um mich habe, in das ich fallen kann, wenn mir eines Tages nichts mehr einfallen sollte, was man zwischen zwei Buchdeckel packen kann. Unter meinen besten Freunden sind auch die, die mit Kritik an meinen Werken nicht hinterm Berg halten. Wie immer: keine Namen, wenn du das liest und dich angesprochen fühlst, dann stimmt es. Danke dir sehr herzlich!

Der Übergang von den privaten zu den Geschäftsfreunden ist fließend, und bei vielen gibt es gar keinen Unterschied. Sehr zu danken habe ich meinem Agenten Dirk Rumberg für unermüdlichen Einsatz, der Programmleiterin Michaela Kenklies bei Droemer für die Chance, für sie schreiben zu dürfen, sowie Peter Thannisch, der wieder einmal meinen Text ein gutes Stück lesbarer gemacht hat. Überhaupt haben sich so viele Menschen bei Droemer um das Buch verdient gemacht. Danke an alle von der Vertragsabteilung über die Presse, das Marketing, die E-Book-Sparte bis hin zur Buchhaltung und der Produktion. Ganz besonders habe ich mich – selbst ehemals Verkäufer mit Leib und Seele – über den Zuspruch und den Enthusiasmus der Vertriebsleute gefreut. Jemand vergessen? Stimmt. Der Verleger. Danke an Hans-Peter Übleis, dass er eine großartige Truppe zusammengestellt hat, mit der zusammenzuarbeiten ein reines Vergnügen ist.

Der Schreiber ist ein Einzeltäter, und es tut sehr gut, eine Gemeinschaft von Individualisten zu kennen, die die ähnlichen Befindlichkeiten haben wie man selbst. Daher danke ich Angela

Esser und allen Kollegen vom Syndikat für die Aufnahme in den mörderischen Zirkel.

Neben den im Literaturverzeichnis genannten Autoren danke ich sehr herzlich den Verantwortlichen der Bayerischen Zugspitzbahn AG für die Möglichkeit, mich auf und in dem Berg umzusehen. Dort hat mich Frau Dr. Simone von Loewenstern von der Umweltforschungsstation Schneefernerhaus durch dieselbe geführt und mir von den Messgeräten bis zum Hundezwinger alles gezeigt. Beim Landratsamt Garmisch-Partenkirchen haben mir Klaus Berier und Klaus Knapp ausführlich erklärt, was passiert, wenn mal etwas passiert. Man darf beruhigt sein: Wenn der Komet im Landkreis Garmisch-Partenkirchen einmal einschlägt, haben die beiden die Sache fest im Griff. Garmisch-Partenkirchens hervorragend eingerichtetes und geführtes Werdenfelser Museum empfehle ich jedem Interessierten für einen Besuch. Dessen Leiter Sepp Kümmerle und die Museumspädagogin Lilian Edenhofer können über jeden Aspekt der Geschichte des Landls Auskunft geben. Das Zugspitzkreuz mit den Einschusslöchern sollte jeder Besucher und Einwohner Garmisch-Partenkirchens angesehen haben. Ein ebenso akribischer und allzeit hilfreicher Heimatforscher ist Peter Schwarz aus Hammersbach. Er hat mir wichtige Einblicke in das Höllentalbergwerk gegeben. Sein leider vergriffenes Sachbuch darüber legt auch für den Laien äußerst spannend Zeugnis ab über ein unerwartetes Stück deutscher Industrie- (und damit Kriegs-) geschichte. Wer die Historie Garmisch-Partenkirchens im 20. Jahrhundert im kleinen wie im größeren Zusammenhang erfahren will, wende sich an den Heimatforscher Alois Schwarzmüller und an Franz Wörndle vom Marktarchiv Garmisch-Partenkirchen. Beiden danke ich sehr für ihre Auskünfte. Andreas P. Kaiser von Kaiser Geotrekking weiß alles über Höhlen im Werdenfels und nicht nur dort. Abenteuerlustigen empfehle ich eine Tour in die Unterwelt mit ihm. Eine ebenso gute Adresse für alle Höhleninteressierten ist Toni »Aldi« Albrecht vom

Werdenfelser Höhlenverein, auf dessen Webseite die letzten Expeditionen ins weitgehend unerforschte Reich der Zugspitzhöhlen verzeichnet sind. Wolfgang Pohl von der Bergschule Vivalpin ist als Ausbilder von Bergführern und Skilehrern die Kompetenz für alles, was mit Bergsport zu tun hat. Er hat mir sehr geholfen, die Abseilszenen realistisch und nach dem letzten Stand der Technik zu beschreiben. Ebenso hilfreich war das fundierte Wissen von Marc Roth von Heckler & Koch, nachdem ich als Kriegsdienstverweigerer von der Bedienung der auf der ganzen Welt geschätzten Qualitätsprodukte dieses Unternehmens keine Ahnung hatte. Apropos Bundeswehr: In hierarchischer Abfolge möchte ich sehr danken Ingo John vom Bundesverteidigungsministerium, Christian Matok vom Heeresführungskommando in Koblenz, Friedrich Wilhelm Wörner von der 10. Panzerdivision in Sigmaringen und Thomas Kuwan vom Gebirgsjägerbataillon 233 in Mittenwald. Horrido!

München, im November 2011

ANMERKUNG

Alle in diesem Roman vorkommenden Personen, Ereignisse und Handlungen sind frei erfunden. Etwaige Ähnlichkeiten mit lebenden Personen oder Ereignissen sind rein zufällig und von Autor und Verlag nicht beabsichtigt.

CHRISTOPH SCHOLDER

Oktoberfest

THRILLER

Der zweite Wiesn-Sonntag. Weiß-blau erstreckt sich der Himmel über München, Tausende strömen auf das größte Volksfest der Welt. Partystimmung, so weit das Auge reicht, ausgelassen tanzen die Leute in den riesigen Zelten. Niemand ahnt, dass dieser Nachmittag um exakt vier Minuten vor sechs in einem Höllenszenario enden wird. Denn genau zu diesem Zeitpunkt gibt Oleg Blochin, der skrupellose Kommandeur einer russischen Elite-Soldateska, seinen Männern den Befehl, das Betäubungsgas im ersten Bierzelt freizusetzen. Und das ist erst der Anfang: Schlag auf Schlag geht es weiter, 70 000 Menschen werden zu Geiseln in einem hochriskanten Spiel auf Leben und Tod …

»Holen Sie vor dem Aufschlagen des Buches nochmals kräftig Luft, denn während des Lesens werden Sie keine Zeit mehr haben zu atmen.« *Alex Dengler,* denglers-buchkritik.de

Die Kultkommissare Wallner und Kreuthner ermitteln wieder

ANDREAS FÖHR

Karwoche

KRIMINALROMAN

Als Polizeiobermeister Kreuthner von seinem Spezl Kilian Raubert zu einer Wettfahrt herausgefordert wird, lässt er sich nicht lumpen. Mit 150 km/h rauschen sie den Achenpass runter Richtung Tegernsee. Bei einem halsbrecherischen Überholmanöver fegt Kreuthner fast ein entgegenkommendes Auto von der Straße – am Steuer ausgerechnet sein Chef, Kommissar Wallner.
Kreuthner versucht, das Autorennen als dienstliche Aktion zu tarnen, und führt spontan eine Straßenkontrolle durch. Dabei bietet sich den Polizisten ein schockierendes Bild: Im Laderaum von Rauberts Lkw kniet eine Tote, das Gesicht zu einer grotesken Fratze verzerrt …

»Ein Schmunzelkrimi, der sich die bayerischen Eigenheiten zunutze macht und mit allen gängigen Klischees jongliert. Höchstes Lesevergnügen garantiert!« *GONG*

ANDREAS FRANZ

Eisige Nähe

KRIMINALROMAN

Der Kieler Musikproduzent Peter Bruhns wird zusammen mit seiner jungen Geliebten tot aufgefunden. Eine Beziehungstat? Oder das Werk eines persönlichen Feindes, von denen es nicht wenige gibt? Bei den Untersuchungen wird ein Gift gefunden, das den Kommissaren Sören Henning und Lisa Santos Rätsel aufgibt. Der Fall nimmt eine ungeahnte Wendung, als am Tatort DNA sichergestellt wird, die in Deutschland bereits nach verschiedenen Morden aufgetaucht ist. Ist hier ein Serienmörder am Werk?

»Herrlicher Krimistoff mit wundervoll schwarzem Humor. Ungemein fesselnd!« *GONG*

SEBASTIAN FITZEK

Der Augenjäger

PSYCHOTHRILLER

Dr. Suker ist einer der besten Augenchirurgen der Welt. Und Psychopath. Tagsüber führt er die kompliziertesten Operationen am menschlichen Auge durch. Nachts widmet er sich besonderen Patientinnen: Frauen, denen er im wahrsten Sinne des Wortes die Augen öffnet. Denn bevor er sie vergewaltigt, entfernt er ihnen sorgfältig die Augenlider. Bisher haben alle Opfer kurz danach Selbstmord begangen.
Aus Mangel an Zeugen und Beweisen bittet die Polizei Alina Gregoriev um Mithilfe. Die blinde Physiotherapeutin, die seit dem Fall des Augensammlers als Medium gilt, soll Hinweise auf Sukers nächste »Patientin« geben. Zögernd lässt sich Alina darauf ein – und wird von dieser Sekunde an in einen Strudel aus Wahn und Gewalt gerissen …

»Keine Atempause möglich. Ein absolut empfehlenswertes Buch, das man nicht mehr aus der Hand legen kann.«
Allgemeine Zeitung

JOHN KATZENBACH

Der Professor

PSYCHOTHRILLER

Der pensionierte Psychologieprofessor Adrian Thomas bekommt von seinem Arzt eine niederschmetternde Diagnose: Demenz. Damit haben sich seine schlimmsten Befürchtungen bestätigt. Vor seinem inneren Auge erscheint die Schreckensvision seines unaufhaltsamen, unheilbaren Abgleitens in die Dunkelheit. Verstört blickt der alte Mann auf die Straße hinaus und sieht in der anbrechenden Dämmerung ein vielleicht sechzehnjähriges Mädchen vorübereilen. Gleichzeitig rollt ein Lieferwagen heran, bremst ab und beschleunigt wieder: Das Mädchen ist verschwunden. Der alte Professor ist verwirrt. Hat er gerade eine Entführung beobachtet? Wenn es tatsächlich ein Verbrechen war, muss er handeln. Die Frage ist nur, wie. Kann er noch klar genug denken, um das Mädchen zu finden?

»Der Professor ist professionelle und perfekte Hochspannung! Ein Buch, das, einmal angefangen, zum Magnet wird.«
denglers-buchkritik.de

DROEMER